国家社科基金重大项目"《文心雕龙》汇释及百年'龙学'学案"(17ZDA253)阶段性成果

A Library of Academics by PHD Supervisors

博士生导师学术文库

《文心雕龙》范畴考论

涂光社 著

中国书籍出版社
China Book Press

图书在版编目（CIP）数据

《文心雕龙》范畴考论/涂光社著.—北京：中国书籍出版社，2019.1
ISBN 978-7-5068-7197-6

Ⅰ.①文… Ⅱ.①涂… Ⅲ.①文学理论—中国—南朝时代 ②《文心雕龙》—古典文学研究 Ⅳ.①I206.2

中国版本图书馆CIP数据核字（2018）第295278号

《文心雕龙》范畴考论

涂光社　著

责任编辑	毕　磊
责任印制	孙马飞　马　芝
封面设计	中联华文
出版发行	中国书籍出版社
地　　址	北京市丰台区三路居路97号（邮编：100073）
电　　话	（010）52257143（总编室）　　（010）52257140（发行部）
电子邮箱	eo@chinabp.com.cn
经　　销	全国新华书店
印　　刷	三河市华东印刷有限公司
开　　本	710毫米×1000毫米　1/16
字　　数	436千字
印　　张	26
版　　次	2019年3月第1版　2019年3月第1次印刷
书　　号	ISBN 978-7-5068-7197-6
定　　价	99.00元

版权所有　翻印必究

序

为光社师大著作序,实在从未想到,难免诚惶诚恐,自然也倍感荣幸。虽然学术史上不乏后学为先进作序,或学生为老师作序的佳话,但以我之才疏学浅,确乎并不具备为光社师"龙学"鸿著作序的资格。惟先生俯委重任于学生者,固多厚爱和奖掖之意,更有一份独特的信任和高谊也,情实难辞,不如勉力为之了。

三十多年前,当我还是一名本科生的时候,涂光社先生的大名便如雷贯耳了。那时候选修牟世金先生的《文心雕龙研究》课程,先生讲课的过程中,不止一次地提到涂先生的大作,有时则会布置让我们课后去看涂先生的某篇文章,如谈"风骨"的文章、论"物色"的文章,牟先生都向我们推荐过。记得牟先生对这些文章的突出评价是"文笔老练",让我们不仅注意其中的观点,更要学习文章的写法。

第一次见到涂先生,是在医院里,牟先生的病床前,那时候我研究生毕业不到一年时间。涂先生远从沈阳赶赴济南,专程探望已经病重的牟先生。记得当时我和师母正站在牟先生的床前,一位身材魁梧、面相憨厚的男子走了进来,师母朝他点点头,他径直来到牟先生的面前,眼睛一眨不眨地看着先生,眼泪在又圆又大的眼里打转,那情景令人动容,历久难忘。他没有停留多久,便在师母的陪同下离开了病房。直到师母返回病房,我才知道他就是我早已熟悉的涂光社先生。

三十年来,皆以我是牟先生的学生之故,涂先生于我亦师亦友,看顾提携之情,直如同出一门,令人倍感温馨。正因如此,当我去年申请国家社科基金重大招标项目之时，我便不假思索地把涂先生的大名列入子课题负责人之中，当我征求先生的意见时，他笑笑说：不用告诉我，我的名字你随便用。先生又补充说：你的项目，我决不只是挂名而已，我不仅要为项目做些事情，而且尽可能多做一些。先生说到做到，这部大著，便是他专门提交课题组的第一个成果。师友如此，夫复何求？

这部书题名《〈文心雕龙〉范畴考论》，是在涂先生几部文论、美学范畴专著的基础上成书的。可以说，数十年致力并执着于中国古代文论、美学范畴的研究，卓然有成、著述不断者，其惟光社先生乎？从《文心十论》到《势与中国艺术》《原创在气》，是一个个重要范畴的专题研究；从《中国美学范畴发生论》到《中国古代文论范畴生成史》，则是文论、美学范畴生成、发展的历史梳理；至如《庄子范畴心解》《庄子寓言心解》等著作，则不惟属于文论范畴的研究，更是文化、哲学、思想的范畴探索了。如此大面积、大范围、大系列的范畴专题研究，其于中国古代文论、美学乃至哲学研究的意义是不言而喻的，但其难度也是可想而知的。面对如此系列著述，于笔者而言，系统研读尚且有待时日，遑论其他？

显然，这部《〈文心雕龙〉范畴考论》有类《庄子范畴心解》，属于对一部专书的范畴专题研究，但其突出特点却是并不专论《文心雕龙》，甚或相当的篇幅放在了《文心雕龙》成书之前，探究中国文论范畴的生发、演进及形成，而其指向则是《文心雕龙》的范畴系列，所谓"考论"者，乃考察刘勰创用系列范畴的来龙去脉也。正如光社师自述："作这些方面的考察皆有探源述流、宣示其然和所以然的必要。"因此，此书不惟揭示《文心雕龙》庞大的范畴系列，更是"厘清文论范畴从生成到《文心雕龙》系统建构的历程"，从而理解"刘勰如何以系统的范畴创用完成文论各层面（尤其是文学的基本理论问题）的经典性论证"，由此，光社师得出这样的结论："刘勰在完成《文心雕龙》各层面理论系统建构的同时，也廓定了古代文论范畴的体系；他正是以文学理论范畴全面系统的创用，成就了体大思精的文学理论经典著述。"笔者觉得，这样的认识无论对《文心雕龙》还是整个中国古代文论而言，都是非常重要的，它说明范畴建构之于中国文论的独特意义，或谓中国文论的内在体系正可经由范畴的把握而得以彰显。

也许正是出于这种对中国文论范畴的独特认识，光社师不遗余力地对范畴赖以形成的各种条件予以追索和探求。他认为："研讨《文心雕龙》的范畴创设运用，开掘其理论价值，首先须明了古代文学及其理论范畴生成的土壤，揭示华夏民族思维方式和理论建构（包括范畴概念创用）的特点和优长所在；厘清汉魏六朝传统文学观念演进、学术发展的脉络和理论思辨水平跃升的所以然。然后全面解析《文心》的范畴体系，发掘其理论意义，宣示其历史地位，一窥华夏民族思维方式和文学艺术追求的文化价值。"正因如此，他致力于"认识中国古代范畴生成的土壤、独特的文化个性及其生成衍化过程，揭示其学术思考与理论建构上之优长，尤其是探究汉字运用对思维和语言表述以及范畴创用、传统文学观念形成的影响等"，以此从根本上回答《文心雕龙》乃至中国文论范畴何以如此，从而进一步研究或回答去向何方的问题。他说："沉潜其中，愈加认识到只有通过比较，厘清传统的思维和范畴创用的文化特征，才可能全面开掘和认识古代文学艺术创造与理论思考这笔遗产的价值和意义。"可以说，这句简单的"沉潜其中"，提醒我们涂先生对《文心雕龙》范畴的考索以及由此得出的认识，都是值得认真对待的。

比如，涂先生指出："体大思精的理论，必有统合有序、思考严密精深的范畴系列。刘勰是文学领域创用范畴概念最多的理论家，他以民族文化特征鲜明的概念组合所作的逻辑论证覆盖文论的各个层面，并达至'思精'之境，经受住了千百年来中外文学创造和理论批评的验证，葆有逾越时空局限的理论价值。这正是《文心》被一些近现代学者称许和赞叹的缘由。"他认为，"大思想家和理论家刘勰在范畴概念创用上的卓越贡献不仅当时无人可比，就是整个文艺理论史上的后继者也望尘莫及"，"除了那些以基础性理论名篇的专题之外，散见全书的其他范畴概念也在不同理论层面各得其所。刘勰移植和创用的范畴系列几乎覆盖了古代文论的各个层面，其中不少发挥着为后来理论批评发展导向的作用。当然，那些在未作为专题论证的范畴理论意义上一般有更大的开拓、深化的空间。古代文学理论批评运用的所有范畴概念都不难在《文心》中找到自己的归属或者渊源。"笔者觉得，涂先生之论绝不含糊,掷地有声,不仅并未夸张,而且令人信服者,皆以"沉潜其中"而"深极骨髓"也。

当然,既以"《文心雕龙》范畴"名书,自然决非仅止于渊源的梳理,而是通过追源溯流的疏浚,最终汇成《文心雕龙》范畴系列的一片汪洋。涂先生不仅对《文心雕龙》中以范畴名篇的专论进行了系统的阐释,并把它们分为"针对文学基础性理论问题的论证"和"文化特色尤为鲜明的论题"两个系列,前者有"神思""体性""定势""通变""情采""镕裁""附会""知音"等著名范畴,后者有"声律""章句""丽辞""练字""风骨""比兴""隐秀""物色"等著名范畴;而且还对《文心雕龙》中那些"不见于篇名、用而未释的范畴概念"进行了挖掘和整理,拈出"自然""中和""性灵""雅俗(郑)""韵""滋味""味""趣""巧""拙""圆""境""悟"等一系列范畴。如此全面而系统的范畴阐释,切实而有力地说明:"出现在中国古代文学批评论著上的范畴概念,几乎都能在《文心》中找到其渊源,或者寻觅到它们生成、演化的一段历史印记。"可以说,现代"龙学"历经百年,名家专论异彩纷呈,但这种大规模集中论述《文心雕龙》范畴的专著,还是很少见的,因而仍然具有开创性的独特价值。

涂先生对众多范畴的阐释,多贯通《文心雕龙》全书,纵横论列,平实通达而无偏颇之见。如对"自然之道"的认识,其云:"《原道》说作为'三才'之一的人,'心生而言立'合乎'自然之道',以为一切有美质的事物皆有美文,'夫岂外饰,盖自然耳';《明诗》说:'感物吟志,莫非自然';《体性》指出作家创作个性的外显就是风格,'岂非自然之恒资,才气之大略';《定势》以'机发矢直,涧曲湍回'和'激水不漪,槁木无阴'譬喻,事物的运动和展示都遵循'自然之趣'、'自然之势';《丽辞》认为文辞对仗的依据是'自然成对';《隐秀》称隐秀之美的出于'自然会妙'。凡此种种,都贯穿着自然论的宗旨:高境界的美自然天成;卓越的风格、美的表现形式,出神入化的艺术创造,都合乎艺术的客观规律。标举'自然之道'是对事物客观属性和规律的尊重,以及对真美和作家天成之灵慧和原创力的推崇,显然得益于老庄美学思想的滋养。"如此娴熟地汇通刘勰之论,彰显"沉潜"而久润之功;是非之间,自然臻于刘勰所谓"同之与异,不屑古今;擘肌分理,唯务折衷"之境。不惟如此,涂先生还上下贯通而谓:"'自然'论系列概念义围绕对本真的追求。'自然'指本然和自然而然(原本如此、运作合乎客观规律);老庄的'道法自然'和'法天贵真'之论以及'素''朴''纯''白'和后来'平淡''童心''本色'的概念义旨都指向真美,它们的创用使'自然'论得到多角度、多层面的阐扬。"如此纵横捭阖而为论,使得涂先生的范畴考索不仅探得六朝思想发展以及刘勰思想之实际,而且亦多符合中国文论的历史发展,从而可以把握其鲜明的民族特点,总结其重要的理论和现实意义。

至若光社师独到的创获和发明,这部大著中更是所在多有。如涂先生指出:"学界早就认识到魏晋玄学对提高学术思考水平的积极影响。……然而,在玄学为何兴盛于中国哲学史的这一阶段,以及其哲学思考方面优势所在等方面,仍有进一步探讨的余地。"从而他强调玄学在学术发展史上的重要价值,以及刘勰对玄学思想方法的接受和范畴移植。他认为:"玄学的优势正是得自对先秦范畴的重新解读和广泛运用,从而实现的思辨精神的复归与发扬。揭示其优长及其对那个时代学术思考的巨大推动作用,才能了解大理论家及其体大思精理论巨著问世的所以然。魏晋南北朝文论水平不断演进提升,从曹丕《典论·论文》的'文气'说……到刘勰体大思精《文心雕龙》各个层面的理论阐发,范畴概念组合的话语在学术思考和理论建构中发挥核心和关键性作用,随着时代推移层级越来越高,终至古代文论长足进步,有了能跨越时空的经典性贡献。"能够跳出文论而谈文论,认识自然得以深化,对一些传统问题的解读可能就有新的认识,如谓"《文心雕龙》中对'自然'和'真'美的追求,对文学现象的本质和规律的探索,对情感与个性价值的肯定,都是道家和玄学思想观念启迪和浸润的结果",便是富有说服力的。

涂先生还从理论思维模式的角度探求六朝文论的发展和刘勰的成功之道。他借助庞朴先生关于"三分法"的学说,进一步指出"古代的理论思维模式,以分而为二和分而为三的分解组合为主",并认为:"'三分'移用于文学理论批评大大提升了思维和理论建构的层次。尤其是齐梁的刘勰,在《文心雕龙》中广泛运用三维的思维模式,令一些层面的重要论说几乎臻于精深和完备。"他进而区分"三维"与"三分",其谓:"三维不同于一般的三分。它不是无序状态下的分而为之,也不是在同一轴线运动过程三个阶段的划分,而是以三极鼎立的结构模式来理解事物现象的构成,并阐释左右事物运作变化的诸种因素之间的相互关系。"涂先生说:"刘勰的思辨经常借助'分而为三'达于精微,尤其得益于三维模式的运用。"就笔者所知,关注刘勰思维模式,从研究方法的角度探索《文心雕龙》理论成就的论述有不少,但以"分而为三"予以明确概括,谓刘勰"得益于三维模式的运用",这样的论断似乎属于涂先生的发明。

以上只是初学光社师这部《〈文心雕龙〉范畴考论》之后的一隅之见,浅而寡要,疏而未当,聊以充序云耳。

戚良德
戊戌六月序于鸢都白浪河畔

前　言

中国古代文学成就辉煌，有那么多名篇巨著传世，至今诗词歌赋的名篇佳句仍脍炙人口；千百年来文学评论在写作经验的总结上积累丰硕；理论批评中范畴概念的创用更能萃集古人文学艺术创造中的审美追求，凸显传统思维、理论表述之优长，以及民族的文化特色和艺术精神。

刘勰撰著的《文心雕龙》问世于五世纪的齐梁时期，历代论家均予很高评价。唯一稍有保留的宋人黄庭坚也要求人们阅读《文心雕龙》，说："所论虽未极高，然讥弹古人，大中文病，不可不知也。"①其中仍流露出对《文心》理论阐述的基本认可。清代对古代学术有总结性的研讨，章学诚《文史通义》作出了"体大而虑周"②之评。西学东渐以后，比较中其理论价值得到中外学者普遍认同，对这部文论经典有"体大思精"③（范文澜语）的共识。鲁迅先生说："篇章既富，评骘遂起，东则有刘彦和之《文心》，西则有亚里士多德之《诗学》。解析神质，包举洪纤，开源发流，为世楷式。"④王元化先生在《文心雕龙创作论》中指出："像《文心雕龙》这部体大虑周的巨制，在同时期中世纪文艺理论专著中还找不到可以与之比肩的对手。"⑤日本学者国原吉之助如是说："我无法忘记刚刚开始翻阅《文心雕龙》时所感到的惊讶。与之相比，亚里士多德的《诗学》、贺拉斯的《诗艺》等西欧古代文艺批评或文学

---

① ［宋］黄庭坚：《与王立之》，《黄庭坚全集》，成都：四川大学出版社，2001年，第1370页。
② ［清］章学诚：《文史通义·诗话》，沈阳：辽宁教育出版社，1998年，第143页。
③ 范文澜：《文心雕龙注》，北京：人民文学出版社，1962年，第731页。
④ 鲁迅：《集外集拾遗补编·题记一篇》，《鲁迅全集》第8卷，北京：人民文学出版社，1981年，第332页。
⑤ 王元化：《文心雕龙创作论》，上海：上海古籍出版社，1979年，第71页。

理论著作顿时黯然失色。"①

《文心雕龙》是首屈一指的中国古代文学理论经典。范畴研究严格说是现代中西理论比较的产物，上世纪后半叶以来成为古文论探讨寻求突破的重要手段。从比较视角作《文心雕龙》范畴创用的考论，方能达成对中国古代文学文化特征及其独到之境的了解，认识其成就"体大思精"的文论经典的所以然，还能一窥这些范畴概念系列对古代文艺美学追求的引领。

西学东渐为范畴的比较研究创造了条件，底蕴深厚的国学由此找到了新的突破口。文论有了比较，能了解因运用汉字而形成的文学观念、样式以及审美追求、理论建构中的文化印记；有助于借鉴、汲取外来文化先进性的理论成果和思想方法，弥补一己短板，弘扬所长，拓展独到之境，认识古代范畴创用的历史意义和当代价值。范畴研究正是在中外理论比较中出现和走向成熟的，如今成为美学和文论研究不可或缺的组成部分，上世纪中叶以来的发展是其与时俱进的表征。

"范畴"有分类的意义，可作"范围"用。然而在理论话语中，它指一种大的、不被包容的概念。

"范畴"（希腊文 kategoria）这个词出自古希腊，在中国可谓"舶来品"。引进西学这一概念的近代学者译作"范畴"，借用的是古籍《尚书·洪范》篇中"洪范九畴"（上天赐给大禹治理天下的九类大法）之义，故"范畴"有大的分类、区别纲目部属以及范围的意涵。

古希腊亚里士多德的《范畴篇》提出实体、数量、性质、关系、地点、时间、姿态、状况、活动、遭受十个范畴；近代法国的笛卡儿分设实体、属性、样式三范畴；德国康德则有四类十二范畴：量的范畴（统一性、多样性、全体性），质的范畴（实在性、否定性、限制性），关系的范畴（依附性与存在性、因果性与依存性、交互性），样式的范畴（可能性—不可能性、存在性—非存在性、必然性—偶然性）。西方现代范畴学将概念分为范畴、一般概念、专属概念。无论古代还是现代，西学范畴全是抽象的，多为对事物本质属性和特点的区分、界定。

先秦学人常作"名实"之辨。其"名"与今所谓"概念"有近似处，但多用为具体事物的分类，因以"象形为先"的汉字称"名"，故所常作"不舍象"的

---

① ［日］国原吉之助：《司马迁与塔西佗》，日本《世界古典文学全集》月报，1970年4月号。

抽象。《墨子·经》中将"名"分为"达""类""私"三种;《荀子·正名》说"名定而实辨"①,有"共名""别名"的区分。理论范畴或可说是"达名"和"共名"的一种,由于"不舍象",仍长于对事物作模糊和整体的把握。

西方范畴的创设只符合理论家自己立论的需要,人们可以不认同其论说、不采用其设置分类,但在理解那些已作了逻辑规定的范畴意涵上不会有歧见。中国古代的范畴概念却不然,创设者一般不作定义,且因"约定俗成"广泛沿用,论者取用时往往各有侧重,不同语境中往往义蕴有别。"气""势""体""风骨"之类形象性概念涵容灵动模糊,研讨中时有争议不足奇。

笔者涉足《文心雕龙》范畴研讨,实与当年古文论研究的一个热点问题相关:

一千多年前问世的文论经典《文心雕龙》常给人历久弥新之感,其中所用"风骨"的概念曾广为沿用,在文学批评史上颇有影响。② 然而,现代学者一度对其意涵争议不断,上世纪60年前后发表的论文就有二十余篇,③论者皆肯定刘勰《风骨》篇所论精辟,凸显了文学作品应有的器质和精神风貌;各种见解也均有一定文本依据,为何仍会存在难以弥合的分歧呢?另外,该篇中的"气",以及《定势》篇的"势"等概念的解读也常是人言人殊。

1979年王元化先生的《文心雕龙创作论》问世,其中《释〈物色篇〉心物交融说》《释〈神思篇〉杼轴献功说》《释〈比兴篇〉拟容取心说》等,论及"言意""虚静""才性""志气"等概念;从范畴学的理论视角探讨的,既有与不同时代(如《文心》的"心物交融"说与王国维的"境界"说、龚自珍的"出入"说)的类比,也有中外学说(如刘勰的譬喻说与歌德的意蕴说)的对照。以若干自成机杼的短论从不同层面予以印证补充,提供了一种值得借鉴的融通中外古今理论的研究思路,让探究古代经典的价值和当代意义的正确方向

---

① 《荀子·正名》,[清]王先谦:《荀子集解》,北京:中华书局,1988年,第414页。
② 与刘勰同时的钟嵘《诗品》有"建安风力"、"真骨凌霜,高风跨俗";初唐杨炯赞王勃的兄长"磊落词韵,铿锵风骨,皆九变之雄律";王勃反对"龙朔"文风"骨气都尽,刚健不闻";陈子昂《与东方左史虬修竹篇序》标榜"汉魏风骨",指摘"齐梁间诗,彩丽竞繁,而兴寄都绝";盛唐殷璠说:"开元十五年后,声律风骨始备","言气骨建安为传"。
③ 明杨慎在《文心雕龙·风骨》篇"使文明以健"一句上批云:"风即风也,健即骨也;诗有格有调,格犹骨也,调犹风也。"上世纪初黄侃《文心雕龙札记》说:"必知风即文意、骨即文辞,然后不蹈空虚之弊。"1960年前后讨论达到高潮,舒直、王达津、商又今、马茂元、詹锳、廖仲安、郭晋稀、陆侃如、曹冷泉、寇效信、黄海章、李树尔、潘辰、刘永济、王运熙在《光明日报》《文汇报》《文学评论》《文学遗产》《学术月刊》等报刊上各抒己见。

也变得清晰起来。可以说以先进的学术思想的引领,拓出了《文心雕龙》研究的新局面。

我以"文心雕龙散论"为题的硕士论文增补成的《文心十论》于1986年出版,其中对"风骨""物色""定势""比兴"的阐发皆不乏受王先生启迪的印记。

一次解读范畴上的争议,促使我的关注点向梳理范畴生成衍化脉络转移:

上世纪80年代初我发表了几篇"龙学"论文①。其中《〈文心雕龙〉"定势"论浅说》对河北大学詹锳先生认为"势"即风格的观点作了些补正:《定势》说"因情立体,即体成势",表明文章"因情立体"所成之"势"确有相应的风格属性,说"体势"指文体风格无可置疑。然而应该看到,"势"的核心意涵是事物的运动态势和趋向,《文心》许多用"势"处都不作风格解,包括同在《定势》篇的"辞已尽而势有馀"和"势实须泽"等语在内的"势"明显非风格之义。此外,所谓"定势"即"势"的择定,开篇称"情致异区,文变殊术,莫不因情立体,即体成势也",末尾有"旧练之才,则执正以驭奇;新学之锐,则逐奇以失正;势流不返,则文体遂弊。秉兹情术,可无思焉"②。足见刘勰的"定势"指依作品"情""体"的规范确定文章展示态势的一种艺术表现手段("术")。

"龙学"上很有成就的詹先生并不认可我的解读。两年后济南学术会上相遇,在大明湖畔散步时他特意相告:"这次的争论我赢了!美国的施友忠先生就把'势'释为风格。把《定势》的篇题译为风格的选定。"不过,如此判定不仅未让我心悦诚服,反而促成了撰写一部专书的想法:揭示"势"范畴及其概念组合的创用历程和多义性,力求以翔实的资料以及合乎时代要求、有说服力的论证使学界达成共识的障碍化解。

我在中国人民大学出版社1990年出版的《势与中国艺术》一书"后记"中说:"前年,人民大学的几位师长来信为古代美学范畴丛书约稿,我即建议写'势',以

---

① 《曹丕文气说新探》(《文史》第十三辑)和《〈文心雕龙·风骨〉篇简论》与《〈文心雕龙·物色〉发微》(《古代文理论研究》第三辑)以及《〈文心雕龙〉"定势"论浅说》(《文学评论丛刊》第十三辑)、《刘勰论"滋味"》(《中国古典文学论丛》第二辑)、《刘勰灵感论探微》(《古典文学论丛》第四辑)等。
② [梁]刘勰:《文心雕龙·定势》,张国庆、涂光社:《〈文心雕龙〉集校、集释、直译》,北京:中国社会科学出版社,第552页、第557页。

为对它的开掘已经刻不容缓了。……我偏爱'势',是因为它是传统审美追求的一个重要组成部分;是因为探讨它有利于揭示艺术传达的机制;这样的研究自然有利于时用。我偏爱'势',是因为它运用广泛却难以把握,迄今无人对'势'论丰富材料进行系统的整理和全面的阐释,是一块荆棘丛生的荒地。"①之所以说到"我即建议写势",是因人民大学师长早先规划的范畴丛书和辞典辞条撰写的稿约中原本未作写"势"的安排。

笔者与古代范畴结下不解之缘,所写论文、专书,以及应中国人民大学师长约请撰写的范畴辞典辞条均为这方面思考的记录。拙著中有《势与中国艺术》(再版时更名《因动成势》)、《原创在气》、《中国美学范畴发生论》、《庄子范畴心解》与《中国古代文论范畴生成史》;在与张国庆合著的《文心雕龙集校集释直译》中对一些范畴名篇的专论进行阐发。与蔡锺翔先生和汪涌豪在《文学遗产》(2001年1期)上发表了《范畴研究三人谈》的文章。尽管如此,犹觉有未尽之意。

沉潜其中,愈加认识到只有通过比较,厘清传统的思维和范畴创用的文化特征,才可能全面开掘和认识古代文学艺术创造与理论思考这笔遗产的价值和意义。

比如,汉字是独具优长、又易被忽略的珍贵民族文化遗产。也许是熟视无睹的缘故,它对古代文学实践、理论建构的深刻影响并未受到应有的重视。由此入手或有助于攻坚克难。像"风骨""气"和"势"这样的形象性概念,刘勰的论证虽堪称精辟,毕竟与其他古代论著一样未对其意涵作逻辑的规定,这就与抽象的有严格逻辑规定的西方概念和理论话语迥别。古人既用"象形为先"的汉字构词造语,其范畴概念和理论表述自然长于模糊把握,解读时就不能忽略其语境的个别性以及感性表达的涵蕴。

再者,既然论的是文论范畴,探究古代文章写作的艺术成就和美学追求,就须了解传统的美文(文章)文学观,它与现代受西学影响指一个艺术门类的"文学"定位不尽吻合。近现代著名学者章太炎、郭绍虞、王运熙等对此都有所认识,但传统文学观念的形成过程及其对文论建构(特别是范畴创用)的影响学界却罕有涉及。还须明示的是,先秦尚无成熟的文学观念,其时"文章"指文化典章制度,"文学"也是就文献典籍而言;《诗》学或乐论严格说还算不上广义的文学理论,其范畴归诸美学则可,称之文学范畴略嫌勉强。两汉美文文学观渐趋成型,自汉魏之交文学进入"自觉时代",才走向文论范畴概念全面创用的历史阶段。

---

① 涂光社:《势与中国艺术》,北京:中国人民大学出版社,1990年,第253页。

另外，传统文学观念成型之前，也有归属或后来进入文学领域的范畴概念。一些哲学(尤其是美学)范畴就是文学范畴的前身。在对先秦子学的爬梳中发现，范畴创用上庄子的贡献非同凡响。拙著《庄子范畴心解》引言中有这样一段话：

……尤其人在解读那些由庄子首创的范畴、概念时，你眼前闪灼成片的会是睿智的火光，比如：

"游"的读解使你知道个人应该并可以求索精神的自由逍遥；

"忘"告诉你怎样取舍思维对象、净化心灵的空间；

"适"指自我顺适环境的体验和生存状态；

"迹"是事物演化留下的印记而非事物本身；

"体"也是一种重要的思维和把握事物的方式；

"竟(同境)"可以指思维的层次和范围；

"宇宙"是广袤无垠的空间与往复不断的时间的组合；

"法天贵真"道出了老庄自然论的宗旨；……①

庄子的哲学思考有意选择"寓言十九"表述，其文学性可知；范畴创用上亦可谓"近取诸身"而"远"及精深，堪称不作定义，作"不舍象"模糊把握的典范，对古代美学(包括文论在内)有重大影响。"游""忘""体""天""真""境"等范畴以及大抵由庄子首倡的"言意"之辨均见诸后来的文学评论。对文论范畴作探其渊源、述其优长的历史性考论，又怎能无视《庄子》的建树呢！

伴随"自觉时代"文学观念成熟，标志先秦哲学思辨精神复归的魏晋玄学兴盛，实现思想理论跃升的基础和条件具备，齐梁时方有刘勰这样的大理论家及其《文心雕龙》问世。玄学长于以对应的"有无""体用""本末"以及"才性"范畴进行论辩，而刘勰正是以系统的范畴创用成就了享誉千古的文论巨典。

上世纪90年代以来，学界在古代范畴研究上的成果累累，许多学者在这方面作了有价值的探讨，具有标志性意义的是：在蔡锺翔先生的组织安排下二十来个范畴的专书面世，且已成系列；成复旺主编的《美学范畴辞典》出版；还有汪涌豪所著《范畴论》的全面述评。如何在此基础上通过考究文论经典《文心雕龙》的范畴创用，为完成文论范畴研究的时代使命贡献绵薄呢？

《文心雕龙》的范畴研究有一些不容忽略的问题，尤须注意弥补以下欠缺：

一、了解古今(也是中西)理论范畴的差异，认识中国古代范畴生成的土壤、独特的文化个性及其生成衍化过程，揭示其学术思考与理论建构上之优长，尤其是

---

① 涂光社：《庄子范畴心解》，北京：中国社会科学出版社，2003年，第20-21页。

探究汉字运用对思维和语言表述以及范畴创用、传统文学观念形成的影响等。

二、厘清文论范畴从生成到《文心雕龙》系统建构的历程：指出"文学自觉"与学术思辨精神复归是大思想、理论家和文论经典出现的时代条件，刘勰如何以系统的范畴创用完成文论各层面（尤其是文学的基本理论问题）的经典性论证。道明《文心》"体大思精"，成为中国文学理论批评史上莫能企及的巅峰之作的所以然。

三、《文心》之后再也没有体系缜密堪与其比肩的文论著作问世，文学评论在范畴上是用多论少。但刘勰以范畴名篇的专题论证以及散见各篇的范畴概念基本涵盖了文论的各个层面，后来的文学思潮流派往往标树其中某一范畴宣示其艺术主张和审美追求，不断为造艺的拓展、提升导向。

诚然，作这些方面的考察皆有探源述流、宣示其然和所以然的必要。

目 录
CONTENTS

导 论 ………………………………………………………………… 1
 一、古代文论范畴生成的文化土壤和理论特征　2
 二、文论范畴创用和理论升华的前提条件在汉魏六朝渐臻完备　5
 三、《文心雕龙》范畴创设和系统建构的理论意义和导向作用　8

第一章　文论范畴生成的文化背景与思想渊源 ……………… 16
第一节　传统思维方式、理论形态和范畴特征的形成　16
 一、思维倚重"象"与运用线条的双绝　16
 二、从纹理、线条到文字:"象"与"文"的互动与互促　26
 三、古代理论表述和范畴概念的特征　39

第二节　古代文论范畴的哲学依据　48
 一、阴阳五行——古代的辩证思维学说　48
 二、气论:先秦两汉的本根说　54
 三、神形论:精神现象的考察　61
 四、仁学:维系人心的孔孟之道　67
 五、尚虚无、尚自然、尚超越的老庄哲学　79

第三节　先秦:传统文学观成型前文论概念的不同渊源　100
 一、源于哲学者　101
 二、《诗》学范畴　114
 三、诸子的"言""辞"之论　122

四、极富创意和影响深远的《庄》学范畴　128

第二章　文论范畴创用的前提条件与理论准备 ……………… 155
第一节　传统文学观念形成的轨迹　155
一、先秦:传统文学观廓定之前的时代　161
二、汉魏六朝文学观念的演进脉络　169

第二节　两汉:美文文学观形成时期的范畴、概念　182
一、西汉前期与文辞相关的范畴概念　186
二、与美文文学观形成俱兴的汉赋及其评论　197
三、《诗经》学中的范畴概念　211
四、对繁冗浮华和虚妄不实文风的批判　216

第三节　玄化为本,德化为宗:汉魏六朝的儒道互动与学术发展　233
一、"道者玄化为本"的学术定位　235
二、从《庄子·天下》看先秦学术中儒、道思想的奠基和统领作用　236
三、汉代学术中的道儒互补　240
四、尚"玄":对正统经学和谶纬之术的补正与纠谬——从扬雄的《太玄经》到张衡的《思玄赋》　244
五、魏晋玄学中的道儒互动:先秦学术思辨精神的复归　247
六、玄学兴盛对古代学术发展的历史贡献　251

第三章　魏晋文论与《文心雕龙》的范畴建构 ……………… 259
第一节　魏晋文论范畴概念的运用　259
一、"文气"说在范畴创设上的历史贡献　259
二、陆机《文赋》在范畴概念运用上的贡献　266
三、挚虞《文章流别论》和钟嵘《诗品》中的范畴运用　278

第二节　玄学影响下的文论范畴创用　281
一、玄学和哲学思辨精神的复归　282
二、文学艺术理论批评在玄学思潮中的取舍　284
三、刘勰对玄学思想方法的接受　287
四、《文心雕龙》中玄学理论范畴的移植　298

第三节 《文心雕龙》:缜密体系中各得其所的范畴系列 309
  一、《序志》:申说论文宗旨、理论框架、论证原则方法所用范畴 312
  二、以范畴名篇的专论之一:针对文学基础性理论问题的论证 325
  三、以范畴名篇的专论之二:文化特色尤为鲜明的论题 350
  四、不见于篇名、用而未释的范畴概念 376
  五、《文心雕龙》范畴概念创用的卓越成就和历史地位 388

参考文献 393

导 论

范畴是理论组合的核心环节,为读解论说、阐发理论意涵的关键处。范畴研究是以当代视角探究古代文艺理论意义和文化价值的重要手段和途径。

中国古代文论范畴个性鲜明,较为集中地体现华夏民族的心理特征、审美情趣、文学观念,聚焦人文理想和精神追求;显现传统思维方式、概念、话语组合和理论建构的诸多特点。范畴有从字词到概念,再升格为理论范畴,以及不断衍生的过程。梳理文论范畴的创用,了解其优长和历史,能从一个侧面认识民族文化遗产的价值,为新时代文论批评提供重要的参照系和整合资源。

体大思精的中国古代文论经典《文心雕龙》于一千五百多年前问世,不仅前无古人,后世的理论家也难望项背。刘勰所以能够进行如此精深的理论思考,成就宏大缜密的理论体系,正与其范畴系列创用密切相关。

刘勰在完成《文心雕龙》各层面理论系统建构的同时,也廓定了古代文论范畴的体系;他正是以文学理论范畴全面系统的创用,成就了体大思精的文学理论经典著述。

体系缜密的理论仰赖统序严谨论证精切的范畴系列的论证支撑、建构。反之,体系缜密的理论建构,也能成就范畴系列的创用。《序志》篇是《文心》的序,介绍了以"文心雕龙"名书的原委和论文的宗旨以及全书的理论框架、结构统序和立论的方法、原则,可以此为线索对刘勰范畴概念创用方面的建树进行梳理。

刘勰移植、创设的范畴概念之多举世莫比,在《文心雕龙》每一层面的理论组合中发挥着关键性作用,可谓各得其所,各尽其用。于此古代文论范畴体系已见雏形。此后的理论批评尽管在范畴创用上仍不断有所拓展,有新的组合和模式出现,甚至有某种文学样式、风格流派新的建构,但大都能从《文心》中找到其范畴概念运用的起点和依据,不与刘勰的理论体系相悖。

研讨《文心雕龙》的范畴创设运用,开掘其理论价值,首先须明了古代文学及其理论范畴生成的土壤,揭示华夏民族思维方式和理论建构(包括范畴概念创用)

的特点和优长所在;厘清汉魏六朝传统文学观念演进、学术发展的脉络和理论思辨水平跃升的所以然。然后全面解析《文心》的范畴体系,发掘其理论意义,宣示其历史地位,一窥华夏民族思维方式和文学艺术追求的文化价值。

一、古代文论范畴生成的文化土壤和理论特征

中国古代文学成就辉煌,理论批评也有卓越建树。范畴概念的创用更能凸显思维和理论表述以及文学观念鲜明的文化个性。必须指出,不掌握汉语的特点,就无法说清诗词歌赋有辉煌成就和独到境界之所以然;也不能了解传统"不舍象"的思维方式、灵便的概念话语组合及其在理论建构、表述上的特点与优长。

用于古代诗词文章、理论思考表述的汉语简约蕴藉,令运用拼音文字的语种难作直译。运用拼音文字的外语一般逻辑严谨,但用汉语不难对它进行翻译,且易汲取所长。汉语与众不同处正在于它是用"象形为先"、以表意为第一属性的文字作为记录符号。在世界大文明的文字中汉字属"象形"系统,经先人不断改进避免了被淘汰和取代的命运,可谓硕果仅存。

汉字往往一字多义,有所通同者常借代为用;多为名词但可动(使动或意动)用,话语组合灵便;学者对概念意涵绝少作逻辑规定,"约定俗成"而已。因此同一概念在不同语境中义蕴不尽相同。传统的理论范畴有其他语种理论范畴没有的优长,如汉字"象形为先"义蕴浑融模糊,概念组合简约灵便又"约定俗成"则应用广泛,往往历时千百载沿用不绝,为范畴义的开拓更新提供了更大空间。论者在认同范畴基本意涵前提下可从不同角度取用和进行阐发,显示出一定程度上的开放包容。汉字的运用对语言的音韵节奏和语汇构成、文学表述,尤其是形象描绘均有深刻影响,与创作中的某些艺术追求乃至美文文学观的形成相关联。比如文章之美就包括遣词用字之美于其中。

现代文学艺术论中所用的"文学"[①]和"范畴"的概念其实都属舶来品,虽能在先秦追索出其语义源头,但原义有别于其当代的概念义。古所谓"文学"意涵在不同时代、不同语境不尽一致,很少与现代作为一个艺术门类的"文学"等同(汉代以后"文章"一词多指有美感的言辞,大抵相当于现代的"文学作品",但除诗歌、散文、小说、戏剧之外还包括许多说理、议论文章);"范畴"取用古代经典《尚书》中

---

① 西学东渐之初,日本学者首先以"文学"作为现代理论中艺术的一个门类,后为中国新学接受。文学不同于哲学,用它指称一门艺术严格说是有缺陷的,因为艺术和学术(理论)有别,正如音乐、绘画、雕塑不能称之音乐学、绘画学、雕塑学一样。当然,视文学为一门艺术早已约定俗成,在现代话语中不必更改。

"洪范九畴"的两个字,却是西方哲学理论中一种不被包容的大概念(希腊文 kategoria)的译名,范畴从总体上反映事物某种本质的属性和普遍联系(如今常见人们仅把它当着"范围"的同义词使用)。所以,须率先辨明造成差异的原委,以及这些差异对古文论范畴创用的影响。

笔者在《中国古代美学范畴发生论》①一书中申述过这样的看法,民族特色鲜明的中国古代理论范畴生成的文化土壤与西方不同,在思维及其表达上有"不舍象"与线条符号运用的双绝。

华夏民族擅长和偏爱"不舍象"的思维。所谓"不舍象"的思维是相对于抽象的逻辑思维而言,即是不排除感性,甚至常对感性体验和意象有所借助的思维。这方面有两个最好的例证:以简驭繁的《周易》八卦即"以象明意";古代文字学家明言,数量庞大、表意为第一属性的汉字也"以象形为先"。

"象"鲜明可感,意涵浑融模糊,"不舍象"的思维和传达比逻辑的表述有更宽泛的指域、更大的可塑性。对"象"的倚重也对古代的理论形态、范畴创用和展示方式(常用触类旁通的描绘形容和比喻替代抽象的逻辑推理)有重大影响。

《易》为六经之首,是儒典中最讲究方法论者。从《易经》以"象(卦象)"明意和王弼"尽意莫如象"的概括可知,"象"的模糊意蕴有高度概括力和相对灵动的指域。《老子》亦有"道之为物,惟恍惟惚。惚兮恍兮,其中有象"②、"执大象,天下往"③、"大象无形,道隐无名"④等论,细加体味亦可得窥华夏民族思维方式"不舍象"的特点和某种优长。

卦象和汉字都是"不舍象"的线条符号。"象"拥有诉诸感官的模糊深广的意蕴,对"象"的体认所得也包括生命体验中的一些感悟。

古人的哲学思考与表述有汉字参与,往往都是"不舍象"的,传统的范畴概念"抽象"程度虽较一般语词为高,但大都未与"具体"绝缘。"不舍象"的思维有其优势(一定程度上避免了偏颇、绝对),常有对精微处的模糊把握,也为进一步的思考以及从片面到整体,从认知上升到智慧把握留有余地。

古代文论范畴是运用汉语的理论范畴,汉字是记录汉语、"象形为先"以表意为第一属性的线条符号,这与其他以拼音字母记录的语言迥然有别。表意为第一属性的汉字更多地介入思考,对语言表述(包括理论话语的组成以及范畴概念的

---

① 涂光社:《中国美学范畴发生论》,北京:人民教育出版社,1999年。
② 《老子·二十一章》,陈鼓应:《老子注译及评介》,北京:中华书局,1984年,第148页。
③ 《老子·三十五章》,陈鼓应:《老子注译及评介》,第203页。
④ 《老子·四十一章》,陈鼓应:《老子注译及评介》,第328页。

创用)有深刻影响。

汉字数以万计,学习、书写运用上难度较大,从来是文人学士的专擅,"文言不一"的现象曾长期存在,对文学艺术的通俗化和口语化诚然有某些不利影响。文学批评史上也有对用字上搜奇炫博纠偏的记录,汉代的辞赋大家曾因"极靡丽之辞,闳侈钜衍,竞于使人不能加"①而受非议。王充也说过"文由语也",批评"深覆典雅,指意难睹,唯赋颂耳"②。不过,总的说来,阅读古文与前人沟通并不困难。许多华章名句千百年来从莘莘学子到初通文墨的妇孺小民、贩夫走卒中广为流传。无可计数的格言、成语、谣谚极大地丰富了现代语汇,传承着人们的道德意识、文化品位和审美情趣。运用拼音文字的西方人一般是读不懂四五百年前的文学作品的。

汉字是世界大文明中硕果仅存的象形系统文字,被认为是"不象形的象形字"③。经过至少五六千年的不断演化和改造、规范,成功地避免了像其他象形文字那样被淘汰的命运。反之,汉字的成功演进又给予人们思维以积极影响:"不舍象"的因素(如大多偏旁部首由"象形""示意"符号改造而成)使其以表意为第一属性,从而拥有拼音文字所不具备的功能;在参与日趋精微的思维活动时常会发挥特殊作用,巩固了其在传统思维方式中据有的地位。换言之,汉语以汉字为记录符号,其表情达意的某些长处是运用拼音文字的语言难以拥有的,古代文学语汇译成外语,其精微和韵味难以保留。反之,运用拼音文字的语言之优长(比如作严谨的逻辑表述),汉语则可借鉴且较易学成,现代汉语正是不断吸纳外语之所长有了这方面的进步。

汉字一字一音,常一字多义,多独自成词(本字多为名词,可作动词、形容词使用),拥有多向的隐性语义网络(故能作倒装、错位之类处理)等特点,词语组合灵便,而且对概念意涵绝少作逻辑规定,"约定俗成"而已。因此,同一范畴概念在不同语境中义蕴不尽相同。

中国古代范畴概念大多"约定俗成",并常借代为用(如"心""情""理""事义"在特定语境中皆可指代文学内容),不同语境中意义有别(如"气"即然,既指一种物态,也可指流转的精神活力或者风尚、格调……;刘勰、钟嵘、殷璠论说中所用"风骨"意蕴也不尽吻合)。一些范畴概念会在不同系列中出现,意涵各有侧重

---

① [汉]班固:《汉书·扬雄传》,北京:中华书局,1962年,第3575页。
② [汉]王充:《论衡·自纪》,张宗祥:《论衡校注》,上海:上海古籍出版社,2010年,第579页。
③ 鲁迅:《且介亭杂文·门外文谈》,沈阳:万卷出版公司,2014年,第52页。

而已。各系列间范畴义或有所交叉和重叠的另一原因是:文学艺术论的范畴创用无不与美的追求相关,美的追求尽管千差万别,相互间仍可能存在关联;古人论说角度不一,范畴运用上也以跨越系列、类别为常。

西方理论家长于抽象的思考与表述。然而,客观事物毕竟是具体的存在,抽象认识固然能从一定层面揭示事物的本质,但不可能包举整个事物的所有方面。马克思在《政治经济学批判·导言》中倡导从抽象回到具体,正是要求以具体事物验证抽象,矫正补充已有的结论和判断,也可为进一步的思考、判断导向。"不舍象"的思维一定程度上避免了完全脱离具体之抽象的片面性。

概念在先秦学术中当属一类有概括性的"名"。有感于战国时期"奇辞起,名实乱"的现象,集先秦学术之大成的荀子总结出"名"在生成、运用上的特点,提出了"约定俗成"的规范。如荀子所说,各个时期都"有循于旧名,有作于新名"①。随着理论思维的进步范畴概念也在通变:有承袭,也有创新;有重心的位移、变异,也有废止。"约定俗成"要求人们对通用的范畴概念保持大致的共识。由于"约定"之"约"是契约之约,也是大约之约,古代范畴概念大多能广为沿用,论者常用而不释,绝少去作定义,在意义上有较大自由发挥的空间。作为一种不被包容的大概念,范畴同样有产生和演变的过程,意涵基本上皆为约定俗成,范畴义由其出现的具体语境判定。

当代研究者须在了解古代该范畴基本的或言核心意涵(即约定俗成的共识)的前提下,根据其特定语境作相应的调整,才能对它进行确切的解读。

"约定俗成"拥有一定的开放性,论者可依自己的理解或立论的需要运用和阐发范畴义,意旨守恒者有之,意涵延伸和进行某方面拓展者有之,作概念重组和另以新词代换者亦有之。历代文艺思潮、流派令各种美学追求、艺术主张不断更新;不过即使出自同一流派,申说类同的思想主张,也往往会用到新的概念组合。这就决定了对范畴生成衍化的历程作系列化梳理的必要性和可能性。

二、文论范畴创用和理论升华的前提条件在汉魏六朝渐臻完备

既论古代文学的理论范畴创用,不能不先说说传统的文学观念。

20世纪初,中国文论的研究者普遍注意到古今文学观念的差异。一些有识者指出,中国古代是以美文("文章")为文学的。美文文学观是否可以说成是中国传统的文学观念呢?它是否具有合理性(或言科学性)呢?若对古人心目中什么

---

① 《荀子·正名》,[清]王先谦:《荀子集解》,第414页。

是作为一门艺术的文学都不甚了了,何能把其理论范畴的意义说得明白?

先秦尚未出现一般意义上的文论范畴。因为当时人们意识中还没有将文学作为一门艺术,著述中无论"文""文章""文学"还是"言"和"辞",都不能概括或者代指美文。也就是说人们尚没有成熟的、与现代理论近似和通同的文学观念,于是也就没有严格意义上的文学理论范畴(从范畴学上说,春秋战国时期只有一些哲学和美学的元范畴,以及用于诗论和乐论的某些概念)。因此,本书综述文论范畴生成历史的时候,只宜把先秦相关的范畴概念作为文论范畴的源头进行介绍。

美文文学观自汉代始逐步明晰起来,论者多以"丽"论文,对"丽"文从一般性认可发展到褒贬有差,比如汉宣帝说小赋"辩丽可喜"①,扬雄早期心仪司马相如赋作"弘丽"故"拟之为式",后来则有"丽则""丽淫"之说,桓谭亦曾云"新近丽文,美而无采"②;更为突出的是,"文章"一词除沿袭旧典时仍有指礼法人文制度的情况以外,指文辞写作的逐渐多起来。自建安时代起,文学进入"自觉时代",文章的艺术特质被广泛认可,刘勰说:"圣贤书辞,总称文章,非采而何?"③写作上美的追求也日趋全面和充分。

文学观念的成熟加上玄学思辨对理论发展的推动,为六朝文论长足进步和体大思精的文论经典《文心雕龙》的问世创造了条件。

学术的长足进步必有其时代提供的条件。汉魏六朝思辨精神的重振,学术思考水平的跃升推动文论范畴的创用与系列化,不可不明。这一阶段学术发展的脉络和内在驱动力何来,须提供佐证予以厘清。

先秦诸子百家争鸣奠定了古代学术发展的基石。此后主要是道、儒两家的互动促进和引导学术思想理论发展。汉武帝"独尊儒术",令经学据有垄断地位。随后出现"微言大义"和神学目的论的偏谬;西汉末尚"玄"之风渐起,东汉更盛,学人确有以道家理念补正谶纬的意图和思维取向。汉魏之交正统经学丧失了学术思想的垄断地位,玄学兴盛,学术思辨精神重振,大大提升了那个时代的理论思考水平,促进了学术发展。

---

① [汉]班固《汉书·王褒传》。
② 转引自[梁]刘勰:《文心雕龙·通变》,张国庆、涂光社:《〈文心雕龙〉集校、集释、直译》,第533页。
③ [梁]刘勰:《文心雕龙·情采》,张国庆、涂光社:《〈文心雕龙〉集校、集释、直译》,第570页。

梳理《庄子·天下》篇《史记·太史公自序》《汉书·艺术志》和《刘子·九流》①中诸子之学的综论，不难发现互动互补的道、儒两家思想构成汉魏六朝学术发展的干流。《九流》说"九流"（九家子学）"俱会治道"，"道者，玄化为本；儒者，德化为宗。九流之中，二化为最"②，切中肯綮。"玄化"则是哲学思考的指向——深入事物本质和演化机制。

西汉末尚"玄"之风初起，东汉流播渐广，皆出自学人批驳谶纬悖谬、补正官方经学的意图，有扬雄、张衡等人的著述为证。魏晋玄学昌盛，也早为学界认可。然而，玄学思辨之优长何在，如何能推动学术发展却需要进一步辨明。

《老子》一章："玄之又玄，众妙之门。"③"玄"指向在事物演化中起关键作用的深邃奇妙的机制、规律。玄学以老庄释儒典（主要是《易经》，也有《论语》）起步，通过系列范畴的重新解读和运用，实现思辨精神的复归与发扬。

魏晋玄学没有官方设定的权威，不墨守经典，也无固定模式，不拘一家言说，不同乃至对立观点常作面对面的论争，故"才性同，才性异，才性合，才性异"之说并存；嵇康能宣称具颠覆性的"非汤武而薄周孔""越名教而任自然"，阐发有嫌偏颇的"声无哀乐论"；"贵无"论之后"崇有"论出现；……确有一种相对开放包容，立新说、多创意的学术风气。

玄学思辨之优长正在范畴的组合运用方面：拓展和丰富了传统范畴系列的运用范围和组合形式，有道德伦常、生命精神现象、事物演化规律以及艺术传达机制等方面，论及有与无、体与用、本与末、才与性、神与形、情与理、名教与自然以及言、象、意等范畴组合内的相互关系，丰富和深化了理论思考的层级。

概言之，传统文学观念在汉魏六朝时期渐臻定型，以美文（"文章"）为文学，对作为一门艺术的文学的理解与今人不尽相同；魏晋玄学兴盛是先秦学术思辨精神回归和理论思考长足进步的表征，其优长在于有道儒的互动，并以范畴组合的话语探究主导事物运作的因素，为经典理论建构及其范畴系统创用提供了范本；加上克服了"夷夏之大防"④的佛学广为流传，"三教合一"的趋势明显，促进了那

---

① 《刘子》是六朝时期一部颇有理论建树的子书，其作者为谁历来存在争议。近年林其锬等学者经翔实考证，得出系刘勰之作的结论，令人信服。由于尚未得到普遍认同，本书对此有所回避，以免不必要的争议干扰论证。
② [梁]刘勰：《刘子·九流》，林其锬、陈凤金：《刘子集校》，上海：上海古籍出版社，1985年，第303页。
③ 《老子·一章》，陈鼓应：《老子注译及评介》，第53页。
④ 陈寅恪：《论韩愈》，《中国现代学术经典·陈寅恪卷》，石家庄：河北教育出版社，2002年，第711页。

个时期学术思辨水平的跃升,为文学经典的问世奠定了基础。

三、《文心雕龙》范畴创设和系统建构的理论意义和导向作用

汉魏六朝是古代文学观念成型和理论长足进步时期。《文心雕龙》中范畴系列的创用和体系化是时代的产物,为其体大思精有经典性理论建树的标志。

在范畴组合方式上,刘勰既采用玄学"本"与"末"、"才"与"性"、"一"与"多"和两两对应和"言""象""意"递进的模式;也大大发展了陆机"恒患意不称物,物不逮意"①的主体、客体、媒介三维组合,有了"道沿圣以垂文,圣因文而明道"②和"情以物迁,辞以情发"③等理论表述。

《文心》列后的《序志》篇是序,其中介绍书的命名、立意、写作动机、结构统序和思想方法,引导读者阅读这部经典,了解古代的文学观念和《文心》理论建构,是进入作者心灵和学术思考的门径。

《序志》开篇说:

> 夫"文心"者,言为文之用心也。昔涓子《琴心》,王孙《巧心》,心哉美矣!故用之焉。古来文章,以雕缛成体,岂取驺奭之群言雕龙也?④

古人意识中"心"主思维,是情性所本,智慧和创造力的渊薮。刘勰以"文心"给自己的著作取名,盛赞"心哉美矣",指出人类具有"拔萃出类""超出万物"的"性灵",以及由此而来的美的创造力。"古来文章,以雕缛成体,岂取驺奭之群言雕龙也"的反诘表明,文章之美何止是言辞雕饰之美!显然,其核心乃在人生命灵慧的美。以"文心雕龙"名书,是美文文学观最集中、最精切同时也是最具包容性的表述。以美文为文学的观念最简明地凸显了文学的两大特征:它是艺术,是一种美的创造;文学美的创造是用语言文字作为媒介。刘勰的论著用"文心雕龙"题名,凸显的正是这样一种理念:"文章"是人内心慧美情灵的艺术创造,"文心"之美是文章之美的核心和内在依据。末尾"赞"中的"文果载心,余心所寄"⑤,道出了刘勰立言的心声。

---

① [晋]陆机:《文赋》,郭绍虞:《中国历代文论选》(一),上海:上海古籍出版社,2001年,第170页。
② [梁]刘勰:《文心雕龙·原道》,张国庆、涂光社:《〈文心雕龙〉集校、集释、直译》,第12页。
③ [梁]刘勰:《文心雕龙·物色》,张国庆、涂光社:《〈文心雕龙〉集校、集释、直译》,第851页。
④ [梁]刘勰:《文心雕龙·序志》,张国庆、涂光社:《〈文心雕龙〉集校、集释、直译》,第920页。
⑤ [梁]刘勰:《文心雕龙·序志》,张国庆、涂光社:《〈文心雕龙〉集校、集释、直译》,第927页。

刘勰介绍全书的理论体系和立论的思想方法原则,用到"纲领""毛目"的范畴组合:"纲领"包括标树思想宗旨和写作楷范的"文之枢纽"和梳理各体写作实践的"论文叙笔";"毛目"中则有论证原则的宣示,对文学现象的"剖情析采,笼圈条贯"以及"擘肌分理,唯务折衷":

　　盖《文心》之作也,本乎道,师乎圣,体乎以,酌乎纬,变乎骚:文之枢纽,亦云极矣。若乃论文叙笔,则囿别区分,原始以表末,释名以章义,选文以定篇,敷理以举统:上篇以上,纲领明矣。至于剖情析采,笼圈条贯,摛《神》《性》,图《风》《势》,苞《会》《通》,阅《声》《字》;崇替于《时序》,褒贬于《才略》,怊怅于《知音》,耿介于《程器》;长怀《序志》,以驭群篇:下篇以下,毛目显矣。位理定名,彰乎大《易》之数,其为文用,四十九篇而已。①

全书分上、下两"篇":《原道》《征圣》《宗经》《正纬》《辨骚》五篇为"文之枢纽",连同随后二十篇"论文叙笔"是为"上篇",刘勰称之"纲领";而作"剖情析采"的二十四篇专论加上"以驭群篇"的《序志》合称"下篇",则属"毛目"。纲举目张。"纲领"对"毛目"具有引领作用。

"上篇"包括"文之枢纽"和"论文叙笔"两部分。

前五篇《原道》《征圣》《宗经》《正纬》《辨骚》为全书提纲挈领的"文之枢纽"。探究文学本源,论证文学现象产生的所以然及其功能、意义,解析文学活动三要素间的关系;树立作家作品的楷模,总结历史发展的经验教训,概括出继承变革的原则。

《原道》《征圣》《宗经》示范文章写作。《原道》的"自然之道""道沿圣以垂文,圣因文而明道"和"辞之所以能鼓天下之动者,乃道之文也"②等论有普遍的指导意义。"道""圣""文(经)"是刘勰标树的有典范意义的文学活动之三要素,即客体(叙写和表现的对象)、主体(著述者)、媒介(言辞和著述)。

若说《原道》《征圣》《宗经》中的"衔华佩实""情信辞巧"和"宗经六义"等金科玉律宣示写作当遵循之"正"途;那么后两篇《正纬》《辨骚》就是新"奇"(创变)之径的探寻。先秦经典问世后,纬书之"奇"失实,弊端甚多,须矫"正"之;而屈《骚》在"《雅》《颂》寝声"后"奇文郁起""取镕经意,自铸伟辞"是求变成功的楷模,后继者当"酌奇而不失正"。

---

① [梁]刘勰:《文心雕龙·序志》,张国庆、涂光社:《〈文心雕龙〉集校、集释、直译》,第925页。
② [梁]刘勰:《文心雕龙·原道》,张国庆、涂光社:《〈文心雕龙〉集校、集释、直译》,第1页、第12页。

"文之枢纽"所用范畴有"道""圣""文"三维组合的以及"德""自然""性灵""情性""奇正""雅俗""华实"等。其实,《原道》《征圣》《宗经》前三篇和后两篇《正纬》《辨骚》之间,也是一种宏大的"正""奇"对应。

"论文叙笔"分论当时的各种文体:"原始以表末,释名以章义,选文以定篇,敷理以举统"。"原始表末"述评各体的生成流变;"释名章义"诠释其称名所由,彰显其名实和本质特征;"选文定篇"选择该体的代表性作品,评定其价值所在;"敷理举统"是把握该体衍化的统序和得失成败之所然,提炼出该体写作的理论规范。之所以也为"纲领"的组成部分,首先因它是"毛目"立论的基石;而"下篇"论证所得的认识、原则和方法手段也以实践为指归,服务于各类"文""笔"的写作。

声言"下篇"的论证为"剖情析采,笼圈条贯",表明刘勰有对研讨对象进行剖析和系统归纳的自觉,为中国文论史上所仅见,难能可贵,使古代学人理论思考一个常有的欠缺得到弥补。这也许就是《文心》"体大思精",难为他人企及的重要原因。

"剖情析采"明言"剖析"为论证文学现象的基本方法;"笼圈条贯"则打破文体限制,将以范畴和概念组合命名的专题进行系统归类:"摛《神》《性》,图《风》《势》,苞《会》《通》,阅《声》《字》"概括的一类探讨创作活动的规律和艺术表现原则;"崇替于《时序》,褒贬于《才略》,怊怅于《知音》,耿介于《程器》"一类论述影响一般原则、规律和鉴赏批评的诸种因素。除《通变》和《知音》因特定内容有不同需要外,前一类多为文学现象的横向("笼圈")剖析,后一类则多征引历代例证作纵向("条贯")梳理,对原则规律进行补证。

前一类有十九个专题:《神思》论文学创作思维的特点,《体性》论风格,《风骨》论文学的感动力量,《通变》论继承变革,《定势》论作品展示方式的择定,《情采》论内容形式的关系,《镕裁》论内容的规范与形式的剪裁,《声律》论语言的声韵音律,《章句》从字、句、章、篇论句式章法,《丽辞》论文辞的对偶,《比兴》论《诗经》借物寓意间接性传达的功用,《夸饰》论夸张修饰,《事类》论成辞和典故的使用,《练字》论遣词用字,《隐秀》论深厚隐微与卓拔挺秀两种文章之美,《指瑕》论作家行文中用事、比况和字词音义的失当等瑕疵,《养气》论写作的精神准备:生理心理的调适,《附会》论文章的结构条理及其协调性、整体性,《总术》论"文"与"笔"的区别和掌握规律驾驭技巧的意义。

后一类五篇:《时序》论时代社会政治对文学的影响,《物色》论自然环境和景物对写作的影响,《才略》论作家才能、个性对创作的影响,《知音》论文学鉴赏,《程器》论作家的德才修为。末篇《序志》是序,介绍作者以"文心雕龙"名书和矢志论文的原委,以及理论体系的构成和立论原则,并强调论证依循客观规律,"势自不可异也""理自不可同也","同之与异,不屑古今;擘肌分理,唯务折衷"。

其后,刘勰又一次申明自己所持的论文原则说:

> 有同乎旧谈者,非雷同也,势自不可异也;有异乎前论者,非苟异也,理自不可同也。同之与异,不屑古今,擘肌分理,唯务折衷。①

此所谓"势"是理路延伸的自然态势,"理"是本然之理,皆顺理成章地合乎其生成展示的逻辑;"自不可异"与"自不可同"以及"同之与异,不屑古今"的态度表明,无论因袭前人还是一己创见,无论古今,也无论源出何家,取舍只凭求真求是的准绳:强调立论的严肃性和客观性。"擘肌分理"即前所谓"剖情析采",指解析论证的基本方法;"唯务折衷"则谓不偏不倚唯求中正惬当,显现出对众说兼容并包、唯真理是从的胸怀。

明谓"不屑古今"对倡言原道、征圣、宗经的刘勰来说诚属不易,是肯定和接受新思想学术新成果与时俱进的表现。"折衷"众论的他有时也与"雷同一响"的评议唱反调!《才略》篇说:"魏文之才,洋洋清绮,旧谈抑之,谓去植千里。然子建思捷而才俊,诗丽而表逸。子桓虑详而力缓,故不竞于先鸣;而乐府清越,《典论》辨要,迭用短长,亦无懵焉。但俗情抑扬,雷同一响,遂令文帝以位尊减才,思王以势窘益价,未为笃论也。"②一反"旧谈"与"俗情",为曹丕鸣不平;正因为敢"异于前论",才能全面比较曹丕、曹植的文学个性与成就,作出客观评价。《知音》篇指出人们常有"贵古贱今""崇己抑人""信伪迷真"的心理偏向,难免"知多偏好"的局限。要求鉴赏者由博而约,"阅乔岳以形培塿,酌沧波以喻畎浍",以"无私于轻重,不偏于憎爱"③的公允来保证鉴赏的客观公允。

刘勰还善于作另一种"折衷":自觉地从不同乃至相反的角度考察文学现象,揭示各种因素的辩证关系。如《神思》篇说:"人之禀才,迟速异分;文之制体,大小殊功:相如含笔而腐毫,扬雄辍翰而惊梦,……虽有巨文,亦思之缓也。淮南崇朝而赋骚,枚皋应诏而成赋,……虽有短篇,亦思之速也。若夫骏发之士,心总要术,敏在虑前,应机立断;覃思之人,情饶歧路,鉴在疑后,研虑方定。机敏故造次而成功,虑疑故愈久而致绩。"④写作速度除受作品规模大小的影响外,也受作家思维

---

① [梁]刘勰:《文心雕龙·序志》,张国庆、涂光社:《〈文心雕龙〉集校、集释、直译》,第927页。
② [梁]刘勰:《文心雕龙·才略》,张国庆、涂光社:《〈文心雕龙〉集校、集释、直译》,第871页。
③ [梁]刘勰:《文心雕龙·知音》,张国庆、涂光社:《〈文心雕龙〉集校、集释、直译》,第887页。
④ [梁]刘勰:《文心雕龙·神思》,张国庆、涂光社:《〈文心雕龙〉集校、集释、直译》,第486页。

方式、习惯的制约。创作主体的思维有不同个性,无论"情饶歧路"的"覃思之人"还是"敏在虑前"的"骏发之士",往往各有优势、各有胜境。要求以"博而能一"克服才疏学浅者无意义的"空迟"或"徒速"。这种思维创造的迟速之论,对进一步探究灵感现象是颇具启示性的。《体性》篇从四个方面概括风格形成的因素,既有与先天素质密切关联的"才""气",也有纯属后天的"学""习";典雅、远奥、精约、显附、繁缛、壮丽、新奇、轻靡"八体"中"雅与奇反,奥与显殊,繁与约舛,壮与轻乖"表述了风格的对应性;"习亦凝真,功沿渐靡"①既肯定了后天改造主体素质的可能性,也强调了它的难度和渐进性。《风骨》篇标举文章风骨"翰飞戾天"清朗峻健的感动力,摈斥"瘠义肥辞""索莫乏气"的"繁采",但并未走向一概否定"采"美的极端,仍然以"藻耀而高翔"作为"文笔之鸣凤"——美文的最高境界。《通变》论证文学"参伍因革"的求变之道,指出"有常"的经验规范的因袭与"无方"的创新变革两者的不可偏废与相辅相成:"参古定法,望今制奇"②。

"折衷"既是一种思想方法又是一种哲学态度,体现出求真求是和宽容兼取、客观公允的学术精神;能够自言"唯务折衷",则显示出刘勰在方法论上的自觉,其颇有辩证意味的思维方式在古代文论家中确实具有无人能及的先进性。

刘勰的范畴创用可谓既精审又极富中国文化特色,可作例证的正是"剖情析采"的概念组合:讨论文学现象须从解析作品的内容("情")形式("采")入手,这是《序志》总论标举的思想方法。不仅如此,《文心》还立《情采》篇专论文学的内容与形式的关系。足见"情采"范畴的创用对于了解刘勰的文学观及其理论思考先进性的重要意义。古文论中能指代内容的概念很多:情、志、性、心、意等属主体因素,道、理、义、事、物等属客体方面的因素。用"情"指代内容,与运用客体方面的概念(如"理")比较,凸显了文学艺术的主体性和感性特征。"情"是作品内容的核心、艺术创造的动力所在,也是文"采"的内在依据。

运用统序严谨的范畴系列在不同层面的理论问题进行"剖情析采"、"擘肌分理",依循客观"理势",大大弥补了古代理论逻辑论证方面的短板;对诸多理论问题"笼圈条贯"的系统归类,分别专题论证,很大程度上规定了语境,避免了范畴概念的误读和歧义的产生。

体系缜密的理论仰赖统序严谨、论证精切的范畴系列支撑、建构。刘勰以范

---

① [梁]刘勰:《文心雕龙·体性》,张国庆、涂光社:《〈文心雕龙〉集校、集释、直译》,第505-510页。
② [梁]刘勰:《文心雕龙·通变》,张国庆、涂光社:《〈文心雕龙〉集校、集释、直译》,第542页。

畴概念的创用对文学现象的本质规律作了经典性的论证，在基础性理论方面的探讨尤为详切精辟，如文学创作的思维特征、风格的造就、内容形式的关系、格律章法（汉文学语言形式美的规范）、鉴赏批评标准、继承变革原则，以及文体分类的依据和意义等，都具有超越时空局限的理论价值。中外理论史上很难见到如此缜密严谨的建构，纵然有也难与《文心》比肩而在。刘勰完成《文心雕龙》宏大缜密理论建构的同时，也廓定了古代文论范畴的体系；他正是以范畴全面系统的创用，使论证达于"虑周""思精""包举洪纤"的至境，成就了体大思精的文论经典著述。

刘勰是古代移植、改造、创用范畴概念建树最多的文学理论家，在不同理论层面中各得其所、尽其所用。从文论范畴生成衍化的角度看，《文心》移植和创设的范畴概念均有基础性和先导的意义。除有以范畴为篇名专章外，还移植、创用了不少民族特色鲜明的范畴，如"自然""气""格""调""韵""法""趣""意象""滋味""性灵""雅俗""奇正""本末"等，它们散见各篇，遍及其理论的各个层面，基本涵盖了古代文学创造中不同的思想理念、艺术主张和审美追求。

一字多义的汉字词语组合灵便，概念意涵"约定俗成"，使"气""势""自然""情""志""意""体"等元范畴得以长期沿用，不仅能显示后续论说的思想起源，也无碍论者根据自己的思考和论证需要作有新义的诠解和创用，实现理论的拓展和提升。

刘勰所用概念有的还未实现在范畴义上的提升，或未完成向文论的转移。如《议对》的"晋代能议，则傅咸为宗。然仲瑗博古，而铨贯有序；长虞识治，而属辞枝繁；及陆机断议，亦有锋颖，而腴辞弗剪，颇累文骨：亦各有美，风格存焉"①。其"风格"虽也说的是写作个性，但局限性太大，远不如《体性》风格论全面精严。《诠赋》的"荀况《礼》《智》，宋玉《风》《钓》，爰锡名号，与诗画境"②之"境"所用是字的原义；《论说》中的"动极神源，其般若之绝境乎"③之"绝境"则是佛学概念，指思维与精神之至境。它们虽非文论范畴，但用于《文心》也透露出向范畴升华，或移植于文论的可能性。

出现在中国古代文学批评论著上的范畴概念，几乎都能在《文心》中找到其渊源，或者寻觅到它们生成、演化的一段历史印记。

如《原道》倡言："心生而言立，言立而文明，自然之道也。"指出"动植皆文"

---

① ［梁］刘勰：《文心雕龙·议对》，张国庆、涂光社：《〈文心雕龙〉集校、集释、直译》，第439页。
② ［梁］刘勰：《文心雕龙·诠赋》，张国庆、涂光社：《〈文心雕龙〉集校、集释、直译》，第146页。
③ ［梁］刘勰：《文心雕龙·论说》，张国庆、涂光社：《〈文心雕龙〉集校、集释、直译》，第349页。

"夫岂外饰,盖自然耳"。① "自然"论系列概念义围绕对本真的追求。"自然"指本然和自然而然(原本如此、运作合乎客观规律);老庄的"道法自然"和"法天贵真"之论以及"素""朴""纯""白"和后来"平淡""童心""本色"的概念义旨都指向真美,它们的创用使"自然"论得到多角度、多层面的阐扬。

若说"自然"论的核心是对真美的追求,"鼓天下之动"以"达仁"社会为目标的《诗》学则代表古代艺术精神中侧重善美追求的一面。刘勰论文曾引《易·系辞》云:"鼓天下之动者存乎辞。"② 儒家"仁"学的核心是孔子倡导的博爱精神,修齐治平规定了从"为仁由己"到"天下归仁"③的起始和终极目标,即从我做起,推己及人,由近及远,最终达到造福社会的目的。因而《诗》学中有"抒情言志"之说和"比兴"论,以及重视道德精神风貌的文学传统。

《文心》的《宗经》认为经典涵蕴深厚"馀味日新"④,《明诗》赞张衡《怨》篇"清典可味"⑤,《声律》则云"吟咏滋味,流于下句"⑥,……《体性》称"风趣刚柔,宁或改其趣"⑦,《镕裁》说"万趣会文,不离辞情"⑧,《章表》有"应物制巧,随变生趣"⑨……《论说》言及玄学"崇有""贵无""徒锐偏解,莫诣正理"的论辩,标举"动极神源,其般若之绝境乎"⑩。

滋味和情趣指味觉与情致取向,源于人的体验和好尚,古人近取诸身,将其移用于文论,成为与心理关联的审美追求和心理趋向;庄佛学说早有精神层面的"境界"说,在《文心》中也指思维精神所及的境域和层次。

刘勰之后,古代文学评论在范畴概念方面有论少用多的趋势,进入了以中心范畴论为主导的阶段。中心范畴论与各个时代的文学思潮、流派或作家个人的艺术追求和创作实践紧密相关,居于核心地位的范畴(及其所属系列概念)理论组合的美学含蕴、功用和艺术境界不断有新的拓展。比如"风骨""气""比兴""滋味"

---

① [梁]刘勰:《文心雕龙·原道》,张国庆、涂光社:《〈文心雕龙〉集校、集释、直译》,第1页。
② 《周易·系辞上》,黄寿祺、张善文:《周易译注》,上海:上海古籍出版社,2004年,第496页、第520页、第526页。
③ 《论语·颜渊》,杨伯峻:《论语译注》,北京,中华书局,1980年,第123页。
④ [梁]刘勰:《文心雕龙·宗经》,张国庆、涂光社:《〈文心雕龙〉集校、集释、直译》,第46页。
⑤ [梁]刘勰:《文心雕龙·明诗》,张国庆、涂光社:《〈文心雕龙〉集校、集释、直译》,第99页。
⑥ [梁]刘勰:《文心雕龙·声律》,张国庆、涂光社:《〈文心雕龙〉集校、集释、直译》,第597页。
⑦ [梁]刘勰:《文心雕龙·体性》,张国庆、涂光社:《〈文心雕龙〉集校、集释、直译》,第504页。
⑧ [梁]刘勰:《文心雕龙·镕裁》,张国庆、涂光社:《〈文心雕龙〉集校、集释、直译》,第586页。
⑨ [梁]刘勰:《文心雕龙·章表》,张国庆、涂光社:《〈文心雕龙〉集校、集释、直译》,第410页。
⑩ [梁]刘勰:《文心雕龙·论说》,张国庆、涂光社:《〈文心雕龙〉集校、集释、直译》,第349页。

"自然""平淡""兴趣""气象""本色""性灵""神韵""肌理""义法""境界"等,都曾被标举,乃至形成各自的概念系列,引领某一时期文学思潮、流派或文学样式的创作和理论批评实践。

对其后评论中运用的范畴作系列的梳理,能系统概括历代文学的创获和理论建树,凸显古代艺术创造审美追求诸多独到境界以及民族文化精神。

范畴研究为继承发扬光大古代文学遗产提供了一条重要途径:范畴是理论话语的关键环节,能聚焦创用者的思维与艺术追求。范畴史纲表述有独特价值的传统文学观念和理论思考,与古人写作的规范律则、不同层面美学追求的核心意涵的生成衍化,以及历代评论不断探求、开拓和提升的梗概。对文化特征鲜明的文论范畴概念作分系列的梳理,可厘清造艺各层面的美学追求及其拓展、升华的历程,汇总其理论思考和审美追求达至的胜境,宣示当代人承传、弘扬华夏传统艺术精神的要义和方向。

第一章

文论范畴生成的文化背景与思想渊源

第一节　传统思维方式、理论形态和范畴特征的形成

一、思维倚重"象"与运用线条的双绝

华夏民族的思维有不舍"象"与运用线条符号的双绝。思维虽然离不开抽象，但中国人的思维对感性显示的"象"不仅不完全拒斥，而且常常有所借助，特别是针对宜作模糊把握，或者意蕴宽泛深厚难以（甚至不可能）作出终结性抽象界定的理念和事物概念的时候，比如"道""气"之类。

古人所谓"象"的所指远不限于现代理论中的"形象"和"具象"。且不说史书和传说中上古难以确证的河图、洛书，《周易》中的"卦象"和稍后出现的太极图，就是一种特殊的线条符号，古人利用它作不舍"象"的思维（也可说是保留并借助视觉印象的抽象）。易象以其高度的涵盖力能达到"以不易驾驭变易"、以简驭繁的目的。

各种文字基本上都是线条的组合，早期的文字多有象形示意的结构，甚至就是象形文字。古埃及人和两河流域的苏美尔人、古印度人都有自己的象形文字，巴比伦和亚述的楔形文字也还保留了苏美尔文的某些特点。然而这些早期归属于象形系统的文字在历史演进中先后被表音的文字取代。唯独汉字经过不断的改进和简化，商、周以降仍在大范围内使用，以至成为世界几大文明中硕果仅存的象形系统（"象形为先"以表意为第一属性的）文字。

方块字成功地避免了被淘汰以及被拼音文字取代的命运，是华夏先民数千年不断努力（经若干次改造和整理规范）创造出的奇迹。"以象形为先"的汉字在秦汉完成了最后的规范定型，不仅具备字义分类功能的偏旁部首大多仍有象形符号

改造而来的痕迹,表音的"构件"即使不再起表意的作用,原本也是"以象形为先"的汉字。汉字数以万计,可谓世界上最庞大的线条符号系统,是生成和适应一种民族文化个性的创造。它的运用巩固了不舍"象"(不排斥具体和模糊把握的抽象)在民族思维方式中的地位和作用。尽管与拼音文字的话语相比,古汉语也常有某些不足,但大多不难弥补;重要的是,运用汉字令华夏文化有独到之境,在思维方式和古代文学创造、美学追求乃至理论形态、概念形成、话语组合上,具有其他运用拼音文字的大文化难以企及的优长。

我们的学者对自己民族文化的特点往往因"司空见惯"而重视不够,外来的现代理论在这方面很少涉及也可以理解。然而,在本书它无可回避,于是选择线条符号运用上的一"简"一"繁"两个典型例子作必要的探讨。

1. 从八卦说起

尽管"象"不同其抽象的程度也可能不同,但都用线条符号诉诸视觉。

八卦中的太极图和围绕它的卦爻图象符号包含的奥秘是难以穷尽的。尽管如今所能见到的最早的太极图出自宋代典籍,但没有谁认为那是没有依据的臆造。

太极图又被称为"阴阳鱼"。一个规规正正的圆圈,里面一道很美的 S 形曲线把圆匀匀地分成上下两部分,仿佛两条首尾相随、相偎相依、须臾不离的"蝌蚪鱼"。这是阴阳的划分,也是两者关系的示意:分而观之,阴阳两相对立,区界分明;合而观之,阳不可以失阴,阴不可以失阳(也即无论阴和阳,没有对方自己也不能成立)。全图封闭而完整,是一个静而寓动、圆融协和、无扞格涯隙的统一体:阳放则阴收,阴盈则阳缩,阳进则阴退;此消而彼长,此盛而彼衰,两者在回旋中相互更迭取代。太极图包含着从宇宙的起源、分化运作和万物生成,到阴阳的相反相成、矛盾互补、对立统一、互相转换等丰富内蕴。

如果说"阴阳鱼"概括的是基本的方法论,卦爻则要对具体的事物现象给予说明、判断和指示。

卦中的横画叫做爻。爻分两种:中间不分断的为阳爻(—),分断的则为阴爻(- -)。三爻的排列组合是最基本的卦爻。八卦的组合显示的是一种变数,不仅有三爻中阳爻、阴爻位置不同的基本变化,还有六爻乃至十二爻的组合。上下重叠位置不同的三爻组成八卦,六爻的排列组合可得六十四卦……全为阳爻的为乾卦,全为阴爻的为坤卦。各种爻排列组合的卦象概括着构成宇宙万物的诸多因素和更为复杂的组合、演化。《易经》的文字就是对各个卦爻的扼要说明,有的还举出一些事例加以印证。

古代中国人很早就认识到"通道必简"①的真谛和以简驭繁的重要意义,而且找到了很好的办法,这就是八卦!

《易》为群经之首。在《易》《书》《诗》《礼》《春秋》《论语》《孟子》等经典中,《易》无疑是产生最早的一种,所以不管是"五经"抑或"十三经",一般都将它置于首位。《易·系辞上》记有"河出《图》,洛出《书》,圣人则之"②的传说,是谓伏羲氏受《河图》和《洛书》的启迪才创造出八卦图象。《汉书·五行志》引西汉学者刘歆的话说,伏羲"受《河图》,则而画之,八卦是也。"③尽管传说不同于信史,但八卦源远流长勿庸置疑。史籍中"文王拘羑里而演周易"的记载大致属实,《周易》既为周文王研究八卦图象以后演绎而成,八卦的产生应该更为久远了。

儒学中惟独《易经》系统的典籍是最讲究方法论的。八卦沿用几千年而不衰,甚至还能给今天和未来的研究者以某些有益的启示。八卦图象符号是那么简明,内涵那么丰富,变化又那么合理和不可穷尽。让人们感觉到它不仅是概括的极致,更是驾驭方法简易之极致。虽称之"象"却不是对任何客观事物的描摹,而是一种集约展示的高度抽象的思维成果,显示的是事物现象的内部因素、外部关系及其运作和演变的规律,教给人们一种涵盖一切的推断和把握世界的方法。

八卦最早、最常用于占卜,《易经》也曾被视为古代的卜筮之书。卜筮在古代社会生活中占有重要地位,有其存在的合理性。先民们以卜筮求告上天和鬼神指引自己的行为,能够解除疑虑、增强信心和统一行动中群体的凝聚力。而卜筮的结果——上天和鬼神的"示意"大都是隐微神秘的,有赖于如巫觋一类的掌占卜者去解释和发挥。掌占卜者一般都是氏族、部落和君国中知识和经验较多的人(有时候就是国君或酋长自己),面对内蕴丰富、充满辩证因素的八卦图象,又有《周易》一类工具书的帮助,对占卜结果作出某种合理化的解释通常是不困难的。当然,职业的需要也会促使占卜者对事物现象因果关系和运作规律进行钻研。周文王演《周易》本身就是一个极好的例证。

《易经》为何以"易"为名?研究者指出"易"大致有三方面的意义:它既是变易之易,也是简易之易,又是以不易为《易》。前两种意义不难解,后一种意义指的是,以《易》之简易所以能够把握变易的世界,仰赖的是恒常不易的原则和规律。这就是秦汉以来的"三易"之说。《易经》是古人占卜的依据,其卦象、卦辞必须能

---

① 《大戴礼记·小辨》,北京:中华书局,1985年,第181页。
② 《周易·系辞上》,黄寿祺、张善文:《周易译注》,第520页。
③ [汉]班固:《汉书·五行志》,第1315页。

够概括宇宙人生万事万物的前因后果和吉凶成败,因此非有内蕴弹性大的"象"提供推演的广大空间不可;另一方面,不依靠简明的"象",卜筮的操作也不可能简便易行。

人们驾驭事物总是力求简易的。《易经》是对历史经验的梳理、概括,了解事理、把握规律,用以指导实践。《系辞上》曰:"乾以易知,坤以简能。"易则易知,简则易从。易知则有亲,易从则有功。有亲则可久,有功则可大;可久则贤人之德,可大则贤人之业。易简而天下之理得矣,天下之理得而成位乎其中矣。"①《系辞下》亦云:"《易》彰往而察来,而显微阐幽。""夫乾确(坚刚)然,示人易矣;夫坤隤(同颓,柔,下陷)然,示人简矣。"②无论是成就一种事业,还是完成同一项工作,获取同样的享受,都以采用较为简易的方式达到目的更为可取。这是人类普遍和永恒的追求之一,也与"通道必简"的理念相吻合。

《易经》在"易"上的成功表明:简易的把握方式是高明的、有强大生命力的把握方式。哲学如此,美学和艺术论又何尝不是如此!艺术家和受众中恐怕很难找到哪怕一位欢迎繁琐、玄奥理论话语的人。从求易的角度看,古代艺术论中那些形象性的概念范畴一定程度上能够适应人们以简明为上的欲求;某些范畴历代沿用不衰也当与此有关。

八卦的地位在传统文化中历久不衰,这个事实本身就说明我们民族在思维方式上对"象"的倚重。

2. 倚重"象"的普遍性

先民思维上对于"象"的倚重并非只在八卦和《易经》系统的著述中才有所表现。《老子》中说:

> 视之不见,名曰夷;听之不闻,名曰希;搏之不得,名曰微。此三者不可致诘,故混而为一。其上不皦,其下不昧,绳绳不可名,复归于无物。是谓无状之状,无物之象,是谓惚恍。迎之不见其首,随之不见其后。③
>
> 孔德之容,惟道是从。道之为物,惟恍惟惚。惚兮恍兮,其中有象;恍兮惚兮,其中有物。窈兮冥兮,其中有精;其精甚真,其中有信。④

---

① 《周易·系辞上》,黄寿祺、张善文:《周易译注》,第493页。
② 《周易·系辞下》,黄寿祺、张善文:《周易译注》,第548页、第530页。
③ 《老子·十四章》,陈鼓应:《老子注译及评介》,第114页。
④ 《老子·二十一章》,陈鼓应:《老子注译及评介》,第148页。

执大象，天下往。①

大白若辱，大方无隅，大器晚成，大音希声，大象无形，道隐无名。②

"大象"是对至高无上无所不在的"道"的感性表述，显现其幽深、希微、混一（无从分解）、恍惚（若隐若现、若有若无，难以捉摸）、冲虚（既弥满又虚柔灵动，有无限的涵容）的特点。"道"中可谓有"物"，又可谓无"物"。说"象"近于"形"，言其浑融浩瀚与能够充塞、渗透的感性特征；说"大象无形"，则强调其模糊和不可穷尽，没有能以感官分辨的具体形态，无法用言辞状貌和界定。

"大象无形"提示我们：在先秦时代，"象"与"形"在意义上至多是有所交叉，二者都未必能够与现代艺术理论中的"形象"一词划等号。老庄所谓"大象"倒是和"大美""至美"有密切联系。

大致产生于战国时代的《乐记》是现存最早的音乐论著，其《乐象》篇云：

凡奸声感人，而逆气应之；逆气成象，而淫乐兴焉。正声感人，而顺气应之；顺气成象，而和乐兴焉。倡和有应，回邪曲直，各归其分，而万物之理，各以类相动也。

是故清明象天，广大象地，终始象四时，周还象风雨。

乐者，心之动也。声者，乐之象也。文采节奏，声之饰也。君子动其本，乐其象，然后治其饰。③

这三条有关"象"的论述分别有三方面的意义："逆气""顺气"所成之"象"是社会风气、世态俗尚所呈现的综合风貌；而"象天""象地""象四时""象风雨"的"象"是摹拟和象征的意思；第三条"乐之象"近于具象，但隐约表露出一种意识："象"不限于诉诸视觉的一类，此处"声"（音响）也是一种可感的"象"，只不过它是音乐艺术的媒介和载体，诉诸听觉罢了。

《韩非子·解老》中释"象"说："人希见生象也，而得死象之骨，案其图以想其生也。故诸人之所以意想者，皆谓之象也。"④以"意想者"为"象"！"诸人"皆有思维的个性和能动性，也有各自的主观局限性，"意想"是依象骨去构想活着的大

---

① 《老子·三十五章》，陈鼓应：《老子注译及评介》，第203页。
② 《老子·四十一章》，陈鼓应：《老子注译及评介》，第228页。
③ 《礼记·乐记》，[汉]郑玄注、[唐]孔颖达疏：《礼记正义》，北京：北京大学出版社，2000年，第1295-1297页。
④ 《韩非子·解老》，[清]王先慎集解：姜俊俊校点，《韩非子》，上海：上海古籍出版社，2015年，第174页。

象,虚拟的"象"与"真象"最多也只是不同程度的近似,必然有一定的差异和模糊性。虽不能由此断言生象的"希见"导致"象"意义的虚拟化,但这大概是"想"与"意想"与"象"最早的联系使用。"意"用为动词有想象的意思,后来也有"意象"的组合和"臆"(想)一词。

古代哲学和艺术理论中的"象"无疑是能够诉视觉或听觉而被人感知的,但是在古人的话语里它往往又是与"形"相区别,带有抽象意味的。"象"在不同场合意蕴可能不一样,按抽象程度和意义构成上的差别大致可将它们分为四类:一,高度抽象概括的"象";二,抽象与具象相结合的"象";三,象征之"象";四,具象之"象"。

高度抽象概括的一类:如八卦的卦象、太极图和《老子》"执大象""大象无形"之所谓"大象",它们或者概括一种事物的组合方式、运作规律;或者指至大至上无所不包、难以言说的道。抽象与具象相结合的一类:如六书造字法中"象形"之"象",因为它不是对事物的客观描摹而是一种主观印象的勾画和示意;汉字从象形示意发端,屡经演变,一些字即使依旧与"象"保持着直接或间接的联系,然而随着思维的发展其中抽象成分也会相应增加。第三类是象征之"象":如《左传·宣公三年》所谓"铸鼎象物,百物而为之备,使民知神奸"①,《史记·乐书》中的"乐者,所以象德也"②,刘向《新序·杂事》所记邹忌以鼓琴说齐宣王的"夫琴所以象政也"③;其中的"象"都可以这样理解。第四类"象"是实在的具体的外部形态:若是针对某种事物而言则可以用艺术手段直接描摹,绘画、雕塑、书法等造型艺术所创造的直观形象自不必说,音乐艺术创造的听觉意象和文学艺术中以语言为媒介间接描绘的形象也应属于此类。在这种时候,也偶有"形"与"象"对举或者联成一词的现象,比如"虽离方而遁员,期穷形而尽相(同象)"④和"画固所以象形,然不可求之于形象之中,而当求之于形象之外"⑤。

形与象的区别在"大象无形"的命题中已经能够看出,在古代论著中两者主要是虚与实的差异。《周易·系辞上》的"在天成象,在地成形"⑥已包含象虚与形实

---

① 《左传·宣公三年》,杨伯峻:《春秋左传注》,北京:中华书局,2009年,第669页。
② [汉]司马迁:《史记·乐书》,北京:中华书局,1959年,第1200页。
③ [汉]刘向《新序·杂事》,郭丹:《先秦两汉文论全编》,上海:上海远东出版社,2012,第598页。
④ [晋]陆机:《文赋》,郭绍虞:《中国历代文论选》(一),第171页。
⑤ [清]董棨:《养素居画学钩深》,俞剑华:《中国古代画论类编》,北京:人民美术出版社,2004年,第253页。
⑥ 《周易·系辞上》,黄寿祺、张善文:《周易译注》,第493页。

的对比。绘画艺术描绘的对象因为大多有客观物象作为原型和参照而受到较大的制约；书法艺术则不然，一方面它用的是已经有所抽象的"不象形的象形字"（鲁迅语），另一方面除遵守书法规范而外自由表现的余地更大。因此，书画尽管同源，却有虚实之别。郑樵《通志·六书略》说：

> 书与画同出。画取形，书取象；画取多，书取少。凡象形者皆可画也，不可画则无其书矣。然书能穷变，故画虽取多，而得算常少；书虽取少，而得算常多。六书者，皆象形之变也。①

古人推崇的虚是艺术创造中一种模糊、空灵、超然、富于变幻的境界。所以刘熙载在《艺概·赋概》中指出："赋以象物。按实肖象易，凭虚构象难。能构象，象乃生生不穷矣。"②

3. 尽意莫若象："象"也是参与思维运作的媒介

八卦图象凝聚着先民的智慧，而《易经》系统的典籍都可以视为"八卦"图象符号的说明书。作为最具方法论意义的儒学典籍系列，它们是我们考察民族思维方式的最好材料。《易·系辞下》曰：

> 古者包牺氏之王天下也，仰则观象于天，俯则观法于地，观鸟兽之文与地之宜，近取诸身，远取诸物，于是始作八卦以通神明之德，以类万物之情。③

这里表述的是先秦儒家学者对人文起源的一种臆测，其中显露出先民的思维方式及其认识、把握客观世界的途径：观照、体察天象地貌与万物之运作，以及它们相互适应的现象，即以形象的直观为基础和先导；"近取诸身，远取诸物"是由近及远或者由远及近的联想，是以类比替代推理，也透露出某种天人合一和物我同构的意识；"通神明之德，以类万物之情"是完成从感性阶段到理性阶段的升华——由直觉而达于知觉，进而实现对本质和规律的把握，而八卦就是总结和展示本质、规律的图象符号。认识的过程是由形象的直观开始而不停留于形象的直观，主要通过联想和类比思维直接跃入理性把握。显然，这种理性把握常常保留着由"象"和类比带来的感性成分。

至于《易经》为什么会具有变易、简易和不易的特点，奥妙就在"象"的功能优

---

① [宋]郑樵：《通志·六书略》，北京大学哲学系美学教研室编：《中国美学史资料选编》，北京：中华书局，1981年，第52页。
② [清]刘熙载：《艺概·赋概》，王气中：《艺概笺注》，贵阳：贵州人民出版社，1980年，第291页。
③ 《周易·系辞下》，黄寿祺、张善文：《周易译注》，第533页。

势上。《易·系辞上》的说明中多次涉及"象",而且指出其渊源,比如:

圣人设卦观象。

是故君子居则观其象而玩其辞。

探赜索隐,钩深致远,以定天下之吉凶,成天下之亹亹者,莫大于蓍龟。是故天生神物,圣人则之;天地变化,圣人效之;天垂象见吉凶,圣人象之;河出《图》,洛出《书》,圣人则之。

子曰:"书不尽言,言不尽意。""然则圣人之意,其不可见乎?"子曰:"圣人立象以尽意,设卦以尽情伪,系辞焉以尽其言,变而通之以尽利。"

是故夫象,圣人有以见天下之赜,而拟诸形容,象其物宜,是故谓之象。圣人有以见天下之动,而观其会通,以行其典礼,系辞焉以断其吉凶,是故谓之爻。极天下之赜者存乎卦,鼓天下之动者存乎辞,化而裁之存乎变,推而行之存乎通,神而明之存乎其人,默而成之,不言而信,存乎德行。[①]

是谓用蓍龟占卜能够探索幽微、指示吉凶。"圣人"(伏羲)通过观察天地万物的纷繁现象了解事物的奥妙和运作方式,然后以能够体现其吉凶和变化规律的卦象概括之。之所以用"象"进行概括,又是受到《河图》《洛书》的启发。[②]《河图》《洛书》大抵仍是由一些点线符号构成的图象。虽然它们都难以解读,但是制作者力求以最为简明的方式阐释和把握世界的意图是很清楚的。

八卦以及《河图》《洛书》的传说透露出这样的消息:华夏民族很早就擅长以"象"明意了;属于八卦系统的图象符号大概不是在一次创造中完成和定型的,这种高度概括、充满智慧的图象符号是经过反复改进才最后确定下来的;八卦的创造并非一个圣人的功绩。

《易传》中"象"有两种词性。如"天垂象,……圣人象之",前者是名词,指诉诸感官具有深邃模糊内涵的状貌、印象,后者是动词,是依"象"而作意想,乃至创制("立")卦象去体现之、象征之;而其后"圣人立象以尽意"之"象"则是卦象的确指。"拟诸其形容,象其物宜,是故谓之象"亦然,前者动用,后者是名词,指卦象。"见乃谓之象","象"是诉诸感觉(主要是视觉,扩大一些还可以包括其他感官体验的香、味、韵、凉热等感觉,乃至于世风、俗尚和人气形成的综合感受)的印象和

[①] 《周易·系辞上》,黄寿祺、张善文:《周易译注》,第496页、第520页、第526页。
[②] 古代的"河龙出图,洛龟书威"(见《尚书·中候握河纪》)本属神话传说,历代(尤其是汉晋)又不乏托古作伪者,即或曾有过类似的古事古物,今存于典籍中的所谓《河图》《洛书》也未必全是上古时期的本来面目。

符号,这种符号和感官印象的意蕴常常是浑成模糊的。传统思维方式重视感受和联想类比,具有直觉与知觉统一、感性与理性兼具的特点。又说:"子曰:'书不尽言,言不尽意。'然则圣人之意不可见乎?子曰:'圣人立象以尽意,设卦以尽情伪,系辞焉以尽其言,变而通之以尽利。'"(以上引文均出自《易·系辞上》)魏晋时王弼《周易略例》说:"夫象者,出意者也;言者,明象者也。尽意莫若象,尽象莫若言。"①古人认为"象"指域上的模糊能涵盖比"言"更宽泛的意义,很大程度上克服了"言"传达上的局限。此为八卦以象示意的缘由。王弼虽是针对卦象说的,就"象"在"尽意"的功能优势而言,无疑具有普遍意义。

《系辞上》说:"法象莫大乎天地";"故夫象,圣人有以见天下之赜,而拟诸形容,象其物宜,是故谓之象"②;《系辞下》曰:"古者包牺氏之王天下也,仰则观象于天,俯则观法于地,观鸟兽之文与地之宜,近取诸身,远取诸物,于是始作八卦,以通神明之德,以类万物之情"③。"天地"提供了无限丰富的、体现"神明之德"和"万物之情"的感性材料,当需要概括人们对事理的认识,反映事物现象的本质、联系和运作规律的时候,古人选择了"象"这种简明易感的符号。卦象所"类"所"通"的可以是万物的属性和本质,可以是主宰一切的宇宙精神和规律。以"象"代"言"的传达尽管未必都是完满尽净的,仍是一种胜似其他媒介的最佳选择,这不啻是古人智慧的反映,也道出了古代名学"不舍象"的所以然。

八卦是用阴爻阳爻组合成的卦象示意的。在儒家典籍中,《易经》系统的著述最讲究方法论,比较集中地体现着思维方式的民族特色。从《易传》可知"言"和"象"都是达"意"的工具。"象"作为一种能弥补"言"之不足的媒介(思维内部语言的一个组成部分),也参与思维运作。

可能比《易传》成书更早的《老子》已有"大象无形"和"执大象"等语,通于"道"的"大象"无具体的"形"。古籍中"象"是多义的,一般比"形"虚,多指一种综合、总体的观感,侧重于整体和模糊把握,所以有"在天成象,在地成形"④之别和"气象""天象"之类组合词。即使是极"虚"的通于道的"大象"和八卦卦象,仍不能与感官印象相分离。

"大象"不可描状,无法确切规定,惟有"象"而非"形"才可言"大","大"强调了对局部和具体的超越;八卦的"象"则是诉诸视觉的抽象符号。这些应该有助于

---

① [魏]王弼:《周易略例》,楼宇烈:《王弼集校释》,北京:中华书局,1980年,第609页。
② 《周易·系辞上》,黄寿祺、张善文:《周易译注》,第519页、第526页。
③ 《周易·系辞下》,黄寿祺、张善文:《周易译注》,第533页。
④ 《周易·系辞上》,黄寿祺、张善文:《周易译注》,第493页。

今人对"象"的理解。

传统思维方式所倚重的"象"究竟有哪些特点和属性呢？

"象"是鲜明可感的,能够给人直观的印象。它的内涵又是宽泛的,具有难以穷尽(尤其是难以被逻辑语言确切和无所遗缺地界定)的特点,这就是它拥有的直观(有时还包含着具象)的鲜明性和抽象内涵的模糊性和可塑性。以"象"来概括复杂多变的事物现象,尤其是表述或者代指形而上的"道"的时候,其直观的鲜明性可以给观照者有启示和导向意义的明确印象,其抽象内涵的模糊性和可塑性又避免了难以包容和界定的尴尬。大概是由于这个原因,魏晋时期王弼的《周易略例·明象》在说明"易象"功能的时候才作出了"尽意莫若象"的论断：

> 夫象者,出意者也;言者,明象者也。尽意莫若象,尽象莫若言。言出于象,故可寻言以观象;象出于意,故可寻象以观意。意以象尽,象以言著。故言者所以明象,得象而忘言;象所以存意,得意而忘象。①

古人所谓"象"不与具象等同,只是一种可能与具象有所联系的视觉展示：既可以是自在之物本然的模糊呈现,也可以是人为符号的抽象示意。如果说"言"是一种诉诸听觉的抽象,"象"则常常是诉诸视觉的抽象。正因为"象"是直观的,它与感性的联系很难割断。"象"与"言"两者的抽象把握在方式和功能上是不同的,"象"富有弹性的内涵可以在一定程度上由有逻辑规范的"言"进行阐释,而且除"言"之外没有更好的阐释工具,然而"言"却不可能对"象"的内涵作十分确切详尽的表述和严格界定。所以说"尽意莫若象,尽象莫若言",而达到目的之后又要"忘象""忘言",避免手段对目的的干扰。

"言""象""意"三个层次的递进还告诉我们："象"也是一种参与思维的媒介;尤其在逻辑的语言难以完成达"意"使命的领域,浑成的"象"可能与模糊的"意"更接近吻合,表达更为充分。

客观世界本来就是现象的世界,抽象认识是通过理性思考从对现象的感知上升到对某种本质和规律的把握。然而人们的抽象能力有发展过程和提升空间,主观局限在所难免,对客观事物的抽象往往会有所欠缺或者出现偏差。因此,在尚未有能力就对象作尽善尽美的理性把握和抽象的时候,在思辨及其表述中对"象"的利用和保留可能是一种明智的选择。尽管对"象"的描摹勾画和形容还不能与事物本质和规律的最终揭示等同,但至少是以一种模糊把握的方式对事物意蕴的

---

① ［魏］王弼：《周易略例》,楼宇烈：《王弼集校释》,第609页。

展示。"象"的模糊展示有时比勉强的、有欠缺的抽象概括和逻辑论证更接近本然,其虚的成分所留下的空间和多方面的启迪有利于后人去填充和自由开掘。

不舍"象"的思辨承认事物中存在着模糊的、难以穷尽的意蕴,是一种并不一概排斥感性成分的理性思考,或许不止有应该得到承认的合理性,甚至还可能弥补片面抽象的不足。

对"象"的探讨或许是打开我们民族思维方式迷宫之门的一把钥匙。

二、从纹理、线条到文字:"象"与"文"的互动与互促

1. 线条功能发挥的极致

古人很早就有借助"象"思维的传统和自觉意识。运用八卦占卜和拥有"象形"为先、以表意为第一属性的文字就能说明这一点。如果说对"象"的倚重是在思维把握方面,那么在传播媒介的选择方面古人尤其青睐于线条。线条大概是人类应用最普遍的一种标志和符号,然而华夏民族对于线条功能的开发利用却可以说是充分而又独到的。

作为华夏民族思维方式的双绝之一,古人对"象"的功能的特殊性有所认识,倚重"象"示意的模糊性也是自觉的。然而,古人对线条功能的开发利用却未必是有意识的。由于有自觉与否的差别,所以古代典籍中直接论及"象"的材料相当丰富,而我们对线条功用的思考,则产生于对不同文明的比较,而且只能以古人的运用实践和相关议论为基础。

简明扼要、变化丰富、易于操作的线条可以说是符号的鼻祖,也是后来许多符号的基本形态。在早期人类思维创造的成果中,对于线条功能的发现和利用是极其重要的一部分,说它是开始走出蒙昧的标志也不为过。

与众不同的是,华夏民族几乎把线条的功用发挥到了极致。仅就上一节介绍的四种类型"象"而言,也不难发现线条在其中的作用。

太极图是 S 形曲线对圆圈的巧妙分割。八卦的阴爻、阳爻不过是两种简单的横线,意蕴各异的一系列卦象全都是由这两种简单横线的若干种排列组合以及重叠方式构成的变数。我们今天在古籍中见到的《河图》《洛书》也是一些点与线组成的构图。

卦象爻线以最简明的方式概括出古人对宇宙中万事万物的本质及其运作规律的认识,显示出各种因素间的相互关系。即使是八八六十四卦,以这样的符号系统包罗万象地演示一切关系和变化也算得上精约简易之至了。

汉字则是较复杂的线条组合。自然现象中原本就有种种线形痕迹,对于刚刚脱离蒙昧阶段的人类说来,线条的刻画远比成块的颜色涂抹容易、便捷。因此,从帮助记忆发端,到用于显示或者传达一定意义,在人类最早采用的符号中,刻痕和线形标记往往占有先机。正是由于这个缘故,世界上绝大多数文字,无论是象形文字还是拼音文字,甚至各种数字,基本上都是由线条的横直、交叉、曲折变化和多少及其排列组合方式构成的。从仓颉受鸟兽足迹启发发明文字的传说推测,先民对于线条的利用是受自然现象的启发,也得力于生活的体验。甲骨文和各种篆书笔画的粗细差别不大,保持了线条的原始性,也可能与早期使用尖锐的硬性刻写工具有关。后来隶、草、楷、行等书体出现,笔画有了粗细的变化,是因为改用软性的毛笔书写的缘故,从根本上说它们仍然是线条组合。

考察思维方式最重要的途径之一是考察语言,因为语言是思维的媒介。汉字作为汉语的记录符号参与思维的功用又如何呢?

汉字的符号系统与卦象不同,作为文字它要对纷繁的世界现象作直接而确切的表述。由于每个字的笔画都不一样,又基本上各自独立成词,所以汉字的数量成千上万。一方面,作为记录语言的符号,它具有通过表音来达意的功能;另一方面,其"象形"示意的结构又具有帮助语音区分语义的作用。如果说抽象概括的卦象是以简驭繁的范例,那么方块字所承担的任务以及语言的发展进程则决定其功用有日益细致的趋势。显然,在这一点上汉字与简易的八卦背道而驰,是一个极其庞大的符号系统。

西安半坡村出土的陶器、陶片上已经能辨别出五六十种表意符号,其中有些很像后来的数码(丨、∥、×、+、)(□、∨、>、……),这些陶器距今已有六七千年之久。大汶口文化产生于公元前四千多年,其遗址中出土的灰陶尊上刻画着已具雏形的文字 ⚒（旦）▱（钺）⚒（斤）等字,已能看出与甲骨文造字法是相近的。有些象形文字简直可以看作是线条勾勒的写意画。除上面大汶口文化中原始形态的文字以外,甲骨文和金文中也不乏其例,比如:

▱（方）　○（圆）　⊙（日）　⊖（日）　☽（月）　☽（月）

⚒（虎）　⚒（虎）　⚒（马）　⚒（牛）　⚒（羊）　⚒（羊）

前三个"方""圆""日"是商代青铜器上的金文,大体是当时的正体字。第四个"日"是甲骨文,作为一种特殊的俗体字,为便于刻写而近于方形,但圆角仍显示出原型的轮廓。"月"则以月牙或者近半圆的形态突出其有圆亦有缺的特征。"虎"字凸显其大嘴、利爪(这两者是最具威胁性的)和遒劲有力的尾巴,有的甚至还刻画出它身上的条形斑纹。"马"字突出的是它的大眼、鬃毛和蓬散开来的马尾,比起尖锐的虎爪来,马蹄是平的,威胁性不大。"牛"字由半圆的线条代表向上盘曲的大角,凸现牛的特征;中间穿插的"十"代表牛头和牛身。尽管牛头和牛身在客观上大于牛角,也不是线形的,但在这个字中牛头和牛身只起定位、示意的辅助作用,因此用了更简略的线条表示。两个"羊"字,前者见于"父乙卣"的铭文,后者是甲骨文的一种。两个字都显示羊角向下或向外生长,盘曲度可能更大,而力度和威胁性较牛为小。这些例子说明,早期汉字所谓"象形",并非是对事物作客观的临摹,文字的创造者以集中和夸张来凸显其特征,有所强调也有所省略和抽象,人们往往把对事物的心理感受、印象以及审美意识也融入自己创造的象形文字之中了。

汉字还在一定层面上反映出创造之时的某些社会意识和生活情状。比如"牧"字,《说文》云:"牧,养牛人也;从攴牛。"段玉裁注曰:"会意。"甲骨文的两种写法是人(一是人拿着鞭子,另一是手拿着树杈)赶牛的示意,表露出放牧的情状。牛和羊后来都成为汉字的偏旁。根据台湾《中文大辞典》之收录可知:以牛为偏旁的字有三百二十左右,除去异体和俗写者外,还有二百余个;大大多于以羊为偏旁者(总数不到二百,去掉通、同和俗写者则不足一百)。牛与耕作有关,对于社会的重要性较羊为大;而美、善、羹、羞等原始意义与美食滋味有联系的字则只属羊部。可见古代养牛主要是役力,而养羊主要供食;社会生产则以农耕为主,以畜牧为辅。

古埃及的象形文字和苏美尔人泥版上的楔形文字(基本上属于象形字系统)都不完全是线条,美洲玛雅人的象形字则更接近于浮雕图象的组合。然而,古汉字至迟在大汶口文化到殷商时期就已经比较彻底地线条化了。拼音文字的字母诚然也是一种线条符号,但其线条结构形态的变化只到数十种便终结了。汉字成千上万,单个字的笔划从一到数十不等,字形都有区别。"六书"的造字法和用字法也表明汉字对于线条功能的开发方式多样,利用也更充分。可以说表音又表意的汉字线条符号对单位空间的利用率是最高的。线条变化较少的字母文字在单位空间的开发利用上不如兼有表意功能的汉字,于是依靠时间延续中更为丰富的语音变化来完成区分和传达语义的任务。

重视传承的中国人对于祖先的每一种创造都是珍惜和崇拜的,何况文字本身就是记录信息、传承文化的工具。到秦汉为止,数千年间官方对文字作过若干次的搜集、整理、规范。周代官方规定,贵族子弟教育的必修课"礼、乐、射、御、书、数"的"六艺"(《周礼·地官·大司徒》)中"书"为其一。属于象形文字系统的汉字具有极其顽强的生命力,在华夏民族传统文化形成和巩固的过程中发挥着不可替代的作用。

综上所述,走出蒙昧状态的人类很快就会发现和利用线条符号,本不足为奇,然而中国人在线条符号功能的开掘利用上却是无与伦比的。如果说八卦是涵盖万物事理最简明的符号系统,那么汉字也许是世界上最为庞大的线条符号系统,中国人在简与繁两种取向的运用上都获得巨大成功。许多民族早期都使用过象形文字,而唯独汉民族创造的方块字免于被淘汰,在民族文化传统的形成和巩固中发挥了重要的作用。这是否还表明情感内倾、有自足心理的华夏民族具有(或者曾经具有)一种善于开发利用固有文化成果的特质呢?关于汉字的特点功能及其参与思维的意义,我们在下一节还会作进一步的探讨。

"象"是可感的,线条也是诉诸视觉的,即使它们被运用于抽象的领域。我们民族在思维方式上对"象"的倚重,概念上不应舍"象"的判断,以及对线条符号功能的充分开发,是否宣示一种模糊的认识可以如此澄清:感性不只属于具象,抽象思维与感性的存在(比如视觉意象)不一定是水火不容或者格格不入,某种感性的存在有时甚至可能帮助思维的运作。

2. "象形为先"的汉字专有的属性

各种文字基本上都是线条的组合,早期的文字多有象形示意的结构,甚至就是象形文字。古埃及人和两河流域的苏美尔人、古印度人都有自己的象形文字,巴比伦和亚述的楔形文字也还保留了苏美尔文的某些特点。然而,这些早期归属于象形系统的文字在历史演进中先后被表音的文字取代。唯独汉字经过不断的改进和简化,商、周以降仍在大范围内使用,以至成为世界几大文明中硕果仅存的象形系统文字。

华夏民族思维方式上有倚重"象"和充分利用线条符号功能的特点,除了八卦卦象以外,方块字的运用也是这两大特点的集中表现。如果说卦象的思维取向始终是以简驭繁,汉字原本众多,为适应思维和语言的发展日趋精细,数万之多的个体可谓线条结体变化之极致,形成最庞大的线条符号系统。汉字是由象形文字成功改造出来的符号系统,凝聚着先人的智慧和长期执着的努力。一个汉字往往浓缩着多层面的语义。汉字不仅是记录语音的符号,字义与语音相互规定、相互补充,而以表意为第一属性。从象形、示意演化来的汉字构件(如偏旁部首)常有显示和区分字义的作用,参与思维的运作。

几乎每个汉字都独自成词,与生俱来地都有自己多层面、隐而不显的语义网络。汉语中很少用文字作语法关系的标识,省略和代换的成分多,其"疏离"的组合方式确实给现代的理论阐释和整合出了难题。古人从汉语的功能特点中获得

29

进行概念范畴组合拼接的较大自由:有联合、有偏正,如兴象、兴会、意象、形象,也有偏义、省略、互文的用法,甚至像体性、风骨、气韵之类的远距离搭配重组,只能根据上下文和具体的语境去读解其含义。

汉字是当今世界上唯一还在广泛使用的象形系统的文字,它依稀保留着"象"的成分,表意也表音,是比拼音文字更复杂的符号系统。一个汉字常常能传递比一个拼音文字的单词更多的信息。《文心雕龙·练字》篇说,文字"斯乃言语之体貌,而文章之宅寓也"。又说:"心既托声于言,言亦寄形于字;讽诵则绩在宫商,临文则能归字形矣。"①以汉字撰结成的文章,语义不仅包孕于语音的物质外壳中,也常接受字形(文学语言的"体貌")表意性符号的导向,这是象形、指事、会意、转注、形声的造字和用字法所决定的。刘勰所谓"心"→"言"→"字"的递进,实际上是写作时"意"→"声"→"形"的转换。无论是何种层次间的递进和转换,都未必能做到完全忠实、毫无损益。用文字记录语言,大多是以凝固的存在形式对语言进行的整理和加工锤炼,文学语言于是变得更为精警,更富意趣和表现力。运用经常包孕意象、含蕴丰富的汉字进行创作,往往更能发人联想,令人欣动,耐人玩味。因此,章太炎先生曾说:"文之代言者,必有兴会神味。文之不代言者,则不必有兴会神味。"②一些文论的范畴概念比如风骨、滋味、神采、性灵、豪迈、峻直、飘逸、耿介……其用字的形象性就带有美的含蕴。

考察思维方式的重要途径是考察语言,因为语言是思维的媒介。思维语言是一种内部语言,思维的过程也是内部语言的运作过程。在古代,"言"一般指外部语言,它有语音、语义和语法规范,是思维内部语言中重要而非唯一的组成部分。先秦一些典籍表明:"象"也作为内部语言的一部分参与思维运作,它与"言"的作用方式和层次不同,"象"比"言"的涵盖面更宽泛,甚至更精微。

思维和语言发展的进程和汉字本身的特点决定方块字的数量成千上万。如果说卦象是涵盖万物事理最简明的符号系统,那么汉字也许就是世界上最庞大的线条符号系统。国人在简繁两种取向的线条运用上都取得了巨大的成功。汉字属于象形文字系统。古代小学家早就有文字的创用"以象形为先"的共识,所谓"六书"中"象形""指事""会意""形声"四种造字法或多或少都与"象"有联系。许多民族早期都使用过象形文字,然而唯独汉民族创造的方块字经过数千年不断

---

① [梁]刘勰:《文心雕龙·练字》,张国庆、涂光社:《〈文心雕龙〉集校、集释、直译》,第710页、第718页。
② 章太炎:《文学论略》,章太炎著、陈平原选编:《章太炎的白话文》,贵阳:贵州教育出版社,2001年,第144页。

的改进得免于被淘汰,在民族文化的形成和巩固中发挥了重要作用。

《说文》云:"文,错画也,象交文。"《易·系辞下》也说"物相杂,故曰文"①。"文"的初始义是交错的纹理。《山海经》中"文贝""文鱼"皆以其物(贝壳、鱼身)有纹采而名之。《周礼·冬官·考工记》说:"青与赤谓之文,赤与白谓之章。"②指绣品上的色彩纹理,先秦两汉典籍中常见"黼黻文章"的连缀。

汉字是一种线条符号,故得称"文"。《说文》云:"字,乳也,从子,在宀下,子亦声。""乳"是生育的意思,"字"是"文"繁衍出来的,故有"独体为文,合体为字"之说。于是"文"无论古今均可用为文辞著述,先秦已不乏其例:《论语·学而》有"行有余力,则以学文"③;《国语·楚语上》有"文咏物以行之"④。纹采可观,与美常有联系。《说文·文部释名·释义篇》云:"文者,会集众采以成锦绣,会集众义以成辞义,如文绣然也。"这段话表述了古人构结美采以为文辞的共识,但追溯"文"可指文辞篇籍的原委,恐怕还是因为著述都是文字记录的关系吧。章太炎先生"以有文字箸于竹帛,故谓之文"⑤的论断是可信的。

文学翻译之所以困难是因为文学语言的韵味情调有难以转换的民族和地域特色。说理论翻译容易一些,那也是指逻辑严格的理论,比如自然科学和哲学语言而言。做好古代文论的确切今译已经不容易了,译成外语的难度不亚于翻译文学作品。译者无论多么高明,也很难把"风骨""势""气韵"之类范畴作外文的意译,不得不为之际,也只好以音译加注释和说明的方式来应付。要说清对译出现麻烦的所以然,必须解答接踵而至的一些问题:仅仅因为思维方式和理论形态上存在差异吗? 话语隔阂的症结何在? 汉语及其方块字的功能特点是否已被人们所认识? 它怎样影响创作、欣赏、理论建构和文艺批评?

(1)表意性、集约性和稳定性

"象形为先"、以表意为第一属性的汉字对思维及其表述有深刻影响。汉字常是多义的,且高度稳定;其隐性语义网络的存在使文学词语组合灵变、语序相对自由,能生成独到的韵味和意境。从图象和示意符号演进到汉字的过程就是一个信息凝聚的过程。它介入并深刻地影响着我们民族的思维方式,以"象形"为先为汉

---

① 《周易·系辞下》,黄寿祺、张善文:《周易译注》,第560页。
② 《周礼·冬官·考工记》,[汉]郑玄注、[唐]贾公彦疏:《周礼注疏》,北京:北京大学出版社,1999年,第1115页。
③ 《论语·学而》,杨伯峻:《论语译注》,第5页。
④ 《国语·楚语上》,上海:上海古籍出版社,2015年,第355页。
⑤ 章太炎:《国故论衡》,上海:上海古籍出版社,2006年,第38页。

字带来显著的表意性、集约性和稳定性。

研究表明,大汶口文化中灰陶上的🝊(旦)字就是当地春分时节一座有代表性的山峰日出景象的描绘。产生在男性占主导的社会中,"女"字显示出相应的地位和行为规范,《说文》曰:"女,妇人也,象形。"段注:"盖象其撗敛自守之状。"《说文》云:"女,古作𢦏,象侧立俯首敛手曲膝,柔顺事人之象也。"会意字更不乏其例:如"君""臣"二字就有主奴尊卑内涵的显示,《说文》云:"君,尊也,从尹口,口以发号。"段注:"尹,治也。""君"是治人者,有发号令的权威;从甲骨文看,"尹"的原始形态还真像个号角。"臣"字的钟鼎文象人的俯伏之状,或曰象人侧立俯首拱手之形,《说文》云:"臣,牵也,事君者,象屈服之形。"又如"及",从甲骨文和大篆的写法看得出是用手抓人的示意。故《说文》说:"及,逮也,从人。"而"武"字的组合更进一步,以制止战争作为"武"的目标体现出古人的战争观念和尚武的精神境界。当年楚庄王说"止戈为武"当言之有据,所以被《说文》和其他古籍认可和引用。

与"象"相关联的方块字多以表意为主。也可以说表意是汉字的第一属性。"独体为文"的基本符号中很大一部分后来也成为偏旁部首,发挥着字义分类的作用,成为构字中最常见的义符:金、木、水、火、土、石、气、风、雨、日、月、草、竹、米、禾、虫、鸟、牛、马、羊、犬、豕、鱼、口、耳、鼻、牙、手、足、心、车、舟、门、黑、白、走等。有的字甚至是多个义符的组合,如鑫、林、森、淼、炎、焱、磊、晶、犇……以及昶、烨、忐忑、章、境之类。

拙著《美学范畴发生论》第三章"汉字的奥秘"探讨运用汉字对思维和语言表述,尤其是文学语言和理论话语(包括范畴创用)方面的积极影响。

"六书"是周秦和两汉时代的文字学家归纳出来的六种造字和用字方法,按照乾嘉以来通用的名称和排列顺序是:一象形,二指事,三会意,四形声,五转注,六假借。是取用《说文》之名和《艺文志》的顺序。郑玄注《周礼·地官·保氏》中有"六书:象形、会义、转注、处事、假借、谐声也。"《汉书·艺文志》有"教之六书,谓象形、象事、象意、象声、转注、假借,造字之本也。"《说文》中顺序是指事,象形、形声、会意、转注、假借。[①]

[①] 涂光社:《中国古代美学范畴发生论》,北京:人民教育出版社,1999年,第95页。

"六书"之说表明"表意为汉字第一属性"的论断是有理由的。"六书"中,造字之法"象形""指事""会意"以及"形声"组合中的"形"无疑都是表意的;"转注""假借"虽属用字之法,无论是互训还是借代,所用原字中仍存表意符号。被奉为经典的最早字书《尔雅》更是汉字以表意为第一属性的铁证,它所做的就是对近义词的归类,如"初、哉、首、基、肇、祖、元、胎、俶、落、权、舆,始也。"从"初"到"舆"这一系列的字都有"始"的含义。"如、适、之、嫁、徂、逝,往也。赍、贡、锡、畀、予、贶,赐也。"从"如"到"逝"六个字都含"往"的意思;而自"赍"到"贶"的一组则与"赐"相通。

以表意为第一属性的文字记录语言,在语义传达上有自己的特点;一字一音也会对语流速度、节奏(乃至声响、音韵)以至诗歌格律、文辞章法结构产生影响,当然,在缺乏中外比较的时代古人并不易明察运用汉语言文字的特点和优长。

具有表意性是一切象形字的共同特点。汉字的构成中有义符,就是表意的组成部分。偏旁部首就属于义符,有字义分类的作用。有的字中有多个义符,比如"昶"和"烨"即然。在现代,中国的科学家在翻译中创设新字时也不忘利用这一特长,如"烷""烯""炔"中的"完""希""夬"就不仅起声符的作用,也把这三种碳氢化合物分子结构上的特点显示出来。

与表意性密切相关的是其集约性。凝聚于表意性文字的信息众多,上面所说的"旦""女""君""臣""及""武"都不是单纯的物象勾绘,此外一字多音一音多义的现象也常见,如"风",本义是空气流动形成的风,《说文》云:"风,八风也。"指各个方向吹来的风。但古汉语中又引申出风吹、风凉、迅速、风俗、教化、民歌、雌雄相诱等等,以及疾病中所谓中风、风痛及至疯狂,音变之后"讽(讽刺,暗示)"方面的含义,再加上极其简约的表述和记录,古代文献中的信息是高度浓缩的,而且在不同的语境中有不同的词性和意义。

甲骨文和大篆还不难发现"象形"的痕迹。鲁迅说汉字已被改造成"不象形的象形字"。自秦汉规范定型后,汉字两千年来保持着基本的稳定。甲骨文和大篆还不难发现"象形"的痕迹。再者,汉字在字形上是"以不变应万变"的,因此,汉语没有其他语种中常见的某些词类、单复数、时态、格、位、性别、人称等示意性音变。

今人阅读古文与前人沟通并不困难。拙著《中国古代美学范畴发生论》中曾指出:"由于数千年间汉字保持着相对的稳定,今人阅读古文,与古人的沟通并不很困难。华章名句千百年来在从莘莘学子到初通文墨的妇孺小民、贩夫走卒的人群广为流传。所积累的大量耳熟能详的格言、成语、谣谚极大地丰富了现代汉语语汇,甚至能够潜移默化地提升着我们的道德意识、文化品位和审美情趣。比如:'己所不欲,勿施于人','三人行,则必有我师焉','岁寒然后知松柏之后凋也'、'锲而不舍,金石可镂'……唐诗宋词中的一些精品,许多人从呀呀学语开始就受长辈的启蒙进行记诵。除了少数生僻的典故而外,像'离离原上草,一岁一枯荣,野火烧不尽,春风吹又生','白日依山尽,黄河入海流。欲穷千里目,更上一层楼','朝辞白帝彩云间,千里江陵一日还,两岸猿声啼不住,轻舟已过万重山','问君能有几多愁,恰似一江春水向东流','明月几时有,把酒问青天',……现代人理解上基本无障碍,更不用说'鹅,鹅,鹅,曲项向天歌。白羽浮绿水,红掌拨清波'之类儿歌了。这一点是非常不容易的。在运用表音文字的地方,由于语音难免有变化,很少有人能读懂自己民族数百年前的文字。瑞典的一位女汉学家由于有了比较,对此感慨尤深。"①

中国保存至今的古代文献、文学作品和各种文字记录举世莫比。"象形为先"的汉字有赖特殊的稳定性,文字记录令华夏文明丰富的精神遗产得到很好的保全和恒久的承传。

古汉语集约性的突出表现之一就是无损语义的省略普遍和频繁出现。如《左传》记城濮之战的"晋车七百乘,韅、靷、鞅、靽"②,后四字原本分别是束马背、胸、腹、臀的带子,这里代指战车装备完善、军容整齐,暗示准备充分、严阵以待。《周语上·召公谏弭谤》云:"厉王虐,国人谤王。召公告王曰:'民不堪命矣。'王怒,得卫巫,使监谤者。以告,则杀之。国人莫敢言,道路以目。"③自"得卫巫"以下的现代汉语译文是"(厉王)找到(一个)卫国巫者,派(他去)监视批评(厉王)的人。(卫国巫者)把(他所发现的批评厉王的人)报告(厉王),(厉王)就杀掉他们。(于是)国都里没人敢说话了,(人们在)道路(碰面只能)以眼睛(相互示意,表示不满)。"所有括号中的文字在原文中都是被省略掉的。这种省略的成功之处在于并未造成语义缺失或歧义产生。

有的汉字也是多音(多音自然多义)的,某些字在发音不变的情况下也是多义的,加之词性的活用(如名词的使动、意动),都丰富了字词的内涵,扩大了单字的使用范围,省去句中某些显示词性和语法关系的介词和助词。

与其他语种比较,对相同内容作描述,汉语所用字词相对少,省略多,可称之

---

① 涂光社:《中国古代美学范畴发生论》,第111－112页。
② 《左传·僖公二十八年》,杨伯峻:《春秋左传注》,第460页。
③ 《国语·周语上》,第6－7页。

"疏离型"语言。

(2)隐而不显的语义网络

"疏离"型的汉语较少受显性的文字符号制约,语义变动的自由度较大,于是语境的作用就凸显出来:语境变了字义可能有异,词性也可以变。归根结底其原因依然是隐性语义网络的存在——类同于词的汉字大多是多义的,每个汉字在语义网络上几乎是一个能够多向联系的纽结。一定的语境形成和激活了该纽结相应层面的网络联系,即在句中该与谁(何字)联系就与谁联系,可不受语序制约,两字间的语法关系也不言自明;而与其他层面的网络通路则弱化或者隐没、堵塞,即此长而彼消,一显而众隐。汉字拥有隐性的语义网络,此为词语组合和语序的决定性因素,也是能进行集约化表述的缘故。

由于表意是汉字的第一属性,具有集约语义的功能和稳定的字形,汉语的组合除了依靠语序和一定的语法结构以外,每个汉字自身的语义网络在词语的搭配和话语的组合上发挥着重要的支配作用。在与表音文字的记录比较中不难发现,这种语义网络不用符号标识,不显于语言形式,所以说它是隐性的。

自秦汉规范定型后,两千年来汉字的组合方式和笔划书写规范未变,付诸使用也基本如常。郭绍虞先生给《同义词词林》作序时指出:"汉语以名词为中心,与西语以动词为中心不同。"[1]汉字一字一音,最初的单字几乎都是名词。组合成词以两字为多。

汉语语法关系较多地依赖字词间固有的语义网络,于是大大压缩了以辅助字词作语法标识的任务。这种现象在古代文学语言中尤其明显,如乐府题目"关山月""春江花月夜"的三字、五字皆为名词,可成为三重、五重意象的叠加,也不妨以其中一字或两三字(如"春江""花月夜")为中心去进行创造和再创造。诗词曲中不乏这种名词、动词、形容词的连缀:温庭筠《商山早行》的"鸡声茅店月,人迹板桥霜",马致远《秋思》的"枯藤、老树、昏鸦,小桥、流水、人家,古道、西风、瘦马",李清照《声声慢》的"寻寻、觅觅、冷冷、清清、凄凄、惨惨、戚戚",字词(包括省略者)在句中的语法地位和相互关系只靠读诵者去意会和取舍。

汉语语流一般较运用拼音文字记录的语种慢一些。一字一音和两字合成的词语多使话语(特别是文学语言)的节奏、声韵形成自己的特点:上古留下"候人兮

---

[1] 郭绍虞:《同义词词林·序》,梅家驹:《同义词词林》,上海:上海辞书出版社,1983年,第2页。

猗"的《候人歌》①和"断竹,续竹,飞土,逐肉"的《弹歌》②;《诗经》"以四言为正",诗赋文章"字有常数,四字密而不促,六字格而非缓。或变之以三五,盖应机之权节"③;以后格律化的诗歌以五言、七言为大宗。这些无不与汉字的运用相关。(在诗文格律未被发现和认可之前,合乎格律的诗文出现被理论家说成是"音韵天成,暗与理合"④,这"天""理"指的是汉语本然的格律。)

  运用汉字对范畴概念创用也有明显影响:元范畴多为单字,如气、势、象、和、仁、体、风、味、心、神、情、志、意、境等(当然也有"自然"这样的例外);以后则多为两字组合者,如中和、通变、风骨、滋味、气势、比兴、韵味、意象、意境、形象……单字的元范畴基本都有"象形"带来的常能从不同侧面发挥的意蕴;两字的范畴也体现出组合的自由与理论意义的拓展、提升。

  汉语也有习惯语序,但并不全依赖它,文学语言尤其如此。由于不作语法标识,运用汉语进行一般逻辑表述时,语序的作用或许大于其他语种。然而以不变应万变的方块字带来以象明意的可塑性,以及独立成词所获得的在隐性语义网络上字词搭配的选择性,词序远远称不上"严格",尤其在文学语言中词序的灵活性大得惊人。也就是说,句中的每个字词本身的意蕴可以决定它的词性及其在句中的语法地位,应与句中的哪些字词联系无须标明(常被省略),也不一定见诸惯常词序。不仅"倒装""错位"(有时是为音韵节奏的需要,有时就是为了取得怵目惊听的艺术效果)常见,甚至有"回文"体、"反复"体的诗文。

  比如《鄘风·柏舟》的"髧彼两髦",《离骚》中的"纷吾既有此内美兮""汨余若将不及"都有修饰词的提前;"错位"者如曹操《短歌行》的"慨当以慷",王勃《滕王阁序》的"渔舟唱晚",杜甫《秋兴》的"香稻啄馀鹦鹉粒,碧梧栖老凤凰枝";《春望》的"感时花溅泪,恨别鸟心惊";柳宗元《江雪》的"独钓寒江雪";李贺《咏马》:"何当金络脑,快走踏清秋。"……诗词之外的文辞中也有错位,但要少许多,如江淹《别赋》中的"使人意夺神骇,心折骨惊"和欧阳修《醉翁亭记》的"酿泉为酒,泉香而酒洌。"苏轼《念奴娇》词有"多情应笑我早生华发"……句中每个字该与谁联系、搭配就与谁联系、搭配,并不全受词序的左右。这些倒装、错位甚至能产生一种特殊的艺术效果。

---

① 《吕氏春秋·音初》,张双棣等:《吕氏春秋译注》,北京:北京大学出版社,2000年,第137页。
② [汉]赵晔:《吴越春秋·勾践阴谋外传》,南京:江苏古籍出版社,1986年,第128页。
③ [梁]刘勰:《文心雕龙·章句》,张国庆、涂光社:《〈文心雕龙〉集校、集释、直译》,第616页。
④ [梁]沈约:《宋书·谢灵运传论》,北京:中华书局,1974年,第1779页。

当年还能见这样的景德镇瓷茶壶:壶盖上的一圈镌了"可以清心也"五字以示雅趣。它无论从哪一个字开头都可读、可解:"以清心也可","清心也可以","心也可以清","也可以清心"。

古代诗文集中存有"反复"体和"回文"体的诗和铭。《艺文类聚》卷五十六有回文诗的分类。卷七十载东汉李尤的《镜铭》:"铸铜为鉴,整饰容颜,修尔法则,正尔衣冠"①。前秦窦滔妻作《璇玑图》表述思念感动夫君的故事更传为美谈。据说此图以五色织成,共八百余言,纵横反复,皆成章句,可得诗二百余首。甚至传言宋元间,僧起宗以意推求,竟又得诗三四千首。一些文学大家(比如苏轼《题金山寺》诗)也作过类似尝试,虽近于文字游戏,恐怕也只有运用汉语言文字才能做到。

汉字运用还带来对偶(骈俪)的修辞手段,除格律诗赋必有之外,词、曲等文体中也很常见。不同文体的对偶句声调上的要求取决于它们与乐曲的关系。词、曲常分为上、下两阕,因按同一乐谱演唱,上下两阕词句的构成和声调一致。如李清照的《醉花阴》词:"薄雾浓云愁永昼,瑞脑消金兽。佳节又重阳,玉枕纱厨,半夜凉初透。东篱把酒黄昏后,有暗香盈袖。莫道不消魂,帘卷西风,人比黄花瘦。"不入乐的骈体文辞,其对偶复句前后往往声调抑扬,相互衬托。比如与音乐无涉的对联,上联与下联声调抑扬映照,能做到字字平仄对应。对偶有单句和复句之分,对联是一种构结自由灵活多样的复句。清人孙髯翁所作大观楼长联,上、下两联共一百八十字:

五百里滇池,奔来眼底。披襟岸帻,喜茫茫空阔无边。看东骧神骏,西翥灵仪,北走蜿蜒,南翔缟素;高人韵士,何妨选胜登临。趁蟹屿螺洲,梳裹就风鬟雾鬓,更苹天苇地,点缀些翠羽丹霞;莫辜负,四围香稻,万顷晴沙,九夏芙蓉,三春杨柳。

数千年往事,注到心头。把酒凌虚,叹滚滚英雄谁在。想汉习楼船,唐标铁柱,宋挥玉斧,元跨革囊;伟业丰功,费尽移山心力。尽珠帘画栋,卷不及暮雨朝云,便断碣残碑,都付与苍烟落照;只赢得,几杵疏钟,半江渔火,两行秋雁,一枕清霜。

紧扣滇池特有的地理环境风物和历史,上联勾勒景致,下联追述过往。笔触要妙精警,可见作者的博大胸怀卓越见识,以及对世代更迭功业兴衰的深沉感慨。

---

① [汉]李尤:《镜铭》,[清]严可均辑、陈延嘉等校点主编:《全上古三代秦汉三国六朝文》(二),石家庄:河北教育出版社,1997年,第491页。

以上所引这些佳句如何可能在译成外语后还葆有原来的意境和韵味呢？

"以不变应万变"的单个汉字大多类同于词，各自都有相对独立的语义网络，在语句中它们的词性，相互间的搭配和语义选择以及语法关系大多能在这种语义网络的支配下一目了然。一些缺略也会在读者的意会中得到补充。汉字的多义性决定了不同语境中与其发生联系的语义层面有别，在语句中该读什么音，该是什么词性什么意义，该与哪个词搭配，处于什么语法地位，常常不需要作标识，读者根据上下文就能让它们各就其位。

诚然，汉语高度简约的表述有其长也有其短，比如先秦名家"白马非马"的论断就有争议，从名学（概念学）上说（即"白马"的概念不同于"马"的概念，所指范围大小不同，"白马"只是"马"中的一种，不可等同）无可非议；而从皆属同一生物种群上看，白马也是马呀，"白马非马"之说可谓荒唐。

从另一角度看，似乎又显露出汉语文学表达上的一种优长："'白马'的概念不同于'马'的概念"是现代人学用外语进行的逻辑表述，不存争议，可见汉语学习外语这方面的长处较为容易。可是，外语能把中国古代文学作品（特别是诗词歌赋）中精妙语汇的意蕴韵味译出，简约明示理论范畴的多重意涵吗？现代汉语却完全可以准确无误地作国际条约、法规的逻辑表述。

运用汉字令词和概念的组合也极其自由。别说文学语言，即使是理论话语，一些看似不甚相干的字只要有某种渊源，只要撰述者认定它们存在某种有价值的关联，就可以拼接成术语概念运用之，而无须交代其相互关系和对概念的意义作出界定。比如风骨、体势、气韵、意象即然，最后也可能得到广泛的认可。

受运用汉字作记录符号的影响，古汉语以名词为基始、为主干。名词有使动用法和意动用法，可以作为动词和形容词。比如前面所举"风"字的例子，它本是名词，指流动的大气；又可以是动词：作如风般吹动解；亦可作形容词：有如风一样无形而可感；乃至用到它成气候、有方向感方面的意蕴……。"风，风也。风以动之，教以化之。……上以风化下，下以风刺上；主文而谲谏，言者无罪，闻之者足以戒，故曰风。"①就是例子，"风"于是在文论的不同语境中分别有了风诗、讽刺、风尚、风格等引申义。

语词的通假和互换、替代，有义无义的判断，偏正组合之所偏义以及歧义和多指向语义的选择，自然要看语言环境，要凭借欣赏者的文学修养以及与作者文化

---

① ［汉］毛亨传、［汉］郑玄笺、［唐］孔颖达疏：《毛诗正义》，北京：北京大学出版社，2000年，第6－15页。

上的认同和沟通。如《文心雕龙·神思》:"拙辞或孕于巧义,庸事或萌于新意"①的两个"于"就是无义的语助词。

方块字是由一种象形的线条符号演进而来的,经过至少五六千年不断演化和改造、规范,成功地避免了像其他象形文字那样被淘汰的命运。反之,汉字的成功演进又给予人们思维以积极影响:其"不舍象"的因素(如大多偏旁部首由"象形""示意"符号改造而成)在参与日趋精细的思维活动时会葆有其功用,巩固其在中国古代文学艺术创造和民族文化传统中的地位。

汉字数以万计,学习、运用上难度较大,文人学士从来有此专擅,"文言不一"的现象曾长期存在,对文学艺术的通俗化和口语化确有不利的影响。

文学批评史上也有在用字上纠偏的事例。汉代的辞赋大家曾因搜奇炫博"极靡丽之辞,闳侈钜衍,竞于使人不能加"②而饱受非议。刘勰就对此作过尖锐的批评③。古诗词文章的名篇佳句中则绝少生字僻典,故至今仍能众口传诵。由此表明运用汉字出现的欠缺多能弥补,汉字写作并不影响古代文学艺术成就的承传。此外,古人创设、运用范畴概念所用汉字(如道、自然、意、志、气、势、趣味、性灵、风骨、本色等)皆鲜明可感、直击精要,有助其义旨的模糊把握和"约定俗成"的运用、传承。

三、古代理论表述和范畴概念的特征

1. 以经验描述为主的论说与"近取诸身,远取诸物"的类推比况

从先秦典籍的表述方式可以窥见先民思维和著述上的一些特点。

《诗经》是文学性表述不必说,《尚书》是记录止于西周的前代君王言行的文献。《周礼》《仪礼》为周公制定的政治和礼仪制度;《礼记》记孔子执礼讲礼的言行以及门人见闻和对古礼的诠释。《春秋》系鲁国简明的编年史。《易经》是卜筮之书,包括卦、爻两种符号与相应的说明文字卦辞、爻辞,其中也有一些佐证的事例。虽存事理、不无褒贬,却很少见诸文字的推理,更难看到穷究所以然的剖析。

先秦诸子立说,多以经验描述为主,很少明示论据与推论的逻辑关系。以孔子论《诗》为例,《论语·为政》中说:"《诗》三百,一言以蔽之,曰思无邪。"④《泰

---

① [梁]刘勰:《文心雕龙·神思》,张国庆、涂光社:《〈文心雕龙〉集校、集释、直译》,第490页。
② [汉]班固《汉书·扬雄传》,第3575页。
③ 《文心雕龙·练字》中说:"追观汉作,翻成阻奥。故陈思称:'扬马之作,趣幽旨深,读者非师传不能想要的其辞,非博学不能综其理。'岂直才悬,抑亦字隐。"
④ 《论语·为政》,杨伯峻:《论语译注》,第11页。

伯》中说:"兴于《诗》,立于礼,成于乐。"①《阳货》则有"《诗》可以兴,可以观,可以群,可以怨。迩之事父,远之事君,多识于鸟兽草木之名。"②皆只言其然,而未言其所以然。但孔子提倡举一反三触类旁通的思想方法,《论语·述而》中谈教导学生说:"不愤不启,不悱不发。举一隅不以三隅反,则不复也。"③《公冶长》记云:"子谓子贡曰:'女与回也孰愈?'对曰:'赐也何敢望回?回也闻一以知十,赐也闻一以知二。'子曰:'弗如也;吾与女弗如也。'"④在《诗》的学习上也如此,《八佾》记载:"子夏问曰:'"巧笑倩兮,美目盼兮,素以为绚兮。"何谓也?'子曰:'绘事后素。'曰:'礼后乎?'子曰:'起予者,商也,始可与言《诗》已矣。'"⑤《学而》中也说,"子贡曰:'贫而无谄,富而无骄,何如?'子曰:'可也。未若贫而乐,富而好礼者也。'子贡曰:《诗》云:"如切如磋,如琢如磨",其斯之谓与?'子曰:'赐也,始可与言《诗》已矣,告诸往而知来者。'"⑥

古人重视从直观现象和切身体验得到的感悟,从中获取教益与启示;善于以类推比况和非逻辑的方式进行思考和表述。

《易·系辞上》指出:"是故天生神物,圣人则之;天地变化,圣人效之;天垂象见吉凶,圣人象之;河出图,洛出书,圣人则之。""是故夫象,圣人有见天下之赜,而拟诸其形容,象其物宜,是故谓之象。"⑦其中"则之""效之""象之"是以天地万物的演化作为效法对象,提炼出指导社会人生的原则;用"象"明意传承的是更古老的《河图》《洛书》的示意方法。

《系辞下》的一段话更富于启示:"古者包牺氏之王天下也,仰则观象于天,俯则观法于地,观鸟兽之文与地之宜,近取诸身,远取诸物,于是始作八卦,以通神明之德,以类万物之情。"⑧"近取诸身,远取诸物"宣示了一种思想方法:"近取诸身"者为人们熟悉且易于理解,"远取诸物"则是以类推和比拟的方式去了解其他比较疏远也是范围更宽的事物。运用这种模式创设的八卦之所"通"所"类",正体现出由近而远,由浅而深,由内而外,由小而大,由一而多,由具体而抽象的思维取向。显然,擅长"近取诸身,远取诸物"的比拟、类推,有重视切身体验以及某种天

---

① 《论语·泰伯》,杨伯峻:《论语译注》,第81页。
② 《论语·阳货》,杨伯峻:《论语译注》,第185页。
③ 《论语·述而》,杨伯峻:《论语译注》,第68页。
④ 《论语·公冶长》,杨伯峻:《论语译注》,第45页。
⑤ 《论语·八佾》,杨伯峻:《论语译注》,第25页。
⑥ 《论语·学而》,杨伯峻:《论语译注》,第9页。
⑦ 《周易·系辞上》,黄寿祺、张善文:《周易译注》,第520页、第526页。
⑧ 《周易·系辞下》,黄寿祺、张善文:《周易译注》,第533页。

人合一、物我同构的意识作为基础。

《老子》十六章说:"万物并作,吾以观复。"①"复"是周而复始,是规律,体现的是万物演化轨迹的可重复性(比如四季的更代轮回),由对"万物并作"的体察类推得之。人类的认知和思维创造需要学习借鉴,二十五章所谓"人法地,地法天,天法道,道法自然"②是效法、模拟、类推的规则,也包含人的思维取法(运作中的)自然万物的内涵;反过来,由对"人"(人体、人类社会)的生命体验和知识的获得作逆向推演,似乎也有助于对于天地万物和"道"的了解。

《礼记·学记》曾谓:"古之学者,比物丑类。"《注》曰:"以事相况而为之,丑犹比也。"《疏》云:"谓以同类之事相比方,则学乃易成。"③

好用比喻和象征也是古人言辞传达上的特点,以为是一种间接的指域模糊宽泛、雅致温婉的示意法。

古人贵玉。《礼记·聘义》说:"(孔子曰:)君子比德于玉焉,温润而泽,仁也;缜密以栗,知也;廉而不刿,义也;垂之如队,礼也;叩之其声清越以长,其终诎然,乐也;瑕不掩瑜,瑜不掩瑕,忠也;孚尹旁达,信也;气如白虹,天也;精神见于山川,地也;圭璋特达,德也;天下莫不贵者,道也。《诗》云:'言念君子,温其如玉。'故君子贵之也。"④

《论语》中的比况可谓俯拾皆是,如耳熟能详的"岁寒然后知松柏之后凋也","四海之内皆兄弟","逝者如斯夫,不舍昼夜","不义而富且贵,于我如浮云"……《为政》说:"为政以德,譬如北辰居其所而众星共之。""君子不器。"⑤《公冶长》中说"宰予昼寝",孔子以"朽木不可雕也,粪土之墙不可杇也"责备之。⑥《子罕》中则自言是"求善贾而沽"者⑦。《阳货》中孔子用"天何言哉?四时行焉,百物生焉,天何言哉?"⑧启发子贡,表明自己的"无言",无碍学生通过观察去了解、体认现象所呈现的道理。

还有另一类型物我相通相融的比拟、借喻。《老子》说:"上善若水。水利万物

---

① 《老子·十六章》,陈鼓应:《老子注译及评介》,第124页。
② 《老子·二十五章》,陈鼓应:《老子注译及评介》,第163页。
③ 《礼记·学记》,[汉]郑玄注、[唐]孔颖达疏:《礼记正义》,第1247页。
④ 《礼记·聘义》,[汉]郑玄注、[唐]孔颖达疏:《礼记正义》,第1948页。
⑤ 《论语·为政》,杨伯峻:《论语译注》,第11页、第17页。
⑥ 《论语·公冶长》,杨伯峻:《论语译注》,第45页。
⑦ 《论语·子罕》,杨伯峻:《论语译注》,第91页。
⑧ 《论语·阳货》,杨伯峻:《论语译注》,第188页。

而不争,处众人之所恶,故几于道。"①又云:"江海之所以能为百谷王者,以其善下之,故能为百谷王。"②《论语·雍也》说:"子曰:'知者乐水,仁者乐山;知者动,仁者静;知者乐,仁者寿。'"③均以不同的物性、物态况味人不同的品格、志趣和个性、心理。《孟子·离娄下》记载:"徐子曰:'仲尼亟称于水曰:"水哉水哉!"何取于水也?'孟子曰:'源泉混混,不舍昼夜;盈科而后进;放乎四海,有本者如是,是之取尔。苟为无本,七八月之间雨集,沟浍皆盈;其涸也,可立而待也。'"④在一些典籍中也不乏类似的故事,《荀子·宥坐》亦有水的"九德"之说:

> 孔子观于东流之水。子贡问于孔子曰:"君子之所以见大水必观焉者是何?"孔子曰:"夫水,大遍与诸生而无为也,似德。其流也埤下,裾拘必循其理,似义。其洸洸乎不淈尽,似道。若有决行之,其应佚若声响,其赴百仞之谷不惧,似勇。主量必平,似法。盈不求概,似正。淖约微达,似察。以出以入,以就洁鲜,似善化。其万折也必东,似志。是故君子见大水必观焉。"⑤

诸子大都善于寓意于物,或者以物性物态况喻世事,从自然万物的运动演化中获得指导社会生活和人们思想言行的启示。

此外,《诗》六义中有比兴。先秦士大夫"断章取义"地诵《诗》之章句,多为比拟而非用原句本义。寓言可以说是一种以整个故事为比体的比喻。先秦诸子多擅以寓言说理,《庄子》《孟子》《韩非子》《吕氏春秋》即然。尤其是《庄子》,居然用"寓言十九"展示了整个学说。"其辞虽参差而諔诡可观,彼其充实不可以已"⑥的推介颇为自得。

体味《易·系辞下》的"八卦成列,象在其中矣。……近取诸身,远取诸物,于是始作八卦,以通神明之德,以类万物之情"⑦可知,"象"多以况喻类比的方式进行表达。古代诗学倡导比兴。日月水火、山海林泽、花草鸟兽虫鱼皆可成为比体。比无疑是一种"象"喻;刘勰以"起情"释兴,受众也是借助物"象"和触动感悟促成"起情",所谓"应物斯感""情以物迁"即就物"象"的接受而言。

文论范畴直接以"象"创设者很多,如"气""势""风""体""骨""游""境"

---

① 《老子·八章》,陈鼓应:《老子注译及评介》,第98页。
② 《老子·六十六章》,陈鼓应:《老子注译及评介》,第316页。
③ 《论语·雍也》,杨伯峻:《论语译注》,第62页。
④ 《孟子·离娄下》,杨伯峻:《孟子译注》,北京:中华书局,1988年,第190页。
⑤ 《荀子·宥坐》,[清]王先谦:《荀子集解》,第524页。
⑥ 《庄子·天下》,曹础基:《庄子浅注》,第508页。
⑦ 《周易·系辞下》,黄寿祺、张善文:《周易译注》,第530-533页。

"迹"和"本末"皆然。

2. 不舍"象"和"约定俗成"的范畴概念

范畴是一种基本概念,是思维的成果,能集中地表现出创设它的人们把握世界的方式和理性思维的水准,是构结理论话语的核心环节。

《墨子》的《经》和《经说》中表述了古人这样的认识:概念对一个事物的概括不可能包举无遗,尤其是那些与"象"相联系的属性和内涵;众多概念中有可以"舍象"者,也有不宜"舍象"者;以概念"包举"整个事物的本质属性原本很难胜任,更不应一概拒斥"象"的参与。其中还说:

一。偏弃之。
不可偏去而二。说在见与(不见)俱。一与二。广与修。①
见与不见离,一二不相盈。广,修。坚,白。②

"偏"是事物的一个侧面,概括事物各个侧面都不应舍弃。片面的表述规定谓之"一",全面综合谓之"二"。比如"广"与"修"是应该兼备的两维。石头的"坚"和"白"同为不可或缺的属性。"见"指已见(发现)的、对"物"之"实"作了表述和规定的部分;"不见"指未曾见到(未曾发现)的、当然也未能表述和规定的部分。"见"与"不见"的对应甚至还有某种具象和抽象相对应的内涵。墨家后学主张对事物进行诸多侧面互补的综合概括,肯定"见与不见俱"至少是对抽象与"不舍象"结合认可;而对"见不见离"的批评则是对片面指认和孤立抽象的否定。从中不仅可以看到中国和西方哲学的一个分歧点,而且能为中国古代理论范畴"不舍象"找到依据。《小取》强调言辩"摹略万物之然"③表明:人们对客观世界的认识和表述永远是一个"逐物"的过程。"摹"追求真切,"略"是抽象概括,"然"即本然,突出客观和真实。也许是客观事物的感性特征和模糊之处使"摹"不能"舍象",而"不舍象"的浑融未尝不是高明的"略"。

"不舍象"对文艺理论的特殊意义,还在于艺术和"象"的天然联系。哲学话语尚且要"不舍象",艺术论的范畴更理所当然。

---

① 《墨子·经下》,[清]毕沅校注,吴旭民校注:《墨子》,上海:上海古籍出版社,2014年,第173页。
② 《墨子·经说下》,[清]毕沅校注,吴旭民校注:《墨子》,第187页。
③ 《墨子·小取》云:"夫辩者,将以明是非之分,审治乱之纪,明同异之处,察名实之理,处利害,决嫌疑。焉摹略万物之然,论求群言之比。以名举实,以辞抒意,以说出故,以类取,以类予。"

古人充分认识到知识是不断积累的过程,人们对事物的认识对真理的求索没有止境,反映出一种认识和理论需要不断修正、丰富、深化的观念。由此,便以动态发展的眼光看待概念的内涵。非但不把对万物的"摹略"看成一成不变的,而且还认为应该不断更新它,为话语和概念的改造和重新规范作出努力。这是否是古代范畴概念鲜有定义、见用而不见论的一个原因呢?

高度抽象的范畴概念其内涵和外延有精确的界定,它们组合的理论话语有严密的逻辑,有利于对事物的一些本质属性和运动规律作确切的表述和严格的规定。它们构建的理论也往往显示出清晰的条理、缜密的体系,往往被视为理论的理想境界。高度抽象的思辨在把握事物本质和揭示规律上常常是统领一切的。因此,人们也许会以为只有高度抽象的理论才是严谨、先进的理论,只有"舍象"的范畴概念才是科学的范畴概念。那么,古人认可概念"不舍象"的一类,对事物现象的抽象就可能是部分和不彻底的。这样的理论还可能是严谨和科学的吗?

如上所述,真理不可穷尽,人们的认识没有止境,任何时代任何伟大理论的真理性都是相对的,都不可能面面俱到地涵盖一切。即使是由先进的具有超前性的范畴组合成的理论话语,也很难在所有方面对论证对象作尽善尽美的表述和概括。此外,某些事物属性本来就包含着模糊的或者不宜作机械的细密分解的因素,人们的感性印象在某些特定领域不仅无碍于理性思辨,反而有助于有机的整体的把握。比如,数学这个纯理性的自然科学学科向来公式最多,讲究准确,很抽象,近代也出现了模糊数学的分支。足见模糊的方式对于某些宜于整体把握的,由复杂因素有机组合的,变易性、可塑性大的事物现象和属性进行把握和表述是有优势的。由于永远会有不宜分解的、一时尚不能道出究竟的理论问题出现,完全"舍象"倒未必是明智和科学的了。何况,"不舍象"并不意味着排斥和取消高度抽象思辨的主导地位。

"象"鲜明可感,其意蕴模糊、宽泛。由于古人的思维和概念创设"不舍象"和不习惯对范畴、概念的内涵外延作确切的界定,古代范畴概念运用的广泛性和持续性提高了,便于一些范畴概念为不同学派、不同学科所通用、移植,即使意义各有侧重、各有发挥。这也许是中国古代范畴大多沿用不衰的一个原因吧。

事物是现象和本质的统一。正确的抽象自然是一种迅速接近事物本质、接近真理的过程。然而探索是渐进的,对事物本质和规律的认识未必能在一次抽象中全面准确地完成,而程度不同地受局限、被误导则更可能出现。因此抽象不宜勉强和绝对化;不仅在对事物进行综合和总体观照时应该注意到模糊把握的优势,在难以作完全彻底的概括的时候,也不应拒绝对阐释和揭示有所保留。概念中

"不舍象"有时候就是一种对进一步抽象可能性的保留。

认知客体可能存在模糊性元素,主体认识的渐进性,以及思维内部语言中"象"的介入等因素决定了概念"不舍象"的合理性。

由此我们对"抽象"这个词的理解也应该进一步:抽象不见得要把客观事物的"象"全都"抽"掉。其实质当是认识的简化:舍弃事物现象中一些非本质的、次要的、肤浅的、仅限于具象的东西,对事物整个或者某一方面本质、属性、特征所进行的概括。由于事物的本质、属性、关系中可能存在着模糊的成分,对它们的概括有时可以甚至应该运用"不舍象"的方式。

在西方,一种范畴或范畴系列的提出常常是论者对事物现象某种本质、某种属性的抽象概括,理论上长于解析、逻辑演绎和体系建构。中国人则习惯与擅长于对事物作模糊和有机的整体把握。古代文论有突出的实践性,范畴和命题大多是由诗人作家自己提出来的,尤其是理论批评发展的后期,常常只围绕中心范畴(如滋味、性灵、神韵)提出自己的艺术追求,阐发自己的感悟;大都不在意系统理论的建构;理论演绎少,更难见逻辑严密的推导;注重主观体验、感悟而不强调实证,常常点到辄止,留下由读者自己体认、充实和发挥的广大空间;对范畴、概念一般是用而不论,不作定义;即使进行抽象也不一概排斥感性成分,即容许不完全的抽象;加上汉语言文字的功能特点带来范畴内涵的模糊性以及词语交叉、兼及、互换、省略的习惯用法……对这些差异缺乏认识,必然会影响古代范畴的现代阐释及其价值的全面开掘。

范畴的形成机制和在理论中的运用,古今是有差别的。"范畴"这个词诚然是近代的舶来品,但独具特色的范畴学意识和学术在古代中国确有深厚的根基。先秦诸子对一些范畴学问题已有所涉及。

在古代语汇中"名"(概念)是以"言"(语言文字)的方式存在的,也就是说"名"都是"言",而"言"未必都是"名"。由于范畴和概念以词语的方式存在,范畴学不仅与哲学思辨关系密切,也与语言学和逻辑学有天然联系。

先秦有名实之辨。名学是近代学者给取的名称,它属于概念学或者逻辑学。在古代相当于概念的词是"名"。"名"所指称的事物之实在、所概括的属性与关系就是"实"。"名"主要用于事物的分类和命名,区别相互间的统属关系。

先秦的"名"学中,也有将"名"划分出不同层级的(现代研究者中也有人作了"元范畴"和"次级范畴"……的分法)。荀子将"名"分为"共名"和"别名"两类,《墨经》于名则有"达""类""私"之别。荀子所谓"共名"与"别名"以及《墨经》所谓"达名"与"类名"之间,张岱年指出"这是中国古代对于普遍、特殊、个别的理解"①,有近似范畴与一般概念的关系。不过"共名"和"达名"虽与范畴有相近之处却不能等同。范畴只能说是一种特殊"共名"和"达名",比如道、气、情、阴、阳之类。其所指之"实"不是客观的能够分类的具体事物,而是主体理性认识和抽象判断的结晶。由于古人没有将这类特殊的"名"另作区分,更没有从事专门的研究,古代名学中也就不可能有与西方范畴学完全吻合的部分。

名实之辨是应时而兴的。《论语》中有孔子的名言:"名不正,则言不顺;言不顺,则事不成。"②其"君君、臣臣、父父、子子"③也可谓是要"正名",即以为君、臣、父、子社会角色的称"名",规定了其各自的"实"——本分和社会担当;简言之,要求君贤,臣忠,父慈,子孝。

从现存资料上看,自孔子要求"正名"起,诸子几乎都参与了名实之辨,还出现了专于此的名家。春秋战国特殊的历史条件造就了学术领域理性张扬、百家争鸣的繁荣局面。所谓"奇辞起,名实乱"(荀子语)虽有缺少规范容易造成混乱之弊,但也不妨说是思想活跃,学术领域扩大,立论角度各异,探讨层面增加,思维更丰富、更细致、更深入,甚至是诸子各有见地、自成系统的一种表现。荀子指出,新的系统必然"有循于旧名,有作于新名"④,有承袭也有创新,这显然是合乎范畴和概念系列发展规律的总结。

受思维方式影响,而且只出于为自己学说廓清障碍的考虑,诸子"正名"的范围有限,很少对范畴概念的意义作明确的界定。比如,作为各自学说中首屈一指的范畴,毕竟孔孟没有给"仁",老庄没有给"道"(还偏偏说"道可道,非常道;名可名,非常名")以周延确凿的定义,又遑论其余。

先秦名学对我们的启发,除了概念类别区分方面而外,还在于概念意义规定的方式上。《荀子·正名》总结出"约定俗成"的法则:

> 名无固宜,约之以命,约定俗成谓之宜,异于约则谓之不宜。名无固实,约之以命实,约定俗成谓之实名。⑤

"约定俗成"使本无"固宜""固实"的名实各有所"宜",从共识中获得了相应

---

① 张岱年:《中国哲学史方法论发凡》,北京:中华书局,1983年,第52页。
② 《论语·子路》,杨伯峻:《论语译注》,第134页。
③ 《论语·颜渊》,杨伯峻:《论语译注》,第128页。
④ 《荀子·正名》,[清]王先谦:《荀子集解》,第414页。
⑤ 《荀子·正名》,[清]王先谦:《荀子集解》,第420页。

的规范性。

中国古代范畴大多是无定义的。定义所以得言"定"者,确定无歧义之谓也。被定义的范畴概念,任何场合用到它们意义都不变,放之四海而皆然。中国古代"约定俗成"的"约"是契约之约,也是大约之约。古人对范畴概念的意义只有大致的共识,同一范畴,在不同论者和场合中意义经常各有侧重,不尽一致,但学术史上古人绝少争论歧义的孰是孰非。今天的研究者对古代一篇论著、一个论断中的概念作确切诠释是可能的,对千百年广为沿用的范畴概念则很难,似乎也不必作统一的定义,只宜根据时空和语境的变化进行"约"的(大要的模糊的)把握,进行既凸显要素、共识又兼及流变的动态阐释。

由于"约定俗成"是大致的认同,以及古汉语中往往一义多字以及常有借代、省略的用法,一些范畴概念即使意义相同或相近字面也未必统一,如"气"与"精气""元气","境"与"境界""意境","体"与"体势"……(有时意涵相同,有时其"精""元""意""势"之类仍有凸显要义的规定性)更无须说文学内容可由"情""志""理""心""意""质"等代指,与此有关相对应形式则为"采""藻""声""言""辞""文"等。解读时须考虑使用者所选取的范畴义,更要注意它们出现的语境。

有理论体系的西方哲人往往运用自己组合和定义的范畴系列。中国古代学者则以沿用为多,尽管很少为范畴重新定义,却也常赋新意于其中。当然,范畴意义获得相当程度的认同有助于思维成果的交流、积累和传承,这正是荀子强调"约定俗成"的所以然。几千年的中国学术史已经证明范畴约定俗成的可行性。

约定俗成以获得基本的共识为前提,要求概念相当客观地反映事物的本质属性和关系,常常具有一定的真理性;另一方面则要求具有心理和思维方式的共同基础。必得如此,才可能广泛和长期沿用。必须强调的是,约定俗成只有对概念意义的大致认同,人们大都用而不释或者只作"不舍象"的描述,形成中国古代概念的模糊性和灵动性,于是为范畴概念内涵留有不断被发展、丰富和完善的余地,能够在长期沿用中保持着自我更新的活力。概念若像西方理论那样有确切的定义,理论的推演因而逻辑严谨,也有利于缜密理论体系和规范的建构;然而,概念的抽象定义也因确指而容易界限失准或有所遗漏,时过境迁被取代就不足为奇。因此,西方哲学家自创的范畴体系很少为他人完全接受。比如康德将十二范畴分成四类:量、质、关系、样式;每类又分别包括三个范畴,其体系不能说不缜密,但只在他的学说中才能依其严格规范充分发挥作用。

第二节 古代文论范畴的哲学依据

除文学实践等方面的因素以外,哲学发展的进程及水准也推动和制约着文艺理论的发展。传统哲学的思辨水平和方法论上的特点也为古代文学理论范畴特征的形成提供了依据。

再者,哲学理论范畴本身就有最大的涵盖力,往往能跨越一般学科。古代文学艺术论中的许多范畴都从哲学移用,某些范畴概念加上了相应的规定和适当的改造、重组,如:"道""气""心""物""性""体""势""理""意""象""文质""动静"等等皆然。这也是本章述评的宗旨之一。

李约瑟的《中国科学技术史》指出:"当希腊人和印度人很早就仔细地考虑形式逻辑的时候,中国则一直倾向于发展辩证逻辑。与此相应,在希腊人和印度人发展机械原子论的时候,中国人则发展了有机宇宙的哲学。"[①]在中国古代哲人的意识中,事物的构成,是各种因素相互联系和作用的动态过程,即是非机械的,强调各相关部分有机联系、灵动变通的过程。

先秦时期,无论是《周易》的阴阳八卦,儒家的治乱文武之道,还是老庄的有无、动静、虚实……对立统一、互相转换通变的辩证思维在诸子的著述中体现充分并且达到相当高的水平。而"气"的贯一、充斥,上通于道和构结宇宙万物,又是为天人合一、道器不离的观念,以及用整体的、重视各组成部分有机联系的方式对事物进行浑融把握奠下了理论基石。

我们以下分阴阳五行说、气论、神形论、孔孟仁学和老庄哲学五节概述对传统文学理论影响较大的中国古代哲学。

一、阴阳五行——古代的辩证思维学说

1. 阴阳说的缘起

有关八卦创造过程的传说告诉人们,华夏先民很早就有这样的意识:万事万物中两相对立的因素是一种普遍的存在。八卦卦象就是由两种基本符号——阳爻和阴爻组合而成的。世界由两种对应的、性质相反的因素构成意识的产生,阳

[①] [英]李约瑟著,《中国科学技术史》翻译小组译:《中国科学技术史》第三卷,北京:科学出版社,1978年,第337页。

爻(—)阴爻(— —)符号的出现,很可能是受男女有别、动物牝牡有异的启发。

以"阴""阳"来给两爻线符号命名也许比符号的启用要晚。《说文》云:"阴:暗也;水之南,山之北也。……阳:高明也。"段注曰:"山南曰阳。"阴与阳原来不过指对阳光的向背而言,发展到能够泛指男女、雌雄、天地日月、冬夏寒暑、白天黑夜,以至高卑、刚柔、开阖、显隐……以二者的对应来概括一切事物现象内在因素的矛盾运动,从而具备了哲学范畴的意义。也就是说,用阴阳的概念代指对应的两极因素是这种两分辩证意识的推演和升华。

阴阳对应的抽象概念至少在西周已经产生。现存资料中《国语·周语上》的记载是比较可靠的:"幽王二年,西周三川皆震。伯阳父曰:'周将亡矣!……阳伏而不能出,阴迫而不能蒸,于是有地震。'"①当时人们有这样的意识,自然现象的正变与社会政治好坏、国家盛衰相通,灾异是天谴和不可抗拒的天命的显示。虽有神秘色彩,阴阳所代表的是宇宙万物内部运动着的矛盾对立的两种力量,尽管是无形的,却左右着事物现象的演变。

《老子》四十二章有:"道生一,一生二,二生三,三生万物。万物负阴而抱阳,冲气以为和。"②是把由浑一的气分化而成的阴气与阳气视为万物之基始,认为万物的内涵中都有这样对立统一的两极,它们互相冲荡而达于(每一事物自身的)和谐。阴阳的"冲和"既是万物生成的根本,也是其运动变化之所以然。

《易传》中阴阳学说发展成为一种宇宙论:

> 大哉乾元,万物资始,乃统天。云行而雨施,品物流行。③
> 至哉坤元,万物资生,乃顺承天。坤厚载物,德和无疆。含弘光大品物咸亨。④

倘若史说乾和坤都是万物的始而不加统一,那便是明显的二元论,所以有阴阳之上又有与道相通的太极作为至高无上的本始,于是一切都从一元的太极开始进行推演,《系辞上》说:"易有太极,是生两仪,两仪生四象,四象生八卦,八卦定吉凶,吉凶生大业。"又提出:

> 是故刚柔相摩,八卦相荡,鼓之以雷霆,润之以风雨,日月运行,一寒一暑,乾道成男,坤道成女,乾知太始,坤作成物。

---

① 《国语·周语上》,第18页。
② 《老子·四十二章》,陈鼓应:《老子注译及评介》,第232页。
③ 《周易·乾卦·彖》,黄寿祺、张善文:《周易译注》,第5页。
④ 《周易·坤卦·彖》,黄寿祺、张善文:《周易译注》,第23页。

> 一阴一阳之谓道,继之者善也,成之者性也。仁者见之谓之仁,知者见之谓之知,百姓日用而不知,故君子之道鲜矣。①

矛盾对立相反相成的阴阳以"摩荡"的方式运动,于是有了自然现象的演化和万物的萌生繁衍。这种关系也体现为由乾道坤道代表的男女对立。"一阴一阳之谓道,继之者善也,成之者性也",以为遵循阴阳对立统一的自然规律,维系其平衡,才能达于理想境界。所谓"见仁""见知(智)"则指人们能从不同角度理解而言,认为在日常生活中一般人往往不自觉地运用法则,得其帮助、受其制约而不自知,能够把握阴阳矛盾运动生生不息、相反相成规律的自觉者——"君子"是不多的。

阴与阳的矛盾运动不仅是普遍的,两者的对立统一和互相转化也是多层面的,《说卦》云:"昔者圣人之作《易》也,将以顺性命之理。是以立天之道,曰阴曰阳;立地之道,曰刚曰柔;立人之道,曰仁曰义。……分阴分阳,迭用刚柔。"②所谓"分阴分阳,迭用刚柔"指在不同层次不断进行两分的一种思维模式。《黄帝内经·素问》的《天元纪大论》明确指出:"天有阴阳,地亦有阴阳;故阳中有阴,阴中有阳。""动静相召,上下相临,阴阳相错,而变由生也。"③《黄帝内经》大约成书于战国时期,是中国传统医学首屈一指的经典,在阴阳学说的运用上堪称典范,时至今日仍是辩证施治的基础理论。《素问·阴阳应象大论》开篇即借黄帝之口说:"阴阳者,天地之道也,万物之纲纪,变化之父母也。……"④

两相对立的事物或事物构成、运作的因素本来就是一种广泛的存在,而能够将其抽象为阴和阳的对应是了不起的思维成果。这种概括的推而广之、涵盖一切,显示出先民的一种以简驭繁的非凡智慧。

2."五行"的出现可能更早

《史记·历书》有黄帝"建立五行"⑤之说,《尚书·甘誓》有夏启指责"有扈氏威侮五行"⑥的记载,但学者们一般认为"五行"大约产生于殷商时代。《尚书·洪范》记箕子曾对周武王说:"天乃锡(赐)禹洪范九畴,彝伦攸叙,初一曰五行。

---

① 《周易·系辞上》,黄寿祺、张善文:《周易译注》,第519页、第503页、第493页。
② 《周易·说卦》,黄寿祺、张善文:《周易译注》,第571页。
③ 《黄帝内经·天元纪大论》,[清]张志聪:《黄帝内经集注》,杭州:浙江古籍出版社,2002年,第459页。
④ 《黄帝内经·阴阳应象大论》,[清]张志聪:《黄帝内经集注》,第34页。
⑤ [汉]司马迁:《史记·历书》,第1256页。
⑥ 《尚书·甘誓》,黄怀信注训:《尚书注训》,济南:齐鲁书社,2009年,第71页。

……一,五行:一曰水,二曰火,三曰木,四曰金,五曰土。水曰润下,火曰炎上,木曰曲直,金曰从革,土爰稼穑。润下作咸,炎上作苦,曲直作酸,从革作辛,稼穑作甘。"①

　　古人认为构成世界的基本元素有五种。它们的属性不同,存在和运动方式也不同。也可以说古人归纳了天地间事物的性能以及相互关系与作用,分别以金木水火土作为代称:比如木有外扬的性能,金有内敛的性能,火有上炎的性能,水有下润的性能,土有静止的性能。《国语·郑语》记史伯所说的一段话:"和实生物,同则不继;以他平他谓之和,故能丰长而物归之。若以同裨同,尽乃弃矣。故先王以土与金木水火杂,以成百物。"②东汉《白虎通义·五行》说:"五行者何谓也？谓金木水火土也;言'行'者,欲言为天行气之义也。"③此处"天"有上天神明主宰的意味,但"行"却是运行、作用之义。《中国科学技术史》第二卷第十三章C部分说:"五行的概念倒不是一系列五种物质的概念,而是五种基本过程的概念。中国人的思想在这里独特地避开了本体面。"又说:"五行理论乃是对具体事物的基本性质作出初步分类的一种努力。所谓性质,就是说只有在它们起变化时才显示出来……"④

　　五行的性能、关系和作用在于五行生成、五行相生和五行相克(或言五行相胜)。五行生成指天一生水,地二生火,天三生木,地四生金,天五生土。五行相生指"木生火,火生土,土生金,金生水,水生木"⑤。"天地之性,众胜寡,故水胜火;精胜坚,故火胜金;刚胜柔,故金胜木;专胜散,故木胜土;实胜虚,故土胜水"⑥。所谓五行由天地相错相生,显示出阴(地)阳(天)的某种互补的作用和内在联系。相克相生的关系是从金木水火土本来的物质属性推演出来的。两种循环往复之间不仅有内在联系,而且体现着基本的哲学原则,如图所示:

---

① 《尚书·洪范》,黄怀信注训:《尚书注训》,第178－180页。
② 《国语·郑语》,第347页。
③ [汉]班固:《白虎通义》,上海:商务印书馆,1937年,第134页。
④ [英]李约瑟著、何兆武等译:《中国科学技术史》第二卷,北京:科学出版社,1990年,第254页。
⑤ [汉]董仲舒:《春秋繁露·五行之义》,[清]苏舆撰、钟哲点校:《春秋繁露义证》,北京:中华书局,1992年,第321页。
⑥ [汉]班固:《白虎通义》,第152页。

五行相生图　　　　　　　五行相克图

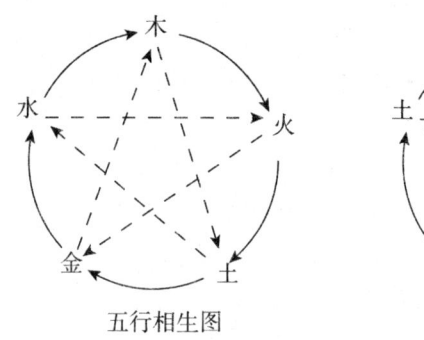

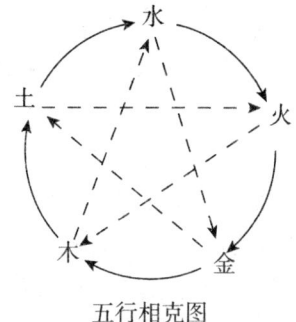

在"五行相生图"中,实线箭头所示的指向是相生的顺序,虚线箭头的指向则是暗含其中的相克的顺序,两者同向(此图按顺时针走向);虚线的联系像一个五角星的连线,经过两圈的隔一而行才完成一个循环。反之亦然。"五行相克图"中实线箭头所指是相克的顺序,仍以顺时针方向显示。虚线箭头的指向则是图中暗含的相生的顺序,虽然也是一个间隔,运行两周才完成一个循环,五角星的方向却是逆时针的。

相克的对象是各自相生所生,相生的对象又是克克我者。是生之生成克,克之克为生。上面的图除了能够展示五种因素相互助长、制约关系的循环模式以外,其中还包含着间接回报、过犹不及、物极必反等哲学内涵。

3. 阴阳五行说对文艺理论的影响

阴阳和五行的结合在先秦的阴阳家作"五德终始"之说时已现征兆,《黄帝内经·素问》中亦见阴阳常与五行并用,两者合而为一大概是在汉儒手中完成并大加演绎的。汉儒的阴阳五行说宣扬"天人合一"的政治理念,一般不直接涉及文学艺术,那么它怎样影响古代的文艺理论呢?

如同太极图示意的那样,阴与阳不能脱离对方而独立存在:没有阴就无所谓阳,反之亦然。五行虽然以五种物质(或称元素)作为名称,名与实之间也确实存在着某种联系(名称不同则其属性不同,存在和运动的方式也不同。如木之外扬性,金之内敛性,火之上炎性,水之下润性,土之静止性)。然而,金木水火土的具体属性和存在方式并不那么重要,决定性的关系是五行之间相克相生的关系。在这种关系中金木水火土在相当程度上已经抽象化了,代表的是五类性质各异的因素。没有相克相生的关系,金木水火土就不具有五行所概括的哲学意蕴。

阴阳说和五行说有合一的基础,两者都立足于传统的辩证思维,将事物现象的特征、属性和它们发展演化的所以然归诸多种因素的关系和作用,归诸它们的矛盾运动、制衡和相互转换。无论是阴与阳的对立统一,还是五行的相克相生,都表述着事物现象构成因素和运作变化的模式,都有一目了然的概括性,易于掌握,能够有效地指导实践。当然,阴阳说和五行说也是一种互补:相比之下,五行说繁而实;阴阳说简而虚,抽象程度更高。

对立统一与相克相生的辩证观念对于人们认识艺术境界的构成,艺术内容、手段、风格的对应关系,以及不断重组、转化、变异艺术发展观的形成有极大的影响,比如古人造艺讲究有与无、一与多、虚与实、刚与柔,乃至扬与抑、清与浊、内与外、显与隐、开与合、奇与正、华与实、顺与逆、曲与直、正与变……的对应。不仅生活实践中有乐极生悲、穷而通变和不幸之中有万幸之类切身体验作为心理基础,对于虚实相成、有无相生、动静相间、杂而不越、小中见大、拙中有巧、计白当黑、以俗为雅、生熟相济、平中见奇,以至于乐景写哀、出新意于法度、化腐朽为神奇……一系列有辩证意味的艺术原则、主张的提出无疑具有指导意义。

由于阴与阳显示的关系主要是一分为二和合二为一的对立统一,五行说不妨视为对阴阳说的补充。因为五行代表的是区分更细致、形式更复杂的因素、矛盾或者间接的关系。比如相克相生尽管各有周而复始的循环圈,然而五行之间的相互关系却不同于阴阳间两相对应的关系,即不是彼此交互相生,也不是彼此交互相克。除了前面说的生生克克,克克为生向对立面转化的内涵以外,其合理性还在于:事物组合或者构成某种关系的因素未必总是只宜作两分的,各种因素的相互作用完全可能是间接或者单向显现的。存在更为细致的分解或许是不得不然,五分(或三分、八分……)在某些时候比两分更有利于展示艺术内容、艺术形式或者意象构成的多样性和关系的复杂性。《文心雕龙·情采》篇如是说:"故立文之道,其理有三:一曰形文,五色是也;二曰声文,五音是也;三曰情文,五性是也。五色杂而成黼黻,五音比而成《韶》《夏》,五情发而成辞章:神理之数也。"[1]

传统的辩证思维的局限性也无可讳言:首先,虽然强调变易最后却常常归于周而复始的循环,在历史观上的体现就是"天下分久必合,合久必分"和乱与治的交替,就是"五德终始"的迭代,而没有突出从低级向高级演进的必然性。其次,形成固定模式虽有易于操作的好处,但固定模式的机械性缺陷也就在所难免,无论是阴与阳的一分为二抑或五行较细致的一分为五皆然,所幸的是这种局限的负面影响在艺术创造领域并不明显。

多维和分解(多向度与多层次解析)的思考是辩证思维的重要方式。

阴阳是对立互补的两分(二维)的思辨;五行是五维的思辨,顺势是依次相生,

---

[1] [梁]刘勰:《文心雕龙·情采》,张国庆、涂光社:《〈文心雕龙〉集校、集释、直译》,第570页。

间隔相克。

二分、三分是古代论著中最常见和最基本的解析模式。还有八(二的三次方)分、九(三的二次方)分等方式。三维思辨模式在本书后文有专论。

二、气论:先秦两汉的本根说

如果说集中体现传统辩证观的阴阳五行说采用了分解的思维方式,那么哲学中的"气"则为万物所本,其存在、运作和介入思维的主要形态则是无形而可感以及浑成的特点。"气"范畴及其相关理论的浑融性是中国哲学、中国文化浑融气质的集中表现。

1. 先秦奠就的基石

《说文》云:"气(≈)云气也,象形。"段注:"象云起之貌,三之者,列多不过三之意也。"《左传·昭公六年》记载,秦医和把阴、阳、风、雨、晦、明说成是"六气",表明"气"已经有了抽象概念的意味,概括着变化中的自然现象的某种本质。说者显然是根据春秋时已获认同的意识。"六气"说可能是与《周易》每一卦的六爻相配的。《国语》着重阐发阴、阳二"气"的功能作用,表明"六气"的地位并不均等,阴、阳二"气"最为重要,"气"论很早就为阴阳说所用,甚至相融为一了。

《老子》的"万物抱阴而负阳,冲气以为和",说明阴、阳是以"气"的形态和运动方式存在和运作的。庄子以为"气"聚而物生,散则物死,不断运动变化,是天下一切事物共通的基始:"人之生,气之聚也;聚则为生,散则为死。……故曰通天下一气耳。"[①]

《孟子·公孙丑上》中公孙丑问:您孟子若能为齐之卿相,行其道由此而成霸王之业,能否让您"动心"? 其文曰:

……曰:"敢问夫子之不动心,与告子之不动心,可得闻与?""告子曰:'不得于言,勿求于心;不得于心,勿求于气。'不得于心,勿求于气,可。不得于言,勿求于心,不可。夫志,气之帅也;气,体之充也。夫志至焉,气次焉。故曰:'持其志,无暴其气。'""既曰'志至焉,气次焉',又曰'持其志,无暴其气'者,何也?"曰:"志壹则动气,气壹则动志也。今夫蹶者趋者,是气也,而反动其心。""敢问夫子恶乎长?"曰:"我知言,我善养吾浩然之气。""敢问何谓浩然之气?"曰:"难言也。其为气也,至大至刚,以直养而无害,则塞于天地之

[①] 《庄子·知北游》,曹础基:《庄子浅注》,北京:中华书局,1982年,第323页。

间。其为气也,配义与道;无是,馁也。是集义所生者,非义袭而取之也。行有不慊于心,则馁矣。"①

人的"气"在古人意识中就是与精神意志相通的流转的生命活力,此处的"守"是维系,"养"是营卫、调养、蓄积。孟子认为自己的"气""集义所生"、"配义与道",可知其"气"之所"养"是在道德和情志的理想追求方面,他自信有"至大至刚"的"浩然之气",指出若与"义与道"不协调,行为有愧于心,"气"就委顿无力。足见此"气"近乎一种崇高的精神力量,由对自己道德情操和理想追求高度自信产生的宏大精神力量,就是"浩然之气"的实质。"塞于天地之间"可以理解为是一种形容、夸张;也有这样一层意思:其"浩然之气"的滂沛能超然个人形体之外,与天地万物之精神(或言道、精华)相通为一。先秦哲学中的"精气"说,文天祥《正气歌》的"天地有正气,杂然赋流形"都有类似的意蕴。

《公孙丑上》中又说:"何谓知言?曰:'诐辞知其所蔽,淫辞知其所陷,邪辞知其所离,遁辞知其所穷。'"②此前孟子既把自己的"知言"与善养"浩然之气"联系起来,强调"气"是否正大能够决定人的是非判断和事理的辨别力,有"浩然之气"则明察"诐辞""淫辞""邪辞""遁辞"的谬误所在及其根源。孟子所谓"知言",显然侧重在认知伦理道义而非言说和文辞表现艺术方面。以后韩愈的"气盛言宜",苏辙的"文者气之所形",魏了翁的"辞根于气",方孝孺的"气畅辞达"等,皆是孟子说的进一步发挥。

《孟子》全书"气"共出现二十次,《公孙丑上》多达十六次,有"守气""浩然之气"等,是最重要和影响最大的部分。孟子所用的"气"还有其他意思:《尽心上》有"居移气,养移体"③的话,是谓地位、居处环境和生活能改变人的精神意志、体貌;其"气"仍略同于前。《告子上》中"气"则另有所指:"牛山之木尝美矣。……旦旦而伐之,可为美乎!其日夜之所息,平旦之气,其好恶与人相近也者,几希。则其旦昼之所为,有梏亡之矣。梏之反复,则其夜气不足以存。夜气不足以存,则其违禽兽不远矣。人见其禽兽也,而以为未尝有材焉者,是岂人之情也哉?故苟得其养,无物不长;苟失其养,无物不消。"④可知此处"平旦之气"与"夜气"所谓"气"指存在于外在环境的、人顺遂自然运作就能够吸纳的活力,是营卫生命精神

---

① 《孟子·公孙丑上》,杨伯峻:《孟子译注》,第62页。
② 《孟子·公孙丑上》,杨伯峻:《孟子译注》,第62页。
③ 《孟子·尽心上》,杨伯峻:《孟子译注》,第317页。
④ 《孟子·告子上》,杨伯峻:《孟子译注》,第263页。

所必需。

《管子》的《枢言》《心术》《内业》等篇有精气说,以为一切事物现象,包括五谷、列星、生命和精神现象都是由精气构成的。如:"……思之而不通,鬼神将通之。非鬼神之力也,精气之极也。"①"一气能变曰精。"②《周易·系辞》也有"精气为物"③之语。

《荀子》总诸子之大成,其《天论》云:"列星随旋,日月递炤,四时代御,阴阳大化,风雨博施,万物各得其和以生,各得其养以成。"④所谓"阴阳大化""各得其和""各得其养"都可以说是不言气的"气"论。在《王制》的一些论述中也表明他认为"气"是宇宙万物的根源,无论水、火、草木、禽兽和人类,其统一的物质基础都是"气"。

"六气"说和阴阳之别到"三生万物","气"的不同与冲和演化导致事物个性的千差万别。

战国时期是"气"范畴形成并在哲学领域被广泛接受、在范畴系列中取得主导地位的时期。诸子大多在寻求各种事物现象的统一根源,逐渐认同气这一范畴,赋予它更多抽象的意义,于是气成了普遍的一般的各种事物的基础物质。原始气的一些物质属性虽然已居于次要地位,也带入到范畴中,如气之清虚、弥漫、流动、聚散、氤氲、变化……也可以按范畴使用者的需要去选择和发挥了。

古希腊米利都学派活跃于公元前七—六世纪,其代表人物之一泰勒斯认为"水是万物的基始",阿那克西美尼也曾经提出万物的基始是空气的主张。他们用自然本身的物质来说明宇宙万物的起源和构成,有鲜明的唯物论特征,显然是对神话和宗教中超自然力量创造世界观念的一种超越。所以被人们称之为自然哲学。公元前六—前五世纪的古希腊哲学家赫拉克利特提出地、水、风、火是构成世界的基本元素,其后一百年左右的德谟克利特又提出原子论……基本保持了一条自然哲学的发展轨迹。

就宇宙生成和万物起源、构成上说,中国先秦时的"气"论、五行说与古希腊的自然哲学有某些近似之处。然而中国古代哲学向来以人与社会关系的研究为主导,即使出现了一些自然哲学的因素也会很快地被社会哲学所吸收或改造。比如

---

① 《管子·内业》,[唐]房玄龄注、[明]刘绩补注、刘晓艺校点:《管子》,上海:上海古籍出版社,2015年,第333页。
② 《管子·心术下》,[唐]房玄龄注、[明]刘绩补注、刘晓艺校点:《管子》,第271页。
③ 《周易·系辞上》,黄寿祺、张善文:《周易译注》,第500页。
④ 《荀子·天论》,[清]王先谦:《荀子集解》,第308页。

对后世影响很大的《孟子》的"养气"说,就基本徜徉在精神领域。传统"气"论的主流在社会哲学中,其所谓气,在原本物质的、具体的、客观的气中渗入了精神的、抽象的、主观的内蕴。由于有"天人合一"的观念,即使用于阐释自然现象,也常常与社会(政治、道德)的因素相联系。正因为如此,中国的"气"论也没有像古希腊的自然哲学一样随着自然科学的发展很快被新的范畴和范畴系列取代。

2. 汉和汉以后的"气"论

秦汉开始建立起中央集权的君主专制大帝国,先秦的多元政治演变为一元政治,学术、思想意识也服从政治的需要结束了百家争鸣向着定于一尊的体制发展。秦始皇以焚书坑儒、严刑峻法强化思想控制却未能避免王朝的速亡,汉武帝的罢黜百家、独尊儒术却相当成功。汉代一元化意识在哲学气论上的表现就是元气概念的提出。"元"字凸显了气在原生、基始方面的内涵。元气既有本根的意义,也有包容和统率一切的意义。《淮南子·天文训》说:"太始生虚廓,虚廓生宇宙,宇宙生元气。元气有涯垠:清阳者薄靡而为天,重浊者凝滞而为地。"① 王充对元气有独到的发挥:

万物之生,皆禀元气。②
人之善恶共一元气,气有多少故性有贤愚。③
俱禀元气,或独为人,或为禽兽。并为人,或贵或贱,或贫或富……非天禀施有左右也,人物受性有厚薄也。④

由于"受性"有别,"人"和"物"禀赋的"元气"多寡不同,所以有成为人或禽兽的区别。纵然皆为人,因此也有贫富、贵贱、贤愚之分。"元气"的多少不同决定事物质的差异,也决定了不同个体的表现形式及其优劣成败。可见"元气"与"精气"不无相通处。

魏晋南北朝时期国家长期分裂,政权更迭频繁,经学失去统驭力,春秋战国学术争鸣的思辨精神复归。先是曹丕将"气"范畴引入文论,提出有划时代意义的论断:"文以气为主。"⑤ 哲学上西晋杨泉在《物理论》中指出:"成天地者,气也。""人

---

① [汉]刘安:《淮南子·天文训》,杨有礼注说:《淮南子》,开封:河南大学出版社,2010年,第174页。
② [汉]王充:《论衡·言毒》,张宗祥:《论衡校注》,第455页。
③ [汉]王充:《论衡·率性》,张宗祥:《论衡校注》,第40页。
④ [汉]王充:《论衡·幸偶》,张宗祥:《论衡校注》,第22页。
⑤ [魏]曹丕:《典论·论文》,郭绍虞:《中国历代文论选》(一),第158页。

含气而生,精尽而死。……人死之后,无遗魂矣。"①显然比王充对"气"的描述更接近万物的本质。

隋唐哲学因六朝余绪,儒、道、佛依然重"气"。佛学中或以"气"为本根,或以禅释"气";道教则以"吐故纳新""引气驻形"作为修炼内丹的方法。属于儒家的柳宗元在《非国语》中驳斥了伯阳父所谓地震是"天地阴阳之气"失序所致并预兆国家将亡的荒谬,他指出:阴阳二气"自动自休,自峙自流,是恶乎与我谋?自斗自竭,自崩自缺,是恶乎为我设?"②自然现象依循自己的规律和方式矛盾运动,与社会现象(此处指国家盛衰兴亡)并不相干。

"气"论在宋明理学中占有重要地位。北宋张载认为"气"是宇宙万物的本根。在他提出的"气""太和""太虚""性"四个基始性观念中"气"又是最根本的:"太和"是阴阳未分之气,"太虚"是散而未聚、无形可见之气,"性"是"气"所固有的能动的本性。其《正蒙·太和》说:"气之为物,散入无形,适得吾体;聚而有像,不失吾常。太虚不能无气,气不能不聚而为万物,万物不能不散为太虚。循是出入,是皆不得已而然也。"③万物的生成消亡是"气"之聚散所致:"气"必然聚而为"有象"的万物,万物又必然散为"无形"的"太虚"("气")。按照自然规律出现"无形"化为"有象","有象"复化为"无形"的循环往复是不得不然的。南宋二程虽然倡导"理"本体哲学,以为"理"先于"气",但仍然强调"气"是"理"必须借助的产生万物必不可少的材料:

> 天地之间,有理有气:理也者,形而上之道也,生物之本也。气也者,形而下之器也,生物之具也。是以人物之生,必禀此理,然后有性;必禀此气,然后有形。④

明代哲学家大都对"理"在"气"先持不同意见,从以朱学为宗的罗钦顺到倡导心学的王守仁、黄宗羲,多以为"理"是"气"之条理。王廷相则承张载之说,以为"物虚实皆气""理载于气"⑤。

清代学者虽对张载的"气"本体论有所弘扬,对程朱理学和陆王心学有所批

---

① [晋]杨泉:《物理论》,北京:中华书局,1985年,第1页、第6页。
② [唐]柳宗元:《非国语》,《柳宗元集》,北京:中华书局,1979年,第1269页。
③ [宋]张载:《正蒙·太和》,《张载集》,北京:中华书局,1978年,第7页。
④ [宋]朱熹:《答黄道夫》,郭齐、尹波点校《朱熹集》,成都:四川教育出版社,1996年,第2947页。
⑤ [明]王廷相:《慎言》,《王廷相集》,北京:中华书局,1989年,第753页。

判,总的来说并无大的建树。随着近代西方科技传入,一些知识分子想用近代物理学的概念来改造传统的"气"范畴,于是有释"气"为光、电、质点的,但这种生硬、表层的改造并不成功。立足于经验的传统哲学与强调实证的自然科学理论在沟通和整合上是困难的。

3."气"范畴与文艺学

"五行"说所选用的本始物质金、木、水、火、土其常态是固体和液化(水),气则是另一种常态——借用物理学化学概念来说就是"气相"。显然"五行"实而"气"虚。气之细微、清虚、弥满、流动、升腾沉降、氤氲聚散,诸多气相属性是五行不可企及的。若代之以金气、木气、水气、火气、土气,就能凸显"五行"的抽象意义。

阴、阳原本就是对立的、相反相成的两种属性,不是指某种物质或具体事物,是相当抽象的。所以阴阳与五行结合还有这层面的互补作用。"气"较阴阳要稍实一些,其存在与运动的方式为人所熟悉,所以对阴气、阳气的"冲和"与种种运动就易于理解了。

"气"范畴的移用和渗透对许多传统理论是有积极意义的。

中国古代哲学的"气"论与西方物质自然生成演化的理论有同也有异。都是理性而非宗教的,所谓"气"也是独立于人的意识的存在,此其同者。与西方的物质或原子的具体性、不可入性不同,中国古代哲学的"气"带有更多抽象的意味:既可以天、地、人上下贯通构成一切、包容一切、涵盖一切,又能充斥一切、渗入一切,既可组成、转化为或者左右有形的事物现象,又宜于以自己的无形况喻、代指无形的因素和抽象的精神。从古代的话语看,"气"是无"形"而有"象"的,所以有这些不同,是因为"气"论受中国哲学传统的影响。相对而言,中国哲学更重视人与社会的关系(《老子》的"负阴而抱阳,冲气以为和"与《庄子》的"吹呴呼吸,吐故纳新"以及《管子》的"精气"说中……皆不无自然哲学的意味,但后来这方面的"气"论未能充分发展),其主导方面从来就是社会哲学而非自然哲学;从思维方式上看,国人重视事物各组成部分的有机联系,重体验、领悟,习惯于不求甚解的模糊把握,而不强调实证。

围绕"气"范畴建构的学说大都无须验证,有时也无可验证。不仅推导宇宙生成时是这样,与"势""理",与"心""性"相伴时也主要是一种虚拟;即使是古代医学辩证施治和健身导引中的"气",至多也不过是虚实参半。古代学者从未追问那些想当然的"气"究竟在哪里?是什么?从何而来?不会要求论者一一拿出可以验证的依据。

由于立足于经验判断和臆测,"气"论依然带有很大的假说成分。"气"范畴本身也从未被精确界定过,在中国哲学史上它的跨时空性无可比拟:几乎为每一个时代、每一个学派所共享。它的种种特征、属性都以物质的气态作为基础,而内涵的可塑性又大大高于其他范畴。任何理论家都不妨依自己的理解和需要在使用中有某种侧重,提出某种新的理论模式,只要不背离人们习惯上对"气"基本属性判断的大致方向,对"气"的运用都能够被认可。

"气"的概念当然也不是虚无缥缈、不着边际的,它是实践理性的结晶,是人们对事物本质、规律的一种思辨和抽象,也成为在许多方面对事物现象作出解释、对因果和发展演变脉络作出判断的利器。

"气"论贯穿中国古代哲学的始终,对古代文论及其范畴的创用有何影响呢?

被视为万物本源的"气"稀微弥漫无固定的形态,又可以化为任何有形的东西,它兼具物质性和精神性,且具有无限的包容性和广泛的渗透性。

"气"是天地间一切事物的基始物质,"气"的属性贯通一切、渗透一切,于是人与宇宙同构,与万物沟通、物我相融成为可能。《汉书·礼乐志》:"人函天地之气,有喜怒哀乐之情。"[1]气论为古代一种文学艺术主客体关系论奠定了基础。

古人用气之冲腾、磨荡、氤氲、聚散……演示出事物生成、嬗变、盛衰、亡化的轨迹和因果。在人的感觉中气息与生命现象须臾相伴,"吹呴呼吸"比起心脏跳动来是人类自控程度较大的生命运作,至少从庄子时代就受到古人重视。所以"气"又往往作为人和事物生命性、灵动性(或言活力、生机)的一种表现。《论衡·儒增篇》曾作过"气乃力也"[2]的论断。在艺术活动中"气"能够形成冲击观照者感官和心灵的力。它既取决于艺术家的情志和作品的精神内涵,也与媒介的运用、形式组合以及展开方式相关。

"气"是有个性的。《左传》的"六气"彼此不同。《周易·乾卦》有"同声相应,同气相求"[3]之语,在表明"气"之间的亲和感应是各从其类的同时,透露出"气"有个性的差别。文艺学中的"气"几乎从来就是个性鲜明的,从正邪、清浊到阳刚阴柔,从高雅凡俗到狂狷孤傲……不胜枚举,"气"范畴在风格论中广泛运用是顺理成章的。

哲学中"气"是物质的也是精神的。对于人来说,"气"既是生理的,又是心理

---

[1] [汉]班固《汉书·礼乐志》,第1027页。
[2] [汉]王充:《论衡·儒增》,张宗祥:《论衡校注》,第165页。
[3] 《周易·乾卦》,黄寿祺、张善文:《周易译注》,第14页。

和思想精神的,以致通于灵慧和神明。且不说孟子的"养气"说事关主体的道德修养和精神境界,就对思维创造能力的影响而言,就有许多有价值的材料:《管子·内业》的"精气"说称:"是故圣人与时变而不化,从物迁而不移;能正能静,然后能定。定心之中,耳目聪明,四枝坚固,可以为精舍。精也者,气之精舍也。气通乃生,生乃思,思乃知,知乃止矣。""抟气如神,万物备存。……思之,思之,又重思之。思之而不通,鬼神将通之。非鬼神之力也,精气之极也。"①《列子·仲尼》说:"心合于气,气合于神。"②《礼记·祭义》说:"气也者,神之盛也。"③与神形论的结合,其解析往往更为生动精细。如《文子·守弱篇》说:"形神气志,各居其宜。夫形者,生之舍也;气者,生之元也;神者,生之制也。一失其位,即三者伤矣。"④《论衡·无形篇》说:"体气与形骸相抱","气犹粟米,形如囊也"。⑤ 表明"气"与"形"是相互依存的:有"形"无"气","形"是无生命的躯壳,有"气"无"形","气"失去可代依托和寄寓的形体。王充还强调"形随气而动","气成而形立",表明两者的先后和主从关系。

三、神形论:精神现象的考察

"神"在汉语中有三个基本的意义:其一是神灵、鬼神之神;其二是精神之神,可以属于个人或人的群体;其三是神奇微妙之神,为前两种意义的延伸:既是神灵超自然伟力神妙莫测的特点,从人精神活动的创造力方面说又是与超常的智慧和精灵相通的神。

"神"和"鬼"两字最早相近或相通。《说文》云:"神,天神,引出万物者也。"在解释"(鬼申)"字时说:"凡鬼之属皆从'鬼',古文从'示',(鬼申),神也。"故释旱神"魃"字曰:"旱鬼也。"段玉裁注曰:"《诗经·大雅·云汉》曰:'旱魃为虐。'《传》曰:'魃,旱神也。'此言旱鬼,以字从'鬼'也。神鬼统言之则一也。"《礼记·祭法》云:"山林川谷丘陵,能出云、为风雨、见怪物,皆曰'神'。"⑥

与精神之神相关的"形"是具体的可诉诸感官的形体、形质、体貌。《说文》解释说:"形,象也。"《易·系辞上》"形而上者谓之道"之《疏》云:"形是有质之称。"

---

① 《管子·内业》,[唐]房玄龄注、[明]刘绩补注、刘晓艺校点:《管子》,第328—333页。
② 《列子·仲尼》,上海:上海古籍出版社,2014年,第101页。
③ 《礼记·祭义》,[汉]郑玄注、[唐]孔颖达疏:《礼记正义》,第1545页。
④ 《文子·守弱》,李德山译注:《文子译注》,哈尔滨:黑龙江人民出版社,2003年,第81页。
⑤ [汉]王充:《论衡·无形》,张宗祥:《论衡校注》,第30页、第33页。
⑥ 《礼记·祭法》,[汉]郑玄注、[唐]孔颖达疏:《礼记正义》,第1510页。

《广雅·释诂四》曰:"形,容也。"《淮南子·原道训》则说:"形者生之舍也。"①都与神有对应的意义。

1."神""形"对应意识的产生

神形论的出现与原始宗教意识有内在联系。从对冥冥中万物的主宰、祖先、鬼神的敬畏和崇拜,到对生命和精神现象的阐释,古人将非凡的创造力和事物现象中一切奇伟精妙、莫测高深的所以然归之于神;神寄寓于形质又主宰、超然于形质,乃至于可以游离于形质之外(比如有关魂魄和形灭而神不灭的意识)。

鬼神意识的广泛存在表明,人们总以为在现实世界之上(或之外)还有一个超现实的世界存在。相信在那里能够解答自己是从哪里来、归宿又在何处,宇宙万物和人的命运由谁和怎样安排等一些永远关切又不能完全破解的问题。鬼神的领域是人们深怀敬畏又不可企及(当然那些自称能与鬼神交流的巫觋除外)的神秘领域。

神形论对于现象的认识以两分为主导,涉及超自然力量(鬼神)与现实世界、道与器、灵与肉、智与愚,以及事物内在与外在的关系,既有高低、主次、内外、抽象与具象、本质与现象、精神与形质……等方面的判别与对立,又往往是相互依存和协调统一的。

先民对生命现象的感知和臆测可能是早期神形意识萌生的基础。由《礼记》的一些记载或能窥其一斑:

> 骨肉复归于土,命也;若魂气则无不之也。②
> 魂气归于天,形魄归于地。③
> 宰我曰:"吾知鬼神之名,不知其所谓。"子曰:"气也者,神之盛也;魄也者,鬼之盛也。合鬼与神,教之至也。众生必死,死必归土,此之谓鬼,骨肉毙于下,阴为野土。其气发扬于上为昭明;熏蒿凄怆,此百物之精也,神之著也。"④

是谓人生命终结之际神形分离,有固定形质的骨肉体魄是重浊的,向下沉降复归于土地;无固定形质的魂气是清虚明朗的,轻扬浮上归于天。

出自原始宗教意识的神形论是二元的神形论。作为生命的常态,则是神形的

---

① [汉]刘安:《淮南子·原道训》,杨有礼注说:《淮南子》,第149页。
② 《礼记·檀弓下》,[汉]郑玄注、[唐]孔颖达疏:《礼记正义》,第366页。
③ 《礼记·郊特牲》,[汉]郑玄注、[唐]孔颖达疏:《礼记正义》,第953页。
④ 《礼记·祭义》,[汉]郑玄注、[唐]孔颖达疏:《礼记正义》,第1545页。

结合。先民虽然敬畏自己创造的鬼神和冥冥中的主宰,然而在生命现象的启示下,很早就觉察和开始关注生物个体的神形关系。这种关系无疑是最具哲学意义,对文学艺术创造至关重要的。

在人们开始以有别于动物的思维去认识周围的事物以后,便逐步意识到外部世界除了有形形色色能够诉诸感觉的有形之物以外,还有一种无形然而是本原的、对有形之物起支配作用的东西存在;意识到生命活动和智慧的精神性。如《战国策·齐策》中颜斶所说:"无形者,形之君也;无端者,事之本也。"①

战国时代的著述中开始出现神与形的对举,最突出的是《庄子》。其《天地》篇说:"汝方将忘汝神气,堕汝形骸,而庶几乎?"②《在宥》篇说:"抱神以静,形将自正";"女(同汝)神将守形,形乃长生。"③《齐物论》有"形固可使如槁木,而心固可使如死灰乎?"④其所谓"心"略于"神"通。庄周写了许多寓言,反复强调神的重要性大大超于形,《德充符》通篇都在赞美一个个神全形残的得道怀德之士。庄子所谓神与鬼神无涉,指人的内生精神与生命活力;书中的"神人"也只是一种超人而非主宰世界和人们命运的神灵。但他常常强调形神的对立,主张"堕形骸""唯神是守"⑤,二元论倾向明显。

《周易·系辞》中涉及神和神形的地方不少。如《系辞上》说:"显道,神德行。"⑥有时神形的对应甚至隐含在其他范畴组合的关系中,"形而上者谓之道,形而下者谓之器"⑦就是很好的例子。"形而上"的"道"为阴阳、为神(高明、神奇、变幻莫测),虽无形迹而为形器之主宰;"形而下"的"器"指具体事物,通于与神对应的可触可摸的形。这些表述可以说是神形论的泛化,以为神形的对应是一种左右事物现象的通则。

神形相互对立又相互依存的意识先于神、形及其近似的概念、范畴的产生。

2."神""形"之辨:传统哲学的一个重要论题

神形的区分和对应大致起源于原始的宗教意识,但后来发展成为游离于宗教意识之外的一种观念,在各个时代的学术论辩中两相对举时却大都与鬼神无涉。

---

① 《战国策·齐策》,[清]程夔初集注:《战国策集注》,上海:上海古籍出版社,2013年,第85页。
② 《庄子·天地》,曹础基:《庄子浅注》,第175页。
③ 《庄子·在宥》,曹础基:《庄子浅注》,第150页。
④ 《庄子·齐物论》,曹础基:《庄子浅注》,第16页。
⑤ 《庄子·刻意》,曹础基:《庄子浅注》,第230页。
⑥ 《周易·系辞上》,黄寿祺、张善文:《周易译注》,第513页。
⑦ 《周易·系辞上》,黄寿祺、张善文:《周易译注》,第526页。

足见早期的神形论尽管经历了与原始宗教意识共生的发展阶段,但受华夏民族宗教意识相对淡薄的影响,非宗教的神形论很快成为主流,在论辩中唯物倾向的思想理论往往占着上风。

汉代桓谭《新论·形神》说:"精神居形体,犹火之然烛矣。"又云:"气索而尽,如火烛之俱尽矣。"① 王充《论衡·论死篇》则说:"人之所以生者,精气也;死而精气灭。能为精气者,血脉也;人死而血脉竭,竭而精气灭。""人之精神,藏之形体之内,犹粟米在囊橐之中也。死而形体朽,精气散,犹囊橐穿败,粟米弃出也。"② 魏晋时期思辨水平提高,嵇康《养生论》指出:"形恃神以立,神须形以存。"③ 葛洪《抱朴子·内篇·至理》也说:"夫有因无而生焉,形须神而立焉。有者无之宫也,形者神之宅也。"④ 嵇、葛对神形相互依存的关系说得很透彻,但并未克服二元论的问题。只是到了南朝范缜那里,才算对古代哲学的神形论作了近乎总结性的论证,其《神灭论》很受现代学者推崇:"形者神之质,神者形之用。是则形称其质,神言其用。"他譬喻说:"神之于质,犹利之于刃;舍刃无利;形之于用,犹刃之于利。利之名非刃也,刃之名非利也。然舍利无刃,舍刃无利。未闻刃没而利存,岂容形亡而神在?"强调精神只是形体的作用,显然作用不能脱离其产生的依据而独立存在。于是提出拨乱反正的论断:"神即形也,形即神也;是以形存则神在,形谢则神灭也。"⑤ 一元论的视角十分明确。

简言之,神与形的关系是一主一从、一虚一实、一内一外而又相互依存:神寓于形内,形受制于神。

神高于形从来就是古代论者的共识。诚然,前人持论常常各有偏胜。庄子鄙弃一切人为的修饰和礼义规范,贬抑外在的形,重神轻形至极而达于神形相离。《列子·说符》中也有九方皋相马的故事:

> 秦穆公谓伯乐曰:"子之年老矣,子姓有可使求马者乎?"伯乐对曰:"良马可形容筋骨相也;天下之马者,若灭若没,若亡若失,若此者绝尘弭辙。臣之子皆下才也,可告以良马,不可告以天下之马也。臣有所与共担纆薪菜者,有九方皋,此其于马,非臣之下也,请见之。"穆公见之,使行求也。三月而反,报

---

① [汉]桓谭:《新论》,上海:上海人民出版社,1976年,第31页。
② [汉]王充:《论衡·论死》,张宗祥:《论衡校注》,第414—415页。
③ [晋]嵇康:《养生论》,殷翔、郭全芝注:《嵇康集注》,合肥:黄山书社,1986年,第145页。
④ [晋]葛洪:《抱朴子·内篇·至理》,王明:《抱朴子内篇校释》,北京:中华书局,1986年,第110页。
⑤ [唐]李延寿:《南史·范缜传》,北京:中华书局,1975年,第1421页。

曰:"已得之,在沙邱。"穆公曰:"何马也?"对曰:"牝而黄。"使人往取之,牡而骊。穆公不悦,召伯乐而谓之曰:"败矣,子所使求马者,色物牝牡弗能知,又何马之能知也?"伯乐喟然太息曰:"一至于此乎?是乃其所以千万臣而无数者也。若皋之所观,天机也。得其精而忘其粗,在其内而忘其外;见其所见,不见其所不见;视其所视,而遗其所不视。若皋之相马,乃有贵乎马者也。"马至,果天下之马也。①

故事中虽未提及"神""形"二字,其实在演绎庄学唯重神质的神形相离之说。《荀子·天论》尽管说到"形具而神生",却未详论。《淮南子·原道训》指出神对于生命的作用:"神者,生之制也。"②医学经典《黄帝内经·素问·上古天真论》推崇"能神与形俱,而尽终其天年者,度百岁乃去"③的古人。《管子》中有关形神身心的论述较多,其《心术上》中说:

虚其欲,神将入舍。扫除不洁,神乃留处。

洁其宫,开其门。去私毋言,神明若存。

去欲则宣,宣则静矣;静则精,精则独立矣;独则明,明则神矣。神者至贵也。故馆不辟除,则贵人不舍焉。故曰:不洁则神不处。④

其中后两条是对前两条的阐释。"舍"与"宫"(外在的形体)是神的寓所,去私去欲,寓所洁净,神(或言道)就会留处其中。所谓"神"又与"精气"相通,《心术下》说:"形不正者德不来,中不精者心不治。……气者身之充也";"一气能变曰精。"⑤《内业》中又说:"夫道者,所以充形也,而人不固,其往不复,其来不舍;谋乎莫间其音。卒乎乃在于心;冥冥乎不见其形,淫淫乎与我俱生,不见其形,不闻其声,而序其成,谓之道。"⑥

3. 神:神奇、微妙、灵通

神灵、上苍所以为人顶礼膜拜是因其无所不能,"神通广大"而又高深莫测,所以有神明、神灵、神奇、神妙之称,《易·系辞上》有:"惟神也,故不疾而速,不行而

---

① 《列子·说符》,第227页。
② [汉]刘安:《淮南子·原道训》,杨有礼注说:《淮南子》,第149页。
③ 《黄帝内经·上古天真论》,[清]张志聪:《黄帝内经集注》,第2页。
④ 《管子·心术上》,[唐]房玄龄注、[明]刘绩补注、刘晓艺校点:《管子》,第263-266页。
⑤ 《管子·心术下》,[唐]房玄龄注、[明]刘绩补注、刘晓艺校点:《管子》,第270-271页。
⑥ 《管子·内业》,[唐]房玄龄注、[明]刘绩补注、刘晓艺校点:《管子》,第326页。

远";"阴阳不测之谓神。"①《易·说卦》谓:"神也者,妙万物而为言者也。"②《淮南子·俶真训》云:"神者,智之渊也。"③

兵法讲求出其不意、变化莫测。《孙子·虚实》中说:"微乎微乎,至于无形;神乎神乎,至于无声:故能为敌之司命。"④《淮南子·兵略训》亦曰:"知人之不知谓之神。"⑤神机妙算是军事谋略高明之极致。

形与神的问题也是身与心问题。在二元神形论中无形的神常常与道德和聪明智慧相联系。《管子·心术上》云:"洁其宫,开其门,宫者谓心也。心也者,智之舍也。"⑥《内业》篇论之更详:

> 凡物之精,比则为生。下生五谷,上为列星;流于天地之间,谓之鬼神;藏于胸中,谓之圣人。
>
> 有神自在身,一往一来,莫之能思。失之必乱,得之必治。敬除其舍,精将自来。
>
> 抟气如神,万物备存。
>
> 灵气在心,一来一逝。⑦

不仅充分肯定精神智慧的伟大创造力,而且以构成宇宙万物的精气的抟聚作为"如神"的物质基础。"精气"的运动(往来、聚散)又造成"灵气"的"来逝"变化,可以说是古代典籍中对精神活动创造力起伏和灵感现象的最早解释。中国古代的神话传说和宗教故事中没有掌管人类智慧和艺术灵感的神,后来虽有"五色笔"和"神来之笔"的故事却未明谓其"笔"和"神"之所从来,文曲星也只主科场成败而非创作灵感。总的说来,古人在探究人类精神活动伟大创造力的所以然的时候,态度是比较求实的。陆机描绘了"来不可遏,去不可止"的灵感现象,却只说"吾不知开塞之所由"⑧。刘勰在《序志》篇盛赞人类"拔萃出类,智术而已","其超出万物,亦以灵矣"⑨。在《神思》等篇讨论文学艺术思维时所涉及的只是艺术

---

① 《周易·系辞上》,黄寿祺、张善文:《周易译注》,第517页、第503页。
② 《周易·说卦》,黄寿祺、张善文:《周易译注》,第579页。
③ [汉]刘安:《淮南子·俶真训》,杨有礼注说:《淮南子》,第168页。
④ 《孙子·虚实》,袁啸波校点:《孙子》,上海:上海古籍出版社,2013年,第77页。
⑤ [汉]刘安:《淮南子·兵略训》,杨有礼注说:《淮南子》,第525页。
⑥ 《管子·心术上》,[唐]房玄龄注、[明]刘绩补注、刘晓艺校点:《管子》,第268页。
⑦ 《管子·内业》,[唐]房玄龄注、[明]刘绩补注、刘晓艺校点:《管子》,第326-335页。
⑧ [晋]陆机:《文赋》,郭绍虞:《中国历代文论选》,第175页。
⑨ [梁]刘勰:《文心雕龙·序志》,张国庆、涂光社:《〈文心雕龙〉集校、集释、直译》,第920页。

思维的特征、规律和作家自身的因素:人们先天后天的条件、不同的思维习惯,以及进行创作的生理、精神和心理准备,所论切实之至,毫无神秘之处。

神形意识的产生是人类对精神现象的发现与认知,古代神形论的发展是先民对精神现象认识的深化。围绕精神的作用(包括精神现象和智慧、灵感的创造力),在生命体(在艺术创造中人们也视作品为一个生命的活物)中精神与形体的关系,以及虚与实、抽象与具象的对应关系等所阐述的思想原则,深刻地影响着国人的审美意识和文艺创作。

对于文艺理论来说,神形论的影响表现在对内容与形式关系的理解上。精神现象是通过可感的形式、体貌展示的,内在的精神对于外在的形质应该发挥主导的作用,所以内容决定形式,形式为内容服务;神高于形,它是内在的本质、生命性(精神现象、运动以及灵慧和个性)的本根,也即内在美、精神美、空灵美高于浮浅的缺少生命蕴涵的形式美。在艺术传达上诚然要以"形"写"神",但强调传神为上,神似高于形似,乃至于"离形得似"①。标举"神韵""神气"不必说,在推崇素朴、平淡、白描、本色和言外之意与境界创造中也感觉得到传统神形论的幽灵优游其中。

四、仁学:维系人心的孔孟之道

儒家思想一直在中国古代思想领域占有主导地位,由孔子、孟子奠基的仁学又是儒学的核心。仁学所规定的人格模式、社会理想、思想方法对创作和欣赏主体的塑造、审美追求的形成具有深刻影响,也孳育出有儒家色彩的文学理论及其范畴概念。

1. 儒学与传统文化

《周礼·天官冢宰》"儒以道得民"②的《注》说:"儒,诸侯保氏有六艺以教民者。"其后又用"乡里教以道艺者"来注释"师儒"。《说文》云:"儒,柔也。"段玉裁以为:"儒之言优也,柔也;能安人,能服人。又儒者,濡也。以先王之道能濡其身。"儒者很早就有被官方认可的资格和身份,以"优柔"濡染的方式进行政治教化和文化传承。儒者的存在远在孔子之前。他们掌握方术技艺,熟悉礼仪、典籍和道德规范,从事承传文化和教育子弟的工作,从来就与传统文化保持着最密切的关系。儒家思想成为传统文化和思想意识的核心是历史的必然。

---

① [唐]司空图:《二十四诗品·形容》,郭绍虞:《中国历代文论选》(二),第207页。
② 《周礼·天官冢宰·大宰》,[汉]郑玄注、[唐]贾公彦疏:《周礼注疏》,第40页。

孔子对儒学的贡献无疑是最大的。《史记·孔子世家》说他自幼好礼,四处访求转益多师,对传统学术和礼、乐的学习孜孜不倦。《论语》中的一些记载能印证这一点:他"入太庙,每事问"①,自言"信而好古","假我数年,五十以学《易》,可以无大过矣"②……终于做到对古代文献和典章制度了若指掌,比如对夏、商两代之礼,孔子求索所得竟然超过夏、商后裔所建杞国、宋国保存的文献,《八佾》中他说:"夏礼,吾能言之,杞不足征也;殷礼,吾能言之,宋不足征也。文献不足故也。足,则吾能征之矣。"③通过比较,他择善而从,主张继承列代文化之精华:"行夏之时,乘殷之辂,服周之冕,乐则《韶》《舞》。放郑声,远佞人。"④经过孔子的全面整理和讲授传播,正统学术的基本框架得以廓定。

　　儒家思想居于民族文化正统地位的一个铁证就是几乎所有周代官方文献都是儒学的基本典籍,自汉代起二千多年来被奉为官方经典,是人们思想行为的准绳,也是为学授受传习的基本教材。《诗》《书》《易》《礼》《春秋》五经(后来发展成为十三经)从不同侧面体现着儒家思想的精髓。即使未被纳入五经的先秦史籍,思想倾向大多无二致,如《国语》和后来编定的《战国策》即然。

　　可见儒学并非到了董仲舒以后才具有正统的地位,才成为中国学术文化的主流。汉武帝的"独尊儒术"不过是用大一统国家的专制君权进一步明确和强化其垄断地位,扼制和摒弃其他学派的政治学说,充分利用官方学者对正统思想的阐扬树立和维护封建的伦理纲常。

　　孔子是伟大的思想家和儒学的奠基人,他通过对前人文化建树的整理、阐释,与其门人共同建立起以"仁"为核心的学术思想体系。

　　由于以仁学为核心,儒家思想对文学艺术的影响主要在于对参与者灵魂的塑造及其审美意识和文艺观的形成之上。

　　曾被称为"儒教"的儒学实则颇有非宗教的倾向。由于重视文化传承(其中就有对天地、冥冥中主宰和祖先的崇拜和臆测的接受,以及祭祀礼仪的传习)并以上古的文献为经典,儒学不可避免地会受到某些上古宗教意识的晕染。不过更值得注意的是,以孔、孟、荀为代表的先秦儒学其主导方面是求实和强调人为的,与鬼神保持着距离(常对鬼神敬而远之、存而不论或者闪烁其词回避质疑,乃至驳难其某些虚妄)。诚然,儒者一般不会反对,甚至也主张通过对天地神明的崇拜来推行

---

① 《论语·八佾》,杨伯峻:《论语译注》,第28页。
② 《论语·述而》,杨伯峻:《论语译注》,第66页、第71页。
③ 《论语·八佾》,杨伯峻:《论语译注》,第26页。
④ 《论语·卫灵公》,杨伯峻:《论语译注》,第164页。

道德教化，他们宣扬"天命"和主张"以神道设教"①就是很好的证明。由于有求实的理性态度和崇尚人为的传统，汉代带有神学色彩的谶纬尽管一度猖獗，后来却受到儒学内部的猛烈抨击而被扫地出门。何承天、范缜、韩愈等人对佞佛谬说的批判也是以儒为本的。儒家的道德伦理在中国古代一定程度上发挥着拒斥和替代宗教的作用。

以"仁"为宗旨则必有宽容，儒学对宗教的拒斥是有限的。魏晋以后出现儒、佛、道三教并立，并能形成某种互补、兼容的关系。士人中不乏学兼佛、道的通儒。然而，任何一种宗教也没能如同中世纪欧洲的神学那样垄断人们的精神生活，中国历史上也从未出现过政教合一的中央政权。

仁学长盛不衰的原因或许正在于它某种程度上替代了宗教，适应社会生活中一种必不可少的精神需要。比之宗教神学它还有一种优势：人们理想的生命追求可以与冥冥中的主宰无涉，能够不带神秘色彩，更能经受住由自然科学进步带来的质疑。其要义是通过自我道德完善和爱心的推广，以宽容精神建构和谐的充满亲情关爱的社会关系。

2. 永恒的孔孟，永恒的仁学

(1) 孔子厘定基本框架

如果说"气"论所集中阐述的古代自然观主要是"天人"学说中属于"天"的一部分，那么仁学作为一种道德学说则属于"人"的一方。

早在孔子之前已经有人将"仁"视为一种道德理想。据《周语下》记载，单襄公（鲁成公时人）就说过："爱人能仁。"②不过，在孔子那里"仁"才真正成为儒学的基本范畴。《论语》中"仁"出现109次，比礼、乐、德、道、义都多。其"仁"对于人自我是道德修养的理想境界，对于社会政治则是"王道""德治"。它既是抽象的道德和政治范畴，又有可付诸实践的多层面的具体内涵。仁学是传统道德观、社会观的集中体现，也是道德学说和政治学说的统一。

仁是礼乐的内核和归宿，故《八佾》说："人而不仁如礼何？人而不仁如乐何？"③《颜渊》中有"仁者爱人"诠释，同时又反复强调"克己复礼为仁"，"一日克己复礼，天下归仁焉！"④"克己"就是自我反思、规范，向内探求。此篇记孔子以"己所不欲，勿施于人"回答仲弓"问仁"。《卫灵公》中回答子贡"有一言可以终身

---

① 《周易·观卦·象传》，黄寿祺、张善文：《周易译注》，第160页。
② 《国语·周语下》，第63页。
③ 《论语·八佾》，杨伯峻：《论语译注》，第24页。
④ 《论语·颜渊》，杨伯峻：《论语译注》，第123页。

行之者乎"的问题时孔子重申："其恕乎？己所不欲,勿施于人。"①《里仁》记曾子解释孔子的"吾道一以贯之"说："夫子之道,忠恕而已。"朱熹《集注》云："尽己之谓忠,推己之谓恕。"②忠指待人诚挚尽心,恕是推己及人的理解和宽容。《宪问》的"不怨天,不尤人"③也立足于责己自求。

"己所不欲,勿施于人"的原则倡导一种相互理解基础上的自律,即以将心比心、推己及人作为解决人与人之间矛盾,使关系合理(和谐)化的程序,体现着人格平等的意识和博爱精神。倘若止于此还有"消极"之嫌的话,《雍也》所谓"夫仁者,己欲立而立人,己欲达而达人"④就是积极的成人之美了。

"仁"体现着博大精深而又平易可行的人本思想。联系到《述而》的"择其善而从之,其不善而改之"⑤和《里仁》的"见贤思焉,见不齐而内自省"⑥,可以发现"将心比心,推己及人"是仁学的一种考察社会人生的基本思路和立足点:承认人性的普遍类同,别人能够做到的事——尤其是善、高尚的情操、学识、才能——自己也应该和能够做到;别人的过失要引起自己的警觉和反省——自己可能犯同样的错误:人都有相近的弱点,客观环境同样存在导致错误发生的因素。

孔子围绕"仁"发表过不少意见,弟子们于"仁"也多有请教。比如说："仁者先难而后获"⑦,"能行五者(恭、宽、信、敏、惠)于天下为仁"⑧,"当仁,不让于师"⑨等等;既以"居处恭、执事敬、与人忠"为仁,又说"刚毅木讷,近仁"⑩……同"立人""达人""己所不欲,勿施于人"一样都有可操作性,强调"为",强调实践,甚至主张少说多做! 故有"君子欲讷于言而敏于行"⑪的训诫。

当然,对"仁"的各种解释中人们最熟悉也最中肯的是从爱的角度提出的,《学而》篇说："泛爱众,而亲仁。"⑫《颜渊》篇也说："樊迟问仁,子曰:'爱人。'"⑬"仁"

---

① 《论语·卫灵公》,杨伯峻:《论语译注》,第166页。
② [宋]朱熹:《四书章句集注》,北京:中华书局,1983年,第69页。
③ 《论语·宪问》,杨伯峻:《论语译注》,第156页。
④ 《论语·雍也》,杨伯峻:《论语译注》,第65页。
⑤ 《论语·述而》,杨伯峻:《论语译注》,第72页。
⑥ 《论语·里仁》,杨伯峻:《论语译注》,第39页。
⑦ 《论语·雍也》,杨伯峻:《论语译注》,第61页。
⑧ 《论语·阳货》,杨伯峻:《论语译注》,第183页。
⑨ 《论语·卫灵公》,杨伯峻:《论语译注》,第170页。
⑩ 《论语·子路》,杨伯峻:《论语译注》,第134页。
⑪ 《论语·里仁》,杨伯峻:《论语译注》,第41页。
⑫ 《论语·学而》,杨伯峻:《论语译注》,第5页。
⑬ 《论语·颜渊》,杨伯峻:《论语译注》,第131页。

的核心就是孔子倡导的博爱精神,由修、齐、治、平的途径所规定的从我做起,由近及远,范围由小及大,以爱为动力、为圆心,由改造自我开始达到改造社会的目的,就是仁。"为仁由己"①,"我欲仁,斯仁至矣"②:从我做起,是一种人自身完善的内在要求的延伸。它不仅是理性和非宗教的,而且是入世而非出世的。当然,它对于社会关系和心性理论的重视远远超过了对自然本质和人与自然关系的重视。

从《说文》"仁,亲也,从人,从二"的诠释以及先秦典籍的有关论述看,作为指导人际关系的理性精神和道理,"仁"的内涵以爱人、忠恕为核心,又有特别凸显的实践性。《论语》中孔子围绕"仁"所作的阐发廓定了仁学的基本框架。

(2)孟子完善了体系

孟子比孔子晚一二百年,儒学的理论与实践又有所积累,由自己撰结的《孟子》在议论上往往比弟子记录先师言行的《论语》更系统,阐述更充分。仁学经孟子阐扬进一步完善和规范化了。

首先,孟子提出性善论诠释了"仁"的理论依据。孟子认为人普遍具有天生的良能、良知和良心。《孟子·尽心上》(下引孟子的言论皆出自《孟子》)说:"人之所不学而能者,其良能也;所不虑而知者,其良知也。"③《告子上》则以本然的仁义之心为良心。这"良"不仅有善的意思,更有恒常和普泛的意思。

《告子上》由人的味觉、听觉、视觉有共同的美感推论出人类心理和感情愿望上也有天成的共性——"心所同然";又指出恻隐之心、羞恶之心、恭敬之心、是非之心"人皆有之",相应的"仁、义、礼、智非由外铄我也,我固有之也"。④《公孙丑上》云:"恻隐之心,仁之端也;羞恶之心,义之端也;恭敬之心,礼之端也;是非之心,智之端也。"⑤

孟子把人的心理本能、感情倾向和思维、理性判断能力归纳为四种善端——德的本源和基础。"仁""义"并非与人之常情格格不入或者高不可攀的境界,而是人性的本然与集中表现。"人皆有所不忍,达之于其所忍,仁也;人皆有所不为,达之于其所为,义也。"⑥将天性中对待亲人的感情、心理加以充实和发展,推而广之,就能"达仁""达义"。

---

① 《论语·颜渊》,杨伯峻:《论语译注》,第123页。
② 《论语·述而》,杨伯峻:《论语译注》,第74页。
③ 《孟子·尽心上》,杨伯峻:《孟子译注》,第307页。
④ 《孟子·告子上》,杨伯峻:《孟子译注》,第259页。
⑤ 《孟子·公孙丑上》,杨伯峻:《孟子译注》,第80页。
⑥ 《孟子·尽心下》,杨伯峻:《孟子译注》,第337页。

孔子曾从"爱人""忠恕"等层面释"仁"。孟子标举"仁"为四德之首,"仁"与"义"有相提并论处,但道德的本源和核心依然是"仁"。《告子上》有云:

> 牛山之木尝美矣。以其郊于大国,斧斤伐之,可以美乎?是其日夜所息,雨露之润,非无萌蘗之生焉,牛羊又从而牧之,是以若彼濯濯也,以为未尝有材焉,此岂山之性也哉!虽存乎人者,岂无仁义之心哉?其所以放其良心者,亦犹斧斤之于木也,旦旦而伐之,可为美乎?……故苟得其养,无物不长;苟失其养,无物不消。孔子曰:"操则存,舍则亡。出入无时,莫知其乡。"惟心之谓与?①

人性本来是善的,社会关系本来是单纯的,后天环境使之复杂化和不善,不能证明人无善端。号召人们珍惜之、充实之,把握和拯救自己的天良。

强调人性善的普遍性,也就在一定程度上肯定了自然人生理和心理的同一性,于是对美感受和欣赏的同感和共鸣就有了基础。所以《告子上》中说:"口之于味也,有同嗜焉;耳之于声,有同听焉;目之于色也,有同美焉。至于心独无所同然乎?"②《梁惠王上》中说齐宣王能够"与民同乐",就是基于对音乐的感受和体验国君与臣民有共通之处这一点上。

其次,孟子明确了仁的价值判断。《论语》记孔子说:"志士仁人,无求生以害仁,有杀身以成仁。"③"士不可以不弘毅,任重而道远。仁以为己任,不亦重乎?死而后已,不亦远乎?"④孟子《尽心上》亦云:"天下有道,以道殉身;天下无道,以身殉道。"⑤《告子上》论云:"鱼我所欲也,熊掌亦我所欲也,二者不可得兼,舍鱼而取熊掌者也。生亦我所欲也,义亦我所欲也,二者不可得兼,舍生而取义者也。生亦我所欲,所欲有甚于生者,故不得为苟得也。死亦我所恶,所恶有甚于死者,故患有所不避也。"⑥这里的"舍生取义"虽与孔子的"杀身成仁"说一脉相承,但其取舍显然是从价值判断上寻找依据的。

孟子把仁学所推崇的理想人格模式化了。孔孟被尊为圣贤,具有永恒的人格魅力。为实现仁学的理想身体力行的孔孟对自己的品格和追求是高度自信的,孔

---

① 《孟子·告子上》,杨伯峻:《孟子译注》,第263页。
② 《孟子·告子上》,杨伯峻:《孟子译注》,第261页。
③ 《论语·卫灵公》,杨伯峻:《论语译注》,第163页。
④ 《论语·泰伯》,杨伯峻:《论语译注》,第80页。
⑤ 《孟子·尽心上》,杨伯峻:《孟子译注》,第321页。
⑥ 《孟子·告子上》,杨伯峻:《孟子译注》,第265页。

子所说的"岁寒然后知松柏之后凋也"①未尝没有自况的意味,孟子也自谓拥有"至大至刚""塞于天地""配义与道"的"浩然之气",显示出一种与高尚情操、远大抱负、坚韧意志相联系的宏深滂沛的精神力量。他们还表述出理想人格的内涵,《论语·子罕》有:"智者不惑,仁者不忧,勇者不惧。"②如果说孔子对理想人格尚未明确提出仁、智、勇的全面要求,孟子《滕文公下》中"富贵不能淫,贫贱不能移,威武不能屈"③概括的三种境遇中"君子"和"大丈夫"的品格,则集中地展示出仁者的人格模式。

关于仁学社会实践的途径,《梁惠王上》有一段名言:

> 老吾老,以及人之老;幼吾幼,以及人之幼:天下可运于掌。《诗》云:"刑于寡妻,至于兄弟,以御于家邦。"言举斯心加诸彼而已。故推恩足以保四海,不推恩无以保妻子。古之人所以大过人者无他焉,善推其所为而已矣。④

孔孟认为爱是有"差等"的。这里的"老吾老""幼吾幼"的"推恩"就是一种从我做起、将心比心:由亲及疏、由近及远、由小及大将仁爱推而广之的实践模式。因此《告子下》说:"亲亲,仁也。"⑤"推恩"能唤起人们的良知,合乎人们的共同利益和社会理想,所以《尽心下》说:"爱人者,人恒爱之。"⑥孟子不忘祖述"推恩"论的渊源,在《离娄上》说:"子曰:'道在迩而求诸远,事在易而求诸难。人人亲其亲,长其长,而天下平。'"⑦

仁学虽然对士人有普遍的要求,但其批判锋芒的主要指向是君主。《离娄上》说:"三代之得天下也,以仁;其失天下也,以不仁。国之所以废、兴、存、亡者亦然。""桀纣之失天下也,失其民也。失其民者,失其心也。得天下有道,得其民斯得天下矣。得其民有道,得其心斯得民矣。"⑧《离娄下》说:"君视臣如手足,则臣视君为腹心;君视臣如犬马,则臣视君为国人;君视臣如土芥,则臣视君为寇仇。"⑨《尽心上》指出:"居仁由义,大人之事备矣。""亲亲而仁民,仁民而爱物。"⑩

---

① 《论语·子罕》,杨伯峻:《论语译注》,第89页。
② 《论语·子罕》,杨伯峻:《论语译注》,第95页。
③ 《孟子·滕文公下》,杨伯峻:《孟子译注》,第141页。
④ 《孟子·梁惠王上》,杨伯峻:《孟子译注》,第16页。
⑤ 《孟子·告子下》,杨伯峻:《孟子译注》,第278页。
⑥ 《孟子·尽心下》,杨伯峻:《孟子译注》,第337页。
⑦ 《孟子·离娄上》,杨伯峻:《孟子译注》,第173页。
⑧ 《孟子·离娄上》,杨伯峻:《孟子译注》,第166、171页。
⑨ 《孟子·离娄下》,杨伯峻:《孟子译注》,第186页。
⑩ 《孟子·尽心上》,杨伯峻:《孟子译注》,第316、322页。

《尽心下》的指斥更为激切:"仁者以其所爱,及其所不爱;不仁者以其所不爱,及其所爱。"公然说,"春秋无义战";"民为贵,社稷次之,君为轻。是故得乎丘民而为天子,……"①联系到人性同善之论,应该承认仁学中包含着民本和平等思想的要素。

3. 中庸之道:仁学实践的方法论

仁学勾画的社会理想是为改变现实服务的,孔子及其儒门弟子都是积极入世的,力求在政治实践上有所作为。中庸之道既概括了合乎仁学理想的和谐社会的表征,又为怎样才能为君所用施展才智抱负提供了方法论。

中庸的意识很早就体现于上古典籍中。《尚书·尧典》云:

> 帝(舜)曰:夔,命汝典乐,教胄子。直而温,宽而栗,刚而无虐,简而无傲。诗言志,歌永言,声依永,律和声。八音克谐,无相夺伦,神人以和。②

古诗中有以刚柔兼济的驾驭之术比喻统治术的:"马之刚矣,辔之柔矣。马亦不刚,辔亦不柔"③,"不竞不絿,不刚不柔,敷政优优,百禄是遒。"④首先提出"中庸"这一概念的可能是孔子,《论语·雍也》记孔子说:"中庸之为德也,其至矣乎!民鲜久矣。"⑤此外《先进》的"过犹不及"⑥,《八佾》的"乐而不淫,哀而不伤"⑦等论断与主张不同程度地体现着中庸的宗旨。《礼记·中庸》说:

> 喜怒哀乐之未发谓之中,发而皆中节谓之和。中也者,天下之大本也;和也者,天下之达道也。致中和,天地位焉,万物育焉。仲尼曰:"君子中庸,小人反中庸。君子之中庸也,君子而时中,小人之反中庸也,小人而无忌惮也。"子曰:"中庸之为德也,其至矣乎!民鲜久矣。"子曰:"道之不行,我知之矣。知者过之,愚者不及也。道之不明也,我知之矣。贤者过之,不肖者不及也。……"⑧

其后又有"执其两端,用其中于民","君子居易以俟命,小人行险以徼幸"之

---

① 《孟子·尽心下》,杨伯峻:《孟子译注》,第324、328页。
② 《尚书·尧典》,黄怀信注训:《尚书注训》,第25页。.
③ 《逸周书·太子晋》,黄怀信:《逸周书校补注译》,西安:三秦出版社,2006年,第374页。
④ 《诗经·商颂·长发》,周振甫:《诗经译注》,北京:中华书局,2010年,第513页。
⑤ 《论语·雍也》,杨伯峻:《论语译注》,第64页。
⑥ 《论语·先进》,杨伯峻:《论语译注》,第114页。
⑦ 《论语·八佾》,杨伯峻:《论语译注》,第30页。
⑧ 《礼记·中庸》,[汉]郑玄注、[唐]孔颖达疏:《礼记正义》,第1661-1664页。

类阐扬,郑玄解释"中庸"说:"以其记中和之为用也。庸,用也。"

《论语·尧曰》有"允执其中"一语,杨伯峻《论语译注》释"中"为"最合理而至当不移"。《尚书·大禹谟》曰:"惟精惟一,允执厥中。"①朱熹《中庸章句·序》说:"择善固执,则精一之谓也。"其《中庸》注云:"中者,不偏、不倚,无过、无不及之名;庸,平常也。"②

事物的完整呈现和动作之常态才是正常、合规律的,人们感知的事物现象是各种内外因素的综合;其运作态势也可以说是各种偏颇、动向、力量的综合。有相互重叠、相互助长,也有相互抵消、相互牵制。由于受多种因素的制约,正常、常规只能是一种最终的合力和平衡的结果。指导实践的中庸其核心是要求适当与合规律,有利于化解对立、克服偏颇、维护整体的协调统一。中庸重实用,虽有求稳妥的一面,却不是主张平庸和无原则的"和稀泥";甚至不能说"允执其中"者就一定排斥和全盘否定激进和偏胜。《论语·子路》中记孔子说:"不得中行而与之,必也狂狷乎!狂者进取,狷者有所不为。"③狂狷者的偏激虽与理想的"中行"有差距,但毕竟是向着自己追求的目标进取,恪守自己的情操、忠实于自己信念的人,也属于可以"相与"者。西方有"偏向比无知离真理更远"的谚语,与中庸之道有某些相通之处。

中庸强调兼取所长,克服偏狭和极端。对于知识,孔子说:"我叩其两端而竭焉"④,力求从正反两方面进行彻底的考察,完全了解不同的见解。对于存在矛盾的事物,既不对任何一方作绝对的否定和绝对的肯定,尽可能肯定各方合理的东西,否定其谬误偏颇之处,用孔子的话来说就是"君子和而不同"⑤,"君子之于天下也,无适也,无莫也。义之与比"⑥。"同"是单一的,是绝对;"和"是对立的统一,是互补和相反相成。中庸应用于自身修养,则把旁人作为参照,"择其善者而从之,其不善者而改之"⑦,和"见贤思齐焉,见不贤而内自省"⑧。从"过犹不及"的原则出发,不会激赏偏胜,也不主张矫枉过正,讲求的是兼收并蓄和内外副称的

---

① 《尚书·大禹谟》,黄怀信注训:《尚书注训》,第37页。.
② [宋]朱熹:《四书章句集注》,第14页、第17页。
③ 《论语·子路》,杨伯峻:《论语译注》,第141页。
④ 《论语·子罕》,杨伯峻:《论语译注》,第89页。
⑤ 《论语·子路》,杨伯峻:《论语译注》,第141页。
⑥ 《论语·里仁》,杨伯峻:《论语译注》,第37页。
⑦ 《论语·述而》,杨伯峻:《论语译注》,第72页。
⑧ 《论语·里仁》,杨伯峻:《论语译注》,第39页。

相得益彰，如《雍也》所言："质胜文则野，文胜质则史。文质彬彬，然后君子。"①

与"中"经常联系的还有"时"。《中庸》指出："君子之中庸也，君子而时中。"②以农立国的先民重"时"是自然的，适时耕、种、收、藏，不误农时是生产的基本经验。

孔子的"使民以时"③就指农时而言。"时"的意义又被推而广之，在讲究方法论的《周易》系统典籍中"时"屡见不鲜，如"日中则昃，月满则食，天地盈虚，与时消息"④；"损刚益柔有时，损益盈虚，与时偕行"⑤；"时止则止，时行则行，动静不失其时，其道光明"⑥；"蒙，亨，以亨行，时中也"⑦。事物现象的展示或者整个发生、成长、演变、消亡过程都在时间的延续中完成，全过程又可以分成若干阶段（或称"时段"），相互间有前因后果和上下传承、嬗变的联系。各阶段的具体情况不同，影响事物现象演进的内部和外部因素常有变化。而"时"的宗旨，就是要求人们认识和适应各阶段的这种变化，因时制宜、因势利导。

"时"与"中"都以正常、符合规律为特点，但"时"强调的是在具体分段的时空中选择的合理性，包含变通的内涵；"中"凸显的是恒常性与兼综协调的原则方向。"中"有原则的指导意义，"时"有适应环境的灵活性，在历史上各个阶段"时"的总和以及大的趋势应该合乎"中"的指向。

人们在具体时段的操作可能对"中"有偏：或者是在没有先例的情况下进行无成算的尝试（更不用说因偏见、无知、狂惑而妄动）造成的目标偏移，或者是为矫正此前偏颇的反向努力，抑或只是在外部环境恶劣时一种"明哲保身"、待时而动的权宜之计。三者中后二者仍然可能是以"中"为指向的。既以"中"为准绳则应当也能够不断进行修正、调整。以"中"为指归的因时制宜，很大程度上就是"时"的精神的体现。"时"可谓"中"的变通，本质上仍然是中庸之道。

《孟子·万章下》中称孔子为"圣之时者也"⑧；《公孙丑上》说："可以仕则仕，

---

① 《论语·雍也》，杨伯峻：《论语译注》，第61页。
② 《礼记·中庸》，[汉]郑玄注、[唐]孔颖达疏：《礼记正义》，第1664页。
③ 《论语·学而》，杨伯峻：《论语译注》，第4页。
④ 《周易·丰卦·彖传》，黄寿祺、张善文：《周易译注》，第424页。
⑤ 《周易·损卦·彖传》，黄寿祺、张善文：《周易译注》，第312页。
⑥ 《周易·艮卦·彖传》，黄寿祺、张善文：《周易译注》，第402页。
⑦ 《周易·蒙卦·彖传》，黄寿祺、张善文：《周易译注》，第46页。
⑧ 《孟子·万章下》，杨伯峻：《孟子译注》，第233页。

可以止则止,可以久则久,可以速则速,孔子也。"①《荀子·不苟》也主张"与时屈伸"②。儒者积极入世关注社会政治而欲有所作为,必须识时务善变通,所谓"识时务者为俊杰"!明白时势潮流,欲得君上势要的任用和支持,自然强调待时而动、因时制宜。真正的政治家、思想家也必须提出切合时代要求的主张,根据时势调整自己的方略,才有可能施展抱负,给社会政治以积极的推动。

4. 仁学与文学艺术

儒家是入世的,儒学总的倾向也是重实践的,不会把思考导向玄奥。《论语》的记载表明,孔子治学态度十分严谨求实。如孔子以"君子于其所不知,盖阙如也"教训子路③;主张"多闻阙疑""多见厥殆",在无把握的地方多作保留而不妄断、妄信,取"知之为知之,不知为不知"④的实事求是态度。看来子贡说"夫子之言性与天道,不可得而闻也"⑤也可能有这方面的原因。孔子对知识孜孜以求,坦承许多方面是自己未知的领域:

> 季路问事鬼神,子曰:"未能事人,焉能事鬼?"曰:"敢问死。"曰:"未知生,焉知死?"⑥

由于对鬼神之事存疑,所以说出"祭如在,祭神如神在"⑦的看法。楚昭王病重时拒绝祭神,孔子称赞他"知大道"⑧。他之所以不语乱、力、怪、神⑨,显然也体现出一种求实的精神。这一点庄周也是认同的,《庄子·齐物论》说:"六合之外,圣人存而不论。"⑩

由于仁学深入人心,道德伦理对于社会的作用类同于西方宗教的作用。从孔子"尽善尽美"的区分和对《诗经》"思无邪"的论断,以及孟子强调"浩然之气"同"义与道"的一致性可知,仁学中善之美至上,在国人审美理想中善的因素居于主导与核心的地位。

仁学改造人的精神,塑造理想人格,对于艺术活动的主体和艺术创造的内容、

---

① 《孟子·公孙丑上》,杨伯峻:《孟子译注》,第63页。
② 《荀子·不苟》,[清]王先谦:《荀子集解》,第41页。
③ 《论语·子路》,杨伯峻:《论语译注》,第133页。
④ 《论语·为政》,杨伯峻:《论语译注》,第19页。
⑤ 《论语·公冶长》,杨伯峻:《论语译注》,第46页。
⑥ 《论语·先进》,杨伯峻:《论语译注》,第113页。
⑦ 《论语·八佾》,杨伯峻:《论语译注》,第27页。
⑧ 《左传·哀公六年》,杨伯峻:《春秋左传注》,第1636页。
⑨ 《论语·述而》,杨伯峻:《论语译注》,第72页。
⑩ 《庄子·齐物论》,曹础基:《庄子浅注》,第31页。

效果的道德规定是严格的,决定了"情志"说在古代文论中的重要地位。中庸之道对于美的组合方式和达到理想的途径和手段则有指导意义。如"中和"的审美理想和"温柔敦厚""比兴"说的提出即以此为基础。而"时"的精神又渗透于探察演化规律、把握发展方向的"通变"(或言"正变")观当中。

道德规范的取向是精神领域的自我探求,理想人格按理想社会的要求去塑造。受仁学濡染,人们将自己生命的意义、价值与族群、与社会乃至人类的前途命运联系起来。儒道要求士人具有高度的社会责任感乃至历史使命感,有对民瘼、对国家盛衰、天下兴亡的关注。两千多年以来,文学作品中所言之志、所抒之愤,大都与拯救民生、改良政治的理想抱负不得施展相关。古代的文章大家多有以抒情言志的自觉,然而其"情志"往往经过道德理想的镕铸和政治意志的驯化。

如果把仁学视为东方的人本主义哲学,那么儒学所强调的"人""民"和"圣人"代表的常常是群体的人,即氏族、国家和天下的人,而非个体的人。以道德为本位要求个体的人应该依群体社会生活的需要进行自我修养和自我规范,其中就包含克制和改造个性的内涵。

整体利益压倒一切,个性的张扬必然受到制约。比起"兴观群怨""移风易俗""美刺比兴""为时为事而作"……一类文艺主张来,"独抒性灵"虽然一定程度上体现出某种个性觉醒的意识,却显得单薄幽微,而且出现得很晚。而且所谓"性灵"也未必是棱角分明、张扬恣肆与社会政治绝缘的。

在儒教的笼罩下,女人向着柔顺发展:"三从四德"的桎梏不必说,有"教养"的大家闺秀足不出户谦卑至极,削肩、细腰、小脚,乃至弱不胜衣和西施的病态都是为人们欣赏的女性美。男人也以刚中有柔为上,而雄强粗犷则难以为美。不仅文士,武人也讲究儒雅风流。在人们心目中孔武有力较劲斗力是鄙俗的,高层次的统帅是运筹帷幄羽扇纶巾的"儒将"。

孔子以为"仁者必有勇,勇者不必有仁"①。仁者的勇是理性的勇,是建筑在理想追求和价值判断上的大勇;而被鄙薄的无仁之勇则是盲目冲动愚鲁的粗暴和匹夫之勇。

儒雅固然是一种与粗俗对立的理性和高层次文化素养的显现,但生机勃勃的"野性"消失,个性的锋芒钝化,复古苟安(所谓"君子居易以俟命,小人行险以徼幸"②)的保守性也是明显的。到了封建社会的后期,华夏文化的强势消减必须变

---

① 《论语·宪问》,杨伯峻:《论语译注》,第146页。
② 《礼记·中庸》,[汉]郑玄注、[唐]孔颖达疏:《礼记正义》,第1672页。

革更新的时候,传统的"儒雅"就容易流于迂阔和酸腐了。

五、尚虚无、尚自然、尚超越的老庄哲学

"道"的本义是道路以及由道路引申出来的引导、导向之义,"導"("导"的繁体字)本作"道"。道家所谓"道",喻指万物殊途同归的必由之径,也是人们体认至理的过程。道法自然,宇宙万物的自然展示从不停步无穷无尽,也就没有恒常不变、可以用逻辑的语言作最终规定的道。这就是对《老子》所谓"道法自然"①和"道可道,非常道;名可名,非常名"②的一种理解。

儒家学说立足于社会群体的利害,关切和欲有为于现实的社会政治;说到复古,孔子最为推崇和力求恢复维护的是周礼;老子说"万物并作,吾以观复"③有对宇宙万物运作规律的探求。庄子着眼于人类生存演化之自然,从个体的生命体验出发,探究人生存的价值和意义(从"物之初"、生命体存在形式的演化,到"千世之后其必有人与人相食"④的思考……)。由于与其现实社会政治的疏离,故惠子对庄学有"大而无用,众所同弃"⑤的批评。

中国古代哲学中为文艺评论提供理论武器的主要是儒、道两家。尚虚无、尚自然、尚超越是老庄哲学的特点。

《汉书·艺文志》说:道家"盖本出于史官,历记成败、存亡、祸福、古今之道,然后知秉要执本"⑥。"出于史官"云云是针对道家的鼻祖老子据说有为守藏史、征藏史、柱下史、太史的经历而言。"秉要执本"表明其能够总结历史的经验教训,注重掌握事物的本质、要害、规律。称为"道家"的原因正在于这一学派对"道"的崇奉。"道"的本义为路径,哲学上的引申义中有事物现象运作的必由之径、导向(道通导)、至理、本质规律方面的内涵。老庄著书立说则以探究天人之根本,揭示事物运动演变之轨迹、方向及其所以然为目的。

中国古代的辩证思维不源于老庄,后来也不为老庄所独专,然而却不可否认是其所擅长,比如老子强调柔弱有顽强的生命力,赞赏以柔克刚、以曲求伸、后发

---

① 《老子·二十五章》,陈鼓应:《老子注译及评介》,第163页。
② 《老子·一章》,陈鼓应:《老子注译及评介》,第53页。
③ 《老子·十六章》,陈鼓应:《老子注译及评介》,第124页。
④ 《庄子·庚桑楚》,曹础基:《庄子浅注》,第343页。
⑤ 《庄子·逍遥游》,曹础基:《庄子浅注》,第13页。
⑥ [汉]班固《汉书·艺文志》,第1732页。

制人的智慧……《老子》四十章有"反者,道之动"①的命题,六十五章也说:"与物反矣,然后乃至大顺。"②自觉地进行反向的哲学思辨,对世俗观念的反思和批判、否定是老庄哲学的基本精神,因而它经常顺理成章地站在儒学的对立面,相反相成地促成中国哲学思辨的深化和对美认识的飞跃。有的学者把老庄思想视为中国艺术精神的精髓不无理由。

西汉前期的史家司马谈总结先秦学术的《论六家要旨》指出:

> 道家无为,又曰无不为。其实易行,其辞难知。其术以虚无为本,以因循为用。无成势,无常形,故能究万物之情。不为物先,不为物后,故能为万物主。有法无法,因时为业;有度无度,因物与舍。故曰:"圣人不朽,时变是守。虚者,道之常也;因者,君之纲也。"③

唐颜师古注"以因循为用"说:"任自然也。"所谓"无成势,无常形"谓无固定模式,"有法无法,因时为业;有度无度,因物与舍"也体现着对世俗观念、习惯视野、固有模式和法度的超越,认识判断只服从于特定时空呈现的事物现象本身。"不为物先,不为物后"指其认识与作为合乎事物现象的运作节律,不超前也不滞后。"能究万物之情""能为万物主"是对其揭示事物现象本质、规律而言。足见早在汉初,学者们对道家学术的特点和基本取向已经有了较清楚的认识。

1. 尚虚无——思维论中的虚静说及其影响

《老子》论"道"说:

> 道可道,非常道;名可名,非常名。④
>
> 有无相生。⑤
>
> 天地万物生于有,有生于无。⑥
>
> 视之不见,名曰夷;听之不闻,名曰希;搏之不得,名曰微。此三者不可致诘,故混而为一。其上不皦,其下不昧,绳绳不可名,复归于无物。是谓无状之状,无物之象,是谓恍惚。迎之不见其首,随之不见其后。执古之道,以御

---

① 《老子·四十章》,陈鼓应:《老子注译及评介》,第223页。
② 《老子·六十五章》,陈鼓应:《老子注译及评介》,第312页。
③ [汉]司马谈:《论六家要旨》,[汉]司马迁:《史记·太史公自序》,第3292页。
④ 《老子·一章》,陈鼓应:《老子注译及评介》,第53页。
⑤ 《老子·二章》,陈鼓应:《老子注译及评介》,第64页。
⑥ 《老子·四十章》,陈鼓应:《老子注译及评介》,第223页。

今之有,能知古始。是谓道纪。①

有物混成,先天地生。寂兮寥兮,独立而不改,周行而不殆,可以为天地母。吾不知其名,强字之曰道,强为之名曰大。大曰逝,逝曰远,远曰反。②

"道"的存在先于天地,是宇宙万物的原由和精神实体,又体现万物运作的规律。它浑融连绵无所不在包容一切,又希微缥缈不可名状,可谓"抽象"之极。"有无相生"之"无"和所谓"夷""希""微"不是一无所有,而是"道""寂寥(无声无形)""恍惚(无状之状,无物之象)"和不"可道"不"可名"的特点。

老子似乎意识到人类认识能力的局限性以及宇宙万物和真理、规律的不可穷尽性,又出于超越和批判世俗的基本立场,于是冥想出一个"虚无"的最高境界的精神实体——"道"。用老子的话说:"道冲而用之,或不盈;渊兮,似万物之宗"③。"冲"即虚,"盈"即实。冲虚不实才能成为万物之源。五章譬喻说:"天地之间,其犹橐籥(即风箱)乎! 虚而不屈(竭),动而愈出。"④认为天地间正由于如同风箱般中间虚空,才有不可穷尽的事物生成和运动变化。足见"虚"是宇宙万物运动和生生不穷的必要条件。十一章的种种事物"当其无"则有其用,四十一章的"上德若谷"⑤,都与此同理。《庄子·齐物论》承其说有"大道不称"⑥之论,《人间世》也强调"唯道集虚"⑦。

老庄把"道"的抽象理念和"天地精神"看作是世界的本源和本质规律,而一切事物现象都是"道"的外化,任何具体事物都是"道"局部的反映,人感官所感知的一切都是表层的、瞬时的、有局限的,甚至可能是不真实的误导。所以"五色令人目盲,五音令人耳聋,五味令人口爽"⑧,而表象内涵的精质则可能与"虚无"之"道"相通。

(1)思维论中的虚静说

老庄认为,人们在感受、观察认识和把握外部世界现象的时候,须使自己的精神和心理处于"虚静"的状态,才能体察和中肯地把握事物现象的精神内核、本质

---

① 《老子·十四章》,陈鼓应:《老子注译及评介》,第114页。
② 《老子·二十五章》,陈鼓应:《老子注译及评介》,第163页。
③ 《老子·四章》,陈鼓应:《老子注译及评介》,第75页。
④ 《老子·五章》,陈鼓应:《老子注译及评介》,第78页。
⑤ 《老子·四十一章》,陈鼓应:《老子注译及评介》,第227页。
⑥ 《庄子·齐物论》,曹础基:《庄子浅注》,第32页。
⑦ 《庄子·人间世》,曹础基:《庄子浅注》,第55页。
⑧ 《老子·八十一章》,陈鼓应:《老子注译及评介》,第361页。

81

特征和运动规律。

老子是"虚静"的首倡者,《老子》十六章云:"致虚极,守静笃;万物并作,吾以观复。"说自己在"致虚"达于极致、"守静"至于专深的精神状态中观察万物的生成运作和往复回环。又曰:"夫物芸芸,各复归其根;归根曰静,静曰复命。"①"静"是一种摆脱烦扰浮躁的安详平和、冷静超脱、深沉专一、寓动于静之内的精神境界。老子以为万物纷纭万态,但最终将回归根本的清静状态。以清静无为为宗旨是由于"静为躁君"②,"静胜躁……清静为天下正"③,"不欲以静,天下将自定"④。克服社会弊端的根本出路在于以静驭动、无为而治。摒弃有违法乱纪自然的人为干扰,无为的清静也就恢复了自然浑朴的本来面目。故曰:"我无为,而民自化;我好静,而民自正;我无事,而民自富;我无欲,而民自朴。"⑤"虚"在思维中排除成见的虚怀若谷,是博大空灵的自由空间。"虚"则灵动,"虚"则有涵容,它与填塞、胀滞、僵硬、先入为主相反,对于外部信息有极大的吸纳力、充分的容量和活动余地,因此也最富生机与创造力。

《庄子·人间世》孔子向颜回解答"心斋"时说:"若一志,无听之以耳,而听之以心。无听之以心,而听之以气。耳止于听,心止于符。气也者,虚而待物者也。唯道集虚。虚者,心斋也。"⑥用"气"的虚来比况心境的空灵明觉,之所以用"心斋"解释"虚",同《大宗师》等篇的"坐忘""堕肢体,黜聪明,离形去知"以及"无己""丧我""去知"一样,强调摆脱一切有主观局限的感觉、经验和固有知识的干扰和束缚作自由的观照,以求"大通"。如《天道》篇所说:

>……言以虚静推于天地,通于万物。
>
>万物无足以铙心者,故静也。水静则明烛须眉,平中准,大匠取法焉。水静犹明,而况精神!圣人之心静乎?天地之鉴也。万物之镜也,夫虚静恬淡寂寞无为者,天地之本也。……虚则静,静则动,动则得矣。⑦

由虚而静,以静驭动,凭借自由空灵的心境在万象纷呈之际进行客观超脱、冷静明敏、全面允当的观照和把握。《庚桑楚》倡言"彻志之勃(同悖),解心之谬,去

---

① 《老子·十六章》,陈鼓应:《老子注译及评介》,第124页。
② 《老子·二十六章》,陈鼓应:《老子注译及评介》,第171页。
③ 《老子·四十五章》,陈鼓应:《老子注译及评介》,第241页。
④ 《老子·三十七章》,陈鼓应:《老子注译及评介》,第209页。
⑤ 《老子·五十七章》,陈鼓应:《老子注译及评介》,第284页。
⑥ 《庄子·人间世》,曹础基:《庄子浅注》,第55页。
⑦ 《庄子·天道》,曹础基:《庄子浅注》,第188页。

德之累,达道之塞",指出"勃志""谬心""累德""塞道"四方面各有六种表现,"此四六者不荡胸中则正,正则静,静则明,明则虚,虚则无为而无不为"①。《天地》有黄帝寻找遗失的玄珠的寓言故事,经历了种种失败之后,最后"象罔得之",说明以玄珠比况的"道"不是感知的对象,感官、言辩无从求得,只能于虚无的境界中得之;弃除心机智慧,在静默无为中体认。

尚"虚无"在思维方式上推崇超越感性、知觉、世俗理性,以非逻辑,甚至非言非象的对"道"的体味、默契、欣合为理想境界,是一种有别于今人所熟悉的具象思维和抽象思维的体认和悟解。《老子》五十六章有"知者弗言,言者弗知。塞其兑,闭其门,挫其锐,解其纷,和其光,同其尘,是谓玄同"②;十章又以反诘叩问:"载营魄抱一,能无离乎?抟气致柔,能如婴儿乎?涤除玄鉴,能无疵乎?"③"玄同"就是"涤除玄鉴",就是排除世俗杂念的纷扰,净化心灵,专精抱一、抟气全神,使内心如婴儿般柔纯,从而实现与道的契合。《庄子·天地》篇所谓"坐忘""心斋"之所至与此相通。《刻意》中把这种把握道的方式称为"能体纯素"。成玄英《疏》云:"体,悟解也。妙契纯素之理,所在皆真道也。"④

《庄子》中的一些寓言从不同侧面对此进行诠解。《养生主》的"庖丁解牛",庖丁自谓"臣以神遇而不以目视,官知止而神欲行"⑤,其"神遇"是超越感官和理性思辨的观照和把握,是"神"与"道"的直接沟通、契合。《达生》中有"津人操舟""工倕运旋""佝偻承蜩"等故事,《天道》也有"轮扁斫轮"的寓言,其中悟道通神者都是在实际操作中凭借虚心、静气、全神、专一,不断体味,最后才做到了然于心、得心应手,对事物及其运作作完整而透彻的把握。老庄虽然没有论到"悟",也未给"体"以说明和界定,却明示这种以人的生命体验为基础、非逻辑的思维和把握事物方式的存在。

"虚静"说是有无相生、由虚而静、静极生动、以静驭动、静中寓动辩证思想在认识论中的应用,形成在中国古代占主导地位的静观认识论。任继愈《中国哲学史》指出,认识事物"必须排除主观成见,摒除杂念干扰,否则就会影响认识的准确性。老子说'致虚极,守静笃',这是中国古代认识论共同信守的条件。老子的后

---

① 《庄子·庚桑楚》,曹础基:《庄子浅注》,第358页。
② 《老子·五十六章》,陈鼓应:《老子注译及评介》,第280页。
③ 《老子·十章》,陈鼓应:《老子注译及评介》,第96页。
④ [清]郭庆藩:《庄子集释》,北京:中华书局,1961年,第546页。
⑤ 《庄子·养生主》,曹础基:《庄子浅注》,第44页。

继者,宋钘、尹文和荀子的认识论,都是沿着这一条线发展的。"①六朝以降,虚静说已广泛见用于文学理论,如陆机《文赋》的"罄澄心以凝思"和"课虚无以责有,叩寂寞以求音"②。《文心雕龙》则有"寂然凝虑,思接千载;悄焉动容,视通万里"和"神与物游","陶钧文思,贵在虚静,疏瀹五脏,澡雪精神"③,"纷哉万象,劳矣千想。……水停以鉴,火静而朗;无扰文虑,郁此精爽"④,"入兴贵闲"⑤等。

中国古代的虚静说注重主观精神的陶冶、营卫和心理调节,强调主观能动性而不将灵感和智慧的创造力归诸神明。其所推崇的超感性、非逻辑的体认悟解以人自身的生命体验为基础,故得言为"体",既不同于一般的具象思维和抽象思维,又兼容和超越之。

(2)尚虚无对审美理论的影响

《老子》说:"有生于无"⑥;"大音希声,大象无形,道德无名"⑦;"大成若缺,其用不弊。大盈若冲,其用不穷。大直若屈,大巧若拙,大辩若讷"⑧;"信言不美,美言不信。善者不辩,辩者不善。知者不博,博者不知。"⑨《庄子·大宗师》说:"夫道有情有信,无为无形;可传而不可受,可得而不可见。"⑩《知北游》说:"天地有大美而不言。"⑪《刻意》有"虚无恬淡,乃合天德"⑫。

在老庄哲学中,凡属最高层次的东西(如"道"和"大美")都是虚无恬淡、混沌模糊、素朴木讷和非具体(即"无形")的,只能去意会、体认与欣合,不是质实的媒介如语言文字、色彩线条、音响之类可以确切传达的。必欲细致、精确的表述与描绘则只能走向反面。

美的内涵和外延难以区界、难以穷尽。事物具体的美不可能代指和概括美的理念("大美""至美")。"虚无"的抽象与模糊凸显了它的涵盖性,故其审美境界带有美的理念性。

---

① 任继愈:《中国哲学史》,北京:人民出版社,2010 年,第 69 页。
② [晋]陆机:《文赋》,郭绍虞:《中国历代文论选》(一),第 171 页。
③ [梁]刘勰:《文心雕龙·神思》,张国庆、涂光社:《〈文心雕龙〉集校、集释、直译》,第 479 页。
④ [梁]刘勰:《文心雕龙·养气》,张国庆、涂光社:《〈文心雕龙〉集校、集释、直译》,第 784 页。
⑤ [梁]刘勰:《文心雕龙·物色》,张国庆、涂光社:《〈文心雕龙〉集校、集释、直译》,第 855 页。
⑥ 《老子·四十章》,陈鼓应:《老子注译及评介》,第 223 页。
⑦ 《老子·四十一章》,陈鼓应:《老子注译及评介》,第 228 页。
⑧ 《老子·四十五章》,陈鼓应:《老子注译及评介》,第 241 页。
⑨ 《老子·八十一章》,陈鼓应:《老子注译及评介》,第 361 页。
⑩ 《庄子·大宗师》,曹础基:《庄子浅注》,第 96 页。
⑪ 《庄子·知北游》,曹础基:《庄子浅注》,第 325 页。
⑫ 《庄子·刻意》,曹础基:《庄子浅注》,第 229 页。

"虚无"的取向中有对世俗观念、价值标准、规范、思维模式……的质疑和否定,无限扩大了思维的空间和自由度。尚"虚无"不仅使"有无相生"等哲学命题直接转为艺术原则,对虚的肯定和推崇促使艺术创造指向更空灵博大、更富开放性的空间。

《庄子》提出"游"的范畴。《逍遥游》中"游"之所至是与审美境界类同的自由的精神活动空间,"无己""无功""无名"则达于"无待"(无所依傍也就无所挂碍、无所束缚限制),才能作"逍遥游"(所谓"游于无穷"和"无何有之乡"透露出其游境是"虚无"的精神境界)。《齐物论》说:"忘年忘义,振于无竟,故寓诸无竟。"①"竟"同"境","无竟"就是虚无的境界。是谓抛弃对生命有限的忧惧,摆脱世俗伦常规范的束缚,在虚无的境界中让生命精神获得自由解放。庄子的"至美""至乐"是非功利的,"齐物"的前提是"坐忘""丧我","丧我"就是摒除沉迷世俗是非的小我。

《天道》篇说:"世之所贵道者书也,书不过语。语有贵也,语之所贵者意也。意有所随,意之所随者,不可以言传也。而世因贵言传书。……"②《秋水》篇则说:"可以言论者,物之粗也;可以意致者,物之精也;言之所不能论,意之所不能察致者,不期精粗焉。"③"意"比"言"虚,更无须说与道相通的"不能论""不能察致"的"意之所随者"。"虚"在高层次艺术境界的构成中不可或缺,文论标举"味外味""象外象"和"言已尽而意无穷"以及对"神韵""空灵"的追求,无不推崇指向"虚"的艺术传达。

古代理论家深知"虚"的手法之高妙,达于"虚"之境界之不易。清刘熙载《艺概·赋概》说:"赋以象物,按实肖象易,凭虚构象难。能构象,象乃生生不穷。"④

2. 尚自然——道法自然、见素抱朴和法天贵真

《老子》二十五章提出一个著名的命题:"人法地,地法天,天法道,道法自然。"⑤所谓"道"是从社会人生、宇宙万物的存在和演化中体认出来的。五十一章也说:"道之尊,德之贵,夫莫之命而常自然。"⑥"自然"的特点是"无为"。即自在、本然,自然而然;是不受人为干扰、限制,不羼杂人们主观意识、行为,不为世俗

---

① 《庄子·齐物论》,曹础基:《庄子浅注》,第40页。
② 《庄子·天道》,曹础基:《庄子浅注》,第203页。
③ 《庄子·秋水》,曹础基:《庄子浅注》,第242页。
④ [清]刘熙载:《艺概·赋概》,王气中:《艺概笺注》,第291页。
⑤ 《老子·二十五章》,陈鼓应:《老子注译及评介》,第163页。
⑥ 《老子·五十一章》,陈鼓应:《老子注译及评介》,第261页。

扭曲的存在。

尚自然包括主张自然生发和推崇素朴与真的内涵,是高层次美的构成因素。

(1)法自然

在《老子》中,"天道"常有自然法则或者客观规律的意味。比如:"天之道,损有余而补不足"①;"天之道,不争而善胜,不言而善应,不召而自来,繟然而善谋"②。当然,偶尔还能够看到从成说移用的一些痕迹,这时"天"就带有人格神的意味了,如说"天道无亲,常与善人"③即然。

到庄子的论著中,"天"已完全成为"自然"(天生、本然)的同义语,如《秋水》中所说:"牛马四足,是谓天;落(同络)马首,穿牛鼻,是谓人。故曰:无以人灭天,……"④《人间世》和《大宗师》都标举"与天为徒",即与自然为伍相伴、协调一致。《至乐》中一个寓言说:"海鸟止于鲁郊,鲁侯御而觞之于庙,奏《九韶》以为乐,具太牢以为膳。鸟乃眩视忧悲,不敢食一脔,不敢饮一杯,三日而死。此以己养养鸟也,非以鸟养养鸟也。……"⑤嘲讽了哪些背离事物天性和客观规律的人,他们即使尽心而为,结果却事与愿违。

尚自然,首要的就是尊重事物的天性及其运作的固有规律。《齐物论》标举天籁自鸣,《天运》中有东施效颦的故事。东施"矉其里"(效颦于乡里)之所以失败,是因为她既无西施的天生丽质,又不是出于"病心"之自然。《应帝王》末了的寓言更有代表性:

> 南海之帝为儵,北海之帝为忽,中央之帝为浑沌。儵与忽时相与遇于浑沌之地,浑沌待之甚善。儵与忽谋报浑沌之德,曰:"人皆有七窍以视听食息,此独无有,尝试凿之。"日凿一窍,七日而浑沌死。⑥

混沌的生命在于天真未凿,在于自然。儵与忽以主观判断和世俗"常识"强加于混沌,是破坏自然的"人为",结果走向了意愿的反面,戕害了混沌的生命。混沌是不容分割、不可雕琢的自然全美的代称。

《田子方》有个常被当代学者征引的故事:

---

① 《老子·七十七章》,陈鼓应:《老子注译及评介》,第346页。
② 《老子·七十三章》,陈鼓应:《老子注译及评介》,第334页。
③ 《老子·七十九章》,陈鼓应:《老子注译及评介》,第354页。
④ 《庄子·秋水》,曹础基:《庄子浅注》,第248页。
⑤ 《庄子·至乐》,曹础基:《庄子浅注》,第263页。
⑥ 《庄子·应帝王》,曹础基:《庄子浅注》,第120页。

宋元君将画图,众史皆至,受揖而立,舐笔和墨,在外者凌半。有一史后至者,儃儃然不趋,受揖不立,因之舍。公使人视之,则解衣般礴,臝。君曰:"可矣,是真画者也。"①

"盘礴"指盘脚而坐。这位画"史"为何"儃儃然不趋,受揖不立,因之舍","解衣盘礴"而且"裸"？显然,他有绘画天赋、才能上的自信,不在意一切与绘画无关的东西,旁若无人"循性而动"(嵇康语),不拘形迹无视礼节,更不会装模作样故作高深,招摇或矫饰自己的才艺。其神闲气定崭露出高层次艺术创造必需的超然,是精神上无所挂碍的自由境界。此外,应召前来而却偏偏"后至""因之舍"也有这样的意思:如果你宋元君懂得画艺能够成为知音,真心寻觅绘画高手,就一定会找到最后,在众多应召者中发现自己。此外,这位宋元君如何能够知道谁是真画者呢？作为一国君主,赏识"不趋""不揖"傲然尘俗的"解衣盘礴"者,在理解和尊重中有一种"以天合天"的心灵默契、精神忻合,以及对艺术创造的深刻理解和共同追求。

在古代文论中,《文心雕龙·原道》倡言"自然之道",其《明诗》篇指出:"感物吟志,莫非自然。"②《诗品》标榜"自然英旨"③。反对雕琢的言论不胜枚举,李白以"清水出芙蓉,天然去雕饰"自许,王国维《宋元戏曲考·元剧之文章》赞赏马致远的《天净沙》"纯是天籁"。④

庄子所谓"法天贵真"也与《老子》的"道法自然"有所通同。

(2)尚素朴

自然又与尚素朴密不可分。《老子》说:

绝圣弃智,民利百倍;绝仁弃义,民复孝慈;绝巧弃利,盗贼无有。此三者以为文不足,故令有所属,见素抱朴,少私寡欲,绝学无忧。⑤

为天下谷,常德乃足,复归于朴。朴散则为器,圣人用之,则为官长,故大制不割。⑥

道常无名,朴虽小,天下莫能臣也。⑦

---

① 《庄子·田子方》,曹础基:《庄子浅注》,第315页。
② [梁]刘勰:《文心雕龙·明诗》,张国庆、涂光社:《〈文心雕龙〉集校、集释、直译》,第95页。
③ [梁]钟嵘:《诗品序》,郭绍虞:《中国历代文论选》(一),第310页。
④ 王国维:《宋元戏曲史》,北京:中国和平出版社,2014年,第124页。
⑤ 《老子·十九章》,陈鼓应:《老子注译及评介》,第136页。
⑥ 《老子·二十八章》,陈鼓应:《老子注译及评介》,第178页。
⑦ 《老子·三十二章》,陈鼓应:《老子注译及评介》,第194页。

> 道常无为而无不为。侯王若能守之，万物将自化。化而欲作，吾将镇之以无名之朴。无名之朴，夫亦将不欲。不欲以静，天下将自定。①

"素"和"朴"是《老子》中的重要概念，指未作任何人为修饰的本色、质朴，是自然和本真的呈露。"见素抱朴"的话语组合显示对发现本质、恪守初朴的执着。"朴"与"器"对应，"朴"本为未经加工雕饰的原木，代指自然之物；"器"则是已被人为加工修饰的器物。"道"永远是无可言说和不须修饰的，就它的体现而言，"朴"是一种不可超越的极致。在政治上，"无名之朴"也作为一种遏止人"欲"，使天下回归正道的手段。

《田子方》中说至上的德性是无须修饰的："至人之于德也，不修而物不能离焉，若天之自高，地之自厚，日月之自明，夫何修焉？"②《天道》更直言："朴素而天下莫能与之争美。"③《缮性》的"文灭质，博溺心，然后民始惑乱，无以反其性情而复其初"④。可以说完全坦露出他尚未素朴的初衷。《天地》篇假托孔子之口称赞"全德"之人"明白入素，无为复朴，体性抱神"⑤。又在《刻意》篇标举"与神为一""合于天伦"的"纯素"："素也者，谓其无所与杂也；纯也者，谓其不亏其神也。能体纯素，谓之真人。"⑥《应帝王》也说了一段列子在壶子启示下归家三年不出的"雕琢复朴"的故事。其宗旨都可以用《山木》篇所引"既雕既琢，复归于朴"⑦来概括。不作，也无须作雕琢才是"雕琢"的最高境界。

古人对于文质的辩证关系以及相互和本色的美学价值很早就有所认识。《易·贲卦》上九曰："白贲无咎。"⑧贲卦本是讲究文饰的卦，发人深省的是它演变到最后居然是无文的"白贲"，表明修饰的极致是无所修饰的素朴。《韩非子·外储说左上》有"《书》曰：'既雕既琢，还归其朴。'"⑨的记载，似乎表明这一论断未必是老庄首创。但老庄的贡献无疑是卓越的，强调素朴所以美在于它是"道"（事物天性、本质乃至宇宙精神）完整而自然的呈现。它与受功利驱使、被机器蛊惑和人为规范误导以及无视媒介功能局限、有违自然的雕琢和矫饰绝然对立。"大道"

---

① 《老子·三十七章》，陈鼓应：《老子注译及评介》，第209页。
② 《庄子·田子方》，曹础基：《庄子浅注》，第311页。
③ 《庄子·天道》，曹础基：《庄子浅注》，第188页。
④ 《庄子·缮性》，曹础基：《庄子浅注》，第233页。
⑤ 《庄子·天地》，曹础基：《庄子浅注》，第177页。
⑥ 《庄子·刻意》，曹础基：《庄子浅注》，第230页。
⑦ 《庄子·山木》，曹础基：《庄子浅注》，第294页。
⑧ 《周易·贲卦》，黄寿祺、张善文：《周易译注》，第180页。
⑨ 《韩非子·外储说左上》，[清]王先慎集解、姜俊俊校点：《韩非子》，第338页。

原本就是素朴的。

(3) 贵真

《老子》感慨世俗"信不足焉,有不信焉"①,以为"智慧出,有大伪"②,"信言不美,美言不信"③,体现出对真的崇尚。其"真"与"道""德"相联系:二十一章说:"道之为物,惟恍惟惚。……窈兮冥兮,其中有精,其精甚真,其中有信。"④谓在"道"难明的幽深中有可信的"真(谛)"。五十四章的"修之于身,其德乃真"⑤是说以"善建""善抱"之理修身,"德"可达于"真"。又赞美赤子婴儿的浑朴、全神和天真,四十九章说"圣人皆孩之"⑥;五十五章说:"含德之厚,比于赤子,毒虫不螫,猛兽不据,攫鸟不搏。骨弱筋柔而握固,未知牝牡之合而朘作,精之至也。终日号而不嗄,和之至也。"⑦

严格地说《老子》中的"真"只是"道"的一种属性,是达"道"的表征之一。庄子的自然论给"真"更重要的地位,多层面拓展了它的内涵。《齐物论》:"若有真宰,而特不得其朕。……其有真君存焉?如求得其情与不得,无益损乎其真。"⑧"真宰"与"真君"指本真身心情感之主宰,以真心去理解也无不可。

庄子之"真"首先是天成之真。《马蹄》说:"马,蹄可以践霜雪,毛可以御风寒。龁草饮水,翘足而陆,此马之真性也。"⑨《秋水》说:"牛马四足,是谓天;落马首,穿牛鼻,是谓人。故曰:无以人灭天,无以故灭命,无以得殉名。谨守而勿失,是谓反其真。"⑩"反其真"即回到"天"(天然、本然)的状况,足见"真"与"天"有同一性。庄子以为在文明进程中人为使人出现异化,尤其是世俗汲汲于名利权势的"日以心斗"会背离"真"性。"真"是本质的,也是自然的。

《达生》的一段话耐人寻味:"不厌其天,不忽于人,民几乎以其真。"⑪不满足在顺适自然上的求索,不忽略作为人的天性本能,就几乎达于"真"的境界。此所

---

① 《老子·十七章》,陈鼓应:《老子注译及评介》,第130页。
② 《老子·十八章》,陈鼓应:《老子注译及评介》,第134页。
③ 《老子·八十一章》,陈鼓应:《老子注译及评介》,第361页。
④ 《老子·二十一章》,陈鼓应:《老子注译及评介》,第148页。
⑤ 《老子·五十四章》,陈鼓应:《老子注译及评介》,第273页。
⑥ 《老子·四十九章》,陈鼓应:《老子注译及评介》,第253页。
⑦ 《老子·五十五章》,陈鼓应:《老子注译及评介》,第276页。
⑧ 《庄子·齐物论》,曹础基:《庄子浅注》,第19页。
⑨ 《庄子·马蹄》,曹础基:《庄子浅注》,第128页。
⑩ 《庄子·秋水》,曹础基:《庄子浅注》,第248页。
⑪ 《庄子·达生》,曹础基:《庄子浅注》,第272页。

谓"人"不是有违自然的人为,而是葆有自然本能和天性的人,故此处"真"是在合乎自然的前提下共性与个性的统一。

《渔父》有一段名言:

> 真者,精诚之至也。不精不诚,不能动人。故强哭者虽悲不哀,强怒者虽严不威,强亲者虽笑不和。真悲无声而哀,真怒未发而威,真亲未笑而和。真在内者,神动于外。是所以贵真也。……礼者,世俗之所为也;真者,所以受于天也,自然不可易也。故圣人法天贵真,不拘于俗,愚者反此。不能法天而恤于人,不知贵真,禄禄而受变于俗,故不足。①

"法天贵真"倡导对自然天性的维护与回归。说圣人"不拘于俗"和对"禄禄受变于俗"的批评,矛头所向是扭曲天性的礼义成法和一切造作、矫饰,更不用说欺诈、虚伪了。"诚"是与人类主体、与主观情感密切联系的。庄子的"真"又是摆脱世俗关系、去我执、忘己(去"成心"、不"师心")的"真",是天成的本质的精神情感层面的"真",所以能超乎感官感知范围、无关乎外在形态(哪怕是无形或形残)、不涉某些具体属性。以"精诚之至"解释"真",强调唯精诚能感人,真情有一种无形而强劲的感召力和震撼力!此论对于审美和艺术创造的影响不言而喻,几乎像是对造艺者说的一样。庄子所谓"真"追求的重心不在忠实于事物的客观属性,而在于主观情感的率真至诚。

从精诚、信、实的角度理解"真"能把握庄子尚自然的一种要义。"法天贵真"简明地道出了道家自然论的宗旨。"法天"就是效法自然,以自然为最高准绳;"贵真"就是追求真实、本色和至诚。"素""朴""纯""白"皆与"天""真"有相通之处。

"天"在古人意识中地位至高无上,可推知庄子用"天"替代"自然"作理论表述的意义。不仅如此,单个"天"字参与组词较"自然"灵活简便,更合乎汉语的词以双音节为宜、为美的规律。由庄子完善的自然论是在大量创用由"天"字组合的概念、词语中展开的。

3. 尚超越——"大"的观念以及对世俗和自我的超越

无论是尚虚无还是尚自然、法天贵真……对庄学而言,其要义都在于对自我、对人生、对社会的超越。力求超越人世间一切忧患、痛苦,包括超越对死亡不可避免的忧惧,对改变现实无能为力、才智抱负不能施展、名利欲念不能满足的苦闷……鼓吹恢复人的纯朴天性,追求充分享受天赋的不受干犯、污染的自然生命和

---

① 《庄子·渔父》,曹础基:《庄子浅注》,第475页。

体道的精神自由。能够实现对世俗的超越,士人的精神就能获得解脱和自由,乃至傲视权贵势要和芸芸众生的优越感和对自我生命价值、智慧的自信。

"超越"可以理解为精神境界的一种跃升,其实儒家的主张中也有对自我、对生死的超越。然而儒道两家的出发点和归宿是不一样的:儒家对自我的超越是对小我利害的超越,以家、国、天下的利害为利害;对生死的超越则是一种价值的取舍:杀身成仁、舍生取义,道德理想和社会功利至上。老庄的超越则是对人生痛楚、苦闷、忧患的超越,对违背自然天性的人与社会关系的超越;其对生死的超越立足于对死亡忧惧的化解。

(1)大,道的同义语

老庄认为世俗所关注的事物都不出"小"的范畴,而"小"是狭隘、琐屑、非本质的,局限于此是人生忧患和苦闷的根源,他们称道为"大","大"就是极终的真理、宇宙精神,就是至美,就是对局部、枝节,对功利,对社会、人生,乃至对自然万物的超越。道之所以"虚无""恍惚""不弊""不竭""无穷""无形"和不可名、不可言说,也因为它"大"。

《老子》论及"大"的地方很多:

> 有物混成,先天地生。寂兮寥兮,独立而不改,周行而不殆,可以为天下母。吾不知其名,强字之曰道,强为之名曰大。大曰逝,逝曰远,远曰反。故道大,天大,地大,人亦大。域中有四大,而人居其一焉。人法地,地法天,天法道,道法自然。①

> 大白若辱,大方无隅,大器晚成,大音希声,大象无形,道隐无名。②

> 大成若缺,其用不弊。大盈若冲,其用不穷。大直若屈,大巧若拙,大辩若讷。③

庄子以能够"独与天地精神往来"④而自负,虽常以相对、齐一的观点看待大与小,尚自然、尚超越的他毕竟是推崇"大"的。

孔子说过:"大哉!尧之为君也。巍巍乎!唯天为大,唯尧则之。荡荡乎!民无能名焉。巍巍乎其有成功也。焕乎其有文章。"⑤但孔子所谓"大"指伟大,道德

---

① 《老子·二十五章》,陈鼓应:《老子注译及评介》,第163页。
② 《老子·四十一章》,陈鼓应:《老子注译及评介》,第228页。
③ 《老子·四十五章》,陈鼓应:《老子注译及评介》,第241页。
④ 《庄子·天下》,曹础基:《庄子浅注》,第508页。
⑤ 《论语·泰伯》,杨伯峻:《论语译注》,第83页。

91

教化、仁爱精神之伟大,而老庄的"大"是"道"指称的精神实体,尚"大"就是尚道。

老庄认为宇宙万物和社会人生是一个相互联系的整体,人类不过是自然万物中的一分子。"自然无为"是道的体现,由于人类有了智慧,有了财富,有了伦理道德和礼法制度,一切就变得凶险、丑恶起来。庄子指出,人类文明的进程就是道亏损的过程:"道隐于小成。"①他嘲笑同时代的那些"一曲之士"自不量力,他们"判天地之美,析万物之理,察古人之全,寡能备于天地之美,称神明之容","百家往而不反"于是"道术将为天下裂"②。而"大道不称,大辩不言"表明道不是人们可以称名和言说的。

尚"大"与倡导回归自然是一致的,宇宙山川江海是大物,是人生、社会的参照系。回归自然可以避免"人为"干扰,摆脱喧嚣、繁琐、污浊以及因追逐功利而充满罪恶和痛苦的世俗社会,利于恢复人的天性,恢复人与人、人与自然的和谐。向往大自然是与批判和超越社会的倾向相联系的,它深刻地影响着古代的审美意识和文学艺术的实践和理论。

"致虚极,守静笃。万物并作,吾以观复。"③对宇宙万物运作的考察,对道的体认、把握要虚静——摒除主观杂念,形成客观接受外部信息的最大涵容,心境冷静清和、超然从容。心胸博大,立足点高,视野无际,是对局限的超越!

《庄子》的尚"大"之论值得一说:

《徐无鬼》里讲述了一件史事:勾践败于吴"以甲楯三千栖于会稽"之时,文种能知越国"亡之所以存",却不知"身之所以愁"——即复国胜吴之后会被勾践赐死。随即在有关"知"的议论中指出人们认知的局限性,以及"知"与"不知"的互补和相反相成;最后则是一段尚"大"之论:

> 知大一,知大阴,知大目,知大均,知大方,知大信,知大定,至矣。大一通之,大阴解之,大目视之,大均缘之,大方体之,大信稽之,大定持之。……尚大不惑。④

从不同方面阐说"知大"。其中"大一"指"道"的浑融一体,故言"大一通之"。"尚大"之论涉及《庄》学的若干层面,对后来的文学艺术活动影响深远。

《逍遥游》列《庄子》之首,所论有提纲挈领的意义。开篇凸显于读者眼前的

---

① 《庄子·齐物论》,曹础基:《庄子浅注》,第21页。
② 《庄子·天下》,曹础基:《庄子浅注》,第494页。
③ 《老子·十六章》,陈鼓应:《老子注译及评介》,第124页。
④ 《庄子·徐无鬼》,曹础基:《庄子浅注》,第385页。

就是硕大无比的鲲鹏,其所"图"亦出人意表:从遥远至极的"北冥"飞往方向相反却同样遥远的"南冥"!鲲鹏大,图南之志与作为亦大。庄子嘲笑蜩与学鸠不理解鲲鹏,又以朝菌、蟪蛄与冥灵、大椿为例指出不同生命体寿夭的悬隔:"小知不及大知,小年不及大年。"显然是尚"大"的。

不过,鲲鹏是有"待"的,须六月间的大风举托,方能实现图南壮举。庄子强调,生命精神境界所以能"大"全在于"无待"。"待"即借助依凭。无论人或物,凡有所借助依凭,则必受所借助依凭者的制约,就谈不上作一己的"逍遥游"。

"若夫乘天地之正而御六气之辩,以游无穷者,彼且恶乎待哉!故曰:至人无己,神人无功,圣人无名。"①以为只有那些顺适天地万物之本然及其自然而然运动变化的高人,能实现对世俗功名利禄的超越,达于"无待"的至境!说藐姑射之山四子"不食五谷,吸风饮露,乘云气,御飞龙,而游乎四海之外……","之人也,之德也,将旁礴万物以为一,世蕲乎乱,孰弊弊焉以天下为事!之人也,物莫之伤,大浸稽天而不溺,大旱金石流、土山焦而不热,是其尘垢秕糠,将犹陶铸尧舜者也,孰肯以物为事!"②与四子的"神人"境界比较,"天下"哪还称得上"大"呢,尧、舜也显得如同尘垢秕糠般微末!

理解庄子的"尚大"还应注意,其"大"与"小"是相对的;所谓"大"绝不限于空间的博大,往往是从本质和宏观上或者根源性、整体性方面对事物的涵盖、包举。庄子洞悉精微处则似"小"实"大"!《逍遥游》"野马也,尘埃也,生物之以息相吹也"③一句颇耐寻味:沼泽上水气与尘埃的蒸腾浮动,在那个时代怕是对极细小之物的观察所得;水气尘埃被称之"生物"——哪怕它们极小,也在作生命运动;在同一个空间以气息相互吹动是对它们浮动所以然的臆想:透露出一种万物无论巨细皆具生命性的意识!《秋水》篇中北海神若质疑过常识空间中"细"与"大"的极限,从而指向"小"与"大"的无穷:"又何以知毫末之足以定至细之倪?又何以知天地之足以穷至大之域?"④在对时间和空间的双重观照中也指明"量无穷,时无止"。《则阳》篇中戴晋人劝阻魏惠王举兵向齐侯复仇时讲了一个故事,"蜗角触蛮"那样的小人国间竟然也发生过"伏尸数万,逐北旬有五日而后反"⑤的战争……在"小"中"玄鉴几微"则见其"小"中之"大",此为思维博大宏深的一种体现。

---

① 《庄子·逍遥游》,曹础基:《庄子浅注》,第7页。
② 《庄子·逍遥游》,曹础基:《庄子浅注》,第9页。
③ 《庄子·逍遥游》,曹础基:《庄子浅注》,第2页。
④ 《庄子·秋水》,曹础基:《庄子浅注》,第240页。
⑤ 《庄子·则阳》,曹础基:《庄子浅注》,第393页。

"大"是一种超越,是对"道"的通同,使精神的游履和思维摆脱局限、偏颇、个别的狭隘,以及限于表层、具体的肤浅。

在思维时空的拓展与层次提升、视角转换方面,《秋水》篇百川灌河之秋为水势浩大自鸣得意的黄河神,在入海处面对无边际的汪洋自惭形秽。北海神若开导他说:"井蛙不可以语于海者,拘于虚也;夏虫不可以语于冰者,笃于时也;曲士不可以语于道者,束于教也。"强调必须超越身观的时空局限,解除知识经验承传给人的束缚,才能实现思维方式和观念意识上的突破,去体认自然含蕴的大道。再从万川归于大海推演到人、物比形天地的大小悬殊:"犹小石木之在大山","四海在天地之间""似罍空之在大泽","中国之在海内""似稊米之在大仓",人不过是芸芸众生中的一员,"似毫末之在于马体"①! 从天地万物的存在和演化运行的宏观角度看,三王五帝仁人贤能的作为其实很渺小;伯夷求得的名声、孔子显示的博学也像河伯以秋水自负一样不足道。

"曲士不可以语于道者,束于教也"指曲守一隅的士人在身观时空局限之外的另一种局限:即承传知识经验和观念意识(包括"天经地义"的伦常说教和因利势之争造成的门户之见)带来的局限。庄子对以往的经验、常识、规范以及各家学说、种种结论的真理性提出质疑,即使前贤时彦确有所得,确有建树,也难免受所处时代与讨论对象以及理论视角、倾向等方面的影响而有所局限,应当在不断修正、更新和丰富中去完善之。

"尚大不惑"在学术思想上的意义,是以博大心胸克服偏颇、狭隘门户之见的包容,是对各家优长的兼收并蓄。《老子》有"以其终不自为大,故能成其大"②和"圣人终不为大,故能成其大"③之语,也可视为是对各守一隅论争的纠偏。《庄子·天下》篇所论是这方面"尚大"最好的佐证:

> 天下多得一察焉以自好。譬如耳目鼻口,皆有所明,不能相通。犹百家众技也,皆有所长,时有所用。虽然,不该不遍,一曲之士也。判天地之美,析万物之理,察古人之全,寡能备于天地之美,称神明之容。是故内圣外王之道,闇而不明,郁而不发,天下之人各为其所欲焉以自为方。悲夫,百家往而不反,必不合矣! 后世之学者,不幸不见天地之纯,古人之大体,道术将为天

---

① 《庄子·秋水》,曹础基:《庄子浅注》,第237-238页。
② 《老子·三十四章》,陈鼓应:《老子注译及评介》,第200页。
③ 《老子·六十三章》,陈鼓应:《老子注译及评介》,第306页。

下裂。①

"道术"不容割裂!"大体"就指道"备于天地之美,称神明之容"的全面性、完整性和根本性。随后分别介绍了虽不免偏狭却"皆有所长,时有所用"的各家学说,历数其建树,都给予充分肯定,其包容性在先秦诸子中无人可及。

《知北游》中说:"人之生,气之聚也。聚则为生,散则为死。"②联系到"生物之以息相吹"、"通天下一气"和《齐物论》的庄周梦蝶、《刻意》的"生也天行,死也物化"③(生命以不同存在形式更代)以及"种有几"(物种由生命因子的承传而进化)等论可知,庄子论中万物无论巨细,皆有生命性的内涵。可见庄子在生命观方面也是"尚大"的。既窥测生命现象之几微,关注人类走出蒙昧以来社会历史发展中出现的异化现象,也思考人类生存发展的前景和归宿。

从根本上说"尚大"之大是道之大,是精神境界之大。"尚大"就是尚超越。

《天道》篇说:"夫天地者,古之所大也,而黄帝、尧、舜所共美也。"④《知北游》则云:"天地有大美而不言。"⑤天地万物的生成演化呈显大道,其"大美"蓄蕴于无限壮丽的大自然图景之中。

与人类社会既分离而又密切联系的是大自然,最为切近的就是相对独立于世俗政治之外的山林田园。《知北游》通过孔子之口说:"山林与!皋壤与!使我欣欣然而乐与!"⑥《外物》篇更由庄子自己出面说:"大林丘山之善于人也。"⑦人是天之骄子,所处的自然环境亿万年以来最适宜人类的生存发展,所以才有傲视众生独霸地球的今天。因而,在天成的"山林皋壤"中人原本不乏快适欣悦的生命体验,何况这里没有世俗社会生活难免的种种忧患、困扰和痛苦、不幸。

庄子"尚大"对于文学艺术创造的意义,更在于推崇人生命精神境界的"大",对士人人生道路的指引。受儒家思想传统影响,古代士人几乎都把修齐治平积极入世作为理所当然的人生选择。《逍遥游》至人、神人、圣人的"无己""无功""无名"则昭示出一条超越世俗政治和名利束缚的人生境界,鼓吹士人顺适自然、让生命精神作无所"待"的"逍遥游"。《刻意》说:"语大功,立大名,礼君臣,正上下,为

---

① 《庄子·天下》,曹础基:《庄子浅注》,第494页。
② 《庄子·知北游》,曹础基:《庄子浅注》,第323页。
③ 《庄子·刻意》,曹础基:《庄子浅注》,第228页。
④ 《庄子·天道》,曹础基:《庄子浅注》,第188页。
⑤ 《庄子·知北游》,曹础基:《庄子浅注》,第325页。
⑥ 《庄子·知北游》,曹础基:《庄子浅注》,第340页。
⑦ 《庄子·外物》,曹础基:《庄子浅注》,第416页。

治而已矣。此朝廷之士,尊主强国之人,致功并兼者之所好也。就薮泽,处闲旷,钓鱼闲处,无为而已矣。此江海之士,避世之人,闲暇者之所好也。"①是庄子指出的士人人生道路、生命价值的两种选择。无为的"江海之士""就薮泽,处闲旷",就是摒弃功名利禄,不作"礼君臣,正上下"、以有为之治"尊主强国"的"朝廷之士",而是依傍远离市朝的山林水泽,回归大自然的怀抱。

《徐无鬼》的"尚大不惑"正是在指出文种眼光短浅不能自保之后提出来的。只知眼前政治功利,全然不知君主本性、君臣关系和政治险恶的文种显然是"惑"的,远不如范蠡远见卓识之"大",能功成身退飘然而去。《齐物论》"大梦大觉"之喻,也可以说是针对人生真谛的大彻大悟,实现生命精神境界上的超越而言的。

古代中国描绘山水和田园生活的诗文绘画在世界文学艺术史上独树一帜,达到极高的艺术境界,不能不承认与庄学尚自然、尚超越的"尚大"理念相关。

(2) 对世俗的超越

《老子》中的"清静无为"和尚"自然"主要是针对统治者对人民的"治理"和烦扰提出来的。在动荡的社会和充满权谋狡诈的残酷纷争面前,老庄意识到生存的艰危。《老子》十三章感慨:"吾所以有大患者,为吾有身。及吾无身,吾有何患?"②《庄子·人间世》也说过:"方今之时,仅免刑焉。"③《逍遥游》和《山木》中都大谈散木的"无所用,亦无所患",既表现出不可能改变现状的无奈,更是一种身处乱世全身远害的明智选择。

庄子推崇的得道之士都是超尘脱俗者,本人也算得上遗世独立。一方面站在宏观立场把人类看作宇宙万物的一分子,另一方面又强调个人对世俗社会的超越。对追求个人精神自由、遗世独立的肯定与儒、墨、法的群体、社会、国家利益至上是有很大区别的。《在宥》中说:

> 世俗之人,皆喜人之同乎己而恶人之异于己也。同于己而欲之,异于己而不欲者,以出乎众为心也。夫以出乎众为心者,曷常出乎众哉!因众以宁所闻,不如众技众矣。……出入六合,游乎九州,独往独来,是谓独有。独有之人,是谓至贵。④

对世俗喜同恶异的批判,以"独有"为至贵,包含对个性对生命个体精神自由

---

① 《庄子·刻意》,曹础基:《庄子浅注》,第 227 页。
② 《老子·十三章》,陈鼓应:《老子注译及评介》,第 109 页。
③ 《庄子·人间世》,曹础基:《庄子浅注》,第 69 页。
④ 《庄子·在宥》,曹础基:《庄子浅注》,第 156 页。

第一章 文论范畴生成的文化背景与思想渊源

的肯定,但庄子绝非唯我的极端利己主义。大道无私,庄子主张尊重任何人和事物的自然天性。在《庄子》故事中,无论他本人还是那些得道怀德之士,都毫无损人害物的思想行为;相反,倒是每每向沉溺世俗观念迷失自我者棒喝和迷途指津。

《养生主》的寓言说,草泽之雉宁肯在"十步一啄,百步一饮"的艰苦环境中生活也不愿在牢笼中得到保养,对自由的珍视溢于言表。《秋水》中庄子说自己如同龟一样珍爱自由生命,宁愿生活在底层有"曳尾涂中"的艰辛也不愿死而留骨被供奉于庙堂。《达生》说:"弃世则无累。"又以为健全的生命应该追求"形全精复,与天为一"①。

《至乐》说:"至乐无乐,至誉无誉。"是谓"至乐"中无世俗之乐,获得最高荣誉反而没有世俗之誉。又说"吾以无为诚乐矣,又俗之大苦。"②都凸显出其思想境界与世俗的悬隔。《田子方》中讲述老聃对孔子说:"吾游心于物之初","夫得是,至美至乐也","得至美而游乎至乐,谓之至人。"③于是孔子领悟到自己未能认识"天地之大全"。

庄子拓展出博大的视野和思维空间,描述了更高的生命境界,企望世人超越世俗的偏狭、琐屑、庸俗、浮躁、杂芜、伪诈与残暴,在体道中获得精神的解脱和自由。

《老子》十二章说过:"五色令人目盲,五音令人耳聋,五味令人口爽。"八十一章有"美言不信,信言不美"④之论,似乎是对美、对艺术的否定。庄子也曾极度夸大美丑的相对性,如《齐物论》的"举莛与楹,厉与西施,恢诡谲怪,通道为一"⑤。庄子是在强调"自然"即美,天成者皆美。其精髓是对自由审美意识的推崇,可谓是审美意识的一次革命性飞跃。庄子否定的是浅薄平庸刻板的世俗审美意识、审美方式和审美标准,指出美丑的相对性和互相转化的特点,要求人们从表层走向深入,走向本质,走向变异。

老庄不以世俗的是非为是非,不以世俗的巧拙智愚为巧拙智愚,不以世俗之美丑为美丑,是对习惯思维方式、常规、标准的否定和批判。他们追求和充分肯定精神活动的自由,主张遗其关系和限制,以超然的态度把握宇宙万物。道家超然于"法度"之上的特点早已被司马谈发现。在古代的文艺理论中对世俗观念和规

---

① 《庄子·达生》,曹础基:《庄子浅注》,第270页。
② 《庄子·至乐》,曹础基:《庄子浅注》,第259页。
③ 《庄子·田子方》,曹础基:《庄子浅注》,第311页。
④ 《老子·八十一章》,陈鼓应:《老子注译及评介》,第361页。
⑤ 《庄子·齐物论》,曹础基:《庄子浅注》,第24页。

范的超越则往往表现为对传统模式和法度的突破与超越。

（3）对自我的超越

对自我的超越指对自我一切有碍自然、有碍无待的感官和心理欲求、情结、知识观念的超越。这种主体境界的自我提升是根本性的，难于对世俗、对外在环境的超越。然而唯有实现这种超越才能最终获得精神的自由。《天地》篇说："忘乎物，忘乎天，其名为忘己。忘己之人，是谓入于天。"①

"死生亦大"，人类自从有了自我意识以来就有对生命有限性的忧惧、伤感和无奈。庄子不是通过神学和宗教的慰藉来消解这个人类永恒的情结，而是主张"一生死，齐万物"，引导人们从自然大化的角度去求得解脱，淡化死亡不可避免在人们心灵深处留下的阴影。

《齐物论》强调："天地与我并生，而万物与我为一。"又说：

> 丽之姬，艾封人之子也。晋国之始得之也，涕泣沾襟；及其至于王所，与王同筐床，食刍豢，而后悔其泣也。予恶乎知夫死者不悔其始之蕲生乎！②

骊姬出嫁时悲伤地哭泣，后来受晋君宠爱才后悔当初不该如此。庄子的这个故事说明：活着的人谁也没有经验过死，怎么知道死后不会后悔当初一味求生呢？《大宗师》中也有一个寓言："子桑户、孟子反、子琴张、子来相与为友"，体认"死生存亡之一体"，认为生死来归是自然变化中之必然，所以子桑户死，二友临户而歌。③ 也许是生命形式的变换，人死后可能变为鼠肝虫臂，或如庄周梦蝶式的转换。《至乐》写道，庄子妻死鼓盆而歌，以为生死不过是气之聚散。其后甚至让髑髅说出一番道理："死无君于上，无臣于下"，有"南面王"不能过之乐，所以连复生也不愿意④。南面称孤道寡的君主活在世上尚有甚于髑髅的烦扰苦闷，更何况一般臣民！

人有生老病死的痛苦，美好的东西不能永恒，欲望不能满足、才智抱负不能施展，更无须说政治的黑暗、社会的不公、世俗对人性的扭曲……只有摒弃一切身外之物，淡化世俗观念和情感，在精神上实现对它们的超越，把自己看作自然万物的一分子，悟到生死不过是自然演化的形式和必然过程，淡化以至忘却物我的差别，才能淡化和摆脱对死的恐惧和悲哀，进而享受自然赋予的生命的乐趣。《养生主》

---

① 《庄子·天地》，曹础基：《庄子浅注》，第172页。
② 《庄子·齐物论》，曹础基：《庄子浅注》，第38页。
③ 《庄子·大宗师》，曹础基：《庄子浅注》，第103页。
④ 《庄子·至乐》，曹础基：《庄子浅注》，第263页。

有"生也有涯"的慨叹,提出"为善无近名,为恶无近刑。缘督以为经,可以保身,可以养亲,可以尽年"①。庄子特重养生(以合乎自然的方式营卫身心),曾反复强调得尽"天年"(安享天赋的年寿)为上。

超越生死,除了能消解心灵深处的忧惧而外,还可以在顺遂大化的同时体味和认同自然万物的生命性内涵。超越世俗伦理和荣辱观,从高踞天外的角度审视人生,有助于抚慰那些在社会生活中遭受挫折、创痛的士人,使之转向大自然,回归自我,获得精神的解脱。庄子珍惜自然赐予的生命,接受自然的启示,体认万物运作的内蕴和宇宙精神。……以物观物、物我两忘、无我之境等艺术境界正是在生命意识泛化的基础上产生和扩大影响的。

庄子追求"无待"和"以天合天",提出"适"的范畴:

> 若狐不偕、务光、伯夷、叔齐、箕子、胥馀、纪他、申徒狄,是役人之役,适人之适,而不自适其适者也。②

> 夫不自见而见彼,不自得而得彼,是得人之得而不自得其得者也,适人之适而不自适其适者也。夫适人之适而不自适其适,虽盗跖与伯夷,是同为淫僻也。③

> 工倕旋而盖规矩,指与物化而不以心稽,故其灵台一而不桎。忘足,履之适也;忘要,带之适也;忘是非,心之适也;不内变,不外从,事会之适也。始乎适而未尝不适者,忘适之适也。④

"适"指适应、宜和于环境和生存需求,以及由此带来的宽松自由、舒适满足的生命体验和精神状态。庄子把"适"分为三类:"适人之适"指适应他人的需要,满足他人的意愿,为他人所用,如狐不偕、务光、箕子等贤人即按照他人(社会)的价值标准改造自己。庄子认为这样会为世俗观念所牢笼,丧失本我,丧失独立人格。"自适其适"则摆脱了世俗观念、成法和规矩的束缚,满足发展自我天性、独立人格的需要,自由地伸张、求索,进入这种心灵的自由境界,才能真正发现和维护自我价值,获得非凡的审美创造力。"忘适之适"是悟道的最高境界,又是对"自适其适"的超越,"不内变,不外从",无须求索、无须维护而自然相"适","忘我""丧我"而与物无差别,达于"以天合天"的至境。

---

① 《庄子·养生主》,曹础基:《庄子浅注》,第42页。
② 《庄子·大宗师》,曹础基:《庄子浅注》,第89页。
③ 《庄子·骈拇》,曹础基:《庄子浅注》,第127页。
④ 《庄子·达生》,曹础基:《庄子浅注》,第286页。

《达生》中"佝偻承蜩""津人操舟"和"梓庆削木为鐻"几个寓言说,有一技专精者所以能"达道",在于他们"用志不分,乃凝于神",操作技巧上重"内"而不重"外",制作上"以天合天",于是达于"神"的境界。这种与"忘适之适"相通的境界似乎并非高不可攀。孔子说过"从心所欲,不逾矩"①的话,与庄子所谓"忘适之适"有某种类似处。但孔子心目中尚有无形的"矩",而庄子的"忘适之适"则出于自然而然的"以天合天"。《庄子》中"适"的三个层次对后来"内游""外游"的区别,以及艺术境界的分类可能也有所启发。

《齐物论》说:"古之人,其知有所至矣。恶乎至?有以为未始有物者,至矣,尽矣,不可以加矣。"②郭象认为这种"未始有物"之知,"忘天地,遗万物,外不察乎宇宙,内不觉其一身",可知是一种以物观物、物我两忘的境界。

主体高层次的审美创造必须在自由的精神境界中才能合规律地完成。庄子的哲学思辨可以视为艺术的、审美的思辨,比《老子》规定的哲学原则更贴近美学,甚至与美学水乳交融。《庄子》中若干范畴与命题,既属于哲学,也属于美学。

还应注意,"游""忘""适""无待"等范畴的提出,区别于混沌恍惚对于雕琢割裂、大对于小、"象"对于"形"、"无"对于"有"的高下之分;其核心都是对人为、对世俗的超越,寻回自然之本真,获取精神的自由。《天运》将论"道"的话语称为"迹",指出:"夫迹,履之所出,而迹岂履哉!"③"道"不可言说,"迹"与"履"两者不是一回事。《大宗师》中出现的"坐忘"组合上也很妙:"坐"凸显的是身观时空的局限,而"坐忘"结合强化了对时空局限的化解和突破。《人间世》所谓"坐驰"也是身坐心驰的意思,可以相印证。

庄子的哲学思辨可以说是以艺术化的方式展开的,既遗其关系,就不用逻辑的思考去把握世界,而是以其极敏感、极有悟性的心灵去捕捉、体味一切,以近似审美的直觉在现象中寻求疑点和启示,其否定和质疑本身就已贯穿或完成了自己对宇宙人生的思考。

第三节 先秦:传统文学观成型前文论概念的不同渊源

除了在上面讨论中已经介绍的"气"与"神形"等以外,先秦典籍中还出现了

---

① 《论语·为政》,杨伯峻:《论语译注》,第12页。
② 《庄子·齐物论》,曹础基:《庄子浅注》,第26页。
③ 《庄子·天运》,曹础基:《庄子浅注》,第224页。

一些常用于文论的理论范畴。以下对它们的生成和意义略作考察。

一、源于哲学者

1."象"

"象"本为象形字,是热带生长的大象的形状。《说文解字》云:"象,长鼻牙,南越大兽,三年一乳,象耳牙四足之形。"据研究,远古时代,黄河流域是亚热带气候,曾生长大量的大象,后来大象随着热带南移而迁徙,北方大象遂绝迹。不过,《尚书·说命上》记殷高宗武丁梦得贤相傅说之事有云:"乃审厥象,俾以形旁求于天下。"①其"象"当指梦中人的形貌而言。先秦典籍中的"象"虽诉诸感官(主要是视觉),然而多为浑成模糊者:《左传·宣公三年》记王孙满奉周定王命劳楚子,楚子问鼎之大小轻重的故事,王孙满在对问中曾说到"铸鼎象物"②;《周礼·春官·大司乐》有"六变而致象物及天神"③;《国语·周语下》亦有"厘改制量,象物天地"④。其中"象物"之"物"指天地万物,而"象"则为摹拟、取法的意思。也有用为类比与征兆意义的"象",比如《周礼·春官·大卜》的"二曰象"《注》引郑众曰:"象谓灾变云物,如众赤鸟之属,有所象似。"⑤《左传·昭公六年》有云:"火如象之,不火何为?"⑥在《老子》中则常以浑成模糊的"象"比拟和形容至上的"道":比如十四章有"是谓无状之状,无物之象,是谓惚恍"⑦;二十一章有"道之为物,惟恍惟惚。惚兮恍兮,其中有象;恍兮惚兮,其中有物"⑧;三十五章有"执大象,天下往"等。河上公注"执大象"时直言:"象,道也。"⑨《周易·系辞上》中"象"出现频繁,如:

> 天尊地卑,乾坤定矣。卑高以陈,贵贱位矣。动静有常,刚柔断矣。方以类聚,物以群分,吉凶生矣。在天成象,在地成形,变化见矣。
>
> 圣人有以见天下之赜,而拟诸其形容,象其物宜,是故谓之象。
>
> 参伍以变,错综其数。通其变,遂成天地之文。极其数,遂定天下之象。

---

① 《尚书·说命上》,黄怀信注训:《尚书注训》,第142页。
② 《左传·宣公三年》,杨伯峻:《春秋左传注》,第669页。
③ 《周礼·春官·大司乐》,[汉]郑玄注,[唐]贾公彦疏:《周礼注疏》,第584页。
④ 《国语·周语下》,第68页。
⑤ 《周礼·春官·大卜》,[汉]郑玄注,[唐]贾公彦疏:《周礼注疏》,第639页。
⑥ 《左传·昭公六年》,杨伯峻:《春秋左传注》,第1277页。
⑦ 《老子·十四章》,陈鼓应:《老子注译及评介》,第114页。
⑧ 《老子·二十一章》,陈鼓应:《老子注译及评介》,第148页。
⑨ 《老子·三十五章》,陈鼓应:《老子注译及评介》,第203页。

非天下之至变,其孰能与于此?

见乃谓之象,形乃谓之器,制而用之谓之法,利用出入,民咸用之谓之神。是故易有太极,是生两仪。两仪生四象,四象生八卦,八卦定吉凶,吉凶生大业。是故法象莫大于天地,……

是故天生神物,圣人则之。天地变化,圣人效之。天垂象,见吉凶,圣人象之。河出图,洛出书,圣人则之。①

凡形现于外者皆可曰象,如气象、星象。此处的"在天成象"即指天象。"见乃谓之象"之《注》云:"兆见曰象。"其"象"虽就兆象而言,但与"形乃谓之器"对举表明,模糊浑成的"象"与具体有形的"器"相对应。而《系辞上》另一些地方的"象"则是卦象之象,如"圣人设卦观象","吉凶者,失得之象也。悔吝者,忧虞之象也。变化者,进退之象也。刚柔者,昼夜之象也","君子居则观其象而玩其辞"之类。②《系辞下》的"易者,象也;象也者,像也"和"吉事有祥,象事知器"③则表明:作《易》者有从感性方面入手用"象"作比拟给观照者以启示的用意。看来,卦象所以称"象",一则因阴爻(--)和阳爻(—)组成了诉诸视觉的线条符号;二则因为它可以用作比拟和象征。

《易传》中"象"有两种词性。如"天垂象,……圣人象之",前者是名词,指诉诸感官具有深邃模糊内涵的状貌、印象。后者是动词,是依"象"而作意想,乃至创制("立")卦象去体现之、象征之。"象"用为动词,则是对体认对象的仿效、摹拟或象征,是对"象"中启示、征兆、特征的领悟、效法与展示,故有"象天地""圣人象之"之语。"拟诸其形容,象其物宜,是故谓之象"中,前者用为动词,是摹拟、象征的意思;后者是名词,指卦象。

"象"是浑融的,它感性与理性兼容互补,不被个别和具体割裂,有不可穷尽的深邃涵容。对"象"的体认是一种虚拟和抽象。作为卦象,则已将庞杂混沌的对天地万物之"象"的体认和感悟概略为最简易的线条符号。

我们还可以对"象"与"形"略作辨析;了解"象"与"意"最早的联系,以及以"象"达"意"说之源起。

"象"与"形"的内涵有交叉也有区别。"象"是人对外部世界的一种总体印

---

① 《周易·系辞上》,黄寿祺、张善文:《周易译注》,第493页、第517页、第519页、第520页、第526页。
② 《周易·系辞上》,黄寿祺、张善文:《周易译注》,第496页。
③ 《周易·系辞下》,黄寿祺、张善文:《周易译注》,第539页、第562页。

象,它浑成模糊,能给人丰富而精微的体验和感悟,启发、引导、参与思维。"象"与"形"的把握虽然都离不开感官感受,但两者有区别:"象"模糊浑成,常与给人感悟、启示的整体印象相联系;"形"则具体实在,常常是可触可摸,可以区界与描摹;"象"冲虚而"形"质实。故"道"在老子那里得以"大象"形容,而"形"则常与"器"通同、连用。"象"的混沌凸显的是模糊性和整体性,有更多超然形质的抽象内涵。故《周易·系辞上》说:"在天成象,在地成形。"①《老子》有"大象无形"之论。

与文学语言相比,乐曲音响传达的意蕴和美感一般较为模糊抽象,在风化上也更显浑沦,故乐论有用"象"之宜。《乐记》有《乐象篇》;《荀子·乐论》除论到"声乐之象"外,还曾说:"凡奸声感人而逆气应之,逆气成象而乱生焉。正声感人而顺气应之,顺气成象而治生焉。唱和有应,善恶相象,故君子慎其所去就也。"②

《韩非子·解老》释"象"说:"人希见生象也,而得死象之骨,案其图以想其生也。故诸人之所以意想者,皆谓之象也。③（梁启雄《韩子浅解》注曰:"《易·系辞》:'象也者,像也。'《释文》:'象,拟也。'今语'想象'"。④)今道虽不可得闻见,圣人执其见功以处见其形,故曰:'无状之状,无物之象。'"韩非以诸人"意想者"谓"象"耐人寻味! 于此"象"与想象、与意念有了关联。稍后《淮南子·要略》有了"喻意象形"一语。

"意象"后来成为具有鲜明民族特色的文论范畴。它显然与先秦时代对于"象"的运用有着密切的关系,是"象"概念的继承、发展与转化。

传统思维方式重视直观感受、联想类比,具有直觉与知觉、感性与理性统一的特点,这也充分表现在八卦的"以象明意"上面。《周易·系辞上》说:"子曰:'书不尽言,言不尽意。'然则圣人之意其不可见乎? 子曰:'圣人立象以尽意,设卦以尽情伪,系辞焉以尽其言,变而通之以尽利。'"⑤三国魏王弼《周易略例》释云:"夫象者,出意者也;言者,明象者也。尽意莫若象,尽象莫若言。"⑥古人认为"象"在内涵和指向上的模糊性有利于涵盖比"言"更宽泛深邃的"意"。这大概是以爻象作八卦的缘故。《系辞下》的"古者包牺氏之王天下也,仰则观象于天,俯者观法于地,观鸟兽之文与地之宜,近取诸身,远取诸物,于是始作八卦,以通神明之德,以

---

① 《周易·系辞上》,黄寿祺、张善文:《周易译注》,第493页。
② 《荀子·乐论》,[清]王先谦:《荀子集解》,第381页。
③ 《韩非子·解老》,[清]王先慎集解、姜俊俊校点:《韩非子》,第174页。
④ 梁启雄:《韩子浅解》,北京:中华书局,1960年,第158页。
⑤ 《周易·系辞上》,黄寿祺、张善文:《周易译注》,第526页。
⑥ [魏]王弼:《周易略例》,楼宇烈:《王弼集校释》,第609页。

103

类万物之情"①表明,当需要总结归纳对事理的认识,反映事物现象的属性、本质、联系和运作规律的时候,古人选择了"象"这种最简明易感的符号来进行概括。八卦图像所"类"所"通"的可以是万物的属性和本质,是主宰一切的宇宙精神和规律,故云:"通神明之德,类万物之情"。以"象"代"言"尽管在达意上也还不是尽善尽美的,却是一种胜过其他媒介的最佳选择,这种选择不啻一种智慧的反映,也道出了古代名学"不舍象"的所以然。

《易》学中"言""意""象"的关系论是为帮助人们全面深入理解卦象的意旨而提出来的,与后世以言、意、象讨论文学表达不同,但毕竟出现了"言不尽意"、"立象尽意"等重要命题,从一个角度梳理了言、象、意三者的关系,给后世文学理论实践以深刻启示与巨大影响。

2. "道"、"德""理"

梳理"道"与"德""理"的本义和引申义,有助于了解这些来自哲学领域的概念之间的联系与区别:"道"的本义是路,引申的抽象义则有所导向、所欲达之至境、至理,以及殊途同归的必由之径的意蕴。"德"者,"得"也,是"道"在某一具体领域的体现,有"得道"的内涵;在儒学中的"道德"凸显着仁义伦常的理念。"理"的本义是玉之天然纹理结构,加工(切割雕琢)坚硬的玉必须依纹理才能成功,故最初是以"治(加工)玉"为理。引申出的抽象义有事物的外在纹理、结构条理、内在义理以及治理等方面的内涵。

对文学现象的考察论说涉及其本质和艺术规律、美学追求、社会理想,自然会与"道""德""理"相联系。

"道":《说文解字》曰:"道,所行道也,从辵首;一达谓之道。"《尔雅》说"一达谓之道"。《易·履》有"履道坦坦。"②《释名·释道》:"一达曰道路。道,蹈也;路,露也;言人所践蹈而露见也。"《周礼·地官·遂人》:"百夫有洫,洫上有途;千夫有浍,浍上有道;万夫有川,川上有路。"注:"途容车一轨,道容二轨,路容三轨。"③《老子·五十三章》说:"大道甚夷,而民好径。"④《中庸》:"道也者,不可须

---

① 《周易·系辞下》,黄寿祺、张善文:《周易译注》,第533页。
② 《易·履·九二》:"履道坦坦,幽人贞吉。"孔颖达《周易正义》曰:"履道坦坦者,坦坦,平易之貌。九二以阳处阴,履于谦退。已能谦退,故履道坦坦者,易无险难也。幽人贞吉者,既无险难,故在幽隐之人,守正得吉。"
③ 《周礼·地官·遂人》,[汉]郑玄注、[唐]贾公彦疏:《周礼注疏》,第392页。
④ 《老子·五十三章》,陈鼓应:《老子注译及评介》,第268页。

第一章 文论范畴生成的文化背景与思想渊源

臾离也",《章句》:"道者,日用事物当行之理。"①《庄子·缮性》:"道,理也。"②《韩非子·解老》:"道者,万理之所稽也";"万物之所然也"。③"道"还有导、通达之义。

"德":《广雅·释诂三》曰:"德,得也。"《释言·释言语》:"德,得也,得事宜也。"《礼记·乐记》:"德者,得也。""德者性之端也。"④《论语·子张》:"大德不逾闲,小德出入可也。"⑤《庄子·天地》:"通于天地者,德也"⑥;《庚桑楚》:"生者德之光也。"⑦《韩非子·解老》:"德也者,人之所以建生也。"⑧《易·乾》:"君子进德修业。"⑨《周礼·地官·师氏》:"以三德教国子。"⑩"德"又指道德伦常和德行,如:"德行,内外之称,在心为德,施之为行。"《大戴礼记·四代》:"有天德,有地德,有人德:此之谓三德。"《韩诗外传五》:"至精而妙乎天地之间者,德也。"⑪《系辞下》:"通神明之德。"⑫《中庸》:"鬼神之为德其盛矣乎。"⑬《管子·心术》:"化育万物谓之德。"⑭"德"每通于"道",又与"道"有区别,"道"是至上、无限宏深和浑融不可割裂的,"德"则往往是"道"在某一领域之精神内涵和功用的具体体现。故有"得事宜",能分"五德"、"三德",有大小。

"理":《说文解字》曰:"理,治玉也。从王里声。"《段注》:"理为剖析也。玉虽至坚,而治之得其?理,以成器不难,谓之理。"《玉篇》:"理,道也。"《广韵》:"理,义理。"《易·系辞上》:"易简而天下之理得矣。"⑮有时指纹理和条理,《集韵》:"理,一曰文也。"《系辞上》:"俯以察地理。"⑯《疏》:"地有山川原隰,各有条理,故

---

① [宋]朱熹:《四书章句集注》,第17页。
② 《庄子·缮性》,曹础基:《庄子浅注》,第232页。
③ 《韩非子·解老》,[清]王先慎集解、姜俊俊校点:《韩非子》,第173页。
④ 《礼记·乐记》,[汉]郑玄注、[唐]孔颖达疏:《礼记正义》,第1259页、第1295页。
⑤ 《论语·子张》,杨伯峻:《论语译注》,第201页。
⑥ 《庄子·天地》,曹础基:《庄子浅注》,第161页。
⑦ 《庄子·庚桑楚》,曹础基:《庄子浅注》,第359页。
⑧ 《韩非子·解老》,[清]王先慎集解、姜俊俊校点:《韩非子》,第166页。
⑨ 《周易·说卦》,黄寿祺、张善文:《周易译注》,第571页。
⑩ 《周礼·地官·师氏》,[汉]郑玄注、[唐]贾公彦疏:《周礼注疏》,第348页。
⑪ 《韩诗外传·五》,魏达纯:《韩诗外传注》,长春:东北师范大学,1993年,第192页。
⑫ 《周易·乾卦》,黄寿祺、张善文:《周易译注》,第13页。
⑬ 《礼记·中庸》,[汉]郑玄注、[唐]孔颖达疏:《礼记正义》,第1675页。
⑭ 《管子·心术上》,[唐]房玄龄注、[明]刘绩补注、刘晓艺校点:《管子》,第263页。
⑮ 《周易·系辞上》,黄寿祺、张善文:《周易译注》,第493页。
⑯ 《周易·系辞上》,黄寿祺、张善文:《周易译注》,第500页。

105

称理也。"《孟子·告子上》："心之所同然者何也？谓理也，义也。"①《中庸》："文理密察。"《章句》："理，条理也。"②戴震《孟子字义疏证》说："理者，察之而几微必区以别之名也，是故谓之分理，在物之质曰肌理、曰腠理、曰文理；得其分则有条而不紊，谓之条理。"《荀子·正名》："形体色理。"《注》："理，文理也。"③《荀子·正名》："道也者，治之经理也。"《注》："理，条贯也。"④《韩非子·解老》："理者，成物之文也。""万物各异理而道尽。"⑤韩非认为，"理"多针对具体事物而言，"道"则是涵盖包容一切的至理和事物的普遍规律，二者有所不同。在古代哲学典籍中，"理"一般指事物的义理、条理、规律或准则。

"道"是老子哲学和美学的中心范畴和最高范畴。老子认为，"道"是宇宙万物的根源、本体和生命所在。

"自然"是"道"的本质属性。《老子》二十五章："人法地，地法天，天法道，道法自然。"⑥是说人效法地，地效法天，天效法道，道是终极存在，在它之上、之前，没有其他的存在物，因此它不能效法也无须效法其他东西，只是顺乎一切事物现象的本性，顺乎规律，遂其自身固有的性质和变化历程。汉代的河上公注"道法自然"时所谓"道性自然，无所法也"就是这种说法的代表。其实，"道法自然"也可以这样理解："道"是天地万物之本然及其自然演化的体现，对于"道"人们只能在自然无可穷尽展现的启示下不断去体认感悟。因此老子才有"道可道，非常道"的论断。

"自然"与"天""无为"通同，与"人""有为"相对。《庄子·秋水》中说："牛马四足，是谓天；落（络）马首，穿牛鼻，是谓人。"⑦万物各有天成的本性，这种本性就是自然。政治上有违自然的人为会干扰人民的正常生活；士人追逐世俗的功名利禄则会失去自然本性。也可以说"无为"与"道"相合，即是"自然"的境界。

在文学艺术领域，儒家与仁义伦常关联的"道"重在文学内容宗旨之崇高；老庄倡自然天成之"道"则重在内容的真朴和表现上不违背客观规律的自然而然。

---

① 《孟子·告子上》，杨伯峻：《孟子译注》，第261页。
② [宋]朱熹：《四书章句集注》，第38页。
③ 《荀子·正名》，[清]王先谦：《荀子集解》，第415页。
④ 《荀子·正名》，[清]王先谦：《荀子集解》，第423页。
⑤ 《韩非子·解老》、[清]王先慎集解、姜俊俊校点：《韩非子》，第173页。
⑥ 《老子·二十五章》，陈鼓应：《老子注译及评介》，第163页。
⑦ 《庄子·秋水》，曹础基：《庄子浅注》，第248页。

3. "和"与"同"

"和"的概念出现较早,《尚书·无逸》中已有"咸和万民"[1],虢文公说过"媚于神而和于民"[2]。孔子的学生有若说过:"礼之用,和为贵。"[3]追求天人、君臣上下以至"万民"的和谐一直是古代社会政治的理想,合乎我们民族传统的心理诉求。《老子》解释万物的生成演化说:"万物负阴而抱阳,冲气以为和。"[4]阴阳两种对立因素在矛盾运动中实现统一与和谐。

音乐讲究和谐之美,所以很早就用"和"论乐。然而先秦的乐论大多与礼乐教化紧密联系在一起。《尔雅》说:"和乐谓之节。"《尚书·尧典》中"直而温,宽而栗,刚而无虐,简而无傲",揭示其典乐原则是"和","八音克谐,无相夺伦"体现的是"和",所以才能达到"神人以和"的效果[5]。《乐记·乐论》说:"大乐与天地同和,大礼与天地同节。和,故百物不失;节,故祀天祭地。……乐者,天地之和也;礼者,天地之序也。和,故百物皆化;序,故群物皆别。"[6]

"和"之理念的产生很可能也受了烹调食物滋味的启发。《吕氏春秋·孝行览·本味》载,伊尹以调味比喻政治说:"夫三群之虫,水居者腥,肉玃者臊,草食者膻:臭恶犹美,皆有所以。凡味之本,水最为始,五味三材,九沸九变;火为之纪:时疾时徐,灭腥去臊除膻,必以其胜,无失其理。调和之事,必以甘酸苦辛咸,先后多少,其齐甚微,皆有自起。"[7]事物皆有其短长,好的政治家能像烹调一样,去其偏颇、容留其优长,不失其合理的东西,行"调和之事"以至于"齐"(平衡协调、和谐)。《左传·昭公二十年》记载,齐国名相晏婴也以调味况喻政治:"和如羹焉:水、火、醯、醢、盐、梅以烹鱼肉,燀之以薪。宰夫和之,齐之以味,济其不及,以泄其过。君子食之,以平其心。君臣亦然。君所谓可,而有否焉,臣献其否,以成其可;君所谓否,而有可焉;臣献其可,以去其否。是以政平而不干。民无争心。故《诗》曰:'亦有和羹,既戒既平。……'"[8]以"济不及""泄其过"的做法以及"可"与"否"的相反相成的道理很好地说明了"和"的理想境界是如何达到的。

晏子论味中已经可以看到"和"与"同"优劣。然而,毕竟还不是两者的对举。

---

[1] 《尚书·无逸》,黄怀信注训:《尚书注训》,第253页。
[2] 《国语·周语上》,第14页。
[3] 《论语·学而》,杨伯峻:《论语译注》,第8页。
[4] 《老子·四十二章》,陈鼓应:《老子注译及评介》,第232页。
[5] 《尚书·尧典》,黄怀信注训:《尚书注训》,第25页。
[6] 《礼记·乐记》,[汉]郑玄注、[唐]孔颖达疏:《礼记正义》,第1267–1270页。
[7] 《吕氏春秋·本味》,张双棣等:《吕氏春秋译注》,第331页。
[8] 《左传·昭公二十年》,杨伯峻:《春秋左传注》,第1419页。

"和"与"同"作为两相对应的一组范畴出现显然有更深刻的哲学意义和美学内涵。《国语·郑语》记周太史伯在回答郑桓公"周其弊乎"(周王朝是否即将衰败)的问题时,曾发表了如下一段议论:

> 殆于必弊者也。《泰誓》曰:"民之所欲,天必从之。"今王弃高明昭显而好谗慝暗昧,恶角犀丰盈而近顽童穷固,去和而取同。夫和实生物,同则不继。以他平他谓之和,故能丰长而物归之;若以同裨同,尽乃弃矣。故先王以土与金、木、水、火杂,以成百物。是以和五味以调口,刚四支以卫体,和六律以聪耳,正七体以役心,平八索以成人,建九纪以立纯德,合十数以训百体,出千品,具万方,计亿事,材兆物,收经入,行姟极。故王者居九垓之田,以经入以食兆民,周训而能用之,和乐如一。夫如是,和之至也。于是乎先王聘后于异姓,求财于有方,择臣取谏工而讲以多物,务和同也。声一无听,物一无文,味一无果,物一不讲。①

史伯以五味相济、和谐统一而成美食的道理类推,将万物的生存繁衍、政治经济的运作、人身体健康的营卫、审美理想和造艺规律……总括为"和实生物,同则不继"的原则规律。

"同"是一律、雷同和排斥非我的绝对,至多能做到某一时段内量的增加,缺少能够产生新事物的变异因素和动力;"同"不能适应时势的不断变化,将必然走向绝灭,故言"不继"。而"和"有对多样个性的包容,是多种因素相辅相成或相反相成达到的平衡、和谐,是不同质、不同因素的对立统一,它是新事物新生命产生的前提。"和实生物,同则不继"是世间万物,也是美的事物生成演化更迭衰亡的普遍规律。

"以他平他"就是指不同因素的相互制约、相反相成和互补而达于协调平衡。《论语·子路》中也记有孔子的名言:"君子和而不同,小人同而不和。"②"和而不同"闪烁着学术上包容兼收的开放性和政治上的民主性辉光,也是公认的艺术创造原则。

4."文"与"质"

在前面"文"与"文章"之辨中已经知道,"文"的初始义指线条与不同色彩的交错,有诉诸视觉的美感:如《国语·郑语》云:"物一无文。"③《易传·系辞下》

---

① 《国语·郑语》,第347页。
② 《论语·子路》,杨伯峻:《论语译注》,第141页。
③ 《国语·郑语》,第347页。

云:"物相杂,故曰文。"①后来由此逐步引申,以至于自然界万事万物、人类社会的文化学术、书籍文献、伦理道德、典章制度、礼仪规范、言论辩说、诗乐歌舞、书法绘画、诗词篇章,乃至文治的成就(如《左传·昭公二十八年》云:"经天纬地曰文。"②),都被纳入"文"的指域,其含义之泛可以略同今天之所谓"文化"。刘师培在《广阮氏文言说》中说:"三代之时,凡可观可象,秩然有章者,咸谓之文。"③

"质"除了抵押之义而外,在先秦典籍中还有质地、质性、形质、本质、质朴方面的意思。《广雅·释言》曰:"质,地也。"《玉篇》说:"质,形也。"《集韵》云:"质,一曰朴也。"《礼记》中"质"出现多次,分别使用以上几种意义,它们的内涵不无内在联系:《郊特牲》有"大圭不磨,美其质也。"④《礼器》则说:"礼,释回(去邪辟),增美质。"《注》:"质,犹性也。"⑤《曲礼上》的"礼之质也"《注》曰:"质,犹本也。"⑥

"文"与"质"的对举,则是事物的外观、修饰和实质、内涵(甚至华丽与质朴)的对举;后来还引申成形式与内容的对应。

《雍也》中记录了孔子对"文"与"质"的属性和相互关系的认识:"质胜文则野,文胜质则史,文质彬彬,然后君子。"⑦此处"文"指文采;"质"质朴;"彬彬"为杂半之貌。南宋朱熹《论语集注》:"言学者当损有余,补不足,至于成德,则不期然而然矣"。⑧清刘宝楠《论语正义》:"礼,有质有文。质者,本也。礼无本不立,无文不行,能立能行,斯谓之中。"孔子此言"文",指合乎礼的外在表现;"质",指内在的仁德,只有具备"仁"的内在品格,同时又能合乎"礼"地表现出来,方能成为"君子"。文与质的关系,亦即礼与仁的关系。于此一则体现了孔子所竭力推崇的"君子"之理想人格;另一则反映了其一以贯之的中庸思想:既不主张偏胜于文,亦不主张偏胜于质;当不偏不倚,执两用中,而做到这点实属不易。《礼记·表记》中说:"子曰:'虞夏之质,殷周之文,至矣。虞夏之文,不胜其质;殷周之质,不胜其文;文质得中,岂易言哉?'"⑨

孔子的思想的核心是"仁",他倡导"礼"与"仁"、"文"与"质"、"美"与"善"的

---

① 《周易·系辞下》,黄寿祺、张善文:《周易译注》,第560页。
② 《左传·昭公二十八年》,杨伯峻:《春秋左传注》,第1495页。
③ 刘师培:《刘师培中古文学论集》,北京:中国社会科学出版社,1997年,第183页。
④ 《礼记·郊特牲》,[汉]郑玄注、[唐]孔颖达疏:《礼记正义》,第941页。
⑤ 《礼记·礼器》,[汉]郑玄注、[唐]孔颖达疏:《礼记正义》,第835页。
⑥ 《礼记·曲礼上》,[汉]郑玄注、[唐]孔颖达疏:《礼记正义》,第15页。
⑦ 《论语·雍也》,杨伯峻:《论语译注》,第61页。
⑧ [宋]朱熹:《四书章句集注》,第89页。
⑨ 《礼记·表记》,[汉]郑玄注、[唐]孔颖达疏:《礼记正义》,第1735页。

结合。他盛赞周代礼乐文化"郁郁乎文哉",谓《韶》乐"尽美矣,又尽善也",谓《武》乐"尽美矣,未尽善也"①。

"文质彬彬"是孔子提出的个人修养的准则,兼有道德与文化两方面的要求;用于文艺创作与批评中,就是要求充实内容与完美形式的结合。

孔子主张"文质彬彬",联系当时的实际,更加现实的问题是有重形式不重内容的风气或形式新异、内容贫乏的作品。因而孔子更关注防止华而不实的风气。从提出"辞达而已矣"可知,孔子认识到辞有传达思想,表达感情的功能,但当止于充分、准确的表达,而不应花言巧语、言过其实,以至喧宾夺主。这不仅有碍于交流与传播,也有碍于仁德思想的树立,"巧言令色,鲜矣仁"。《左传·襄公二十五年》记:"仲尼曰:《志》有之:'言之无文,行而不远'。"②谓言辞之美与言辞传播的关系,是对言辞之美功用的充分肯定。

《荀子·礼论》中说:"文理情用,相为内外表里,并行而杂,是礼之中流也。"③在先秦诗乐理论中正式揭橥"中和"之美的准则,并开启以后文学批评史上探讨"情"("质")、"文"关系的先河。

先秦墨家、法家学说尚用,在言辞上有重质轻文的思想倾向。《韩非子》在解释墨子为何"其言多不辩"的时候讲了"秦伯嫁女"、"买椟还珠"的故事,然后说:"墨子之说传先王之道、论圣人之言,以宣告人。若辩其辞,则恐人怀其文,忘其直(梁启雄注云:"《广雅》:'直,义也。'似指率直的义理。"),以文害用也。"其后又指出:"夫不谋治强之功,而艳乎辩说文丽之声,是却有术之士,而任坏屋折弓也。"④其《解老》篇中还直接以"文""质"入论:

> 礼为情貌者也,文为质饰者也。夫君子取情而去貌,好质而恶饰。夫恃貌而论情者,其情恶也;须饰而论质者,其质衰也。何以论之? 和氏之璧,不饰以五采;隋侯之珠,不饰以银黄。其质至美,物不足以饰之。夫物之待饰而后行者,其质不美也。⑤

老庄也属重"质"的一派。他们尚"素朴"、"天真",重"神"而轻(忽)"形",是对有失自然的修饰和人为的批判与抨击。

---

① 《论语·八佾》,杨伯峻:《论语译注》,第28页、第33页。
② 《左传·襄公二十五年》,杨伯峻:《春秋左传注》,第1106页。
③ 《荀子·礼论》,[清]王先谦:《荀子集解》,第357页。
④ 《韩非子·外储说左上》,[清]王先慎集解、姜俊俊校点:《韩非子》,第322页、第331页。
⑤ 《韩非子·解老》,[清]王先慎集解、姜俊俊校点:《韩非子》,第157页。

5. "势"

"势"这个概念在先秦出现比较早,在许多典籍和诸子的著述中都能见到,甚至立有专篇进行讨论。

《老子》五十一章说:"道生之,德畜之,物形之,势成之。"①其"势"是左右"物"运作的动因与外部条件(环境、格局)形成的合力。《庄子》也从环境、格局和发展势态的角度提到"势",如:

> 夫自细视大者不尽,自大视细者不明。夫精,小之微也;垺,大之殷也;故异便,此势之有也。
>
> 当尧、舜之时而天下无穷人,非知得也;当桀、纣之时而天下无通人,非知失也;时势使然。②
>
> 王独不见夫腾猿乎?其得楠、梓、豫章也,揽蔓其枝而王长其间,虽羿、蓬蒙不能眄睨也。及其得柘、棘、枳、枸之间也,危行侧视,振动悼栗,此筋骨非有加急而不柔也,处势不便,未足以逞其能也。③

据《孟子·离娄》载,公孙丑曾经问孟子,为何君子"不教子"?孟子的回答是"势不行也"④。就是以为父亲的身份使"教"有所不便,会影响"教"的效果和正常的父子关系。

《管子·形势》说:"天不变其常,地不易其则,春秋冬夏不更其节,古今一也。""其功顺天者,天助之;其功逆天者,天围(违)之。天之所助,虽小必大;天之所围,虽成必败。顺天者,有其功;逆天者,怀其凶,不可复振也。"前者是谓自然万物的运作和季节更替体现着恒常不易的节律和态势;后者就社会政治的作为而言,其"天"指超然人们主观愿望之上的客观规律和自然态势,故其后又说:"得天之道,其事若自然;失天之道,虽立不安。其道既得,莫知其为之;其功既成,莫之其泽之。藏之无形,天之道也。"⑤

在社会关系论中,"势"指权力、地位。《尚书·君陈》记周成王告诫受命治理成周的君陈,要他弘扬周公遗训,"无依势作威",行刻削之政⑥。这大概是现存资

---

① 《老子·五十一章》,陈鼓应:《老子注译及评介》,第261页。
② 《庄子·秋水》,曹础基:《庄子浅注》,第242、251页。
③ 《庄子·山木》,曹础基:《庄子浅注》,第299页。
④ 《孟子·离娄上》,第178页。
⑤ 《管子·形势》,[唐]房玄龄注、[明]刘绩补注、刘晓艺校点:《管子》,第5页、第9页。
⑥ 《尚书·君陈》,黄怀信注训:《尚书注训》,第296页。.

料中最早用到势的一则。

战国是强权政治的时代,人们对地位、权力之"势"的感受和体察更为深入。《孟子·公孙丑上》录齐人谚语称:"虽有智慧,不如乘势。"①《庄子》中如《盗跖》有"势为天子而不以贵骄人"、"故势为天子,未必贵也;穷为匹夫,未必贱也"②;《渔父》有"今子既上无君侯有司之势,而下无大臣职事之官"③;《徐无鬼》也有"钱财不积则贪者忧,权势不尤则夸者悲"④。慎到提出"势治"的主张,认为君主应该凭借自己至高无上的权力地位实行法治。荀况、韩非以及《管子》《吕氏春秋》在这方面更有详细的论述,比如:

> 天子者,势位至尊,无敌于天下。⑤
>
> 夫民易一以道而不可与共故,故明君临之以势,道之以道,申之以命,章之以论,禁之以刑。⑥
>
> 明主在上位,有必治之势,则群臣不敢为非。是故群臣之不敢欺主者,非爱主也,以畏主之威势也。百姓之争用,非爱主也,以畏主之法令也。故明主操必胜之数,以治必用之民;处必尊之势,以制必服之臣。故令行禁止,主尊而臣卑。故明法曰:尊君卑臣,非计亲也,以势胜也。⑦
>
> 君执柄以处势,故令行禁止。柄者,杀生之制也;势者,胜众之资也。⑧
>
> 失之乎势,求之乎国,危。吞舟之鱼,处陆不能胜蝼蚁。权钧,则不能相使;势等,则不能相并,治乱齐则不能相正。⑨

在兵法中"势"是阵形和格局。春秋战国时期诸侯间征战频频。事关兴亡成败,军事为各国君主视为头等要务,士人也常以用兵之术作为进身之阶,于是总结战争经验和指挥艺术的兵法著述应时而兴。其中流传最广、享誉最高的是春秋末齐人孙武所著《孙子》十三篇。其中不少地方言及"势",且有《兵势》篇的专论,比如:

---

① 《孟子·公孙丑上》,杨伯峻:《孟子译注》,第57页。
② 《庄子·盗跖》,曹础基:《庄子浅注》,第460页。
③ 《庄子·渔父》,曹础基:《庄子浅注》,第471页。
④ 《庄子·徐无鬼》,曹础基:《庄子浅注》,第369页。
⑤ 《荀子·正论》,[清]王先谦:《荀子集解》,第331页。
⑥ 《荀子·正名》,[清]王先谦:《荀子集解》,第422页。
⑦ 《管子·明法解》,[唐]房玄龄注、[明]刘绩补注、刘晓艺校点:《管子》,第409页。
⑧ 《韩非子·八经》,[清]王先慎集解、姜俊俊校点:《韩非子》,第523页。
⑨ 《吕氏春秋·慎势》,张双棣等:《吕氏春秋译注》,第495页。

第一章 文论范畴生成的文化背景与思想渊源

> 战势不过奇正,奇正之变,不可胜穷也。奇正相生,如循环之无端,孰能穷之。
>
> 激水之疾,至于漂石者,势也;鸷鸟之疾,至于毁折者,节也。是故善战者,其势险,其节短。势如彍弩,节如发机。
>
> 勇怯,势也;强弱,形也。
>
> 故善战者,求之于势,不责于人,故能择人而任势。任势者,其战人也,如转木石。木石之性,安则静,危则动;方则止,圆则行。故善战人之势,如转圆石于千仞之山者,势也。①

"奇正之变"中显示出用"势"的辩证法。《虚实》篇也说:"兵无常势,水无常形,能因敌变化而取胜者,谓之神。"②从阵形态势和心理(勇怯)造势蓄能,在短促的爆发中形成最大的冲击力。

《吕氏春秋·不二》说:"孙膑贵势"③。战国中期的孙膑是孙武后人,也是著名的军事家。所著《孙膑兵法》曾失传。上世纪七十年代初在临沂银雀山西汉墓葬中《孙膑兵法》与《孙子兵法》同时出土,其《势备》篇和《奇正》篇都有对兵"势"的讨论,不仅录有孙膑亲历的战例和对问,许多方面(如"势如彍弩"之论和"势"与"形"的关系上)对《孙子兵法》作了进一步的阐发。

兵法可以称之为军事指挥的艺术。后来的史实的确也表明:"势"这样一个出现很早、民族特色鲜明的理论范畴,在中国古代各个门类的艺术理论中被广泛移植,影响深远。笔者曾撰写过"势"范畴的专书,其中说:

> "势"这个汉字本身就是一个意蕴相当丰富的词,在不同场合可以分别解释为形、姿态、权力、地位、时机、法度、情状、环境、条件、威力、规律和运动趋向等等。在保持自身基本含意的情况下,它能与其他字组合成许多复合词和成语、词组,比如形势、姿势、声势、气势、趋势、态势、势利、势力、势态、势焰、势头、均势(现代物理学中还有势能、势差、电动势等等),以及势不两立、势均力敌、势如破竹、因势利导、大势所趋、趋炎附势、审时度势、虚张声势、势不可挡之类。在历史故事和通俗小说里,亡国之君与败军之将常有"大势去矣"的哀叹,"强弩之末势不能穿鲁缟"则是势尽力微的比况。得势者往往平步青云为所欲为,"虎落平阳"和"龙游浅水"的可悲处境自然是失势在必行所至。

---

① 《孙子·势》,袁啸波校点:《孙子》,第59—68页。
② 《孙子·虚实》,袁啸波校点:《孙子》,第88页。
③ 《吕氏春秋·不二》,张双棣等:《吕氏春秋译注》,第502页。

高屋建瓴者势不可遏,气势磅礴者每每先声夺人。仗势欺人者是权贵豪强的鹰犬,乘势而起者则顺应了潮流把握了时机。罚不责众是迁就其人多势大。"小打小闹"不被重视也只因其势单力薄成不了"气候"。……势有消长,有逆转。也就是说,势随着时间的推移和空间的改变而不断地运动变化着。①

总之,"势"范畴有极强的生命力和亲和性,其应用前景也极其光明。

二、《诗》学范畴

1. "志"

"志"是早期诗学的重要范畴。

《说文解字》云:"志,意也。从心之,之亦声。"《尚书·盘庚上》曰:"若射之有志。"《传》云:"当如射之有所准志。"《疏》:"如射之有准志,志之所主欲得中也。"②《仪礼·既夕礼》曰:"志矢一乘。"《注》云:"志犹拟也。"《疏》:"凡射,志意有所准拟,故云志犹拟也。"③《论语·述而》:"志于道。"④《为政》:"吾十有五而志于学。"⑤《先进》:"亦各言其志也。"⑥《论语·学而》:"父在观其志。"⑦皇疏:"志,谓在心未行也。"

志是心中拟定的奋斗方向和欲达之目标。理想与现实存在矛盾是其依据,提升和改变主客观状态的欲求是其心理基础和动力。简言之,志是情志、抱负。人们在论及文辞的时候用到"志",《左传·襄公二十五年》记古书上说:"言以足志,文以足言。"⑧是谓好的言辞可以提升思想志意的层次和表达效果。不过,"志"在先秦诗论中有更重要的地位,往往被强调为诗歌内容的核心,体现了我国古代文学偏重抒情的特点。《诗经》一些篇章明确道出诗作者的意图,比如:

> 维是褊心,是以为刺。⑨

---

① 涂光社:《势与中国艺术》,北京:中国人民大学出版社,1990年,第1页。2001年再版时书更名为《因动成势》。
② [汉]孔安国传,[唐]孔颖达疏:《尚书正义》,北京:北京大学出版社,2000年,第277页。
③ 《仪礼·既夕礼》,[汉]郑玄注、[唐]贾公彦疏:《仪礼注疏》,北京:北京大学出版社,2000年,第916页。
④ 《论语·述而》,杨伯峻:《论语译注》,第67页。
⑤ 《论语·为政》,杨伯峻:《论语译注》,第12页。
⑥ 《论语·先进》,杨伯峻:《论语译注》,第119页。
⑦ 《论语·学而》,杨伯峻:《论语译注》,第7页。
⑧ 《左传·襄公二十五年》,杨伯峻:《春秋左传注》,第1106页。
⑨ 《诗经·魏风·葛屦》,周振甫:《诗经译注》,第136页。

>>> 第一章　文论范畴生成的文化背景与思想渊源

> 心之忧矣，我歌且谣。①
> 夫也不良，歌以讯之。②
> 家父作诵，以究王讻。③

这些诗句既申述了作者做诗意图，也折射出作者对诗歌某种社会功用的期待。当然，这种表述未必是充分理性思考的结果，更不是一种理论概括。"诗言志"之说的出现具有一般的理论意义，"志"也有了范畴的意味。《尚书·尧典》记载了虞舜对夔说的一段话：

> 帝曰：夔，命汝典乐，教胄子：直而温，宽而栗，刚而无虐，简而无傲。诗言志，歌永言，声依永，律和声。八音克谐，无相夺伦，神人以和。④

《尧典》是战国或者秦汉儒者根据传闻编写的，"诗言志"等语虽不大可能出自虞舜之口，但也当是先秦时期的认识。除此而外，《左传·襄公二十七年》中也记有赵文子向叔向说了"诗以言志"的话⑤；《庄子·天下》有曰："诗以道志"⑥；《荀子·儒效》亦曾云："诗言是其志也"。⑦

在先秦，"诗言志"又可以分为做诗和引诗者的两种情况：一是做诗言志（献诗陈志），二是赋诗言志（借诗喻志）。若从接受者的角度说，则为"采诗观志"。

朱自清先生在《诗言志辨》的序文中指出，"诗言志"是中国诗论的"开山纲领"。又在《经典常谈》中说："（志）关联着政治或教化。"⑧

与周代献诗、采诗制度相联系，《尧典》所谓"诗言志"是一种政教手段：对个人而言，能陶冶情志，调畅心胸，以达于中庸；就社会群体而言，君臣上下能借此交流思想、协和感情意志。《左传》的"诗以言志"多指在外交场合借赋诵《诗经》的现成章句委婉表达自己的意愿和态度。其断章取义或者譬喻象征虽能显示赋诗者的文学修养与才具，但毕竟不是诗歌创作。作为一种文学主张，"诗言志"既是对诗歌创作的明确要求，又是对诗歌欣赏者感情和思维活动取向的提示。《孟子·万章上》要求说《诗》者"以意逆志"就是以正确体察和领会《诗经》作者的立

---

① 《诗经·魏风·园有桃》，周振甫：《诗经译注》，第139页。
② 《诗经·陈风·墓门》，周振甫：《诗经译注》，第181页。
③ 《诗经·小雅·节南山》，周振甫：《诗经译注》，第269页。
④ 《尚书·尧典》，黄怀信注训：《尚书注训》，第25页．
⑤ 《左传·襄公二十七年》，杨伯峻：《春秋左传注》，第1135页。
⑥ 《庄子·天下》，曹础基：《庄子浅注》，第492页。
⑦ 《荀子·儒效》，[清]王先谦：《荀子集解》，第133页。
⑧ 朱自清：《诗言志辨 经典常谈》，北京：商务印书馆，2011年，第7页、第210页。

115

意和情志为目的的。

《礼记·王制》云:"命大师陈诗以观民风。"①《汉书·艺文志》云:"《书》曰:'诗言志,歌永言。'故哀乐之心感而歌咏之声发。诵其言谓之时,咏其声谓之歌。故古有采诗之官,王者所以观风俗,知得失,自考正也。"②这说明,古人在"诗言志"的认识基础上,注意到"采诗观志"的功用,并把"采诗"作为一种制度,充分发挥诗的认识作用,使之为政治服务。《左传》有季札观乐的记载,《文心雕龙·乐府》指出季札"不直听声而已"③,也通过其诗("乐心")去观民风的。先秦时期的诗、乐、舞常常融为一体。既然诗能"言志",乐、舞也必然有表达思想情感、化育人心的作用,故《荀子·乐论》中说:"君子以钟鼓道志。"④《礼记·乐记·乐象》有曰:

> 德者,性之端也;乐者,德之华也;金、石、丝、竹,乐之器也。诗,言其志也;歌,咏其声也;舞,动其容也。三者本于心,然后乐气从之。足故情深而文明,气盛而化神,和顺积中,而英华发外。唯乐不可以为伪。⑤

我们对"志"与"情"的联系和区别也可略作辨析。

"志"与"情"常常被视为诗歌的原创力或者表现对象,如《毛序》云:"诗者,志之所之也,情动于中而形于言……"⑥"志"与"情"有联系甚至可能相通、互代为用,但常常又各有所指,在某些语境中不能等同、互代。《礼记·礼运》:"何谓人情? 喜、怒、哀、惧、爱、恶、欲,七者弗学而能。"⑦《荀子·正名》:"性之好恶喜怒哀乐谓之情。"⑧

《尚书·周书·旅獒》有"玩物丧志"⑨的训诫,古人推崇的"志"是崇高的信念、理想抱负以及与此相联系的情趣,以为沉溺于"物欲"之中,就没有什么高尚的志趣可言了。与"志"相比,"情"的内涵要宽泛得多,还包括一些自然生发的、游离于政治教化之外的丰富内容。《左传·昭公二十五年》的"以制六志"⑩,《疏》

---

① 《礼记·王制》,[汉]郑玄注、[唐]孔颖达疏:《礼记正义》,第425页。
② [汉]班固《汉书·艺文志》,第1708页。
③ [梁]刘勰:《文心雕龙·乐府》,张国庆、涂光社:《〈文心雕龙〉集校、集释、直译》,第129页。
④ 《荀子·乐论》,[清]王先谦:《荀子集解》,第381页。
⑤ 《礼记·乐记》,[汉]郑玄注、[唐]孔颖达疏:《礼记正义》,第1295页。
⑥ [汉]毛亨传、[汉]郑玄笺、[唐]孔颖达疏:《毛诗正义》,第7页。
⑦ 《礼记·礼运》,[汉]郑玄注、[唐]孔颖达疏:《礼记正义》,第802页。
⑧ 《荀子·正名》,[清]王先谦:《荀子集解》,第412页。
⑨ 《尚书·旅獒》,黄怀信注训:《尚书注训》,第190页。
⑩ 《左传·昭公二十五年》,杨伯峻:《春秋左传注》,第1458页。

曰:"情动为志。"《礼记·乐记》中也有"情动于中,故形于声"①之说。

2."意"

"意":志也,心思也。《说文解字》:"意,志也,从心音,察言而知意也。"段玉裁《说文系传》:"意,志也,察言而知意也,从心音声。按,言者,心之声也。意训志;志者,心之所之也。故从心音而解之云,察言而知意也。会意,依小徐则为形声。""意"与"志"有时也能互释,《广雅·释诂三》曰:"志,意也。"《礼记·檀弓上》有云:"子盍言子之志于公乎?"《注》:"志,意也。"②

"意"属于精神层面,多指一种主体情感和思维的产物。《周易·系辞上》说:"圣人立象以尽意,设卦以尽情伪,系辞焉以尽其言。"③这里所说的"意"是圣人所体察到的天地万物生成变化所显示的意蕴。从《列子·汤问》中的"千变万化,惟意所适"④也体会得到"意"突出的主体性。

"意"的概念在先秦已见于有关诗歌的议论中。

《国语·鲁语下》:"诗所以合意,歌所以咏诗也。"⑤此处的"合意"是指合乎《诗》吟咏者(公父文伯)的心意,而非《诗》作者的命意。

孟子有"以意逆志"说:"……故说《诗》者,不以辞害志,以意逆志,是为得之。如以辞而已矣,《云汉》之诗曰:'周余黎民,靡有孑遗。'信斯言也,是周无遗民也。"⑥东汉赵岐、宋朱熹等都认为是以"己意"(说《诗》者或读者之意)推《诗》作者之"志"。清人吴淇和王国维则认为是"乃就《诗》论诗",即以作品之"意"推求作者之"志"。

"意"与"义"后来常常连用,两者的内涵也宜稍作辨析。

意,从心音,有主体情感、思维、意识活动带来的个性和灵动的特点;义则多与为人们共同认可的道理和规范性内涵相关。《说文解字》:"义,己之威义也,从我从羊。"段注:"威仪出于己,故从我。董子曰:'仁者人也。义者我也。谓仁必及人,义必由中断制也。从羊,与美善同意。'"宜也,《释名释言语》:"义,宜也,裁制万物,使合宜也。"《尚书·康诰》:"用其义刑义杀。"《传》:"义,宜也。"⑦《论语·

---

① 《礼记·乐记》,[汉]郑玄注、[唐]孔颖达疏:《礼记正义》,第1254页。
② 《礼记·檀弓上》,[汉]郑玄注、[唐]孔颖达疏:《礼记正义》,第212页。
③ 《周易·系辞上》,黄寿祺、张善文:《周易译注》,第526页。
④ 《列子·汤问》,第156页。
⑤ 《国语·鲁语》,第139页。
⑥ 《孟子·万章上》,杨伯峻:《孟子译注》,第215页。
⑦ [汉]孔安国传、[唐]孔颖达疏:《尚书正义》,第431页。

学而》："信近于义。"①韩愈《原道》："行而宜之谓义。"《孟子·公孙丑上》："羞恶之心,义之端也。"②《告子上》："义,人路也。"③还可释为法、道、理、正等。《荀子·大略》："义,理也。"④《易·说卦》："立人之道,曰仁与义。"⑤《孟子·尽心下》："春秋无义战。"⑥故在意象、意趣、意旨、意境、意味、意脉、达意、会意……以及道义、仁义、忠义、义理、义法……的组合中"意"和"义"不能互换。

"意"与"义",有差别,但在指事物的理致、指趣和作用时常联成一词;亦有互代兼指的用法,如《文心雕龙·神思》云"拙辞或孕于巧义,庸事或萌于新意"⑦即然。《唐书·徐旷传》亦有:"文远说经,遍举先儒异论,分明是非,乃出新意。"⑧若"意义"联成一词,其中"意"的偏于主观和"义"的偏于客观似有一定的互补性。

"意"也可作一种动用。《论语·子罕》："子绝四:毋意,毋必,毋固,毋我。"⑨度测也,《庄子·胠箧》："夫安意室中之藏。"⑩《公羊传·僖公二年》有"其意也何"句,《毛诗传笺通释》谓:"其意也何谓?令诸大夫意度之如何也。"是今所谓臆度、臆想、臆测之"意"。用为转折语,"意者"略同于"想来":《韩诗外传二》："子不知与?试予与?意者其志与?"⑪《庄子·天运》："意者其有机缄而不得已。"⑫《战国策·秦策》："意者,臣愚而不阖王心耶?"⑬

"意"是一个元范畴,但在后来的文学理论批评中与由其衍生出的概念、范畴并存并用。(宋以后,不仅文论中有"以意为主"、"言有尽而意无穷"之论,绘画书法中也有"意在笔先"的主张和"作意"如何、有(某某大师)之"笔意"一类评语。)并用时它不同于"意象"那样表达着与"象"关联的意蕴,也不像"意境"有较确定的层次和指域,……它保持着元范畴初始和基本的意义,多指情感思维自身运作过程、机趣以及"言"、"象"(或媒介、艺术造型)所包蕴的内涵。因为本源于情感

---

① 《论语·学而》,杨伯峻:《论语译注》,第8页。
② 《孟子·公孙丑上》,杨伯峻:《孟子译注》,第80页。
③ 《孟子·告子上》,杨伯峻:《孟子译注》,第267页。
④ 《荀子·大略》,[清]王先谦:《荀子集解》,第491页。
⑤ 《周易·说卦》,黄寿祺、张善文:《周易译注》,第571页。
⑥ 《孟子·尽心下》,杨伯峻:《孟子译注》,第324页。
⑦ [梁]刘勰:《文心雕龙·神思》,张国庆、涂光社:《〈文心雕龙〉集校、集释、直译》,第490页。
⑧ [宋]欧阳修,宋祁:《新唐书·徐旷传》,北京:中华书局,1975年,第5638页。
⑨ 《论语·子罕》,杨伯峻:《论语译注》,第87页。
⑩ 《庄子·胠箧》,曹础基:《庄子浅注》,第135页。
⑪ 《韩诗外传·二》,魏达纯:《韩诗外传译注》,第63页。
⑫ 《庄子·天运》,曹础基:《庄子浅注》,第205页。
⑬ 《战国策·秦策》,[清]程夔初集注:《战国策集注》,第443页。

和思维活动,所以"意"能一直葆有原生的基因,以及一种与其他字词联系的亲合力和繁衍新概念的生机,与"趣"、"味"、"向"、"韵"、"态"组合乃至构成现代的语汇(如"意志"、"意念"、"创意")。

"意"与"言"的关系还将在诸子论言辞一节述评。

3."雅"与"郑(俗)"

《周礼·春官·大师》曰:"(大师)教六诗:曰风,曰赋,曰比,曰兴,曰雅,曰颂。"①《毛诗序》释"雅"说:"……言天下之事,形四方之风,谓之雅。雅者,正也,言王政之所由废兴也。政有小大,故有小雅焉,有大雅焉。"郑玄注也说:"雅者,正也;古今之正者,以为后世法。"②古"雅"与夏字相通,夏指中原天子直接统治的地区。雅有规范、标准、传统的意蕴。故夏声即雅声、正声。最早的训诂之书叫《尔雅》(《释名》释《尔雅》云:"尔,昵也;昵,近也;雅,义也;义,正也。五方之言不同,皆以近正为主也。");其后同类的还有《广雅》《通雅》等。《论语·述而》记载:"子所雅言,《诗》《书》、执礼,皆雅言也。"③是谓孔子在读《诗》《书》以及行礼的时候都用的是周王朝中心地区的规范语言。郑注说:"读先王典法,必正言其音,然后义全,故不可有所讳。"

雅乐是用于郊庙朝会的贵族音乐,雅诗必被以雅乐演奏。"小雅为诸侯之乐,大雅为天子之乐"(见《仪礼·乡饮酒礼》之注),被认为是堂皇温润中正和平可以化育人心有益社会政治的音乐。

与雅乐相对立的是郑声(或者称为"郑卫之音"),儒家正统乐论认为郑、卫的地方乐歌靡丽放纵,有失中和之旨,所以受到指斥。《论语·阳货》中孔子申明:"恶郑声之乱雅乐也。"④他在《卫灵公》回答颜渊问"为邦"之道时又说:"行夏之时,乘殷之辂,服周之冕,乐则《韶》《武》,放郑声,远佞人。郑声淫,佞人殆。"⑤

"雅乐"之"雅"有合乎文化传统和规范、高雅以及中正、恒常的意蕴。与之对应的"郑"和"郑声"(或"桑间濮上"的柔靡之音、"郑卫之音")则指放纵声色、逾越规范(淫邪流宕或者媚俗和标新立异)的通俗乐歌。

以后,"雅"与"郑"的对举逐渐发展成为"雅"与"俗"的对举。其中又增加了高雅与凡庸相对应的内涵。《荀子·儒效》说:"故有俗人者,有俗儒者,有雅儒者,

---

① 《周礼·春官·大师》,[汉]郑玄注、[唐]贾公彦疏:《周礼注疏》,第610页。
② [汉]毛亨传,[汉]郑玄笺,[唐]孔颖达疏:《毛诗正义》,第19-20页。
③ 《论语·述而》,杨伯峻:《论语译注》,第71页。
④ 《论语·阳货》,杨伯峻:《论语译注》,第187页。
⑤ 《论语·卫灵公》,杨伯峻:《论语译注》,第164页。

有大儒者。"①荀况对俗人的不学无术、崇利忘义和俗儒的不法后王给予抨击；认为雅儒虽然达不到大儒的水准，却也是能够"法后王，一制度，隆礼义"，言行符合最高法度的有德之士。《韩诗外传》因其说，简言之曰："故有俗人者，有雅儒者。"②东汉王充《论衡》中则已有"雅俗异材"③和"好杰友雅徒，不泛结俗材"④之语了。

先秦正统理论批评中"雅"与"郑"多针对乐歌而言，且褒贬甚明。

4."兴""观""群""怨"

《论语·阳货》记载，孔子说："小子何莫学夫《诗》？《诗》可以兴，可以观，可以群，可以怨。迩之事父，远之事君，多识于鸟兽草木之名。"⑤是从学《诗》和用《诗》角度对诗三百篇的社会政治功能和伦理教育作用所作的概括，在某种程度上体现了孔子对诗乐艺术审美功能和特点的感受和理解。对后世影响巨大，成为以儒家诗教和美谕讽刺观念的理论源头。它本身及其衍生的概念系列成为以审美批评为主的重要文论范畴。

在西周、春秋时期，诗乐舞是集中体现宗法政治文化特征的艺术，传说《诗三百》的收集即出于"观风"的政治需要，其后诗既被用作王室子弟教育的主要教材，又是朝聘盟会等政治活动中赋诗言志、微言相感的语言工具，在社会生活中发挥着多方面的重要作用。孔子从儒家学说出发，尤其重视诗三百篇在社会政治和伦理教育方面的特殊语言功能的情感导向、感染作用。

孔安国注《诗》"可以兴"："兴，引譬连类。"⑥引，即引而申之；《说文解字》："譬，谕也。""连类"，连类比物也。《韩非子·难言》："多言繁称，连类比物，则见以为虚而无用。"⑦引譬连类是说由诗可以譬比引申，连类而及某种事理。子夏由"素以为绚兮"类推出"礼后"；子贡从"如切如磋，如琢如磨"譬比引申出"贫而乐，富而好礼"，均属在对诗三百篇的诵读中"告诸往而知来者"，即子夏、子贡的颖悟并不在于准确把握原诗原义，而在于善于从原诗出发，举一反三，触类旁通。因此，《诗》"可以兴"要求发挥《诗经》的起情、联想的作用以助教化。

---

① 《荀子·儒效》，[清]王先谦：《荀子集解》，第138页。
② 《韩诗外传·五》，魏达纯：《韩诗外传译注》，第165页。
③ [汉]王充：《论衡·四讳》，张宗祥：《论衡校注》，第469页。
④ [汉]王充：《论衡·自纪》，张宗祥：《论衡校注》，第576页。
⑤ 《论语·阳货》，杨伯峻：《论语译注》，第185页。
⑥ [魏]何晏集解、黄侃义疏：《论语集解义疏》，北京：中华书局，1985年，第245页。
⑦ 《韩非子·难言》，[清]王先慎集解、姜俊俊校点：《韩非子》，第24页。

郑玄注"可以观"曰:"观风俗之盛衰。"①古来有"陈诗观风"之说,《礼记·王制》云:周天子"命大师陈诗以观民风"。孔颖达疏:"此谓王巡狩诸侯毕,乃命各方诸侯掌乐之官备陈其国风之诗,以观其政令之善恶。"②孔子尊崇古制,其"可以观"当然还保留着这层意思。此外,在政治活动中,诸侯大夫朝聘宴享,赋诗言志,原是相沿已久的古制和外交惯例。在日常生活中,人们引《诗》谕志也习以为俗。"南容三复白圭,孔子以其兄之子妻之。"③《诗三百》作为隐喻、象征性语言的渊薮,具有特殊的语言功能。赋诗、诵诗可借以"言志"、"明志",而观诗、听诗则可以"观志"、"知志"。这种"观"并不是纯理性的认识,而是带有艺术情味的"观",是在观赏、体味中感性地体察、把握赋诗、诵诗者所要表达的情志,清人顾镇有《虞东学诗》云:"其志可观,其言可味也。"于此可知,"乐之为观也深矣"④。

《诗》"可以群",《说文解字》曰:"群,辈也。"段注:"朋也,类也,此辈之通训也。……羊为群,犬为独,引申为凡类聚之称。"《论语》中"群"字的用例有四次,其义皆与《说文解字》所解一致。如"群居终日,言不及义,好行小慧,难矣哉!""君子群而不争,矜而不党。"⑤《荀子·富国》中说:"人之生不能无群,群而无分则争,争则乱,乱则穷矣。"⑥在宗法制文化中,"群"的观念体现在亲和的君臣父子尊卑有别、长幼有序的社会结构上,孔子所谓"群"强调诗乐可以发挥其协和关系、增强凝聚力的特殊功能。

《诗》"可以怨",《说文解字》曰:"怨,恚也"、"恚,怒也"、"恨,怨也"、"怼,怨也"、"愠,怒也"。怨、恚、怒、恨、怼、愠等,互文转注,皆为"怨"之本义,可见"怨"是一种涵盖面较宽的情感状态。但汉儒对"可以怨",多仅解作"怨刺上政"(郑玄)。但在《诗》三百篇中,大量怨刺之作并非孤臣孽子怨刺上政之作,而是劳人思妇之怨,其中尤其以旷夫怨女的相思、离别、失恋、婚变之怨为多。孔子所谓"可以怨"的主旨在于认为《诗》三百篇可以泄导、平抑人们的怨愤之情,使之怨而不怒,不失于仁,不违礼义。

"兴""观""群""怨"之论强调诗歌可以而且应该发挥其审美的情感功能,沟通、凝聚、宣泄、协和人们的思想情感,从而服于社会政治。

---

① [魏]何晏集解、黄侃义疏:《论语集解义疏》,第245页。
② 《礼记·王制》,[汉]郑玄注,[唐]孔颖达疏:《礼记正义》,第425页。
③ 《论语·先进》,杨伯峻:《论语译注》,第111页。
④ 《吕氏春秋·音初》,张双棣等:《吕氏春秋译注》,第138页。
⑤ 《论语·卫灵公》,杨伯峻:《论语译注》,第165-166页。
⑥ 《荀子·富国》,[清]王先谦:《荀子集解》,第179页。

5. "赋""比""兴"

《周礼·春官·大师》曰：

> 大师掌六律六同……教六诗：曰风、曰赋、曰比、曰兴、曰雅、曰颂，以六德为之本，以六律为之音。①

《诗大序》也说："故《诗》有六义焉：一曰风，二曰赋，三曰比，四曰兴，五曰雅，六曰颂。"②以后经师们把风、雅、颂理解成《诗经》之体，把赋、比、兴理解为《诗经》的写作方法。

其实，如张震泽先生所指出的那样，周代的"大师""教六诗"不是教的诗歌创作，而是教"用"《诗》。《诗大序》的"义"指"治事之宜"而言，"六义"是谓学《诗》有六用之宜。风、雅、颂三者有用场之宜，分别宜用于日常小礼（或者观风俗民情——笔者按）、宾客宴飨和宗庙祭祀；赋、比、兴是断章取义的用诗之法，《左传》记春秋时期各国多次聘会，卿大夫在宴会上赋《诗》言志，都打破风、雅、颂的界限断章取义：或自抒胸怀，或讥刺、颂扬对方。自抒可谓之赋，讥刺可谓之比，颂扬可谓之兴。联系到孔子所谓："不学《诗》，无以言"和"诵《诗》三百，授之以政不达，使于四方，不能专对，虽多亦奚以为"的话，可知其所谓教《诗》学《诗》的目的只在于言对和交际之"用"，赋、比、兴在当时指的是用《诗》之法而非诗歌的写作方法。③

秦汉以后外交活动和宫廷宴飨、士人雅集中赋《诗》言志的风气已经不再，经师和诗论家对先秦用《诗》之法的理解转移为做诗之法也顺理成章，于是赋、比、兴有了新的范畴义。此外赋还成为一种文体的名称。尽管先秦的"六义"与孔颖达的"三体三用"、朱熹的"三经三纬"等解说并不吻合，但赋、比、兴的用《诗》法，与后人理解的古代诗歌赋、比、兴的手法无论在运思模式还是艺术传达的特点上还是有相通之处的，其理论批评实践共同构成民族特色鲜明的诗学传统。

三、诸子的"言""辞"之论

1. "言辞"备受重视引发的思考

《说文解字》曰："直言曰言，论难曰语。"《礼记·春官·大司乐》："讽诵言语。"《注》："发端曰言，答述曰语。""言""语"最早略有不同，后来则无甚区别了。

---

① 《周礼·春官·大师》，[汉]郑玄注、[唐]贾公彦疏：《周礼注疏》，第607—611页。
② [汉]毛亨传、[汉]郑玄笺、[唐]孔颖达疏：《毛诗正义》，第13页。
③ 参见张震泽：《诗经新论》，西安：陕西人民出版社，1985年，第83—91页。

第一章　文论范畴生成的文化背景与思想渊源

《广韵》云:"言,言语也。"《论语·学而》中子夏谈交友之道时强调"言而有信"[1];《为政》中孔子说如何成为君子时则曰:"先行其言而后从之"[2]。《吕氏春秋·大乐》:"其可与言乐乎!"[3]《注》:"言,说。"可见"言"的本义不离语言、言说。

《说文解字》曰:"䛐(辞),说也。"段玉裁云:"词与辞部之辞,其意迥别。辞者,说也,从䛐辛,䛐辛犹理辜。谓文辞足以排难解纷也。然则辞谓篇章也。词者,意内而言外也,从司言。此谓摹绘物状,及发声助语之文字也。积文字而为篇章,积词而为辞。"按,䛐(辞),治也,理也。可知"辞"是由文字("词")依一定之理(逻辑条理、事理)组成的篇章。"辞讼"和"断辞"之"辞"也有依理而为的意思,《尚书》的"辞尚体要"也表明文辞要得体、能抓住要领。

作为文论概念,"言"和"辞"都与其本义密切关联。

唐代韩愈的《进学解》说:"……上规姚姒,浑浑无涯。周诰殷盘,佶屈聱牙。春秋谨严,左氏浮夸。易奇而法,诗正而葩。下逮庄骚,太史所录,子云、相如,同工异曲。"[4]道出了语言(主要是书面语)发展进步的一段历程。

春秋战国时期,古代汉语逐渐改变了古简的面貌,有了更充分细致的表现力。战国时期的《孟子》《庄子》《战国策》《荀子》《吕氏春秋》之类著作的出现表明古代散文臻于成熟,许多篇章文学性很强,甚至可以被看作文学作品。这时期的语言形式后世散文家大量采用,直到近代白话文兴起。诸子和游说之士的论辩说辞既从思辨方面也从文辞的细致精密和修饰方面大大促进了汉语的发展。

出于春秋战国时期政治外交活动的需要,语言能力(包括书面语言和口头语言)成为士人才干至关重要的方面。仅从《左传》中记载就可以了解:

> 凡诸侯即位,小国朝之,大国聘焉。以继好、结信、谋事、补阙,礼之大也。[5]

> 若敬行其礼,道以之文辞,以靖诸侯,兵可以弭。[6]

小国朝见诸侯、诸侯朝见天子,诸侯与诸侯、诸侯与天子之间聘问致意,延续友好传统,建立互信关系,商讨国家大事等,都得借助恰当得体的言辞。国与国之

---

[1] 《论语·学而》,杨伯峻:《论语译注》,第5页。
[2] 《论语·为政》,杨伯峻:《论语译注》,第13页。
[3] 《吕氏春秋·大乐》,张双棣等:《吕氏春秋译注》,第106页。
[4] [唐]韩愈:《进学解》,《韩愈集》,长沙:岳麓出版社,2000年,第159页。
[5] 《左传·襄公元年》,杨伯峻:《春秋左传注》,第918页。
[6] 《左传·襄公二十五年》,杨伯峻:《春秋左传注》,第1103页。

间以礼相交,言辞得当,可以安抚情绪,平息怨气,化解矛盾,消弭战争。言辞运用得当可以起到积极效果,如郑子产不毁乡校、烛之武退秦师、鲁展喜犒师、楚屈完对齐桓公,等等,都是以机智得体的语言取得外交上主动,维护了本国的利益和尊严。而语言不当常使自身陷入被动,齐庆封、宋华定因不能按礼节要求以诗赋酬答而受到批评和轻视(襄公二十八年、昭公十二年)。晋籍谈使周,应对所据与晋国传统不符,被周王责为"数典忘祖"(昭公十五年)。

经典的记载说明,时人对言辞的重要性已有深刻认识。

《周易》对"辞"——主要是甲骨卜辞的论述显示了对语言功能和力量的充分认识和肯定。如《周易·系辞上》说:"鼓天下之动者存乎辞"①是就甲骨卜辞而言,语言既可作为一种工具被人用以达到"鼓动天下"的目的,这是它的功能;另一方面,言辞具有巨大的导向、推动力量,通过作用于人们的思想来带动人们的行为,达到"鼓天下之动"的惊人效果。

记载孔子思想的《论语》中多处涉及语言问题。有对孔子行为的记录,《述而》中说:"子所雅言,《诗》《书》,执礼,皆雅言也。"②一般认为,这是说孔子在整理讲授经典和参与礼仪活动的时候,自觉运用周王朝中心地区的标准语,类似于今之所谓"普通话"。孔子这一做法说明他意识到了规范语言的重要性。共通的语言文字对提高交流沟通的效率和运用语言文字的水平大有好处。

较早的《论语》对"言"已屡有所论。《卫灵公》记有"辞达而已矣。"③《尧曰》云:"不知言,无以知人也。"④针对语言的思想内容不规范、华而不实则有尖锐批评。《学而》记孔子云:"巧言令色,鲜矣仁。"⑤战国诸子"言"之论更多,如《孟子·尽心下》所谓"言近而指远者,善言也"⑥说的是君子之言;还有"知言养气"之说。荀子的"辩言"论更为完备系统。《墨子》则有:"信言合于义也";"知闻说亲名实合为,言出举也。闻传亲也,且言然也";"闻耳之聪也;穷,或有前不容尺也。循所闻而得其意,心之察也;尽,莫不然也。言,口之利也。始当其时也,执所言而意得见,心之辩也"⑦;"在诸其所然未者然,说在于是。推之意未可知,说在可用。

---

① 《周易·系辞上》,黄寿祺、张善文:《周易译注》,第526页。
② 《论语·述而》,杨伯峻:《论语译注》,第71页。
③ 《论语·卫灵公》,杨伯峻:《论语译注》,第170页。
④ 《论语·尧曰》,杨伯峻:《论语译注》,第211页。
⑤ 《论语·学而》,杨伯峻:《论语译注》,第3页。
⑥ 《孟子·尽心下》,杨伯峻:《孟子译注》,第338页。
⑦ 《墨子·经上》,[清]毕沅校注,吴旭民校注:《墨子》,第168页。

过件景不从,说在改为。一少于二而多于五,说在建住景二。……贾宜则雠,说在尽。以言为尽悖,悖;说在其言。无说而惧,说在弗心。"①其中所谓"辟、侔、援、推"之类概念,都是针对言辞组合的逻辑关系创设的。秦统一前夕,《韩非子·难言》论说了言辞之难:"言顺比滑泽,洋洋纚纚然,则见以为华而不实;敦祗恭厚,鲠固慎完,则见以为拙而不伦;多言繁称,连类比物,则见以为虚而无用;总微说约,径省而不饰,则见以为刿而不辩;激急亲近,探知人情,则见以为谮为不让;闳大广博,妙远不测,则见以为夸而无用;家计小谈,以具数言,则见以为陋;言而近世,辞不悖逆,则见以为贪生而谀上;言而远俗,诡躁人间,则见以为诞;捷敏辩给,繁于文采,则见以为史;殊释文学,以质信言,则见以为鄙;时称诗书,道法往古,则见以为诵。……"②《吕氏春秋》也对巧辩的言辞进行了批判,《季春纪·论人》说:"人同类而智殊。贤不肖异,皆巧言辩辞,以自防御,此不肖主之所以乱也。"③《慎大览·察今》:"天下之学者多辩,言利辞倒,不求其实,务以相毁,以胜为故。"④《孟秋纪·振乱》:"固,不知,悖也;知而欺心,诬也。诬悖之士,虽辩无用矣。……为天下之长患,致黔首之大害者,若说为深。……故乱天下、害黔首者,若论为大。"⑤

言辞备受重视引发诸子深入的思考,春秋战国为"言辞"之论大发展的时代。

2."言""意"之辨

先秦的言意之辨对于哲学和文学理论均具重要意义。

《论语·阳货》记载:"子曰:'予欲无言。'子贡曰:'子如不言,则小子何述焉?'子曰:'天何言哉?四时行焉,百物生焉,天何言哉?'"⑥如果孔子在这里是强调行无言之教的话,那么《周易·系辞上》中托为他说的一段话则提出了"言不尽意"的命题:"子曰:'书不尽言,言不尽意。'然则圣人之意不可见乎? 子曰:'圣人立象以尽意,设卦以尽情伪,系辞焉以尽其言。'"⑦强调圣人设立卦象是为了克服"言"(指《周易》之言)不能道尽意蕴的困难,用《系辞》之言作了尽可能的补充。以为"书"所以不能"尽言"、"言"所以不能"尽意",在于这两种中介载荷的有限

---

① 《墨子·经上》,[清]毕沅校注,吴旭民校注:《墨子》,第174页。
② 《韩非子·难言》,[清]王先慎集解、姜俊俊校点:《韩非子》,第24页。
③ 《吕氏春秋·论人》,张双棣等:《吕氏春秋译注》,第68页。
④ 《吕氏春秋·察今》,张双棣等:《吕氏春秋译注》,第415页。
⑤ 《吕氏春秋·振乱》,张双棣等:《吕氏春秋译注》,第164页。
⑥ 《论语·阳货》,杨伯峻:《论语译注》,第181页。
⑦ 《周易·系辞上》,黄寿祺、张善文:《周易译注》,第526页。

性。显然,此处的"言不尽意"是狭义和专指的。

《老子》涉及语言传达局限性的论述不少:

> 道可道,非常道;名可名,非常名。①
>
> 圣人处无为之事,行不言之教。②
>
> 希言自然。③
>
> 道隐无名。④
>
> 不言之教,无为之益,天下希及之。⑤
>
> 大辩若讷。⑥
>
> 知者不言,言者不知。⑦
>
> 信言不美,美言不信;善者不辩,辩者不善;知者不博,博者不知。⑧

《庄子》兼取前人这方面的成果,如《知北游》说:"知者不言,言者不知,故圣人行不言之教","天地有大美而不言,四时有明法而不议,万物有成理而不说","至则不论,论则不至","辩不若默","道不可言,言而非也","至言去言"⑨……可贵的是又有新的拓展,《天道》篇云:"世之所贵道者书也,书不过语,语有贵也。语之所贵者意也,意有所随。意之所随者,不可以言传也,而世因贵言传书。……"随即借轮扁之口贬抑桓公所读的圣人之书是"古人之糟粕"⑩。《秋水》篇进而指出:"夫精粗者,期于有形者也;无形者,数之所不能分也;不可围者,数之所不能穷也。可以言论者,物之粗也;可以意致者,物之精也;言之所不能论,意之所不能察致者,不期精粗焉。"⑪《外物》篇有段名论:

> 筌者所以在鱼,得鱼而忘筌;蹄者所以在兔,得兔而忘蹄;言者所以在意,得意而忘言。⑫

---

① 《老子·一章》,陈鼓应:《老子注译及评介》,第53页。
② 《老子·二章》,陈鼓应:《老子注译及评介》,第64页。
③ 《老子·二十三章》,陈鼓应:《老子注译及评介》,第157页。
④ 《老子·四十一章》,陈鼓应:《老子注译及评介》,第228页。
⑤ 《老子·四十三章》,陈鼓应:《老子注译及评介》,第237页。
⑥ 《老子·四十五章》,陈鼓应:《老子注译及评介》,第241页。
⑦ 《老子·五十六章》,陈鼓应:《老子注译及评介》,第280页。
⑧ 《老子·八十一章》,陈鼓应:《老子注译及评介》,第361页。
⑨ 《庄子·知北游》,曹础基:《庄子浅注》,第325-340页。
⑩ 《庄子·天道》,曹础基:《庄子浅注》,第203-204页。
⑪ 《庄子·秋水》,曹础基:《庄子浅注》,第242页。
⑫ 《庄子·外物》,曹础基:《庄子浅注》,第419页。

以为"言"不过是"得意"的工具,"得意"后应该"忘言"。显然,"得意"之主体的思维有了相对自由的运作空间,"言"的继续存在可能有碍"意"的进一步丰富和完善。此处所求助的"忘",是淡化、消解,是对工具束缚的摆脱。"得意"后应尽可能摒除这只宜展示"物之粗"的媒介——"言"的制约和干扰,因为把握"物之精"(甚至进而领会"意之所随者")才是目的。简言之,若不"忘言"则会妨碍对"言"外之"意"精微之处的神会。传"意"是"言"的功能和目的所在;诉诸"言"和"意"的"物"有精粗之分,表明"意"的层次高于"言";但"意"还不是至上的"道",那无形的"道"——"意之所随者"是不可"言"论和以"意"察致的。《知北游》中曾经申明:"道不可闻,闻而非也;道不可见,见而非也;道不可言,言而非也。知形形之不形乎!道不当名。"①

《吕氏春秋·审应览》也曾论及"言""意"关系:

> 言者以喻意也。言意相离,凶也。乱国之俗,甚多流言,而不顾其实,务以相毁,务以相誉。毁誉成党,众口熏天,贤不肖不分,以此治国,贤主犹惑之也,又况不肖者乎!
>
> 夫辞者意之表也。鉴其表而弃之意,悖。故古之人,得其意则舍其言矣。听言者以言观意也。听言而意不可知,其与桥言无择。
>
> 夫其多能不若寡能,其有辩不若无辩。②
>
> 非辞无以相期,从辞则乱。乱辞之中,又有辞焉,心之谓也。言不欺心,则近之矣。凡言者以喻心也,言心相离,而上无以参之,则下多所言非所行也;所行非所言也。言行相诡,不祥莫大焉。③

《吕氏春秋》的言意之辨从言辞的角度阐述无为而治的要义,也是为专制君主协调上下情志、统一思想提供理论依据。在《审应览》的总论中已对君主提出"言不欲先"的告诫,以为"人唱我和,人先我随;以其出为之入,以其言为之名,取其实而责其名,则说者不敢妄言,而人主之所执其要矣。"这是一种在说话上慎重,后发制人的统治术;且有顺应人情以及反对言辞虚妄夸诞的意义。站在封建君主的立场,自然认为"流言"能乱国,惟恐"毁誉成党"。

论者认识到"辞者意之表也",然而"言""意"却不尽吻合;于是要求以"名"责"实",使"言""意"不相背离。这些虽非针对文学而言,却也体现了崇实尚真的美

---

① 《庄子·知北游》,曹础基:《庄子浅注》,第336页。
② 《吕氏春秋·离谓》,张双棣等:《吕氏春秋译注》,第525页。
③ 《吕氏春秋·淫辞》,张双棣等:《吕氏春秋译注》,第530页。

学倾向以及人们对语言媒介传达机制的理解。

四、极富创意和影响深远的《庄》学范畴

《庄子·寓言》篇说全书"寓言十九,重言十七,卮言日出,和以天倪"①,申明采用了与其他论著迥然有别的表述方式。《天下》篇自云庄周"以谬悠之说,荒唐之言,无端崖之辞,时恣纵而不傥,不以觭见之也。以天下为沉浊,不可与庄语,以卮言为曼衍,以重言为真,以寓言为广。……其辞虽参差而諔诡可观,彼其充实不可以已"②。用今天的话来说就是:世道沉迷污浊,我不能从正面郑重地说,只好讲些有悖常理的、不着边际的、荒唐不经的话;我讲的事你们不必信以为真,然而其中的道理可以不断地去充实和发挥。作此三"言"既因所言常无法验证,也是"与世俗处"的一种需要。

《庄子》话语的"荒诞"性及其"寓言""重言"和"卮言"的理论形态和表述方式是理论建构者的自觉选择,以为有助于人们开拓思维空间、更新思维方式,其模糊性和多指向性则使寓意有充实、发展和丰富的余地。与此相适应,其理论范畴主要用于表述有关精神活动、思维运作和调适个体生存方式的思考,其中有不少是新创设的:有的用于解脱世俗的精神枷锁求索自由,如"游"、"忘";有的用于对思维规律的揭示,如"言""意"之辨和"体道"之"体";有崇尚自然方面的"天""适""迹"。

"游"的读解可以使我们知道个人应该和可以求索精神的自由逍遥,而"竟(同境)"可以指思维的层次和范围;"忘"告诉我们怎样取舍思维对象、净化心灵的空间;"适"指自我顺适环境的体验和生存状态;"体"也是一种重要的思维和把握事物的方式;《逍遥游》《秋水》等篇可见庄子的思考有对常识时空观念的突破和超越;"得意忘言"之论和对"意之所随"的景仰求索不仅表明"体道"的庄子对语言传达局限性有所认识,等等,无一不显示出其思辨的精深入微。

庄子创设的范畴合乎其"寓言"式论说的需要,无论是原词的引申义还是用其比况义,基本上都是一种向思维深度和广度拓展的理论成果,它们对后来文学艺术理论批评的发展、层次的提升有无可替代的促进作用。除已经在上面讨论先秦"言""意"之辨等部分已经介绍的范畴之外,再以《庄子》所创设且有代表性的"游""忘""体""天"与"真"为例进行述评。

---

① 《庄子·寓言》,曹础基:《庄子浅注》,第420页。
② 《庄子·天下》,曹础基:《庄子浅注》,第508页。

1."游":生命精神的自由游履

《逍遥游》列为《庄子》首篇。这篇"寓言"一开始,凸显于读者眼前的就是一个横空出世、硕大无比的意象:在北边深海中由鲲变化而成的鹏,其大小以"几千里"计,何止是夸张,简直是天外奇想。

鲲是鱼,或者鱼卵,是水中的生物(若是鱼卵,与鹏相比更见其小);鹏则是天上飞的大鸟。由细小的水中物转瞬变化为庞然飞鸟可谓奇特之极。北冥的鹏要飞赴遥远南冥,于是"抟扶摇而上者九万里",得六月的大风支撑其宏图才付诸实施,因为"风之积也不厚,则其负大翼也无力"。——开篇就让读者的想象力活跃起来,神思"游"将开去。接下来是"野马"(草泽上的水气)蒸腾、尘埃浮动,它们"以息相吹";指出与从天上(高飞之鹏的角度)也不能看清下面地上的情况一样,人们也不能确知"天之苍苍"是否真的就是它的颜色。

鹏飞赴南冥的壮举不被只能短距离低飞的蜩和学鸠理解,只因大小悬殊。又说到不同种属的生命体对时间(包括季节变化和生命寿夭)感觉的相对性。棘对商汤"上下四方有极乎"的回答强调了宇宙的无限性:"无极之外,复有无极也"!

庄子嘲笑以"知效一官,行比一乡,德合一君"自得的士人如同蜩与学鸠一样短视浅薄之后指出,即便是对举世誉之、非之都无所谓,"定乎内外之分,辨乎荣辱之境"的宋荣子,能够"御风而行,旬有五日而后反"的列御寇,仍然是"有待"的。只有"乘天地之正而御六气之辩,以游无穷者"才能"无待"。

随后,有许由拒绝尧让天下的传说,有肩吾与连叔对藐姑射山神界的描绘,有庄子与惠子对种大瓠无所用的论辩,以及客因不龟手之药"裂地而封"的故事。篇末说,不中规绳墨的大树不必患其无用,无可用方能"不夭斤斧,物无害者",正该"树之于无何有之乡,广莫之野,彷徨乎无为其侧,逍遥乎寝卧其下"。① 在乱世得以全身远害正是庄子谋求和力倡的无用之用。

精辟的"有待""无待"之论,指出有依赖有借助就会受制约、受局限,从鲲鹏到蜩和学鸠,无论朝菌、蟪蛄还是冥灵、大椿,从"知效一官,行比一乡,德合一君而征一国"者到宋荣子、列御寇,乃至尧这样的圣君,都不能达于无待而作"逍遥游"。唯有"至人无己,神人无功,圣人无名"才能达此精神的至境。

无抽象论证,也不用逻辑的语言推导、演绎。精深的哲学思辨以寓言故事和荒诞不经、意象纷呈的描述展示出来。《庄子》建构并展示了它特殊的理论形态。

---

① 《庄子·逍遥游》,曹础基:《庄子浅注》,第13页。

作为首见于《庄子》的重要范畴，"游"同中国古代其他概念和范畴一样是不舍象、"近取诸身"的，来源于对切身体验、可感的具体事物、活动物态的比拟和想象。"游"的运用，有明有暗，可虚可实，而虚之用的具备正是其成为概念和理论范畴的标志。

《逍遥游》篇仅两次见到"游"字："若夫乘天地之正，而御六气之辩，以游无穷者，彼且恶乎待哉"和"藐姑射之山，有神人居焉。……乘云气，御飞龙，而游乎四海之外"①，是明用。而"今子有大树，患其无用，何不树之于无何有之乡，广莫之野，彷徨乎无为其侧，逍遥乎寝卧其下"②则暗用"游"于其中。不过，"无穷"和"四海之外"如何"游"法？"无何有之乡"与"广莫之野"又在哪里？足见所谓"游"都是虚拟的，不是人们的身游，而是一种精神领域中的游历。其后的篇章不仅反复以"游"比况"无待"的自由，还创用了"游心"的概念，透露了"游"指的是精神上的解放和自由。

"逍遥"则自在快适；"乘云气，御飞龙"遨游于"四海之外"的超逸广博绝非尘俗可及；"游"于"无穷"和"无何有之乡"则是没有止境的虚无；达于"无待"（没有也不用凭借、依赖外在事物，摆脱关系网络的制约）则无限制……心灵神思获得摆脱一切束缚的绝对自由，即"游"的真谛所在。

除"逍遥游"和"知北游"两次用于篇名以外，正文中"游"字出现 106 次（作为人名的子游不在其内），用其本义的仅 46 次，其余的"游"内涵都有所拓展和提升，发展成为对特定精神活动状态进行比况的新范畴。今天我们所见到的先秦子书，大多不是一个人的著述，即使有宗师创意立说在前，而门人后学的整理阐发和拓展也常常纳入其中。就《庄子》而言，学界基本认同为庄周本人撰著的只是"内篇"。"内篇"7 篇，"游"篇篇皆有，共 32 次，与"外篇"（15 篇中有 2 篇无"游"字，共出现 51 次）、"杂篇"（11 篇中有 3 篇无"游"共出现 23 次）相比，概率是最高的。不过"外篇"和"杂篇"所用"游"的本义和引申义与"内篇"所用基本一致。可见"游"是《庄子》首创和运用频繁的重要范畴。它参与组合的话语展示出特殊的理论形态，表述了庄子对自由的思考和超然的人生态度，开拓出天表域外的精神视野。与"游"相关的"寓言"占很大比重。

---

① 《庄子·逍遥游》，曹础基：《庄子浅注》，第 9 页。
② 《庄子·逍遥游》，曹础基：《庄子浅注》，第 13 页。

以"氵"为义符的"游"是水中行。游与遊自古相通。① 游应用更普遍,有可能是本字;而遊是后起的,专指陆上的行走、活动。对于后来发展成为范畴的"游"而言,上面的诠释都属本义,是引申义的出发点。游多有闲放、游乐、浮动的意态。《大雅·板》:"昊天旦旦,及尔游衍。"②《管子·法法第十六》有"民无游日"③一语,注云:"无闲游之日。"《系辞上》有"精气为物,游魂为变。"④《正字通》曰:"游,自适也。"《论语·述而》曰:"志于道,据于德,依于仁,游于艺。"⑤《集注》云:"游者玩物适情之谓。"⑥

人的游是出行游乐、交游、游历,本有走出自我,变更原本处境,扩大眼界和与外部交往、认知范围的意思。游多是个体的行为,是自主的轻松的解放的,乃至纵逸的,其本质是生命精神的自由运动;所以语词中出现"游戏"的组合也很自然。徐复观先生也有感于此,认为庄子"虽有取于'游',所指的并非是具体的游戏,而是有取于具体游戏中所呈现出的自由活动,因而把它升华上去,以作为精神状态得到自由解放的象征。"⑦

庄子常以"游"喻指一种无拘束、无负担、无干扰的精神活动和思维运作,是思维中时空的自由延展,物我的自由往复,意象的自由组合、拼接,从而自如地实现对已有范围、观念、关系、秩序和规则的超越。

将"游"经由比况提升成范畴,其本义的特点也带到了范畴。如原义多指一种个体的主动的由意趣支配的消遣性活动,这种活动能够变换环境、视野和情绪。引申发展成范畴,则指思维和精神活动寻求的一种境界,原来的个体性、主动性和轻松从容仍有所保留。

"游"的特点之一是思维时空的博大和主体的充分自由。

《庄子·秋水》篇曾经明确地质疑过常识空间中"细"(小)与"大"的极限:

---

① 《邶风·谷风》:"泳之游之。"《集传》:"浮水曰游。"据《方言·十》的"潜,又游也"和《秦风·蒹葭》的"溯游从之"可知,无论潜行水中和涉水而行都是"游"。又指邀游于陆。《齐风·载驱》:"鲁道有荡,齐子游敖。"《孟子·梁惠王下》:"吾王不游。"出使、外出求学、求仕、交往都可言游。《广雅·释诂三》:"游,戏也。"《尚书·五子之歌》:"乃盘游无度。"先秦已有游戏的概念,《韩非子·难三》:"管仲之所谓言室满室、言堂满堂者,非将谓游戏饮食之言也,必谓语大物也。"
② 《诗经·大雅·板》,周振甫:《诗经译注》,第 416 页。
③ 《管子·法法》,[唐]房玄龄注、[明]刘绩补注、刘晓艺校点:《管子》,第 101 页。
④ 《周易·系辞上》,黄寿祺、张善文:《周易译注》,第 500 页。
⑤ 《论语·述而》,杨伯峻:《论语译注》,第 67 页。
⑥ [宋]朱熹:《四书章句集注》,第 94 页。
⑦ 徐复观:《中国艺术精神》,北京:春风文艺出版社,1987 年,第 55 - 56 页。

"又何以知毫末之足以定至细之倪？又何以知天地之足以穷至大之域？"其言说中经常能够体会得出有时间和空间的双重观照，比如同篇中所谓"井蛙不可以语于海者，拘于虚(墟)也；夏虫不可以语于冰者，笃于时也"即然。①

一般的时空是常识的历史和地域的时空。没有时间观念上的突破，就很难超越历史；没有空间观念上的突破，要超越世俗社会就不可想象。庄子的哲思建立在新奇的、惊世骇俗的时空观念上，如同艺术一样，经常描述着幻设的思维时空。

《逍遥游》等篇描述的空间其宏观视野之广大令人惊叹，经常高踞天外审视芸芸众生，频频言及他和至人、真人与"天地万物"和"物之初"的往复；他描述了硕大无比的鲲鹏"其背不知几千里"，"其翼若垂天之云"，"抟扶摇而上者九万里"，鲲鹏所"图"是从北冥到南冥的超长距离飞行。真人、至人、神人能够游于"无何有之乡、广漠之野"乃至"六合之外"，"六合之外"是感官感知范围以外的无限空间。也有微观的，如"野马也，尘埃也，生物之以息相吹也"之类……就时间言，庄子称长寿的冥灵和大椿，其一年分别是一千年("以五百岁为春，五百岁为秋")和一万六千年("以八千岁为春，八千岁为秋")；同时也介绍了生命短暂的朝菌和惠蛄（分别是不足一天和只有一个季节）。不仅如此，他自己和老聃以及那些真人、至人、神人能够"游于物之初"，"与造物者游"，回复到万物生成之初始，遨游于无终无始的领域，简直有"时间隧道"任我穿越的味道。

"游"是《庄子》首创和运用频繁的重要范畴。它参与组合的话语展示出特殊的理论形态，表述了庄子对自由的思考和超然的人生态度，开拓出天表域外的精神视野。全书与"游"相关的"寓言"占很大的比重。

庄子企慕的"游方之外"就是"游心"在感官能够感知的范围以外，是超越世俗和身观局限，跨越地域和历史的思维空间；"无何之乡，寂寞之野"就是没有历史陈迹、没有名利权势造成的烦扰忧惧、清静无为的境界；"逍遥之墟"就是精神自由的领域；"六合之外"就是对常识六维(上下东西南北)空间的超越。

在庄子首创的范畴系列中，"游"运用最频繁，且与"天""忘""适""迹""竟(或境)"等范畴有密切的内在联系，在庄学理论体系中占有地位相当重要。"游"后来成为文学艺术理论中的重要范畴，魏晋南北朝文艺论著中"神游""心游"已不乏见，元人郝经还提出"内游"说；"游"论对于中国古代艺术思维论很有影响，甚至可以说是境界说的源头之一。

---

① 《庄子·秋水》，曹础基：《庄子浅注》，第237页。

2. "忘":精神游履境界与思维对象的弃取

"忘"字在《庄子》全书出现了86次。从遗忘事物的本义到庄子引申、赋予的范畴义都针对精神现象而言。

遗忘的现象是普遍的,可能很早即为人们发现和注意到。"忘"字的本义就指遗忘的精神现象。《说文解字》云:"忘,不识也。"生理和一般精神现象中的"忘"(即遗忘,不记得)基本上是不自觉的,是头脑中信息及其网络联系的中断、丧失或出现缺陷。但《庄子》中所谓"忘"则不尽然。作为理论范畴,"忘"的内涵也不是单一的,有时候指一种由意志控制的对思维内容的取舍,对固有记忆束缚的摒除,在一些场合又是一种无需意志和感觉、知识控驭、影响,无干扰、无差别自由活动的精神状态。可以说"忘"在《庄子》中被看作是一种主动的、自为的手段,一种思维和生存方式,一种精神境界。

《庄子》中"忘"首次出现于《齐物论》:"忘年忘义,振于无竟,故寓诸无竟。"① 虽未充分展开,却简括地道出了"忘"的理想境界。这里的"年"义为人生的岁月,指生命的寿夭。珍爱生命,对衰老死亡心存忧惧是人们的共同心理;"义"是众所认可的道德规范,指导社会生活行为的准则;而"竟"则与"境"同,"无竟"就是虚无境界,是"忘"的目的。"忘年忘义"包括对"年""义"两方面的超越,即所谓"外死生"以及对是非名利的彻底淡漠。

人类自从有了自我意识以来,对生命有限的忧惧就是最普遍的情结。在古代中国,社会意识中影响力最为强大的就是"天经地义"、名正言顺的伦常是非。庄子以为只有摆脱了对生命短暂的忧惧和伦常是非的束缚才能"振于无竟",在虚无的境界中获得旺盛的生机和充分的精神自由。"无竟"是智慧生命理想的游履和寄寓之处。能否达于此境,其前提是能否"年""义"两"忘"。

以"忘"入论最多的一篇是《大宗师》,用了15次。其中一个故事说,子桑户等三人为"相忘以生"的莫逆之交,"以生为附赘县疣,以死为决肒溃痈","忘其肝胆,遗其耳目",是"外死生"的得道之士。孔子感慨"内外不相及",认为三位"游方之外者",其对尘俗的超越非自己这样的"游方之内者"所能企及。后来又借孔子之口指出:"鱼相造乎水,人相造乎道。相造乎水者,穿池而养给;相造乎道者,无事而生定。故曰:鱼相忘乎江湖,人相忘乎道术。"②

《大宗师》较充分地讨论了生死问题,曾说:

---

① 《庄子·齐物论》,曹础基:《庄子浅注》,第40页。
② 《庄子·大宗师》,曹础基:《庄子浅注》,第105页。

> 古之真人，不知悦生，不知恶死；其出不䜣，其入不距；翛然而往，翛然而来而已矣。不忘其所始，不求其所终；受而喜之，忘而复之，是之谓不以心捐道，不以人助天，是之谓真人。若然者，其心忘，其容寂，其颡頯；凄然似秋，暖然似春，喜怒通四时，与物有宜而莫知其极。①

真人的精神世界能够做到"心忘"，有内在的"心忘"为依据，则有外在的清寂、淡漠、静穆，得融通于自然，顺遂于大化。"与物有宜"则相适无所扞格、无所限制。该篇还有一个著名的寓言：

> 泉涸，鱼相与处于陆，相呴以湿，相濡以沫，不如相忘于江湖，与其誉尧而非桀，不如两忘而化其道。②

此前说"死生，命也，其有夜旦之常，天也。……"其后又有上面所引孔子以鱼相适于水作比的话：鱼自然生成于水，智慧的人自然生成于"道"。鱼游于江湖就能有忘记一切的自如，人游于"道"则有忘乎一切的逍遥自在，故云："鱼相忘乎江湖，人相忘乎道术。"足见这个寓言表述的是庄子的人生态度和对恶劣环境中生存方式的思考。死生不由己，是自然大化的安排。对鱼而言，"泉涸"而处于陆，比喻已经违背自然，丧失了生存的条件而身处绝境。此时"相呴以湿，相濡以沫"的相惜互助是杯水车薪的徒劳，于事无补。"相忘于江湖"则是在精神上回归于初始、素朴，回归于自然。庄子欲以精神领域的超越应对现实中不能摆脱的困境。

这里有"与其誉尧而非桀，不如两忘而化其道"的话。《外物》中又借老莱子之口说："与其誉尧而非桀，不如两忘而闭其所非誉。"③是谓既然用世俗的观念和标准评价政治会产生误导，对尧和桀的"誉"与"非"（肯定和否定）都非关本质、毫无意义，不如摆脱和擯弃之而在对"道"的体认和融合中获得解脱。所谓"道"或"道术"指人（智慧生命）的生化之自然。

"两忘"组合的出现告诉人们，"忘"的对象可以是矛盾双方，指向并非总是单一的。后来艺术论中常能见到的"物我两忘"，就是针对主体、客体差异和扞格的化解和相融为一而言的。

《大宗师》另一反复用"忘"之处提出了"坐忘"说：

> 颜回曰："回益矣。"仲尼曰："何谓也？"曰："回忘礼乐矣。"曰："可矣，犹

---

① 《庄子·大宗师》，曹础基：《庄子浅注》，第89页。
② 《庄子·大宗师》，曹础基：《庄子浅注》，第94页。
③ 《庄子·外物》，曹础基：《庄子浅注》，第412页。

未也。"他日,复见,曰:"回益矣。"曰:"何谓也?"曰:"回忘仁义矣。"曰:"可矣,犹未也。"他日,复见,曰:"回益矣。"曰:"何谓也?"曰:"回坐忘矣。"仲尼蹴然曰:"何谓坐忘?"颜回曰:"堕肢体,黜聪明,离形去知,同于大通,此谓坐忘。"仲尼曰:"同则无好也,化则无常也。而果其贤乎!丘也请从而后也。"①

"坐忘"就字面而言是端坐而无思虑的意思。此处的"坐忘"是颜回通过不断的执着的精神修养,跨越了"忘礼乐""忘仁义"的层次才达到的境界。所"忘"为何,决定其精神境界的高低。礼乐有外在的形式、仪程,是古代指导和规范世俗社会人际关系的手段;仁义是道德伦常的思想理念,是礼乐的精神内核,层次高于礼乐。坐是安坐不动。《说文解字》释"坐"曰:"止也。"段注:"古谓坐为居为处。"此处"坐"也是指静处。"忘"则导之向虚,廓清和净化心灵,提升层次,是精神的运作;最终进入不受感觉、记忆、知识和自我意识影响的境界,也就超越了世俗观念、伦常的规范。"心斋","虚心"之谓也。也许与老子所谓"致虚极,守静笃"不无相通。老子的"致"与"守"是内向的陶冶,自有主观的努力在其中。当然,在进入这种"坐忘""虚静"的至境以后,精神活动静极而动、以静驭动极其自由,自然无须意志和知识的导控了。

"坐忘"之"忘"是彻底忘掉物我、是非差别以及道德功利,廓清思路,摒弃世俗的观念意识,从而达于与"道"冥合。郭象注《大宗师》曰:"夫坐忘者,奚所不忘哉?既忘其迹(指人为的仁义礼乐),又忘其所以迹者,内不觉其一身,外不知有天地,然后旷然与变化为体而无不通也。无物不同,则未尝不适;未尝不适,何好何恶哉?同于化者,唯化所适,故无常也。"②

庄子的"坐忘"之论深入人的内心世界,引导人在无干扰的境界寻求纯粹的精神感受,与审美感受和精神超越的体验和把握相关,对艺术创造理论很有启发。有的学者曾经指出,坐忘的精神境界俨然就是庄子所提倡的最高的审美境界。所谓"坐忘",就是让人摒弃一切伦理道德和实用的知识,摒蔽感觉,无须思维,遗忘一切。以为消除了是非的对立,物无彼此的分别和主客体的界限,就可以进入与天地万物和"道"浑然一体的境界,达到精神上的绝对自由。

《大宗师》记孔子说"游方之士""假于异物,托于同体;忘其肝胆,遗其耳目"③。这种至人境界此后被一再重申,如《天地》中"为圃者"对子贡说:"汝方将

---

① 《庄子·大宗师》,曹础基:《庄子浅注》,第109页。
② [清]郭庆藩:《庄子集释》,第285页。
③ 《庄子·大宗师》,曹础基:《庄子浅注》,第104页。

135

忘汝神气、堕汝形骸,而庶几乎!"①《在宥》中广成子告诫黄帝"多知为败",以"无视无听,抱神以静"为长生之道;寓言中鸿蒙所说的"心养"大抵是生命精神的营卫和心理的调适,也有类似的要求:"噫!心养。汝徒处无为,而物自化。堕尔形体,黜尔聪明,伦与物忘;大同滓溟,解心释神,莫然无魂。"②《达生》中削木为鐻的梓庆告诉鲁侯,工作开始前的精神准备包括"……齐(同斋)七日,辄然忘吾有四枝形体"的阶段。其后记扁子说"至人之自行"中也有"忘其肝胆,遗其耳目,芒然彷徨乎尘垢之外,逍遥乎无事之业,是谓为而不恃,长而不宰。"③

人是自然造就的生命体之一员,又高于一般的生命体。人类在社会发展中会出现异化,即以"人"(人为)取代了"天"(自然),世俗固有意识、个人成见会干扰对"道"的体认。"忘"一己的神气、形体、感觉,是达于"心斋""丧我""无己"境界的一种手段,也是这种境界所呈现的无为、自在的精神状态。"心斋""丧我"都有通同于"无己"。"心斋"之空灵侧重接纳外部信息,"丧我"侧重走出"成心"的偏执。"心""神""气"为生命之根本,是主体的精神、意志和思维。"聪"是听觉,"明"是视觉,"形骸""肢体"是主体的形质和具体存在。走出我执要从基本的感觉、体验和自我意识出发,因为任何个体的感觉、体验和认知都可能是琐屑、局部和非本质的,受限于主观感受、智慧、意识的判断都与"道"、与客观事物存在距离。欲达于"坐忘",非我的(即他人和社会外加的)观念、意识要排除,一己的"成心"也得摒弃。

《德充符》指出:"德有所长,而形有所忘。人不忘其所忘,而忘其所不忘,此谓诚忘。"④《田子方》中孔子对颜回说:"吾服女也甚忘,女服吾也亦甚忘。虽然,女奚患焉!虽忘乎故吾,吾有不忘者存。"⑤是谓圣贤间的沟通和相互理解会排除许多无关紧要的东西。思维是个体活动,其主体性决定思维不会是完全客观的鉴照,"忘"什么是有选择的,不是一概廓清。孔子所"存"的"不忘者"是精神性的、本质的,但"忘乎故吾"表明,主体的精神世界也是可以有所更新的。

《达生》中梓庆削木为鐻的出神入化,力求凝神专注以至于"忘形",故得经历"齐(同斋)七日,辄然忘吾有四枝形体也……"的准备。不仅对主体的净化、提升如此,对于客体的适应和把握也是"忘"其"形"而得其"神","忘"其外方可得其内

---

① 《庄子·天地》,曹础基:《庄子浅注》,第175页。
② 《庄子·在宥》,曹础基:《庄子浅注》,第154页。
③ 《庄子·达生》,曹础基:《庄子浅注》,第287页。
④ 《庄子·德充符》,曹础基:《庄子浅注》,第84页。
⑤ 《庄子·田子方》,曹础基:《庄子浅注》,第309页。

的。故曰:"善游者数能,忘水也。……凡外重者内拙。"①《列子·黄帝》承其说,有云:"能游者可教也,轻水也;善游者之数能也,忘水也。"②《让王》指出:"故养志者忘形,养形者忘利,致道者忘心矣。"③可见"忘"是多层面的;但无论在何层面,都可以凸显主要的、核心的和本质的部分,淡化或忽略次要的、局部的和表层的部分。

《达生》的"忘"曾与"适"一并入论:

> 忘足,履之适也;忘腰,带之适也;忘是非,心之适也;不内变,不外从,事会之适也,始乎适而未尝不适,忘适之适也。④

"适"是一种以物我关系中恰合、惬宜、舒畅的自我感受和体验为基础的心理状态和生存方式。在这里"忘"是"适"的主观体验,又是"适"的精神状态。"忘"深入到记忆、思维内容选择和心理调适的层面,"适"则涉及感觉、体验。

《庄子》中"丧""亡"常与"忘"相通。《逍遥游》中尧在藐姑射山领略到神人的境界以后"窅然丧其天下焉"的"丧"就是"忘"。《徐无鬼》中徐无鬼所谓"亡""丧"亦然:"尝语君,吾相狗也。下之质执饱而止,是狸德也;中之质若视日,上之质若亡其一。吾相狗,又不若吾相马也。吾相马,直者中绳,曲者中钩,方者中矩,圆者中规,是国马也,而未若天下之马。天下之马有成材,若恤若失,若丧其一,若是者,超轶绝尘,不知其所。"⑤

人常常有所失于遗忘,其实也需要和有得于忘却。庄子教给人们的不过是自己去把握的、更聪明的"忘"。

从合乎思维需要的常理说,大脑应该只保存和强化有积极意义的信息和网络联系,让符合需要的东西占据主导地位。老庄业已认识到思维的运作需要足够的空间,"当其无"才有"心"之用,也就是"空"则灵。"忘"就是向"空"的努力和达到"空"的状态。"空"就是"虚静"。

执着于寻获解脱和自由的庄子更将"忘"作为自我精神探求的重要手段。他对"忘"的表述说明,顺适自然、无所挂碍、从容空灵而又专注(也即虚静)的心境才合乎理想,妨碍和破坏理想心境的因素应予排除。"忘"就是为回避、排除和廓

---

① 《庄子·达生》,曹础基:《庄子浅注》,第275页。
② 《列子·黄帝》,第52页。
③ 《庄子·让王》,曹础基:《庄子浅注》,第437页。
④ 《庄子·达生》,曹础基:《庄子浅注》,第286页。
⑤ 《庄子·徐无鬼》,曹础基:《庄子浅注》,第362页。

清这些因素的努力,有关注的转移,也有旧有信息和网络联系的摒弃,有世俗习惯、经验、观念、思维模式的改变。

被动的记忆丧失,是"忘"的本义;作为庄学范畴的"忘"从本质上说是主动的,是对精神状态的调适和思维运作的把握,理想的"忘"(如"坐忘""丧我""心斋")是精神陶冶的高境界,要通过主观努力才有可能达到。"忘"的范畴义有两个层面:从依靠意志在思想精神上摆脱关系、属性的局限和干扰,到进入无须意志控制的无差别境界,即不受主体和客体个别性的束缚、不受内("成心")、外("物")干扰的精神活动领域。立足于自我(思维主体),又力求超越自我,与客体乃至整个宇宙万物融合为一:无挂碍、无限制、无扞格、无隔阂、无差别。就所"忘"对象而言,在修养过程中有从具体的、有外在形式的(礼乐)向精神本质的(仁义)和超越时空的无差别境界(坐忘)的递进层次。

"忘"由有主导意识指向的求索和修养欲达于无为无己的无待、自如及天和。在修养的阶段"忘"是手段,达于理想之"忘",则是目的,当然已致"忘"境也有其"忘"态。

受《庄子》影响,其后许多士人有了"忘"的自觉意识。"忘"于是成了他们精神自我调节的重要手段,对于卸除负担、摆脱困境、超越自我、与道冥合,实现精神的解放和思维创造力的跃升具有重大意义。

3. "体"也是一种思维方式

约定俗成的"体"有古人用身体况味的多种意义,不难领略其中生命性的内涵。"体"的语义考辨有助于了解传统的思维方式和艺术观。如《说文》云:"体,总十二属也。"谓"体"是身体十二部分的总称。《墨子》有"体,分于兼也。"①"分"是对一个整体中各组成部分的区分;"兼"是各个部分的兼备与整合。"体"既是整体中的分类,也指由各部分有机合成的统一体。用于文学之"体"是一种"近取诸身"的比况,是将对人体构成的理解推演到其他事物的一例。

无论指身体还是它的一部分(肢体),体是有形的,有其统序和架构,在造艺中属于形式的范畴,尽管常常只是建构形式的框架或雏形。文之"体"可以指体裁、体制、体式、体势、体格。另一方面,每一体又都有区别于其他体的个性特点,在强调其个性特征时"体"就凸显出风格的属性,有时甚至就指风格而言。

然而,庄子所谓"体道""体性"和"体纯素"之"体"不是用于分类之体,也非具体和势态之体,是一种不借助媒介、非逻辑,依靠直觉和悟性的特殊思维方式。之

---

① 《墨子·经上》,[清]毕沅校注,吴旭民校注:《墨子》,第167页。

所以用"体"指代,大抵与这种彻悟和洞悉方式的浑全性(由不割裂、不解析,完整的模糊把握所体现)和生命体验的直接性有关。从现有材料上看,首先把"体"用作一种思维方式的是庄子。这首先是对思维类型认识的深化和精致化,是对一种思维方式的发现。推崇"体"的意义还在于,庄子以为对于"道"本体和事物之精髓的认知,不能用逻辑的完全抽象的方式。

庄子在论"心斋"时说:"无听之以耳而听之以心,无听之心而听之以气"①,以为对"道"的接纳和把握是由"心斋"中"虚静"的"气"(生命之基始)去完成的。这里推崇的是一种特殊的把握方式:无须媒介,非逻辑,甚至无须耳目的感觉,对体现"道"的认知对象从心灵的感受体认直接跃升到全面洞悉和完整把握。这种体认彻悟有时在《庄子》对"体"的创造性使用中表现出来。

《易·系辞下》言及思想方法时曾说:"近取诸身,远取诸物。"②古人确乎善于以切"身"的体验为起点进行推演和比况,"体"成为一种思维方式就是很好的例子:从头脑、躯干、四肢的主次、上下、左右,到男女阴阳刚柔的对立,以及"体国经野"的区划;也常从精神形质的内外主从、气息血脉流转的生命运作机制等切身的感受和体验出发,……由近及远地推而广之,去理解、意会事物现象乃至宇宙万物的本源、构成关系、特点属性及其生成演化。

《庄子》中的"体"有身体肢体之体,形体之体和整体之体。如《天地》说:"形体保神,各有仪则,谓之性。"③也有与思维方式、悟解范围层面相关的"体",如《应帝王》云:

> 无为名尸,无为谋府,无为事任,无为知主;体尽无穷,而游无朕;尽其所受乎天,而无见得,亦虚而已!至人之用心若镜,不将不迎,应而无藏,故能胜物而不伤。④

弃绝名声、谋虑、事功和人为智巧,心境才能"虚静"。"体尽无穷,而游无朕"是以体认方式无所遗漏地把握无穷无尽的大"道","游心"在无朕兆形迹的初始之中。《则阳》说:"圣人达绸缪,周尽一体矣,而不知其然,性也。"郭象注"周尽一体"云:"无外内而皆同照。"成玄英疏云:"夫智周万物,穷理尽性,物我不二,故混同一体。"陆德明《经典释文·庄子音义》云:"'周尽一体'所鉴绸缪,精粗洞尽,故

---

① 《庄子·人间世》,曹础基:《庄子浅注》,第55页。
② 《周易·系辞下》,黄寿祺、张善文:《周易译注》,第533页。
③ 《庄子·天地》,曹础基:《庄子浅注》,第171页。
④ 《庄子·应帝王》,曹础基:《庄子浅注》,第119页。

言周尽一体。一体,天也。"①可见,此处"体"被古代学者公认是一种兼及内外精粗的浑全性洞悉和彻悟,圣人能够如此则是顺适自然所至。

《知北游》说得道者"至则不论,论则不至。明见无值,辩不若默",指出:

> 夫体道者,天下君子所系焉。今于道,秋毫之端万分未得处一焉,而犹知藏其狂言而死,又况夫体道者乎!视之无形,听之无声,于人之论者,谓之冥冥,所以论道而非道也。②

指出"体道"不同于"论道",是把握道的唯一方式。强调"体道"的特点是无须中介、不能言论,是"视之无形,听之无声"超感官和非语言的体悟和冥合。

《刻意》又有:"纯素之道,唯神是守;守而勿失,与神为一;一之精通,合于天伦。……故素也者,谓其所与无杂也;纯也者,谓其不亏其神也。能体纯素,谓之真人。"③精纯素朴是"道"的特点,只有营守精神之浑全为一,才能与"天伦"(自然之常理)相合。能够体悟"纯素之道"的就是"真人"。成玄英《疏》"能体纯素"云:"体,悟解也。妙契纯素之理,则所在皆真道也。"以"悟解""妙契"释"体",强调其把握方式的超理性、非逻辑和无须中介的特征。

庄子把"体"引申为一种思维方式,这是对思维类型认识的深化和精致化,是对一种思维方式的发现。推崇"体"的意义还在于,庄子以为对于"道"本体和事物之精髓的认知,不能用逻辑的完全抽象的方式。

"体"本义与"形"密不可分,无论人的肢体、物之形体、事之大体主体,都有一定的形态。作为一种运思和认知方式,"体"的特点似乎是借助生命体验进行的"游心"和浑全的领会。也可以说是一种不拒斥具体、感性,非逻辑的神会。"体道"所提示的是:"达道"的途径和思维特点在于"体",对"道"的认知是从生命体验直接升华出来的浑全性认知和领悟。由于庄子强调不由视听、无须媒介,"体"的前提是一种在无干扰的"虚静"状态中的神游和与"道"冥合。

《天地》篇中子贡在楚得闻为圃者"机械"、"机事"、"机心"的高论,回到鲁国告诉孔子,孔子说其人是"……明白太素,无为复朴,体性抱神,以游世俗之间者",是"假修混沌氏之术者"。成玄英《疏》云:"夫心智明白,会于质素之本,无为虚淡,复于淳朴之原。悟真性而抱精淳,混嚣尘而游世俗者。"④

---

① [清]郭庆藩:《庄子集释》,第881页。
② 《庄子·知北游》,曹础基:《庄子浅注》,第325页。
③ 《庄子·刻意》,曹础基:《庄子浅注》,第230页。
④ [清]郭庆藩:《庄子集释》,第438页。

第一章 文论范畴生成的文化背景与思想渊源

庄子的"体性抱神"和《老子》十九章的"见素抱朴"的结构相同,都是两个并列的动宾组合。两个"抱"都有营卫、持守、依凭的意思;"见素"略同于"明白太素","体性"是以"体"的方式对浑朴本真之"(天)性"进行认知和整体把握。这与后来《文心雕龙》用于指称文学风格的"体性"是有所是不同的。

经庄子改造,"体"在原义之外又有了思维方式上的新义,发展出新的概念系列。这类"体"指一种由自我的生命经验和心灵感悟出发直接上升到整体把握的认知方式。后来常见的体验、体察、体谅、体味、体会、体认、体悟都带有设身处地、与切身感受和总体印象联系去考察、理解、斟酌、品味、会意的意思。

《庄子》中某些没有用到"体"字的地方也涉及和肯定了这种认知和把握方式,如《秋水》中有段著名的议论:"可以言论者,物之粗也;可以意致者,物之精也;言之所不能论,意之所不能察致者,不期精粗焉。"① 事物的形、色是粗迹,人们可以用感官直接把握它,也能用语言文字表述它;事物的精微部分可以"意致",以意会的方式去把握;"不期精粗"表明:对于事物现象中体现的妙"道"不能指望用寻常意识中的"精"或"粗"去衡量,既不能言论,也不能"意致";语言、概念、逻辑推理,都无能为力,只能以"体"(体认、彻悟)的方式直接地进行浑融的把握。

庄子之后,"体"作为一个民族特色鲜明的理论范畴运用逐渐普遍起来。《荀子·解蔽》论"道"的认知如是说:"知道察,知道行,体道者也。"②"体"在心理、思维上有从一己生命体验出发的意义,后来组合成体悟、体味、体认、体验、体察、体会(从切身感受出发去悟解、去仔细辨析、验证、会意)、体谅、体恤(设身处地推己及人地为他人着想)等概念,广泛用于叙述话语和理论表述中。

文论中有"体物"的组合:如陆机《文赋》有"赋体物而浏亮"③,《文心雕龙》中《诠赋》有"体物写志"④,《物色》有"体物为妙"⑤,其"体"都有对物之本质特征作浑全性把握的意思。也有"体情"、"体会"的组合:刘勰在《情采》篇批评"体情之制日疏,逐文之篇愈盛"⑥的现象;宋杨时《龟山语录》说:"诗极难卒说,大抵须要人体会,不在推寻文义","惟体会得,故看诗有味"⑦。是谓非逻辑,亦非微言大义

---

① 《庄子·秋水》,曹础基:《庄子浅注》,第242页。
② 《荀子·解蔽》,[清]王先谦:《荀子集解》,第397页。
③ [晋]陆机:《文赋》,郭绍虞:《中国历代文论选》(一),第171页。
④ [梁]刘勰:《文心雕龙·诠赋》,张国庆、涂光社:《〈文心雕龙〉集校、集释、直译》,第146页。
⑤ [梁]刘勰:《文心雕龙·物色》,张国庆、涂光社:《〈文心雕龙〉集校、集释、直译》,第854页。
⑥ [梁]刘勰:《文心雕龙·情采》,张国庆、涂光社:《〈文心雕龙〉集校、集释、直译》,第573页。
⑦ [宋]杨时《龟山语录》,王大鹏等编选:《中国历代诗话选》(一),长沙,岳麓书社,1985年,第239页。

式的阐发,其不舍象的意味兴致须从体悟、神会得之。

4."竟(境)":精神游履所及之境域

文学艺术论中的意境和境界似乎是从佛学直接移植过来的,然而其渊源实在《庄子》之中。《天地》篇的一篇寓言就曾被认为是意境说的先声:

> 黄帝游乎赤水之北,登乎昆仑之丘而南望,还归,遗其玄珠。使知索之而不得,使离朱索之而不得,使吃诟索之而不得也。乃使象罔,象罔得之。黄帝曰:"异哉,象罔乃可以得之乎?"①

宗白华先生《中国艺术意境之诞生》对此解说时引用吕惠卿注释云:"象则非无,罔则非有,不皦不昧,玄珠之所以得也。"并指出:

> 非无非有,不皦不昧这正是艺术形相的象征作用。"象"是境相,"罔"是虚幻,艺术家创造虚幻的境相以象征宇宙人生的真际。真理闪耀于艺术形相里,玄珠灼爍于象罔里。②

此为认识意境特征的一种思路,是以仰赖于"象"之生发又超然"象"外之虚幻境域作为"艺境",这样理解"象罔"的况喻颇有可取。愚以为这个寓言是说"知"(智识)、"离朱"(明察)和"吃诟"(巧辩)都不得"玄珠"(道),而"象罔得之"比况超经验、超常规、非逻辑(包括非语言所能界定)的模糊把握,也可以说喻得道于无心的妙悟,诚然近于宋人所谓禅机。

从唯"象罔"可得玄珠的况喻可知:"道"不是感知的对象,感官、经验判断和言辩都无从求得,只能从"象罔"示意的虚无境界得之,摒除心机智慧在无心中去体认。"艺境"的追求与尚"虚无"有联系。换言之,"象罔"表明"象"所指向、所示意的"罔(虚无)"的境界,而通于道的"虚无"才可生成万"有"。

《庄子》中更适合称之前境界(前意境)说的是"游心"之论。这条思路或许更直截了当:从本义上说人和飞禽、走兽、鱼鳖的"游"有一定的经历和范围。借用于思维论,精神"游履"所及的范围可视之为境界,在《庄子》此类话语常常就是"乡""野""宫""墟""竟(境)""樊(藩)"。

其实,前面论"忘"所举《齐物论》"忘年忘义,振于无竟,故寓诸无竟"③用到的"竟(境)"完全有理由说是"意境"(或"境界")范畴的直接源头。"无竟"就是

---

① 《庄子·天地》,曹础基:《庄子浅注》,第166页。
② 宗白华:《美学散步》,上海:上海人民出版社,1981年,第81页。
③ 《庄子·齐物论》,曹础基:《庄子浅注》,第40页。

道的境界——"虚无"的境界。"竟"的本义是最终所及,在指地域时就是"境"。《胠箧》中并用"四竟之内"与"诸侯之境",《天道》直言"边竟",可见两字之通同。显而易见的是,《齐物论》所谓"无竟"之"竟(境)"不是用所属境土的本义,而是对精神活动境域的喻指:即达于"忘年忘义"的虚无超然,必然进入精神之至境。

《庄子》中有不少"无竟(境)"的同义语,皆指精神游履之至境。

《逍遥游》中所谓"无何有之乡,广莫之野"①仅为逍遥游所能及。《应帝王》中无名人对天根说自己"方将与造物者"为友:"则又乘夫莽眇之鸟,以出六极之外,而游无何有之乡,以处圹埌之野"②;《在宥》中广成子告诉黄帝,将"入无穷之门,以游无极之野"③;《天运》中老聃告诫孔子说:"古之至人,假道于仁,托宿于义,以游逍遥之虚(墟)"④;《知北游》记庄子对东郭子说:"尝相与游乎无何有之宫"⑤;《山木》中市南宜僚劝导鲁侯时也说:"吾愿君刳形去皮,洒心去欲,而游于无人之野","吾原去君之累,除君之忧,而独与道游于大莫之国"⑥。如果说"刳形去皮,洒心去欲"和"独与道游"透露出所谓"国""乡"(以及上述那些"野""虚""宫")之游系精神活动,《列御寇》中"彼至人者,归精神乎无始而甘冥乎无何有之乡"⑦则已明言"无何有之乡"是"归精神乎无始"的境域。

《大宗师》中意而子有"吾愿游于其藩"⑧一语。《人间世》曰:"若能入游其樊而无感其名。"⑨《山木》有"庄周游于雕陵之樊。"⑩藩与樊通,即藩篱,本指周边圈定范围的篱笆,"入其樊"就是"入其境",是围绕中心的邻近处,如同房屋周围由藩篱圈定的地域;以"游其藩(樊)"况喻道术学养时有追随之、师从之而入其境界的意思。

《大宗师》的"彼,游方之外者也;而丘,游方内者也"是孔子由衷的谦辞,以回答子贡对子桑户、孟子反、子琴张三人精神境界的询问。"方"之"内外"不只是范围的不同,而是精神境界的差别;故其后说:"彼方且与造物者为人,而游乎天地之

---

① 《庄子·逍遥游》,曹础基:《庄子浅注》,第13页。
② 《庄子·应帝王》,曹础基:《庄子浅注》,第113页。
③ 《庄子·在宥》,曹础基:《庄子浅注》,第151页。
④ 《庄子·天运》,曹础基:《庄子浅注》,第217页。
⑤ 《庄子·知北游》,曹础基:《庄子浅注》,第333页。
⑥ 《庄子·山木》,曹础基:《庄子浅注》,第292页。
⑦ 《庄子·列御寇》,曹础基:《庄子浅注》,第481页。
⑧ 《庄子·大宗师》,曹础基:《庄子浅注》,第108页。
⑨ 《庄子·人间世》,曹础基:《庄子浅注》,第55页。
⑩ 《庄子·山木》,曹础基:《庄子浅注》,第303页。

一气。"①《徐无鬼》中小童对黄帝说"为天下"云:"予少而自游于六合之内,予适有瞀疒,有长者教予曰:'若乘日之车而游于襄城之野。'今予病少痊,予又且复游六合之外。"②《齐物论》云:王倪曰:"……(至人)若然者,乘云气,骑日月,而游乎四海之外,死生无变于己,而况利害之端乎!"③

庄子以为"尚大不惑",追求的精神境界以博大、超然、无世俗尘浊琐屑的沾染、干扰为上。因此,游于六合之内不如游于六合之外,游方之内不如游方之外的超然。庄子认为人们的精神视野和思维活动有范畴和层次的差别,可以说这就是最早的境界意识。

"境"和"境界"指精神活动(包括思维)所及的范畴和层级(佛学辞典解释"境界"说:"自家势力所及之境土"④)。是惟智慧生命——人类的心灵游履所能达至,也是求索中的人个体不断拓展和提升的精神活动领域。被文学艺术论移植以后它们仍葆有其基本意义,只不过其领域和层次重在美的创造方面而已。

《庄子》中还有一些未明言"境"而与精神境界或体道过程中所历层级相关的论述,也可以认为与境界说有内在联系。

《庄子》曾论及"神人""至人""圣人"和"真人"。《天下》篇首段有"天人""神人""至人""圣人""君子""百官"以及"民"之分。但要义不是作社会等级的区分,也非宗教意味的人神或仙凡之别,而是人的精神境界的不同层次,旨在表明达道过程中精神境界的逐层提升,一步步接近至上至极。

颜回的"坐忘"经历了"忘礼乐""忘仁义"方才达至;"适"也有"适人之适""自适其适"和"忘适之适"的差别;体道则有"外天下""外物""朝彻""见独""无古今"和"不生不死"的层次……

"游心"的历程常常成为境界递进的层次,所达之不同层次亦可视为不同境界。从佛经移植的语汇中也不难窥见"游心""境界"两者的关系,《华严经·三》云:"游心法界如虚空,是人乃知佛境界。"就王国维的三境界说而言,也不妨说是"游心"递进的三级阶梯。

庄子追求的境界以博大、超然,无世俗尘浊琐屑的沾染、干扰为上。因此,游于六合之内不如游于六合之外,游方之内不如游方之外的超然。庄子认为人们的精神视野和思维活动有范围和层次的差别,可以说这就是最早的境界意识。

---

① 《庄子·大宗师》,曹础基:《庄子浅注》,第103页。
② 《庄子·徐无鬼》,曹础基:《庄子浅注》,第367页。
③ 《庄子·齐物论》,曹础基:《庄子浅注》,第34页。
④ 丁福保:《佛学大辞典》,上海:上海书店,1991年,第238页。

5. 与"自然"通同的"天"与"真"

"圣人贵名教,老庄明自然"①。老庄崇尚自然,这是古人很早就有的认识。《老子》中五次论及"自然",②二十五章说:"人法地,地法天,天法道,道法自然。"③尽管同为"四大"之一,"道"却高于"天"。"自然"又在"四大"之上,高于"道"。"自然"的意义侧重于"无为",即指事物的自然而然,不受人为干扰运作变化。

提出"道法自然"的命题对于中国古代自然论可谓居功至伟。"法"是效法,是以为法则。"道"是道家的最高范畴,"道法自然"除了凸显客观规律制约一切的内涵以外,还由于"自然"是万物之原创和不断衍化的自然而然,表明"道"有一个没有止境的显示过程,因此对于人而言"道"的体悟是一个在全真之"自然"的启示下不断进展、不断完善又不可穷尽的过程。

《庄子》中七次用到"自然"一词,《德充符》《应帝王》《天运》《缮性》《秋水》《田子方》和《渔父》篇各一处。除《秋水》中的"知尧桀之自然而相非"的"自然"是各因其自己所然而为然(即"自以为是")的意思以外,都是强调无为和自然而然。然而,全面阐扬"自然"之要义使之成为系统学说的是《庄子》。庄子多以"天"代指"自然",全面演绎了自然论,并使之精致化。

老子的"自然"与无为相通,与人为对立。这一点在《庄子》中得到阐扬,是其论"天"的核心和依据。庄子将无为引申到人的生命、情感和自然万物的生成变化上,"天""人"之辨不仅是无为与人为的考论,也包蕴着对本然与异化、客观与主观、永恒与短暂、博大与狭隘、超脱与拘滞的思辨。《庄子·渔父》的"法天贵真"简明地道出了道家自然论的宗旨。"法天"就是效法自然,以自然为最高准绳;"贵真"就是追求真实、本色和至诚。"素""朴""纯""白"在不同层面与"天""真"相

---

① [唐]房玄龄:《晋书·阮瞻传》引王戎语,北京:中华书局,1997年,第1363页。
② 陈鼓应先生以为《老子》六十四章中的"为者败之,执者失之。是以圣人无为故无败;无执故无失。民之从事,常于几成而败之。慎终如始,则无败事"和"是以圣人欲不欲,不贵难得之货;学不学,复众人之所过,以辅万物之自然而不敢为"与本章义无关,是他章错入(见中华书局1984年版《老子注译及评介》310页之注四、注五),因此在其校订文中将这两段文字删除。于是只剩四处提"自然"了。然而,荆门郭店出土的楚简中有三册《老子》,其一(即整理者拟名为《老子A》者)的第七组简中即有:"为之者败之,执之者失之。圣人无为,故无败;无执,故无失。誓终若始,则无败事壴。人之败也,恒于其揸垯也败之。是以圣人欲不欲,不贵难得之货,学不学,复众人之所过。是以能辅万物之自然而弗敢为。"与传本略同,证明删之不当。
③ 《老子·二十五章》,陈鼓应:《老子注译及评介》,第163页。

通,是道家崇尚自然天成和纯朴本质的一些要素。

《庄子》中除篇名(天道、天运、天地、天下)和人名(如天根)而外,用"天"字644个。除有天地、天下、青天、天子之类指称以外,由与"自然"同义的"天"组成的概念(如天池、天籁、天钧、天府、天理、天德、天乐、天行、天怨、天门、天灾、天性、天壤、天机、天放、天年、天刑、天鬻、天光、天民、天成、天布、天和、天难、天倪)有二百多。有时其"天地""天子"也未必与"自然"无关联,《刻意》的"恬淡寂寞虚无无为,此天地之本而道德之质也"①和《庚桑楚》所谓"人之所舍,谓之天民;天之所助,谓之天子"②就是例子。

尽管老子有"道法自然"的论断,庄子以"天"代指"自然"或者将"天"与"道""自然"等同带来了自然至上、规律至上、超越至上的理念。庄子的"天"和由天参与组合的词语基本与神明无涉,既是对老子"道法自然"学说的拓展,也是对西周以来"天"的理念的进一步更新和非宗教化。

庄子作了简明的"天""人"之辨。

《秋水》中说:"牛马四足,是谓天;落(络)马首,穿牛鼻,是谓人。"这是对"人"和"天"区别最直白的论断。随即说:"故曰,无以人灭天,无以故灭命,无以得殉名。谨守而勿失,是谓反其真。"③强调对自然本性的维护和回归。又如:"无为为之之谓天"④;"天无为以之清,地无为以之宁,故两无为相合,万物皆化生。芒乎芴乎,而无从出乎!芴乎芒乎,而无有象乎!万物职职,皆从无为殖。故曰天地无为也无不为也,人也孰能得无为哉!"⑤是把"天"("天地")和"无为"直接联系起来。《大宗师》指出,能够区别"天之所为"和"人之所为"是认识的至境,由此才能智慧地享受自然赋予的整个生命:"知天之所为,知人之所为者,至矣,知天之所为者,天而生也;知人之所为者,以其知之所知,以养其知之所不知,终其天年而不中道夭者,是知之盛也。"⑥

庄子的"天""人"之辨是比照"自然"无为与人为的论证,包蕴着对本然与异化、客观与主观、永恒与短暂、博大与狭隘、超脱与拘滞等等的思辨。

庄学中涉及生命意义的有"天年""与天为一"之论。

---

① 《庄子·刻意》,曹础基:《庄子浅注》,第228页。
② 《庄子·庚桑楚》,曹础基:《庄子浅注》,第351页。
③ 《庄子·秋水》,曹础基:《庄子浅注》,第248页。
④ 《庄子·天地》,曹础基:《庄子浅注》,第163页。
⑤ 《庄子·至乐》,曹础基:《庄子浅注》,第259页。
⑥ 《庄子·大宗师》,曹础基:《庄子浅注》,第88页。

庄周认为看破人生是超越世俗观念、获得精神解脱的要务。不能正确认识和对待生死问题,就不可能解除对生老病死的忧惧,享受智慧生命的快乐。而这正是世俗庸人最大的误区。美好的生命是完整的,应该得享天年,无尘俗干扰、无所忧惧,即智慧健康、天性无损、从容自在地畅游生命。

《养生主》中记老聃的朋友秦失说:"适来,夫子时也;适去,夫子顺也。安时而处顺,哀乐不能入也,古者谓是帝之悬解。"①(陈注引曰:成玄英《疏》曰:"帝者,天也。……天然之解脱也。"陈深说:"'悬',如倒悬之悬,困缚之义。"宣颖说:"人为生死所苦,犹如倒悬,忘生死,则悬解矣。")《大宗师》中子舆也说:"……且夫得者,时也;失者,顺也。安时而处顺,哀乐不能入也。此古之所谓县解也。而不能自解者,物有结之。且夫物不胜天久矣,吾又何恶焉!"②"安时处顺"并非如某些学者鄙薄的那样,是消极的混世和委曲求全的苟且。生命之得是一种机遇,也有时限,可谓应时而生,故称"时也";死亡来临的"顺"不仅是顺理成章(即有生必然有死),也是说"夫子"能以顺乎天理的心态处之泰然,从对生死的"哀乐"之苦中解脱出来。

《大宗师》简明地道出生死的自然之理:"死生,命也,其有夜旦之常,天也。人之有所不得与,皆物之情也。彼特以天为父,而身犹爱之,而况其卓乎!人特以有君为愈乎己,而身犹死之,而况其真乎!"③以为对"天"(自然)的尊崇和亲信应该有如甚至超过对君父。

虽然禀受自然赐予的生命,但生命的个体未必都得"终其天年"。庄子认为追求有用于世会走入误区。《人间世》中借托梦匠石的栎树说,那些树木因可为人用"故不终其天年而中道夭"。另一故事也说楸树、柏树、桑树因各有所用,"故未终其天年,而中道夭于斧斤,此材之患也。"同篇又举出托名"支离疏"(形体支离不全)的人,因身体残缺被免服兵役徭役、获得救济,于是说:"夫支离其形者,犹足以养其身,终其天年,又况支离其德者乎。"④

生命为"天"所赋予。《知北游》云:"是天地之委形也;生非汝有,是天地之委和也;性命非汝有,是天地之委顺也;子孙非汝有,是天地之委蜕也。"⑤天赋、天成和自然演化都是天经地义的。哪怕是畸形者,哪怕神奇与腐朽的转化,哪怕成为髑髅,化为虫臂鼠肝,有与世俗相异的个性(包括对是非、美丑、成亏、得失和有用

---

① 《庄子·养生主》,曹础基:《庄子浅注》,第46页。
② 《庄子·大宗师》,曹础基:《庄子浅注》,第101页。
③ 《庄子·大宗师》,曹础基:《庄子浅注》,第93页。
④ 《庄子·人间世》,曹础基:《庄子浅注》,第68页。
⑤ 《庄子·知北游》,曹础基:《庄子浅注》,第328页。

无用的判断,好恶、游处、喜怒哀乐),只要得之于"天",就是合理的,就应当善待之,使其完整地享受"自然"的赐予。

《达生》说:"夫形全精复,与天为一。天地者,万物之父母也,合则成体,散则成始。形精不亏,是谓能移;精而又精,反以相天。"①维护生命包括"形"(身体)和"精"(精神)两个方面,"与天为一"(通同"自然"不受人为损害)是理想境界,而"形精不亏"又有助于自然生命的运作。《庚桑楚》中老子直接讲解"卫生之经"——营卫生命之道。要求做到"抱一"(即"形""神"相守)、"勿失"(即不失"本真"、"纯素"),安守本分,不用心机,不受利害干扰,能像婴儿一样纯真无知,保持浑全的天性。之后又对南荣趎说:"夫至人者,相与交食乎地而交乐乎天,不以人物利害相撄,不相与为怪,不相与为谋,不相与为事,翛然而生,侗然而来。是谓卫生之经已。"②其"翛然而生,侗然而来"的无拘无束、自在逍遥就是对畅游生命的形容。

简言之,庄子的重"生"包括两方面的追求:时间上完全享受"自然"赋予的年寿,精神上自在逍遥摆脱世俗的桎梏和痛苦。

《庄子》有"天理""天伦"的概念,都是自然之理的意思。《养生主》中庖丁说:"臣之所好者道也,进乎技矣。始臣之解牛之时,所见无非全牛者。三年之后,未尝见全牛也。方今之时,臣以神遇而不以目视,官知止而神欲行。依乎天理,批大郤导大窾因其固然,枝经肯綮之未尝微碍,而况大軱乎!"③是谓"依乎天理"才得"游刃有余"。如果背离"自然"、有违"天理",则会受到客观规律和自然运作的惩罚,所以有"天刑""天之戮民""遁天之刑"一类提法。

《庚桑楚》中用到一系列"天"组成的概念:"天道""天光""天民""天子""天钧""天门""天人""天和"。其"天"都有自然天成的意思,如:"宇泰定者,发乎天光。发乎天光者,人见其人,物见其物。人有修者,乃今有恒;有恒者,人舍之,天助之。人之所舍,谓之天民;天之所助,谓之天子。""学者,学其所不能学也;行者,行其所不能行也;辩者,辩其所不能辩也。知止乎其所不能知,至矣;若有不即是者,天钧败之。"④"天"之自然而然不可违之,是"自然"法则的体现。庚桑子所谓"夫春与秋,岂无得而然哉?天道已行矣"表明:宇宙万物的运行演化,都以不得不然的"天道"为依据。

《达生》"以天合天"的寓言可与思维和审美创造的规律相联系:

---

① 《庄子·达生》,曹础基:《庄子浅注》,第270页。
② 《庄子·庚桑楚》,曹础基:《庄子浅注》,第347页。
③ 《庄子·养生主》,曹础基:《庄子浅注》,第44页。
④ 《庄子·庚桑楚》,曹础基:《庄子浅注》,第351页。

>>> 第一章 文论范畴生成的文化背景与思想渊源

梓庆削木为鐻,鐻成,见者惊犹鬼神。鲁侯见而问焉,曰:"子何术以为焉?"对曰:"臣工人,何术之有!虽然,有一焉。臣将为鐻,未尝敢以耗气也,必齐以静心。齐三日,而不敢怀庆赏爵禄;齐五日,不敢怀非誉巧拙;齐七日,辄然忘吾有四枝形体也。当是时也,无公朝,其巧专而外滑消;然后入于山林,观天性;形躯至矣,然后成见鐻,然后加手焉;不然则已。则以天合天,器之所以疑神者,其由是与!"①

清人刘凤苞《南华雪心编》评曰:"成一器而惊犹鬼斧神工,非专恃乎知巧之术也。梓庆之言,深入道妙。'未尝敢以耗气',气运于虚,则气与神合,外物不足以滑其心,专精之至,众妙皆呈,而何有于一鐻!看他说得斋心拔虑,宠利名誉,一切俱忘,至于神化之极,则并四枝形体而亦忘之,何等超脱!化工肖物也,运化于无,而众形毕具,所谓大可为,化不可为也。器也而疑神,可知全神之妙用也。"②此评强调"未尝敢以耗气",是围绕原创生命精神活力的营卫去理解的,以为如此则得成神化之极,是全神的妙用。

这里所谓"天性"并不是在说自己或者某个人的"天性",也不是鐻的样品、范式的"天性",为何要入山林而"观"之呢?万物之理有相通之处,"以天合天"是一种同于自然万物的视角和态度,也是一种"艺境"。削木为鐻是一种乐器的工艺制作,虽然是寓言,却直接描述了造艺上"疑神"(疑为神工)的最高境界——"以天合天",即以创作主体之"天"契合自然和表现对象之"天"。是创作主体"体道"前提下的"合",是生命精神的原创力得到完全维护基础上的"合",是摆脱世俗名利机巧干扰之"合",是"忘我"的"天合"——摆脱主观意识狭隘偏执的自然之合。

音乐是重视"和"美的艺术。《齐物论》中创设了"天籁"的概念:

子游曰:"地籁则众窍是已,人籁则比竹是已。敢问天籁。"子綦曰:"夫天籁者,吹万不同,而使其自己也,咸其自取,怒者其谁邪!"③

"籁"是孔窍及其发出的音响,"人籁"是人为的,"地籁"相对于"天籁"是有限和具体的,只有"天籁"是自然生发和无形迹的。不仅如此,各种"天籁"又绝非单一和雷同,而是各个不一的;"使其自己""咸其自取"表明各种"天籁"千差万别,也可以说全是个性迥异的,它们都由各有特点的天性所规定。虽然一律得风之

---

① 《庄子·达生》,曹础基:《庄子浅注》,第284页。
② [清]刘凤苞:《南华雪心编》,北京:中华书局,2013年,第439页。
③ 《庄子·齐物论》,曹础基:《庄子浅注》,第17页。

149

"吹",却有"万"般的不同。庄子以"天籁"代指自然天成音响,视之为一种美的至境,从此古代文学艺术批评有了"天籁自鸣"的语汇。

天在各个民族历史发展的早期几乎都受到崇拜。有"天人合一"传统观念的中国更是如此,《尚书·泰誓》曰:"天矜于民,民之所欲,天必从之"①;《论语》有"唯天为大,唯尧则之"②;屈原说:"皇天无私阿兮,览民德焉错辅"……在人们心中"天"既是至上和威力无穷的、永恒神秘的,也是最亲近和可仰赖可鉴证的。人们对天满怀敬畏和亲近,投入许许多多想象和情感。与"自然"比较,人对"天"的体验更贴近,其引申义更易接受和理解。何况"天"顶戴于上,本有高高在上的心理优势。

周代更多的以对天(尽管代指着主宰一切的神明、上帝)的崇拜取代殷商时期对鬼神的崇拜,在中国文化史和思想史上是有重大意义的。与老子的"天法道,道法自然"相比,庄子的"天"就是"自然",两者同一而无层次间隔,都体现出"道"。"天"虽与"自然"相通,毕竟更凸显了天性授予者至高无上的地位。庄子更多地超越了政治,从生命意义的探求、个体天性的维护、"虚静"心境的修养、精神桎梏(世俗的道义观念、礼法成规)的破除,到对事物自然属性和客观规律的尊重,都进一步深化了"天人合一"的理念,丰富了崇尚自然的审美意识。于是,对后来文学艺术中主体意识的觉醒、对真(包括素朴和超越)美追求的强化,对艺术规律的探索和推崇都有重大意义。

在汉语中,单个的"天"比两字的"自然"在新词的组合上更方便灵活,更具优势。有利于拓展、深化或凸显其某一层面的特殊意义,衍生出庞大的概念族群。显而易见的是,《庄子》的"天"论比原来《老子》"自然"论的意义更为丰富、更为精致,从概念系列方面获得了更多的发展空间。可以说庄子依靠"天"范畴及其概念系列完成了道家自然论的建构。尚自然必贵"真"。

《老子》感慨世俗"信不足焉,有不信焉"③,以为"智慧出,有大伪"④,"信言不美,美言不信"⑤。体现出强烈的尚真追求。

《老子》的"真"与"道"和"德"有联系。当然这"道"与"德"不是儒家的伦理规范,是老庄的"道"本体及其体现。二十一章"道之为物,惟恍惟惚。……窈兮冥

---

① 《尚书·泰誓》,黄怀信注训:《尚书注训》,第162页。
② 《论语·泰伯》,杨伯峻:《论语译注》,第83页。
③ 《老子·十七章》,陈鼓应:《老子注译及评介》,第130页。
④ 《老子·十八章》,陈鼓应:《老子注译及评介》,第134页。
⑤ 《老子·八十一章》,陈鼓应:《老子注译及评介》,第361页。

兮,其中有精,其精甚真,其中有信"①指出,在"道"难明的幽深中有可信的"真(谛)"。五十四章的"修之于身,其德乃真"②是说以"善建""善抱"之理修身,"德"可达于"真"。也有未用到"真""信"的概念而实为尚"真"的议论,如赞美赤子婴儿的浑朴、全神和天真,以为"圣人皆孩之"③,"含德之厚,比于赤子,毒虫不螫,猛兽不据,攫鸟不搏。骨弱筋柔而握固。未知牝牡之合而朘作,精之至也。终日号而不嗄,和之至也"④。

尽管屡有所及,严格地说在《老子》中"真"还只是"道"的一种属性,是达"道"的表征之一。庄子在其自然论中给予"真"更重要的地位,多层面地拓展了"真"的内涵,使其具有了更多的哲学和美学的意义。

"真"出于天然。《马蹄》中说:"马,蹄可以践霜雪,毛可以御风寒。龁草饮水,翘足而陆,此马之真性也。"⑤《秋水》对于"天"与"人"的解释中指出:"牛马四足,是谓天;落马首,穿牛鼻,是谓人。故曰:无以人灭天,无以故灭命,无以得殉名。谨守而勿失,是谓反其真。"⑥反同返,"反其真"即回到"天"(自然、本然)的状况,足见"真""天"有同一性。庄子以为文明进程中的人为使人出现异化,尤其是世俗汲汲于名利权势的"日以心斗"会背离"真"性。《山木》中有螳螂捕蝉,异鹊在后的寓言,道出"见利而忘其真"⑦的危害。此处"真"就是本真之自我(包括自我的天性和真实处境)。其后庄周强调了"异鹊游于栗林而忘真"对自己精神的震撼。《渔父》"苦心劳形以危其真"的警示出于同样的理由,所以告诫人们"谨修而身,慎守其真,还以物与人,则无所累也。"⑧《天道》亦有"极物之真,能守其本"⑨。

"真"是本质的,也是自然的。

《达生》中的一段话很有意义:"不厌其天,不忽于人,民几乎以其真。"⑩永不满足在顺适自然上的求索,不忽略作为人的天性本能,就几乎达于"真"的境界。看来"天"与"人"并非绝然对立,毕竟"人"也是"天"的一个组成部分。当然这里

---

① 《老子·二十一章》,陈鼓应:《老子注译及评介》,第148页。
② 《老子·五十四章》,陈鼓应:《老子注译及评介》,第273页。
③ 《老子·四十九章》,陈鼓应:《老子注译及评介》,第253页。
④ 《老子·五十五章》,陈鼓应:《老子注译及评介》,第276页。
⑤ 《庄子·马蹄》,曹础基:《庄子浅注》,第128页。
⑥ 《庄子·秋水》,曹础基:《庄子浅注》,第248页。
⑦ 《庄子·山木》,曹础基:《庄子浅注》,第303页。
⑧ 《庄子·渔父》,曹础基:《庄子浅注》,第474页。
⑨ 《庄子·天道》,曹础基:《庄子浅注》,第202页。
⑩ 《庄子·达生》,曹础基:《庄子浅注》,第272页。

的"人"不是有违自然的人为,而是葆有自然本能和天性的人。所谓"真"可以理解为在合乎自然的前提下共性与个性的统一。

在古代中国,与"真"协调的是"诚""信"和"实",与"真"相背离、相对立的是"伪""诡""欺""诈"乃至于"虚""诞""机""巧"。《周易·乾卦·文言》曰:"修辞立其诚。"①《礼记·表记》有"情欲信,辞欲巧"②。《礼记·乐记》要求"着诚去伪"③。儒家也强调诚信,与老庄相比,他们的诚信更侧重于善;老庄之诚信也自有其善的内涵,但更侧重真。

庄子在《齐物论》说:"道恶乎隐而有真伪?"④《人间世》云:"为人使易以伪,为天使难以伪。"⑤对人的天性、情感和品格而言,诚信是"真"的同义语。《应帝王》中蒲衣子说王倪:"其知情信,其德甚真。"⑥《盗跖》则曰:"尧不慈,舜不孝……此六子者,世之所高也。孰论之,皆以利惑其真而强反其情性。""……子之道,狂狂汲汲,诈巧虚伪事也,非可以全真也,奚足论哉!"⑦《天下》的"以重言为真"⑧不是说出"重言"的人其身份和语境、事件的真实,而是它令人信服。

值得注意的是,其"真"又有与"故"的对立:《秋水》的"反其真"已与"无以故灭命(自然天性)"⑨相联系;《知北游》也说:"形若槁骸,心若死灰,真其实知,不以故自持。"⑩联系到庄子声明其"重言"不取"陈人",其"真"与"故"的不相容似乎包含着这样的意味:批判和否定未能与时代演进和"道"的不断展示相适应的陈旧思维模式、故步自封的陈腐观念。

《秋水》作了"无以人灭天""反其真"的呼吁,《渔父》则有一段名言:

> 真者,精诚之至也。不精不诚,不能动人。故强哭者,虽悲不哀;强怒者,虽严不威;强亲者,虽笑不和。真悲无声而哀,真怒未发而威,真亲未笑而和。真在内者,神动于外。是所以贵真也。……礼者,世俗之所为也,真者,所以受于天也,自然不可易也。故圣人法天贵真,不拘于俗,愚者反此。不能法天

---

① 《周易·乾卦·文言》,黄寿祺、张善文:《周易译注》,第12页。
② 《礼记·表记》,[汉]郑玄注、[唐]孔颖达疏:《礼记正义》,第1745页。
③ 《礼记·乐记》,[汉]郑玄注、[唐]孔颖达疏:《礼记正义》,第1301页。
④ 《庄子·齐物论》,曹础基:《庄子浅注》,第21页。
⑤ 《庄子·人间世》,曹础基:《庄子浅注》,第55页。
⑥ 《庄子·应帝王》,曹础基:《庄子浅注》,第112页。
⑦ 《庄子·盗跖》,曹础基:《庄子浅注》,第449-450页。
⑧ 《庄子·天下》,曹础基:《庄子浅注》,第508页。
⑨ 《庄子·秋水》,曹础基:《庄子浅注》,第248页。
⑩ 《庄子·知北游》,曹础基:《庄子浅注》,第326页。

而恂于人,不知贵真,禄禄而受变于俗,故不足。①

"法天贵真"标举"精诚之至",倡导对自然天性的维护和回归,说圣人"不拘于俗"和对"禄禄受变于俗"的批评,矛头所向是扭曲天性的礼义成法和一切造作、矫饰,更不用说欺诈、虚伪。与"诚"密切联系,是与人类主体、与主观情感的联系。庄子这种"真"又是摆脱世俗关系、去我执、忘己(去"成心"、不"师心")的"真",是天成的、本质的、精神情感层面的"真",所以可能是超乎感官感知范围,无关乎外在形态(哪怕无形或形残),不涉及某些具体属性的"真"。以"精诚之至"来释其"真",强调精诚才能动人,真情可以形成一种无形而强劲的感召力和震撼力!此论对于审美和艺术创造的积极影响不言而喻,几乎是像对造艺者说的一样。庄子所举的例子全在感情方面,表明其"真"所追求的核心不在忠实于事物的客观属性,而在主观情感的率真至诚。

《淮南子》传承老庄的学说,《要略》概括全书宗旨说:"欲一言而寤(同悟),则尊天而保真"。②《本经训》强调以宇宙万物之元初的朴质为"真",故云:"太清之始,和顺以寂漠,质真而素朴";"神明藏于无形,精神反于至真"。③《齐俗训》说王乔等得道之士"抱素反真,以游玄妙"。④《览冥训》认为个人的修养上"全性保真,不亏其身"。⑤《泛论训》亦云:"循性保真,无变于己。"⑥《主术训》还要求为政者"块然保真,抱德推诚"⑦。东汉王充痛恨言论的诡诞和华而不实,反复申明:"《诗》三百,一言以蔽之,曰:'思无邪。'《论衡》篇以十数,亦一言也,曰:'疾虚妄。'"⑧"是故《论衡》之造也,起众书并失实,虚妄之言胜真美也。……故《论衡》者,所以铨轻重之言,立真伪之平。"⑨

从陶渊明到明清两代性灵说的倡导者,尚真是一些诗人、作家和艺术家情灵陶冶的重要方面,也是构成文学艺术创造美学追求的一个重要元素。遭际坎坷、怀才不遇或者看清市朝虚伪险恶的士人回归田园、忘情山水,是将生命体验的取向和审美追求转向自然,转向真朴,寻求心灵的慰藉和人格的补偿。

---

① 《庄子·渔父》,曹础基:《庄子浅注》,第475页。
② [汉]刘安:《淮南子·要略》,杨有礼注说:《淮南子》,第682页。
③ [汉]刘安:《淮南子·本经训》,杨有礼注说:《淮南子》,第312页、第322页。
④ [汉]刘安:《淮南子·齐俗训》,杨有礼注说:《淮南子》,第399页。
⑤ [汉]刘安:《淮南子·览冥训》,杨有礼注说:《淮南子》,第279页。
⑥ [汉]刘安:《淮南子·泛论训》,杨有礼注说:《淮南子》,第473页。
⑦ [汉]刘安:《淮南子·主术训》,杨有礼注说:《淮南子》,第331页。
⑧ [汉]王充:《论衡·佚文》,张宗祥:《论衡校注》,第413页。
⑨ [汉]王充:《论衡·对作》,张宗祥:《论衡校注》,第569页。

陶渊明的求真见之于文字记载和其诗文抒写。《宋书》本传说他性情"真率"。他的《饮酒》其五有"此中有真意,欲辨已忘言"其二十感慨"羲农去我久,举世少复真";《连雨独饮》说自己"任真无所先";《辛丑岁七月赴假还江陵夜行涂口》诗有"养真衡茅下"……

刘勰在《文心雕龙》提出"情深而不诡","风清而不杂","事信而不诞"①的要求,赞赏《诗经》的"为情造文"反对辞赋的"为文造情"②都有尚真之旨。钟嵘《诗品》评刘桢曰:"真骨凌霜";说陶公"笃意真古"③。李白《古风》有对"圣代复元古,垂衣贵清真"的推崇和对"雕虫丧天真"的批判。李贽的《童心说》云:"若失却童心,便失却真心。失却真心,便失却真人。"④章学诚评皇甫湜文章说:"第细按之,真气不足。"⑤王国维《人间词话》云:"能写真景物真感情者,谓之有境界,否则谓之无境界。""词人者,不失其赤子之心者也。""主观之诗人,不必多阅世;阅世愈浅,则性情愈真。"⑥《二十四诗品》文字不长而用"真"字极多。其"雄浑"有"真体内充","纤秾"则"识之愈真","含蓄"中"是有真宰","豪放"是"真力弥满","缜密"中"是有真迹";不但用了"乘真""返真""饮真""真取""清真",且有与"真"有内在联系的"自然""素""朴",等等。

"天"之自然是本然和自然而然,这种本然和自然而然体现着客观属性、规律,事物演化的趋势和法则,也体现着"真",人们理当顺应之、维系之。庄子的"天"就是"自然",也体现着道!既是对老子"道法自然"学说的拓展,也是西周以来"天"的理念的进一步更新和非宗教化。"法天贵真"可谓是对老庄自然论宗旨的简要概括。

"法天贵真"的意义并不限于哲学本体论的层面。精神桎梏的解脱和对政治的超越,对个体生命、天性的维护,对客观事物属性和规律的尊重,都与自然和谐、真美的追求以及艺术思维论有直接联系,也体现着一种精神和情感的取向。

人类在文明进程中会出现对人性的异化,走入误区。学术思想演进的动力来自批判。《庄子》是那个时代批判性最强的著作,其"天""真"之论也实现了在美的本质和规律认识上的一次跃升,是先秦时期一种卓越的思维成果。

---

① [梁]刘勰:《文心雕龙·宗经》,张国庆、涂光社:《〈文心雕龙〉集校、集释、直译》,第47页。
② [梁]刘勰:《文心雕龙·情采》,张国庆、涂光社:《〈文心雕龙〉集校、集释、直译》,第573页。
③ [梁]钟嵘:《诗品》,穆克宏、郭丹:《魏晋南北朝文论全编》,南京:江苏教育出版社,2004年,第238页、第249页。
④ [明]李贽:《童心说》,郭绍虞:《中国历代文论选》(三),第117页。
⑤ [清]章学诚:《〈皇甫持正文集〉书后》,《文史通义》,沈阳:辽宁教育出版社,1998年,第227页。
⑥ 王国维:《人间词话》,沈阳:万卷出版公司,2016年,第16页、第61-62页。

第二章

文论范畴创用的前提条件与理论准备

第一节 传统文学观念形成的轨迹

在中国古代,从来没有人对作为一个艺术门类的文学作过意义和范围的界定。西学东渐以来直到上世纪二三十年代,在西方(也是近现代)理论参照下学者们对传统文学观念的特点有所发现,注意到它的生成和演进过程。章太炎对古代"文学"和"文章"本义及其演变作过考辨。梁启超、陈独秀等学者提出,中国古代人们是以"美文"为文学的。鲁迅认同日本汉学家铃木虎雄的看法,指出"曹丕的一个时代是'文学的自觉时代'",是"为艺术而艺术的一派"。[1] 郭绍虞《文学批评史》讨论了古代文学观念的演进过程。一些研究者认为,古代所谓文学指的是"杂文学",说《文心雕龙》论的是文章写作。

近年曾有一些论者质疑"文学艺术""美"等概念的合理性。以为"美"无法定义,也就反对"美文文学观"的提法。笔者以为,正因为理念之"美"的涵蕴总在人们的探求和体认中不断拓展和深化并不断有所更新,所以如同"道可道,非常道"的"道"一样,不可能也无必要要求对"美"的意义作涵盖一切的终极性的逻辑规定。因此,一些近代学者用"美文"概括中国古代传统文学观念的基本特征可行,也是有理由的。

以美文为文学是否切中古人文学观念意识的要害?"美文"的意指在现代理

---

[1] 1924年,铃木虎雄在其《中国文学史》中提出,魏晋是文学自觉的时代。1927年鲁迅在《魏晋风度及文章与药及酒之关系》中说,"用近代的文学眼光看来,曹丕的一个时代可说是'文学的自觉时代',或如近代所说是为艺术而艺术的一派。"

论体系中是否能凸显文学作为一门艺术的基本要素呢？

将传统的文学观归结为以美文为文学,或者说古人所谓"文章"类同今人所谓文学作品,应该说都有充分的理由。因为古代的一些文体在今天属于论说文、应用文,不在今所谓文学作品范围,所以有的学者曾试图以"杂文学"的概念超越文体界限去囊括古代的文章,然而新的问题又来了：所有"杂"于其中者都有相一致的文学属性吗？

笔者以为,以"美文"作出的界定较"杂文学"更为恰切。以美文为文学的观念最简明地凸显了文学的两大特征：它是艺术,是一种美的创造；文学美的创造是用语言文字(古文论中用"文"或"辞""言"等指代)作为媒介的,这是文学与其他门类艺术的区别所在。

以美文为文学的观念是否偏重形式,甚至只讲究辞藻之美呢？如果承认现代学者(而非古人)所说的美文之"美"具有理念性,这种误解自然就会消除。

有人认为"文学"在当今是否能够指称一个艺术门类已被质疑；"美"的概念本身也无法界定,还能以美文来指代文学吗？其实文学艺术在当代、在以后都会不断拓展出新的领域、有新的追求、出现新的表现方式,与其他门类艺术结合形成新的艺术品种也不足为奇。适时和恰当地修正和重新"定义"文学艺术都是有必要的,然而只要前人曾经按照他们的文学观念进行过写作和欣赏,今后还有以语言文辞进行的美的创造(哪怕与其他艺术门类的表现形式混杂在一起),就没有取消"文学"这个概念的必要。

理念性的"美"跟老庄学说中的"道"差不多,是难以定义的。"道可道,非常道"表明对"道"不可能作出恒常不变的也就是终极的逻辑规定。"道法自然"表明"道"在天地万物的自然演化运作中展示,展示不终结,人们对"道"的发现和体认也就不停歇、无止境。

人们对美的认识是一个逐步拓展、逐步深化、境界逐步提升的过程；何况美是主客体的统一,人们审美的意识、取向和标准不尽相同,有时候甚至是对立的。在有限的时空并存、在有重要共识的前提下对美作出界定或许可能,对一个总在不断深化和有所更新、转移的理念如何能够强求一个超越时空限"美"的定义呢？

在初始阶段就美文来说,人们偏重辞采不足为奇。然而文章之美本来就不限止于富丽的辞藻、华美的形式上面,对它的理解和要求并非一成不变。在汉魏六朝专指美文的"文章"大略同于今人所谓的文学作品。随着创作和理论批评的发展,人们会意识到一切愉悦耳目、触生情致、动人心魄、感荡性灵、发人思考以及个性鲜明的表述……都可以成为构成文章之美的因素,更不用说那所有高境界美皆然的精神属性。

严格说,"美"的理念是一个永恒性指向,不断丰富深化和更新(以及有特殊个性)美的意涵不仅不能否定其终极指向,而且能体现艺术创造的本质及其特点。古代文学观念意识从萌生、廓定和逐步成熟,以及继续丰富深化和拓展更新仍然不离美的指向。

古人对美的认识有一个过程,早期的人们心目中的美文确实与直观的、外显于形式的文辞之美(辞采的富丽)有较多联系。随着文学艺术的发展,人们对于文章之美的认识才会逐渐全面和深化。

"文学"原义侧重于"学";"文章"本有美的意涵但兼指纹理、文化典章制度等多种意义,它由多义渐向专指美文是文学观不断演进的征候。汉代的"丽文"说更是对文章之美认识不断拓展和深化的证明。文学观念的成熟伴随着文章之美不断深化和多样化的追求:包括个性化、抒情化以及境界的拓展与提升(除了藻饰、音韵、节奏、结构等形式之美以外,内质的精神境界的美、自然之美的追求层次更高,是对浅浮、冗繁、平庸、僵化、讹诡艺术表现的颠覆)。

今人所谓文学是艺术的一个门类,这里所说文学观念也是就现代理论规范而言的。以美文为文学可谓中国传统的文学观,它形成于汉魏六朝,统摄此后的古代的文学实践与理论批评。

还有一个与传统文学观形成密切相关的问题需要解答,就是何为"文学自觉"?中国古代文学是否可以说在汉末魏初的建安时期进入"自觉时代"?

人类的文学活动是从自发逐步演进到自觉的;文学的自觉则又由个人(作家)的自觉发展到时代的自觉。文学自觉的标志是创作主体对文学创造价值获得了高度的自信,于是产生了为宣泄内心情感、表达思想愿望和进行美的创造的强烈要求,这才有了产生作家和诗人的基础。如果说战国晚期屈原、宋玉的出现还只是个人的自觉的话,那么汉代已有享誉一时辞赋作家,他们辞采富赡,一些论家也以"丽文"进行评说;到了建安时期,邺下作家群所进行的硕果累累、令人耳目一新的文学活动,更有《典论·论文》这样高屋建瓴的理论总结,则标志着文学开始进入自觉的时代。这是文学发展史上一个不可逆转的跃进。

与文学自觉相对的是对文学的无意识:处于蒙昧状态或认识模糊,无意识地自然参与文学活动属此。而对文学的特点、功能、价值、意义有所把握,对文学的参与一定程度上受理性驱动和左右的,则为自觉。自觉的因素是不断积累的,时代自觉中呈现的对文学认识的跃升是一种时代特征鲜明的综合性的进步。

铃木虎雄和鲁迅先生先生所谓"自觉"是时代的自觉。"时代"二字不但可以帮助我们理解这一论断的意义,也能由此给诸种不同意见以回应。① 笔者曾经指出,"人类的文学活动是从自发逐步演进到自觉的;文学的自觉则又由个人(作家)的自觉发展到时代的自觉。"②美文写作专擅者——诗人作家的出现是文学走向自觉的一个重要信号,他们的人生理想、审美追求和生命价值主要或者相当重要的一部分是通过文学创作来实现的。屈原是我国第一位大诗人,依今人的观念他称得上是第一个真正意义上的文学家,随后的宋玉、唐勒、景差,也是以楚辞这种纯文学体裁创作知名于世者。可以说屈原的出现是个人自觉的肇端,但显然还不能说是文学自觉时代到来标志。

两汉可以说是从个人自觉到时代自觉的过渡阶段,尽管彩丽竞繁、铺张扬厉的辞赋有过犹不及之嫌,"丽文"之称也不能表明美文文学观的成熟。

建安时期出现了以三曹为领袖的邺下文人集团(以三曹、七子、蔡琰、杨修、繁钦等为代表),一时称盛。易代的战乱和社会大动荡中文学却出现前所未有的繁荣:诗歌的勃兴,大诗人、作家群、风格鲜明的一代文学以及标志性理论著述的出现都有划时代的意义。与前代比较确乎迥然有别。

《文心雕龙·明诗》综述诗歌发展的历程说,建安以前,有誉为"五言之冠冕"的古诗和"苏李诗",但如此成熟的五言诗不可能为西汉枚乘、苏武、李陵所作,故"见疑于后代"。它们数量不多,也不是一代人的作品。然后"暨建安之初,五言腾涌:文帝陈思,纵辔以骋节;王徐应刘,望路而争驱。并怜风月,狎池苑,述恩荣,叙酣宴,慷慨以任气,磊落以使才;造怀指事,不求纤密之巧;驱辞逐貌,唯取昭晰之能:此其所同也"③。这是刘勰首次对一个时代的诗歌进行述评。不仅时代同,而且诗风有"同"。他在《时序》篇又说:"观其时文,雅好慷慨,良由世积乱离,风衰俗怨,并志深而笔长,故梗概而多气也。"④也是从其"时文"的整体风貌上说的。"此其所同",强调这个时期作家创作上的共性:有文学样式和题材内容上的"同",更有风格特点和时代精神上的"同"!

魏晋士人对文学的特点和价值有了更多的发现和更明确的肯定。"文章"已走向专指,且多有美文的内涵。曹丕的《典论·论文》堪称代表性论著,其"文章,

---

① 罗宗强先生在《张峰屹〈西汉文学思想史〉序》综述他们的意见道:"汉代已经追求文采的华美,已经有意识的追求文学技巧表现的艺术性,已经注意文学的形式美。文学自觉始于何时,实在是撰写文学史,文学批评史,文学理论史和文学思想史无法回避的问题。"
② 涂光社:《文心十论》,北京:春风文艺出版社,1986年,第12页。
③ [梁]刘勰:《文心雕龙·明诗》,张国庆、涂光社:《〈文心雕龙〉集校、集释、直译》,第102页。
④ [梁]刘勰:《文心雕龙·时序》,张国庆、涂光社:《〈文心雕龙〉集校、集释、直译》,第834页。

经国之大业,不朽之盛事"①明确指著述而言,并作出了前所未有的极其崇高的价值判断。"文以气为主,气之清浊有体,不可力强而致"凸显的是个性和主体精神的张扬。文学创作是一种精神生产,由抒情和个性体现的主体性特征的被发现自然是自觉的标志。

文学的自觉还表现为对美的创造上的自觉。曹丕的"诗赋欲丽"简略地点明两种主要文体的追求,随后陆机《文赋》的"诗缘情而绮靡,赋体物而浏亮"②也显示出这样的取向。文学的实践证明,进入文学自觉时代以后,人们以前所未有的热情对文学的艺术形式和表现对象进行多方面的开拓和尝试。

魏晋南北朝文学的题材内容极大地扩大了,几乎把社会生活的方方面面都纳入文学表现之中。

曹丕区别了"四科八体",陆机有十体风格的表述,挚虞、李充等更有文体专论。不仅有"文"与"学"分离,"文章"专指文辞篇籍,又有了"文""笔"之辨。从魏李登的《声类》,到周颙的《四声切韵》和沈约的《四声谱》,声律学的进步促进了文学语言音响美的讲究,范晔以"性别宫商,识清浊"③自得,沈约要求"宫羽相变,低昂互节:若前有浮声,则后须切响。一简之内,音韵尽殊;两句之中,轻重悉异"④,以至出现讲究声律的准律诗"永明体"。六朝文学的骈俪化使对偶的运用几达于极点。声律和骈偶的讲究表明汉语音响节奏之美的规律被发现和掌握,为随后律诗的升堂入室奠定了阶石。

魏晋南北朝文学批评和理论的长足进步是无可置辩的。曹丕的《典论·论文》、陆机的《文赋》、挚虞的《文章流别论》、刘勰的《文心雕龙》、钟嵘《诗品》等著作的经典性论述,集中地反映了这个时期文学理性思考上的成果,实现了中国文学理论批评前所未有的巨大飞跃,不仅是创作实践经验的总结,而且完成了古代文学批评模式和理论框架的建构。

在文章写作鉴赏中,不断积累的经验知识为文学自觉时代的到来作了准备。此外,历史的机遇促使一代士人的社会意识、人生哲学和信仰发生重大变化,有了较普遍人的自觉,才实现了在文学上一个时代的自觉。战乱连年生灵涂炭,国家分裂篡代层出,政治黑暗残暴是汉末到整个魏晋南北朝社会的主要特征。东汉后期已经出现的士人对社会政治和正统思想的离心倾向愈演愈烈,理想和现实(甚

---

① [魏]曹丕:《典论·论文》,郭绍虞:《中国历代文论选》(一),第158页。
② [晋]陆机:《文赋》,郭绍虞:《中国历代文论选》(一),第170页。
③ [齐]范晔:《狱中与诸甥侄书》,郭绍虞:《中国历代文论选》(一),第223页。
④ [梁]沈约:《宋书·谢灵运传论》,第1779页。

至是包括生命安危在内的基本人生诉求与实现的可能性）剧烈冲突：国家、人民深重灾难，险恶的政治，虚伪的说教，污浊的世象，沉沦的道德，多蹇的人生经历，造成信仰的崩溃和转移。也可以说，一代士人的意识在炼狱中升华。

不再依傍于经学，只是对儒学正统地位和说教的质疑与批判，不等于他们的写作完全脱离世事、无关乎政治。这一时期的作品既有遭逢乱世、人生短暂的嗟叹与相思惜别的怨尤，有恩遇荣宠中"怜风月，狎池苑，述恩荣，叙酣宴"的咏唱，也有国破家亡、白骨蔽野的史笔和建功立业壮志的抒写。这些往往展示出更深层次的忧生之嗟或者更博大的视野胸怀和豪情雄心。文学自觉的本质是人的自觉。曹丕的"气"关乎气质个性而非道德伦常。稍后，有以"自然"对抗名教，师法老庄"循性而动"的正始名士……于是有对人自然天性及其自由发展的合理性的认识和追求。士人自我意识的强化，个性价值和自我生命意义的发现可以说是人的觉醒。

人们只要主动参与文学活动，就必受某种意识的驱动，尽管很可能仅是一种模糊或者潜在的意识。较高程度的文学自觉，能够为从事文学活动提供充足的动力。一旦人们表述了对文学的认识，就必然会在一定层面显示其自觉意识。谁说"诗言志"的论断和"兴观群怨"以及"温柔敦厚"的诗教中没有体现相当程度的文学自觉意识呢？因为文学确实有这方面的功能，可以产生这样的社会作用。

自觉不应理解为洞悉和彻悟。自有文学活动以来，参与者对文学的体验和认识的积累就起步了，人们在文学活动形成的意识、观念中都有自觉的成分。也就是说，从最初自然参与的体验和认识开始"自觉"的因素就在萌生和积累，至少在人们的言说涉及文学现象之时，就有理性把握的发端，就在一定层面一定程度上有了自觉。即使早期的认识和把握是模糊的、粗浅的、幼稚的、局限的、偏狭的，也是有所自觉的。不过在自觉时代之前，其自觉相对说来理论层面较分散、局限性较大。时代的自觉指在一个不长的时期内形成从事文学活动的主流群体（诗人、作家和理论批评家），他们在足够的广度和深度明显地提升了对文学的特点、功能、价值和意义的认识。作家群、具有鲜明时代特征的风格流派和较为成熟的文学观念、理论批评的出现是进入自觉时代的表征。进入自觉时代，人们参与文学活动进行广泛开拓的热情和建树是以往的时代无法比拟的。

古人的文学活动确有从无意识参与与自觉的区别。自觉是渐进的，不断积累的，由分散到相对集中，由个别层面的体认走向综合和整体性的把握，尽管总体上在不断演进，但往往是有曲折、有反复的，也可能出现不同层面上的交互消长。文学的自觉虽非自建安或魏晋始，但说自汉魏之交起进入自觉时代有充分理由，人们对文学的认识出现了共时性的飞跃。这个论断有利于认识中国文学发展史中存在的这个重要转折点。

进入自觉时代是一种不可逆的进步。此后,作为具体的参与文学活动的人而言,仍可能是无目的的自然参与,也有可能又经历从自发到自觉的过程。即使认识出现不平衡,某一时期的文学思潮中出现反复,文学主张出现分歧,然而只要一个民族文化传承未曾中断,其文学艺术上的认识总是在起伏曲折中不断积累着、进步着的。

艺术现象说到底是人文现象而非自然科学现象。人的心灵(情感、思维)生命的体验有突出的个别性和随机性,精神现象的灵动使之不宜作机械的分解、完全抽象的规定。人们在一个阶段对文学现象的体认和表述不可能穷尽和包举一切。对文学现象永远会有新的体认和论证,从异域的、不同历史文化背景和发展道路的文学艺术实践理论得来的启示,媒介功能、传达和审美创造机制,思维情感、生理心理、文学新思潮、新趋向、新的文学样式的深入研究,以及特定时空人物活动的历史记录、生命体验都会融入其中。

讨论文学自觉问题除能了解古代文学思想和实践、理论的演进历程之外,还会得到这样的启示:各民族对文学的理解随其历史发展总在不断积淀、不断深化;受文学本质及客观规律的制约有殊途同归的一面,也会因历史文化的差异在不同层面有各自的发现和独到境域。这些发现和独到之处有助于丰富和深化今人对文学与华夏民族文化传统的认识。

简言之,古今的文学观不尽吻合。自汉魏六朝时期起,以美的文辞为文学的意识逐渐形成和深化,成为传统意识的一部分。美的文辞包括诗词歌赋和各种散文,无论是记事的说理的还是抒情状物的,抑或各种应用文体和游戏文字,只要能诉诸语言文字,吟诵动听、写得漂亮,大抵都属于专指美文的"文章",其所指范围与今天作为艺术一个门类的文学近似。不过"文章"在先秦多指文化典章制度,从汉初起,有了明指美文的"文章",尽管仍与指典章制度者并用。以美文为文学的观念渐趋明确,"文章"意涵也走向专指。建安时代曹丕《典论·论文》称之为"经国之大业,不朽之盛事"的"文章",已是指美文无疑,透露出文学观念臻于成熟、文学进入自觉时代的某种意味。

一、先秦:传统文学观廓定之前的时代

1. 从《诗》说看文学观念意识的萌生

上古诗、乐、舞三位一体,没有独立的文学艺术,也没有清晰的文学观念。今

传与文学相关的议论很早就要求文学(尤其是诗歌)发挥政治教化功能,赋予文学重大的社会使命。虽然也对其娱情、心理情感调节功能(如宣泄情感、致使心理和社会关系和谐等)有所认识,但强调对自然情感的规范和节制。早期的文学观不只在专门的批评论证中表述,更多地渗透于文学实践,杂糅于诗文和一般议论的只言片语。不过,当古人的言说涉及文学现象之时,相关的观念意识往往已体现于其中了。

先秦的诗人和言说者对文学的某些特点、功能、意义已不断有所发现和逐步深入的认识。诗歌是最早文学样式,先秦典籍对其功能意义的表述体现着早期的一些文学观念,比如:《诗经》中不乏明言以诗宣泄情感、美刺时政的章句。《魏风》的《园有桃》有"心之忧矣,我歌且谣"①;《葛屦》则云:"维是褊心,是以为刺。"②《大雅》的《烝民》赞颂宣王任用贤能仲山甫,故诗人称"吉甫作诵,穆如清风"③。《小雅》的《节南山》直斥太师尹氏的失德劳民,于是"家父作诵,以究王讻"④;《巷伯》中遭谗害的作者申诉道:"寺人孟子,作为此诗。凡百君子,敬而听之。"⑤

《尚书·尧典》记虞舜对夔说:"命汝典乐,教胄子,……诗言志,歌永言,声依永,律合声。"⑥即使有理由对这段记载是否为虞舜时代的实录存疑,至少也表明撰述者有这样的意识:乐歌有应受重视的教化功能;诗歌应该也能够申述吟诵者的情志;诗歌在语言音响的延续中具有的声律之美,歌词需要且能够能与音乐协调配合。

《国语·周语上》记载西周召公谏厉王弭谤时说:"故天子听政,使公卿至于列士献诗,瞽献曲,史献书,师箴,瞍赋,矇诵……"⑦由此推知周王朝"采诗"制度的存在有一定的可靠性,而诗文的"赋""诵"发挥着下情上达和传承政治经验教训的作用。《左传·襄公二十七年》载晋卿赵孟参加郑国宴会时请陪同的七位郑国大夫赋诗"以观七子之志",并加以评论。据此可见春秋时期士大夫"赋诗言志"之一斑。此为诗歌用于政治、外交的实例,是对文学传达间接性和委婉特点的利

---

① 《诗经·魏风·园有桃》,周振甫:《诗经译注》,第139页。
② 《诗经·魏风·葛屦》,周振甫:《诗经译注》,第136页。
③ 《诗经·大雅·烝民》,周振甫:《诗经译注》,第443页。
④ 《诗经·小雅·节南山》,周振甫:《诗经译注》,第269页。
⑤ 《诗经·小雅·巷伯》,周振甫:《诗经译注》,第300页。
⑥ 《尚书·尧典》,黄怀信注训:《尚书注训》,第25页。
⑦ 《国语·周语上》,第7页。

用,且能显示"赋"诗者和"观"诗者高层次的文化修养。所以孔子曾这样强调学习《诗经》的目的和功用:"诵《诗》三百,授之以政,不达;使于四方,不能专对;虽多,亦奚以为?"①

《左传·襄公二十九年》记吴公子季札在鲁观乐时对各地乐歌所作的评论,不仅分别指出其优点和不足之处,并据以推测其地之民情风俗、政治盛衰,赞赏不同的艺术风格,并大力肯定中和之美。从季札的评论看,史事的撰述者和后来的整理者显然是有所增附的。但这"观风俗,知得失"的故事未必完全出于虚构。《文心雕龙·乐府》以为季札观乐的判断受到"诗(歌辞)"的提示,故说:"诗为乐心,声为乐体。乐体在声,瞽师务调其器;乐心在诗,君子宜正其文。'好乐无荒',晋风所以称远;'伊其相谑',郑国所以云亡。故知季札观乐,不直听声而已。"②

《论语》中还有不少涉及诗歌的议论,如"子曰:兴于诗,立于礼,成于乐",以为施教当从诗始;"小子何莫学夫诗?诗,可以兴,可以观,可以群,可以怨。迩之事父,远之事君,多识鸟兽草木之名。"③以为诗的功用在于宣泄和交流情感,委婉地表达思想愿望,协调、加强群体的亲和关系,以至于事君父、学知识。评价方面也有"《关雎》乐而不淫,哀而不伤";"子夏问曰:'"巧笑倩兮,美目盼兮,素以为绚。"何谓也?'子曰:'绘事后素。'曰:'礼后乎?'子曰:'起予者,商也,始可与言《诗》已矣。'";"《诗》三百,一言以蔽之,曰思无邪";"子贡曰:'贫而无谄,富而无骄,何如?'子曰:'可也。未若贫而乐,富而好礼者也。'子贡曰:'《诗》云:"如切如磋,如琢如磨",其斯之谓与?'子曰:'赐也,始可与言《诗》已矣,告诸往而知来者'"。④ 有与政治理想、教化相联系的美学追求;有对能触类旁通、善于举一反三联想的赞许。

《孟子·万章上》有云:"……故说《诗》者不以文害辞,不以辞害意,以意逆志,是为得之。如以辞而已矣,《云汉》之诗曰:'周余黎民,靡有孑遗。'信斯言也,是周无遗民也。"⑤把对诗的理解划分为三个层次:"文"(文采)→"辞"(作品义理)→"志"(作者的思想志趣),提出"以意逆志"著名命题。孟子本是就《诗》的诠释和传述而言,认为从"断章取义"主观引用的途径不能很好理解作《诗》者的思想志趣,要注意字面意义与实指意义的差别(特别是对比喻、夸张传达特点的把

---

① 《论语·子路》,杨伯峻:《论语译注》,第135页。
② [梁]刘勰:《文心雕龙·乐府》,张国庆、涂光社:《〈文心雕龙〉集校、集释、直译》,第129页。
③ 《论语·阳货》,杨伯峻:《论语译注》,第185页。
④ 见《泰伯》《八佾》《为政》《学而》诸篇。
⑤ 《孟子·万章上》,杨伯峻:《孟子译注》,第215页。

握),要求尽可能缩小解读者领会之"意"与诗人之"志"间的差距(或者是要求以诗章之"意"推求诗人(作者)之"志")。其后又有"以友天下之善士为未足,又尚论古之人。颂其诗,读其书,不知其人可乎?是以论其世也,是尚友也。"①虽出于"尚友"之论,但强调要想了解"诗"、"书"必须了解它们的作者,与其所处时代政治和社会生活相联系。

《告子下》论《诗》之怨说：

> 公孙丑问曰:"高子曰:'《小弁》,小人之诗也。'"孟子曰:"何以言之?"曰:"怨。"曰:"固(陋)哉,高叟之为诗也!有人于此,越人关弓而射之,则己谈笑而道之;无他,疏之也。其兄关弓而射之,则己垂涕泣而道之;无他,戚之也。《小弁》之怨,亲亲也。亲亲,仁也。固矣夫,高叟之为诗也!"曰:"《凯风》何以不怨?"曰:"《凯风》,亲之过小者也;《小弁》,亲之过大者也。亲之过大而不怨,是愈疏也;亲之过小而怨,是不可矶也。愈疏,不孝也;不可矶,亦不孝也。"

赵岐注:"高子齐人也。《小弁》,《小雅》之篇伯奇(鲁诗尹吉甫之子)之诗也。怨者,怨亲之过,故高子谓之小人。……高子年长,孟子曰:'陋哉,高父之为诗也。'疏越人,故谈笑;戚亲也,故其兄,号泣而道之,怪怨之意也。……重言固陋,伤高叟不达诗人之意也。"②按孟子此处说"亲亲"是自然天性,也是"仁"的表现,并非辨别"怨"与"不怨"的是非。看来天然的合乎情理的情都是"仁",或者说是"仁"的基础。见亲人大的过失不能不怨,见亲人小的毛病则不宜扩大和激化,即不宜怨,两者的目的都在于维护和加强亲情,协和血缘集团的内部关系。

屈原作品中也出现过强调以诗抒发主观情志的句子:"发愤以抒情"(《惜诵》)、"申旦以舒中情兮,志沉菀而莫达"(《思美人》)。

先秦说诗者对诗歌本质的表述,大多侧重于政教功能方面,即使对其愉悦身心、宣泄情感的作用有所认同。

2."文""文学"与"文章"之辨

考察"文""文学""艺"和"文章"的初始义和引申义有助于了解古代文学观的形成过程。

先秦"文"意义宽泛,可以指纹理、纹彩、文饰、文明(包括社会的典章制度与士

---

① 《孟子·万章下》,杨伯峻:《孟子译注》,第251页。
② 《孟子·告子下》,[汉]赵岐注、[宋]孙奭疏:《孟子注疏》,北京:北京大学出版社,2000年,第380页。

人的文化素质修养)、文字和文字记录等。先秦时期人们对文学的认识围绕着对"文"的理解延伸。

《国语·郑语》有云:"声一无听,物一无文。"①《左传·昭公二十八年》曰:"经天纬地曰文"②;《襄公二十五年》引孔子语:"《志》有之:'言以足志,文以足言。'不言,谁知其志？言之无文,行而不远。"③《易传·系辞下》云:"物相杂,故曰文。"④《说文》云:"文,错画也,象交文。""错"是交错的意思。刘师培《广阮氏文言说》指出:"三代之时,凡可观可象,秩然有序者,咸谓之'文'。"⑤《论语》中言及"文"的地方不少,如:"子贡问曰:'孔文子何以谓之"文"也？'子曰:'敏而好学,不耻下问,是以谓之"文"也'"⑥,"君子博学于文"、"质胜文则野,文胜质则史。文质彬彬,然后君子"⑦。"文"由器物外在的纹理,引申为画饰和与内"质"相对应的外在美的形式,以及文明、人文典章制度、文化修养等,也指文字符号。义为文字时则常与文辞著述通同,且有文采藻饰方面的意思。《左传·襄公二十五年》记古书所载的"言以足志,文以足言。"紧接着又录仲尼"不言,谁知其志？言之不文,行而不远"⑧的阐释。充分肯定"言"的功用,以及"文"之修饰对"言"的被接受和广泛传播的积极意义。最早的民歌未必可以称"文",但它们的收录和加工整理以及解读、传授则须借助于"文",是"文"的工程,而且最终成为"文"的一部分。

《周礼·冬官·考工记》曰:"青与赤谓之文,赤与白谓之章。"⑨此处"章"与"文"指织品上的色彩花纹。《小雅·大东》有"跂彼织女,终日七襄。虽则七襄,不成报章。"⑩汉代《古诗十九首》中说织女有"终日不成章"之句。此外,《说文》曰:"章,乐竟为一章,从音十;十,数终也。"段注:"歌之所止曰章。"是谓乐曲中的一个段落,现代大型音乐作品所分的"乐章"即用此义。《吕氏春秋·大乐》有"合而成章"⑪。"章"还有外化、凸显、彰明的意思。《文心雕龙·章表》释云:"章者,

---

① 《国语·郑语》,第347页。
② 《左传·昭公二十八年》,杨伯峻:《春秋左传注》,第1495页。
③ 《左传·襄公二十五年》,杨伯峻:《春秋左传注》,第1106页。
④ 《周易·系辞下》,黄寿祺、张善文:《周易译注》,第560页。
⑤ 刘师培:《刘师培中古文学论集》,北京:中国社会科学出版社,1997年,第183页。
⑥ 《论语·公冶长》,杨伯峻:《论语译注》,第47页。
⑦ 《论语·雍也》,杨伯峻:《论语译注》,第61页。
⑧ 《左传·襄公二十五年》,杨伯峻:《春秋左传注》,第1106页。
⑨ 《周礼·冬官·考工记》,[汉]郑玄注、[唐]贾公彦疏:《周礼注疏》,第1115页。
⑩ 《诗经·小雅·大东》,周振甫:《诗经译注》,第306页。
⑪ 《吕氏春秋·大乐》,张双棣等:《吕氏春秋译注》,第106页。

明也。《诗》云'为章在天',谓文明也。其在文物,赤白曰章。"①《论语》中说:"大哉! 尧之为君也。巍巍乎! 唯天为大,唯尧则之。……焕乎其有文章。"②"夫子之文章,可得而闻也。"③前者指尧"则天"而成的礼法和人文制度;后者也未必专指文辞著述,所谓"德之见乎外者,威仪文辞皆是也"④。这文章是可以观照的、由本质的崇高宏深而沛然外现的美。《庄子》《荀子》中"文章"指诉诸视觉的美采。如《逍遥游》有"瞽者无以与乎文章之观"⑤;《非相》说:"观人以言,美于黼黻文章。"⑥

随着对美认识的深化,与事物内涵本质相背离的、浮浅的或者过分的修饰受到批判,本真的、自然素朴的美受到推崇。又有《易·贲卦》所谓"白贲无咎"⑦;《老子》十二章的"五色令人目盲,五音令人耳聋,五味令口爽"⑧、八十一章的"美言不信,信言不美"⑨;庄子对"乱五色,淫文章"⑩和"文灭质,博溺心"⑪的批评以及"灭文章,散五采,胶离朱之目,而天下始人含其明矣"⑫的激烈言辞。

"文学"一词则首见于《论语·先进》:"文学:子游、子夏。"说子游子夏有"文学"之长。黄侃《论语义疏》引范宁说,"文学,谓善先王典文。"杨伯峻《论语译注》说:"指古代文献,即孔子所传的《诗》《书》《易》等。"⑬实泛指学术文化。也就是说先秦之"文学"其要义在学术而不在美文。同一章稍前,并称"言语:宰我、子贡",则可知长于言辞与长于"文学"还是两回事。不过到了战国时期,《墨子·非命中》有"凡出言谈、由(为)文学之为道……"⑭,已将"言谈"与"文学"联系起来相提并论了。

"文学"在先秦不是指文章而言。《论语·先进》中介绍孔子学生各自的特长

---

① [梁]刘勰:《文心雕龙·章表》,张国庆、涂光社:《〈文心雕龙〉集校、集释、直译》,第 407 页。
② 《论语·泰伯》,杨伯峻:《论语译注》,第 83 页。
③ 《论语·公冶长》,杨伯峻:《论语译注》,第 46 页。
④ [宋]朱熹:《四书章句集注》,第 79 页。
⑤ 《庄子·逍遥游》,曹础基:《庄子浅注》,第 9 页。
⑥ 《荀子·非相》,[清]王先谦:《荀子集解》,第 84 页。
⑦ 《周易·贲卦》,黄寿祺、张善文:《周易译注》,第 180 页。
⑧ 《老子·十二章》,陈鼓应:《老子注译及评介》,第 106 页。
⑨ 《老子·八十一章》,陈鼓应:《老子注译及评介》,第 361 页。
⑩ 《庄子·骈拇》,曹础基:《庄子浅注》,第 122 页。
⑪ 《庄子·缮性》,曹础基:《庄子浅注》,第 233 页。
⑫ 《庄子·胠箧》,曹础基:《庄子浅注》,第 138 页。
⑬ 《论语·先进》,杨伯峻:《论语译注》,第 110 页。
⑭ 《墨子·非命中》,[清]毕沅校注,吴旭民校注:《墨子》,第 148 页。

说:"德行:颜渊,闵子骞,冉伯牛,仲弓。言语:宰我,子贡。政事:冉有,季路。文学:子游,子夏。"①其"言语"指言辩应对的口才,"文学"指学术文献。当然"文学"并非与文辞写作绝缘,直到六朝,还有指文章写作的例子:《世说新语》的"文学"门,前一半记儒学学人轶事,后一半则是作家轶闻了。《文心雕龙》中的"文学蓬转"②,也指文士动乱中的漂泊。

"文"最初指诉诸视觉的纹理,与线条构成的文字有天然的联系。文字属于高层次文化的工具和媒介,用于记录言辞、史事、典章制度,发布告示和律令科条,能够熟练掌握运用者受到尊重。不过这是重视"文"(文字)在立德、立功、立言上的功用,还未视之为一种造艺的媒介。由于与史事、典章资料的记录传承和研究直接相关,"文"(文字、辞令)与"学"在早期是分不开的。

"艺"的初始义是才能技艺。古代重农,称种植为"树艺"。《尚书·胤征》有"官师相规,工执艺事以谏"③,是说百工各按其擅长和专工发表谏言。即使《尚书·舜典》的"归格于艺祖"④和《周礼·地官》的礼、乐、射、御、书、数"六艺"与文化修养有联系,仍侧重于技能方面。孔子"游于艺"⑤即指在"六艺"中徜徉陶冶。"艺"的构成兼有某些文学艺术成分,如"礼""乐"中有乐歌、舞蹈的成分,"书"即文字书写技法。"六艺"是士人应有的修养、应该掌握的技能,还不是六种艺术的区分。广义的"文"涵盖着偏于技能的"艺",而非相反。在先秦与文辞相关的狭义的"文""文章""文学"是从美而非"艺"的角度向文学艺术方面发展的。

文、文章、文学的初始义和引申从一个侧面展示了美文文学观的生成脉络。

还须补充一点:先秦典籍中也透露出这样的意识:文辞记录原本就多与政治相关,是为政治服务的。比如《孟子·尽心下》说:"尽信《书》,不如无《书》,吾于武、成,取二三策而已。仁人无敌于天下。"⑥孟子认为经典记录的政治经验,不见得都能适应现实的需要,强调仁是当前(也是永远)根本的也是最有效的政治出发点。《离娄下》说:"王者之迹熄而《诗》亡,《诗》亡而《春秋》作。晋之《乘》,楚之《梼杌》,鲁之《春秋》,一也。其事齐桓晋文,其文则史。孔子曰:'其义则丘窃取

---

① 《论语·先进》,杨伯峻:《论语译注》,第 110 页。
② [梁]刘勰:《文心雕龙·时序》,张国庆、涂光社:《〈文心雕龙〉集校、集释、直译》,第 834 页。
③ 《尚书·胤征》,黄怀信注训:《尚书注训》,第 78 页。
④ 《尚书·舜典》,黄怀信注训:《尚书注训》,第 18 页。
⑤ 《论语·述而》,杨伯峻:《论语译注》,第 67 页。
⑥ 《孟子·尽心下》,杨伯峻:《孟子译注》,第 325 页。

之矣'(谓《春秋》不受君命之私作)。"①以为诗和史的内容和风格与现实政治有关,它们都应该是政治工具,诗的美刺是间接委婉的,史的述评则已有直接的褒贬。文学传达的特点也受到关注,如《尽心下》说:"言近而旨远,善言也;守约而施博者善道也。君子之言也,不下带而道存焉"②。此虽非就文学而言,但"言近而旨远"合乎高层次艺术传达的要求。与其类似,《易·系辞下》云:"……夫易……其称名也小,其取类也大;其旨远,其辞文;其言曲而中,其事肆而隐;因贰以济民行,以明失得之报。"③《史记·屈原贾生列传》有"其文约,其辞微,其志洁,其行廉,其称文小,而其指极大,举类迩而见义远。"④约与博是孟子提出的一对范畴,《离娄下》有:"博学而详说之,将以反说约也。"⑤是由博反约之论。

3. 先秦诸子论"言"

一些出发点本不在文艺的议论也关联着文学,比如对语言文字作为媒介的传达功能及其局限性的思考即然。

战国时期有士人游说、论辩、著述之风。孟子曾言"予岂好辩哉?予不得已也"⑥,《荀子·非相》中也反复强调"君子必辩"⑦!皆是学术争鸣中为申张己说、驳斥异端的不得不然。《史记·田敬仲世家》载:"齐宣王喜文学游说之士,自如邹衍、淳于髡、田骈、接予、慎到、环渊七十六人,皆赐列第,为上大夫,不治而议论,是以齐稷下学士复盛,且数百千人。"⑧他们的言辞常常以雄辩凌厉、意气驰骋、文采修饰、想象夸张见长,如稷下先生中就有为齐人称颂的"谈天衍,雕龙奭"⑨。有的论辩之辞不仅颇有文辞之美,还有寓故事和文学性的描绘。

《论语·卫灵公》:"子曰:'辞达而已矣。'"⑩《易·系辞上》:"子曰:'书不尽言,言不尽意。'然则圣人之意其不可见乎?子曰:'圣人立象以尽意,设卦以尽情伪,系辞焉以尽其言,变而通之以尽利,鼓之舞之以尽神。'"⑪《老子》八十一章曰:

---

① 《孟子·离娄下》,杨伯峻:《孟子译注》,第192页。
② 《孟子·尽心下》,杨伯峻:《孟子译注》,第338页。
③ 《周易·系辞下》,黄寿祺、张善文:《周易译注》,第548页。
④ [汉]司马迁:《史记·屈原贾生列传》,第2482页。
⑤ 《孟子·离娄下》,杨伯峻:《孟子译注》,第190页。
⑥ 《孟子·滕文公下》,杨伯峻:《孟子译注》,第154页。
⑦ 《荀子·非相》,[清]王先谦:《荀子集解》,第83页。
⑧ [汉]司马迁:《史记·田敬仲世家》,第1895页。
⑨ [汉]司马迁:《史记·孟子荀卿列传》,第2348页。
⑩ 《论语·卫灵公》,杨伯峻:《论语译注》,第170页。
⑪ 《周易·系辞上》,黄寿祺、张善文:《周易译注》,第526页。

"信言不美,美言不信;善言不辩,辩言不善;知者不博,博者不知。"①

庄子为阐述自己的思考、建构理论选择了"寓言十九,重言十七,卮言日出"的方式,在言意之辩方面有著名的精粗、筌蹄之论:

> 世之所贵道者书也,书不过语,语有贵也。语之所贵者意也,意有所随。意之所随者,不可以言传也。②

> 可以言论者,物之粗也;可以意致者,物之精也;言之所不能论,意之所不能察致者,不期精粗焉。③

> 筌者所以在鱼,得鱼而忘筌;蹄者所以在兔,得兔而忘蹄;言者所以在意,得意而忘言。④

孟子有"知言养气""以意逆志""言近旨远"诸说。荀子不仅强调"君子必辩",且有"辩言"的专论。

诸子论"言"尽管多是针对学术论辩说的,毕竟文学是以"言"为媒介的艺术,对语言媒介功能认识的深化自然有助于对文学的理解,必然会发展成为后来文学观念和理论、批评的一个组成部分。

关于先秦诸子的文学观念和言意之辩,我们将在后面分别作专门的讨论。

二、汉魏六朝文学观念的演进脉络

1. 汉代:"文章"意义的转移和以"丽"论文

"文章"的初始义即有美。在古代,"文章"要比"文学"更接近于今天所谓文学的意义。梁启超先生指出,古人是以美文为文学的。西学东渐以来,中国学术界开始对传统的文学观念进行反思。章太炎先生《国故论衡·文学总略》说:

> 文学者,以有文字著于竹帛,故谓之文。论其法式,谓之文学。凡文理、文字、文辞,皆言文。言其彩色发扬谓之彣;以作乐有阕,施之笔札谓之章。……古之言文章者,不专在竹帛讽诵之间,孔子称尧、舜"焕乎其有文章",盖君臣朝廷尊卑贵贱之序,车舆衣服宫室饮食嫁娶丧祭之分,谓之文;八风从律,百废得数,谓之章。文章者,礼乐之殊称也。其后转移,施于篇什,太史公

---

① 《老子·八十一章》,陈鼓应:《老子注译及评介》,第361页。
② 《庄子·天道》,曹础基:《庄子浅注》,第203页。
③ 《庄子·秋水》,曹础基:《庄子浅注》,第242页。
④ 《庄子·外物》,曹础基:《庄子浅注》,第419页。

记博士平等议曰:"谨案诏书律令下者,文章尔雅,训词深厚。"①

郭绍虞先生《中国文学批评史》在章氏之论的基础上更清楚地概括了古代文学观念的演进过程:

> 周秦时期所谓"文学",是最广义的文学观念,所以也是最初期的文学观念。当时所谓"文学"是和学术分不开的,文即是学,学不离文,所以兼有"文章""博学"两重意义。到了两汉,"文"和"学"分开来讲了,"文学"和"文章"也分开来讲了。他们把属于词章一类的作品称之为"文"或"文章",把含有学术意义的作品称之为"学"或"文学"。

确实,东汉末孔融《答曹丞相禁酒书》的调侃中就有"鲁因儒而损,今令不弃文学",所谓"文学"指文化学术甚明。郭先生指出,到了六朝时期又出现了经、史、玄、文四学之别和文笔之辨,"经过了这样三个阶段,方才对于'文学'获得一个正确而清晰的认识,所以这是文学观念的演进期"②。如此,勾勒出早期文学观念演进的轮廓,从而抓住了我国中古文学批评史的主脉和递进层次。不过,我们还可以作更细致的考察。

诗虽是早期一种主要的文学样式,但先秦诗学(主要是《诗经》学)并未把诗作为一种美文("文章")去讨论。所谓诗多为乐歌(另一些则为无伴奏的徒歌),与音乐关系密切,故《文心雕龙》有"诗为乐心,声为乐体"之语。礼乐中采用的诗歌更是如此。季札"观乐"大致是对乐歌的鉴赏,故刘勰说他"不直(只)听声而已"③。"不歌而诵谓之赋"④,辞赋的美主要是文辞之美,与诗相比距离"乐"更远,赋的兴盛可谓"纯"美文的兴盛。《七略》与《汉书·艺文志》中将诗赋同列在一类是美文文学观的一种显现。

两汉所谓"文章",多沿袭先秦时的意义,西汉尤其如此。如董仲舒《春秋繁露·度制》的"染五采,饰文章"⑤,《举贤良对策》的"常玉不琢,不成文章"⑥,《史记·礼书》的"目好五色,为之黼黻文章以表其能"⑦,《盐铁论·刺议》的"譬

---

① 章太炎:《国故论衡》。
② 郭绍虞:《中国文学批评史》,上海:上海古籍出版社,1979年,第3—4页。
③ [梁]刘勰:《文心雕龙·乐府》,张国庆、涂光社:《〈文心雕龙〉集校、集释、直译》,第129页。
④ [汉]班固:《汉书·艺文志》。
⑤ [汉]董仲舒:《春秋繁露·度制》,[清]苏舆撰、钟哲点校:《春秋繁露义证》,第232页。
⑥ [汉]董仲舒:《举贤良对策》,郭丹:《先秦两汉文论全编》,第466页。
⑦ [汉]司马迁:《史记·礼书》。

如土龙,文章首目具而非龙也"①,等等。然而毕竟有了用为文辞者:《史记·儒林列传》的"文章尔雅,辞训深厚"②已与文辞相关,《说苑·贵德》的"诵其(孔子)文章,传今不绝"③指《春秋》之类著作已是确凿无疑了。

到了东汉,作文辞解的例子不再罕见,如《论衡》的《书解篇》有"汉世文章之徒,陆贾、司马迁、刘子政、扬子云"④;《超奇篇》有"(长生)文章虽奇,论者犹谓稚于前人","文章之人滋茂汉朝者,乃夫汉家炽盛之端也"⑤。《汉书·公孙弘传赞》云:"文章则司马迁、相如";"刘向、王褒以文章显"⑥。稍晚,张奂《与阴氏书》有"笃念既密,文章灿烂,名实相副,奉读周旋,纸弊墨渝,不离于手"⑦。其"文章"显然指精心营构的文辞作品。不过此时"文章"的古义仍然通行,班固《两都赋序》云:"至于武、宣之世,乃崇礼官,考文章,内设金马石渠之署,外兴乐府协律之事,以兴废继绝,润我鸿业。……或以抒下情而通讽喻,或以宣上德而尽忠孝,雍容光焕发揄扬,着于后嗣,抑亦雅颂之亚也。故孝成之世,论而录之,盖奏御者千有余篇,而后大汉之文章炳焉与三代同风。"⑧从"考文章"和"文章炳焉与三代同风"看,此序中"文章"依然泛指人文和礼法制度。此外也常见两义并用的例子,如《论衡·量知篇》说:"绣之未刺,锦之未织,恒丝庸帛,何以异哉?加五采之巧,施针缕之饰,文章炫耀,黼黻华虫,山龙日月,学士有文章之学,犹丝帛之有五色之巧也。"⑨其"文章炫耀"与"学士文章之学"所指显然不同。崔瑗在《河间相张平子碑》中称美张衡"道德漫流,文章云浮"⑩;其《草书势》则云:"书契之兴,始自颉皇,写彼鸟迹以定文章。"⑪前者大概指张衡的著述而言,后者仍泛指人文制度。这种现象在"文章"新义初起的时期是极其正常的。当然不难觉察"文章"的运用越来越多地指美文而言了。

---

① [汉]桓宽:《盐铁论·刺议》,上海:上海人民出版社,1974年,第59页。
② [汉]司马迁:《史记·儒林列传》。
③ [汉]刘向:《说苑·贵德》,卢元骏注释:《说苑今注今译》,天津:天津古籍出版社,1977年,第129页。
④ [汉]王充:《论衡·书解》,张宗祥:《论衡校注》,第556页。
⑤ [汉]王充:《论衡·超奇》,张宗祥:《论衡校注》,第283-284页。
⑥ [汉]班固:《汉书·公孙弘传》,第2634页。
⑦ [汉]张奂:《与阴氏书》,[清]严可均辑、陈延嘉等校点主编:《全上古三代秦汉三国六朝文》(二),第611页。
⑧ [汉]班固:《两都赋序》,郭丹:《先秦两汉文论全编》,第757页。
⑨ [汉]王充:《论衡·量知》,张宗祥:《论衡校注》,第253页。
⑩ [汉]崔瑗:《河间相张平子碑》,郭丹:《先秦两汉文论全编》,第775页。
⑪ [汉]崔瑗:《草书势》,郭丹:《先秦两汉文论全编》,第774页。

汉代首屈一指的文体是赋。文学的主流继承战国后期的风气,赋家常炫博夸饰以展才,文辞有更趋繁富宏丽的倾向。史载武帝、宣帝和东汉的灵帝都爱好文学,王侯贵胄中耽于此者更不乏其人,如高祖同父少弟楚元王交,其后裔刘向、刘歆;梁孝王刘武、河间王刘德、淮南王刘安等。《汉书·严朱吾丘主父徐严终王贾传》记群儒非议辞赋,宣帝为之辩解:"辞赋大者与古《诗》同义,小者辩丽可喜。"①皇帝有文学侍臣,王侯募集宾客,或为点缀升平、"润色鸿业",或为辞章雅好增色。宴游庆典中文士写作赋颂、切磋艺文,确有不少士人以其文才得到优遇。用今天的标准看赋是一种介于诗和散文的体裁,愚以为赋体的兴盛也属一种诗歌的散文化时代潮流,是文学与音乐进一步分离的体现。文辞美的讲究,对问体的广泛采用,描述的细腻化……都是时人充分展示语言媒介功能的表现。《汉书·艺文志》云:"传曰:不歌而诵谓之赋。"②与先秦时诗乐关系密切相比,赋无论是早期的诵读还是后来的一种文体,都只仰仗文学语言进行传达,即使有韵也远离音乐而属语辞的音韵。从这个角度看,汉代重赋也有一种自觉:文学走向和实现了与音乐分离的独立,也有作为语言艺术自觉的意味。

两汉四百多年,留存至今的诗歌不多,不能与其昌盛的国力和文化承传相称,远逊于先秦与魏晋唐宋明清诸朝。因为诗歌在当时受士人重视的程度远不如辞赋。这大概也是"古诗"大多无主名的原委;它折射出时人(包括诗人自己)对这类诗歌的态度:一己的感伤和牢骚无益诗教、不关讽谏,有违经学之旨;未以展示博学多识、富丽辞采为能事,不会被贵盛势要青睐和优遇……所以一般说来其价值未被时人看重。

从西汉末刘歆《七略》中有"诗赋略",到东汉班固《汉书·艺文志》对赋和歌诗的归类著录,可知这两种文学性强的文体已被区别对待。汉末蔡邕著《独断》二卷,表述了若干文体的规范,也是重视写作经验总结传承,体式规范逐步建立的确证。《汉书·艺文志》指出乐府诗之作系"感于哀乐,缘事而发"③。《礼记·经解》倡言"温柔敦厚"④的诗教。何休《春秋公羊传解诂》(宣公十五年)有"饥者歌其食,劳者歌其事"之论⑤。《毛诗序》、王逸《楚辞章句叙》、郑玄《诗谱序》都是从

---

① [汉]班固:《汉书·严朱吾丘主父徐严终王贾传》,第3829页。
② [汉]班固:《汉书·艺文志》,第1755页。
③ [汉]班固:《汉书·艺文志》,第1756页。
④ 《礼记·经解》,[汉]郑玄注、[唐]孔颖达疏:《礼记正义》,第1597页。
⑤ [汉]何休注、[唐]徐彦疏:《春秋公羊传注疏》,济南:山东画报出版社,2004年,第398页。

一部(或称一集)经典诗歌作品入手进行的研究。除经学中有关诗、乐的探讨外，还有史迁的"发愤为作"之论，扬雄的反思，桓谭、王充、班固、何休等人的文论以及王逸的《楚辞章句》。无疑，汉代讨论文章和诗歌的人较先秦更多了，文史哲论著中有，序文、奏议、对问和书信中也有。足见两汉的文学观念和理论批评在不少方面是有显著进步的。

汉代的文学评论中还有一个特点，就是多以"丽"论文。如宣帝说赋"小者辩丽可喜"①；扬雄说"诗人之赋丽以则，辞人之赋丽以淫"②；桓谭说："新近丽文，美而无采"③；《论衡》中曾说，当时"丽文无(人)不写"④……无论褒贬皆以"丽"称之，美文文学观表露明显。这一点我们将在第五章作比较详细的介绍。

2. 魏晋："自觉时代"渐臻成熟的文学观

建安(196—220)是汉朝最后一个皇帝献帝的年号，历时二十五年。曹丕代汉称帝不足七年，死于226年。建安文学所指的时段可以上下拓展一些，也就四五十年，出现了以三曹为领袖的邺下文人集团(以三曹、七子、蔡琰、杨修、繁钦等为代表)，一时称盛。易代的战乱和社会大动荡中文学却出现前所未有的繁荣：诗歌的勃兴，大诗人、作家群、风格鲜明的一代文学以及标志性理论著述的出现都有划时代的意义。

魏晋士人对文学的特点和价值有了更多发现和更明确的肯定。"文章"已走向专指美文。曹丕的《典论·论文》堪称代表性论著，其"盖文章，经国之大业，不朽之盛事"明确对著述作出了前所未有的极其崇高的价值判断。(《左传》襄公二十四年中所谓"三不朽"虽包括"立言"，然而其"言"限于政教方面，非指广义的文章。)

曹丕说："文以气为主，气之清浊有体，不可力强而致。"强调的是文章中个性和主体精神的彰显。文学创作是一种精神生产，由抒情和个性体现的主体性特征的被发现自然是自觉的标志。笔者在上世纪八十年代中期曾经说过："正统经学统治的解体使理性得到解放，这就导致'人'的觉醒以及对个性和自身价值的发现，导致对自然情感的肯定，体现在文学上就是创作主体呈现自我表现的强烈要求。建安时期正是以'慷慨任气，磊落使才'为特点的，创作中抒情化、个性化的倾

---

① [汉]班固：《汉书·王褒传》，第3829页。
② [汉]扬雄：《法言·吾子》，北京：中华书局，1985年，第5页。
③ 转引自[梁]刘勰：《文心雕龙·通变》，张国庆、涂光社：《〈文心雕龙〉集校、集释、直译》，第533页。
④ [汉]王充：《论衡·自纪》，张宗祥：《论衡校注》，第581页。

向异常明显。曹丕'文以气为主,气之清浊有体,不可力强而致'的著名论断可以说是这种趋势的理论概括。"①

文学的自觉还表现为对美文的创造上的自觉,曹丕的"诗赋欲丽"简略地点明两种主要文体的追求,也是对汉人以"丽"论文的认可和总结。随后陆机《文赋》的"诗缘情而绮靡,赋体物而浏亮"与"会意尚巧,遣言贵妍"同样显示出以亮丽为上的审美取向。其"唱而靡应""应而不和""和而不悲""悲而不雅"、"雅而不艳"之论也涉及不同层面的文辞美,尽管其间的逻辑关系不明,且有偏于形式之嫌。

文学的实践证明,进入文学自觉时代以后,人们以前所未有的热情对文学的艺术形式和表现对象进行多方面的开拓和尝试。

魏晋南北朝文学的题材内容极大地扩大了,几乎把社会生活的方方面面都纳入文学表现之中。建安诗人多以题咏时事,抒写身世乱离和建功立业的抱负知名。此外曹操的《观沧海》、阮籍的《咏怀》、潘岳的《悼亡》、左思的《咏史》,以及张协咏物、陶渊明徜徉田园、谢灵运游弋山水、江淹的专赋别情与恨意……都有创格和深远影响。就是在文学史上屡遭挞伐的玄言诗、宫体诗,也可以说是用诗歌表现哲理以及内廷生活和性爱一种尝试,即使总体上说是失败的尝试,其"理过其辞"、"伤于轻靡"之弊也给后人以启示和教训。

各种诗体(主盟诗坛的五言诗,趋于成熟的七言诗;文人的乐府歌行与走向格律化的诗歌)并行和相互促进;赋体文学在转变中实现的最后繁荣;新的文学样式(如轶事小说和志怪小说)的涌现,开始在文坛占有一席之地……

曹丕区别了"四科八体",陆机有十体风格的表述,挚虞、李充等更有文体专论。不仅有"文"与"学"分离,"文章"专指文辞篇籍,又有了"文"、"笔"之辨。

中国古代的文学创作主要是以汉语言文字作为媒介和载体的。自魏晋以降,汉语言文字美的规律方面不断有突破性发现。不仅在"文章"专指文辞篇籍之后,有了"文"与"学"分离,又有了"文""笔"之辨。从魏李登着《声类》,到南齐周颙《四声切韵》和沈约《四声谱》问世,声律学的进步促进了文学语言音响美的讲究;刘宋的范晔曾以"性别宫商,识清浊"②自得,沈约则要求"宫羽相变,低昂互节:若前有浮声,则后须切响。一简之内,音韵尽殊;两句之中,轻重悉异。"③,以至出现讲究声律的准律诗"永明体"。六朝文章写作的骈俪化使对偶的运用几达于极点。

---

① 涂光社:《文心十论》,第11-12页。
② [齐]范晔:《狱中与诸甥侄书》,郭绍虞:《中国历代文论选》(一),第223页。
③ [梁]沈约:《宋书·谢灵运传论》,第1779页。

声律和骈偶的讲究表明汉语音响节奏之美的某些规律已被发现和掌握,为随后律诗的升堂入室乃至整个古代诗赋文章的格律化奠定了阶石。

萧绎在《金楼子·立言》中说:"古之文笔,今之文笔,其源又异。"认识到古今文学观念的差别。对当时的"文笔之辨",他不像刘勰那以有韵无韵对"文"和"笔"作简明的区分,强调指出:"吟咏风谣,流连哀思者谓之文","至如文者,惟须绮縠纷披,宫征靡曼,唇吻遒会,情灵摇荡"。① "文"较之"笔",无疑文学性更强的一类。对"文"明确和具体的要求中"吟咏风谣,流连哀思"既有对接受民间歌谣滋养的认可,也有对"哀"情审美价值的肯定,更要求写出被人传唱、让人流连,无论作者还是诵读者都会为之深深动情的作品。"绮縠纷披,宫征靡曼,唇吻遒会,情灵摇荡"指美轮美奂、温婉轻柔、音响悦耳,能深契人心引起共鸣的文章。萧绎以为这就与非文学性的述作划清了界限。

重视文学艺术率性娱情的一面以及对物态之美的感受和描摹,是当时文学观念和艺术精神的一个重要侧面。追求细腻温婉的柔性美出于对文学的新认识,有对文学艺术特质再发现的意味,也体现出南朝文学的时代特征。

一些与美的追求直接关联的理论范畴也在这一时期完成了从原生领域到文学理论的转移。

以"滋味"为例,先秦就有伊尹"论味隆汤"的故事,那是论国家治理。魏晋时嵇康《琴赋》说:"滋味有厌,而此不倦。"②《声无哀乐论》说:"夫曲用每殊,而情之处变,犹滋味异美而口辄识之也。五味万殊,而大同于美;曲变虽众,亦大同于和。"③陆机《文赋》批评"雅而不艳"说:"阙大羹之遗味,同朱弦之清泛。"④虽一个论乐曲,一个论文章,但"滋味"一词仍是以原义作比况。

到了钟嵘的《诗品》就直言"五言(诗)是众作之有滋味者"⑤;刘勰《文心雕龙》的"滋味流于下句"⑥、"精味兼载"⑦和"义味腾跃而生"⑧、"馀味日新"⑨、"道

---

① [梁]萧绎:《金楼子·立言》,北京:中华书局,1985年,第75页。
② [魏]嵇康:《琴赋》,《嵇康集注》,第92页。
③ [魏]嵇康:《声无哀乐论》,《嵇康集注》,第217页。
④ [晋]陆机:《文赋》,郭绍虞:《中国历代文论选》(一),第173页。
⑤ [梁]钟嵘:《诗品序》,郭绍虞:《中国历代文论选》(一),第309页。
⑥ [梁]刘勰:《文心雕龙·声律》,张国庆、涂光社:《〈文心雕龙〉集校、集释、直译》,第597页。
⑦ [梁]刘勰:《文心雕龙·丽辞》,张国庆、涂光社:《〈文心雕龙〉集校、集释、直译》,第642页。
⑧ [梁]刘勰:《文心雕龙·总术》,张国庆、涂光社:《〈文心雕龙〉集校、集释、直译》,第817页。
⑨ [梁]刘勰:《文心雕龙·宗经》,张国庆、涂光社:《〈文心雕龙〉集校、集释、直译》,第46页。

味相附"①……以及那些用为动词的,以品玩作品、获取文章美感享受为目的的"可味""味之""讽味"之"味",都是文论的范畴和概念。《颜氏家训·文章》也说:"夫文章者,……施用多途,至于陶冶性灵,从容讽谏,入其滋味,亦乐事也。"②

从"滋味"的本义可知,它有一种合乎人生命需求的、由感官体验而来的综合性美感。"味"有个性,五味不同,人之所好也不尽一致;"滋"可训多,滋味常常是复合性的。从《文心雕龙》话语中的种种组合以及以后理论批评出现的品味、玩味、意味、趣味、韵味……都不难看出,"滋味"的获取与追求能够在许多方面体现文学艺术创造的规律和审美境界,因此成为一个在中国运用广泛、民族特色鲜明的文艺理论范畴。

魏晋南北朝文学批评和理论有长足进步。曹丕的《典论·论文》、陆机的《文赋》、挚虞的《文章流别论》、刘勰的《文心雕龙》、钟嵘《诗品》等著作的经典性论述,集中地反映了那个时期文学理性思考上的成果,实现了中国文学理论批评前所未有的巨大飞跃,不仅是创作实践经验的总结,而且完成了古代文学批评模式和理论框架的建构。

从魏晋南北朝起,"文章"才专指有文学性的著述,成为今人所熟悉的概念。从《典论·论文》的"盖文章,经国之大业,不朽之盛事"③,到刘勰《文心雕龙·情采》的"圣贤书辞,总称文章,非采而何?"④和萧子显《南齐书·文学传论》的"文章者,盖情性之风标,神明之律吕"⑤,这类对文章意义的阐释,所反映的正是那个时期人们对文学本质特征和价值的认识;而《颜氏家训·文章》全篇讨论的也只是写作了。

自汉以来,决定一篇文字是不是"文章"的关键,在于它有没有文采。换言之,就是把美文看作是文学艺术的要素。不仅诗词歌赋是文章,写得漂亮的论说文、应用文,例如章表奏议、论说檄令、志传书记之类也是好文章。文章即有文辞美的著述,此即所谓广义的文学作品。这与某些现代理论中文学的定义(如"以语言塑造形象反映社会生活,表达作者思想感情的艺术")不尽一致,文辞美与"塑造形象"只有间接和或然的联系。在古人心目中,文辞美的构成包括藻饰、声律、对偶、

---

① [梁]刘勰:《文心雕龙·附会》,张国庆、涂光社:《〈文心雕龙〉集校、集释、直译》,第802页。
② [北齐]颜之推:《颜氏家训·文章》,王利器:《颜氏家训集解》,北京:中华书局,1993年,第237页。
③ [魏]曹丕:《典论·论文》,郭绍虞:《中国历代文论选》(一),第158页。
④ [梁]刘勰:《文心雕龙·情采》,张国庆、涂光社:《〈文心雕龙〉集校、集释、直译》,第570页。
⑤ [梁]萧子显:《南齐书·文学传论》,北京:中华书局,1972年,第907页。

用事、比兴和章法结构等多种因素,以后还拓展到内质和精神之美的显示以及自然、冲淡、韵味、机趣等更高层次和更多艺术个性的追求,美的创造远非"塑造形象"所能涵盖。

"文章"的含义经长期演化,到魏晋南北朝完全固定下来。它作为近似今天"文学作品"的概念在两千年左右的时间内为国人所接受和运用,必有其成立的内在依据。古人以美文为文学的观念具有相当的合理性,当代的学者应该从中得到启示。

古代文学观念成熟是进入自觉时代的表征。刘勰作为魏晋南北朝时期理论探索成果的集大成者,他所建构的"体大思精"的文论巨著自然会更全面地反映和展示文学观念的成熟。

3.《文心雕龙》中充分展示的美文文学观

《文心雕龙》二十四次用到"文章"一词,除征引先秦典籍的几处以外,都指美文而言。如《宗经》篇的:"性灵熔匠,文章奥府"①,《正纬》篇的"事丰奇伟,辞富膏腴,无益经典而有助文章"②,《风骨》篇的"文章才力,有似于此"③,《情采》篇的"况乎文章,述志为本"等等,都是如此。尤其是"圣贤书辞,总称文章,非采而何?"④与在说明以"文心雕龙"为书名之所以然的时候反诘"岂取驺奭之群言雕龙也",盛赞"心哉美矣"⑤,更是美文文学观明确的表述。

作为魏晋南北朝文论的集成之作,《文心雕龙》全书论及文章之美的地方俯拾皆是,所涉及的诸多层面充分反映出刘勰文学观念上的进步及其所作的全方位拓展。

在统驭全书的"文之枢纽"中,《征圣》篇之"赞"说:"妙极生知,睿哲为宰。精理为文,秀气成采。鉴悬日月,辞富山海。"⑥《宗经》篇有"……洞性灵之奥区,极文章之骨髓者也"⑦。《辨骚》之"赞"说屈原因"惊才风逸,壮志烟高"而有"金相玉式,艳溢锱毫"的作品传世⑧。

刘勰明言,全书整个下半部的二十五篇专论,则全为"剖情析采"。《知音》

---

① [梁]刘勰:《文心雕龙·宗经》,张国庆、涂光社:《〈文心雕龙〉集校、集释、直译》,第50页。
② [梁]刘勰:《文心雕龙·正纬》,张国庆、涂光社:《〈文心雕龙〉集校、集释、直译》,第67页。
③ [梁]刘勰:《文心雕龙·风骨》,张国庆、涂光社:《〈文心雕龙〉集校、集释、直译》,第521页。
④ [梁]刘勰:《文心雕龙·情采》,张国庆、涂光社:《〈文心雕龙〉集校、集释、直译》,第570页。
⑤ [梁]刘勰:《文心雕龙·序志》,张国庆、涂光社:《〈文心雕龙〉集校、集释、直译》,第920页。
⑥ [梁]刘勰:《文心雕龙·征圣》,张国庆、涂光社:《〈文心雕龙〉集校、集释、直译》,第31页。
⑦ [梁]刘勰:《文心雕龙·宗经》,张国庆、涂光社:《〈文心雕龙〉集校、集释、直译》,第38页。
⑧ [梁]刘勰:《文心雕龙·辨骚》,张国庆、涂光社:《〈文心雕龙〉集校、集释、直译》,第86页。

云:"书亦国华,玩绎方美。"①《序志》又说:"古来文章,以雕缛成体。"②……

《文心雕龙》二十篇"论文叙笔"对各种文体规范和名篇的评述中已包括风格在内。"剖情析采"的《才略》篇言及作家创作个性的偏长,也认为他们在某些文体上确实能专擅其美:如说"孔融气盛于为笔,祢衡思锐于为文,有偏美焉";"徐干以赋论标美";"丁仪、邯郸,亦含论述之美"③。

《文心雕龙·体性》篇所谓典雅、远奥、精约、显附、繁缛、壮丽、新奇、轻靡"八体"并非就体裁作出的区分,大致是指因作者各自习尚不同形成的不同风格。刘勰指出:"雅与奇反,奥与显殊,繁与约舛,壮与轻乖。"④两两对应的风格其审美取向不同,甚至于存在巨大悬隔和相互背离。即使对其中部分风格(如新奇、繁缛、轻靡)的倾向有所疑虑、评价有所保留,他对"八体"的态度总的说来还是给予认可的。

肯定文学风格多样化的同时就包含着对文章之美多样化的肯定,这是毋庸置疑的。在刘勰论中,文章的"美"与"采"就常常带有作家赋予它们的个性:

偏美则太冲、公干。⑤

陈思《七启》,取美于宏壮。⑥

然仲瑗博古,而诠贯有叙;长虞识治,而属辞枝繁;及陆机断议,亦有锋颖,而腴辞弗剪,颇累文骨:亦各有美,风格存焉。⑦

观史迁之报任安,东方之谒公孙,杨恽之酬会宗,子云之答刘歆,志气盘桓,各含殊采;并杼轴乎尺素,抑扬乎寸心。⑧

昔屈平有言:"文质疏内,众不知余之异采。"⑨

作家在创作上大都各有胜境,文章之美的确经常是异彩纷呈。

构成美文的因素来自不同方面,一篇好文章大多是"众美辐辏"⑩而成:对作

---

① [梁]刘勰:《文心雕龙·知音》,张国庆、涂光社:《〈文心雕龙〉集校、集释、直译》,第888页。
② [梁]刘勰:《文心雕龙·序志》,张国庆、涂光社:《〈文心雕龙〉集校、集释、直译》,第920页。
③ [梁]刘勰:《文心雕龙·才略》,张国庆、涂光社:《〈文心雕龙〉集校、集释、直译》,第867-871页。
④ [梁]刘勰:《文心雕龙·体性》,张国庆、涂光社:《〈文心雕龙〉集校、集释、直译》,第505页。
⑤ [梁]刘勰:《文心雕龙·明诗》,张国庆、涂光社:《〈文心雕龙〉集校、集释、直译》,第107页。
⑥ [梁]刘勰:《文心雕龙·杂文》,张国庆、涂光社:《〈文心雕龙〉集校、集释、直译》,第267页。
⑦ [梁]刘勰:《文心雕龙·议对》,张国庆、涂光社:《〈文心雕龙〉集校、集释、直译》,第439页。
⑧ [梁]刘勰:《文心雕龙·书记》,张国庆、涂光社:《〈文心雕龙〉集校、集释、直译》,第455页。
⑨ [梁]刘勰:《文心雕龙·知音》,张国庆、涂光社:《〈文心雕龙〉集校、集释、直译》,第888页。
⑩ [梁]刘勰:《文心雕龙·事类》,张国庆、涂光社:《〈文心雕龙〉集校、集释、直译》,第692页。

>>> 第二章 文论范畴创用的前提条件与理论准备

家而言,可以来自禀赋才性和学识的崭露,也可来自生活的体验和感悟;从作品说,可因其内容的卓绝,或许有来自形式的精巧。可能是自然天成,也可能是成功的人为。刘勰所谓"文章由学"①表明,美文的创作可能得力于对前人经验规范的学习传承;更可能是凭借"奇文郁起"②的创意和新变。

在中国古代,同义、近义和指域有所交叉的概念相互代用的情况很多,意义有差异时,要根据语境加以辨别。义近的"采""美""艳""丽""华"运用和辨义就应如此。

"采"也有狭义广义之别,狭义的指华美的词藻,广义的文采则当与内容相得益彰。《情采》开篇即说:"圣贤书辞,总称文章,非采而何?"抬出"圣贤书辞"作为"文章"代表,圣贤的经典著述博大精深,其"采"自然不会与思想内容无关。刘勰指出有"采"是"文章"的特点,不啻肯定其为一种艺术创造。随即论"文"、"质"的关系说:

> 夫水性虚而沦漪结,木体实而花萼振:文附质也。虎豹无文,则鞟同犬羊;犀兕有皮,而色资丹漆:质待文也。③

"水性虚而沦漪结,木体实而花萼振"和"虎豹无文,则鞟同犬羊"都带有"文"是"质"之自然呈现的意味。随后"犀兕有皮,而色资丹漆"也肯定了人为形式美能够凸显优异内质:犀兕之皮的美质,有待丹漆的髹饰才得显现。最后"赞"的"心术既形,英华乃赡"再次强调了这种内外的协调。无论美质的自然外现,还是人为修饰,外在的"采"都应依从于内在的"情"。

从《文心》全书看,仅仅将"文章非采而何"的"采"理解局限于华美的文辞显然是不够的。毋庸置疑,"采"多指辞藻之采。《情采》的"文采所以饰言,而辩丽本于情性"表明,"采"应植根和从属于"情性";若"繁滥"失真则有害"情志"的抒写,背离正确规范:"后之作者,采滥忽真,远弃风雅,近师辞赋,故体情之制日疏,逐文之篇愈盛";"联辞结采,将欲明理,采滥辞诡,则心理愈翳。固知翠纶桂饵,反所以失鱼。'言隐荣华',殆谓此也";"繁采寡情,味之必厌。"④凡此种种,用意都在矫正"采丽竞繁"的时风。

---

① [梁]刘勰:《文心雕龙·事类》,张国庆、涂光社:《〈文心雕龙〉集校、集释、直译》,第691页。
② [梁]刘勰:《文心雕龙·辨骚》,张国庆、涂光社:《〈文心雕龙〉集校、集释、直译》,第73页。
③ [梁]刘勰:《文心雕龙·情采》,张国庆、涂光社:《〈文心雕龙〉集校、集释、直译》,第570页。
④ [梁]刘勰:《文心雕龙·情采》,张国庆、涂光社:《〈文心雕龙〉集校、集释、直译》,第573—575页。

《风骨》篇对比"风骨"和"采"的美感力度，突出"风骨"在艺术表现中的主导作用和感动力之强劲："若丰藻克赡，风骨不飞，则振采失鲜，负声无力"；"兹术(风骨)或违，无务繁采"；"蔚彼风力，严此骨鲠。才锋峻立，符采克炳"。刘勰有一段生动的譬喻："夫翚翟备色，而翾翥百步，肌丰而力沉也；鹰隼乏采，而翰飞戾天，骨劲而气猛也。文章才力，有似于此。若风骨乏采，则鸷集翰林，采乏风骨，则雉窜文囿，唯藻耀而高翔，固文笔之鸣凤也。"虽对"藻采"之美有所肯定，更提出了"繁采"是沉重负担的警示——"兹术或违，无务繁采"①，远不如对"风骨"的推崇。

《体性》篇的"夫情动而言形，理发而文见，盖沿隐以至显，因内而符外者也"②，虽就风格而言，也表明文辞的形式美是作品内质(情理)的外显。

刘勰对文章之美有入微的阐发，给人启迪最深的是论中极尽赞美人类的心灵智慧。《原道》说：

> 日月叠璧，以垂丽天之象；山川焕绮，以铺理地之形：此盖道之文也。仰观吐曜，俯察含章，高卑定位，故两仪既生矣。惟人参之，性灵所钟，是谓三才；为五行之秀，实天地之心。心生而言立，言立而文明，自然之道也。③

人是"性灵所钟"，"为五行之秀，实天地之心，心生而言立，言立而文明"，可知"文"是人类精神智慧的伟大创造。同篇还强调，圣人著述"写天地之辉光"、"精理为文，秀气成采"，代表的是"天地之心"。《序志》篇说：

> 夫"文心"者，言为文之用心也。昔涓子《琴心》，王孙《巧心》，心哉美矣！故用之焉。古来文章，以雕缛成体，岂取驺奭之群言雕龙也？夫宇宙绵邈，黎献纷杂，拔萃出类，智术而已。岁月飘忽，性灵不居，腾声飞实，制作而已。夫人肖貌天地，禀性五材，拟耳目于日月，方声气乎风雷，其超出万物，亦以灵矣。形同草木之脆，名逾金石之坚，是以君子处世，树德建言，岂好辩哉，不得已也！④

古人意识中，心在身体的位置居中，是主思维的器官，是情性所本原、智慧和创造力的渊薮。"文心"即"为文之用心"——文章写作中的创造性思维。刘勰盛

---

① [梁]刘勰：《文心雕龙·风骨》，张国庆、涂光社：《〈文心雕龙〉集校、集释、直译》，第518－521页。
② [梁]刘勰：《文心雕龙·体性》，张国庆、涂光社：《〈文心雕龙〉集校、集释、直译》，第504页。
③ [梁]刘勰：《文心雕龙·原道》，张国庆、涂光社：《〈文心雕龙〉集校、集释、直译》，第1页。
④ [梁]刘勰：《文心雕龙·序志》，张国庆、涂光社：《〈文心雕龙〉集校、集释、直译》，第920页。

赞"心哉美矣",其"岂取驺奭之群言雕龙也"申明,"雕龙"不取先秦齐国稷下先生驺奭专擅雕饰词采之意,所指当远远超过语言形式美的范围。文章所抒写的感悟,所摹写、雕镂的意象(如《神思》的"玄解之宰,寻声律而定墨;独照之匠,窥意象而运斤"①)展现的是人心的灵慧。他指出人类具有"超出万物"的灵性、智慧和美的伟大创造力。因为拥有睥睨万物的智慧心灵,"君子"无不渴望以"树德建言"去突破生命的有限时空,这是他"不得已"潜心论著以实现自己生命价值的所以然。确实,在全书许多专题中都能见到美在文心的宏论!

刘勰盛赞"心哉美矣"、"其超出万物亦以灵矣",体现出作为"人"的自信以及肯定生命智慧、心灵至上的人文精神。"文"是"心"的外显和载体。"心"美至上,是人之灵慧和生命意义的体现,是文章之美的核心;学养能提升主体素质、"有助心力",也可以说是"文心"之美的一个构成因素。尤为可贵的是他认为"心生而言立"的创造合乎"自然之道","神思"的运作不仰赖超自然的力量却可得益于作家对思维规律的把握,以及生理和心理的营卫。有研讨"为文之用心"的自觉使其文学观得以进一步精致和深化。

刘勰在《程器》说"穷则独善以垂文"②;在《杂文》和《诸子》也流露过心中一个无可解的情结,抒发过深深的感慨:"原夫兹文之设,乃发愤以表志。身挫凭乎道胜,时屯寄于情泰;莫不渊岳其心,麟凤其采。"③"嗟夫!身与时舛,志共道申,标心于万古之上,送怀于千载之下,金石靡矣,声其销乎!"④于是我们也就不难理解《序志》篇(也是全书)最后所说的"文果载心,余心有寄"⑤的内涵和分量:刘勰坚信在困厄中竭尽心智撰就的《文心雕龙》是旷世之美文!视其为自己最大的精神寄托,是能够跨越时空的生命意义和价值之所在。

"文心雕龙"的书名浓缩了刘勰的文学观——美在文心。

现代理论家给文学下过种种定义,如"文学就是人学","文学指偏重想象和感情的艺术","文学指用语言塑造形象以反映社会生活,表达作者思想感情的艺术"……有的则更为繁琐。一些定义尽管道出或者接触到文学艺术的某些特点,却未必能凸显最本质的、为文学独具的东西。《文心雕龙》既称古代文论经典,了解其文学观就十分必要,得弄明白人心目中何为现代意义上的文学,知道刘勰讨

---

① [梁]刘勰:《文心雕龙·神思》,张国庆、涂光社:《〈文心雕龙〉集校、集释、直译》,第479页。
② [梁]刘勰:《文心雕龙·程器》,张国庆、涂光社:《〈文心雕龙〉集校、集释、直译》,第908页。
③ [梁]刘勰:《文心雕龙·杂文》,张国庆、涂光社:《〈文心雕龙〉集校、集释、直译》,第265页。
④ [梁]刘勰:《文心雕龙·诸子》,张国庆、涂光社:《〈文心雕龙〉集校、集释、直译》,第337页。
⑤ [梁]刘勰:《文心雕龙·序志》,张国庆、涂光社:《〈文心雕龙〉集校、集释、直译》,第927页。

论的对象和范围。

正如刘勰在《声律》所言:"言语者,文章神明枢机。"①比起后来许多不很确切或有嫌繁琐或者忽略语言文字媒介的定义来,以美文为文学是直击本质特征的简要概括——如果说"文学就是人学"的话,难道其他艺术在一定意义上不可以说是人学吗?何止文学,哪一种艺术不倚重想象和感情呢?"美"的内涵和外延远比"形象"宽泛,如有文采的理论话语、写得漂亮的应用文有时很难说在"塑造形象",但通常可以说它们有文学性的。

进入"自觉时代",已臻成熟的文学观形成一种传统意识,也就获得相对的稳定。人们对于美,对于文学的认识理解还会有所发展,还可能对文学意义、范围的界定作出调整和修正,尤其会出现在新的理论整合过程中。然而可以确信的是,如同"美文"这样对文学艺术简明而又切中肯綮的概括,其要义是不会在任何先进理论的界定中缺失的。

第二节 两汉:美文文学观形成时期的范畴、概念

汉代是中国古代第一个绵延数百年统一大帝国,虽有起落盛衰,总的说文治武功堪称繁荣昌盛。经历了短暂的"秦世不文"之后,大一统国家肩负着罗集整理文化遗存,并发扬光大的历史责任。随着文学耳目一新的发展,人们以美文为文学的观念也逐步形成和清晰起来。尽管对文章之美的认识还在不断深入,但美的取向业已明确,并最终成为传统观念意识的一部分。汉代人的文学观念是在其创作的倾向性和赏鉴评论中显现出来的,也集中地体现在理论批评中概念范畴的创用上。由此能够了解文论范畴概念生成、运用的机制与两汉文学的时代特征。

西汉前期陆贾、贾谊的撰著大抵属政论性质,他们的《新语》《新书》以及景帝、武帝时的《淮南子》和《春秋繁露》类同战国子书。其中有关言辞和著述的言说讨论的对象不全是文学作品,运用的范畴概念也多为先秦诸子所创设。即使是在文学批评史上备受推崇的"发愤著书"说中,司马迁所罗列的著述范例既有《离骚》和《诗》三百篇,也有《周易》《春秋》《(孙膑)兵法》《吕览》之类。可见论证的对象泛指一切有价值的文籍,而不限于今所谓文学艺术。

汉初统治者采取休养生息政策,好黄老之学;战国诸子中黄老法术刑名之学

---

① [梁]刘勰:《文心雕龙·声律》,张国庆、涂光社:《〈文心雕龙〉集校、集释、直译》,第592页。

颇受重视。《淮南子》主要承袭阐扬的是黄老和庄子学说,又吸收儒墨名法的思想材料以为用。儒家学说与文学的关系原本比其他各家密切,古人评说诗歌、讨论文辞向来多本儒家宗旨。以武帝采取"罢黜进家,独尊儒术"政策和董仲舒《春秋繁露》问世为标志,儒家思想更确立了政治、学术上的垄断地位。

早期的诸侯中吴王刘濞、梁孝王、淮南王刘安、河间献王皆曾招纳文学之士。武、宣、元、成诸帝亦好文学。《史记·孝武本纪》载:"上乡儒术,招贤良,赵绾、王臧等以文学为公卿","上征文学之士公孙弘等"①。《儒林列传》记:"今上(武帝)即位,赵绾、王臧之属明儒学,而上亦乡之,于是招方正贤良文学之士。自是之后,言《诗》于鲁则申培公,于齐则辕固生,于燕则韩太傅,……延文学儒者数百人,而公孙弘以《春秋》白衣为天子三公。"所载公孙弘奏议中亦云:"诣太常得受业如弟子。一岁者皆辄试,能通一艺以上,补文学掌故缺","诏书律令下者,明天人分际,通古今之义,文章尔雅,训辞深厚,恩施甚美,……以文学礼义为官","自此以来,则公卿大夫士吏斌斌多文学之士矣"。② 尽管所谓"文学"主要指其人在学术典章方面的专擅,但已与"文章"、文辞相联系了。西汉时枚乘、司马相如、东方朔、枚皋、王褒、扬雄等均以擅长辞赋见用。《汉书·王褒传》中引宣帝语称:"辞赋大者与古诗同义,小者辩丽可喜。譬如女工有绮縠,音乐有郑卫,今世俗犹皆以此愉悦耳目;辞赋比之,尚有仁义风喻、鸟兽草木多闻之观,贤于倡优博奕远矣。"③

辞赋自文、景逐渐兴起,武帝时达于极盛,主盟文坛之势延及整个东汉。中国古代文学中有汉赋、唐诗、宋词、元曲、明清小说之称,表明各个朝代皆有体现其文学成就的主要体裁样式。在传统文学观念形成时期辞赋成为汉代最具代表性的文学体裁,两者有怎样的关联?又如何影响文论概念范畴的创用呢?

西汉国势隆盛,士人胸襟开阔恢宏,乃有"究天人之际,通古今之变"的气度。文章写作能适应为统治者歌功颂德的需要,也是文士炫耀才学以邀恩宠的重要手段,辞赋中尽管也有士人抒写不遇失志的怨愤,但"润色鸿业"的文采弘博富丽之作无疑成为主流。崇尚"博"(弘、大)与"丽"的得与失不可一概而论。固然可能有其"大"方面的建树,一味求"大"也难免出现偏颇,比如"劝百讽一"会取代切中时弊"缘事而发"的美刺、缺少真切生动的描写,抒写情怀可能让位于搜奇炫博的铺陈堆砌;而对"丽文"的热衷则易偏重形式而忽略涵蕴,……文辞庞杂冗繁,状物

---

① [汉]司马迁:《史记·孝武本纪》,第452页。
② [汉]司马迁:《史记·儒林列传》,第3118—3120页。
③ [汉]班固:《汉书·王褒传》,第3829页。

琐屑、近似、雷同的现象层出不穷。与先秦的成功范例形成鲜明对比,《诗》《骚》以抒写情怀为主,更能够反映人们的思想愿望,有利于展示出生命精神层面、内涵的丰富性和个性特征的多样性;《诗经》简约浑成的物象描绘、点染,屈《骚》细腻充赡的描述则往往是传神、真切的妙笔。

从两汉之交扬雄、桓谭等人的论说中能够了解到,当时的人们对大赋铺陈排比极尽夸饰之能事的错误倾向已经有了认识。于是东汉的赋渐由说事、状物转向抒写情志,越来越多地出现了相对"大赋"而言的抒情小赋。

大赋构想宏奇辞采富丽,特别讲求文学语言的形式美,辞赋主盟文坛本身就是那个时期美文文学观渐趋成形的体现,汉代的言说者常以"丽"、"辩丽"、"闳丽"和"丽文"称之论之就是最好的证明。对于辞赋(包括被奉为开山宗祖的《离骚》在内)的评论,始则极尽推崇(如刘安),乃至有明白宣示自己以司马相如的大赋为写作范式的名家扬雄;稍后则有检讨其得失的反思者(其中也包括扬雄自己)出现,对"丽以淫"的创作倾向进行批判。显然,这种反思就意味着对文辞之"美"认识的一种深化。

两汉"文学""文章"意涵的转移以及将诗、赋归为一"略"的意义值得一说。

在先秦,"文学"指与文化典章相关的学识而言,乃至指学术(尤其是儒学)研究有成的人,与文学艺术没有直接关系;自西汉起才偶与"文学"与文章写作相联系。汉代所谓"文章"在不同语境中分别有"人文典章制度"和"美的文辞"两种意义,随着时间推移,人们的言说中才越来越多地采用后一种"文章"。诗最早指乐歌的歌词;先秦的"赋诗言志"和"不歌而诵谓之赋"之说已经表明,诗赋在传达上有别,赋靠的是语言(诵读)而非音乐。辞赋展示的主要是文辞(文学语言)的美,后来班固《两都赋序》所谓"言语侍从之臣……朝夕论思,日月献纳"[①]明显道出了这一点。

指美的文辞的"文章"相当倚重语言文字的表现力。战国中后期诸子著书立说、言辩成风和辞赋(尤其是楚辞)出现大大丰富提升了文辞的表现力,如《吕氏春秋》的一些描写,李斯的《谏逐客疏》皆颇有文辞之美,加之秦汉以大一统帝国的力量对方块字的规范定型和汇总,"小学"(文字学)家的成就斐然:都对美文文学观的形成有巨大的促进作用。汉赋也可谓因语言文字的进步和表现力提升应时而兴。

同为文献整理大家,班固认可西汉末刘歆《七略》的文籍分类法,在《汉书·艺

---

① [汉]班固:《两都赋序》,郭丹:《先秦两汉文论全编》,第757页。

文志》列"诗赋略"是一个时代性的标志。诗、赋同属一类"艺文",肯定两者造艺上的共同性,诗、赋作品显然较其他六"略"所录文籍有更多的文章之美,业已透露出文学观念的演进趋势。如前所说,在针对辞赋的理论批评中几乎无人不用"丽"(以及意涵近似的"美""艳""靡""采"等)的概念以及由它们组合的话语,无疑凸显着一种时代特色鲜明的美文文学观。

汉代今文经学以演绎圣人之"微言"为能事,加之臆测"天意"的图谶风行,说古论今常流于妄诞。于是桓谭、王充、张衡等有"疾虚妄"、斥"虚伪"的激烈批判。今存汉代文献中王充《论衡》是保有文论最丰富的一种,也是论及层面最广、运用范畴概念最多者,对后来理论批评有显著的影响。

汉代经学在文学理论批评中的影响主要在诗学方面。

西汉《尚书》等儒典皆有诸家之学,其后今文经学中出现谷梁、公羊之争,继而又有长时间的"古文"与"今文"之争,但这些争议对于诗学以外的文学理论影响并不明显。《诗》三百篇却与众不同,虽然也是经学的阐论对象,由于本身就是特色鲜明的文学作品,《诗》学所涉及的不仅是儒家经典的思想宗旨,也有西周和春秋时期的文学意识、诗歌艺术经验和创作的原则规律。汉儒对所谓"六义"("风""赋""比""兴""雅""颂")的意涵、功用有所发明,并予创意于其中。以"赋""比""兴"(尤其是"比""兴")为核心环节组合的理论后来被广为承传和阐发、运用,成为古代儒家诗学的主干。在东汉,王逸的《楚辞章句》就基本属于以《诗》学为范式(包括范畴运用)评论楚辞的论著。

一些儒者的纬书原为配经而着,却因流于妄诞诡谲而成为经学中的一股逆流。自西汉末起,文论家大多围绕由大赋和谶纬盛行带来的繁冗浮华和妄诞文风进行拨乱返正式的批判。

大抵产生于东汉的"古诗"在个性化生命体验和情感的抒发上达至很高的艺术境界。其创作游离于经学之外,也未被当时居于主流地位的辞赋家和文学批评(包括这些"古诗"的作者自己)所重视。尽管如此,这些不朽的作品出现已显示出诗文的创作实践和理论批评的发展动向,人们对抒情化、个性化价值的认同和求索将在反复中不断进步。

汉代的学术思想被侧重阐释先秦儒典的经学垄断,神学目的论一度猖獗,在哲学思辨精神上较先秦诸子争鸣时代有所萎缩,在文学领域也缺乏系统的理论建构和《诗》学以外的范畴创设。尽管以沿用和移植前人的概念为主,由它们组合的理论和言说大都能凸显文章有美的要义,也表明时人对文章之美的认识和追求在不断深化和提升之中。这是美文文学观初步形成阶段理论批评一个重要特点,也折射出汉代文论所达到的水准。

一、西汉前期与文辞相关的范畴概念

战国中后期《庄子》《孟子》《荀子》《吕氏春秋》等子书面世,连同有"谈天衍,雕龙奭"在内的稷下论辩,以及大行于时的纵横游说,都表明言辩、著述的长足进步与成就斐然。加上以屈原、宋玉作品为代表的楚辞"奇文郁起"①,共同促进了美文文学观的产生。不过老庄、墨、法的言说多从不同角度针砭时风,且有重质(强调内质居主导地位,应真实而有分量)轻文(以为本当处于附从地位的文辞常浮华失实)的倾向,儒者则重质也尚文(以文质彬彬为上)。

西汉的统治者从崇黄老到独尊儒术,大力倡导经学。大一统的帝国中士人在政治军事外交方面展示才能的舞台缩减,已不能与战国时期同日而语,对统治者却产生了更大的依附性。他们的政治思想和文学意识往往杂糅各家,理论范畴概念源出和取用儒、道两家者较多。这一点在后来伴随着美文为文学的观念逐渐明朗和赋体文学的兴盛才有所改观。当然,有些讨论会涉及文辞写作的宗旨、规范和审美追求,体现某些艺术规律。尽管主要袭用先秦的范畴概念,运用中也不无阐扬发明之处。

1. 陆贾、贾谊政论中偶及的文辞概念

秦代暴兴暴亡,秦末战乱造成民生的凋敝,需要谋臣文士总结历史的教训,建言休养生息的国策。汉初的著述多为政论,虽偶及言辞,但并未予写作的艺术性以特别的注意,更多地强调文辞的政教功用而非审美功能。

汉初的文士即使非黄老学派中人,其思想学说也会受老庄浸染。陆贾倡儒,但在《新语》中言"道"云:"君子握道而治,依德而行,……虚无寂寞,通动无量"②、"夫道莫大于无为"③。贾谊《新书》亦然:"道者,无形,平和而神"且由此生"德"之"六美""六理"④,"道者所以接物也,其本者谓之虚,其末者谓之术。虚者,言其精微也,平素而无设施也;术也者,所以制物也,动静之数也。凡此皆道也。"⑤道家所重的"道"尚自然,有万物殊途同归的必由之径的意味,强调顺适事物生化运作的客观规律。大凡推崇道家者皆重视神形关系,司马谈《论六家要旨》

---

① [梁]刘勰:《文心雕龙·辨骚》,张国庆、涂光社:《〈文心雕龙〉集校、集释、直译》,第73页。
② [汉]陆贾著、庄大钧校点:《新语·道基》,沈阳:辽宁教育出版社,1998年,第3页。
③ [汉]陆贾著、庄大钧校点:《新语·无为》,第5页。
④ [汉]贾谊:《新书·道德说》,北京:中华书局,1985年,第85页。
⑤ [汉]贾谊:《新书·道术》,第81页。

称:"道家使人精神专一,动合无形,澹足万物。其为术也,因阴阳之大顺,采儒墨之善,撮明法之要,与时迁移,应物变化,立俗施事,无所不宜。指约而易操,事少而功多。""凡人所生者神也,所托者形也,……神者生之本也,形者生之具也。"①有些用语也儒道相杂,后来元帝时的匡衡《上疏言政治得失》也以为:文士多"览六艺之意,察上世之务,明自然之道"②。"自然之道"引申到六艺上,自然针对的是社会政治的历史发展趋势。

这一时期士人在文辞和言说中流露的思想、主张也大致是杂糅各家的。

陆贾曾经以"仁""义""道""志""文""辞""言"等范畴概念论说著述文辞。所著《新语》中的《道基》篇云:"阳气以仁生,阴节以义降。《鹿鸣》以仁求其解,《关雎》以义鸣其雄。《春秋》以仁义贬绝,《诗》以仁义存亡。"③《慎微》篇说:"故隐之则为道,布之则为文。诗在心为志,出口为辞,矫以邪僻,砥砺钝才,雕饰文邪,抑定狐疑,通塞理顺,分别然否。"④儒家色彩明显。肯定"文""辞"有表达人的心志和事物内在意涵的功用。《辅政》篇的"美言似信,听之者惑"⑤则显然受《老子》"美言不信"的影响。而《思务》篇的"好者不必同色而皆美,丑者不必同状而皆恶"⑥则道出了"美""丑"的多样性!

贾谊《鵩鸟赋》中老庄语汇充斥:

祸兮福所倚,福兮祸所伏;……怵迫之徒兮,或趋西东;大人不曲兮,意变齐同。愚士系俗兮,窘若囚拘;至人遗物兮,独与道俱。众人惑惑兮,好恶积亿;真人恬漠兮,独与道息。释智遗形兮,超然自丧;寥廓忽荒兮,与道翱翔。……澹乎若深渊之静,泛乎若不系之舟。……

《新书》五十余篇文字汇集了贾氏的学术思想,有涉及语言文辞和《诗》《书》者。

贾谊以为先秦的经典文字体现着"道"与"德"的思想宗旨,《道德说》云:"《书》者,着德之理于竹帛而陈之令人观焉,以着所从事。故曰'《书》者,此之著者也'。《诗》者,志德之理而明其指,令人缘之以自成也,故曰'《诗》者,此之志者

---

① [汉]司马谈:《论六家要旨》,[汉]司马迁:《史记·太史公自序》,第3289页。
② [汉]匡衡:《上疏言政治得失》,郭丹:《先秦两汉文论全编》,第563页。
③ [汉]陆贾著、庄大钧校点:《新语·道基》,第2页。
④ [汉]陆贾著、庄大钧校点:《新语·慎微》,第9页。
⑤ [汉]陆贾著、庄大钧校点:《新语·辅政》,第5页。
⑥ [汉]陆贾著、庄大钧校点:《新语·思务》,第17页。

也'。""……是以先王举德之颂而为辞语,以明其理;陈之天下,令人观焉;垂之后世,辩议以审察之,以转相告。是故弟子随师而问,博学以达其知,而明其辞以立其诚,故曰:'博学辩议,为此辞者也。'"强调儒典《尚书》《诗经》中的教诲对世人思想行为的指导作用,先王"为辞语,明其理""陈之天下,垂之后世";后世的为师者"博学辩议,为此辞"使弟子"博学达知""以立其诚"。随即在末尾的一段说:"夫玉者真德象也。六理在玉,明而易见也。是以举玉以喻,物之所受于德者,与玉一体也。"①虽未必只是针对文辞之用而言,其中以玉比德却是一种古人惯用的借物寓意表达方式。

《大政上》中说:"夫言与行者,知愚之表也,贤不肖之别也。"②《道术》中说:"辞令就得谓之雅,反雅为陋;论物明辩谓之辩,反辩为讷;纤微皆审谓之察,反察为旄(同耄,错乱貌)。"③这段话是明确针对"辞令"的议论,其中有"雅"与"陋"(丑、俗)以及"辩"与"讷"、"察"与"旄"的对应。

这一阶段有关文辞的议论中运用了一些概念,言辞重在说理,故有"辩""明""察"的诉求;虽然未凸显艺文中美的要素,求"雅"与"辩"中亦隐约可见其端倪。

2.《淮南子》中的相关概念

在武帝时的诸侯王中,淮南王刘安以文才出众知名。司马迁曾称引过他《离骚传》中评屈原的名言:"濯淖污泥之中,蝉蜕于浊秽,以浮游尘埃之外,曒然泥而不滓者。推其志也,虽与日月争光可也。"④《汉书·艺文志》载"《易》十三家"中包括"《淮南》《道》《训》二篇",其下注:"淮南王安聘明《易》者九人,号九师说。"其后,班固又将《淮南》内二十一篇、《淮南》外三十三篇列入杂家,并云:"杂家者流,盖出于议官,兼儒墨合名法,知国体之有此,见王治之无不贯,此其所长也。"⑤《淮南子》乃刘安及其门客所撰,高诱《叙目》指出该书"近老子淡泊无为,蹈虚守静",颜师古则曰:"内篇论道,外篇杂说"。可知《淮南子》主要承袭的是黄老学说,又广采儒墨名法各家以为时用,是一部哲学、政治学著作。其中的范畴概念原非专用于文学艺术方面,以下择其可能延伸到文学艺术领域的论说及其范畴概念进行述评。

《淮南子》中老庄语汇极多。如《天文训》的"道始于一,一而不生,故分而为

---

① [汉]贾谊:《新书·道德说》,第85—88页。
② [汉]贾谊:《新书·大政上》,第91页。
③ [汉]贾谊:《新书·道术》,第83页。
④ [汉]司马迁:《史记·屈原贾生列传》,第2482页。
⑤ [汉]班固:《汉书·艺文志》,第1742页。

阴阳,阴阳合和而万物生。故曰一生二,二生三,三生万物"①;《俶真训》的"至德之世,甘瞑于溷澜之域,而徙倚于汗漫之中,提挈天地而委万物,以鸿蒙为景柱,而浮扬乎无畛崖之际。……当此之时,莫之领理决离,隐密而自成。浑浑苍苍,纯朴未散,旁薄为一,而万物大优。……当此之时,万民猖狂,不知东西,含哺而游,鼓腹而熙,交彼天和,食于地德,不以曲故是非相尤,茫茫沉沉,是谓大治。"②以"虚无寂寞"为最高的精神境界,"游心于虚""通性于辽廓"和"形若槁木,心若死灰""其动无形,其静无体"……皆可谓达"道"的表征。

《原道训》云:"太上之道,生万物而不有,成化象而弗宰。""其全也纯兮若朴;其散也混兮若浊。……万物之总,皆阅一孔,百事之根,皆出一门。""夫无形者,物之大祖也。无音者,声之大宗也。……无形而有形生焉,无声而五音鸣焉,无味而五味和焉,无色而五色成焉。"③首言统摄万物的"道",其"纯兮若朴""混兮若浊""无形""无音"而为"大祖""大宗"和从"无"而生"有"之论显然祖述老庄。是由"大音希声"派生出的审美观:无美之美绝非弃美,而是无为之美,是返朴归真的自然和本质之美。

《淮南子》在神形论方面有较大拓展,论中常常用到"气"("气"范畴的生成显然与古人受呼吸等生命现象的启发相关,包含着对生命体内在活力流转不息的一种理解)的范畴。"气"的充盈抟聚是"神"(或"精神")旺盛的基础。《精神训》就直言:"精神盛而气不散。"④《原道训》说:

> 形神气志,各居其宜,以随天地之所为。夫形者,生之舍也;气者,生之充也;神者,生之制也。一失其位则三者伤也。是故圣人使人各处其位,守其职,而不得相干也。故夫形者非其所安也而处之则废;气不当其所充而用之则泄;神非其所宜而行之则昧。……气为之充,而神为之使也。……以神为主者,形从而利。以形为制者,神从而害。⑤

《诠言训》亦曰:"饰其外者伤其内,扶其情者害其神,见其文者蔽其质。无须臾忘为质者,必困于性;百步之中,不忘其容者,必累其形。故羽翼美者伤骨骸,枝叶美者害根茎:能两美者,天下无之也。""……神贵于形也,故神制则形从,形胜则

---

① [汉]刘安:《淮南子·天文训》,杨有礼注说:《淮南子》,第197页。
② [汉]刘安:《淮南子·俶真训》,杨有礼注说:《淮南子》,第165页,第155页。
③ [汉]刘安:《淮南子·原道训》,杨有礼注说:《淮南子》,第126–140页。
④ [汉]刘安:《淮南子·精神训》,杨有礼注说:《淮南子》,第295页。
⑤ [汉]刘安:《淮南子·原道训》,杨有礼注说:《淮南子》,第148–150页。

神伤。"①将形神与文质、华实联系起来论述。论者以为:形外而神内,神主形从;质为本,文为末,外饰过分的形胜则本末倒置,于神有伤。

《淮南子》中另一种神形论是"君形"之说,尽管"神"很少见于这几段话的字面:

> 昔雍门子以哭见于孟尝君,已而陈辞通意,抚心发声,孟尝君为之增欷歇喝(呜咽),流涕狼戾不可止,精神形于内而外喻哀于人心,此不传之道。使俗人不得其君形者而效其容,必为人笑。②
>
> 使但吹竽,使氏厌窍,虽中节而不可听,无其君形者。③
>
> 画西施之面,美而不可说;规孟贲之目,大而不可畏,君形者亡焉。④

其说的宗旨仍是神高于形,神主而形从——"形而上"主宰"形而下"。需要指出的是,这里的神形论表述的是其对生命和精神现象的理解,尽管已径直以文辞的表情达意、吹竽的音响效果和人物面目描绘为例,有助于思维和审美创造机制的发现和相关理论的产生,但毕竟还不全是从文学艺术的角度立论。

其他篇还有"心""性"概念的加入以及"文""质"、"文""情"的关系论。如《精神训》说:"心者,形之主也;而神者,心之宝也。"⑤《本经训》亦云:"故至人之治也,心与神处,形与性调,静而体德,动而理通,随自然之性而缘不得已之化,洞然无为而天下自和,憺然无欲而民自朴……""必有其质,乃为之文。"⑥《缪称训》则曰:"锦绣登庙,贵文也;圭璋在前,尚质也。文不胜质之谓君子。""文者,所以接物也;情,系于中而欲发外者也。以文灭情则失情;以情灭文则失文;文情理通,则麟凤极矣,言至德之怀远也。""宁戚击牛角而歌,桓公举以大政;雍门子以哭见,孟尝君涕流沾缨。歌哭,众人之所能也,一发声,入于耳,感人心,情之至者也。"⑦其中有质先文后、"文不胜质之谓君子"的"尚质"之论,也主张"文""情"相得益彰。而"文者所以接物"一语颇耐玩味,道出了"文"(如语言文字这样的外在形式)是沟通主客体、表现和传达"物"的中介和传媒的要义。"感人心,情之至者也"亦可明谓"情"是造艺表达的核心,虽然在运用中与"情"可通同、互代的概念甚多,细

---

① [汉]刘安:《淮南子·诠言训》,杨有礼注说:《淮南子》,第491页、第499页。
② [汉]刘安:《淮南子·览冥训》,杨有礼注说:《淮南子》,第279页。
③ [汉]刘安:《淮南子·说林训》,杨有礼注说:《淮南子》,第566页。
④ [汉]刘安:《淮南子·说山训》,杨有礼注说:《淮南子》,第547页。
⑤ [汉]刘安:《淮南子·精神训》,杨有礼注说:《淮南子》,第298页。
⑥ [汉]刘安:《淮南子·本经训》,杨有礼注说:《淮南子》,第317页、第325页。
⑦ [汉]刘安:《淮南子·缪称训》,杨有礼注说:《淮南子》,第369页、第375页、第382页。

较之下则不难发现"情"的意涵比"志"或"意"似乎更宽泛,更本色自然。

《本经训》称:"凡人之性,心和欲得则乐,乐斯动,动斯蹈,蹈斯荡,荡斯歌,歌斯舞,歌舞节则禽兽跳矣。人之性,心有忧丧则悲,悲则衰,衰斯愤,愤斯怒,怒斯动,动则手足不静。人之性,有侵犯则怒,怒则血充,血充则气激,气激则发怒,发怒则有所释憾矣。故钟鼓管箫,干戚羽旄,所以饰喜也;衰绖苴杖,哭踊有节,所以饰哀也;兵革羽旄,金鼓斧钺,所以饰怒也。必有其质,乃为之文。"①也属内质外文和先质后文之论,但更多涉及人的情感,其中可见到"愤"与"怒"的接近,"愤"由原来情绪的高涨、贲张向着情感心绪的怨愤激怒转移。不过,《泛论训》中说善歌者"愤于志,积于内,盈而发音,则莫不比于律,而和于人心。何则?中有本主以定清浊,不受于外而自为仪表也"。②《修务训》有云:"夫歌者,乐之征也;哭者,悲之效也。愤于中则应于外,故在所以感。"③(俞樾云:感下本有"之矣"二字,传写脱之,则文义未完。《文子·精诚篇》正作"故在所以感之矣。")强调以情动人的审美效果。此所谓"愤"用的是高昂、奋发的本义,未必近于怒。

《览冥训》说:"故耳目之察,不足以分物理;心意之论,不足以定是非。故以智为治者,难以持国,唯通于太和,而持自然之应者,为能有之";又谓"昔者师旷奏《白雪》之音,而神物为之下降,风雨暴至;……夫瞽师、庶女,位贱尚菜,权轻飞羽,然而专精厉意,委务积神,上通九天,激厉至精"④是专精之喻。表达"神化为贵,至精为神","窈窈冥冥,不知为之者谁,而功自成"⑤主旨虽或在于自然天成,师旷和瞽师、庶女之"上通九天,激厉至精"却颇有些神秘色彩。

《说山训》云:"求美则不得美,不求美则美矣。求丑则不得丑,求不丑则有丑矣。不求美又不求丑,则无美无丑矣,是谓玄同。"⑥(高诱注:玄,天也。天无所求也。人能无所求,故以之同也。)作者在指出美与丑相对性的时候,流露出一种对人为的怀疑和对自然天成的崇尚。其《说林训》所谓"清醠之美,始于耒耜;黼黻之美,在于杼轴"⑦,无疑有对人为(包括思维审美创造力)的肯定。不过,作者推崇的最高境界依然是《俶真训》的"虚无寂寞,萧条霄霏"⑧和《精神训》的"夫静漠

---

① [汉]刘安:《淮南子·本经训》,杨有礼注说:《淮南子》,第325页。
② [汉]刘安:《淮南子·泛论训》,杨有礼注说:《淮南子》,第456页。
③ [汉]刘安:《淮南子·修务训》,杨有礼注说:《淮南子》,第630页。
④ [汉]刘安:《淮南子·览冥训》,杨有礼注说:《淮南子》,第282页、第278页。
⑤ [汉]刘安:《淮南子·主术训》,杨有礼注说:《淮南子》,第331页。
⑥ [汉]刘安:《淮南子·说山训》,杨有礼注说:《淮南子》,第538页。
⑦ [汉]刘安:《淮南子·说林训》,杨有礼注说:《淮南子》,第578页。
⑧ [汉]刘安:《淮南子·俶真训》,杨有礼注说:《淮南子》,第152页。

者,神明之定也;虚无者,道之所居也"①。

《修务训》说:"且夫精神滑淖纤微,倏忽变化,与物推移,云蒸风行,在所设施。君子有能精摇摩监,砥砺其才,自试神明,览物之博,通物之壅,观始卒之端,见无外之境。以逍遥仿佯于尘埃之外,超然独立,卓然离世,此圣人之所以游心。"②显然,此论承庄子之说,言及精神活动的灵动变化及其自主性、超然性,及其与物往复的关系与作用;有"境"与"游心"的运用!

《淮南子》论文明显取诸儒学的地方也不难找到。比如《泰族训》说:"六艺异科,而皆同道。温惠柔良者,《诗》之风也;淳庞敦厚者,《书》之教也;清明条达者,《易》之义也;恭俭尊让者,《礼》之为也;宽裕简易者,《乐》之化也;刺几辩义者,《春秋》之靡也。""发乎词,本乎情。"③它被班固归于杂家也有其理由。

3.《春秋繁露》中的相关概念

董仲舒以向武帝建议"罢黜百家,独尊儒术"被采纳而知名于史,其著述虽多本儒典,也吸收了诸子(特别是阴阳五行)之学的思想材料。董氏有"天不变道亦不变"的名论④,欲以至高无上的"天"意制约一切,包括至尊的天子。其《春秋繁露》涉及文学思想言论,集中于文学与人性情的关联及其建构礼乐秩序的功用方面,与其天人合一的哲学思想以及阴阳五行、春秋公羊学术思想有着密切联系。与刘安的《淮南子》一样,《春秋繁露》同样是一部哲学、政治学著作,所用范畴概念原本不属于文学艺术论的范围,此处评介的也是可能在文学艺术论中被沿用并有重要影响的一部分。

其《精华》云:"《诗》无达诂,《易》无达占,《春秋》无达辞。"⑤如此说,或许有董氏本人能够对儒典作进一步阐发之意,但也似乎道出了解读文学意象特有的可塑性。因为《诗》与《春秋》都由文辞叙写,《易》有象有辞有传。

《玉杯》说:"《诗》《书》序其志,《礼》《乐》纯其养,《易》《春秋》明其知。六学皆大,而各有所长。《诗》道志,故长于质;《礼》制节,故长于文;《乐》咏德,故长于风;《书》着功,故长于事;《易》本天地,故长于数;《春秋》正是非,故长于治人。"⑥

---

① [汉]刘安:《淮南子·精神训》,杨有礼注说:《淮南子》,第293页。
② [汉]刘安:《淮南子·修务训》,杨有礼注说:《淮南子》,第637页。
③ [汉]刘安:《淮南子·泰族训》,杨有礼注说:《淮南子》,第657页。
④ [汉]班固:《汉书·董仲舒传》,第2519页。
⑤ [汉]董仲舒:《春秋繁露·精华》,[清]苏舆撰、钟哲点校:《春秋繁露义证》,第95页。
⑥ [汉]董仲舒:《春秋繁露·玉杯》,[清]苏舆撰、钟哲点校:《春秋繁露义证》,第35-36页。

皆强调经典的政治教化作用。《重政》亦说:"夫义出于经,经传,大本也。"①《实性》则综合了前人的性善与性恶之说:"性者宜知名矣,无所待而起,生而所自有也。善所自有,则教训已非性也,是以米出于粟,而粟不可谓米。玉出于璞,而璞不可谓玉。善出于性,而性不可谓善。"②

阐述天人合一相互感应理念的《同类相动》说:"天有阴阳,人亦有阴阳。""美事召美类,恶事召恶类,类之相应而起也。"③《循天之道》云:"四时不同气,气各有所宜,宜之所在,其物代美。"④《楚庄王》称:"作乐之法,必反本之所乐。所乐不同事,乐安得不世异。……由此观之,正朔服色之改,受命应天制礼作乐之异,人心之动也。"⑤《郊义》则说:"天者,百神之君也。"⑥董氏的山水之观,以"有德者"(《山川颂》)比之,也有物我相通一如的意蕴。

董仲舒的文质观与《淮南子》崇尚道家多以质朴为美不同,从未将文质对立起来,尽管仍然主张先质后文,却更强调文质统一,赋予先秦儒家"文质彬彬"的主张更大的文化意义。他说:

> 志为质,物为文。文着于质。质不居文,文安施质?质文两备,然后其礼成;文质偏行,不得有我尔之名;俱不能备而偏行之,宁有质而无文。……《春秋》之序道也,先质而后文,右志而左物。⑦

"质文两备"是董仲舒文质观的概括,只有在二者不能具备不得不"偏行"之时,他才选择保留符合仁义道德的思想情志——"质"。说董仲舒主张的"先质后文"不等于弃"文"还有一个确证,其《举贤良对策》曾云:"臣闻良玉不琢,资质润美,不待刻琢,此亡异于达巷党人不学而自知也。然则常玉不琢,不成文章;君子不学,不成其德。"⑧

4. 司马迁的文学观及其"发愤著书"说

《史记》多次言及"文学"一词,如《孝武本纪》载:"上乡儒术,招贤良,赵绾、王

---

① [汉]董仲舒:《春秋繁露·重政》,[清]苏舆撰、钟哲点校:《春秋繁露义证》,第149页。
② [汉]董仲舒:《春秋繁露·实性》,[清]苏舆撰、钟哲点校:《春秋繁露义证》,第321页。
③ [汉]董仲舒:《春秋繁露·同类相动》,[清]苏舆撰、钟哲点校:《春秋繁露义证》,第358页。
④ [汉]董仲舒:《春秋繁露·循天之道》,[清]苏舆撰、钟哲点校:《春秋繁露义证》,第454页。
⑤ [汉]董仲舒:《春秋繁露·楚庄王》,[清]苏舆撰、钟哲点校:《春秋繁露义证》,第22页。
⑥ [汉]董仲舒:《春秋繁露·郊义》,[清]苏舆撰、钟哲点校:《春秋繁露义证》,第402页。
⑦ [汉]董仲舒:《春秋繁露·玉杯》,[清]苏舆撰、钟哲点校:《春秋繁露义证》,第27页。
⑧ [汉]董仲舒:《举贤良对策》,郭丹:《先秦两汉文论全编》,第466页。

臧等以文学为公卿","上征文学之士公孙弘等。"①《儒林列传》记:"于是招方正贤良文学之士","能通一艺以上补文学掌故缺","以文学礼义为官"②。但这里的"文学"指谙熟典籍学术与善属文而言,并非"文章",更不是指美的文辞。《史记·礼书》也曾赞赏"文章"和"文辞"之美:"人体安驾乘,为之金舆错衡以繁其饰;目好五色,为之黼黻文章以表其能;耳乐钟磬,为之调谐八音以荡其心;口甘五味,为之庶羞酸咸以致其美;情好珍善,为之琢磨圭璧以通其意……"③其中"文章"显然指诉诸视觉的色彩错综而非文辞。而《儒林列传》引公孙弘《请为博士置弟子员议》曰:"臣谨案诏书律令下者,明天人分际,通古今之义,文章尔雅,训辞深厚,恩施甚美,小吏浅闻不能就宣。"④其中"文章"与书辞有直接联系。诚然,史迁著述中"文章"意涵向文辞方面的位移远未完成,更谈不上只用专指美文的"文章"一词。不过,那个时候人们普遍注重文辞美,《史记》中也有所反映,其《三王世家》录群臣所上建议立三王的奏章以及武帝回应的制、策之后,曾作这样的说明:"文辞烂然,甚可观也,是以附之世家。"⑤《史记》为重要文学家立传,且自成系列;儒门贤能、经学家则载入《儒林列传》,表明司马迁认识到两类文人的专擅和区别:学术与诗赋文章不是一回事。

《史记》中还有一些涉及经典著述和诗文写作的言论,如《滑稽列传》中的"《礼》以节人,《乐》以发和,《书》以道事,《诗》以达意,《易》以神化"⑥,以为其目的都在于"补短移化,助流政教"⑦;《十二诸侯年表》中的"周道缺,诗人本之衽席,《关雎》作。仁义陵迟,《鹿鸣》刺焉"⑧。皆本于儒家学说。

司马迁因李陵事获罪下狱受腐刑,发愤完成《史记》;今存《悲士不遇赋》有云:"天道微哉,吁嗟阔兮。人理显然,相倾夺兮。……我之心矣,哲已能忖。我之言矣,哲以能选。没世无闻,古人惟耻。朝闻夕死,孰云其否?"⑨。文学批评史上史迁最受推崇的是其"发愤著书"说。《汉书》所载《报任安书》曰:

---

① [汉]司马迁:《史记·孝武本纪》,第452页。
② [汉]司马迁:《史记·儒林列传》,第3119页。
③ [汉]司马迁:《史记·礼书》,第1158页。
④ [汉]司马迁:《史记·儒林列传》,第3119页。
⑤ [汉]司马迁:《史记·三王世家》,第114页。
⑥ [汉]司马迁:《史记·滑稽列传》,第3197页。
⑦ [汉]司马迁:《史记·乐书》,第1175页。
⑧ [汉]司马迁:《史记·十二诸侯年表》,第509页。
⑨ [汉]司马迁:《悲士不遇赋》,[清]严可均辑、陈延嘉等校点主编:《全上古三代秦汉三国六朝文》(一),石家庄:河北教育出版社,1997年,第500页。

<<< 第二章 文论范畴创用的前提条件与理论准备

古者富贵而名摩灭,不可胜记;唯倜傥非常之人称焉:盖西伯拘,而演《周易》;仲尼厄,而作《春秋》;屈原放逐,乃赋《离骚》;左丘失明,厥有《国语》;孙子膑脚,《兵法》修列;不韦迁蜀,世传《吕览》;韩非囚秦,《说难》《孤愤》;《诗》三百篇:大氐贤圣发愤之所为作也。此人皆有所郁结,不得通其道,故述往事,思来者。及如左丘无目,孙子断足,终不可用,退论书策以舒其愤,思垂空文以自现。仆窃不逊,近自托于无能之辞,网罗天下放失旧闻,考之行事,稽其成败兴坏之理,凡百三十篇。亦欲以究天人之际,通古今之变,成一家言。草创未就,适会此祸,惜其不成,是以就极刑而无愠色。仆诚已著此书,藏之名山,传之其人,通邑大都,则仆偿前辱之责,虽被万戮,岂有悔哉!①

《史记》对这一论旨也屡有所及,《太史公自序》先说了一段类似的话:

夫《诗》《书》隐约者,欲遂其志之思也。昔西伯拘羑里,演《周易》;孔子厄陈、蔡,作《春秋》;屈原放逐,著《离骚》;左丘失明,厥有《国语》;孙子膑脚,而论兵法;不韦迁蜀,世传《吕览》;韩非囚秦,《说难》《孤愤》;诗三百篇,大抵圣贤发愤之所为作也。此人皆意有所郁结,不得通其道也,故述往事,思来者。……乃如左丘无目,孙子断足,终不可用,退而论书策,以舒其愤,思垂空文以自现。……欲以究天人之际,通古今之变,成一家言。

随后云:"上大夫壶遂曰:'昔孔子何为而作《春秋》哉?'太史公曰:'余闻董生曰:"周道衰废,孔子为鲁司寇,诸侯害之,大夫壅之,孔子知言之不用,道之不行也,是非二百四十年之中,以为天下仪表。贬天子,退诸侯,讨大夫,以达王事而已矣。子曰:"我欲载之空言,不如见之于行事之深切著明也。"'"在《屈原贾生列传》中又说:"屈平疾王听之不聪也,谗谄之蔽明也,邪曲之害公也,方正之不容也。故忧愁幽思而作《离骚》。离骚者,犹离忧也。夫天者,人之始也;父母者,人之本也。人穷则反本,故劳苦倦极,未尝不呼天也;疾痛惨怛,未尝不呼父母也。屈平正道直行,竭忠尽智以事其君,谗人间之,可谓穷矣。信而见疑,忠而被谤,能无怨乎?屈平之作《离骚》,盖自怨生也。《国风》好色而不淫,《小雅》怨悱而且不乱。若《离骚》者可谓兼之矣。……其文约,其辞微,其志洁,其行廉,其称文小而其指极大,举类迩而见义远。……濯淖污泥之中,蝉蜕于浊秽,以浮游尘埃之外,不获世之滋垢,皭然泥而不滓者也。推此志也,虽与日月争光可也。"②其中极写"忧愁

---

① [汉]班固:《汉书·司马迁传》,第2735页。
② [汉]司马迁:《史记·屈原贾生列传》,第2482页。

幽思""疾痛惨怛"之情;"怨"三见,明谓"《离骚》自怨生",且有"怨悱"的组合;"穷"二见,正是后来"穷而后工"之"穷"!

司马迁受辱忍死以成,积郁至深,《史记》"发愤为作"是其身处困厄屈辱之中实现生命价值的手段,也是历代"倜傥非常之人"的共同心声。

自战国末起,士人愤懑积郁发而为文的认识已屡诉诸笔端。屈原的《惜诵》有云:"惜诵以致愍兮,发愤以抒情"。《思美人》则谓:"申旦以舒中情兮,志沉菀而莫达。"《淮南子》有"愤于中则应于外"①和善歌者"愤于志,积于内,盈而发音"②之论。后于司马迁持其说的更不乏其人,桓宽《盐铁论》说:"父母忧愁,妻子咏叹,愤懑之情发于心,慕思之极痛骨髓。"③刘向《说苑·贵德》云:"夫诗思然后积,积然后满,满然后发。"④桓谭《新论·求辅》也曾说:"贾谊不左迁失志,则文采不发。……扬雄不贫,则不能作玄言。"⑤冯衍《显志赋》中则有"聊发愤以扬情兮,将以荡夫忧心"。⑥王逸《楚辞章句序》说屈原"遭时暗乱,不见省纳,不胜愤懑,遂复作《九歌》以下凡二十五篇。"⑦其《远游序》称:"屈原履方直之行,不容于世。……则意中愤然,文采秀发。"⑧崔寔在《政论》中也说:"贾生之所以排于绛灌,吊屈子以抒其幽愤者也。"⑨蔡邕《述行赋》自谓行于京洛"心郁悒而愤思"⑩故有此作。《后汉书》本传说赵壹作《刺世疾邪赋》"以舒其怨愤"。

司马迁的"发愤著书"说比其前其后愤懑为文的言说理论价值更高,因为是在列举从西周初到战国若干事例后在一般意义上所作的概括:历代不朽著作皆然——"大抵贤圣发愤之所为作"!对作家"怨""愤"("愤懑")和悲苦惨怛的情感、心理在文学创造中的重要作用给予充分肯定。于是文学理论批评中的"愤"既保持了原来贲张高昂情志的意涵(如孔子的"发愤忘食"之"愤"),更有常与忠忧

---

① [汉]刘安:《淮南子·修务训》,杨有礼注说:《淮南子》,第630页。
② [汉]刘安:《淮南子·泛论训》,杨有礼注说:《淮南子》,第456页。
③ [汉]桓宽:《盐铁论·徭役》,第103页。
④ [汉]刘向:《说苑·贵德》,卢元骏注释:《说苑今注今译》,第128页。
⑤ [汉]桓谭:《新论·求辅》,第9页。
⑥ [汉]冯衍:《显志赋》,[清]严可均辑、陈延嘉等校点主编:《全上古三代秦汉三国六朝文》(二),第197页。
⑦ [汉]王逸:《楚辞章句·序》,长沙:岳麓书社,1989年,第47页。
⑧ [汉]王逸:《楚辞章句·远游序》,第156页。
⑨ [汉]崔寔:《政论》,[唐]魏征等编、《群书治要》学习小组译注:《群书治要译注》,北京:中国书店,2013年,第3726页。
⑩ [汉]蔡邕:《述行赋》,[清]严可均辑、陈延嘉等校点主编:《全上古三代秦汉三国六朝文》(二),第663页。

不遇相联系的愤懑怨尤积聚。从一个重要侧面深化了传统的"情志"说。

二、与美文文学观形成俱兴的汉赋及其评论

1. 赋:汉代首屈一指的文体

赋体文学是怎样伴随着美文文学观形成和走向兴盛的呢?

传统美文文学观的形成和汉赋的崛起,一则有战国中晚期诸子争鸣和楚辞面世为表征的文辞表述长足进步作为升堂入室的阶石,也与汉帝国的文治武功繁荣昌盛分不开。

《国语·周语》说:"……故天子听政,使公卿至于列士献诗,瞽献曲,史献书,师箴,瞍赋,蒙诵,百工谏,庶人传语……而后王斟酌焉。"①此处的赋大抵是一种与"诵"近似的朗读。先秦两汉士人常称写作或诵读诗文为"赋",《左传》隐公元年记郑庄公与母姜氏在隧道相见,"公入而赋:'大隧之中,其乐也融融。'姜出而赋:'大隧之外,其乐也泄泄。'"②史迁也有所谓"屈原放逐,乃赋《离骚》"。

春秋时期有不少诸侯卿大夫在政治外交活动中"赋诗言志"的记载,《诗经·定之方中》的毛传曰:"升高能赋……可以为大夫。"③表明赋最初大抵指诗文的陈述、朗诵。既可以是借吟诵前人作品表述一己心声,也可以是诗文写作中对事物的直陈和铺叙。吾师张震泽先生指出:早期《诗》学中的"六义"(风、赋、比、兴、雅、颂)指《诗》的六种所"宜"的功用和用场,赋是其一。东汉和以后的经学中,铺(敷)陈其事的赋得与比、兴一起并称《诗经》三种基本表现手法。

赋虽以《诗经》为渊源,后来却又演化成为另一种独立的文学样式。《荀子》中已有写物寓意的《赋》篇。班固《两都赋序》说"赋者古诗之流也",是认定古诗是源,赋从诗的一种用场或表现手法发展和分化另一种"与《诗》画境"④的独立文体,雄长两汉的文坛,所谓"六义附庸,蔚成大国"(同上)。

汉承秦制,大一统的国家不再有春秋战国那样的社会政治环境,以及对相应人才和策略需求;士人游说著述、贡献政治外交方略以为帝王师的时代已成为过去。汉初陆贾、贾谊的言说著述中尚存一些战国诸子和纵横家论说天下军国政治的馀风。文、景以降,不仅帝室优遇文臣,吴、梁、淮南等诸侯王也曾广招文士,赋体文学适时而盛。文学侍臣幕僚宾客在辞赋中驰骋才学、歌功颂德,以博识和文

---

① 《国语·周语上》,第7页。
② 《左传·隐公元年》,杨伯峻:《春秋左传注》,第15页。
③ [汉]毛亨传、[汉]郑玄笺、[唐]孔颖达疏:《毛诗正义》,第7页。
④ [梁]刘勰:《文心雕龙·诠赋》,张国庆、涂光社:《〈文心雕龙〉集校、集释、直译》,第236页。

采的专擅取悦君上。赋家对皇权和王侯的依附性决定了其写作的基本风格和审美取向：内容上多为点缀升平"润色鸿业"，文辞上则力求以篇制恢宏、构想奇伟、辞采富丽争胜。

楚辞以善作铺叙和状物见长，赋体亦然；两者体制也有通同之处。故后人有将楚辞汉赋统称"辞赋"的，也有称屈子之作为"屈赋"的。

从体裁上看，辞与赋之所以可以并称，大抵因楚辞"触类而长"的充分展开和细致描述为以铺陈为能事的汉赋所传承。倘若再仔细比较，有的楚辞作品即使仍然保留楚地祭神乐歌的某些特点，总的说已不再入乐而以文辞富丽见长；语句整饬的赋尽管不同于传记、政论等散文，但讲求的已经是与音乐分道扬镳的文辞之美了。此外，赋一般比诗歌的篇幅大得多，句法也自由一些。与现代的文学样式相比较，赋只能说是一种为中国古代所特有的介于诗与散文之间，以铺叙状物见长的文体。

赋不同于散文，有自己句式、章法和节奏、韵律。有的与楚辞若同出一辙，如贾谊《吊屈原赋》曰："恭承嘉惠兮，俟罪长沙；侧闻屈原兮，自沉汨罗。造托湘流兮，敬吊先生：遭世罔极兮，乃殒其身。……讯曰：已矣！国其莫我知兮，独壹郁其谁语？凤缥缥其高逝兮，固自引而远去。……"①

景帝时枚乘所作《七发》曾被称为"七"体的首创，其实也是赋一种。文中假托楚太子有病，前往问候的吴客从音乐、美食、驾驭驰逐、游乐、田猎、观涛和"天下要言妙道"七个方面开导，终致"太子据几而起，霍然病已"。描绘细致、文辞繁富，极尽铺张夸饰之能事。有一段如此写"天下之至悲"的音乐：

> 龙门之桐，高百尺而无枝；中郁结之轮菌，根扶疏以分离。上有千仞之峰，下临百丈之溪；湍流溯波，又澹淡之。其根半死半生：冬则烈风、漂霰、飞雪之所激也，夏则雷霆、霹雳之所感也；朝则鹂黄、鳱鴠鸣焉，暮则羁雌、迷鸟宿焉。独鹄晨号乎其上，鹍鸡哀鸣翔乎其下。于是背秋涉冬，使琴挚斫斩以为琴，野茧之丝以为弦，孤子之钩以为隐，九寡之珥以为约。使师堂操《畅》，伯子牙为之歌，歌曰："麦秀蓟兮雉朝飞，向虚壑兮背槁槐，依绝区兮临回溪。"飞鸟闻之，翕翼而不能去；野兽闻之，垂耳不能行；蚑、蟜、蝼、蚁闻之，拄喙而不能行。此亦天下之至悲也。②

---

① ［汉］贾谊：《吊屈原赋》，郭丹：《先秦两汉文论全编》，第380－381页。
② ［汉］枚乘：《七发》，［清］严可均辑、陈延嘉等校点主编：《全上古三代秦汉三国六朝文》（一），第449页。

第二章 文论范畴创用的前提条件与理论准备

对制琴之取材极尽形容,不过为了强调音乐中动人的"悲"所从来。繁复夸张的描述虽然还不能说是在阐释音乐理论中"悲"的概念,也算是强调了人类一种类型情感的特殊感染力。

武帝时,"蔚为辞宗"的司马相如其赋作的铺叙更具有代表性,此处也举《上林赋》的一段文字为例以窥其一斑:

> 亡是公听然而笑,曰:"……且夫齐楚之事又乌足道乎!君未睹夫巨丽也?独不闻天子之上林乎?左苍梧,右西极,丹水更其南,紫渊径其北。终始灞、浐,出入泾、渭;酆、镐、潦、潏,纡馀委蛇,经营乎其内;荡荡乎八川分流,相背而异态。东西南北,驰骛往来:出乎椒丘之阙,行乎洲淤之浦;经乎桂林之中,过乎泱漭之野;汨乎混世魔王流,顺河而下,赴隘狭之口。触穹石,激堆埼,沸乎暴怒,汹涌澎湃。滭弗宓汩,偪侧泌瀄,横流逆折,转腾潎洌,滂濞沆溉;穹隆云挠,宛潭胶戾,逾波趋浥,莅莅下濑;批岩冲拥,奔扬滞沛;临坻注壑,瀺灂霣坠;沉沉隐隐,砰磅訇礚;滴滴混混,潏潡鼎沸。驰波跳沫,汩㵎漂疾。……"①

《文心雕龙·诠赋》篇追述赋体文学的生成发展过程时说:"然则赋也者,受命于《诗》人,而拓宇于楚辞者也。于是荀况《礼》《智》,宋玉《风》《钓》,爰锡名号,与《诗》画境,六义附庸,蔚成大国。述客主以首引,极形貌以穷文,斯盖别《诗》之原始,命赋之厥初也。秦世不文,颇有杂赋。汉初词人,循流而作:陆贾扣其端,贾谊振其绪,枚、马播其风,王、扬骋其势,皋、朔以下,品物毕图。繁积于宣时,校阅于成世,进御之赋千有馀首,讨其源流,信兴楚而盛汉矣。"其后又指出:"观夫荀结隐语,事数自环;宋发夸谈,实始淫丽;枚乘《菟园》,举要以会新;相如《上林》,繁类以成艳;贾谊《鵩鸟》,致辨于情理;子渊《洞箫》,穷变于声貌;孟坚《两都》,明绚于雅赡;张衡《二京》,迅拔以宏富;子云《甘泉》,构深伟之风;延寿《灵光》,含飞动之势:凡此十家,并辞赋之英杰也。"②除荀子、宋玉而外,其余八家皆为汉代作家(其实两汉辞赋名家名作远不止此),足见一时之盛。

一贯居文体首位的诗,就实际地位而言,在汉代文坛就不得不退至次席。《汉书·诗赋略》录载战国至西汉时期的诗赋篇名,有赋四组、歌诗一组:

---

① [汉]司马相如:《上林赋》,[梁]萧统编、李善注:《文选》,上海:上海古籍出版社,1986年,第361-363页。
② [梁]刘勰:《文心雕龙·诠赋》,张国庆、涂光社:《〈文心雕龙〉集校、集释、直译》,第146-152页。

199

"……(有屈原赋二十五篇、唐勒赋四篇、宋玉赋十六篇在内的)右赋二十家三百六十一篇,……右赋二十一家二百七十四篇,……右赋二十五家百三十六篇,……(有孙卿赋十篇、秦时杂赋九篇在内的)杂赋十二家二百三十三篇;歌诗二十八家三百一十四篇:凡诗赋共百六家千三百一十八篇。"①且不说就一个作品而言赋的篇幅一般都大大超过诗歌,即使就存目而言"歌诗"也不到赋的三分之一!

据清严可均辑《全汉文》所录存(有的仅剩残句),东汉时期有赋五十家一百五篇(包括"七"、"九"体在内),其中较多的是马融五篇,班彪四篇,班固七篇,杜笃五篇,刘騊駼十四篇,傅毅六篇,崔骃五篇,李尤六篇,杨修五篇,张衡十三篇,王逸三篇,王延寿三篇,刘桢六篇,蔡邕十五篇,赵壹四篇,王粲二十六篇,陈琳十篇,阮瑀四篇,徐干九篇,繁钦十三篇,班昭四篇。(是除曹氏父子纳入《全魏文》而外,从光武初到建安时期的赋作尽数收录。)也大大超过同时期的诗歌作品。

上面的统计可见赋体雄长汉代文坛之大要。不过这也只是两汉才有如此记录,最具时代特征。它确实是那个时期绝大多数文士驰骋才情的首选。在中国文学史上,汉赋与唐诗、宋词、元曲、明清小说一样,向来被视为代表各自时代文学成就的标志性文体。

2. 汉赋独大与言辞表达进步和"小学"兴盛的关联

文学区别于其他艺术的主要之点是以语言文字作为传达媒介,在这个意义上可以说文学是语言文字的艺术。古人意识到这一点经由了怎样的历程呢?

《尚书·舜典》的"诗言志,歌永言,声依永,律和声"②出于"帝"(舜)之口,是对掌乐"大师"职守的交代。所谓"声""律"当属音乐而不属语言。说诗若作为乐辞(歌词)其声响、节奏则较一般语言舒缓悠长,显然是为适应乐曲的要求而作出的调整,羼杂了音乐的元素。《汉书·艺文志》云:"《书》曰:'诗言志,歌咏言。'故哀乐之心感,而歌咏之声发。诵其言谓之诗,咏其声谓之歌。"③班固就是用"诵其言"和"咏其声"来区别诗与歌的,"诵"用的是语言本身进行表达,歌得借助"声"(歌曲旋律)。乐歌中诗与乐关系至为密切,《文心雕龙·乐府》甚至说"诗为乐心,声(乐曲音响)为乐体"④。后来人们才逐渐明确意识到文学与音乐是不同的两种艺术:文学艺术以语言文字为媒介进行传达,而音乐艺术的传达则是以音色、音程、节奏和旋律作为信息载体的。

---

① [汉]班固:《汉书·艺文志》,第 1747—1755 页。
② 《尚书·尧典》,黄怀信注训:《尚书注训》,第 25 页。
③ [汉]班固:《汉书·艺文志》,第 1708 页。
④ [梁]刘勰:《文心雕龙·乐府》,张国庆、涂光社:《〈文心雕龙〉集校、集释、直译》,第 129 页。

先秦有诗论而无广义的文学理论,即使是有美的文辞也还不能像"乐"那样被归类为一种"艺"(尽管先秦所谓"艺"与艺术还很有距离)。社会进步、文化发展会带来艺术类别的区分。当人们意识到美的文辞本身就有很强的、能够区别和独立于音乐的艺术表现力与创造价值之时,文学观的形成、文学艺术门类的独立才能顺理成章。

战国的诸子争鸣论辩和游说之风促进了士人思维和言辞表达的进步,古汉语的发展演进已相当充分,《庄子》《孟子》《荀子》《左传》《吕氏春秋》和楚辞等著述和作品显示出惬切、细致、灵活的文字表达能力。自此,古代散文的范式基本形成,并为历代沿用,一直到被近代白话文写作完全取代为止。紧承周秦的汉代正是臻至成熟的古汉语被文人以更大规模用于写作的时期。

赋作为一种文章的体裁样式很讲究语言的形式美,赋近于诗,句式大多整饬(如多四字句、六字句和类同楚辞的带"兮"字者),有汉民族文学语言特有的声律节奏之美;一般篇制宏大,长于对事物的直陈和极尽形容。因为运用特色鲜明的古汉语写作,所以为古代中国所独有。大一统的汉帝国文治武功国势隆盛,又正处在美文文学观大致廓定的阶段,讲求文辞美的赋于是大行于时。

文学语言不仅靠文字记录,作品也主要靠文字保存和流传。随着历史的演进,人类在思维的广度、深度以及复杂精微程度的不断增加,语言文字作为思维和信息传达的媒介其功用也必然随之发展演进,词语、文字词汇时有创变,数量逐渐增加是很自然的。考察中国古代的文学语言更不能不了解汉字的特点及其对艺术创造的影响。

鲁迅先生说,汉字是"不象形的象形字"。不同于古埃及等其他文明象形字的是,汉字经过不断改进、简化和规范避免了被淘汰的命运,几千年以来被广泛使用证明了华夏文明这一难能可贵的伟大成功。可以说是在人类大文明的历史长河中"象形"系统文字的硕果仅存者。以"象形为先"的汉字有拼音文字无法企及的独特性,比如它以表意为第一属性("独体为文"之"文"与"合体为字"中的义符都存有以形象义的痕迹,偏旁部首也有字义归类的功用),数量庞大,以字形辨音义的功能有助于表达或浓缩复杂精确的语义。汉字参与文学(尤其是古代诗词歌赋)思维创造的程度是其他文字不可比拟的。

统一大帝国带来了对汉字的全面汇总、整理和改造、规范,秦汉小学在中国文字学史上的地位无与伦比。然而,用汉字写作和秦汉小学强势对于汉赋写作的影响,往往被文学史家忽略,故于此作必要的补充。

典籍中不乏周秦汉字演化历程的记叙,《汉书·艺文志》载小学十家中有

"《史籀》十五篇"。自注云:"周宣王太史作《大篆》十五篇。"①东汉许慎的《说文解字叙》说:"……其后诸侯力政,不统于王,恶礼乐之害己,而皆去其典籍,分为七国。田畴异晦,车涂异轨,律令异法,衣冠异制,言语异声,文字异形。秦始皇帝初兼天下,丞相李斯乃奏同之,罢其不与秦合者。斯作《仓颉篇》,中车府令赵高作《爰历篇》,大史令胡毋敬作《博学篇》,皆取史籀大篆,或颇省改,所谓小篆也。"②此后汉字的辑录规范过程,清朱骏声《说文通训定声·述说文》所记为详:"……下逮春秋战国,渐不同文。秦兴,丞相李斯奏同之,乃作《仓颉篇》七章,中车府令赵高作《爰历篇》六章,太史令胡毋敬作《博学篇》七章,皆合古籀为之。或颇省改者,曰小篆。此三篇者世谓之'三仓',凡三千三百字。厥后汉司马相如作《凡将篇》,史游作《急就篇》,李长作《元尚篇》,而扬雄复博采天下字作《训纂篇》,以续'三仓',凡二千四十字。至班固继作《太甲篇》、《在昔篇》十三章,贾鲂又为《滂喜篇》续《训纂》。《滂喜》者,取《训纂》末二字名其书,而其书终于'彦均'二字,故亦谓之《彦均篇》也。凡二千四十字。自是以李斯、赵高、胡毋敬所作篇为上卷,扬雄所作篇为中卷,贾鲂所作篇为下卷,共七千三百八十字,亦称'三仓'。……许氏慎惧斯文之坠也,乃叙古籀小篆,更博收通人著作,为《说文解字》一书,于'三仓'之外,又增益一千九百七十三字,共九千三百五十三字,而其外复有一千一百六十三字,列为重文,统以五百四十部,由是小学大显,其功不在禹下。"《说文解字》集李斯、赵高、胡毋敬一直到扬雄、贾鲂诸人之大成,列为重文者不计,所收字几乎是秦"三仓"的三倍。

有史以来,汉民族语言文字经过多次搜集整理和统一规范。孔子所谓"雅言"即指周王朝中心地区规范的语言。由于地域广泛,族群众多风俗有异,方言的音义乃至文字书写需要不断地整理规范才利于通行。尽管如此,汇聚的字词中义近者和可以通假者不少。

《尔雅》是对先秦典籍训诂的结集,多为汉代小学家所辑录。其中字义的训诂就多以近义者归类,而后用通同者作结的方式释义,比如《释诂》的"初、哉、首、基、肇、祖、元、胎、俶、落、权、舆,始也","典、彝、法、则、刑、范、矩、庸、恒、律、戛、职、秩,常也","睢睢、皇皇、藐藐、穆穆、休嘉、珍、祎、懿、铄,美也";《释言》的"殷、齐,中也","观、指,示也","造、作,为也"。

古人行文多以辞藻富赡为上,颇忌某一词语在同篇文章中反复出现,常以近

---

① [汉]班固:《汉书·艺文志》,第1719页。
② [汉]许慎:《说文解字叙》,郭丹:《先秦两汉文论全编》,第729页。

义词或通假字互代;在概念指域上则有以局部代指整体的习惯。以文论为例,在其一定语境中心、志、情、意、质、实、理、事义皆可指文学作品的内容,形(容)、言、文、华、采、辞、藻、音都可指语言媒介和作品的外在形式。

两汉最负盛名的赋家司马相如、扬雄均为有专篇(《凡将篇》《训纂篇》)著述的文字学家。他们的写作深受小学影响,不仅有语汇为之丰富积极的一面,也难免出现搜奇炫博的现象:有时候作者在赋中堆砌繁复乃至生僻古怪的字词,令人不可卒读。因此扬雄晚年有"童子雕虫篆刻,壮夫不为"①的自悔之词。

诚然,汉赋富赡华美的词语和意象是离不开一代小学的支撑的,甚至可以说汉民族特色鲜明的语言文字是赋体文学生成和发展的一个必要条件。

3. 美文评论中的范畴概念

(1) "文学""文章"意涵的转移

《史记》用到"文学"一词的地方不少,如"上乡儒术,招贤良,赵绾、王臧等以文学为公卿","上征文学之士公孙弘等"②;"晁错以文学为太常掌故"③;"即今上即位,赵绾、王臧之属,明儒学而上亦乡之,于是招方正贤良文学之士","延文学儒者数百人,而在于公孙弘以《春秋》,白衣为天子三公","能通一艺以上补文学掌故缺","治礼,次治掌故,以文学礼义为官"④。其"文学"皆指通儒典与文史学术。这些"文学"虽不是就美文而言,仍然与文籍密切相关。后来"文学"有时也可指代儒学学者或文士作家人等,《盐铁论》中的"贤良文学"和刘勰所谓"文学蓬转"⑤即然。

司马迁为重要文学家立传,且自成系列;儒门贤能、经学家则载入《儒林列传》,表明司马迁认识到两类文人各自的专擅和区别:学术与诗赋文章不是一回事。汉人普遍注重文辞的美。其《三王世家》录群臣所上建议立三王的奏章以及武帝回应的制、策,史迁作出说明:"燕、齐之事无足采者,然封立三王,天子恭让,群臣守义,文辞烂然,甚可观也,是以附之世家。"⑥《儒林列传》的"臣谨案诏书律令下者,明天人分际,通古今之义,文章尔雅,训辞深厚,恩施甚美;……"⑦其"文

---

① [汉]扬雄:《法言·吾子》,第5页。
② [汉]司马迁:《史记·孝武本纪》,第452页。
③ [汉]司马迁:《史记·晁错传》,第2745页。
④ [汉]司马迁:《史记·儒林列传》,第3118–3119页。
⑤ [梁]刘勰:《文心雕龙·时序》,张国庆、涂光社:《〈文心雕龙〉集校、集释、直译》,第834页。
⑥ [汉]司马迁:《史记·三王世家》,第114页。
⑦ [汉]司马迁:《史记·儒林列传》,第3119页。

章"与"训辞"并用,而《礼书》中的"目好五色,为之黼黻文章以表其能"①显然还是用的本义,非关写作。

"文章"本义是彰明的纹彩,虽有美的意蕴,在先秦却不专指美文,即如《论语·公冶长》中子贡所谓"夫子之文章可得而闻也"②,其"文章"也只能理解为显现于言行著述的学识文才;《泰伯》篇孔子说:"大哉尧之为君也! ……巍巍乎其有成功也,焕乎其有文章。"③此处"文章"则显然指文化典章制度的美好建树而言。

汉代所谓"文章"仍有用本义的,尤以西汉为多。如董仲舒《春秋繁露·度制》的"染五采,饰文章"④;《举贤良对策》的"常玉不琢,不成文章";《盐铁论·刺议》的"譬如土龙,文章首目具而非龙也"⑤;等等。不过刘向《说苑·贵德》的"诵其(孔子)文章,传今不绝"⑥指《春秋》之类著作已是确凿无疑。

到了东汉,作文辞解者不再罕见,如《论衡·书解篇》的"汉世文章之徒,陆贾、司马迁、刘子政、扬子云"⑦,《超奇篇》的"(长生)文章虽奇,论者犹稚于前人","文章之人滋茂汉朝者,乃夫汉家炽盛之端也"⑧;《汉书·公孙弘传赞》的"文章则司马迁、相如","刘向、王褒以文章显"⑨;稍晚张奂《与阴氏书》的"笃念既密,文章灿烂,名实相副,奉读周旋,纸弊墨渝,不离于手"⑩等:皆指精心营构的有藻采的文辞著作,与后世通用的"文章"(美文)无异了。不过此时"文章"的古义依旧通行,班固《两都赋序》云:"至于武、宣之世,乃崇礼官,考文章,内设金马石渠之署,外兴乐府协律之事,以兴废继绝,润色鸿业。"⑪依然泛指人文和礼法制度。此外,也常见两义并用的例子,如《论衡·量知篇》说:"绣之未刺,锦之未织,恒然庸帛,何以异哉? 加五采之巧,施针缕之饰,文章炫耀,黼黻华虫,山龙日月,学士

---

① [汉]司马迁:《史记·礼书》,第1158页。
② 《论语·公冶长》,杨伯峻:《论语译注》,第46页。
③ 《论语·泰伯》,杨伯峻:《论语译注》,第83页。
④ [汉]董仲舒:《春秋繁露·度制》,[清]苏舆撰、钟哲点校:《春秋繁露义证》,第232页。
⑤ [汉]桓宽:《盐铁论·刺议》,第59页。
⑥ [汉]刘向:《说苑·贵德》,卢元骏注释:《说苑今注今译》,天津:天津古籍出版社,1977年,第129页。
⑦ [汉]王充:《论衡·书解》,张宗祥:《论衡校注》,第556页。
⑧ [汉]王充:《论衡·超奇》,张宗祥:《论衡校注》,第283-284页。
⑨ [汉]班固:《汉书·公孙弘传》,第2634页。
⑩ [汉]张奂:《与阴氏书》,[清]严可均辑、陈延嘉等校点主编:《全上古三代秦汉三国六朝文》(二),第611页。
⑪ [汉]班固:《两都赋序》,郭丹:《先秦两汉文论全编》,第757页。

有文章之学,犹丝帛之有五色之巧也。"① 其"文章炫耀"与"学士有文章之学"中的所指显然不同,很能体现"文章"意义发生转移阶段的特点。崔瑗在《河间相张平子碑》中称美张衡"道德漫流,文章云浮"②;其《草书势》则云:"书契之兴,始自颉皇,写彼鸟迹以定文章。"③前者大概指张衡的著述而言,后者仍泛指人文制度。虽两义并行,然而随着时间的推移"文章"越来越多地指美文了。

(2) 以"丽"论文和"丽文"说

在古代文学批评史中唯独汉代人常以"丽"论文,有鲜明的时代特征。汉代诗赋评论中"丽"、"丽文"及与其义近的词语屡见,透露出美文文学观形成的消息,从中不难觉察出文学观念对文论概念生成和运用的影响。在汉人意识中,"丽"尽管不是文学美最高的境界,却是诗赋文章的一种共性。

《史记·司马相如传》载,相如奏《上林赋》后以为"未足美也,尚有靡(颜师古曰:靡,丽也。)者。"④于是又献《大人赋》。《太史公自序》中也说《大人赋》"靡丽多夸,然其旨风谏"⑤。汉人注重文辞的形式美。《史记·三王世家》录群臣所上建议立三王的奏章以及武帝回应的制、策,司马迁以为:"文辞烂然,甚可观也,是以附之世家。"⑥《西京杂记》卷二载,司马相如答盛览(一作肇)问作赋曰:"合綦组以成文,列锦绣而为质,一经一纬,一宫一商,此赋之迹也。赋家之心,苞括宇宙,总览人物,斯乃得之于内,不可得而传。"⑦

汉宣帝为自己奖掖辞赋创作辩护的时候说得更为明显:"辞赋大者与古诗同义,小者辩丽可喜。譬如女工有绮縠,音乐有郑卫,今世俗犹皆以此愉悦耳目;辞赋比之,尚有仁义风喻、鸟兽草木多闻之观,贤于倡优博奕远矣。"⑧

汉代诸家文辞之论中既有直言"丽"者,也有以近义词"靡""美""艳""采"等代换者,有单言"丽文"者,也有组合成词者,如"闳丽""辩丽"等。扬雄《长杨赋》说文帝俭朴,"恶丽靡而不近"。汉人所谓"丽"既指所描写事物本身所具有的华美壮丽,也指作家文辞的富赡靡丽,常与"弘""博"相联系,似乎是辞赋写作顺理成章的一种追求。

---

① [汉]王充:《论衡·量知》,张宗祥:《论衡校注》,第253页。
② [汉]崔瑗:《河间相张平子碑》,郭丹:《先秦两汉文论全编》,第775页。
③ [汉]崔瑗:《草书势》,郭丹:《先秦两汉文论全编》,第774页。
④ [汉]司马迁:《史记·司马相如列传》,第3056页。
⑤ [汉]司马迁:《史记·太史公自序》,第3317页。
⑥ [汉]司马迁:《史记·三王世家》,第114页。
⑦ [汉]司马相如:《答盛肇问作赋》,郭丹:《先秦两汉文论全编》,第458页。
⑧ [汉]班固:《汉书·王褒传》,第3829页。

托名为刘歆所撰《西京杂记》中说:"司马长卿赋,时人皆称典而丽,虽《诗》人不能加也。……子云学相如而弗逮,故雅服焉。"①扬雄《答刘歆书》中自谓:"少不得学,而心好沉博绝丽之文。"《汉书·扬雄传》说:"先是时,蜀有司马相如,作赋甚弘丽温雅,雄心壮之,每作赋,常拟之以为式。……雄以为,赋者将以风也,必推类而言,极靡丽之辞,闳侈巨衍,竞于使人不能加也。"传赞云:"(雄)实好古而乐道,其意欲求文章成名于后世。以为……辞莫丽于相如,作四赋,皆斟酌其本,相与放(仿)依而驰骋云。"②

扬雄早年确实对"作赋甚弘丽温雅"的司马相如心向往之,"每作赋,常拟之以为式"。后来有所反思,其《法言·吾子》云:"或曰:赋者可以讽乎?曰:讽乎!讽则已;不已,吾恐不免于劝也。"其后又说:"诗人之赋丽以则,辞人之赋丽以淫","文丽用寡,长卿也"。③

扬雄以"丽"明谓诗、赋,"丽以则"指"丽"而有法度,于是后世有"风规丽则"之语。不过"丽"至多只是一切文章的共同点,并非最高境界的美文。"美而无采"等论表明文章之美已有层次高低之分。对"丽文"评价的保留和对"淫丽"的批评表明:片面求"丽"会走上反面;这是人们审美追求的进步、在形式内容关系上认识的提升——文章之美的主要来源和内在依据、美的本质与核心于作品不在形式而在内容,于作家则在其情性;文与质应当相称;……自然也是文学观念演进和渐趋成熟的一种表征。

桓谭直接称著述为"丽文",在《新论》的《祛蔽》篇中赞许扬雄的"丽文高论"④;以为他"才智开通","汉兴以来,未有此人"⑤。也说过:"予见新近丽文,美而无采;及见刘(向)、扬言辞,常辄有得。"⑥王充《论衡·自纪篇》则说当时的士人"辩言无不听,丽文无不写"⑦,其《量知篇》中所说"学士有文章之学,犹丝帛之有五色之巧也"⑧,也是对"文章"即"丽文"的一种表述。

班固《离骚序》评论屈原的成就和影响说:"然其文弘博丽雅,为辞赋宗,后世

---

① [汉]刘歆撰、吕壮译注:《西京杂记译注》,上海:上海三联书店,2013年,第171页。
② [汉]班固:《汉书·扬雄传》,第3515-3583页。
③ [汉]扬雄:《法言·吾子》,第5页。
④ [汉]桓谭:《新论·祛蔽》,第30页。
⑤ [汉]桓谭:《新论·闵友》,第61页。
⑥ 转引自[梁]刘勰:《文心雕龙·通变》,张国庆、涂光社:《〈文心雕龙〉集校、集释、直译》,第533页。
⑦ [汉]王充:《论衡·自纪》,张宗祥:《论衡校注》,第581页。
⑧ [汉]王充:《论衡·量知》,张宗祥:《论衡校注》,第253页。

莫不斟酌其英华,则象其从容,自宋玉、唐勒、景差之徒。汉兴,枚乘、司马相如、刘向、扬雄,骋极文辞,好而悲之,自谓不能及也。"①宗尚屈原的辞赋是汉代首屈一指的文体,赋长于铺叙和状物,讲究辞采之美。

文章有"丽"既形成共识,也自然成为对诗赋写作的一个基本要求。当时的著名作家更能体察到这一点,司马相如、刘向、刘歆、桓谭、扬雄、班固等人一致把"丽"看作文章的共性。即使在对作家作品有所贬抑的时候,论者也未忘文章"丽"的特征。桓谭曾说"新进丽文,美而无采"②。《论衡·佚文篇》有:"繁文丽辞,无上书文德之操。"③《汉书·司马相如传赞》则说:"相如虽多虚辞滥说,然要其归,引之于节俭。此与《诗》之风谏何异?扬雄以为靡丽之赋劝百而风一,犹骋郑、卫之声,曲终而奏雅,不已戏乎?"④《汉书·叙传下》有一段话评相如赋作:"文艳用寡,子虚乌有,寓言淫丽,托风终始,多识博物,有可观采,蔚为辞宗,赋颂之首。"⑤可见文章之美不仅不止于"丽",过于"艳""靡"入于"繁""淫"就走向美的反面。表明人们对于文辞之美的认识在一步步深化,在文章写作中有了更高层次美的追求。

4.《七略》与《汉书·艺文志》中的启示

《汉书》的《艺文志》记载了当时存留的几乎所有文籍,依刘歆《七略》的分类列出专门收录诗赋两种文体的《诗赋略》。从其着录名目和所作的简要评介可以了解那个时期基本的文学观念。

《艺文志·诗赋略》录有司马迁的《悲士不遇赋》等八篇赋。如前文所说,班氏曾在《公孙弘传赞》中说过"……文章则司马迁、相如"⑥,司马迁毕竟以撰史大家知名于世,居然也与相如同在"文章"之列,似乎史传记事之文也在其内了。尽管《汉书》中的"文章"还有沿用指典章制度的古义以及泛指典籍著述的时候。

班固在《艺文志》中介绍了西汉后期官方收录整理工作的过程,也算是说明了自己采用《七略》分类法的所以然:"……成帝时以书颇散亡,使谒者陈农求遗书于天下,诏光禄大夫刘向校经传诸子诗赋,步兵校尉任宏校兵书,太史令尹咸校数

---

① [汉]班固:《离骚序》,郭丹:《先秦两汉文论全编》,第760页。
② 转引自[梁]刘勰:《文心雕龙·通变》,张国庆、涂光社:《〈文心雕龙〉集校、集释、直译》,第533页。
③ [汉]王充:《论衡·佚文》,张宗祥:《论衡校注》,第412页。
④ [汉]班固:《汉书·司马相如传》,第2609页。
⑤ [汉]班固:《汉书·叙传》,第4255页。
⑥ [汉]班固:《汉书·公孙弘传》,第2634页。

术,侍医李柱国校方技,每一书已,向辄条其篇目,撮其指意,录而奏之。会向卒,哀帝复使向子侍中奉车都尉歆卒父业。歆于是总群书而奏其《七略》,故有《辑略》(师古曰:辑与集同,谓诸书之总要。),有《六艺略》(师古曰:六艺六经也。),有《诸子略》,有《诗赋略》,有《兵书略》,有《术数略》,有《方技略》。今删其要,以备篇籍。"①

《艺文志·六艺略》介绍儒家经典,其中也不无文学观的蛛丝马迹,如云:"《书》曰:'诗言志,歌咏言。'故哀乐之心感,而歌咏之声发。诵其言谓之诗,咏其声谓之歌。"②已经用"诵其言"和"咏其声"明确区分诗与歌,"诵"用的是语言,歌则借助"声"(歌曲的旋律音响)。

班固依《七略》载录文籍,除《六艺略》中的经典和《诗赋略》而外,《诸子略》十家中亦不乏文辞可观者:

一、"(有《晏子》、《子思》、《曾子》、《孟子》、《孙卿子》等)右儒家五十三家八百三十六篇";二、"(有《伊尹》、《太公》、《老子》经传说四种、《文子》、《关尹子》、《庄子》五十二篇、《黄帝》经说四种等)右道三十七家九百九十三篇。道家者流,盖出于史官,历记成败存亡祸福古今之道,然后知秉要执本,清虚以自守,卑弱以自持,此君人南面之术也,合于尧之克攘,《易》之嗛嗛,一谦而四益,此其所长也。及放者为之,则欲绝去《礼》学,兼弃仁义。曰:独任清虚可以为治。";三、"(有《邹子》两种等)右阴阳二十一家家三百六十九篇。……";四、"(有《李(悝)子》、《商君》、《申子》、《慎子》、《韩子》等)右法十家二百一十七篇。法家者流,盖出于理官,信赏必罚,以辅礼制。《易》曰,先王以明罚饬法。此其所长也。及刻者为之则无教化,去仁爱,专任刑法而欲以致治,至于残害至亲,伤恩薄厚。……";五、"(有《邓析》、《尹文子》、《公孙龙子》、《惠子》等)右名七家三十六篇。……";六、"(有《尹佚》、《我子》、《墨子》等)右墨六家八十六篇。……";七、"(有《苏子》、《张子》、《阙子》、《邹阳》、《主父偃》等)右纵横十二家百七篇。……";八、"(有《尉缭子》、《尸子》、《吕氏春秋》,《淮南》内篇、外篇、《吴子》、《公孙尼》等)右杂家二十家四百三篇。……";九、"(有《神农》、《野老》等)右农九家百一十四篇 农家者流盖出于农稷之官,播百谷,劝耕桑以足衣食,……";十、"(有《伊尹说》、《鬻子说》、《周考》、《黄帝说》、《虞初周说》等)右小说十五家千三百八十篇 小说家者流盖出于稗官,街谈巷语道听途说者之所造也。孔子曰(《论语·子张》中为子夏所言):

---

① [汉]班固:《汉书·艺文志》,第1701页。
② [汉]班固:《汉书·艺文志》,第1708页。

第二章 文论范畴创用的前提条件与理论准备

'虽小道,必有可观者焉。致远恐泥,是以君子弗为也。'然亦弗灭也。闾里小知者之所及,亦使缀而不忘,如或一言可采,此亦刍荛狂夫之议也。"又云:

> 凡诸子百八十九家四千三百二十四篇。诸子十家,其可观者九家而已,皆起于王道既微,诸侯力政,时君世主好恶殊方,是以九家之术蜂出并作,各引一端,崇其所善,以此驰说,取合诸侯。其言虽殊辟,犹水火相灭亦相生也。仁之与义,敬之以和,相反而皆相成也。《易》曰:"天下同归于殊途,一致而百虑。"今异家者各推所长,穷知究虑以明其指,虽有蔽短,合其要归,亦六经之支与流裔。使其人遭明王圣主,得其所折中,皆股肱之材已。仲尼有言:《礼》失而求诸野。方今去圣久远,道术缺废,无所更索,彼九家者不犹愈于野乎!若能修六艺之术而观此九家之言,舍短取长,则可通万方之略矣。①

在《诸子略》所列著述中,至少先秦《庄子》汪洋恣肆波奇云谲的寓言故事、《孟子》正气浩然的雄辩言说,汉代贾谊等人凌厉透辟的政论皆属历来备受称道、影响深远的好文章。"九家之外""盖出于稗官"的"小说家",其"街谈巷语道听途说者之所造"尽管有"闾里小知者之所及"、"此亦刍荛狂夫之议"的贬抑,毕竟也作了"虽小道,必有可观者焉"、"或一言可采"的肯定,其中皆有某些可以纳入文学范畴的部分。

诗与赋的文学属性突出,在刘歆、班固看来诗和赋最富文辞之美,是可入于"艺"的文体,因此得归于一"略"。大抵汉代人心目中诗、赋(尤其是辞赋)可为"文章"(美文)的代表。这种观念意识既促成了汉代大赋的发展,也在一定程度上影响和制约了它的艺术成就。后来,散文(包括史传、政论、书信……)中优秀作品的审美价值不断被发现和认可,不仅美文体裁的范围扩大,更有对文章之美的认识逐步深化(包括个性价值的发现,情感的核心作用,神主形从、内容与形式之美的相得益彰,境界高低是造艺成败的决定性因素等),传统文学观才随之走向成熟。

《诗赋略》录载艺术性最强的两种文体,凸显了撰述者的文学观。其中先罗列了战国至西汉赋与歌诗的篇名,随后追述了诗赋的流变:

> 《传》曰:"不歌而诵谓之赋,登高能赋可以为大夫。"言感物造端,材知深美。可与图事,故可以为列大夫也。古者诸侯、卿大夫交接邻国,以微言相感,当揖让之时,必称诗以喻其志。盖以别贤不肖而观盛衰焉。故孔子曰:

---

① [汉]班固:《汉书·艺文志》,第1727-1746页。

209

"不学诗,无以言"也。春秋之后,周道浸坏,聘问歌咏不行于列国,学诗之士逸在布衣,而贤人失志之赋作矣。大儒孙卿及楚臣屈原,离谗忧国,皆作赋以风,咸有恻隐古诗之义。其后宋玉唐勒。汉兴,枚乘、司马相如,下及扬子云,竞为侈丽闳衍之词,没其风喻之义,是以扬子悔之曰:"《诗》人之赋丽以则,辞人之赋丽以淫。如孔氏之门人用赋也,则贾谊登堂,相如入室矣。如其不用何!"自孝武立乐府而采歌谣,于是有赵、代之讴,秦楚之风,皆感于哀乐,缘事而发,亦可以观风俗、知薄厚云。①

此处仍然主要是从《诗》学传统和政教方面论赋的,因而对时代风尚颇有微词。解释"不歌而诵谓之赋,登高能赋可以为大夫"的所以然,以其"材智深美,可与图事,故可以为列大夫"具备从政的条件,如古代的卿大夫可"交接邻国,以微言相感,……称《诗》以论其志。盖以别贤不肖而观盛衰焉"。批评当时的辞赋"竞为侈丽闳衍之词,没其风喻之义"的风气,指出"是以扬子悔之曰:'《诗》人之赋丽以则,辞人之赋丽以淫。'"要求同《诗》一样,"感于哀乐,缘事而发,亦可以观风俗知薄厚"。

不应忽略的是,班固这段话一开始就说"不歌而诵谓之赋",分明在凸显"赋"与乐歌的区别,强调赋以文学语言的诵读而非歌唱进行传达。刘文典先生曾说:"赋与诗有一最清楚之界限,即不歌而诵谓之赋。"在先秦,诗与乐的关系密切,诗和文辞是不甚相干的。西汉末刘歆在《七略》中把诗赋归为一"略",是一个里程碑式的标志:表明他意识到诗赋这两种文体有共同点——讲究文辞美,是语言的艺术;在与其他文学性不强的文辞区别开来的同时,也与音乐艺术划境。后来班氏《汉书·艺文志》沿用其分类法则出于文学观念上的认同,也表明它合乎时代的潮流。

说到"汉兴"以来的文章,则是"竞为侈丽闳衍之词,没其风喻之义,是以扬子悔之曰:'《诗》人之赋丽以则,辞人之赋丽以淫'"的批评,短短数语中三次提及的"丽",无论有无褒贬"丽"都是《诗》与赋共有特点,无形中表露出他的美文文学观。

扬雄曾批评汉赋有失讽谏之旨,这里的"劝百讽一"是班固对其看法的一种概括。《汉书·司马相如传赞》如是说:"相如虽多虚词滥说,然要其指归,引之节俭,此与《诗》之讽谏何异?扬雄以为靡丽之赋,劝百讽一,犹骋郑卫之声,曲终奏雅,

---

① [汉]班固:《汉书·艺文志》,第1756页。

不已戏乎！"①《扬雄传》又说："雄以为赋者将以风之，必推类而言，极丽靡之辞，闳侈巨衍，竞于使人不能加也，既乃归之于正。然览者已过矣。往时武帝好神仙，相如上《大人赋》欲以讽，帝反缥缥有凌云之志。繇是言之，赋劝而不止明矣。又颇似俳优淳于髡优孟之徒，非法度所存，贤人君子诗赋之正也。于是辍不复为。"②在《叙传》对司马相如作品的意义作用也有类似的论述："文艳用寡，子虚乌有。寓言淫丽，托风终始。多识博物，有可观采。蔚为辞宗，赋颂之首。"如前文所引，《艺文志》也批评宋玉、唐勒、枚乘、司马相如、扬雄等人的辞赋"竞为侈丽闳衍之词，没其讽喻之意。"③

关于乐府则谓"自孝武立乐府而采歌谣"，"亦可以观风俗、知薄厚"，以为有恢复周代采风传统的意义；"感于哀乐，缘事而发"④与《韩诗》序《伐木》的"饥者歌其食，劳者歌其事"⑤相联系，也不无社会底层庶民"发愤为作"的意味。

三、《诗经》学中的范畴概念

经学对汉代的学术思想影响巨大。先秦的《易》《书》《诗》《礼》《乐》在汉代被奉为儒学经典。《诗》三百原是文学作品的结集，汉人对它的研究却也是经学的一个重要组成部分。

1. 教化、"怨刺"之说

《礼记·经解》篇说：

> 孔子曰："入其国也，其教可知也。其为人也温柔敦厚，《诗》教也；疏通知远，《书》教也；广博易良，《乐》教也；絜静精微，《易》教也；恭俭庄敬，《礼》教也；属辞比事，《春秋》教也。温柔敦厚，《诗》教也。《诗》之失愚，《书》之失诬，《乐》之失奢，《易》之失贼，《礼》之失烦，《春秋》之失乱。其为人也，温柔敦厚而不愚，则深于《诗》者也；疏通知远而不诬，则深于《书》者也；广博易良而不奢，则深于《乐》者也；絜静精微而不贼，则深于《易》者也；恭俭庄敬而不烦，则深于《礼》者也；属辞比事而不乱，则深于《春秋》者也。"⑥

---

① ［汉］班固：《汉书·司马相如传》，第2609页。
② ［汉］班固：《汉书·扬雄传》，第3575页。
③ ［汉］班固：《汉书·艺文志》，第1756页。
④ ［汉］班固：《汉书·艺文志》，第1756页。
⑤ ［汉］何休注、［唐］徐彦疏：《春秋公羊传注疏》，第398页。
⑥ 《礼记·经解》，［汉］郑玄注、［唐］孔颖达疏：《礼记正义》，第1597页。

《礼记·乐记》说："凡音之起，由人心生也。人心之动，物使之然也。感于物而动，故形于声。"①是音乐理论中对"心物"内外感发机制的表述，也属对儒家经典教化功能特点和作用的一种诠释。汉儒在《诗》教与《乐》教中并没有凸显诗歌和音乐作为艺术在传达和接受上的特殊性。《诗纬·含神雾》中云："诗者，持也……在于敦厚之教自持其心，讽刺之道可以扶持邦家者也。"②东汉后期，郑玄的《诗谱》对《小雅》有失温柔敦厚之旨的怨尤颇有微词："《大雅》则宏远而疏朗，弘大体以明责；《小雅》则躁急而局促，多忧伤而怨悱。"到了唐代，孔颖达《礼记正义》更作了进一步的解说："温柔敦厚《诗》教者也：温，谓颜色温润；柔，谓性情和柔。《诗》依违讽谏，不指切事情，故曰温柔敦厚《诗》教也。"③足见所谓"温柔敦厚的《诗》教"，其"温柔敦厚"既指《诗经》表述上的特点，也指社会效果。即既指"怨而不怒"、"止于礼义"这种足以缓和矛盾、消解拒斥温婉柔和的表达，也是指这种表达取得的和谐社会上下的关系、敦厚民风的功效。

　　毛公序《大雅·公刘》说："召康公戒成王也。成王将莅政，戒以民事，美公刘之厚于民，而献是诗也。"④序《关雎》说："后妃之德也。风之始也，所以风天下而正夫妇也。故用之乡人焉，用之邦国焉。"⑤序《硕鼠》则云："刺重敛也。"⑥今存《齐诗》《韩诗》也寻得着这样的片段，如《齐诗》说《国风·甘棠》道："……是故《周南》无美而《召南》有之"；《韩诗》说《关雎》云："……今时大人内倾于色，贤人见其萌，故咏《关雎》，说淑女，正容仪以刺时。"郑众注《周礼》谓"讽诵诗""以刺君过"。郑玄《六艺论》："诗者，弦歌讽谕之声也。自书契之兴，朴略尚质，面称不为谄，目谏不为谤。君臣之接如朋友然，在于恳诚而已。斯道稍衰，奸伪以生，上下相犯。及其制礼，尊君卑臣，君道刚严，臣道柔顺，于是箴谏者希，情志不通，故作诗者以诵其美而讥其过。"《诗谱序》也以为文武周公时有"颂声兴焉"，而懿王以后"刺怨相寻"。故清人程廷祚《清溪集》卷二《诗论十三·再论刺诗》指出："汉儒言诗，不过美刺两端。"王先谦《诗三家义集疏序例》对"美刺"稍作区分："《诗》有美有刺，而刺诗各自为体：有直言以刺者，有微词以讽者，亦有全篇皆美而实

---

① 《礼记·乐记》，[汉]郑玄注、[唐]孔颖达疏：《礼记正义》，第1254页。
② 《诗纬·含神雾》，安居香山、中村璋八：《纬书集成》，石家庄：河北人民出版社，1994年，第464页。
③ 《礼记·经解》，[汉]郑玄注、[唐]孔颖达疏：《礼记正义》，第1598页。
④ [汉]毛亨传、[汉]郑玄笺、[唐]孔颖达疏：《毛诗正义》，第1302页。
⑤ [汉]毛亨传、[汉]郑玄笺、[唐]孔颖达疏：《毛诗正义》，第1页。
⑥ [汉]毛亨传、[汉]郑玄笺、[唐]孔颖达疏：《毛诗正义》，第436页。

刺者。"①

美刺之说在汉代是被普遍接受和认同的，并不限于经师，然而论者多取"刺"的一面。比如《史记·十二诸侯年表》有云："周道缺，诗人本之衽席，《关雎》作。仁义陵迟，《鹿鸣》刺焉。"②《盐铁论·诏圣》说："王道衰而诗刺彰。"③《论衡·谢短》说："周衰而《诗》作，盖康王时也。康王德缺于房，大臣刺晏，故《诗》作。"④《潜夫论·班禄》亦有："忽养贤而《鹿鸣》思，背宗族而《采蘩》怨，履亩税而《硕鼠》作，赋敛重而谭告通，班禄颇而《倾甫》刺，行人定而《绵蛮》讽，故遂耗乱衰弱。"⑤

在汉代《诗》学的"美刺"说中依然频见"志""情""哀""怨""怒"等惯常使用的情感概念。其由内而外，由隐而显的表达、巨大的感动作用等情感性特征以及"和"（包括"温柔敦厚"）的理想境界得到凸显。

2. 从"六义"为用到对"风"和"赋""比""兴"的再诠释

汉代《诗》学中更具理论价值、影响最著的是"六诗""六义"（后人又有所谓"三体三用""三经三纬"）说。

《周礼·春官·大师》中说，"（大师）教六诗：曰风，曰赋，曰比，曰兴，曰雅，曰颂"⑥；毛公《诗大序》曰："风，风也，教也，风以动之，教以化之"；"故《诗》有六义焉：一曰风，二曰赋，三曰比，四曰兴，五曰雅，六曰颂。上以风化下，下以风刺上，主文而谲谏，言之者无罪，闻之者足以戒，故曰风。"⑦《周礼》的"六诗"与毛公《诗大序》的"六义"在风、赋、比、兴、雅、颂的排序上相同，可知此为《诗》学早期的序列。到了唐宋，孔颖达的"三体三用"和宋朱熹的"三经三纬"才明谓了后人的一种共识：《诗经》中风、雅、颂是三体（或言三个组成部分），赋、比、兴是三种艺术手法（或言三种表现方法）。然而还有个不应回避的问题：《周礼》"六诗"、《诗大序》"六义"为何置"风"于首位，紧接"赋比兴"而与"雅颂"相间隔？《诗大序》为何将其并称"六义"？

吾师张震泽先生《〈诗经〉赋比兴本义新探》一文曾以先秦资料为据解读所谓

---

① ［清］王先谦：《诗三家义集疏·序例》，长沙：岳麓书社，2011年，第1页。
② ［汉］司马迁：《史记·十二诸侯年表》，第509页。
③ ［汉］桓宽：《盐铁论·诏圣》，第120页。
④ ［汉］王充：《论衡·谢短》，张宗祥：《论衡校注》，第258页。
⑤ ［汉］王符：《潜夫论·班禄》，沈阳：辽宁教育出版社，2001年，第28页。
⑥ 《周礼·春官·大师》，［汉］郑玄注、［唐］贾公彦疏：《周礼注疏》，第610页。
⑦ ［汉］毛亨传、［汉］郑玄笺、［唐］孔颖达疏：《毛诗正义》，第6—13页。

213

"六义":"义者宜也,治事之宜也";宗庙祭祀、朝会燕享、日常生活之礼分别是颂、雅、风三者所宜之"用";孔子"好古而敏求",其"吾自卫返鲁,然后乐正,雅颂各得其宜",正指风雅颂三义说的。以为孔子将《诗》作为教本,以赋比兴为用《诗》之法,"《诗》可以兴,可以观,可以群,可以怨"即指此三义而言;而《左传》所记盟会交际中用《诗》的史事也属赋比兴之所"宜";故所谓"六义"即《诗》的"六用"。《诗大序》"六义"所指"六用"(用法或者所派用场),都在对现成《诗经》篇章的歌咏、诵读中完成,其中赋比兴也同风(甚至雅、颂)一样是"用"诗而非作诗之法。①

可见,在"六诗""六义"说中,"风"和"赋""比""兴"严格说尚没有成为意涵相对稳定、被广泛运用的理论范畴。

郑玄注《周礼·春官·大师》(大师)"教六诗:曰风,曰赋,曰比,曰兴,曰雅,曰颂"云:

> 风,言贤圣治道之遗化也;赋之言铺,直铺陈今之政教善恶;比,见今之失,不敢斥言,取比类以言之;兴,见今之美,嫌于媚谀,取善事以喻劝之;雅,正也,言今之正者以为后世法;颂之言诵也,容也,诵今之德,广以美之。

又引大司农郑众云:"古而自有风雅颂之名,故延陵季子观乐于鲁时,孔子尚幼,未定《诗》《书》。……时礼乐自诸侯出,颇有谬乱不正。孔子正之,曰比,曰兴。比者,比方于物也;兴者,托事于物。"②先郑与后郑之说立论的角度不同,是互为补充的。郑玄是从美刺的政治功用上说的;郑众则是从传达方式上说的,"比"与"兴"的比方、寄托都有必须通过"物"达意的间接性。间接的况喻和起情使传达委婉含蓄,既合乎"美""刺"不失上下和谐的要求,也能发挥"物"之意象含蕴模糊深厚、指域宽泛的优势。是知在东汉经学中"赋""比""兴"的范畴义才逐渐明确起来。如果说郑玄对它们的解释仍重在强调《诗经》之用不离政教的社会理想,郑众的解释就是针对"比"与"兴"艺术表现和传达上的特点所作的概括。

与作为艺术手段的"赋""比""兴"相比,风、雅、颂(特别是雅与颂)由于受各自特定体式规范和采用场合的影响,较少体现一般性的艺术规律。于是讨论"赋""比""兴"分别代表的三种创作手法成为汉代经学诗歌艺术论的重要内容,而且只有它们而非全部"六义"成为诗学的理论范畴;"比"与"兴"借物作间接性传达也能使人们的情感意志抒发和对政治的讽刺批评柔化。在古代,创作和采集诗歌

---

① 张震泽:《〈诗经〉赋比兴本义新探》,《文学遗产》,1983年9月。
② 《周礼·春官·大师》,[汉]郑玄注、[唐]贾公彦疏:《周礼注疏》,第610页。

曾被赋予下情上传、和谐社会关系的政教使命，认为无形而动人的"风"除了以"一方风情"的意涵去指代一"国"之诗之外，还能况喻诗歌的教化讽喻功能，所以在"六义"中特别受到汉儒重视，这大概是它排序提前之所由。《毛诗序》云：

> 风，风也，教也，风以动之，教以化之。诗者，志之所之也，在心为志，发言为诗。情动于中而形于言，言之不足，故嗟叹之，嗟叹之不足，故咏歌之，咏歌之不足，不知手之舞之、足之蹈之也。情发于声，声成文谓之音。治世之音安以乐，其政和；乱世之音怨以怒，其政乖；亡国之音哀以思，其民困。故正得失，动天地，感鬼神，莫近于诗。先王以是经夫妇，成孝敬，厚人伦，美教化，移风俗。故诗有六义焉：一曰风，二曰赋，三曰比，四曰兴，五曰雅，六曰颂。上以风化下，下以风刺上，主文而谲谏，言之者无罪，闻之者足以戒，故曰风。

郑玄《笺》曰："'风化'、'风刺'，皆谓譬喻不斥言也。'主文'，主与乐之宫商相应也；'谲谏'，咏歌依违，不宜直谏也。"①

经学家虽然不会完全从现代文学艺术论的角度去阐释《诗经》，也能表述出他们对诗歌本质、功用和艺术传达特点的理解。《毛诗序》首先申述"诗言志"的过程，凸显"情"与"志"的一致性及其作为表述对象的能动作用："诗者，志之所之也，在心为志，发言为诗，情动于中而形于言。"进而道明诗与政治教化的关系："情发于声，声成文谓之音。治世之音安以乐，其政和；乱世之音怨以怒，其政乖；亡国之音哀以思，其民困。故正得失，动天地，感鬼神，莫近于诗。先王以是经夫妇，成教化，厚人伦，美教化，移风俗。"

汉代《诗》学的立论角度和评价标准深刻地影响着文学批评，大抵因为楚辞与《诗》严格说都属诗歌作品的缘故，在楚辞评论中尤其明显。西汉武帝时的淮南王刘安就曾经说："《国风》好色而不淫，《小雅》怨悱而不乱，若《离骚》者，可谓兼之。"②东汉王逸所著的《楚辞章句》中就更为典型，作者就是用《诗》学的标准和范畴概念评论楚辞的。王逸不同意班固对屈原"露才扬己，怨刺其上""殆失厥中"的苛责，却也从"风（同讽）谏""怨刺"和"比兴"的角度进行评议。其《楚辞章句叙》说：

> 今若屈原，膺忠贞之质，体清洁之性，直若砥矢，言若丹青，进不隐其谋，退不谋其命，此诚绝世之行，俊彦之英也。而班固谓之露才扬己，竞于群小之

---

① ［汉］毛亨传、［汉］郑玄笺、［唐］孔颖达疏：《毛诗正义》，第6-15页。
② ［汉］司马迁：《史记·屈原贾生列传》，第2482页。

中,怨恨怀王,讥刺椒兰,苟欲求进,强非其人,不见容纳,忿恚自沉,是亏其高明,而损其清洁也。昔伯夷叔齐让国守分,不食周粟,遂饿而死,岂可复谓有求于世而怨望哉?且诗人怨主刺上曰:"呜呼小子,未知臧否。匪面命之,言提其耳。"风谏之语,于斯为切。然仲尼论之,以为大雅。引此比彼,屈原之词,优游婉顺,宁以其君不智之故,欲提携其耳乎?而论者以为"露才扬己,怨刺其上,强非其人",殆失厥中矣。

人臣之义,以忠正为高,以伏节为贤。故有危言以存国,杀身以成仁。是以伍子胥不恨于浮江,比干不悔于剖心,然后忠立而行成,荣显而名著。若夫怀道以迷国,佯愚而不言,颠则不能扶,危则不能安,婉娩以顺上,逡巡以避患,虽保黄耇,终寿百年,盖志士之所耻,愚夫之所贱也。①

此外,《离骚序》以为"夫《离骚》之文,依托五经以立义焉","屈原履忠被谮,忧悲愁思,独依《诗》人之义而作《离骚》,上以讽谏,下以自慰。""《离骚》之文,依《诗》取兴,引类辟喻。故善鸟香章,以配忠贞;恶禽臭物,以比谗佞;灵修美人,以媲于君;宓妃佚女,以譬贤臣;虬龙鸾凤,以托君子;飘风云霓,以为小人。其辞温而雅,其义皎而朗,凡百君子,莫不慕其清高,嘉其文采,哀其不遇,而悯其志焉。"②

可以说王逸在《楚辞章句》中的相关言说是《诗经》以外古代诗评中运用"比兴"范畴的最早尝试。

《远游序》中有云:"屈原履方直之行,不容于世。上为谗佞所谮毁,下为俗人所困极,章皇山泽,无所告诉。乃深惟元一,修势恬漠,思欲济世,则意中愤然,文采秀发;遂叙妙思,托配仙人,与俱游戏,周历天地,无所不到,然犹怀念楚国,思慕旧故,忠信之笃,仁义之厚也。是以君子珍重其志而玮其辞焉。"③ 说屈原"履方直之行,不容于世","为谗佞所谮毁","思欲济世,则意中愤然,文采秀发"颇有"发愤为作","穷而后工"的意味。

四、对繁冗浮华和虚妄不实文风的批判

一味崇尚宏丽盛大在文学创造中也会造成负面影响。随之而来有评论者和作家自己的反思和质疑也属必然:山峦江海和宫苑楼阁的极尽形容、物产风情的

---

① [汉]王逸:《楚辞章句·序》,第47页。
② [汉]王逸:《楚辞章句》,第47页,第2页。
③ [汉]王逸:《楚辞章句》,第156页。

搜奇炫博在达于极致以后,在状物序志上就很难有大的突破,琐细、繁复的描绘未必有好的艺术效果(至少会减缩意象的蕴涵,限制欣赏者艺术再创造的空间),描写上近似、雷同的现象也将层出不穷。文学表现对象转移到以个人情怀为主以后,则更易做到真切灵妙,展示出生命精神层面的丰富性和个性特征的多样性。

西汉末辞赋文章的追求有所转移,扬雄是最好的例子。以后赋渐由博雅说事、状物转向抒写情志。到了东汉中期,抒情小赋逐渐取代大赋成为创作的主流。张衡《归田》《思玄》和赵壹《刺世疾邪》之作可为代表;而"古诗"则几乎可称为其作者抒发个人生命体验的绝唱。对诗文创作抒情化、个性化倾向的肯定和价值判断也在不断进步。

1. 刘向、刘歆父子说文辞

《汉书·楚元王传》云:

> 向字子政,……向睹俗弥奢淫,而赵、卫之属起微贱、逾礼制。向以为王教由内及外,自近者始,故采取《诗》《书》所载贤妃贞妇兴国显家可法则及孽嬖乱亡者,序次为《列女传》凡八篇,以戒天子;及采传记行事,著《新序》《说苑》凡五十篇奏之。数上疏言得失,陈法戒。书数十上,以助观览,补遗缺。上虽不能尽用,然内嘉其言,常嗟叹之。……
>
> 歆字子骏,……河平中,受诏与父向领校秘书,讲六艺、传记、诸子、诗赋、数术、方技,无所不究。向死后,歆复为中垒校尉。哀帝初即位,复领《五经》,卒父前业,乃集六艺群书,种别为《七略》。①

刘向、刘歆父子是经学家,两人虽有"今文"(刘向治《谷梁春秋》)"古文"("歆治《左氏》")之别,都称得上是先秦文献整理的大家,其文艺思想的言说也有综述和传承前论的特点。艺文论中不乏"内"与"外"和"质"与"文"的对举。

《说苑·修文》说:"凡从外入者,莫深于声音,变人最极。……乐者德之风。《诗》曰:'威仪抑抑,德音秩秩。'谓礼、乐也。故君子以礼正外,以乐正内。内须臾离乐,则邪气生焉;外须臾离礼,则慢行起矣。"②强调礼外乐内不可须臾背离。又申述"内心修德,外被礼文"的两相副衬,可谓孔子"文质彬彬"说的阐扬。人以为文是内质的外现,故《说苑·反质》中有"圣人见人之文,必考其质";"虽有外文,必不离内质"之语。"文"既以"质"为依据,"质"对于"文"就具有决定性和主

---

① [汉]班固:《汉书·楚元王传》,第1928—1967页。
② [汉]刘向:《说苑·修文》,卢元骏注释:《说苑今注今译》,第696页。

导性。《贵德》中的"夫诗思然后积,积然后满,满然后发"①则颇有积郁既深,不得不发的意味,不过"诗思积满然后发"之说虽突出了诗人运思的重要,似乎不如"情动于中"更贴切。

《新序》卷一载宋玉对楚威王问中《下里》《巴人》和《阳春》《白雪》故事,有"曲高和寡"之说。卷四《杂事》载:"钟子期夜闻击磬声而悲"故事云:"悲在心也,非在手也,心非木石也,悲于心而木石应之,以至诚故也。"

刘歆《七略》文本失传,其文学思想可在《汉书·艺文志》中窥其梗概,后文将有介绍。《七略》佚文有云:"诗以言情,情者,性之符也。"②这是文学理论批评史上首见的直接以"言情"取代"言志"的言说:"情"比"志"的范围宽泛,更多地游离于政教之外,"诗以言情"命题的出现似乎体现着一些观念上的进步。

2. 扬雄和桓谭对汉赋流弊的反思

扬雄《答刘歆书》自谓"少不得学,而心好沉博绝丽之文。"③《与桓谭书》亦称:"长卿赋不似从人间来,其神化所至邪？大谛能读千赋,则能为之。"④《汉书》本传扬雄说:"先是时,蜀有司马相如,作赋甚弘丽温雅,雄心壮之,每作赋,常拟之以为式。"其后又有"……雄以为,赋者将以风也,必推类而言,极靡丽之辞,闳侈巨衍,竞于使人不能加也。既乃归之于正,然览者已过矣。往时武帝好神仙,相如上《大人赋》欲以风。帝反缥缥有凌云之志。由是言之,赋劝而不止明矣。又颇似俳优淳于髡、优孟之徒,非法度所存,贤人君子诗赋之正也。"⑤颇能见其早期为文,尤其是作赋的审美取向,以及后来的变化。诚如前面所介绍的那样,"《诗》人丽则"、"辞人丽淫"一褒一贬可以说是他反思后的结论。

扬雄仿《易》作《太玄》,其中也有文质论,如"阴敛其质,阳散其文,文质班班,万物粲然"⑥,"文以见乎质,辞以睹乎情","质干在于自然,华藻在乎人事"⑦。《法言·吾子》亦言:"事胜辞则伉,辞胜事则赋,事辞称则经。""有人焉曰,云姓孔

---

① [汉]刘向:《说苑·贵德》,卢元骏注释:《说苑今注今译》,第128页。
② [汉]刘歆:《七略》,郭丹:《先秦两汉文论全编》,第615页。
③ [汉]扬雄:《答刘歆书》,[清]严可均辑、陈延嘉等校点主编:《全上古三代秦汉三国六朝文》(一),第731页。
④ [汉]扬雄:《与桓谭书》,[清]严可均辑、陈延嘉等校点主编:《全上古三代秦汉三国六朝文》(一),第732页。
⑤ [汉]班固:《汉书·扬雄传》,第3515-3575页。
⑥ [汉]扬雄:《太玄·文》,[宋]司马光:《太玄集注》,北京:中华书局,1998年,第97页。
⑦ [汉]扬雄:《太玄·玄莹》,[宋]司马光:《太玄集注》,第190页。

而字仲尼,入其门,升其堂,伏其几,袭其裳,则可谓仲尼乎?曰:其文是也,其质非也。"①"质"是内敛的、自然的、第一性的;"文"是外显的、人为因素更多的、从属于"质"的。但"文"的作用也不可忽略,《法言·寡见》说:"玉不雕,玙璠不作器;言不文,典谟不作经。"②

扬雄强调规范、法度的确立以及有因有革的与时相宜:"鸿文无范,恣于川","鸿文无范,恣于往也"③;"女恶华丹之乱窈窕也,书恶淫辞之淈法度也"④。"天道有因有循,有革有化。因而循之,与道神之;革而化之,与时宜之"⑤。《法言》中直言:"可则因,否则变"⑥;肯定"圣人固多变"⑦作为表率;也强调五经的接受与承传要以对原典文本的明辨为前提:"或问:五经有辩乎?曰:唯五经为辩:说天者莫辩乎《易》,说事者莫辩乎《书》,说体者莫辩乎《礼》,说志者莫辩乎《诗》,说理者莫辩乎《春秋》"⑧。

扬雄还有一些有影响的议论。如《法言·重黎》说:"太史迁,曰'实录'。"⑨《君子》说:"多爱不忍,子长也。仲尼多爱,爱义也;子长多爱,爱奇也。"⑩"爱奇"之评显然是有批评意味的。史迁在这方面也颇受东汉班氏父子责难,班彪《史记论》有"大敝伤道"的指责,班固《汉书·司马迁传赞》虽说传主"其文直,其事核,不虚美,不隐恶,故谓之实录",亦称其"是非颇谬于圣人"⑪。此外,《法言·问神》的"言,心声也;书,心画也;声画形,君子小人见矣。声画者,君子小人之所以动情乎。"⑫也是古代文艺学"心"论的一段名言。

汉人著述中常见从道家学说移用的概念,"玄"是突出的一例。尚"玄"最具代表性的是扬雄,所著《太玄》的命名取《老子》一章的"玄之又玄,众妙之门"⑬。扬雄视天地人为"三玄",《太玄·告》云:"玄者,神之魁也。天以不见为玄,地以

---

① [汉]扬雄:《法言·吾子》,第5—6页。
② [汉]扬雄:《法言·寡见》,第19页。
③ [汉]扬雄:《太玄·文》,[宋]司马光:《太玄集注》,第98页。
④ [汉]扬雄:《法言·吾子》,第5页。
⑤ [汉]扬雄:《太玄·玄莹》,[宋]司马光:《太玄集注》,第190页。
⑥ [汉]扬雄:《法言·问道》,第10页。
⑦ [汉]扬雄:《法言·君子》,第38页。
⑧ [汉]扬雄:《法言·寡见》,第19页。
⑨ [汉]扬雄:《法言·重黎》,第32页。
⑩ [汉]扬雄:《法言·君子》,第37页。
⑪ [汉]班固:《汉书·司马迁传》,第2738页。
⑫ [汉]扬雄:《法言·问神》,第14页。
⑬ 《老子·一章》,陈鼓应:《老子注译及评介》,第53页。

不形为玄,人以心腹为玄。"以为"玄之辞也,沉以穷乎下,浮以际乎上,曲而端,散而聚,美也不尽其味,大也不尽其汇,上连下连非一方也。"①《摘》又说:"玄者幽摘万类而不见其形者也。资陶虚无而生乎规;关神明而定摹;通古今以开类;摘措阴阳而发气。一判一合,天地备矣;天日回行,刚柔接矣;还复其听,终始定矣。……故玄卓然视人远矣,旷然廓人大矣,渊然引人深矣,渺然绝人眇矣。"②又作有《太玄赋》。所谓"玄"幽深、高远、精微、神妙难测,"幽摘万类而不见其形"且与"虚无""默""静""游神""翱翔"密切联系,是对精神之至境——道的一种浑融性表述。

此后,学人文士不乏好玄者,如张衡"好玄经"③,向长"好《易》《老》"④,马融、郑玄皆以《老》注《易》,以"玄"之为题的著作有:刘骐骏的《玄根》、张衡的《思玄》、蔡邕的《玄表》、潘勖的《玄达》等。冯衍《显志赋》有:"游精神于大宅兮,抗玄妙之常操;处清静以养志兮,实吾心之所乐。"⑤班彪《北征赋》云:"朝发轫于长都兮,夕宿瓠谷之玄宫。"⑥张衡则有"仰先哲之玄训"之语。《后汉书·崔骃传》:"……时人或讥其太玄静,将以后名失实。骃拟扬雄《解嘲》作《达旨》以答焉。"⑦

"玄"微妙幽远而非荒诞诡谲,尚"玄"者思维取向深邃,探求"道"的境界而不对神明顶礼膜拜,"不知为不知",与谶纬的"虚妄"相背,隐含着对时尚揣测和宣扬上天(神灵)意志的批判意味。可以认为,扬雄尚"玄"开魏晋玄学之先河。这一点将在第六章说"玄"中详作述评。

扬雄论中有"则"与"淫"、"事"与"辞"、"文"与"质"、"华"与"实"、"因"与"变"("因循"与"革化")的对应,用到"道"、"经"、"神"(神妙)、"象"、"法度"、"奇"的概念……,并以"玄"名其重要著述。其论说虽不全就文章写作而言(上引"文质"、"因变"之论即然),范畴、概念也非独出心裁的创设,但涉及层面的广泛,议论的深入前所未有。是在其广博学识和自己创作体验的基础上反思大赋成败中的收获。因此,也显现出一种辞赋创作的新动向。冈村繁先生说:"汉代的赋颂

---

① [汉]扬雄:《太玄·玄告》,[宋]司马光:《太玄集注》,第215-217页。
② [汉]扬雄:《太玄·玄摘》,[宋]司马光:《太玄集注》,第184页。
③ [南朝宋]范晔:《后汉书·张衡传》,北京:中华书局,1965年,第1897页。
④ [南朝宋]范晔:《后汉书·向长传》,第2758页。
⑤ [汉]冯衍:《显志赋》,[清]严可均辑、陈延嘉等校点主编:《全上古三代秦汉三国六朝文》(二),第197页。
⑥ [汉]班彪:《北征赋》,[清]严可均辑、陈延嘉等校点主编:《全上古三代秦汉三国六朝文》(二),第231页。
⑦ [南朝宋]范晔:《后汉书·崔骃传》,第1708页。

文学在扬雄以前主要由以辞赋为职业的专门作家所写,其主要依靠的是作者的才智,作品也以文辞华丽为特色;自扬雄以后则明显而大幅度地转变为进而讲究表现精专渊博的学问知识。"①《文心雕龙》中也曾反复指出这一点:"卿(司马相如)、渊(王褒)以前,多役才(文才)而不课学(学识)。雄(扬雄)、向(刘向)已后,颇引书(典故)以助文。"②"夫经典沉深,载籍浩翰,实群言之奥区,而才思之神皋也。扬(扬雄)、班(班固)以下莫不取资,任力耕耨,纵意渔猎。"③

桓谭稍后于扬雄,是两汉之际的古文经学家和反图谶的无神论学者,今存所著《新论》尽管残缺,仍然能见到不少针对文章著述极有价值、影响深远的评述。比如《闵友第十五》中说:

> 王公子问:"扬子云何人邪?"答曰:"扬子云才智开通,能入圣道,卓绝于众,汉兴以来,未有此人。"国师子骏曰:"何以言之?"答曰:"才通著书以百数,惟太史公广大,其余皆丛残小论,不能比之子云所造《法言》、《太玄》经也。玄经数百年,其书必传。世咸尊古卑今,贵所闻、贱所见也。故轻易之。"④

其中,极力推崇扬雄以及此前的司马迁那些弘富博通之著述的不朽价值,似有史迁"究天人之际,通古今之变,成一家言","藏之名山,传之其人"的意旨;而"世咸尊古卑今,贵所闻、贱所见"之论则是曹丕"贵远贱近,向声背实"⑤、刘勰"贱同思古"、"贵古贱今"⑥说的先声。

《新论》中还有不少精论妙语,有的是前论的阐发;有的成为后世论天赋、个性以及艺术鉴赏时引述、移用的名言。如《求辅第三》的"贾谊不左迁失志,则文采不发。……扬雄不贫,则不能作玄言"⑦近于"穷而后工"的议论;《离事第十一》说"惟人心之所独晓,父不能以禅子,兄不能以教弟也"⑧,曹丕于是有"引气不齐,巧拙有素,虽在父兄不能以移子弟"之言;《道赋第十二》有"扬子云工于赋,王君大习兵器,余从二子学。子云曰:'能读千赋,则善赋。'君大曰:'能观千剑,则晓

---

① [日]冈村繁:《周汉文学史考》,上海:上海古籍出版社,2002年,第192、193页。
② [梁]刘勰:《文心雕龙·才略》,张国庆、涂光社:《〈文心雕龙〉集校、集释、直译》,第864页。
③ [梁]刘勰:《文心雕龙·事类》,张国庆、涂光社:《〈文心雕龙〉集校、集释、直译》,第692页。
④ [汉]桓谭:《新论·闵友》,第61页。
⑤ [魏]曹丕:《典论·论文》,郭绍虞:《中国历代文论选》(一),第158页。
⑥ [梁]刘勰:《文心雕龙·知音》,张国庆、涂光社:《〈文心雕龙〉集校、集释、直译》,第887页。
⑦ [汉]桓谭:《新论·求辅》,第9页。
⑧ [汉]桓谭:《新论·离事》,第46页。

剑.'谚曰:'伏习象神,巧者不过习者之门'"①,《文心雕龙·知音》则有云:"操千曲而后晓声,观千剑而后识器。"②

《新论·祛蔽第八》云:"余少时见扬子云之丽文高论,不自量年少新进,而猥欲逮及。尝激一事,而作小赋,用精思太剧,而立感动发病,弥日瘳。子云亦言,成帝时,赵昭仪方大幸,每上甘泉,诏使作赋,为之卒暴,思精苦,赋成,遂困倦小卧,梦其五脏出在地,以手收而内之。及觉,病喘悸,大少气。病一岁。由此言之,尽思虑,伤精神也。"③这段记叙意在说明,写作是一种创造性思维活动,往往是相当艰苦和耗伤精神的。

前面已经说过,桓谭是屡用"丽文"指文章的人,他对扬雄的"丽文高论"无疑是赞赏的,然而也贬抑过其他人的"丽文":"予见新近丽文,美而无采;及见刘(向)、扬言辞,常辄有得。"④还说过"文家各有所慕,或好浮华而不知实核,或美众多而不知要约"⑤。

《言体第四》中说:"言行在于美善,不在于众多。出一美言善行,而天下从之。"⑥虽兼及"行",亦有"美言"以精约取胜,不尚繁缛之旨,对于时风是有批判用意的。

《离事》中曾称扬雄为"通人",又说:"扬子云大才,而不晓音。余颇离雅乐,而更为新弄。子云曰:'事浅易善,深者难识,卿不好《雅》《颂》,而悦郑声,宜也。'"⑦从批评扬雄"不晓音"可知,桓谭对自己"颇离雅操,更为新弄"(即扬雄所谓"不好《雅》《颂》而悦郑声")是肯定的。既不以时贤(扬雄)先圣(孔子)的是非为是非,也有对求新(时尚)和通俗音乐艺术价值的认可。

3.《论衡》的"疾虚妄"、尚"实诚"

王充生当谶纬风行的东汉前期,颇具批判精神。所著《论衡》三十卷八十五篇(其中《招致》仅存篇目),其中有大量与文辞有关的论述,就丰富性而言,两汉无人能出其右。

---

① [汉]桓谭:《新论·道赋》,第51页。
② [梁]刘勰:《文心雕龙·知音》,张国庆、涂光社:《〈文心雕龙〉集校、集释、直译》,第887页。
③ [汉]桓谭:《新论·祛蔽》,第30页。
④ 转引自[梁]刘勰:《文心雕龙·通变》,张国庆、涂光社:《〈文心雕龙〉集校、集释、直译》,第533页。
⑤ 转引自[梁]刘勰:《文心雕龙·定势》,张国庆、涂光社:《〈文心雕龙〉集校、集释、直译》,第555页。
⑥ [汉]桓谭:《新论·言体》,第13页。
⑦ [汉]桓谭:《新论·离事》,第45页。

第二章 文论范畴创用的前提条件与理论准备

王充强调从事文章著述的价值和意义:

《书解篇》有云,"人无文德不为圣贤";"六经之作皆有据";"汉世文章之徒,陆贾、司马迁、刘子政、扬子云,其材能若奇,其称不由人"。在回答"士之论高何必以文"的提问时说:"夫人有文,质乃成;物有华而不实,实而不华者。……夫文德,世服也。空书为文,实行为德,着之于衣为服。故曰:德弥盛者文弥缛,德弥彰者人弥明。大人德扩其文炳,小人德炽者文斑,官尊而文繁,德高而文积。"①《佚文篇》说:"《易》曰:'圣人之情见于文辞。'文辞美恶,足以观才。……""鸿文在国,圣世之验也。……蹂蹈文锦于泥涂之中,闻见之者莫不痛心;知文锦之可惜,不知文人之当尊。"②认为文章是有很高价值的美的创造,但文章之美主要与其"德"相联系,"文德"既能成就圣贤,也能"劝善惩恶";写作文章的人应当得到尊重。

《超奇篇》说:"文由胸中而出,心以文为表。……意奋而笔纵。"③《自纪篇》更把为文与自己的生命价值观联系起来:

> 身与草木俱朽,声与日月并彰,行与孔子比穷,文与扬雄为双,吾荣之。身通而知困,官大而德细,于彼为荣,于我为累。偶合容说,身尊体佚,百载之后,与物俱殁,名不流于一嗣,文不遗于一札,官虽倾仓,文德不丰,非吾所臧。德汪濊而渊懿,知滂沛而盈溢,笔泷漉而雨集,言溶㳝而泉出;富材美知,贵行尊志,体列于一世,名传于千载,乃吾所谓异也。④

与后来曹丕《典论·论文》那段"盖文章,经国之大业,不朽之盛事。年寿有时而尽,荣乐止乎其身,二者必至之常期,未若文章之无穷。是以古之作者,寄身于翰墨,见意于篇籍,不假良史之辞,不托飞驰之势,而声名自传于后……"⑤的名论若出一辙。

汉代今文经学以演绎圣人之"微言"为能事,加之臆测"天意"的图谶风行,说古论今常流于妄诞。王充因此对虚妄失实、厚古薄今、深覆典雅的文风深恶痛绝。

《超奇篇》中赞誉桓谭说:"君山(桓谭字)作《新论》论世间事,辩照然否;虚妄之言,伪饰之辞,莫不证定。"⑥自己也以批判今文经学谶纬之诞谬为己任。《正说

---

① [汉]王充:《论衡·书解》,张宗祥:《论衡校注》,第555-560页。
② [汉]王充:《论衡·佚文》,张宗祥:《论衡校注》,第410-412页。
③ [汉]王充:《论衡·超奇》,张宗祥:《论衡校注》,第280页。
④ [汉]王充:《论衡·自纪》,张宗祥:《论衡校注》,第584页。
⑤ [魏]曹丕:《典论·论文》,郭绍虞:《中国历代文论选》(一),第158页。
⑥ [汉]王充:《论衡·超奇》,张宗祥:《论衡校注》,第280页。

篇》指出"儒者说五《经》,多失其实",以为对《尚书》二十九篇的解说"失圣人之意,违古今之实"。说到《春秋》则曰:"若夫公羊、谷梁之传,日月不具,辄为意使。失平常之事,有怪异之说,径直之文有曲折之意,非孔子之心。"①在辞赋写作上也求"真"尚"实"。《谴告篇》说:"长卿之赋,如言仙无实效;子云之颂,言奢有害。"②《艺增篇》反对"著文垂辞,辞出溢其真,称美过其实"。③

因此,王充在《佚文篇》以孔子对《诗经》的概括为据道明自己著书立说的宗旨:"'《诗》三百,一言以蔽之,曰:思无邪。'《论衡》篇以十数,亦一言也,曰:疾虚妄。"④《对作篇》申明对"虚妄"的批判是时代的要求:"是故《论衡》之造也,起众书并失实,虚妄之言胜真美也。""虚妄之语不黜,则华文不见息;华文放流,则实事不见用。""《论衡》者,所以诠轻重之言,立真伪之平,非苟调文饰辞为奇伟之观也。""今吾不得已也。虚妄显于真,实诚乱于伪。"文章当"考之以心,效之以事,浮虚之事,辄立征验","实虚之分定,而华伪之文灭;华伪之文灭,则纯诚之化日以孳矣。"⑤《书虚篇》以为"空生虚妄之美"⑥则有"世人不悟"之悲。

《初禀》《寒温》《命禄》《谴告》诸篇从不同层面强调天道"自然无为",说"黄老之家,论说天道,得其实也"。《自纪篇》指出文辞修饰不能有违真情实感,艺术表现忠实于自然禀赋才能展示个性的价值:"饰貌以强类者失形,调辞以务似者失情。百夫之子,不同父母;殊类而生,不必相似;各以所禀,自为佳好。……美色不同面,皆佳于目;悲音不共声,皆快于耳。"⑦以为禀赋自然天成,推崇真实和个性独特的美。

王充还讨论了今与古、故与新沟通的问题。

班固《汉书·艺文志》说:"仲尼没而微言绝。"⑧如前所说,今文经学正是以演绎儒典圣人的"微言大义"为能事的。王充《自纪篇》由此发端,批评了"贵古贱今"的风气:"经传之文,贤圣之语,古今言殊,四方谈异也;当言事时,非务难知,使指闭隐也。后人不晓,世相远离,此名曰语异,不名曰材鸿。"⑨对解读经典中的妄

---

① [汉]王充:《论衡·正说》,张宗祥:《论衡校注》,第546—553页。
② [汉]王充:《论衡·谴告》,张宗祥:《论衡校注》,第297页。
③ [汉]王充:《论衡·艺增》,张宗祥:《论衡校注》,第173页。
④ [汉]王充:《论衡·佚文》,张宗祥:《论衡校注》,第413页。
⑤ [汉]王充:《论衡·对作》,张宗祥:《论衡校注》,第569—570页。
⑥ [汉]王充:《论衡·书虚》,张宗祥:《论衡校注》,第87页。
⑦ [汉]王充:《论衡·自纪》,张宗祥:《论衡校注》,第582页。
⑧ [汉]班固:《汉书·艺文志》,第1701页。
⑨ [汉]王充:《论衡·自纪》,张宗祥:《论衡校注》,第579页。

加附会增益深不以为然,切实地说明"贤圣"言事之时"非务难知,使指闭隐",先秦经、传之文的难解不过是"古今言殊"造成的,不应把旨意难解和文字艰深看作高明,不可为炫耀"材鸿"而拟古。《案书篇》更有明确的古今之辩,反对盲目地崇古贱今:"夫俗好珍古不贵今,谓今之文不如古书。夫古今一也,才有高下,言有是非,不论善恶而徒贵古,是谓古人贤今人也。""善才有浅深,无有古今;文有伪真,无有故新。"①

王充为文的主张也贯彻于自己的写作实践中,《论衡》行文的通俗浅显在中国古代典籍中也是极少见的。《自纪篇》谓,曾闲居作《讥俗》《节义》十二篇"冀俗人观书而自觉,故直露其文。"虽以通俗为目的,其"直露"绝非浅薄,故紧接关强调"何以为辩?喻深以浅。何以为智?喻难以易",深入浅出才是表达的理想境界。又说:"《论衡》者,论之平也,口则务在明言,笔则务在露文。"明白地指出文字是记录语言的符号,应与语言同样有明志达意的一致性:"夫文由语也,或浅露分别,或深迂优雅,孰为辩者?故口言以明志,言恐灭遗,故著之文字。文字与言同趋,何为犹当隐闭指意?"痛切指出"深覆典雅,指意难睹,唯赋颂耳"。之后又说:"夫笔著者,欲其易晓而难为,不贵难知而易造;口论务解分而可听,不务深迂而难睹。"批判了文言不一的现象。②

王充在《超奇篇》赞赏非凡的文学创造:"故夫能说一经者为儒生,博览古今者为通人,采掇传书以上书奏记者为文人,能精思着文连结篇章者为鸿儒。……故夫鸿儒,所谓超而又超者也。以超之奇。……故夫丘山以土石为体,其有铜铁,山之奇也。铜铁既奇,或出金玉。然鸿儒,世之金玉也,奇而又奇矣,才相超乘,皆有品差。"以为:"笔能着文,则心能谋论,文由胸中而出,心以文为表。观见其文,奇伟俶傥,可谓得论也。""夫射以矢中效巧,论以文墨验奇。奇巧俱发于心,其实一也。""观谷永之陈说,唐林之宣言,刘向之切议,以知为本,笔墨之文,将而送之,岂徒雕文饰辞,苟为华叶之言哉?精诚由中,故其文语感动人深。"

"珍物产于四远幽辽之地,未可言无奇人也。……唐勒、宋玉,亦楚文人也,竹帛不纪者,屈原在其上也。"反对"读诗讽术,虽千篇以上,鹦鹉能言之类"的模拟,赞赏以鸿辞阐发前典精义的"俶傥之才"。③

他抨击集矢于"虚妄""伪饰",对"深覆典雅"亦有微词,却不一般地反对文辞

---

① [汉]王充:《论衡·案书》,张宗祥:《论衡校注》,第566页。
② [汉]王充:《论衡·自纪》,张宗祥:《论衡校注》,第577—580页。
③ [汉]王充:《论衡·超奇》,张宗祥:《论衡校注》,第278—283页。

的繁富,乃至称许其"膏腴"和"繁"与"茂":"周有郁郁之文者,在百氏之末也。汉在百氏之后,文论辞说,安得不茂?……汉氏治定久矣,土广民从,义兴事起,华叶之言,安得不繁?""繁文之人,人之杰也。"①

行文尚浅显的王充论文除运用"虚妄""实诚""超奇"的概念而外,多取诸前论和常用语。本篇运用根下叶上、内核外壳表里的比喻,以及"心""文"、"情""辞"、"意""言"的对举去表述文与质的关系:"有根株于下,有叶荣于上;有实核于内,有皮壳于外。……实诚在胸臆,文墨着竹帛,外内表里,自相副称,意奋而笔纵,故文见而实露也。人之有文也,犹禽之有毛也。毛有五色,皆生于体。苟有文无实,是五色之禽,毛妄生也";以及"心思为谋,集札为文,情见于辞,意验于言""精诚由中,故其文语感动人深""文由胸中而生,心以文为表"之类。② 其《自纪篇》云:

> 夫养实者不育华,调行者不饰辞。丰草多华英,茂林多枯枝。为文欲显白其为,安能令文而无谴毁?救火拯溺,义不得好;辩论是非,言不得巧。入泽随龟,不暇调足;深渊捕蛟,不暇定手。言奸辞简,指趋妙远;语甘文峭,务意浅小。稻谷千钟,糠皮太半;阅钱满亿,穿决出万。大羹必有淡味,至宝必有瑕秽;大简必有大好,良工必有不巧。然则辩言必有所屈,通文犹有所黜。③

道出写作中若干对应因素的一些辩证关系:有所重必有所轻,有得必有所失。"大羹必有淡味"是以"味"比况文章之美的一个先例。大羹,肉汁,袷祭所用,不调五味;故云"有淡味"。与上下文联系,可知这里的"淡"是一种缺憾。王充屡次用到"味"的概念,此前的"言瞭于耳,则事味于心",是体味或品味玩味之味;"有美味于斯,俗人不嗜,狄牙甘食"中"味"则用的原义,寓意为:好的东西只有行家才能赏识。诸如此类,皆非直指文章的滋味。

后来魏嵇康《声无哀乐论》有曰:"捐窈窕之声,使乐而不淫,犹大羹不和,不极芍药之味也。"④(按,"和"动用,即调味使和。芍药,五味之主。《子虚赋》:"芍药之和具而后御之。")以为过犹不及,物极必反,中和之美为上。《文赋》亦云:"阙大羹之遗味,同朱弦之清泛。"⑤直到《诗品》《文心雕龙》直接以"滋味"论诗、论

---

① [汉]王充:《论衡·超奇》,张宗祥:《论衡校注》,第280页、第283页。
② [汉]王充:《论衡·超奇》,张宗祥:《论衡校注》,第280-282页。
③ [汉]王充:《论衡·自纪》,张宗祥:《论衡校注》,第581页。
④ [魏]嵇康:《声无哀乐论》,《嵇康集注》,第226页。
⑤ [晋]陆机:《文赋》,郭绍虞:《中国历代文论选》(一),第174页。

文,它才完成了从对食物的味觉到文论范畴转移的过程。

《书解篇》有"文""质"、"华""实"和"德""文"的联用,所谓"奇"也与众不同地用为褒义:"夫人有文质乃成。物有华而不实,实而不华者。……故曰:德弥盛者文弥缛,德弥彰者人弥明。大人德扩其文炳,小人德炽其文斑,官尊而文繁,德高而文积。"强调"质"是"文"之所成,充分肯定了"文"表达"质"的功用及其无可替代性。"文"是"德"的外现则凸显了著述活动中主体精神境界的决定性作用!随后又说:"汉世文章之徒,陆贾、司马迁、刘子政、扬子云,其材能若奇,其称不由人。"①《佚文篇》指出,美不是外在的、只限于语言形式的美:"夫文人文章,岂徒调墨弄笔,为美丽之观哉。"以为班固、贾逵、傅毅、杨终、侯讽"唯五人文善,非奇而何?"②以反诘肯定"奇"的审美价值,此处的"奇"与前文所引"……名传于千载,乃吾所谓异也"之"异"略同,都指不堕凡庸的卓绝和特异个性而言。"汉世文章之徒"和"文人文章"所谓"文章"也指美的文辞无疑。

概言之,《论衡》论文尚"真",以疾"虚妄"尚"实诚"之论对当时的文风进行批判,论证中有对"自然无为"和"真美"、"纯诚"、"超奇"的标举,话语组合中多"真"与"伪","实"与"虚"(包括浅浮的"美丽"与"华")以及"内""外"、"表""里"和"心"与"文"、"情"与"辞"、"意"与"言"的对应。尽管大都承传和运用以往的文论概念,王充在应用的范围和层面上还是有所拓展的,所用概念意涵侧重点上也往往有自己的选择,不少创意对后来的文学理论批评极具启示性。与东汉文论家一样,这些概念参与组合的话语主要用于抨击和矫正夸诞失实的文风方面。

4. 维护正统思想的班彪、班固父子

受正统思想影响,班彪、班固虽对屈原、司马迁的文学成就尽管予以肯定,却又责难其不合儒家思想规范的地方。如班彪《史记论》说:"至于采经撮传,分散百家之事,甚多疏略,不如其本。务欲以多闻广载为功,议论浅而不笃。其论术学,则崇黄老而薄五经;序货殖,则轻仁义而羞贫贱;道游侠,则贱守节而贵俗功。此其大敝伤道,所以遇极刑之咎也。"③立场可谓十分保守,对于《史记》的撰述体制、史事采纳、议论深度,特别是思想倾向作了一系列挑剔、苛刻的批评,但毕竟说了"然善述序事理,辩而不华,质而不野,文质相称,良史之才也",算是对司马迁史笔

---

① [汉]王充:《论衡·书解》,张宗祥:《论衡校注》,第555 – 556页。
② [汉]王充:《论衡·佚文》,张宗祥:《论衡校注》,第410页。
③ [汉]班彪:《史记论》,郭丹:《先秦两汉文论全编》,第649页。

227

文学性的认可。班固《离骚序》评屈原道:"且君子道穷,命矣。……故《大雅》曰:'既明且哲,以保其身。'斯为贵矣。今若屈原,露才扬己,竞乎危国群小之间,以离谗贼,然数责怀王,怨恶椒兰,愁神苦思,强非其人,愤怼不容,沉江而死。亦贬絜狂狷景行之士。多称昆仑冥婚宓妃虚无之语,皆非法度之政,经义所载。谓之'兼诗风雅,而与日月争光',过矣。然其文弘博丽,雅为辞赋宗,后世莫不斟酌其英华,则象其从容,自宋玉、唐勒、景差之徒。汉兴,枚乘、司马相如、刘向、扬雄,骋极文辞,好而悲之,自谓不能及也。虽非明智之器,可谓妙才者也。"①强调即使身处危国乱政,诗人也以"明哲保身"为贵,不应在作品中怨责君王,认为刘安对屈原"兼诗风雅,而与日月争光"的推崇过分。

除上面《艺文志》一节对其认同刘歆的《七略》文籍分类已经作过介绍而外,《汉书》的其他部分也不乏流露作者文学观念的表述,比如在《地理志》中言及蜀地文学人才时就如是说:"景武间,文翁为蜀守,教民读书法令,未能笃信道德,反以好文刺讥,贵慕权势。及司马相如游宦京师诸侯,以文辞显于世,乡党慕循其迹。后有王褒、严遵、扬雄之徒,文章冠天下。"②其"文章"就是指辞赋之类美文而言。在《公孙弘、卜式、倪宽传赞》中又称:"汉兴六十馀载……汉之得人于兹为盛:儒雅则公孙弘、董仲舒、倪宽,……文章则司马迁、相如","孝宣承统,纂修洪业,亦讲论六艺,招选茂异,而萧望之、梁丘贺、夏侯胜、韦玄成、严彭祖、尹更始以儒术进,刘向、王褒以文章显……"③,学术和文章分别有所指。尽管《汉书》中所谓"文章"还有沿用典章制度古义或者泛指典籍著述的时候。

班固自己也是辞赋名家。其《两都赋序》云:

> 或曰:"赋者,古《诗》之流也。"昔康成没而颂声寝,王泽竭而诗不作。大汉初定,日不暇给。至于武、宣之世,乃崇礼官,考文章,内设金马、石渠之署,外兴乐府协律之事,以兴废继绝,润色鸿业;是以众庶悦豫,福应尤盛:《白麟》《赤雁》《芝房》《宝鼎》之歌,荐于郊庙;《神雀》《五凤》《甘露》《黄龙》之瑞,以为年纪。故言语侍从之臣,若司马相如、吾丘寿王、东方朔、枚皋、王褒、刘向之属,朝夕论思,日月献纳。而公卿大夫御史大夫倪宽、太常孔臧、太中大夫董仲舒、宗正刘德、太子太傅萧望之等,时时间作。或以抒下情而通讽喻,或以宣上德而尽忠孝。雍容揄扬,着于后世,抑亦雅颂之亚也。孝、成之世,论

---

① [汉]班固:《离骚序》,郭丹:《先秦两汉文论全编》,第760页。
② [汉]班固:《汉书·地理志》,第1645页。
③ [汉]班固:《汉书·公孙弘卜式倪宽传》,第2634页。

而录之,盖奏御者千有余篇,而后大汉之文章,炳焉与三代同风。①

此序解释赋体的源起和兴盛之由。前有"考文章"的选官程序;后列众多"言语侍从之臣"和"公卿大臣御史大夫",是知自"武、宣之世"的大力奖掖优遇开始,能文之士大多集于朝堂。"润色鸿业"是统治者的要求,种种福瑞征兆也应时而生,于是"言语侍从之臣""日月献纳"、"公卿大臣""时时间作"。至"孝、成之世,论而录之",竟然有"奏御者千有余篇",可见一时之盛。堪称彪炳的"大汉文章"当以辞赋作品为主。尽管认可和赞许的是描叙"众庶悦豫,福应尤盛"的歌功颂德,班固仍然对赋体文学应有的政治功用和社会意义给予了肯定:"或以抒下情而通讽喻,或以宣上德而尽忠孝,雍容揄扬,着于后嗣,抑亦《雅》《颂》之亚也。"不过,班固的"以抒下情而通讽喻"似觉说得有些勉强,对于大赋铺张扬厉之风也缺少批判意识。

《汉书》言及乐歌时有值得注意的述评,尽管讨论的对象具有更多音乐的元素。《礼乐志》云:"夫民有血气心知之性,而无哀乐喜怒之常,应感而动,然后心术形焉。……音声足以动耳,诗语足以感心,故闻其音而德和,省其诗而自正";"汉兴,乐家有制氏,以雅乐声律,世世在太乐官,但能记其铿锵鼓舞,而不能言其义。……是(武帝)时,河间王有雅材,亦以为治道非雅乐不成,因献所集雅乐,天子下太乐官常存肄之,岁时以备数。"②《佞幸传》记曰:"延年善歌,为新变声。"③《外戚传》亦记其"每为新声变曲。"④(《史记》作"为变新声"。)"应感而动,然后心术形焉"和"治道非雅乐不成"之论以及"新变"概念的出现都有一定的开拓性和启示性。

5. 东汉中后期各家儒道杂糅的文论概念

(1)张衡

东汉中期的张衡可谓诗赋文章、天文历算、机械制造若干方面的通才。

在为文上他一本儒家传统,也兼容老、庄的思想材料。在《东京赋》中批评"无补风规"的大赋名作:"故相如壮《上林》之观,扬雄骋《羽猎》之辞,虽系以隤墙填堑,乱以收罝解罘,卒无补于风规,只以昭其愆尤。"⑤其《思玄赋》中的"文章焕以

---

① [汉]班固:《两都赋序》,郭丹:《先秦两汉文论全编》,第757页。
② [汉]班固:《汉书·礼乐志》,第1037—1070页。
③ [汉]班固:《汉书·外戚列传》,第3951页。
④ [汉]班固:《汉书·礼乐志》,第1037—1070页。
⑤ [汉]张衡:《东京赋》,张震泽:《张衡诗文集校注》,上海:上海古籍出版社,1985年,第164页。

粲烂兮,美纷纭以从风;御六艺之珍驾兮,游道德之平林;……墨无为以凝志兮,与仁义乎消摇;不出户而知天下兮,何必历远以劬劳"①;所谓"御六艺"、"与仁义",宗儒的意旨是明显的。

张衡有与王充"疾虚妄"相一致的思想主张,是痛斥汉代儒学中的一股逆流。

汉代纬书本为与经书相配,却有流于伪诞之弊。此外统治者常以符瑞图谶显示的"天意"为己所用,武帝时就祥瑞屡现,其后王莽曾大造符命,光武帝亦迷信图谶,致使谶、纬风行,政治和思想学术有被神学目的论误导的趋势。张衡是科学家,重事实与客观规律,故也以反"虚伪"为宗旨上《请禁绝图谶疏》。《后汉书》本传记上疏之由云:"初,光武善谶,及显宗、肃宗因祖述焉。自中兴之后,儒者争学图谶,兼附以訞言。"衡以图纬虚妄,非圣人之法,乃上疏。"《疏》中指出谶纬"必虚伪之徒,以要世取资","欺世罔俗,以昧势位","且律历、卦候、九宫、风角,数有征效,世莫肯学,而竞称不占之书。譬犹画工,恶图犬马而好作鬼魅,诚以实难形,而虚伪不穷也。"②

尽管崇儒,他的学术思想开放,著述中兼取老庄者甚多,特别是在对朝政深感失望之后的赋作中。其《思玄赋》之"玄"取于《老子》。《文选》卷十五李善注之云:"顺、和二帝之时,国政稍微,专恣内竖。平子欲言政事,又为奄竖所谮蔽,意不得志,欲游六合之外,势既不能,义又不可,但思其玄远之道而赋之,以申其志耳。"③可见作此一如《离骚》,文思驰骋天外、心游玄远。可知其尚"玄"是对汉代儒学的补正。他的《归田赋》中直言"谅天道之微昧,追渔父以同嬉,超尘埃以遐逝,与世事乎长辞"抒写归田意愿,向往对尘世的超越。末段云:

> 于时曜灵俄景,系以望舒。极般游之至乐,虽日夕而忘劬。感老氏之遗戒,将回驾乎蓬庐。弹五弦之妙指,咏周、孔之图书。挥翰墨以奋藻,陈三皇之轨模。苟纵心于物外,安知荣辱之所如?④

"极般游之至乐,虽日夕而忘劬。感老氏之遗戒,将回驾乎蓬庐"取义于《老子》十二章"驰骋田猎,令人心发狂"⑤以及《庄子》的"就薮泽,处闲旷,钓鱼闲处,

---

① [汉]张衡:《思玄赋》,张震泽:《张衡诗文集校注》,1985年,第237页。
② [南朝宋]范晔:《后汉书·张衡传》,第1911-1912页。
③ [梁]萧统编、李善注:《文选》,第651页。
④ [汉]张衡:《归田赋》,张震泽:《张衡诗文集校注》,第245页。
⑤ 《老子·十二章》,陈鼓应:《老子注译及评介》,第106页。

无为而已矣"①与"山林与,皋壤与,使我欣欣然而乐与!"②那种回归田园的闲适快慰。其"挥翰墨以奋藻"显然是就写作而言。紧接着的"纵心物外"之语,所指虽未必只限于文思,却无疑指向一种超越凡俗的精神境界。

《论语·述而》记云:"子曰:'志于道,据于德,依于仁,游于艺'。"③《礼记·少仪》亦有"士依于德,游于艺"④之说。《庄子》中的"逍遥游"与"游于六合之外""游心"更是指一种精神领域的自由游履。受此影响,东汉文人也常用到"游"和"游心":许慎《说文解字叙》就有"游心于六艺";王褒《九怀》说过"登九灵兮游神"⑤;仲长统《见志诗》其二亦云:"大道虽夷,见几者寡。任意无非,适物无可。……抗志山栖,游心海左。元气为舟,微风为舵。敖翔太清,纵意容冶。"⑥

张衡在其《髑髅赋》中演绎《庄子·至乐》篇中的故事,说作者在"游目九野,观化八方……步马于畴阜,逍遥乎陵冈"之际"顾见髑髅,委于路旁",询问得知它居然就是庄周所化。髑髅不愿作者为它的复生祈祷神祇,以为"死为休息,生为役劳。……况我已化,与道逍遥",甚以"与阴阳同其流,与元气合其朴。……合体自然,无情无欲,澄之不清,浑之不浊,不行而至,不疾而速"自得。于是作者"乃命仆夫,假之以缟巾,袭之以玄尘,为之伤涕,酬于路滨"。⑦此文当为张衡晚年乞骸骨前后的作品,对髑髅的悲悯实为自己失望于世事人生的伤感慨然。

几乎与他同时代的崔瑗所作《河间相张平子碑》,云:"君天姿睿哲,敏而好学。如川之逝,不舍昼夜。是以道德漫流,文章云浮;数术穷天地,制作侔造化。瑰辞丽说,奇技伟艺,磊落炳焕,与神合契。然而体性温良,声气芬芳,仁爱笃密,与世无伤,可谓淑人君子矣。"⑧所评尚可谓全面允当。

(2)马融以及王符、荀悦、仲长统

《后汉书·马融传》说:"融才高博洽,为世通儒。……达生任性,不拘儒者之节。……注《孝经》《诗》《易》《三礼》《尚书》《列女传》《老子》《淮南子》《离骚》,……"他曾不应大将军邓骘的召仕,客于凉州遭逢边乱,"……融既饥困,乃悔而叹

---

① 《庄子·刻意》,曹础基:《庄子浅注》,第227页。
② 《庄子·知北游》,曹础基:《庄子浅注》,第340页。
③ 《论语·述而》,杨伯峻:《论语译注》,第67页。
④ 《礼记·少仪》,[汉]郑玄注、[唐]孔颖达疏:《礼记正义》,第1196页。
⑤ [汉]王褒:《九怀》,[清]严可均辑、陈延嘉等校点主编:《全上古三代秦汉三国六朝文》(一),第636页。
⑥ [汉]仲长统:《见志诗》,郭丹:《先秦两汉文论全编》,第847页。
⑦ [汉]张衡:《髑髅赋》,张震泽:《张衡诗文集校注》,第247-248页。
⑧ [汉]崔瑗:《河间相张平子碑》,郭丹:《先秦两汉文论全编》,第775页。

息,谓其友人曰:'古人有言:"左手据天下之图,右手刎其喉,愚夫不为。"所以然者,生贵于天下也。今以曲俗咫尺之羞,灭无赀之躯,殆非老、庄所谓也。'故往应骘召。"①以"贵生"的大智慧诠释老、庄,以补儒家入世的观念。《太平广记》卷二百二·乐类"马融"条引商芸小说:"马融历二郡两县,政务无为,事从其约,在武都七年,南郡四年,未尝按论刑杀一人。"由此可知他虽称"通儒",是古文经学大家,不仅"达生任性,不拘儒节",为政所行也是道家无为之治。

其《长笛赋》先叙制笛取材以求其声悲怆感人,颇似枚乘《七发》中对琴取材和制作过程的描写。又言其吹奏云:"……故论记其义,协比其象,彷徨纵肆,旷濩敞罔,老、庄之概也;温直扰毅,孔、孟之方也;激朗清厉,随、光之介也;牢剌拂戾,诸、贲之气也;节解句断,管、商之制也;条决缤纷,申、韩之察也;繁缛络绎,范、蔡之说也;剺栎铫欚,晳、龙之惠也。……是故可以通灵感物,写神寓意,致诚效志,率作兴事,溉盥污秽,澡雪垢滓矣。"②"老庄之概""孔孟之方"是其思想之主构。用到"义""象""气"等概念,有"通灵感物"和"写神寓意"的组合。

东汉后期,文士学人对于文辞运用问题,以及当时虚妄的学风持论多与桓谭、王充、张衡相近。如王符《潜夫论·务本》说:"夫教训者,所以遂道术而崇德义也。今学问之士,好语虚无之事,争著雕丽之文,以求见异于世。品人鲜识、从而高之。此伤道德之实,而或蒙夫之大者也。"③

一些古已有之范畴概念,如"情""性""心""和""气""意""志"应用的范围、层次也有所拓展。《潜夫论·德化》中说:"情性者,心也,本也。"④荀悦《申鉴·杂言上》则将追求"和"的境域扩大:"食和羹以平其气,听和声以平其志,纳和言以平其政,履和行以平其德。"⑤其《杂言下》也有"情者,应感而动"之语;而"见情、意,心志也","情见乎辞,是称情也"⑥等论的着眼点亦颇有可取之处。仲长统《见志诗》中的"元气为舟,微风为柂。翱翔太清,纵意容冶"⑦一派超然尘俗作人生逍遥游履的意态。其《昌言下》中的"情无所止,礼为之俭。欲无所齐,法为之

---

① [南朝宋]范晔:《后汉书·马融传》,第2758页。
② [汉]马融:《长笛赋》,[清]严可均辑、陈延嘉等校点主编:《全上古三代秦汉三国六朝文》(二),第176页。
③ [汉]王符:《潜夫论·务本》,第28页。
④ [汉]王符:《潜夫论·德化》,第64页。
⑤ [汉]荀悦:《申鉴·杂言上》,北京:中华书局,1954年,第23页。
⑥ [汉]荀悦:《申鉴·杂言下》,第26页。
⑦ [汉]仲长统:《见志诗》,郭丹:《先秦两汉文论全编》,第847页。

防。越礼宜贬,逾法宜刑,先王之所以纪纲人物也"①固然强调恪守礼法纲纪。在《答邓义社主难》一文中却又说:"经有条例,记有明义;先儒未能正,不可称是。钩校典籍,论本考始,矫前易故,不从常说,不可谓非。"②尽管不是针对诗赋文章的写作而言,也表明仲氏在"钩校典籍,论本考始"的言说和论著中绝无对"先儒"的盲目崇拜和对"常说"的无条件顺从,有一种极其可贵的敢于挑战经典前贤,质疑固有认识结论,一切以求真为指归的学术精神。

许多汉代学者,尤其是东汉那些古文经学大家,即使未改对孔、孟思想宗旨的推尊,但大都对老、庄思想学说有所吸纳。源于先秦道家的一些思想材料往往成为他们批判谶、纬的依据和武器,这一点不仅表现在典故、事例和论断的征引方面,也表现在他们著述中所运用的范畴、概念上。他们所引诸家文章中的"道""自然""玄""游""心""气""物""神""虚无""逍遥"等概念以及"游心""任意""适物""纵意""纵心物外"等组合明显受老庄影响,其运用已经与作家的思想境界、写作运思有了程度不同的联系,尽管还不能说它们业已完成向文学领域移植过程,是纯粹的有普泛意义文学概念,也显示出文学理论思考及其概念、范畴演化的一种动向。

第三节 玄化为本,德化为宗:汉魏六朝的儒道互动与学术发展

古代学术大家的思想研究须从两方面入手,才有可能较全面地探究其建树的当代价值:一是了解其思想主张的构成及其承传演化的脉络;一是厘清论者思维运作的特点和优势所在,展示华夏民族思维模式的独特性及其在理论建构上的卓越贡献。后者一直是古代理论研究的薄弱环节,上世纪八十年代以后才略有改观。

先秦诸子争鸣各有胜境,充分阐发己见之余,也多有相互间的借鉴、吸收,战国中期的《庄子》、稍后的《荀子》皆然,更无须说成于众手的《吕氏春秋》,表现出开放包容的学术怀抱。以后学术著述固然皆有一定的思想倾向性,兼取前论与他

---

① [汉]仲长统:《昌言下》,[清]严可均辑、陈延嘉等校点主编:《全上古三代秦汉三国六朝文》(二),第831页。
② [汉]仲长统:《答邓义社主难》,[清]严可均辑、陈延嘉等校点主编:《全上古三代秦汉三国六朝文》(二),第822页。

家所长以为己用也是一种常态。何况在摆脱正统经学束缚、思辨精神重振、"三教合一"趋势渐显的魏晋南北朝时期。

刘勰是齐梁时期伟大理论家。其文论《文心雕龙》推崇孔子、声言"宗经"、"征圣","剖情析采"的论证则更多倚重老庄;政论《刘子》"用古说今",《九流》篇兼综诸子之"治道",述评子学源流说:"……观此九家之学,虽旨有深浅,辞有详略,倚儷形反,流分乖隔,然皆同其妙理,俱会治道",宣示兼取并用的杂家理念。其"道者,玄化为本;儒者,德化为宗。九流之中,二化为最"①极富启示性,为汉魏六朝学术宗尚的考论提供了一条思路。

本节首先从《庄子·天下》和《史记》《汉书》等古人的子学综论和相关史料梳理战国汉魏六朝学术发展脉络,系统了解先秦汉魏六朝各学术流派的思想主张和古人的学术史观,古代学术的理论基石与发展脉络,一窥魏晋玄学兴盛的缘由。继而,揭示玄学思辨之优长及其对提升理论思考水平的积极影响,展示诞育伟大理论家和经典著述问世的时代背景。

体味"道者,玄化为本;儒者,德化为宗"可知:儒者致力道德教化,以实现"天下归仁"的社会理想,称其"德化为宗"恰切中肯。道家重视事物生成演化的客观规律,《老子》中有对其学说核心理念"道"多方面的表述和形容、比况,如"吾不知其名,字之曰道,强为之名曰大"(其实"道"也是以路径作比况)以及"法自然"、"玄之又玄"等,《刘子》唯独称"玄化为本",既凸显了"道"作为左右事物演化及其成败内在规律和机制的幽微玄妙,又透露出哲学思考尚"玄"鲜明的时代特征。

审视汉魏六朝的学术潮流不难发现,西汉末出于一种借助道家理念补正正统经学的尚玄思潮已见端倪,东汉渐成风气,至魏晋玄学昌盛。玄学提升了思辨水平,大大推动了学术发展。这个时候的理论家说出"道者玄化为本"绝非偶然;言"九流之中,二化为最",且置道于儒前,顺理成章。

汉魏六朝时期文学观念渐臻成熟,艺术实践、理论有长足进步,为经典理论创建提供了必要条件;而政论面对的仍是南北分裂、战乱频仍,以及难以革除的种种积弊,"用古以说当前"的政论显然有别于一门艺术缜密系统理论的建构。

既留意时代思潮的影响,刘勰著述中佛学浸润的痕迹就不容忽略,这是作者未着意凸显而又时有流露的地方。刘勰身世原与佛教佛学关系至密,虽因佛学正处于中国化的过程中,介入文学和政治的理论还欠深广,但《文心》《刘子》两书中已流露对佛学理念及其思辨水平的推崇,隐约可见开放包容的"三教合一"学术传

---

① [梁]刘勰:《刘子·九流》,林其锬、陈凤金:《刘子集校》,第303页。

统之雏形。

一、"道者玄化为本"的学术定位

《老子》一章称:"'无',名天地之始;'有'名万物之母。故常'无',欲以观其妙;常'有',欲以观其徼。此两者同出而异名,同谓之玄。玄之又玄,众妙之门。"①玄者,幽远、精微、神妙,模糊抽象、神妙难测;是"道"的一个特点,也是人思维的一种取向。

古代哲学中"道"与"德"可谓"体用不二",即"德"是"道"本体在某个领域或一定层面的功用和体现。若说"玄化"指向左右事物演化的内在机制,"德化"则指向匡正社会风尚的道德教化。道家学说重事物演化规律把握,儒家学说重道德理想建构,两者是先秦以降学术发展的基石,也居于主流地位。

《老子》中的"玄"是对"道"一种整体性特征的表述和形容,精微奥妙、幽深难测,较少直接运用于某具体层面的理论话语中。"玄而又玄,众妙之门"表明,"玄"的范畴义指向那些左右事物演化、成败的妙道(如"玄机""妙招""诀窍"),以及通往这"众妙之门"的途径;玄学引导思考深入事物运作的内在规律,所以惯用"抽象"化的概念表述,尤其擅用两两组合的范畴入论,揭示其相互间关系及其作用、意义。

唐长孺先生《魏晋南北朝史论丛》指出:"玄学乃是东汉政治理论的继承与批判。"其《魏晋玄学之形成及其发展》一节云:"从东汉末起思想界上起了一个变化。这个变化发展到魏晋间形成了玄学。……嵇康、阮籍等提出道家的自然来与现政权所提倡的名教相对抗。由于理论本身的发展,更由于现实政治的发展,名理学就归本于道家而形成了玄学。"②

学界早就认识到魏晋玄学对提高学术思考水平的积极影响。笔者《文心十论》的"《文心雕龙》问世的历史条件及其文学思想"一章"学术争鸣与哲学思辨精神的复归"一节曾论及玄学对理论升华的影响。然而,在玄学为何兴盛于中国哲学史的这一阶段,以及其哲学思考方面优势所在等方面,仍有进一步探讨的余地。

考论玄学对理论发展的推动作用,须了解古代范畴概念的特点和优长。

古人的哲学思考及其表述往往是"不舍象"的,传统的范畴概念"抽象"程度较一般语词为高,但大都未与"具体"绝缘。"不舍象"常是对精微处的模糊把握,

---

① 《老子·一章》,陈鼓应:《老子注译及评介》,第53页。
② 唐长孺:《魏晋南北朝史论丛》,北京:商务印书馆,2010年,第305–306页、第318页。

以及对进一步认知余地的保留。如"大象无形"的"象","强字之曰道"的"道"范畴义都出自比况;"玄"原是黑或"黑而有赤色"的意思(故能形容幽深),也与"象"通同,有诉诸感官的模糊性。《易》学中的卦象,也是不离感性印象的"抽象"。

"不舍象"的思维在相当程度上能避免偏颇和绝对,为从片面到整体,由认知上升到智慧留有更大空间。传统范畴既有高度的抽象性,又能够保持与"象"的联系,令思维灵动圆融,具有纯抽象的范畴概念不具备的优势。

西方哲学的范畴概念是抽象的。马克思在《政治经济学批判·导言》中倡导从抽象回到具体,因为事物现象都是具体的存在,抽象只能在一定层面揭示其本质,不可能周全、完整把握事物现象。这种"回归"是对抽象的验证和必要补充,以及重新启动思考的导向。

除了长于运用范畴系列论辩外,魏晋玄学没有官方设定的权威,不墨守经典,不拘一家言说,不同乃至对立观点常作面对面的论争,"才性同,才性异,才性合,才性离"的说法并存;嵇康能宣称具有颠覆性的"非汤武而薄周孔"、"越名教而任自然",阐发有嫌偏颇的"声无哀乐论";"贵无"论之后"崇有"论出现……唐长孺《魏晋南北朝史论丛·魏晋玄学之形成及其发展》中说"每一论题往往反复讨论;'多其往复',例如才性之辩,言意之辩,宅无吉凶,自然好学,养生诸论都是正反两面互相诘难,使名理显豁"①。思辨精神高扬,理论思考得以深化和跃升。玄学思辨拓展和丰富了传统范畴系列的运用范围和组合形式,有道德伦常、生命精神现象和事物演化规律以及艺术领域等方面的探讨,论及有与无、体与用、本与末、才与性、神与形、情与理、名教与自然以及言、象、意等范畴组合关系,丰富了理论思考的层面。

二、从《庄子·天下》看先秦学术中儒、道思想的奠基和统领作用

《庄子》全书最后的《天下》是第一篇中国古代学术史。在综述战国中期各家学说的建树与缺失之前,率先介绍的是具有奠基作用的儒、道学术理念,评介各个学术流派之前先溯其渊源:

> 天下之治方术者多矣,皆以其有为不可加矣。古之所谓道术者,果恶乎在?曰:"无乎不在"。曰:"神何由降?明何由出?""圣有所生,王有所成,皆原于一。"②

---

① 唐长孺:《魏晋南北朝史论丛》,第 317 页。
② 《庄子·天下》,曹础基:《庄子浅注》,第 492 页。

"道术"无处不在,是事万物生成造就所原的"一"——"道"。明谓"天下"治学者不少,都自以为完美,其实各种有所发明和建树的学说渊源都在"古之所谓道术"。此所谓"道术"指道家的思想理念,故云:"不离于宗,谓之天人;不离于精,谓之神人;不离于真,谓之至人。以天为宗,以德为本,以道为门,兆于变化,谓之圣人"所谓天人、神人、至人、圣人皆为庄子推崇的超人,他们尊天葆真,游于道德,兆于变化,达于体认和践行"道术"的至境。

随即说:"以仁为恩,以义为理,以礼为行,以乐为和,熏然慈仁,谓之君子;以法为分,以名为表,以参为验,以稽为决,其数一二三四是也,百官以此相齿;以事为常,以衣食为主,蕃息畜藏,老弱孤寡为意,皆有以养,民之理也。"指儒家倾向的"君子"的思想主张及其治世功效。肯定"其明而在数度者,旧法、世传之史尚多有之;其在于《诗》《书》《礼》《乐》者,邹鲁之士,搢绅先生多能明之"①,然而与此前褒美"圣人"及其"道术"的相比,则略显保留。

"道术"至上,强调对宇宙、人生本根、自然大化规律的把握,及其包举万象的整体性。儒术以仁学引领人心,侧重于指导政治教化具体社会实践。其"邹鲁之士多能明之"一语似有赞赏孔子及其后学(特别是邹之孟轲)的意涵。

论者首明"道术"的重要很自然,随即又称赏儒家(尤其是孔、孟)也给人以启示:论者认识到,道与儒不仅在传统文化学术中居于核心地位,而且两者很多方面是互补的,共同奠定了学术发展的理论基石。

《天下》对"古之道术"的概述相对零散,不是出自成型的著述,未标明宗师、不分门派,大抵是早期学术源流不甚分明(包括首创难明,经典性著述、言说未必出于一人一时,亦难免间有早期承传者的整理与增补)使然。

如道家学说的创始者究竟为谁,庄子可能与撰写《老庄申韩列传》的司马迁有同样疑虑:老子是否就是一人?是李耳、老聃,还是老莱子、太史儋?从《天下》随后评介诸子学术先谈墨子、禽滑厘,再说关尹、老聃一派,并将关尹置于老聃之前看,论者认为,道家学派的创始人更可能是比老聃更早的李耳。《史记》列传中说到老子首先并作较多介绍的是李耳。《文心雕龙·诸子》中述评也可以作为佐证:"至鬻熊知道,而文王咨询,余文遗事,录为鬻子。……及伯阳识礼,而仲尼访问,爰序道德,以冠百氏。然则鬻惟文友,李实孔师,圣贤并世,而经子异流矣。"②《天下》前面评赞道、儒两家思想理念,既未提及李耳,亦未道孔子之名。也许出于战

---

① 《庄子·天下》,曹础基:《庄子浅注》,第492页。
② [梁]刘勰:《文心雕龙·诸子》,张国庆、涂光社:《〈文心雕龙〉集校、集释、直译》,第325页。

国学人对春秋时代开创学派圣贤的敬重吧。

孔子是整理前代经典阐发其精义并身体力行的儒学宗师。尽管《论六家要旨》标举黄老理念，出于对孔子在传统思想文化上奠基性贡献的推尊，《史记》单立《孔子世家》，地位远在诸子之上。《庄子》于此不言老、孔的处理颇与史迁类似。

分论各家前综述了春秋以降的学术论争：

> 天下大乱，圣贤不明，道德不一，天下各得一察焉以自好。譬如耳目鼻口，皆有所明，不能相通。犹百家众技也，皆有所长，时有所用。虽然，不该不遍，一曲之士也。判天地之美，析万物之理，察古人之全，寡能备于天地之美，称神明之容。是故内圣外王之道，闇而不明，郁而不发，天下之人各为其所欲焉以自为方。悲夫，百家往而不反，必不合矣！后世之学者，不幸不见天地之纯，古人之大体，道术将为天下裂。①

本篇综览战国诸子之学，被认为是中国第一部学术史，评各家得失体现了既包容开放又公允严谨的学术精神。指出"天下多得一察焉以自好"的争鸣者"皆有所明，不能相通"，"皆有所长，时有所用"，只是"不该不遍"自以为是，不识大体，造成"道术将为天下裂"的局面。

其后按思想流派逐次述评墨翟、禽滑厘、宋钘、尹文、彭蒙、田骈、慎道、关尹、老聃、庄周、惠施、桓团、公孙龙战国诸子。说关尹、老聃"以本为精，以物为粗，以有积为不足，澹然独与神明居。"引老聃所说："知其雄，守其雌，为天下溪；知其白，守其辱，为天下谷。"评曰："人皆取先，己独取后。""人皆取实，己独取虚。'无藏也故有余'。其行身也，徐而不费，无为也笑巧。人皆求福，己独曲全。""常宽容于物，不削于人。虽未至于极，关尹、老聃乎，古之博大真人哉！"说庄周"以谬悠之说，荒唐之言，无端崖之辞，时恣纵而不傥，不以觭见之也。以天下为以沉浊，不可与庄语。以卮言为曼衍，以重言为真，以寓言为广。独与天地精神往来，而不敖倪于万物。不谴是非，以与世俗处。其书虽瑰玮，而连犿无伤也。其辞虽参差，而諔诡可观。彼其充实，不可以已。上与造物者游，而下与外死生、无终始者为友。其于本也，弘大而辟，深闳而肆；其于宗也，可谓稠适而上遂矣。虽然，其应于化而解于物也。其理不竭，其来不蜕，芒乎昧乎，未之尽者"。②

庄子尊奉"道术"，但述评各家时于墨翟、禽滑厘和宋钘、尹文以及彭蒙、田骈、

---

① 《庄子·天下》，曹础基：《庄子浅注》，第494页。
② 《庄子·天下》，曹础基：《庄子浅注》，第505-508页。

慎道后才说到关尹、老聃;言及自己也未以大篇幅鼓吹。对各家优长和不足皆予辨析,感慨名家,尤其是惠施这样才学不凡的学者误陷诡辩泥淖的可悲。

古代学人并非都认为思想学说上老庄与孔子完全背离。北宋王安石《庄周论》曾云:"昔先王之泽,至庄子之时竭矣,天下之俗,谲诈大作,质朴并散,虽世之学士大夫,未有知贵己贱物之道者也。于是弃绝乎礼义之绪,夺攘乎利害之际,趋利而不以为辱,殒身而不以为怨,渐渍陷溺,以至乎不可救已。庄子病之,思其说以矫天下之弊而归之于正也。其心过虑,以为仁义礼乐皆不足以正之,故同是非、齐彼我、一利害,而以足乎心为得,此其所以矫天下之弊者也。""读《庄子》者,善其为书之心,非其为书之说,则可谓善读矣。此庄子之所愿与后世之读其书者也。今之读者,挟庄以谩吾儒曰:'庄子之道大哉,非儒之所能知也。'不知求其意,而以异于儒者为贵,悲乎!"①苏轼《庄子祠堂记》说,依《史记》的介绍说,"余以为庄子盖助孔子者","庄子之言皆实予而文不予,阳挤而阴助之,其正言盖无几。至于诋訾孔子,未尝不微见其意,其论天下道术,自墨翟、禽滑厘、彭蒙、慎到、田骈、关尹、老聃之徒,以至于其身,皆以为一家,而孔子不与,其尊之也至矣。"②清刘鸿典《庄子约解》:"世皆谓庄子诋訾孔子,独苏子瞻以为尊孔子。吾始其说而疑之,及读《庄子》日久,然后叹庄子之尊孔子,其功不在孟子之下也。"

《庄子·天下》篇概括了战国诸子学术之得失,肯定各家"皆有所明","皆有所长,时有所用",又表明克服他们"不能相通"和"各为其欲焉以自为方"之偏颇的必要性。其"以卮言为曼衍,以重言为真,以寓言为广"表述方式既是一种睿智的选择,也是大哲学术胸怀和理论自信的体现。《寓言》篇对此有更详尽的解说。该篇有段被视为略同全书凡例的话如是说:

> 寓言十九,重言十七,卮言日出,和以天倪。……卮言日出,和以天倪,因以曼衍,所以穷年。……非卮言日出,和以天倪,孰得其久!万物皆种也,以不同形相禅,始卒若环,莫得其伦,是谓天均。天均者,天倪也。③

"卮言日出,和以天倪"体现出一种开放包容、兼采众长为我所用、与时俱进的学术精神:是"卮言",则无门户、不主观偏执,不必苛求其完备;"和以天倪"是谓对道的体认,如同天地万物总在自然而然地实现新的和谐平衡那样,不断整合一

---

① [宋]王安石:《王文公文集》,上海:上海人民出版社,1974年,第312页。
② [宋]苏轼:《庄子祠堂记》,张春林主编:《苏轼全集》,北京:中国文史出版社,1999年,第586页。
③ 《庄子·寓言》,曹础基:《庄子浅注》,第420页。

体。"日出"则日"新","和"则是"杂"糅各家言说的理想境界。

三、汉代学术中的道儒互补

1. 贾谊《新书》《淮南子》的思想倾向

百家争鸣中成长的先秦哲学是富于思辨精神的。秦始皇焚书,使汉代有了一个恢复、整理和重建学术统序的契机。

汉初,积极与政并著书立说者兼取各家为用,儒、道互补的意识逐步显现。尚黄老而有文景之治,其时贾谊少年得志,策论名扬天下。后来刘向将其政论五十余篇编为《新书》。除《过秦论》评说秦成败异势、勃兴速亡之因由外,《新书》还有若干兼综各家适时而发的政论,其《道术》篇用对问方式阐释"接物"之道,强调以"虚"和"清静"为本,以儒、法的"动静""制物"之"术"为末。

武帝时淮南王刘安招宾客编撰《淮南子》,《隋书·经籍志》将该书归入杂家。其中虽也兼容阴阳、儒、名、法等家的一些思想主张,但历代学者从来也不怀疑它以黄老的治国理念为内核。这一点编撰者有明确表述,《淮南子》共二十一篇,最后的《要略》一一概括各篇要义:

> ……《原道》者,卢牟六合,混沌万物,象太一之容,测窈冥之深,以翔虚无之轸。托小以包大,守约以治广,使人知先后之祸福,动静之利害。诚通其志,浩然可以大观矣。欲一言而悟,则尊天而保真;欲再言而通,则贱物而贵身;欲参言而究,则外物而反情。……《俶真》者,穷逐终始之化,嬴垺有无之精,离别万物之变,合同生死之形,使人遗物反己,审仁义之间,通同异之理,观至德之统,知变化之纪,说符玄妙之中,通回造化之母也。……《主术》者,君人之事也,所以因作任督责,使群臣各尽其能也。明摄权操柄,以制群下,提名责实,考之参伍,所以使人主秉数持要,不妄喜怒也。其数直施而正邪,外私而立公,使百官条通而辐辏,各务其业,人致其功,此主术之明也。……《道应》者,揽掇遂事之踪,追观往古之迹,察祸福利害之反,考验乎老、庄之术,而以合得失之势者也。……《修务》者,所以为人之于道未淹,味论未深,见其文辞,反之以清静为常,恬淡为本,则懈堕分学,纵欲适情,欲以偷自佚,而塞于大道也。今夫狂者无忧,圣人亦无忧。圣人无忧,和以德也;狂者无忧,不知祸福也。故通而无为也。与塞而无为也同,其无为则同,其所以无为

则异。故为之浮称流说其所以能听,所以使学者孳孳以自几也。①

《要略》末尾总结道:"若刘氏之书,观天地之象,通古今之事,权事而立制,度形而施宜,原道之心,合三王之风,以储后治,玄眇之中,精摇靡览。弃其畛挈,斟其淑静,以统天下,理万物,应变化,通殊类,非循一迹之路,守一隅之指,拘系牵连之物,而不与世推移也,故置之寻常而不塞,布之天下而不窕。"②

2.《史记》《汉书》对子学的归纳

司马迁撰成中国第一部通史《史记》。列传中对老子、庄子、申不害、韩非和孟轲、淳于髡、慎到、驺奭等先秦诸子作了述评,前面唯立《孔子世家》,推尊其躬行社会道德理想、承传《诗》《书》《礼》《乐》的贡献和历史地位。然而,在列传的记叙以及《太史公自序》各家的述评中赞许最多的是道家的理念和思想方法,透露出它能引领和推动中国学术发展的所以然。

史迁父子对先秦各家学术建树的概括相当中肯。《史记·太史公自序》所录司马谈《论六家要旨》云:

《易》大传:天下一致而百虑,同归而殊途。夫阴阳、儒、墨、名、法、道德,此务为治者也。直所从言之异路,有省与不省耳。

尝窃观阴阳之术大祥,而众忌讳,使人拘而多所畏,然其序四时之大顺,不可失也。儒者博而寡要,劳而少功,是以其事难尽从(按,"博"指对典籍著述录存梳理的广泛;"寡要"指出他们对典籍内容把握和阐述上的缺失,少见精要。"劳而少功"显然是指其徒劳心力,不适时所需,施政少见成效而言。);然其序君臣父子之礼,列夫妇长幼之别,不可易也。墨者俭而难尊,是以其事不可遍循,然其强本节用,不可废也。法家严而少恩,然其正君臣上下之分,不可改矣。名家使人俭而善失真,然其正名实,不可不察也。

道家使人精神专一,动合无形,赡足万物,其为术也,因阴阳之大顺,采儒、墨之善,撮名、法之要,与时迁移,应物变化,立俗施事,无所不宜。指约而易操,事少而功多(按,"指约而易操,事少而功多"正与下面儒者的"博而寡要,劳而少功"相反)。

儒者则不然,以为人主天下之仪表也。主倡而臣和,主先而臣随。如此则主劳而臣逸。至于大道之要,去健羡、黜聪明。释此而任术。夫神大用则

---

① [汉]刘安:《淮南子·要略》,杨有礼注说:《淮南子》,第682-687页。
② [汉]刘安:《淮南子·要略》,杨有礼注说:《淮南子》,第694页。

竭,形大劳则敝。神形骚动,欲与天地长久,非所闻也。①

全面肯定的唯兼取各家所长的道家,其他阴阳、儒、墨、法则均有得有失。随后的补充说明中又再次标举:"道家无为,又曰无不为。其实易行,其辞难知,其术以虚无为本,以因循为用。无成势,无常形,故能究万物之情。不为物先,不为物后,故能为万物主。有法无法,因时为业;有度无度,因物与合。故曰圣人不朽,时变是守;虚者,道之常也,因者,君之纲也。"②

司马谈的评介中未言及诸子名讳。司马迁将对诸子纳入列传,除叙其生平外,也曾涉及他们学术思想。

列传第三《老庄申韩列传》,第十四记其余诸子《孟子荀卿淳于髡慎到驺奭》。《史记》诸子传中没有汉儒。《公孙弘主父偃列传》和《儒林列传》所记儒生在人品、学术和事业成就上也未可一概而论。如记深得圣心做到丞相的公孙弘云,"天子察其行敦厚,辩论有余,习文法吏事,而又缘饰以儒术,上大说之。……常与公卿约议,至上前皆背其约以顺上。……弘为人意忌外宽内深,诸尝与弘有却者,虽详与善,阴服其祸,杀主父偃,徙董仲舒于胶西,皆弘之力也。"③

《老庄申韩列传》说庄周"学无所不窥,然其要本归于老子之言",随后的"诋訾孔子之徒"和"剽剥儒墨"似乎表明其贬抑孔子和儒学的态度。其实,史迁对孔子是相当敬重的,唯立《孔子世家》就是确证,尽管未必认同其政治见解和从政的努力,对"儒者"则不尽然。此处的"孔子之徒"和"儒"不是指孔子,而是秦汉儒士。《太史公自序》亦有"儒者博而寡要"等的批评。

司马谈、司马迁父子把老庄学说尚自然、求本根、重规律,包容开放、与时俱进的特点评述得相当到位。理论思考达到了这样的深度,"道家"之称才被学界认可,"道"的概念才会被接受和广为移用。尽管儒家思想在古代极受推尊,经学长期成为学术主流,然而在学术的承传演进中老庄学说(尤其是其思想方法、范畴创用)或隐或显一直有重要的影响。

班固《汉书》廓定了古代官修断代史的体例。《汉书·艺文志》载引西汉末刘歆的《七略》,首次全面系统地分类载录传世的学术著述。其《诸子略》疏理儒、道、阴阳、法、名、墨、纵横、杂、农、小说十家著述,名目罗列毕,均有综论。"二十四史"中有子学综论者仅此而已。

---

① [汉]司马谈:《论六家要旨》,[汉]司马迁:《史记·太史公自序》,第3289页。
② [汉]司马谈:《论六家要旨》,[汉]司马迁:《史记·太史公自序》,第3292页。
③ [汉]司马迁:《史记·平津侯主父列传》,第2950-2951页。

《汉书·艺文志》的载录述评明显可见"独尊儒术"的影响。《诸子略》的评介将儒置各家前：

> 儒家者流盖出于司徒之官，助人君顺阴阳、明教化者也。游文于六经之中，留意于仁义之际。祖述尧舜，宪章文武，宗师仲尼以重其言。于道最为高。孔子曰：如有所誉，其有所试。唐虞之隆、殷周之盛、仲尼之业，已试之效也。然惑者既失精微，而辟者又随时抑扬、违离道本，苟以哗众取宠，后进循之，是以五经乖析，儒学寖衰，此辟儒之患。
>
> 道家者流盖出于史官，历记成败存亡祸福古今之道，然后知秉要执本，清虚以自守，卑弱以自持，此君人南面之术也，合于尧之克攘，易之嗛嗛，一谦而四益，此其所长也。及放者为之，则欲绝去礼学，兼弃仁义，曰独任清虚可以为治。①

称"道家者流盖出于史官"，大概因为老子曾为周守藏史，对道家极尽推崇的司马谈、司马迁也相继为太史令的缘故。吕思勉亦曾指出："道家之学，《汉志》云：'出于史官。历记成败存亡祸福古今之理，然后知秉要执本，清虚以自守，卑弱以自持。此君人南面之术也。''清虚以自守，卑弱以自持'，实为道家最要之义。"②

值得注意的是，身处"独尊儒术"时代，儒学造诣颇深的刘歆尖锐地指出，居垄断地位的经学中出现了严重乖谬："惑者既失精微，而辟者又随时抑扬、违离道本，苟以哗从取宠，后进循之，是以五经乖析，儒学寖衰，此辟儒之患。"其为《汉志》载录，也表明它得到班固的认同。

《汉书·艺文志·诸子略》对诸子之学进行了最系统和规范的梳理和概括。若说贾谊《新书》、刘安《淮南子》和《史记》中对道家的推崇赞赏远胜于儒家的话，刘歆和班固则明显补强了儒学在诸子之学中的地位。

3.《论衡》的"自然"论

前面已有东汉王充猛烈抨击统治者热衷谶纬之术的介绍。《论衡》专立《问孔篇》《刺孟篇》与《自然篇》亦可窥其思想宗尚方面的取舍——对被独尊儒学颇有非议，赞许黄老的无为和自然之道。《自然篇》称："不治之治，无为之道也"，"自然之道，非或为之也"③。王充的"自然"论主要针对的是谶纬指称的上天"谴告"。其《谴告篇》曾明言，所谓上天对人的谴告，君主对臣民的谴告，都是末世中的一种

---

① [汉]班固：《汉书·艺文志》，第1728页、第1732页。
② 吕思勉：《先秦学术概论》，北京：中国大百科全书出版社，1985年，第25页。
③ [汉]王充：《论衡·自然》，张宗祥：《论衡校注》，第366页。

虚构，神学目的论的谬说："夫天道自然也，无为；如谴告人，是有为，非自然也。"①《自然篇》进一步强调："凡言谴告者，以人道验之也。人道，群谴告臣；上天谴告君也，谓灾异为谴告。""夫天无为，故不言，灾变时至，气自为之。夫天地不能为，亦不能知也。""天动不欲生物，而物自生也，此则自然也。施气不欲为物，而物自为，此则无为也。谓自然无为者何？气也。恬淡无欲，无为无事者也。""谴告于天道犹诡，故重论之。论之，所以能别也。说合于人事，不入于道意，从道不随事，虽违儒家说，合黄老之义也。"②

须说明的一点是：当时文人学士尚"玄"之风已显示一种黄老补正儒学的思潮，而《论衡》全书却言不及"玄"，这是何缘故呢？愚以为王充"疾"谶纬之"虚妄"，《论衡》中批判"虚"的专论九篇之多；另一方面，他又主张用明白易晓的语言写文章，《自纪篇》说："文由语也，……文字与言同趋，何为犹当隐闭指意？"③而"玄"字却有深奥玄虚的意涵，王充对"玄"的回避当与此有关。

四、尚"玄"：对正统经学和谶纬之术的补正与纠谬——从扬雄的《太玄经》到张衡的《思玄赋》

在百家争鸣中成长起来的先秦哲学是富于思辨精神的。汉代在统治者"罢黜百家，独尊儒术"政策的倡导和支持下经学据有垄断地位。虽以儒经和孔孟之学为依据，却完全按照封建中央集权大帝国的需要进行发挥和改造。比如，孔子虽敬天命，但似乎更强调身体力行，改造社会；对鬼神敬而远之，"不语怪、力、乱、神"表现出一种求实的理性态度。然而，两汉的正统经学却被改造成为一种压抑了理性的经验哲学，从董仲舒的《春秋繁露》，到东汉的《白虎通义》，统治集团定为一尊的正统经学构成了一个神学目的论和宿命论的体系。

占统治地位的经验哲学走向偏颇、极端，有识者的质疑和在理论依据上另寻出路也就自然而然。尚"玄"在西汉末起势，到东汉成为风气绝非偶然。

汉代正统经学的微言大义已有天命论色彩，谶纬的神学目的论更流于妄诞。无神论倾向明显的"玄"是老子学说中"道"的一个重要表征，尚"玄"即有尚道的倾向。道家本来就有较强的开放性，说"玄"也常见兼及儒（尤其是《易》学）、阴阳、刑名之处。学人尚"玄"有以此修正官方经学天命观和神学目的论的意味，隐

---

① ［汉］王充：《论衡·谴告》，张宗祥：《论衡校注》，第294页。
② ［汉］王充：《论衡·自然》，张宗祥：《论衡校注》，第365页、第370页。
③ ［汉］王充：《论衡·自纪》，张宗祥：《论衡校注》，第579页。

隐蓄蕴着道家学说重振之势。

如果说西汉的统治者总的说还比较清醒和自律,政治还比较清明的话,东汉中期以后外戚、宦官的把持朝政、相互倾轧,皇帝的昏庸残暴使士人产生了愈来愈大的离心倾向。道家思想流传。《后汉书》载,东汉初,任隗"好黄老,清静寡欲"①;樊融"好黄老"②;樊瑞"好黄老言,清静少欲"③。隐士多了起来:苏顺"好养生术,隐处求事"④。东汉中叶,道家思想流播更广:杨厚修黄老,教授生徒三千余人⑤;矫慎"少好黄老,隐遁山谷,因穴为室,仰慕松、乔导引之术"⑥。廖扶父为北地太守,坐羌没郡下狱死。他为父守丧期满后,叹曰:"老子有言:'名与身孰亲?吾岂为名乎?'遂绝志世外。"折像"能通《京氏易》,好黄老言"。⑦ 西汉末扬雄著《太玄经》是尚"玄"之风萌动一个标志。扬雄仿《周易》写成《太玄》,其《玄摛》《玄莹》篇依《易传》中的阴阳学说和老子的天道观,并结合当时的天文学知识,提出关于"万类""万物"形成和"因革"演化的理论,取消和弱化上天神明意志的作用。并作《太玄赋》,曰:"观大《易》之损益兮,览老氏之倚伏。省忧喜之共门兮,察吉凶之同域。瞰瞰者乎日月,何俗圣之暗烛!"⑧由于《老子》与《周易》皆重事物运作演化和内在规律的认识,两者相互联系顺理成章,这段话中说两家学说的"所观""所览"、所"省"所"察"(祸福、吉凶)的视角和范围相同——"共门"、"同域"!

扬雄尚"玄"很有影响。《汉书·扬雄传》称:"……子云所造,《法言》《太玄经》也。《玄经》数百年,其书必传。世咸尊古卑今,贵所闻贱所见也,故轻易之老子,其心玄远,而与道合。"⑨东汉桓谭《新论》中说:"扬雄不贫,则不能作玄言。"⑩"扬雄作玄书,以为玄者,天也,道也。言圣贤着法作事,皆引天道以为本统,而因附续万类、王政、人事、法度,故宓牺氏谓之《易》,老子谓之道,孔子谓之元,而扬雄

---

① [南朝宋]范晔:《后汉书·任隗传》,第753页。
② [南朝宋]范晔:《后汉书·酷吏列传》,第2492页。
③ [南朝宋]范晔:《后汉书·樊宏传》,第1125页。
④ [南朝宋]范晔:《后汉书·苏顺传》,第2617页。
⑤ [南朝宋]范晔:《后汉书·杨厚传》,第1050页。
⑥ [南朝宋]范晔:《后汉书·逸民列传》,第2771页。
⑦ [南朝宋]范晔:《后汉书·方士列传》,第2719-2720页。
⑧ [汉]扬雄:《太玄赋》,[清]严可均辑、陈延嘉等校点主编:《全上古三代秦汉三国六朝文》(一),第727页。
⑨ [汉]班固:《汉书·扬雄传》,第3575页。
⑩ [汉]桓谭:《新论·求辅》,第9页。

谓之玄。《玄经》三篇,以纪天地人之道,立三体有上中下,如《禹贡》之陈三品。三三而久,因以九九八十一,故为八十一卦。以四为数,数从一至四,重累变易,竟八十一而遍,不可损益,以三十五(当作六)蓍揲之,《玄经》五千余言而传十三篇也。"①王充《论衡·对作篇》亦称:"扬子云造《玄》……读于阙掖,卓绝惊耳,不述而作,材疑圣人。"②

汉代文人尚"玄"可谓是对儒家经学的补正。许结在《汉代文学思想史》中说:"扬雄是我国思想界最早用'玄'的观念取代道家'道'、'气'观念和儒家'道'、'德'观念的人。他推阐了《老子》'玄之又玄,众妙之门'的命题和《易经》阴阳变化之神,认为'玄者,神之魁也。天以不见为玄,地以不形为玄,人心心腹为玄'(《太玄·告》),视天地为'三玄',很巧妙地将道家宇宙观与儒家道德观糅合在一起,组成宇宙至人事的社会结构系统。……但其首倡玄学思想本身,却开东汉学者'好玄经'(《后汉书·张衡传》)、'好通《老》《易》'(《后汉书·向长传》)的风气。汤用彤曾谓'溯自扬子云以后,汉代学士文人即间尝企慕玄远',殊为知言。"③"自扬雄立玄旨创太玄系列作品以降,东汉文人创作竞相言玄,如《玄根》(刘騊駼)、《思玄》(张衡)、《玄表》(蔡邕)、《玄达》(潘勖)等,渐开魏晋文学依玄托旨,因玄显志,以玄达趣的风尚。……如果我们将东汉文人如桓谭作品中'乘凌虚无,洞达幽明'(《仙赋》)的骋思,冯衍作品中'游精神于大宅兮,抗玄妙之常操;处清静以养志兮,实吾心之所乐'(《显志赋》)的理趣,班彪作品中'朝发轫于长都兮,夕宿瓠谷之玄宫'(《北征赋》)的想象,张衡作品中'仰先哲之玄训'、'欲神化而蝉蜕'的意境,等与扬雄的艺术玄境相比较,足见这种寓玄于艺的心理与空灵自然的神思,正与东汉文学变革思潮同向,其流风及于建安以后,遂成玄学、文学交融状态。"④

东汉中期的张衡好玄。《后汉书·张衡传》称其"常耽好《玄经》,谓崔瑗曰:'吾观《太玄》,方知子云妙极道数,乃与五经相拟,非徒传记之属,使人难论阴阳之事,汉家得天下二百岁之书也。复二百岁,殆将终乎?所以作者之数,必显一世,当然之符也。汉四百岁,《玄》其兴矣。'……自中兴以后,儒者争学图谶,兼复附以妖言。衡以图谶虚妄,非圣人之法,乃上书陈事曰:'衡常思图身之事,以为吉凶倚

---

① [南朝宋]范晔:《后汉书·张衡传》,第1898页。
② [汉]王充:《论衡·对作》,张宗祥:《论衡校注》,第571页。
③ 许结:《汉代文学思想史》,南京:南京大学出版社,1990年,第201页。
④ 许结:《汉代文学思想史》,第221页。

伏,幽微难明,乃作《思玄赋》,以宣情志。其辞曰:(略)"①《文选》旧注云:"顺、和二帝之时国政稍微,专恣内竖。平子欲言政事,又为奄竖所谮蔽,意不得志,欲游六合之外,势既不能,义又不可,但思其玄远之道而赋之,以申其志耳。"其《东京赋》追述帝王建都洛阳的历史缘由,有云"睿哲玄览,都兹洛宫。"此句《文选》注云:"睿,圣也;玄,通也。言通见此洛阳宫也。(李)善曰:《尚书》曰:'睿作圣,明作哲。'《老子》曰:'涤除玄览。王弼曰:'玄',物之极也。《广雅》曰:'玄,远也。'"随后"清风协于玄德,淳化通于自然"句又有注云:"玄,天也。自然,通神明也。言帝如此清惠之风,同于天德;淳厚之化,通于神明也。善曰:'孔安国《尚书传》曰:"风,教也。"《老子》曰:"为而不持,长而不宰,是谓玄德。"'王弼曰:"玄德者,皆有德不知其至,出于幽冥者也。"《老子》曰:"天法道,道法自然。"'王弼曰:"自然者,无称之言,穷极之辞。"'"②这些都表明了对主政者秉持老子学说治国的期待。《东京赋》还申说了黄老与儒互补的施政理念及其效果,有云:"改奢即俭……遵节俭,尚素朴,思仲尼之克己,履老氏之常足。……民去末而反本,咸怀忠而抱悫。"③

崔瑗《座右铭》说:"……世誉不足慕,惟仁为纪纲。隐身而后动,谤议庸何伤。无使名过实,守愚圣所藏。柔弱生之徒,老氏诫刚强。……慎言节饮食,知足胜不祥。"④李固也曾在奏书中说梁商曰:"夫穷高则危,大满则溢,月盈则缺,日中则移。凡此四者,自然之数也。天地之心,福谦忌盛,是以贤达功遂身退,全名养身,无有怵迫之忧。"⑤皆可见道家思想浸润之深。

玄学是魏晋南北朝时期以老庄为骨架,兼取儒、名、法诸家思想立论的一种哲学思潮。玄学家往往通过诠释阐扬先秦儒道经典来申述自己的取向和理解,提出自己的学说,乃至建构自己的理论体系。《老子》《庄子》和《易经》是他们最为倚重的经典著作。

五、魏晋玄学中的道儒互动:先秦学术思辨精神的复归

玄学流行显现出汉魏六朝学术思辨中一种儒道互动的态势。在魏晋南北朝

---

① [南朝宋]范晔:《后汉书·张衡传》,第1897-1911页。
② [梁]萧统编,李善注:《文选》,上海:上海古籍出版社,1986年,第651页、110页。
③ [汉]张衡:《东京赋》,[清]严可均辑、陈延嘉等校点主编:《全上古三代秦汉三国六朝文》(二),第514-516页。
④ [汉]崔瑗:《座右铭》,[清]严可均辑、陈延嘉等校点主编:《全上古三代秦汉三国六朝文》(二),第431页。
⑤ [南朝宋]范晔:《后汉书·李固传》,第2078页。

特定的历史条件下玄学兴盛,时代特征鲜明。

刘师培《中国中古文学史讲义·魏晋文学之变迁》中有与玄学相关的述评:

> 魏代自太和以迄正始,文士辈出,其文约分两派:一为王弼、何晏之文,清峻简约,文质兼备,虽阐发道家之绪,实与名法家言为近者也。此派之文,盖成于傅嘏,而王、何集其大成,夏侯玄、钟会之流,亦属此派。溯其远源,则孔融、王粲实开其基。一为嵇康、阮籍之文,文章壮丽,摠采驰骋,虽阐发道家之绪,实与纵横家言为近也。此派之文,盛于竹林诸贤。溯其远源,则阮瑀、陈琳已开其始,惟阮、陈不善持论,孔、王虽善持论,而不能藻以玄思,故世之论魏晋文学者,昧厥远源之所出。

并引:"《三国志·(魏)傅嘏传》:'常论才性同异,锺会集而论之。'""《三国志》嘏传注引傅子曰:'嘏既达治好正,而有清理识要,好论才性,原本精微,鲜能及之。'""《文心雕龙·论说》篇:'傅嘏王粲,校练名理。'"以及《三国志·锺会传》及其传注之所云,介绍锺会、王弼、何晏、夏侯玄有关才性、名理、自然的著述和言论。其后又说:

> 东晋人士,承西晋清谈之绪,并精名理,善论难,以刘惔、王蒙、许询为宗,其与西晋不同者,放诞之风,至斯尽革。又西晋所云名理,不越老庄,至于东晋,则支遁、法深、道安、惠远之流,并精佛理,故殷浩、郗超诸人,并承其风,旁迄孙绰、谢尚、阮裕、韩伯、孙盛、张凭、王胡之,亦均以佛理为主,息以儒玄;嗣则殷仲文、桓玄、羊孚,亦精玄论。大抵析理之美,超越西晋,而才藻新奇,言有深致,即孙安国所谓南人学问,清通简要(见《世说新语·文学篇》)也。①

张伯伟《禅与诗学》一书肯定徐复观先生在《中国艺术精神》中对玄学发展三个阶段特色的准确把握:

> 《世说新语·文学篇》载:"袁彦伯(宏)作《名士传》。"据刘孝标注,此书乃是"以夏侯太初(玄)、何平叔(晏)、王辅嗣(弼)为正始名士,阮嗣宗(籍)、嵇叔夜(康)、山巨源(涛)、向子期(秀)、刘伯伦(伶)、阮仲容(咸)、王浚仲(戎)为竹林名士,(裴叔则(楷)、乐彦辅(广)、王夷甫(衍)、庾子嵩(敳)、王安期(承)、阮千里(瞻)、卫叔宝(玠)、谢幼舆(鲲)为中期名士。"这正代表了玄学发展的三个阶段。徐复观先生曾分析道:"正始名士,在思想上系以《老

---

① 刘师培:《中国中古文学史讲义》,北京:中国人民大学出版社,2004年,第35页、59页。

<<< 第二章 文论范畴创用的前提条件与理论准备

子》为主而傅以《易》义;这是思辨地玄学。""竹林名士,在思想上实系以《庄子》为主,并由思辨而落实于生活之上;这可说是情性地玄学。""到了元康名士(即中朝名士),则性情地玄学已经在门第的小天地中浮薄化了,演变而成为生活情调地玄学。"(《中国艺术精神》第三章第三节)这段话,对玄学发展阶段的特色作了准确的把握。……

随后还指出玄、佛的融合:

至元康时期,名士所重者已转为《庄子》,发展至向秀、郭象之注《庄子》,可谓登峰造极,所以当时诸名贤"不能拔理于郭、向之外"(《世说新语·文学篇》)……玄学本身的思辨性发展至向秀、郭象也已臻顶峰,难以更进一步。因此,从玄学本身的发展来看,它也需要有新的成分予以刺激,而大乘佛学的经论与庄、老之旨亦有契合之处,从而造就了与佛学融合的时机与条件。东晋道安法师云:"以斯邦人,庄、老教行,与《方等经》兼忘相似,故因风易行也。"(《鼻奈耶序》,《大藏经》第二十四册,页八五一)玄学与佛学的融合,对玄学和佛学本身都产生了促进作用,并扩大了两者的影响。①

笔者在《中国古代文论范畴生成史》中也曾说过:"封建统治者在争斗和倾轧中的贪暴卑劣使他们倡导名教的虚伪性暴露无遗。魏晋士人或全身远害,或淫佚放纵,或逍遥自适,玄学回避他们无法面对的社会现实,撇开已经不能自圆其说的名教,将议论的中心转移到本体论即天地万物存在的根据上来,自然是顺理成章的。玄学兼取诸家所长,探讨事物现象的本质和依据,抽象的程度很高,又有多元(即没有至高无上的权威以及统领一切的观点和思维模式)论辩的特点,它的兴盛是在更高层次上对先秦哲学思辨精神的复归。……占统治地位的压抑理性的经验哲学走上极端以后,在特定的历史条件(比如魏晋南北朝的历史条件)下会被一种开放的、多元的思辨哲学所取代。魏晋南北朝玄学的昌盛既是社会政治使然,又合乎哲学历史发展的趋势。"

自正始前后起,士人大大发展了汉代的清议,从品题人物、校练名理,到探究有无动静和本末、体用,辨析才性、言意、形神,……除了玄学内部的论辩而外,还有玄学与正统儒学的抗争(比如既从生活态度上,也在论辩中以自然来对抗名教),甚至参与和影响了稍后的儒、道、佛三家间的论争,形成了延续上百年的学术论辩争鸣的局面。唐长孺《魏晋南北朝史论丛·魏晋玄学之形成及其发展》一节

---

① 张伯伟:《禅与诗学》,杭州:浙江人民出版社,1992年,第127-128页。

指出:"每一论题往往反复讨论;'多其往复',例如才性之辩,言意之辩,宅无吉凶,自然好学,养生诸论都是正反两面互相诘难,使名理显豁"①。思辨精神高扬,理论思考得以深化和跃升。

玄学家往往通过注释阐扬先秦儒、道两家经典来申述自己的观点,提出自己的学说,乃至建立自己的理论体系。《老子》《庄子》和《易经》是他们最为倚重的经典著作,被称之为"三玄"。玄学的代表人物中,正始前后有王弼(著《老子注》《周易注》《周易略例》《老子指略》和《论语释疑》)、何晏(注《道德经》未毕而作《道德论》,并著《周易私记》《周易讲说》《论语集解》)、夏侯玄(著《本无论》)、嵇康(著《养生论》《答难养生论》《声无哀乐论》《难自然好学论》《明胆论》)、向秀(著《庄子注》),西晋有裴頠(著《崇有论》)、郭象(著《庄子注》)、欧阳建(著《言尽意论》),东晋有张湛(着《列子注》)等等。

《世说新语》有不少有关玄学的记录。"规箴"门中就有:"王夷甫雅尚玄远。"②篇幅最大的"言语"门和"文学"门,录载士人玄学清淡逸事也多,尤以"文学"为最,该门前半部分记士人学术活动,六十五则中明谓玄理着论的就有四十余则之多(还不包括前面四则汉末郑玄、服虔为学逸事和后面东晋名士谈佛而未直截及玄的几则)。一时之盛可以想见。《世说》有关玄学和清谈的记事有一个长处,即常常再现名士论辩的生动场面,较之玄学著述阅读,能够更好地了解士人不同见解直接碰撞中的交流互动,领略一种开放的、各展所获针锋相对相互辩难不懈进取的学术精神。现摘引几段作为例证:

> 钟会撰《四本论》,始毕,甚欲使嵇公一见。置怀中,既定,畏其难,怀不敢出,于户外遥掷,便回急走。
>
> 何晏为吏部尚书,有位望,时谈客盈坐,王弼未弱冠往见之。晏闻弼名,因条向者胜理语弼曰:"此理仆以为极,可得复难不?"弼便作难,一坐人便以为屈,于是弼自为客主数番,皆一坐所不及。③

玄辩无可终极,也即没有固定的、不可变更的结论。同是玄学家,可以有不同见解,不断深化,从不同角度阐发。论辩往往使思考得以提升和拓展。这是玄谈的优势所在。又如:

---

① 唐长孺:《魏晋南北朝史论丛》,第317页。
② [南朝宋]刘义庆:《世说新语·规箴》,第552页。
③ [南朝宋]刘义庆:《世说新语·文学》,第192页。

何平叔注《老子》,始成,诣王辅嗣。见王注精奇,乃神伏曰:"若斯人,可与论天人之际矣!"因以所注为《道德》二论。

王辅嗣弱冠诣裴徽,徽问曰:"夫无者,诚万物之所资,圣人莫敢致言,而老子申之无已,何邪?"弼曰:"圣人体无,无又不可以训,故言必及有;老、庄未免于有,恒训其所不足。"

傅嘏善言虚胜,荀粲谈尚玄远。每至共语,有争而不相喻。裴冀州释二家之义,通彼我之怀,常使两情皆得,彼此俱畅。①

各持所见无可厚非,"通彼我"、"常得两情"更可取,这段记录可略见玄言论辩的开放与包容!

玄学是魏晋南北朝时期以老庄为骨架,兼取儒、名、法诸家思想立论的一种哲学思潮。玄学家往往通过诠释阐扬先秦儒道经典来申述自己的取向和理解,提出自己的学说,乃至建构自己的理论体系。《老子》《庄子》和《易经》是他们最为倚重的经典著作。"玄"字原有幽深、奥妙的意蕴,所以可与"黑""幽冥"通,有"玄远""玄妙""玄机"等组合。玄学的特点就是探究隐于现象内部(也可以说是"虚无"、抽象)的精妙道理,以求认识、判断事物的本质和运动变化趋势。总的说来,即使有从儒典生发者,思想宗尚和方法论上仍倾向和倚重老庄。

六、玄学兴盛对古代学术发展的历史贡献

玄学起步所论的中心问题是"有无(动静)"之辨,即宇宙万物存在的根据,属本体论的范畴。它远离具体的事物和社会现实,高度抽象,难以捉摸。玄者,玄远也。取《老子》第一章"玄之又玄,众妙之门"②之义。魏晋时人们也常径直把玄学称为"玄远"之学,陆澄《与王俭书》即有:"于时政由王、庾,皆隽神清识,能言玄远。"③

玄学使先秦哲学的思辨精神复苏和升华,其特点正是从重新诠释先秦的有无、本末、自然、才性、言意、名实等哲学范畴入手,深化和提升了它们的理论价值。以下先扼要征引当代学者著述中的相关论说,然后再作适当的补充说明:

汤一介先生在《郭象与魏晋玄学·绪言》中说:"魏晋玄学是一种思辨性较强

---

① [南朝宋]刘义庆:《世说新语·文学》,第194-195页。
② 《老子·一章》,陈鼓应:《老子注译及评介》,第53页。
③ [南齐]陆澄:《与王俭书》,[清]严可均辑、陈延嘉等校点主编:《全上古三代秦汉三国六朝文》(六),石家庄:河北教育出版社,1997年,第774页。

的哲学,它的特点就是丰富了中国传统哲学的概念、范畴。例如,在魏晋玄学中'有'、'无'、'体'、'用'、'本'、'末'、'一'、'多'、'言'、'意'、'性'、'情'、'独化'、'相因'、'名教'、'自然'、'贵无'、'崇有'等等。"该书第三章《魏晋玄学的发展(中)——玄学与佛教》指出:

> 魏晋玄学从王弼、何晏开始,特别是王弼对"有"和"无"的关系作了比较深入的论证,以"体"(本体)和"用"(功用、现象)来说明"无"和"有"的关系,并认为"无不能以无明,必因于有",所以"无"作为"本体"而在"有"中,由"有"来表现,因而"体"、"用"如一。但是,在王弼思想体系中由于强调"无"的绝对性,所以又有"崇本息末"的思想,这样就造成王弼思想体系中的自我矛盾。就其"崇本息末"方面说,可以引出否定"有",而包含"非有"的意思。王弼的"贵无"经过向秀、裴頠,发展到郭象的"崇有"。……僧肇的"不真空义"是接着王弼、郭象而发展了玄学。僧肇的思想虽然是从印度佛教般若学来的,但却成为中国哲学的重要组成部分,使魏晋玄学由王弼——郭象——僧肇,构成中国传统哲学的一个发展圆圈。①

蔡锺翔先生《美在自然》第三节《魏晋玄学中的"名教与自然"之辨》中说:

> 魏晋时期,玄学盛行,"聃周当路,与尼父争途'"(《文心雕龙·论说》),自然论更是风靡一时,清谈家几乎无人不论自然。如大名士夏侯玄说:"天地以自然运,圣人以自然用。自然者道也,道本无名,故老氏曰强为之名。"
>
> "圣人贵名教,老庄明自然",本来是两种对立的思想。但当时的大趋势是儒道融合,玄学并不废弃儒学,而恰恰是会通孔、老的产物。所宗奉的"三玄",《老》、《庄》是道家,《周易》却是儒家经典。
>
> 王弼《老子注》中对"自然"的解释是:"自然",其端兆不可得而见也,其意趣不可得而睹也。'(《老子·十七章注》)又说:"法自然者,在方而法方,在圆而法圆,于自然无所违也。自然者,无称之言,穷极之辞也。用智不及无知,而形魄不及精象,精象不及无形,有仪不及无仪,故转相法也。"(《老子·二十五章注》)把"自然"的实质归结为"无",这是发挥了道家以无为本的精义,而与儒家之说相背离。然而他的《论语释疑》中多处用"自然"来说明儒家的观点,如释"孝悌也者,其为仁之本与"说:"自然亲爱为孝,推爱及物为仁也。"释"唯天为大,唯尧则之"说:"若夫大爱无私,惠将安在?至美无偏。名

---

① 汤一介:《郭象与魏晋玄学》,武汉:湖北人民出版社,1983年,第112-113页。

将何生？故则天成化,道同自然,不私其子而君其臣。"似乎恰恰在"自然"这一点上儒、道可以相通。在王弼看来,名教与自然是毫无矛盾的,实行老庄主张的"无为而治"正是为了维护封建名教秩序的稳定与和谐。

郭象以"无为"释"自然":"天地者,万物之总名也。天地以万物为体,而万物必以自然为正;自然者,不为而自然者也。"(《庄子·逍遥游注》)这样说基本上符合老、庄的思想。而他的创造性见解则是以"独化"释"自然":"无既无矣,则不能生有;有之未生,又不能为生。然则生生者谁哉？块然而自生耳。自生耳,非我生也。我既不能生物,物亦不能生我,则我自然矣。以天言之,所以明其自然也。……""君臣上下,手足内外,乃天理自然"(《庄子·齐物论注》)"人之所因者,天也;天之所生者,独化也。……天者,自然之谓也。……"(《庄子·大宗师注》))

(嵇康)"尽管口称'老子、庄周,吾之师也'(《与山巨源绝交书》),却学不来"安时而处顺"的人生哲学。结果嵇康成了向名教宣战的叛逆者,迸发出"非汤武而薄周孔"(《与山巨源绝交书》)、"越名教而任自然"(《释私论》)这样甘冒天下之大不韪的呼号。一篇《释私论》歌颂真诚,鞭挞虚伪,弘扬了道家思想的精华,也确实击中了名教的要害;名教之弊正在于鼓励伪善。一篇《难自然好学论》公然指摘《六经》违背自然:"《六经》以抑引为主,人性以从欲为欢;抑引则违其愿,从欲则得自然。然则自然之得,不由抑引之《六经》;全性之本,不须犯情之礼律。故仁义务于理伪,非养真之要术;廉让生于争夺,非自然之所出也。"

最后总结说:"综观魏晋玄学中的'名教与自然'之辨,大体分为三派,即名教与自然合一、'越名教而任自然'(其中又有激进派和颓废派)、尊名教而绌自然。在玄学诸辨中,'名教与自然'之辨直接同现实政治相关,因而政治色彩非常鲜明,思想交锋也更为激烈,不同于纯思辨的哲学玄学。……但无论是何种情况,作为道家思想精髓的自然论都在更大程度上得到弘扬,正是在这一时期,自然论浸润到了文艺领域,'自然'遂成为中国古典文艺美学的一个基本范畴。"①

玄学范畴系列的运用上,建树多、影响大的是王弼。其最具创意是"体无""体用如一",与"崇本息末""本末不二"以及"言·象·意"之论。其《老子指略》以为,给道以各种称谓都有其局限:"夫道也者,取乎万物之所由也;玄也者,取乎幽

---

① 蔡锺翔:《美在自然》,南昌:百花洲文艺出版社,2009年,第17-24页。

冥之所出也。……然则道、玄、深、大、微、远之言,各有其义,未尽其极者也。"又说:"《老子》一书,其几乎可一言而蔽之,噫!崇本息末而已矣。"又说:"见素抱朴以绝圣智,寡私欲以弃巧利,皆崇本息末之谓也。"①

《老子》一章说:"'无',名天地之始;'有'名万物之母。故常'无',欲以观其妙;常'有',欲以观其徼。此两者同出而异名,同谓之玄。"②是谓以"无"为名,指生成天地万物之道的混沌无形;以"有"为名,则知万物生成之所本。所以常用"无",能了解"道"的微妙;常用"有",则可看到事物之间的界限。混沌无形的"无"与形态万千的"有"两者同出于"道"而称名有异。它们可同称之"玄"。足见其论中的"无"与"有"虽或有本与末、母与子等方面的关系和区别,也存在同一性。

王弼《老子注》五十二章云:"母,本也;子,末也。得本以知末,不舍本以逐末也。"③三十八章又指出:"守母以存其子,崇本以举其末,则形名俱有,而邪不生。"④认为无为而治就是"以道治国,崇本息末",而"以正(政)治国"则是"立辟(法律)以攻末"⑤(五十七章)。其《周易复卦象传注》云:"复者,反本之谓也。""然则天地虽大,富有万物,雷动风行,运化万变;寂然至无,是其本矣。"⑥

何劭《王弼传》载,王弼在回答裴徽的问题时说:"圣人体无,无又不可以训,故不说也;老子是有者也,故恒言其所不足。"⑦认为孔子才真正体会了"无",而"无"作为"万有"的本体是难以用语言加以说明的孔子不说"无"而说"有",把"无"和"有"视为一体,"体用如一""本末不二"。认为老子不及孔子,显然也是调和儒家与道家理念的一种体现。

按,"体无"是对道本体的体认把握;"用"不违道,则可以说是道的功用与践行。如此则虽"体""用"有别,有"本""末"之分,却都有道的指向,是道的功用与体现,故得言"体用如一""本末不二"。在一定层面带有"知行合一"的意味。三十八章注论及"有"与"无"关系时曾说:"德者,得也。常得而无丧,利而无害,故以德为名焉。何以得德?由乎道也;何以尽德?以无为用。以无为用,则莫不载

---

① [魏]王弼:《老子指略》,楼宇烈:《王弼集校释》,第196—198页。
② 《老子·一章》,陈鼓应:《老子注译及评介》,第53页。
③ [魏]王弼:《老子道德经注》,楼宇烈:《王弼集校释》,第139页。
④ [魏]王弼:《老子道德经注》,楼宇烈:《王弼集校释》,第95页。
⑤ [魏]王弼:《老子道德经注》,楼宇烈:《王弼集校释》,第149页。
⑥ [魏]王弼:《周易注》,楼宇烈:《王弼集校释》,第336页。
⑦ [晋]何劭:《王弼传》,[清]严可均辑、陈延嘉等校点主编:《全上古三代秦汉三国六朝文》(四),石家庄:河北教育出版社,1997年,第191页。

也。""虽贵以无为用,不能舍无以为体也。"①(据武英殿聚珍本)以为"以无为体"才有"无"的德性,表现出"无"的作用,亦可知"体用不二"。

本者,基始也,本根也;可以引申为母体、本质、主干,乃至有原始依据的正确规范。末者,本所生发的枝叶也;可以引申为子嗣、表象、枝派。笔者以为:不宜断言"本末不二"与其"崇本息末"和"崇本举末"的主张"自相矛盾"。在王弼论中,本末作为一对范畴,体现着主次、源流、本质与表象、母体与子息等关系。能够维系这种关系的平衡和对立统一中整体性的一面,就是"本末不二"。自然(正常)状态下本是末的依据,末是本的表现和具体延伸,本质属性有同一指向,故言"不二"。"崇本"则"末"自然"举",是"纲举目张"式的统一。倘若由于人为的原因而出现本末倒置或者末胜其本的现象:本的主导地位被取代,末改变了从属的、派生的、非本质的特点,那就有"息末"的必要。"崇本息末"的治国思想是针对人为而言的,其目的在于恢复"本末不二"的正常状态。"体用如一"和"本末不二"其实正是玄学的一种变通的思考。显示出正常状态下的事物内质外形、本末、主从、矛盾对立与平衡和谐……相互转换的辩证关系中由矛盾对立达至回归的协调统一。

《周易略例·明象》有对"一"与"多"对应关系的阐发:"夫少者,多之所贵也;寡者,众之所宗也。""夫众不能治众,治众者至寡者也;夫动不能制动,制天下之动者,贞夫一者也。故众之所以得咸存者,主必致一也;动之所以得咸运者。原必无二也。"②可以说把"以寡治众"(也即"以一制多")之理阐发得很充分,为封建君主专制提供了理论依据。他在《老子》四十二章注中说"万物万形,其归一也。何由致一?由无也。由无乃一,一可谓无。"③其中"一"指"无",也指道。有"一"能"制"驭"动",也包含"静"与"动"关系的表述。

就形神关系来说,王弼曾云:"健也者,用形者也。"④表明精神是第一性的,形体是第二性的。《周易注·观》则言:"神无形者也。"⑤

《周易·系辞》有"书不尽言,言不尽意"。《庄子·秋水》说:"可以言语者,物之粗也;可以意致者,物之精也;言之所不能论,意之所不能察致者,不期精粗

---

① [魏]王弼:《老子道德经注》,楼宇烈:《王弼集校释》,第93-94页。
② [魏]王弼:《周易略例》,楼宇烈:《王弼集校释》,第591页。
③ [魏]王弼:《老子道德经注》,楼宇烈:《王弼集校释》,第117页。
④ [魏]王弼:《周易注》,楼宇烈:《王弼集校释》,第213页。
⑤ [魏]王弼:《周易注》,楼宇烈:《王弼集校释》,第315页。

焉。"①《外物》说:"筌者所以在鱼,得鱼而忘筌;蹄者所以在兔,得兔而忘蹄。言者所以在意,得意而忘言。"②王弼《周易略例·明象》则云:"夫象者,出意者也。言者,明象者也。尽意莫若象,尽象莫若言。言生于象,象以言着。故可寻言以观象。象生于意,故可寻象以观意。意以象尽,象以言着。故言者所以象,得象而忘言。象者所以存意,得意而忘象。犹蹄者所以在兔,得兔而忘蹄;筌者所以在鱼,得鱼而忘筌也。"③以为言者所以在意,要用言和象来把握,二是"得意而忘言",只有"忘言"、"忘象"才能真正得意。在庄子言意之辨的基础上增加了"象"的中间层次,用以阐述《周易》解释卦象以及卦象达意的机制。

汤一介先生指出,此后许多玄学家都用"得意忘言"作为方法论以论证自己的思想观点,"例如嵇康有《言不尽意论》,并运用这一思想于《声无哀乐论》之中,他说:'吾谓能反三隅者,得意而忘言'。稍后有嵇叔良作《阮嗣宗碑》云:'先生承命世之美,希达节之度,得意忘言,寻妙于万物之始;穷理尽性,研几于幽明之极。'"④

由于"象"混沌可感,文学艺术也用语言(包括记录语言的线条符号文字)描摹形象,仰赖形象进行传达,而且语言→形象→意蕴的传达也常存在模糊成分,所以"言意之辨"不仅向文学理论延伸,"意象"后来也成为重要的文论范畴。

王弼《老子》二十五章注"道法自然"说:"道不违自然,乃得其性,法自然也。法自然者,在方而法方,在圆而法圆,于自然无违也。"⑤张湛在《列子·仲尼注》引夏侯玄语:"天地以自然运,圣人以自然为用。自然者,道也。"⑥

在玄学里"自然"常指宇宙本体、世界的本源,总是包含着自在、本然的意义,即指万物本来的样子;与"自然"相对的"名教"则显然是人为的,人们为规范社会关系而设立的等级名分与教化。王弼、夏侯玄等主张"名教"因于"自然",反映"自然","圣人以自然为用"的一派,即以"体用如一""本末不二"的观点来相容和统一"自然"与"名教"另一派则以正始时的阮籍、嵇康为代表,强调两者的矛盾对立不可调和,认为人为的"名教"只会摧残人的天性,破坏人与人之间和谐的自然关系,因此他们提倡"越名教而任自然"(《释私论》),甚至公然"非汤武而薄周孔"

---

① 《庄子·秋水》,曹础基:《庄子浅注》,第242页。
② 《庄子·外物》,曹础基:《庄子浅注》,第419页。
③ [魏]王弼:《周易略例》,楼宇烈:《王弼集校释》,第609页。
④ 汤一介:《郭象与魏晋玄学》,第229页。
⑤ [魏]王弼:《老子道德经注》,楼宇烈:《王弼集校释》,第65页。
⑥ [晋]张湛:《列子·仲尼注》引,上海:上海古籍出版社,2014年,第106页。

(《难自然好学论》)。

嵇康在《声无哀乐论》提出"推类辨物,当先求自然之理"强调音乐本身有"自然之和",反对儒家乐论中的天人感应说。从心与物对立的角度来考察音乐与感情的关系,指出主观感情并非客观事物的属性,把声音之美与主观的哀乐之情区分开来,否认艺术的美与道德的善之间的必然联系。还认为审美主体对于音乐的反应只是心理的(即躁、静、专、散),而非感情的(即哀、乐)。持论虽然时有偏激,却别开生面,很有启发性。《难自然好学论》中说:"夫民之性,好安而恶危,好逸而恶劳,故不扰则其愿得,不逼则其志从。昔鸿荒之世,大朴未亏,君无文于上,民无竞于下,物全理顺,莫不自得。……及至人不存,大道陵迟,乃始作文墨以传其意,区别群物,使有族类,造立仁义以婴其心,制为名分以检其外,劝学讲文以神其教。……推其原也,《六经》以抑引为主,人性以从欲为欢;抑引则违其愿,从欲则得自然。然则自然之得,不由抑引之《六经》;全性之本,不须犯情之礼律。固知仁义务于理伪,非养真之要术;廉让生于争夺,非自然之所出。"[1]批判虚伪的仁义"名教"的有违人的自然天性。指出"自然之得,不由抑引之《六经》;全性之本,不须犯情之礼律","从欲则得自然""全性之本,不须犯情之礼律"。其《释私论》云:"夫气静神虚者,心不存乎矜尚;体亮心达者,情不系于所欲。矜尚不存于心,故能越名教而任自然;情不系于所欲,故能审贵贱而通物情。"[2]在提出"越名教而任自然"命题的同时也论及"气""神""情""欲"等主体精神方面的范畴概念。《养生论》中的"形恃神以立,神须形以存"[3]则表述了"形""神"两者相互依赖的特点。

魏晋玄学如何引领一代学术发展的呢?老庄倡言"道法自然""万物并作,吾以观复"以及"卮言日出,和以天倪",重视事物本质和运作规律的探求,开放包容。玄学以此为核心,兼取儒(特别是《易》学)、名、法各家所长,充分发挥以范畴系列论证的专擅,从而实现理论思考层次的跃升。魏晋玄学没有官方设定的权威,不墨守经典,也无固定模式,不拘一家言说,不同乃至对立观点常作面对面的论争,所以"才性同,才性异,才性合,才性异"的说法并存;嵇康能宣称具有颠覆性的"非汤武而薄周孔""越名教而任自然",阐发有嫌偏颇的"声无哀乐论";"贵无"论之后"崇有"论出现;……确有一种相对开放包容、立新说、多创意的学术风气。长期的、常常是面对面论争,没有陈旧模式约束、没有先验的或者终极性结论。

---

[1] [魏]嵇康:《难自然好学论》,《嵇康集注》,第265-266页。
[2] [魏]嵇康:《释私论》,《嵇康集注》,第231页。
[3] [魏]嵇康:《养生论》,《嵇康集注》,第145页。

玄学从重新解读《老子》《周易》《庄子》的理念和范畴入手，并推广运用之，突破僵化的经学模式，深化、拓展对事物生成、运作、变化内在规律的探求，揭示矛盾的对立统一、从不平衡到协调平衡的不断转换机制，围绕一系列对应性范畴组合（包括对有与无、动与静、本与末、体与用、名与实、自然与名教，以及言、象、意和才性、情理等范畴）不同层级意涵的阐发及其运用和变通，在驳难论辩中互动互促，不断提升理论思考水平。玄辩中两两对应范畴相互间往往是对立与互补和转换并存。有"贵无"论，也有"崇有"论；"本"与"末"、"体"与"用"相互间有本根与末节、母与子（子为母所生）、对道本体的体认把握与道的实践功用的对应……既有先后、主从、内在外显之别，又可协调同一，因此也是"本末不二""体用如一"的。玄辩无可终极，也就表明没有固定的、不容变更的结论。同是玄学名家，可以面对面发表不同见解，不断深化、从不同角度阐发范畴义。论辩成为常态使思考得以不断提升和拓展，各抒己见各执一说无可厚非，能"通彼我"、"得两情"更为可取，相同的是都得以"理"服人，是玄言论辩之所长，形成一种明显的理论优势。玄学的优势正是得自对先秦范畴的重新解读和广泛运用，从而实现的思辨精神的复归与发扬。揭示其优长及其对那个时期学术思考的巨大推动作用，才能了解大理论家及其体大思精理论巨著问世的所以然。魏晋南北朝文论水平不断演进提升，从曹丕《典论·论文》的"文气"说，陆机《文赋》"论作文之利害所由"探究"为文之用心"，有"伫中区以玄览"，到刘勰体大思精《文心雕龙》各个层面的理论阐发，范畴概念组合的话语在学术思考和理论建构中发挥核心和关键性作用，随着时代推移层级越来越高，促使古代文论长足进步，做出了能跨越时空的经典性贡献。

第三章

魏晋文论与《文心雕龙》的范畴建构

第一节 魏晋文论范畴概念的运用

一、"文气"说在范畴创设上的历史贡献

1. 曹丕《典论·论文》以及同期文论的"重气之旨"

中国古代文学自建安时期进入"自觉时代",魏文帝曹丕《典论·论文》的问世可谓一个重要标志。其文曰:

> 文人相轻,自古而然。傅毅之于班固,伯仲之间耳。而固小之,与弟超书曰:"武仲以能属文,为兰台令史,下笔不能自休。"夫人善于自见,而文非一体,鲜能备善,是以各以所长,相轻所短。里语曰:"家有弊帚,享之千金。"斯不自见之患也。
>
> 今之文人,鲁国孔融文举、广陵陈琳孔璋、山阳王粲仲宣、北海徐干伟长、陈留阮瑀元瑜、汝南应玚德琏、东平刘桢公干,斯七子者,于学无所遗,于辞无所假,咸以自骋骥騄于千里,仰齐足而并驰。以此相服,亦良难矣。盖君子审己以度人,故能免于斯累。而作《论文》。
>
> 王粲长于辞赋,徐干时有齐气,然粲之匹也。如粲之《初征》、《登楼》、《槐赋》、《征思》,干之《玄猿》、《漏卮》、《圆扇》、《橘赋》,虽张、蔡不过也。然于他文,未能称是。琳、瑀之章表书记,今之隽也。应玚和而不壮。刘桢壮而不密。孔融体气高妙,有过人者;然不能持论,理不胜词;至于杂以嘲戏,及其所善,扬、班俦也。
>
> 常人贵远贱近,向声背实,又患闇于自见,谓己为贤。夫文本同而末异,

> 盖奏议宜雅，书论宜理，铭诔尚实，诗赋欲丽。此四科不同，故能之者偏也；唯通才能备其体。
>
> 文以气为主，气之清浊有体，不可力强而致。譬诸音乐，曲度虽均，节奏同检，至于引气不齐，巧拙有素，虽在父兄，不能以移子弟。
>
> 盖文章，经国之大业，不朽之盛事。年寿有时而尽，荣乐止乎其身，二者必至之常期，未若文章之无穷。是以古之作者，寄身于翰墨，见意于篇籍，不假良史之辞，不托飞驰之势，而声名自传于后。故西伯幽而演《易》，周旦显而制《礼》，不以隐约而弗务，不以康乐而加思。夫然则古人贱尺璧而重寸阴，惧乎时之过已。而人多不强力，贫贱则慑于饥寒，富贵则流于逸乐，遂营目前之务，而遗千载之功。日月逝于上，体貌衰于下，忽然与万物迁化，斯志士之大痛也。融等已逝，唯干著论，成一家言。①

唐代六臣注《文选》中吕向说："文帝《典论》二十篇，兼论古者经典文事。有此篇，论文章之体也。"清严可均在所辑《全三国文》中有云："谨案：《隋志》儒家，《典论》五卷，魏文帝撰。旧新《唐志》同。……《齐王芳纪》注：臣松之昔从征，西至洛阳，见《典论》石在太学者尚存。……唐时石本亡，至宋而写本亦亡。世所习见，仅裴注之帝《自叙》，及《文选》之《论文》而已。"②

名之"典论"，知作意在垂典示范，是作总结性的经典论述。《论文》这一部分得以存世，应该说是古代文论史之大幸！文中一再强调要克服"文人相轻"妄自尊大的偏颇，对创作进行公允客观的评论，并逐一评价了建安七子的文学风格和成就所在。然后对"四科"八体的主要特征作了简要的概括，"诗赋欲丽"一语以文学性最强的两种文体为代表道出文章写作对美的追求。曹丕强调文章写作使作家的生命能够突破时空的局限、实现不朽的创造价值。就概念和范畴的创用而言，最具理论意义的则是提出"文气"说，以"气"论文。

"文气"说是进入"自觉时代"的建安文学标志性的理论建树。

首先其所谓"文"和"文章"无疑都专指文辞著述而言，不再有"文化""典章制度"等歧义存在的可能。"文以气为主"凸显了文章写作是人的一种生命精神的运作与创造；连同"气之清浊有体，不可力强而致"等论可知，曹丕对主体个性在文学创作中的价值和意义给予了充分的肯定。

---

① ［魏］曹丕：《典论·论文》，郭绍虞：《中国历代文论选》（一），第158－159页。
② ［清］严可均辑、陈延嘉等校点主编：《全上古三代秦汉三国六朝文》（三），石家庄：河北教育出版社，1997年，第84页。

第三章　魏晋文论与《文心雕龙》的范畴建构

中国文学史上建安文学确实处于观念升华的时期,重"气"集中地体现了一代文学的精神风貌。

东汉末年,镇压黄巾起义之后军阀又长期混战,人民灾难深重。建安时期的作家卷入动乱漩涡,亲历"白骨蔽平原"、"千里无鸡鸣"这样怵目惊心的社会现实。他们的一些作品反映了社会动乱和民生疾苦,抒发了建功立业、拯民于水火的壮志,也常作嗟生的慨叹;苍凉激越、慷慨悲壮,形成后世称美的"建安风骨"。《文心雕龙·时序》篇评曰:"观其时文,雅好慷慨,良由世积乱离,风衰俗怨,并志深而笔长,故梗概而多气也。"①当时作家们写作时也多用到"气"的概念,如曹操《气出唱》有"但当爱气寿万年",曹丕有《大墙上蒿行》"感心动耳,荡气回肠"、《至广陵于马上作》"胆气正纵横",曹植《鰕鱓篇》有"猛气纵横浮",刘桢《射鸢》有"意气凌神仙",阮瑀《咏荆轲》有"叹气若青云",吴质《思慕诗》有"志气甫当舒"……曹操所谓"气"或指生命活力,其余"荡气""胆气""猛气""意气""志气"皆显现出劲健昂扬的主观精神意志。

《文心雕龙·风骨》篇曾列举建安时期的"气"论,所引以《典论·论文》为主,也有其他篇(曹丕《与吴质书》)、其他人(刘桢所言)的材料:

> 故魏文称"文以气为主,气之清浊有体,不可力强而致。"故其论孔融,则云"体气高妙";论徐干,则云"时有齐气";论刘桢,则云"有逸气"。公干亦云:"孔氏卓卓,信含异气,笔墨之性,殆不可胜。"并重气之旨也。②

强调"气"不仅"清""浊"不同难以变改,"体气高妙"、"时有齐气"和"有逸气"也分别为建安七子中孔融、徐干和刘桢的个性,以为这些言说都有"重气之旨"。说文学上这是个重"气"的时代,以及相关论说中曹丕的"文气"说居核心和统领的地位都有充分理由。可知"文气"说有鲜明的时代特征,是《典论·论文》中最重要的理论建树。

在中国古代文学理论批评中,由"气"、有"气"参与组合的范畴、概念构成最大的系列和"族群"。有的范畴概念即使"气"不见于字面,也与"气"关系密切,如刘勰在《风骨》篇在介绍建安时期"重气之旨"的时候均不忘将"气"与"风骨"(尤其是"风")联系起来。其前称:"《诗》总六义,风冠其首,斯乃化感之本源,志气之符契也","情之含风,犹形之包气","意气骏爽,则文风清焉","缀虑裁篇,务盈守

---

① [梁]刘勰:《文心雕龙·时序》,张国庆、涂光社:《〈文心雕龙〉集校、集释、直译》,第834页。
② [梁]刘勰:《文心雕龙·风骨》,张国庆、涂光社:《〈文心雕龙〉集校、集释、直译》,第521页。

气,刚健既实,辉光乃新","思不环周,索莫乏气,则无风之验也","相如赋仙,气号凌云,蔚为辞宗,乃其风力遒也";其后亦有"鹰隼乏采而翰飞戾天,骨劲而气猛也","赞"亦曰:"情与气偕,辞共体并"①。

"气"论中既有对主体精神、个性和艺术风格的肯定,在一些语境中又有对于语言组合和作品展开方式的特殊要求。以"气"论文首先重视的是作家的精神品位和气质个性,所以文学创作的主体论是"文气"说的核心及其派生概念的内在依据;文学是语言的艺术,作为语义外壳的语音由"气激而成",在传达语言符号明确规定之意蕴的同时,还有一种以听觉传感的效果。古人以"气"贯注于文,谋求以精神力量和语言组合构成的气势形成或者强化对读者心灵的感染和冲击,所以"气"又延伸到作品展开势态和语言组合方面,如韩愈的"气盛言宜"②说即然,尽管其"言"之所以"宜"仍是以"气"(精神意志)的强势呈显为基础、为目的的。中国是诗的国度,古代诗歌以抒情言志为主要目的,且重"意象",于是"气象"的概念应时而生,在诗歌理论中占有较特殊的位置。

文学进入自觉时代以后,实践和理论批评常常是围绕各时期的中心范畴(审美追求和理论建构的核心环节)进行的,如风骨、气象、滋味、兴趣、性灵、神韵、境界等等。"文气"说可谓是最早的中心范畴论。

2. "气"范畴的属性、特征及其对文论的影响

哲学中的"气"有基始性和原创性,故《老子》四十二章说"道生一,一生二,二生三,三生万物。万物负阴而抱阳,冲气以为和"③,先秦两汉有"精气"说和"元气"说。文论中的"气"仍葆有这种基始性、原创性,不仅运用中本身意涵会有所延伸、指域会有所拓展,也常作为重要的构成因素参与新的组合,创设新的范畴、概念,衍生出新的系列。

自曹丕《典论·论文》提出"文以气为主,气之清浊有体,不可力强而致"以后,"气"这个范畴广泛地运用于文学理论和批评中。一般说,"气"指流转的精神活力以及与其相关的气质、个性、习染、志趣、情操等创作主体方面的因素,是"蕴乎内、着乎外"④的。"蕴乎内"是充盈流转的有个性的主观精神,"着乎外"是这种主观精神以运动的形式在作品中的表现。因为有鲜明的个性,"气"的不同往往也

---

① [梁]刘勰:《文心雕龙·风骨》,张国庆、涂光社:《〈文心雕龙〉集校、集释、直译》,第518-522页。
② [唐]韩愈:《答李翊书》,《韩愈集》,第211页。
③ 《老子·四十二章》,陈鼓应:《老子注译及评介》,第232页。
④ [明]谢榛《四溟诗话》,北京:人民文学出版社,1961年,第69页。

是风格的不同。

"气"论在先秦两汉哲学领域已有雄厚的基础,汉魏六朝时期,中国古代的美学思想和艺术理论发生了飞跃。以建安时期曹丕提出"文气"说为标志,"气"开始成为文学、绘画、书法理论以及人物品评中的重要概念。古代美学思想和艺术理论突破了言志和政治教化的束缚,发展到以"气"范畴为中心的新阶段。因为"文以气为主"不仅是对文学鉴赏和批评出发点的规定,也是对文学创作的明确要求:写作必须以表现作家之"气"为主要目的! 这是对文学主体性特征(包括对人个性价值和自然情感)的充分肯定,也可以视为文学应该对政教有所超越的理论主张,表明了文学一种独特价值的发现。

曹丕论中,"气"既指作家的主观精神和个性,又指这种精神、个性在作品中的表现,二者虽有同一性,侧重点显然在作家主观方面。其后重"气"的论家,却大致分为两种倾向:

一种仍以作家论为中心,"气"依然指作家的主观精神及其正大秀杰的力量和气势。沈约《宋书·谢灵运传论》的"禀气怀灵""以气质为体"[1],陈子昂《修竹篇序》的"骨气端翔"[2],殷璠《河岳英灵集序》的"文有神来、气来、情来"[3],以及柳宗元不以"昏气""矜气"出之都属此类。这一派还包括注重思想精神修养和营卫的养气论者在内,是"文气"说的主流。在他们的论中,"气"常与神、志、意、情并举或连用,则意味着对创作主体的剖析进一步细致深入。曹丕将"气"分为清、浊二"体",清是俊爽超迈的阳刚之气,浊是凝重沉郁的阴柔之气。可是历来的鉴赏批评所及,大多是指"俊爽超迈"之气,似乎精神耿介、风格豪放劲健者方可言"气"。如钟嵘《诗品》说刘桢"仗气爱奇",陆机"气少于公干,文劣于仲宣";"刘越石仗清刚之气","善为凄戾之词,自有清拔之气";郭泰机等"气调警拔"。皎然《诗式》云:"风情耿介曰气。"[4]《二十四诗品》论"劲健"曰:"行神如空,行气如虹";论"精神"曰:"生气远出,不着死灰。"[5]

气息、语言与生俱来密不可分。《论语·泰伯》中记曾子说:"君子所贵乎道者三:动容貌,斯远暴慢矣;正颜色,斯近信矣;出辞气,斯远鄙倍矣。"[6]已经把辞和

---

① [梁]沈约:《宋书·谢灵运传论》,第1779页。
② [唐]陈子昂:《修竹篇序》,《陈子昂集》,北京:中华书局,1960年,第15页。
③ [唐]殷璠:《河岳英灵集序》,郭绍虞:《中国历代文论选》(二),第67页。
④ [唐]皎然:《诗式》,李壮鹰:《诗式校注》,北京:人民文学出版社,2003年,第70页。
⑤ [唐]司空图:《二十四诗品》,郭绍虞:《中国历代文论选》(二),第204–205页。
⑥ 《论语·泰伯》,杨伯峻:《论语译注》,第79页。

气连在一起。《荀子·大略》仿此,也强调君子在"置颜色,出辞气"上对圣贤的仿效学习。《战国策》《史记》记鲁仲连《与燕将书》都言及曹沫劫齐桓公时"颜色不变,辞气不悖"。辞气与容颜态度一起固然能够表现人的精神意志和品格,但终究是诉诸视听的外在表现。

古人很早就发现声响由"气激而成",语言音响也不例外。因此,另一种论"气"的着眼点偏于文学语言的构结和作品展开的方式方面,其中的"气"尽管或多或少与主体因素有所联系,而重点显然已经转移到艺术形式上,譬如韩愈的"气盛言宜",李德裕的"以气贯文",以及刘大櫆的"以字句、音节求神气"之类即是。欣赏上也有人提出过"因声求气"的主张。古代散文家特别讲求字句的精警挺拔、行文气势的畅达闳通、声调音节的抑扬铿锵,将气的贯注和行止敛蓄、起伏跌宕的安排作为一种艺术手段用以谋求理想的传达效果。韩愈和刘大櫆都是有影响的散文作家,他们在自己的创作实践中也贯彻了这样的理论主张。

古代文论中从"气"派生和密切联系的概念、术语很多,像风骨、神气、气韵、气象、气味、气调、气格、体气……是个无与伦比的庞大家族。近年出版的一个古代文论辞典中"以气论文"的条目有一百零四个之多,其中带气字的概念术语竟有八十三个。它们广泛地运用于古代文学的批评和理论之中。"气"范畴所属的概念系列大多首见于文学理论,然后才被移用于其他艺术。文学中的气论在艺术论领域往往具有先导作用,从总体上说其开创性和理论探讨的广泛、深入、细致远远超过其他艺术门类。这充分说明出文学领域的"气"论对于古代文艺理论发展和深化的巨大推动作用。于此,也显示出曹丕"文以气为主"的首倡之功。

"文气"还有下列一些特点。

其一,创作主体的"气"须经长期陶冶,一旦定型便有相当的稳定性,不会贸然转变为性质相对立的另一种气。作家之"气"的形成,主要原因也不是父传师授。曹丕说:"气之清浊有体,不可力强而致。……虽在父兄,不能以移子弟。"虽失之绝对,却大致合乎客观实际。

其二,"气"的稳定性毕竟是相对的,不仅在其形成和发展过程(如养气)中可以在一定范围内发生变化,还会因主观(如生理、心理)、客观(如时间、空间和环境、对象)因素的变化而受到影响,特别因为艺术创造的思维活动有特殊的规律,主体的特点并非在一切场合都能充分地表现于作品中,楼钥《答綦君更生论文书》有"朝锐昼堕暮归"①之说;柳宗元自谓"未尝敢以昏气出之,惧其昧没而杂也;未

---

① [宋]楼钥:《答綦君更生论文书》,郭绍虞:《中国历代文论选》(一),第272页。

尝敢以矜气作之,惧其偃蹇而骄也。"①

其三,作家的"气"与作品的"气"有一致性。作品的风格本来就是造艺者创作个性的表现,造艺者的主观精神是个性的核心。欣赏者与批评家一般是从作品去体察造艺者的"气"的,章学诚评皇甫湜的文章说:"第细按之,真气不足。"②王国维《元剧之文章》说:"……而真挚之理,秀杰之气,时流露其间。"③

其四,哲学中有"气乃力"的提法。文章中的"气"和"气力"是与松散零乱、柔靡冗滞现象对立的。韩愈《答李翊书》中的著名论断阐述了这方面的特点:"气,水也;言,浮物也;水大而物之浮者大小毕浮。气之与言犹是也,气盛则言之短长与声之高下者皆宜。"④

其五,"气"具有生命运动的属性。艺术家追求生动的气韵,以为"气"动成势、浑然一体、生机勃勃有生命意味的艺术创造才是上乘之作。顾恺之贬斥"刻削为容仪,不画生气"的绘画。郑板桥认为"吾之所画,总需一块元气团结而成"⑤。"气"的生机与活性体现于艺术形象各部分的有机联系之上。李德裕的《文章论》云:"魏文称'文以气为主,气之清浊有体',斯言尽之矣。然气不可以不贯,不贯则虽有英词丽藻,如编珠缀玉,不得为全璞之宝矣。鼓气以势壮为美,……"⑥文章须以"气"贯之,"英词丽藻"才能团练成一个有艺术生命力的统一体;以"气"贯文则势生,"气"盛则势壮。刘大櫆《论文偶记》也有"论气不论势,文法总不备"⑦的话,把文章的语势、音节、字句与"气"的贯注和表现联系起来。

其六,"气"毕竟是无形的,至多说它可感、有"象"。"气"虚柔而灵动,尚"气"常常就是尚虚、尚空灵和自由超越,与高层次的审美境界相联系。

总的说来,中国古代美学和文学艺术理论是重"气"的,重"气"就是重生命运动,重人的主观意志和积极奋发精神,重道德修养和心灵陶冶,重生动遒劲之力,重超拔于形质之上的精神追求,重艺术个性,甚至可以引申到重气节、重情操。古代"气"论的充分发育和广泛影响,突出表现出华夏民族审美理想尚生命运动,尚精神境界,尚空灵的鲜明特征。

---

① [唐]柳宗元:《答韦中立论师道书》,《柳宗元集》,第871页。
② [清]章学诚:《〈皇甫持正文集〉书后》,《文史通义》,第227页。
③ 王国维:《宋元戏曲史》,第117页。
④ [唐]韩愈:《答李翊书》,《韩愈集》,第210页。
⑤ [清]郑燮撰、王锡荣注:《郑板桥集详注》,长春:吉林文史出版社,1986年,第394页。
⑥ [唐]李德裕:《文章论》,郭绍虞:《中国历代文论选》(二),第162页。
⑦ [清]刘大櫆:《论文偶记》,北京:人民文学出版社,1959年,第4页。

"文气"说的提出是文学进入文学自觉时代的标志。

二、陆机《文赋》在范畴概念运用上的贡献

从司马氏篡代曹魏到西晋的八王之乱,除短暂的太康十来年外,权势集团间争斗杀伐不断。不过文学也有一时之盛,有张华、傅玄和"三张(张载、张协、张亢)、二陆(陆机、陆云)、两潘(潘岳、潘尼)、一左(左思)"等驰骋文苑。其中陆机是当时享誉最高者。稍早的文坛领袖人物张华对他就极为赏识,曾云:"伐吴之役,利获二俊(指陆机、陆云兄弟)。"①

被称为"太康之英"的陆机才华过人,为文辞藻繁富,时人及后世对此褒贬有差。陆云《与兄平原书》称:"兄文章之高远绝异,不可复称言,然犹皆欲微多,但清新相接,不以为病耳。若复令小省,恐其妙处不见,可复称极,不审兄以为尔不?"②张华讥曰:"人之作文,患于不才;至子为文,乃患太多也。"孙绰云:"陆文若排沙简金,往往见宝。"③钟嵘《诗品》称其"才高辞赡,举体华美。"《文心雕龙》更多次批评其繁:"至如士衡才优,而缀辞尤繁;士龙才劣,而雅好清省。及云之论机,亟恨其多,而称'清新相接',不以为病,盖崇友于耳。"④"士衡矜重,故情繁而词隐。"⑤"陆机才欲窥深,辞务索广,故思能入巧,而不制繁。"⑥

陆机《文赋》拓展了文学理论的视野,开篇以"余每观才士之所作,窃有得其用心"表明探求运思为文的宗旨,随后结合切身体验深入思考,描述与作家"用心"(文学思维创造)相联系的方方面面。可谓中国文论史上继曹丕"文气"说之后又一个里程碑式的重要著述。

创作是情感与思维的创造活动,以了解"用心"为指归,对美的规律和写作要义的了解而言,是为得之。陆机叙述了从"瞻万物而思纷"创作冲动的产生到文章构思、形象的表现、文学语言运用的过程以及种种心理体验,包括对灵感现象恰切生动的描绘。其人毕竟文章大家,深知其中甘苦,故叙写创作的心理、情感以及构思命笔的种种,往往曲尽其妙。

后来刘勰《文心雕龙》就以"文心"名其书,在《序志》篇申明全书作意在探讨

---

① [唐]房玄龄:《晋书·陆机传》,第1472页。
② [晋]陆云:《与兄平原书》,郭绍虞:《中国历代文论选》(一),第188页。
③ [南朝宋]刘义庆:《世说新语·文学》,第260页。
④ [梁]刘勰:《文心雕龙·镕裁》,张国庆、涂光社:《〈文心雕龙〉集校、集释、直译》,第586页。
⑤ [梁]刘勰:《文心雕龙·体性》,张国庆、涂光社:《〈文心雕龙〉集校、集释、直译》,第507页。
⑥ [梁]刘勰:《文心雕龙·才略》,张国庆、涂光社:《〈文心雕龙〉集校、集释、直译》,第873页。

第三章 魏晋文论与《文心雕龙》的范畴建构

"为文之用心"。可知陆氏立论以得"用心"为目的切中肯綮,影响深远。

1. 早期文论范畴概念的集成性运用

《文赋》对文学现象的细致描述中沿用了以往几乎所有的范畴概念:如"伫中区以玄览","游文章之林府","精骛八极,心游万刃。其致也,情曈昽而弥鲜,物昭晰而互进","笼天地于形内,挫万物于笔端","要辞达而理举","其为物也多姿,其为体也屡迁。其会意也尚巧,其遣言也贵妍","因宜适变"……就有"精"(精神)、"游"("心游")以及"情"、"物"("万物")、"形"、"辞"、"理"、"体"、"意"、"言"、"变"……等等。以较多笔墨逐次介绍的"唱""应""和""悲""雅""艳",大抵指向文辞展示中不同层次的美感和艺术效果。

陆机也常赋某种新义于所沿用的概念之中,拓展了其应用前景。比如"味"即然。

解读《文赋》"阙大羹之遗味,同朱弦之清泛"一句时,杨明先生《文赋诗品译注》引曰:"《礼记·乐记》:'清庙之瑟,朱弦而疏越,一倡而三叹,有遗音者矣。大飨之礼,尚玄酒而俎腥鱼,大羹不和,有遗味者矣。'此借以为喻,言文章缺少大羹所弃之味(如大羹一样弃去五味),又如朱弦弹奏古乐。谓其风貌清淡古朴。阙,同缺。大羹,肉汁,袷祭所用,不调五味。遗味,弃味而不用。……"①

此前王充《论衡·自纪篇》曾云:"夫养实者不育华,调行者不饰辞。丰草多华英,茂林多枯枝。为文欲显白其为,安能令文而无谴毁?救火拯溺,义不得好;辩论是非,言不得巧。……大羹必有淡味,至宝必有瑕秽;大简必有大好,良工必有不巧。然则辩言必有所屈,通文犹有所黜。"②指出一些对应因素的辩证关系:有所重必有所轻,有得必有所失。与"大羹必有淡味"的上下文联系,可知其"淡"是一种缺憾。然而嵇康《声无哀乐论》曰:"捐窈窕之声,使乐而不淫,犹大羹不和,不极芍药之味也。"③("和"动用,调味使和。芍药,五味之主。《子虚赋》:"芍药之和具而后御之。")是谓过犹不及,物极必反,"大羹"的本味有无须人为调和的中和之美。

陆机以为,弃去五味不用的"大羹"与"朱弦之清泛"类同,足见大羹本有的不是"淡乎寡味"、"淡薄"之味,亦非浓烈、刺激有失自然之味,而是淳朴天成的平和、清淡之味。陆机"阙大羹之遗味,同朱弦之清泛"之说对于唐宋"味外之旨"、

---

① [晋]陆机、[梁]钟嵘著,杨明译注:《文赋诗品译注》,上海:上海古籍出版社,1999年,第19页。
② [汉]王充:《论衡·自纪》,张宗祥:《论衡校注》,第581页。
③ [魏]嵇康:《声无哀乐论论》,《嵇康集注》,第196页。

"味在咸酸之外"、"唯造平淡"、"外枯中膏"等论的影响是明显不过的。

陆机多用两两对应的概念组合表述文学现象和美的规律,比如:

"或辞害而理比,或言顺而义妨。离之则双美,合之则两伤"中的"离"与"合";

"虽浚发于巧心,或受蚩于拙目"中的"巧"与"拙";

"碑披文以相质"与"理扶质以立干,文垂条而结繁"中的"文"与"质";

"或本隐以之显,或求易而得难"中的"隐"与"显";

"课虚无以责有,叩寂寞而求音"中的有与无("虚无");

"或言拙而喻巧,或理朴而辞轻。或袭故而弥新,或沿浊而更清"则有巧与拙、故与新、浊与清的对立统一,两两对应中有相互补充、转换的意蕴;

《文赋》中的论说并未用到两相对应的概念组合,却不难发现其组合的要义包蕴于文句之内,比如"立片言以据要,乃一篇之警策。虽众辞之有条,必待兹而效绩"和"块孤立而特峙,非常音之所纬。……彼榛楛之勿翦,亦蒙荣于集翠。缀《下里》于《白雪》,吾亦以济夫所伟"①,当中就有"一"与"多"、"主"与"从"以及"雅"与"俗"的对应。而"谢朝华于已披,启夕秀于未振。观古今于须臾,抚四海于一瞬"两句,前者强调须有推陈出新的创意,后者则指时间与空间身观局限上的突破。

《文赋》对灵感现象的表述更是切实、精彩:

> 若夫感应之会,通塞之纪,来不可遏,去不可止。藏若景灭,行犹响起。方天机之骏利,夫何纷而不理。思风发于胸臆,言泉流于唇齿。纷葳蕤以馺遝,唯毫素之所拟。文徽徽以溢目,音泠泠而盈耳。及其六情底滞,志往神留。兀若枯木,豁若涸流。揽营魂以探赜,顿精爽以自求。理翳翳而愈伏,思乙乙其若抽。是以或竭情而多悔,或率意而寡尤。虽兹物之在我,非余力之所戮。故时抚空怀而自惋,吾未识夫开塞之所由。②

"感""应""会"皆隐含主客体、内部外部因素的相互触动感发、呼应、会聚之义,文思"通塞"("开塞")变化不由自主指灵感来去无常,"天机"则表明这种灵慧出于天成之机微。……然而,陆机毕竟未用一个范畴去指代灵感现象。其后,人们言及灵感现象相关的机制时,确也常以"感""应""会""通塞""机"(如《文心雕

---

① [晋]陆机:《文赋》,郭绍虞:《中国历代文论选》(一),第 172–173 页。
② [晋]陆机:《文赋》,郭绍虞:《中国历代文论选》(一),第 174 页。

龙》的"应物斯感"、"才情之嘉会"、"思有利钝,时有通塞"和"数逢其极,机入其巧"以及后人的"兴会"之类)等词语或概念去论说和形容。就灵感现象而言,尽管古代文论中未见到比陆机《文赋》更加详切的表述,然而也没有一个众所认同、广为通用,与现代理论中的"灵感"完全吻合的概念出现。

总的说来,陆机写作辞藻富赡的特点也充分表现在《文赋》相当集中地运用了以往的文论范畴概念之上。不过,即使他在一些层面有深邃入微的见地,在赋文中作了细致精切的描述,却往往因缺乏进一步的提炼和系统的归纳、整合,未能根据理论完备性的需要在某些层面创设新的范畴,也就谈不上进行体系缜密的理论建构。

2."恒患意不称物,文不逮意":范畴三维组合出现的理论意义

陆机在范畴概念的创设上有所欠缺,但在"用"的方面还是很有建树的。除范畴概念罗集广泛,应用于不同理论层面而外,还表现在范畴新的运用方式上:一种颇有创意的三维组合出现,昭示出其理论思考的进步。

《文赋》开篇申明欲得"才士"为文之"用心"后,随即说:"每自属文,尤见其情。恒患意不称物,文不逮意。"①其中"意"、"物"、"文"分别指代了文学活动必须具备的"三要素":主体因素、客体因素、媒介和作品的存在形式。

陆机以前以及在《文赋》中,与文学关联的理论中成组的范畴多为颇有辩证意味的两两对应关系,如"文"与"质"、"本"与"末"、"一"与"多"、"心"与"形"、"我"与"物"、"言"("辞")与"意"("情"、"志")、"华"与"实"、"繁"与"简"("约")、"清"与"浊"、"奇"与"正"、"阴柔"与"阳刚"……唯独"恒患意不称物,文不逮意"中的"意"、"物"、"文"是一种三维②的对应。

陆机所"恒患"(常常为之忧虑、担心)的是写作上的缺憾:"意"(作家的立意、运思)不与"物"(所描述对象)的基本特征相符称;"文"(文辞)跟不上作家的运思,不能满足表达"意"的需要。

"意"作为中心环节,凸显了作家的立意运思在创作活动中的核心和枢纽作用。这种三分是文艺理论的一大进步,有利于探究创作主体情感思维活动的规律。

"意"范畴古已有之。《庄子》在《外物》《天道》《知北游》等篇多次作过包括

---

① [晋]陆机:《文赋》,郭绍虞:《中国历代文论选》(一),第170页。
② "三维"谓对应的三极间有往复联系(如刘勰所谓"情以物迁,辞以情发"和"情以物兴,物以情观"中的情、物、辞),即不是在同一直线、只有同向的递进关系和阶段之分(如刘勰所谓"意授于思,言授于意"的思、意、言,"因情立体,即体成势"的情、体、势)。

"筌蹄"之喻在内的"言意"之辨,《孟子》有"以意逆志"说,《易·系辞》中也有"言不尽意"的话。为有助于了解"意"的主体性特征,似有必要略作一点"意""义"两字的辨析:"意"与"义"在指意涵的时候多可通同,如"词义"与"词意"即然。然而细较起来,两者其实各有侧重:《说文》云:"意,志也;从心音。察言而知意也。"显然重在人主观的心志、意念方面;《释名·释言语》中说:"义,宜也;裁制事物,使合宜也。"侧重于事物客观的义理、规范。因此,在"意向""意念""意图""意境"和"道义""礼义""信义""义法"之类组合中"意""义"是不能相互代换的。不过,现代常用"意义"这个组合词中,"意""义"两者在内涵上其实是有互补性的。孟子的"以意逆志"则谓"说《诗》者"当以《诗经》作品的意涵推想作者心志。

除此而外《文赋》还有一些颇有创意言说,即使对应的范畴概念未完全显现于文句,也包含三要素于其中,比如"诗缘情而绮靡,赋体物而浏亮"的"绮靡"与"浏亮"都有美的意蕴,凸出了诗"情"之美多偏柔性的特点以及"物"特征表现上鲜明性的要求,分别为"缘情"和"体物"所达至,尤见论者描述之细腻惬当;"缘"与"体"遣用恰切,无疑都属主体的作为。

更有代表性的是以下一段论述:

> 体有万殊,物无一量。纷纭挥霍,形难为状。辞程才以效伎,意司契而为匠。在有无而僶俛,当浅深而不让。虽离方而遁圆,期穷形而尽相。

文章之"体"是人所创设的,其所以"万殊"为的是适应"物无一量"表现上的需要;"意"出于作家的艺术匠心,引领和规范着对"辞"(富有表现力的文学语言)的"匠"作(加工提炼)。随后肯定了主体创意超越"方圆(规矩)"的可能性:现成的写作法则、规范是前人经验的总结,并非不能越雷池一步,实践中还会不断对艺术规律有新的发现,只要"意匠"之"辞"能促成"形相"的充分表现,即使"离方遁圆"也是可行的!后世有造艺应在"有法无法之间"的名论,此即为其先声。又,"期穷形而尽相"中的"形""相"意蕴无甚差别,且"相"在古代常为"像"(包括"象")之通假,亦可谓后来"形象"合成一词的先导。

另一段文字中见主体、客体和媒介三者的关系也显而易见:"其为物也多姿,其为体也屡迁。其会意也尚巧,其遣言也贵妍……"①明谓"体"随"物"迁,以及"意"与"言"的运作、使用。"为物""为体"之"为","会意""遣言"的"会"与"遣"显然都指作家(主体)的创作实践活动而言!

---

① [晋]陆机:《文赋》,郭绍虞:《中国历代文论选》(一),第172页。

《文赋》中这种三要素不全显于字面或者间杂于其他范畴概念的现象,或许有受古文(尤其赋体)句式制约的因素,也与古人喜省字、多以近义词代换的表述习惯相关。

3. "三分"探源

庞朴先生曾经指出:"以三分的观点观察一切处理一切,构成儒学的基本方法——三分法。"又说:"据现有材料推断,我们的祖先商族,大概对'五'的兴趣大一些,而周族似较喜欢'三'。这或许就是五行和八卦(注,八卦是二的三次方)最早作为两种体系分立的缘由。后来周室代商并大力吸收殷人文化,'五'和'三'便结了缘,共同构成中国文化的数字骨架。"①

"三"在古代经典中经常是个与众不同的数,表明古人对它有特殊的理解。不仅八卦之"八"是二的三次方,神秘的八卦图象也基本是由或断或连的三根横线组成的。《易经》系统的典籍对此是这样阐释的:

> 《易》之为书也,广大悉备:有天道焉,有人道焉,有地道。兼三才而两之,故六。六者非它也,三才之道也。②

> 昔者圣人之作《易》也,将以顺性命之理。是以立天之道,曰阴与阳;立地之道,曰柔与刚;立人之道,曰仁与义。兼三才而两之,故《易》六画而成卦。分阴分阳,迭用柔刚,故《易》六位而成章。③

《易经》的卦象是对"广大悉备"现象(包容天地万物)的三分图解,似乎可以看作"分而为三"的渊源。《易传》的解释就是刘勰《原道》篇"三才"和《宗经》篇"三极"的出处。《文心雕龙》"六义""六观"的提出大概也是效法"兼三才而两之"的结果吧。唐人孔颖达《周易正义》中解释"乾"卦时说:

> ……悬挂物象以示于人,故谓之卦。但二画之体虽象阴阳之气,未成万物之象,未得成卦。必三画以象三才,写天地雷风水火山泽之象,乃谓卦也。故《系辞》云:"八卦成列,象在其中矣。"但初有三画,虽有万物之象,于万物变通之理犹有未尽,故更重之,而有六画,备万物之形象,穷天下之能事,故六画成卦也。④

---

① 庞朴:《儒家辩证法研究》,北京:中华书局,1984年,第101、102页。
② 《周易·系辞下》,黄寿祺、张善文:《周易译注》,第560页。
③ 《周易·说卦》,黄寿祺、张善文:《周易译注》,第571页。
④ [魏]王弼注、[唐]孔颖达疏:《周易正义》,北京:北京大学出版社,2000年,第1页。

271

这段话有助于我们了解三画和六画的由来及其特殊意义:二画代表的阴阳二气未能构成事物现象,因此不能组成卦象;"三"与具体可感的事物现象有直接的对应关系,只有三画才能成象并以之象征"三才"和宇宙万物,称为卦。"六"不过是两个"三"的重合,它以更为细致的分类来穷尽"三"的变通之理。不过早于《易传》以文字明确阐述"三"的特殊意义的也许是《老子》的四十二章:

> 道生一,一生二,二生三,三生万物。万物负阴而抱阳,冲气以为和。①

"道生一,一生二,二生三"表述的三次递进都是意义重大的飞跃,到了"三"这个层次继续演变便直接产生出万物。显然它们不是如同四、五、六、七……那样以一为级差的算术级数的一般累进。至上至大、不可名状又无所不在的"道"生出名之为"气"的浑融一体的原初存在;浑融一体的"气"又分出对立的阴、阳两极;"冲气"是兼有阴气阳气的第三极,这新的一极是原有两极冲荡、结合、繁衍出来的。"三"是一种"和"的境界,对于"二"虽然是一次飞跃却并不否定或者排斥"二"。原有的两极与新产生的第三极鼎立与往复联系,形成万物产生和演化的格局。《庄子·田子方》云:"至阴肃肃,至阳赫赫,肃肃出乎天,赫赫发乎地,两者交通成'和'而万物生焉。"②也是老子这一认识的阐述。

"二"将"一"分化为两相对立的阴阳二气,然而"二"仍旧与"一"一样是"虚"的。因此,孔颖达说它们"未成万物之象"。唯有这"三"是阴阳冲荡融合的结晶,成为具体可感的存在。三方因素的种种变化又生出有行千差万别的事物来。《春秋》庄公三年《谷梁传》云:"独阴不生,独阳不生,独天不生,三合然后生。"其下徐邈注曰:"古人称:'万物负阴而抱阳,冲气以为和'。然则《传》所谓'天',盖名其冲和之功而神理所由也。会二气之和,极发挥之美者,不可以刚柔滞其用,不得以阴阳分其名。故归于冥极而谓之'天'。凡生类禀灵,知于天资,形于二气,故又曰:'独天不生。'必三合而形神生理具矣。"③徐氏以为所以把第三极称为"天",是因为它是阴阳"冲和"所成,而"冲和"则是"神理"使然。"神理"幽远难测却主宰宇宙万物的运作,"天"似乎有天成、天然的意蕴。也就是说,"天"不仅是阴阳"冲和"的产物,而且也代表着"神理"——导致阴阳"冲和"的规律和天赋条件。

古人对这种三分法驾轻就熟,如屈原《天问》有:"阴阳三合,何本何化?"《淮

---

① 《老子·四十二章》,陈鼓应:《老子注译及评介》,第232页。
② 《庄子·田子方》,曹础基:《庄子浅注》,第311页。
③ [清]钟文烝:《春秋谷梁经传补注》,长沙,岳麓书社,1996年,第148页。

南子·泛论训》亦曰:"积阴则沉,积阳则飞,阴阳相接,乃能成和。"①

《史记·律书》曾说过:"数始于一,终于十,成于三。"②此处的"成于三"虽然难以确解却意味深长。一与十不过得力于占据着计数的"始"和"终"的位置,"三"则是由于本身具有特殊的结构和数量意义才脱颖而出的。

"三"是个妙不可言的数。

西来的几何学告诉人们,三角形是刚形,是最基本的形。纵横交叉的座标只能反映出点、线、面的平面位置及其变化,而有长、宽、高的三维座标才真正地明确立体空间的内涵。"三"的要义不在"分而为三",而在于它的三维结构。

"三分"移用于文学理论批评大大提升了思维和理论建构的层次。尤其是齐梁的刘勰,在《文心雕龙》中广泛运用三维的思维模式,令一些层面的重要论说几乎臻于精深和完备。然而,《文赋》在这方面的先导作用是必须充分肯定的。

4. 达于精微的三维模式:以刘勰的理论思考为例

古代的理论思维模式,以分而为二和分而为三的分解组合为主。此处以《文心雕龙》为例谈谈分而为三理论组合的应用。了解刘勰这方面的收获,就能一窥陆机创用"意""物""文"三维组合的意义和影响。

《序志》篇宣示了"擘肌分理,唯务折衷"的理论原则,不仅表明刘勰确有以对立统一的辩证法克服偏颇的自觉意识,而且其本身就是典型的三分法。所谓"折衷",就是兼容两端之所长,摒弃两的偏颇和不足;就是无过无不及。"折衷"的归宿是达于"中和"、"中正"。对于两端来说,"折衷"是不偏不倚、中正和谐的第三极。《儒家辩证法研究·三分》中指出:"'参'(三)的状态,不简单是一个第三者,而是二者之"中";也不简单是鼎立之三,而是最佳状态。"③我们可以在刘勰的文质论中找到"折衷"的例子,《论语·雍也》有云"质胜文则野,文胜质则史;文质彬彬,然后君子"④;《文心雕龙·情采》篇总结道:

> 夫能设谟以位体,拟地以置心;心定而后结音,理正而后摛藻。使文不灭质,博不溺心;正采耀乎朱蓝,间色屏于红紫,乃可谓雕琢其章,彬彬君子矣。⑤

"质"与"文"在刘勰论中虽分为经、纬,有主次先后之别,但仍以两者俱佳相

---

① [汉]刘安:《淮南子·泛论训》,杨有礼注说:《淮南子》,第455页。
② [汉]司马迁:《史记·律书》,第1251页。
③ 庞朴:《儒家辩证法研究》,第109页。
④ 《论语·雍也》,杨伯峻:《论语译注》,第61页。
⑤ [梁]刘勰:《文心雕龙·情采》,张国庆、涂光社:《〈文心雕龙〉集校、集释、直译》,第575页。

273

互协调者为上。此所谓"彬彬君子",即是"折衷"文质的成功作品。又比如在《原道》篇和《宗经》篇出现的"三才""三极"是指天、地、人而言,人在其中是兼有天地之精华和灵性的第三极,故得称"为五行之秀,实天地之心",《序志》篇才有"其(人)超出万物,亦已灵矣"①的赞叹。

刘勰的思辨经常借助"分而为三"达于精微,尤其得益于三维模式的运用。

三维不同于一般的三分。它不是无序状态下的分而为之,也不是在同一轴线运动过程三个阶段的划分,而是以三极鼎立的结构模式来理解事物现象的构成,并阐释左右事物运作变化的诸种因素之间的相互关系。

《文心雕龙》中有若干种类的三维理论组合,其中最重要的一种是创作的主体、客体、语言形式(文学艺术的媒介与作品的存在形式)三者的组合。譬如《原道》篇"道沿圣以垂文。圣因文而明道"中的"圣""道""文"以及《物色》篇"情以物迁,辞以情发"中的"情""物""辞"之类即属此。属于主体一方或者与主体联系密切的概念和术语有人(圣)、心、情、性、意、气、神、志,以及风等;属于客体或者与客体密切联系的概念术语有道、理、物、事义(指事理内容而非用典的手段),以及骨等;属于语言形式一方的概念术语则有文(文章)、辞(辞令)、言、采、藻,以及体、势之类。三者之间互相交通、互相融汇、互相促进、互相制约的往复联系贯穿文学活动(尤其是创作活动)的全过程。

《镕裁》篇讨论作品基本框架的镕铸时说:

> 是以草创鸿笔,先标三准:履端于始,则设情以位体;举正于中,则酌事以取类;归余于终,则撮辞以举要。然后舒华布实,献替节文,绳墨以外,美材既斫,故能首尾圆合,条贯统序。②

简言之,刘勰是把陆机《文赋》所谓创作过程中"选义按部,考辞就班"的工作分而为三了。其"三准"就是镕铸作品的立意,进行布局、修辞的要领和三个步骤,依其主次和先后由"情"而"事"而"辞",是三个阶段之分而非三维之分。

刘勰在《宗经》篇曾提出著名的"宗经六义":

> 一则情深而不诡,二则风清而不杂,三则事信而不诞,四则义直而不回,五则体约而不芜,六则文丽而不淫。③

---

① [梁]刘勰:《文心雕龙·序志》,张国庆、涂光社:《〈文心雕龙〉集校、集释、直译》,第920页。
② [梁]刘勰:《文心雕龙·镕裁》,张国庆、涂光社:《〈文心雕龙〉集校、集释、直译》,第586页。
③ [梁]刘勰:《文心雕龙·宗经》,张国庆、涂光社:《〈文心雕龙〉集校、集释、直译》,第47页。

第三章　魏晋文论与《文心雕龙》的范畴建构

前四条是侧重于内容方面的要求,后两条则针对作品的艺术形式而言。其实把"六义"两两并而为三,也与主体、客体、语言形式的理论组合模式相吻合:"情深""风清"的核心是"情","事信""义直"的核心是"理","体约""文丽"是就"辞"而言更显而易见。

"情"、"理"、"辞"三者的地位并非是对等的,也不存在先后次序和阶段之分。《情采》篇指出:"情者,文之经;辞者,理之纬。经正而后纬成,理定而后辞畅,此立文之本源也。"①这里明白无疑地告诉人们:"情"和"理"两者都属于文学作品内容(也即该篇所谓"质")的范畴,如同织物的"经"线那样在作品中居于主导地位;而"文辞"(也即在该篇与"质"对应的"文")作为媒介及其构成的艺术形式则如同织物的"纬"线那样处于从属和辅助的地位。

三维模式改变了沿一根轴线单层面地考察文学现象的格局。鼎立的三极相互影响、相互制约。其中任何两极间都能自由地进行直接的往复联系,"情"与"物","情"与"辞","物"与"辞"皆然。与此形成对照,在字→句→章→篇或者"情"→"体"→"势"和"思"→"意"→"言"中则不容许跳跃和反向运动:一般字不能逾越句、章直接成篇,"情"也不能撇开"体"径直去造"势","思"也不可不经"意"的阶段直接跃入"言"的层次。反向运动则常与规律相违背,《定势》篇就曾批评过"近代辞人,率好诡巧,原其为体,讹势所变"②的现象。

三维模式有比较自由的多层面的往复联系,就是其先进性的关键所在。我们在附图中所表示的就是这种理论组合三极间的相互关系。

《文心雕龙》中还能见到另外几种三维理论组合:

前面所引《原道》篇的天、地、人"三才",在《宗经》篇直接称为"三极"。在古人心目中天与地是分而为二的浩瀚宇宙,是阴气和阳气分别凝聚而成;而人则是阴阳二气相冲荡、相结合所生出的精灵,故称之为"天地之心"。此处透露出这样的认识:人是自然的一个重要组成部分,人与自然同构(人有心,天地亦有心),人的智慧是宇宙智慧的集中显现。《情采》篇的一段话也值得玩味:

> 故立文之道,其理有三:一曰形文,五色是也;二曰声文,五音是也;三曰情文,五性是也。五色杂而成黼黻,五音比而成《韶》、《夏》,五情发而成辞章,神理之数也。③

---

① [梁]刘勰:《文心雕龙·情采》,张国庆、涂光社:《〈文心雕龙〉集校、集释、直译》,第570页。
② [梁]刘勰:《文心雕龙·定势》,张国庆、涂光社:《〈文心雕龙〉集校、集释、直译》,第557页。
③ [梁]刘勰:《文心雕龙·情采》,张国庆、涂光社:《〈文心雕龙〉集校、集释、直译》,第570页。

刘勰把一切艺术活动塑造形象的材料和形式划分成三大类别：即"形文"——色彩造型、"声文"——音响造型和"情文"——感情和个性造型。显然，文学属于后者；刘勰清楚地认识到文学与视觉艺术和听觉艺术相同的本质属性。这种别开生面的分类是很有启发性的，遗憾的是此处未能展开讨论，在这段文字里也看不出三者相互间有何联系。不过，从刘勰的一些论述可知，文学虽然属于感情和个性造型一类，仍与色彩、音响的造型也有密切关系。《情采》篇一开始便说："圣贤书辞，总称文章，非采而何？"①刘勰不仅在《声律》等篇讨论过文学语言的音乐美，而且在《物色》篇还专门谈到文学描写中的色彩问题："至如《雅》咏棠华，'或黄或白'；《骚》述秋兰，'绿叶'、'紫茎'。凡表五色，贵在时见；若青黄屡出，则繁而不珍。"②看来他所推崇的是偶加点染的清丽色泽，要求给人以新鲜且受人珍视的美感印象。同篇还有"属采附声，亦与心而徘徊"的名论，足见色彩、音响之美也是文学语言美的重要组成部分。

《知音》篇提出："将阅文情，先标六观：一观位体，二观置辞，三观通变，四观奇正，五观事义，六观宫商，斯术既形，则优劣见矣。"③所谓"六观"，是指"披文以入情"——文学鉴赏的六个着眼点，所以都是从接触和体察形式入手的。"位体"是体裁和结构布局的遴选和安排，"置辞"即陆机的"放言遣词"，两者是构建作品艺术形式——"文"的基础。"体"受人们积累的审美经验制约，"辞"更有约定俗成的组合规范，均十分讲究传承。"三观通变，四观事义"尽管不脱离"通而后变"的原则，却重在考察艺术表现上以"奇"求变的成效。此处"事义"大抵指典故的运用技巧，"宫商"则是声调铿锵及其飞沉迭代之美，此为六朝文士颇为得意的两个方面，尤其是后者可谓文学形式美探索上的重要收获。

"六观"似乎也可以两两合并分为三组。《通变》曾篇说过："设文之体有常，变文之数无方。"④如果用它所表述的对立统一关系来理解"六观"中的两极（即"位体""置辞"为一极，"通变"、"奇正"为另一极），那么第三极"事义""宫商"所反映的时代审美追求则是尊重规律、重视典范材料的运用和讲求"通变"相结合的产物。

讨论《文心雕龙》"思精"之所以然的时候，只肯定刘勰能以二元对立统一的辩证法克服偏颇是不够的，其"情""物""辞"三维关系的论证尤为精致。显然，他

---

① ［梁］刘勰：《文心雕龙·情采》，张国庆、涂光社：《〈文心雕龙〉集校、集释、直译》，第570页。
② ［梁］刘勰：《文心雕龙·物色》，张国庆、涂光社：《〈文心雕龙〉集校、集释、直译》，第853页。
③ ［梁］刘勰：《文心雕龙·知音》，张国庆、涂光社：《〈文心雕龙〉集校、集释、直译》，第887页。
④ ［梁］刘勰：《文心雕龙·通变》，张国庆、涂光社：《〈文心雕龙〉集校、集释、直译》，第531页。

得力于承袭和推广使用了陆机"恒患意不称物,文不逮意"中采用的三维模式,使理论达于更高境界:在以往文论中常见的主体、客体的范畴之外又有了集中体现文学特点的第三极范畴;"辞"指文学艺术传达媒介,以及由它构成、兼有主客体因素的作品存在形式。一切文学现象都不可能游离于"情""物""辞"三要素之外,三者之间都有极其微妙的往复联系,能决定创作和欣赏的生成和得失成败。三维模式的运用有利于简明地揭示和把握文学现象的本质和规律,可以说是文学理论思考成熟的一个标志。

入于精微,出之简明,是理论具先进性的表征。三维模式的广泛运用可以说是是文学理论划时代的进步。它对各个艺术门类和其他领域的理论发展也有积极的影响。

附:《文心雕龙》中文学三要素相互关系的示意图:

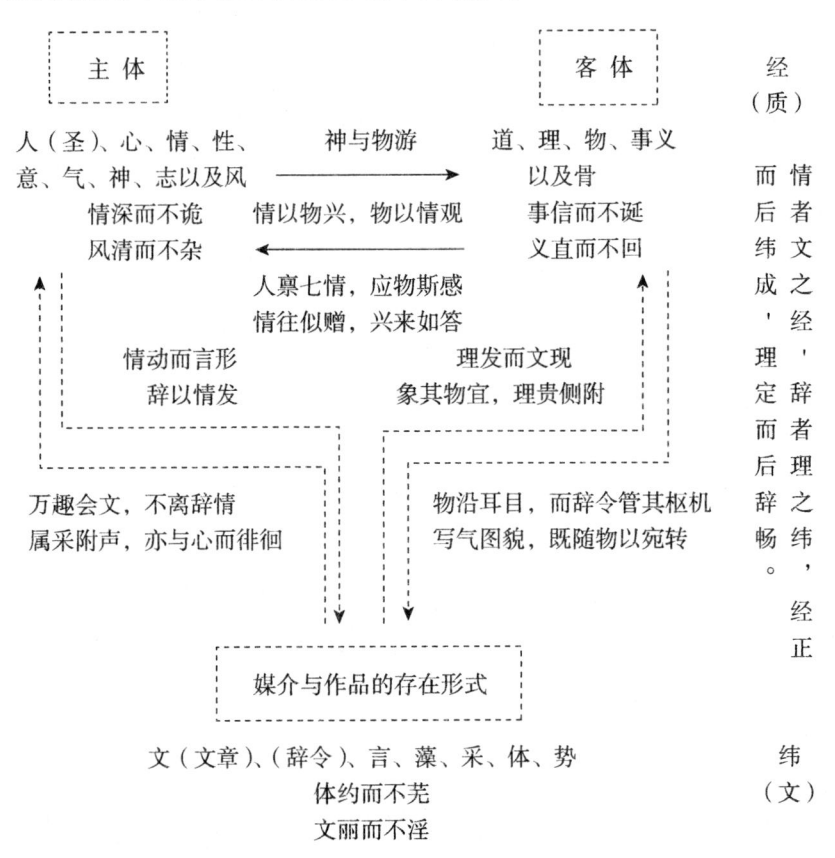

主 体		客 体	经(质)	
人(圣)、心、情、性、意、气、神、志以及风	神与物游 →	道、理、物、事义以及骨	而后纬成,	情者文之经,
情深而不诡 风清而不杂	← 情以物兴,物以情观	事信而不诞 义直而不回	理定而后辞畅。	辞者理之纬,
	人禀七情,应物斯感 情往似赠,兴来如答			
情动而言形 辞以情发		理发而文现 象其物宜,理贵侧附		经正
万趣会文,不离辞情 属采附声,亦与心而徘徊		物沿耳目,而辞令管其枢机 写气图貌,既随物以宛转		

媒介与作品的存在形式

文(文章)、(辞令)、言、藻、采、体、势
体约而不芜
文丽而不淫

纬(文)

三、挚虞《文章流别论》和钟嵘《诗品》中的范畴运用

与陆机同时代挚虞著《文章流别论》考察各种文体源流,全书失传,从近现代所集佚文看,挚虞以综述古义(尤其是诗赋文章的政教功能)为主。虽未见多少新义,但对某些传统范畴概念的解释也体现出西晋时人们认识上的某些进步:

> 文章者所以宣上下之象,明人伦之叙,穷理尽性,以究万物之宜者也。王泽流而《诗》作,成功臻而颂兴,德勋立而铭著,嘉美终而诔集。祝史陈辞,官箴王阙。《周礼》太师掌教"六诗":曰风,曰赋,曰比,曰兴,曰雅,曰颂。言一国之事,系一人之本,谓之风;言天下之事,形四方之风,谓之雅;颂者,美盛德之形容;赋者,敷陈之称也;比者,喻类之言也;兴者,有感之辞也。……①

其中"比者,喻类之言也;兴者,有感之辞也"是从表现方式的角度解释"比兴"的。"比"是类比,简明扼要;"兴"的文辞中有被感发的情致,也是"起情"说的先声。

> 赋者,敷陈之称,古诗之流也。古之作诗者,发乎情,止乎礼义。情之发,因辞以形之;礼义之旨,须事以明之,故有赋焉。所以假象尽辞,敷陈其志。前世为赋者,有孙卿、屈原,尚颇有古诗之义。至宋玉则多淫浮之病矣。楚辞之赋,赋之善者也。故扬子称:赋莫深于《离骚》。贾谊之作,则屈原俦也。古诗之赋,以情义为主,以事类为佐;今之赋,以事形为本,以义正为助。情义为主,则言省而文有例矣;事形为本,则言当而辞无常矣。文之烦省,辞之险易,盖由于此。夫假象过大,则与类相远;逸辞过壮,则与事相违;辩言过理,则与义相失;丽靡过美,则与情相悖。此四过者,所以背大体而害政教。是以司马迁割相如之浮说,扬雄疾辞人之赋以淫。②

挚虞以为,荀子、屈原的赋尚能遵循"发乎情,止乎礼义"的"古诗之义",自宋玉始,辞赋多失之"淫""浮"。指出汉赋在"假(借助)象(物象)"描绘、文辞纵逸驰骋,以及言辩的偏胜和词藻的华丽四方面都因"过大""过壮""过理""过美"而违悖事理之所本和中正。对汉赋的铺陈排比、靡丽繁缛进行批评。直接在文论中用到"象"的概念。

钟嵘《诗品》与刘勰《文心雕龙》是同一时期的文论著述,问世稍晚。

---

① [晋]挚虞:《文章流别论》,郭绍虞:《中国历代文论选》(一),第190页。
② [晋]挚虞:《文章流别论》,郭绍虞:《中国历代文论选》(一),第190—191页。

第三章　魏晋文论与《文心雕龙》的范畴建构

钟嵘的《诗品》是中国古代首部评论诗歌的专著,它仿稍早的谢赫的《古画品录》,以上、中、下三"品"分列历代诗家,综评汉魏以来(至南齐)的五言诗创作。在范畴概念的运用上也很有创意。

《诗品序》说:

> 故诗有三义焉,一曰兴,二曰比,三曰赋。文已尽而意有余,兴也;因物喻志,比也;直书其事,寓言写物,赋也。宏斯三义,酌而用之,干之以风力,润之以丹彩,使味之者无极,闻之者动心,是诗之至也。若专用比兴,则患在意深,意深则词踬。若但用赋体,则患在意浮,意浮则文散;嬉成流移,文无止泊,有芜漫之累矣。①

变《诗经》学的"六义"而为"三义"。标举"诗有三义"而将序列颠倒:"兴"列前,"比"居其次,"赋"列后。释"兴"变"起情"而为"文已尽而意有余",重心已从调动吟诵和聆听诗歌者的情绪,向提高诗歌语言的表现力方面位移。赞赏"言不尽意"的审美效果,可以说是"兴味"说的开端。

《诗品下·序》云:

> 若乃春风春鸟,秋月秋蝉,夏云暑雨,冬月祁寒,斯四候之感诸诗者也。嘉会寄诗以亲,离群托诗以怨。至于楚臣去境,汉妾辞宫,或骨横朔野,或魂逐飞蓬,或负戈外戍,杀气雄边;塞客衣单,孀闺泪尽;或士有解佩出朝,一去忘返;女有扬蛾入宠,再盼倾国。凡斯种种,感荡心灵,非陈诗何以展其义,非长歌何以释其情?故曰:'《诗》可以群,可以怨。'使穷贱易安,幽居靡闷,莫尚于诗矣。"②

前面的种种叙写一言蔽之:诗作"缘情"而已,抒写范围远远超越"言志":"凡斯种种,感荡心灵,非陈诗何以展其义,非长歌何以释其情?"仅言"《诗》可以群,可以怨",对儒家经典《诗》学的改动中透露的是不再持那种采诗、诵诗"可以兴,可以观,可以群,可以怨"的官方立场;而此处的"可以群,可以怨"只强调诗歌应当而且能够抒发一己情感(尤其是"怨"情),以获得更多人的理解与同情("群")。

它在相当程度上摆脱了经学的束缚,依艺术表现的需要重新诠释了"比""兴""赋";对"可以群,可以怨"的"种种"阐发更是就广义(也即超越政治教化)的诗歌抒情功能而言的。

---

① [梁]钟嵘:《诗品·序》,穆克宏、郭丹:《魏晋南北朝文论全编》,第230页。
② [梁]钟嵘:《诗品·序》,穆克宏、郭丹:《魏晋南北朝文论全编》,第231页。

钟氏论诗重"情"、"灵",讲究"滋味"。《诗品序》说:

> 气之动物,物之感人,故摇荡性情,形诸舞咏。……
>
> 永嘉时,贵黄、老,尚虚谈。于时篇什,理过其辞,淡乎寡味。五言居文词之要,是众作之有滋味者也,故云会于流俗。岂不以指事造形,穷情写物,最为详切者邪!①

说"五言居文词之要,是众作之有滋味者也"肯定了古代诗歌形式的一次重要变革——汉魏以来五言取代四言主盟诗坛的艺术成就。相比之下《文心·明诗》的"四言正体,雅润为本;五言流调,清丽居宗"②略嫌保守,当然钟嵘也有嫌偏执。《诗品上》中评"晋步兵阮籍诗"曰:

> 其源出于《小雅》。无雕虫之巧。而《咏怀》之作,可以陶性灵,发幽思。言在耳目之内,情寄八荒之表。③

此为诗论中首见"性灵"处,常成为后世"性灵"派诗论祖述。阮籍《咏怀诗》八十余篇为世所推重,其中抒发幽深遥远的忧世情怀,故云"言在耳目之内,情寄八荒之表",得列为上品。刘勰《明诗》亦称:"阮旨遥深。"④

《诗品中·序》论到典故运用:"若乃经国文符,应资博古;撰德驳奏,宜穷往烈。至乎吟咏情性,亦何贵乎用事?"⑤明言诗歌旨在"吟咏情性"不贵"用事",即不以堆砌典故为上;更可贵的是对直抒胸臆和"自然英旨"的标举:

> ……故大明、泰始中,文章殆同书抄……拘挛补纳,蠹文已甚。但自然英旨,罕值其人。
>
> "思君如流水",既是即目;"高台多悲风",亦惟所见;"清晨登陇首",羌无故实;"明月照积雪",讵出经史?观古今胜语,多非补假,皆由直寻。⑥

《诗品下·序》评宋齐时的"声病"说时亦称:

> ……王元长创其首,谢朓、沈约扬其波。三贤咸贵公子孙,幼有文辨。于是士流景慕,务为精密。襞积细微,专相凌架。故使文多拘忌,伤其真美。余

---

① [梁]钟嵘:《诗品·序》,穆克宏、郭丹:《魏晋南北朝文论全编》,第229-230页。
② [梁]刘勰:《文心雕龙·明诗》,张国庆、涂光社:《〈文心雕龙〉集校、集释、直译》,第107页。
③ [梁]钟嵘:《诗品》,穆克宏、郭丹:《魏晋南北朝文论全编》,第239页。
④ [梁]刘勰:《文心雕龙·明诗》,张国庆、涂光社:《〈文心雕龙〉集校、集释、直译》,第102页。
⑤ [梁]钟嵘:《诗品·序》,穆克宏、郭丹:《魏晋南北朝文论全编》,第232页。
⑥ [梁]钟嵘:《诗品·序》,穆克宏、郭丹:《魏晋南北朝文论全编》,第232页。

谓文制,本须讽读,不可蹇碍。但令清浊通流,口吻调利,斯为足矣。至如平上去入,则余病未能;蜂腰鹤膝,闾里已具。①

张伯伟《钟嵘〈诗品〉研究》指出,"钟嵘也受到玄学思想的影响,作为一个文学理论家,他对玄学思想也同样是既吸收又修正的。"对《诗品》上面两段的评说很是中肯:

> 在这里,"即目"、"直寻"就是按照其本来面目、自己如此的样子,也就是"自然"。但既然是诗,必定要通过主观的情思、意象的安排和文字的构造,所以就诗而言,又不可能是纯粹"自己如此"的。所以这个"自然"必定是玄学的"自然",是创造,而又不觉其为创造,似乎只是"即目"、"直寻"而已,没有雕琢斧凿,人为构造的痕迹。陆游说:"文章本天成,妙手偶得之。"(《文章》,《剑南诗稿》卷八十三),以"妙手"而"得之",则"文章"自能如"天成"。
>
> 在音律方面,钟嵘反对永明声病说,认为声律论"使文多拘忌,伤其真美","真美"亦即"自然之美";"自然之美"并非违背声音的客观规律,"但令清浊通流,口吻调利,斯为足矣。"这也是玄学的"自然"观念对钟嵘审美理想之影响的一个方面。②

曹丕、陆机、挚虞、钟嵘著述中对范畴概念的运用反映出魏晋南北朝文学理论发展的进程。总的说来,进入"自觉"时代以来,文论家在范畴的创设上各有所成,从中能一窥其不断进展的趋势。诚然,都远不及《文心雕龙》那样成系列有统序的宏大建构。

第二节 玄学影响下的文论范畴创用

文论的长足进步不仅要有所处时代文学实践提供的雄厚基础,也离不开哲学思辨水平提升给予的支撑。

文学从建安时期起进入"自觉时代";在哲学史上魏晋南北朝则是思辨精神复归、玄学昌盛的时期。尽管"玄"并未成为一个文论范畴,但玄学思辨对于文学的理论思考与范畴的创设运用有很大的推动作用。陆机《文赋》的"课虚无以责有,

---

① [梁]钟嵘:《诗品·序》,穆克宏、郭丹:《魏晋南北朝文论全编》,第233页。
② 张伯伟:《钟嵘〈诗品〉研究》,南京:南京大学出版社,1993年,第54页、第56-57页。

叩寂寞而求音"中"有"与"无"以及"一"与"多"、"离"与"合"的对举中都能看出玄学的影响。不过在理论建构和范畴创用上得益哲学思辨最大的还是刘勰的《文心雕龙》。

一、玄学和哲学思辨精神的复归

玄学是魏晋南北朝时期出现的以老庄为骨架,兼取儒、名、法诸家思想材料的一种哲学思潮。玄学讨论的中心问题是"有无(动静)"之辨,即宇宙万物存在的根据,属本体论的范畴。它远离具体的事物和社会现实,高度抽象,难以捉摸。玄者,玄远也;取《老子》"玄之又玄,众妙之门"[1]之义。当时人们也常径直把玄学称为"玄远"之学,陆澄《与王俭书》有:"于时政由王、庾,皆隽神清识,能言玄远。"[2]《世说新语》的"规箴"门中有:"王夷甫雅尚玄远。"[3]"文学"门除了有"荀粲谈尚玄远"的介绍以外还有这样的记载:

> 殷中军为庾公长史,下都,王丞相为之集,桓公、王长史、王蓝田、谢镇西并在。丞相自起解帐带麈尾,语殷曰:"身今日当与君共谈析理。"既共清言,遂达三更。丞相与殷共相往反,其余诸贤,略无所关。既彼我相尽,丞相乃叹曰:"向来语,乃竟未知理源所归,至于辞喻不相负。正始之音,正当尔耳!"明旦,桓宣武语人曰:"昨夜听殷、王清言甚佳,仁祖亦不寂寞,我亦时复造心,顾看两王掾,辄如生母狗馨。"[4]

殷浩与王导一夕谈玄,在座的其他人或者一知半解,或者茫茫然呆坐,竟不能参与其中。足见这"清言"玄妙深奥,非常人的智慧和思维习惯所能适应。

自正始前后起,士大夫大大发展了汉代的清议,从品题人物、校练名理,到探究有无动静和本末、体用,辨析才性的离合以及言意、形神的关系……除了玄学内部的论辩而外,还有玄学与正统儒学的抗争(比如既从生活态度上,也从论辩上以自然来对抗名教),甚至参与和影响了稍后的儒、道、佛三家间的论争,形成了延续数百年的学术论辩争鸣的局面。

南北朝时期的玄学虽然在理论建树上远不如魏晋那么多,但并未衰落。南朝

---

[1] 《老子·一章》,陈鼓应:《老子注译及评介》,第53页。
[2] [南齐]陆澄:《与王俭书》,[清]严可均辑、陈延嘉等校点主编:《全上古三代秦汉三国六朝文》(六),第774页。
[3] [南朝宋]刘义庆:《世说新语·规箴》,第552页。
[4] [南朝宋]刘义庆:《世说新语·文学》,第206页。

的帝王、权贵和士人中不少人醉心玄学;儒者亦不乏兼擅玄理者。宋文帝立四馆,玄学得与儒学、史学、文学并立;他曾经以"咸"和"粲"为羊玄保的两个儿子取名,勉励他们效法曹魏时的玄学家荀粲和阮咸,继承"林下正始馀风"。宋明帝亦好玄理,所置总明观,仍设玄学部。《颜氏家训·勉学》说:"洎乎梁代,兹风(玄风)中复阐,《庄》《老》《周易》,谓之三玄。武皇简文,躬自讲论。"①一时的风气可知。

从东汉末到隋统一这四百年间,除西晋短期统一的三十余年外,中国一直处于国家分裂、战乱频仍的灾难之中。政治上篡代层出,门阀把持仕进,士族豪门穷奢极侈腐败达于极点。然而,玄学却在这样的历史时期内勃兴,其原因何在呢?

在百家争鸣中成长起来的先秦哲学是富于思辨精神的。秦始皇焚书,给了汉代儒者一个重建儒学的机会。在统治者"罢黜百家,独尊儒术"政策的倡导和支持下,汉儒建立的经学虽是以孔孟之学为依据,却完全按照封建中央集权大帝国的需要进行发挥和改造。比如孔子虽然敬天命,但似乎更强调身体力行,改造社会;对鬼神敬而远之,"不语怪、力、乱、神"表现出一种求实的理性态度。然而,两汉的正统经学却被改造成为一种压抑了理性的经验哲学,从董仲舒的《春秋繁露》到东汉的《白虎通义》,统治集团定为一尊的正统经学构成了一个神学目的论和宿命论的体系。它是封闭的、僵化的,充满神秘主义和迷信色彩。

尚"玄"者推崇《易》《老》的思想方法,"玄"虽幽微神妙却大抵与符瑞灾变的神异无涉。东汉的桓谭、王充、张衡等有识之士对统治者热衷的谶纬之说进行过猛烈的抨击;古文学派也以系统的训诂方法力图还先秦经典的本来面目,从经学内部批驳和抵制官办经学的纰缪和荒诞,学术因而振兴一时。不过总的说来,仍未挽回经学的颓势。如果说西汉的统治者还比较清醒和自律,政治还比较清明的话,东汉中期以后外戚、宦官的把持朝政、相互倾轧,皇帝的昏庸残暴使士人产生了愈来愈大的离心倾向。

黄巾起义摧垮了封建大一统的东汉帝国,正统经学失去了政治上强有力的支持,进一步丧失了它在学术思想方面的权威。建安时期,由于政治斗争和军事斗争的需要,以及人们逃避现实思想的抬头,刑名、黄老之学又趋活跃。作为北方政治和军事集团的首领,曹操公然明令举拔"不仁不孝而有治国用兵之术"者,这是过去人们不敢说,甚至不敢想的离经叛道的言行,非其人其时不能有也。魏晋两朝都是由权臣篡代建立起来的,忠于皇室者常常是被排挤被杀戮的对象,篡代者为取得门阀世族的支持而实行"九品中正"的选官制度。这段时期可以说是一个

---

① [北齐]颜之推:《颜氏家训·勉学》,王利器:《颜氏家训集解》,第187页。

荒谬的时代：思想禁锢瓦解，伦常被冲击、破坏，政治黑暗恐怖。于是，以老庄思想为主体糅合儒、名、法诸家思想的玄学清谈适应当时的政治气候而兴盛起来。

封建统治者在争斗和倾轧中的贪暴卑劣使他们倡导名教的虚伪性暴露无遗。魏晋士人或全身远害，或淫佚放纵，或逍遥自适。在玄学中他们能够回避无法面对的政治现实，撇开已经不能自圆其说的名教，将议论的中心转移到本体论即天地万物存在的根据上来，自然是顺理成章的。玄学兼取诸家所长，探讨事物现象的本质和依据，抽象的程度很高，又有多元（即没有至高无上的权威以及统领一切的观点和思维模式）论辩的特点，其兴盛也体现着在更高层次上对先秦哲学思辨精神的一种复归。

占统治地位的压抑理性的经验哲学走上极端以后，在特定的历史条件（比如魏晋南北朝的历史条件）下会被一种开放的、多元的思辨哲学所取代。魏晋南北朝玄学的昌盛既是社会政治的现实使然，又合乎哲学历史发展的趋势。

二、文学艺术理论批评在玄学思潮中的取舍

魏晋玄学虽然杂糅各家，毕竟以老庄思想为骨架，摆脱了经学的束缚，体现出高度理性思辨的特点。理性的解放导致对感情和人的价值的肯定，以及对个性价值的发现与追求。思辨精神的发扬也促进了思维能力的飞跃。有了这样的基础，各个意识形态领域的理论才有可能发生重大突破和全面的飞跃，文学艺术论的长足进步就是明证。

嵇康在其《声无哀乐论》中提出音乐本身有"自然之和"的观点，反对儒家乐论中的天人感应说。他从心与物对立的角度来考察音乐与感情的关系，指出主观感情并不是客观事物的属性，把声音之美与主观的哀乐之情区分开来，否认艺术的美与道德的善之间的必然联系。他还认为审美主体对于音乐的反应只是心理的（即躁、静、专、散），而非感情的（即哀、乐）。持论虽然时有偏胜，却是别开生面，很有启发性。

书法和绘画理论中也见得到玄学中言意之辨和神形、心物关系论的影响。譬如刘宋宗炳的《画山水序》说："夫理绝于中古之上者，可意求于千载之下；旨微于言象之外者，可心取于书策之内；况乎身所盘桓，目所绸缪，以形写形，以色貌色也？……夫以应会感心为理者，类之成巧，则目亦同应，心亦俱会。应会感神，神超理得，虽复虚求幽岩，何以加焉？又神本无端，栖形感类，理入影迹，诚能妙写，

亦诚尽矣。"①南齐王僧虔《笔意赞》认为:"书之妙道,神彩为上,形质次之,兼之者方可绍于古人。以斯言之,岂易多得。必使心忘于笔,手忘于书,心手达情,书不妄想。是谓求之不得,考之即彰,乃为笔意。"②

陆机《文赋》的"恒患意不称物,文不逮意","若夫随手之变,良难以辞逮",和"言拙而喻巧","是盖轮扁所不得言,亦非华说之所能精"诸论,显然都是在"言"、"意"之辨的启迪下生发的。其余如"课虚无以责有,叩寂寞而求音"颇有"有"生于"无"、"以静驭动"的意味;"立片言而居要,乃一篇之警策"与"彼榛楛之勿翦,亦蒙荣于集翠"之论又暗合"一"与"多"的对立统一。

那么体大思精的经典《文心雕龙》又如何呢?

一些学者认为刘勰对玄学持反对态度,蔡锺翔先生则指出:"刘勰虽不赞同玄学家的某些观点,也没有从事玄言和玄理的探讨,但方法论上是得力于玄学的。在这个意义上说,没有玄学就没有体大思精的《文心雕龙》,是不为过分的。"③这在《文心雕龙》中是可以找到依据的。《论说》篇有这样的述评:

> 魏之初霸,术兼名、法。傅嘏、王粲,校练名理。迄至正始,务欲守文。何晏之徒,始盛玄论。于是聃、周当路,与尼父争涂矣。详观兰石之《才性》,仲宣之《去伐》,叔夜之辨《声》,太初之《本玄》,辅嗣之"两例",平叔之"二论",并师心独见,锋颖精密,盖人伦之英也。……次及宋岱、郭象,锐思于几神之区;夷甫、裴颜,交辨于有无之域:并独步当时,流声后代。然滞"有"者全系于形用,贵"无"者专守于寂寥。徒锐偏解,莫诣正理;动极神源,其般若之绝境乎?逮江左群谈,惟玄是务;虽有日新,而多抽前绪矣。④

刘勰这一段议论是对魏晋玄学的评价,虽则简明,也很全面。他几乎列举了所有有代表性玄学名家,"并师心独见,锋颖精密,盖人伦之英"的评价不能说不高,"并独步当时,流声后代"也无疑是对其成就的一种肯定。至于在多元论辩的玄学领域内指出"滞有者全系于形用"和"贵无者专守于寂寥""莫诣正理",则只是对某些持论偏执者的批评,并非是对整个玄学的再否定。他对东晋玄学估价平

---

① [南朝宋]宗炳:《画山水序》,俞剑华:《中国历代画论大观》第一编,南京:江苏美术出版社,2015年,第45页。
② [南齐]王僧虔:《笔意赞》,上海:上海书画出版社,1979年,第62页。
③ 蔡锺翔:《王弼哲学与〈文心雕龙〉》,《文心雕龙学刊》第四辑,济南:齐鲁书社,1986年,第215页。
④ [梁]刘勰:《文心雕龙·论说》,张国庆、涂光社:《〈文心雕龙〉集校、集释、直译》,第349页。

285

平,甚至略有贬抑,也是因其"惟玄是务"却建树无多的缘故。诚然,刘勰以为与"滞有者"和"贵无者"的持论相比,佛教的般若学是一种绝妙至高的境界。但似乎也还不是整个玄学和佛学的对比。

《论说》篇论及经典注释的时候,批评了汉代章句之学的庞杂烦琐,然后说:"若毛公之训《诗》,安国之传《书》,郑君之释《礼》,王弼之解《易》:要约明畅,可以为式矣。"①对于认识刘勰对玄学的态度来说,这段话并不是无关紧要的。刘勰一贯尊崇汉代古文学派的成就,此处只是标举其《诗》学、《书》学和《礼》学,谈到《易》学则舍汉儒而取王弼,可以说是相当难得的赞赏。而王弼却是玄学中首屈一指的代表人物,他的《易》学对于玄学的理论建设贡献尤大。足见刘勰对玄学,尤其是对王弼的成就是倾心推崇的。

论及玄学对文学的影响时,刘勰的态度就不同了:

> 及正始明道,诗杂仙心,何晏之徒,率多浮浅。唯嵇志清峻,阮旨遥深,故能标焉。……江左篇制,溺乎玄风,嗤笑徇务之志,崇盛忘机之谈;袁、孙已下,虽各有雕采,而辞趣一揆,莫与争雄,所以景纯《仙》篇,挺拔而为俊矣。②

> 正始馀风,篇体轻澹。……简文勃兴,渊乎清峻;微言精理,函满玄席;澹思浓采,时洒文囿。……自中朝贵玄,江左称盛,因谈余气,流成文体。是以世极迍邅,而辞意夷泰;诗必柱下之旨归,赋乃漆园之义疏。故知文变染乎世情,兴废系乎时序。③

在他看来,玄风熏染下的文学创作流弊不小,"率多浮浅"、"溺乎玄风"、"辞趣一揆"等语的贬义甚明。对积极入世,关注君臣大义和军国大计,倡导"达则奉时以骋绩,穷则独善以垂文"④的刘勰来说,"嗤笑徇务之志,崇盛忘机之谈","世极迍邅,而辞意夷泰;诗必柱下之旨归,赋乃漆园之义疏"不仅思想无可取,而且违背艺术的规律,自然不能给予肯定。当然也有例外,玄学名家未必都写玄言诗赋,正始以降亦时有佳作。《明诗》篇所谓"唯嵇志清峻,阮旨遥深"的"唯"字就表述了这种例外。除了对嵇康、阮籍(以及《时序》篇连同提到的应璩、缪袭)以外,刘

---

① [梁]刘勰:《文心雕龙·论说》,张国庆、涂光社:《〈文心雕龙〉集校、集释、直译》,第355页。
② [梁]刘勰:《文心雕龙·明诗》,张国庆、涂光社:《〈文心雕龙〉集校、集释、直译》,第102—104页。
③ [梁]刘勰:《文心雕龙·时序》,张国庆、涂光社:《〈文心雕龙〉集校、集释、直译》,第836—839页。
④ [梁]刘勰:《文心雕龙·程器》,张国庆、涂光社:《〈文心雕龙〉集校、集释、直译》,第908页。

勰对郭璞独树一帜的《游仙诗》也给予了赞赏。

笔者以为,总的说来,刘勰对魏晋玄学的理论建树基本持肯定态度,然而他也明确地认识到玄风给予文学创作的主要是消极的影响。

《文心雕龙》中虽然只清楚地阐述过以儒家思想为宗旨的基本立场,但并不妨碍刘勰建构理论时"唯务折衷",兼取各家思想材料,为我所用。无论刘勰是否具有借鉴玄学思想方法、利用其理论成果的自觉,在魏晋南北朝时期撰结的文学理论巨著,不接受玄学深刻影响而能达到"体大思精"的高度那简直是咄咄怪事。何况刘勰对前人理论的若干评价和取舍表明,他确实是一个清醒开明、善于采撷众长的理论家呢!

三、刘勰对玄学思想方法的接受

自先秦起,学术发展史上的儒、道、法各家都是不断演化的动态系统。既有相对稳定的传承,也不断有对新思想材料的接受与整合,不同时代的传人在不同层面拓展,皆有时代和个性的特征。

儒的出现远在孔子之前,是一种职业。儒者掌握方术,熟悉礼仪和道德规范,从事祭祀、记录整理文献和教育子弟的工作,从来就与传统文化保持着最为密切的关系。经过孔子的全面整理、阐扬和述传,儒家思想的宗旨廓定,仁学可谓其理论基石。"德化"点明其致力道德伦常教化,以建构和谐、相互关爱人际关系的社会理想。道家学说为老子始创,"道法自然"为宗旨,"玄化"是形容"道"作为事物运作内在规律和演化机制的幽微玄妙。

儒、道两家思想在传统文化中居主导和核心的位置是历史的必然。并不像有的学者认为的那样,只是到了汉武帝采纳董仲舒的意见之后儒家学说才成为学术思想的正统和主流。"独尊儒术"不过是明确和强化儒学的垄断地位以钳制和统一思想,为巩固专制君权和大一统国家的治理服务。

传承数千年的儒家思想不是封闭和凝固的,春秋战国诸子百家在争鸣中其实有互促互鉴。儒者宗孔虽同,但大多各有门户、家学,历代的取向和对其他学说的吸纳不尽一致。《荀子》对法家势治、董仲舒《春秋繁露》对阴阳五行说的兼容就是例子,汉代经学有今文、古文之别。魏晋南北朝的玄学清谈和儒、道、佛三家在论辩中也有相互借鉴吸收。宋明儒者的心性之说中不无庄禅影响。魏晋儒者不同于汉儒,宋明理学更与汉学异趣。在尊孔上固然以儒门为最,但孔子大抵为各家共同推崇也是不争的事实。儒士中尚道礼佛者不为稀奇。古代士人思想大多很"杂",简单地认定他们归属儒、法、道、佛的某一家都可能是片面的。

司马谈、司马迁父子崇尚黄老的治国理念,无碍他们推尊孔子文化承传上的贡献和学术地位。所谓"死有重于泰山,有轻于鸿毛","发愤为作,藏之名山,传之其人"类同儒家立德、立功、立言的生命价值观和功利观。东汉儒学大师马融的行止则是"达生任性,不拘儒者之节"①。东晋道教理论家葛洪的《抱朴子·内篇·明本》直言"道者儒之本也,儒者道之末也。"②隐居茅山修道的陶弘景为梁武帝倚重,"国家每有吉凶征讨大事,无不前以咨询,月中常有数信",故有"山中宰相"之称③。而佛教得以流传华夏的一个重要因素,就是它成功地中国化了,佛学对于孔教和玄学的吸收帮助它突破了"夷夏之大防"④。古代士人无论是否归诸儒林,标榜为哪一家,都摆脱不掉与儒家思想的干系。另一方面,历朝治国的方略举措,又都不免兼取黄老或王霸法术。人们未必以为儒、道、释是水火不容的,士人即使留连庄禅,也无碍其尊孔读经。苏轼《庄子祠堂记》曾说,庄周于孔子是"阴挤而阴助之"⑤。

　　儒,柔也,濡染也,重伦理,讲世道人心、教育感化。其宗旨重在建构合乎大同理想的和谐社会,申述协调人际关系的道德规范和政治理念。道,本义为路径,引申为导向、至理。老子说"强字之曰道"是取其"道路"的本义带来的万物殊途同归的必由之径的内涵。道家取法自然,就是尊重和依循事物之本然和运动变化的自然而然;黄老的"无为"(不外乎顺其自然爱惜民力,无苛繁政令扰其生聚,薄敛轻赋以休养生息)目的在于求治。法家主张造成法治的强势,使人民服从君主国家的权力格局;韩非写了《解老》《喻老》,认为使臣民不得不然的权势就是政治应该造就的"自然之势"。司马迁也许认为法家从这一侧面继承了老子,于是《史记》中把老子与韩非等法家人物合写在一篇列传里。为政者即使崇儒,国家的军政举措也不会止步于礼义教化,无论作"无为之治"抑或用王霸刑名,不能不对黄老法术有所倚重。

　　因《文心雕龙》建树不凡,百年来其作者刘勰以古代杰出和最有代表性的文学理论家知名学界。他在该书的《序志》中说自己是在孔子的感召启示下讨论文学的,在《原道》《征圣》《宗经》强调圣人和儒经对写作的典范意义:"道沿圣以垂文,

---

① [南朝宋]范晔:《后汉书·马融传》,第1792页。
② [晋]葛洪:《抱朴子·内篇·明本》,王明:《抱朴子内篇校释》,第184页。
③ [唐]李延寿:《南史·陶弘景传》,北京:中华书局,1975年,第1899页。
④ 陈寅恪:《论韩愈》,《中国现代学术经典·陈寅恪卷》,第711页。
⑤ [宋]苏轼:《庄子祠堂记》,张春林主编:《苏轼全集》,第586页。

圣因文而明道"①,"征之周孔,则文有师矣"②,"经也者,恒久之至道,不刊之鸿教也"③。在《明诗》《乐府》《诠赋》等文体论中,在《情采》《比兴》《时序》《程器》等创作论和批评论中,儒家文学观都有明确的表述。因此不少学者认为刘勰以儒家思想为指导撰著了《文心雕龙》,有的以刘勰指谪纬书、推崇马融、郑玄为依据,将刘勰的思想归于古文经学一派。

其实"折衷众论"的刘勰在《文心》中对诸家所长是兼取并用的。《原道》申述的"自然之道"和其他篇屡次标榜的"自然"法则显然源于道家。诚然,所谓"道沿圣以垂文,圣因文而明道"与老庄的"道可道,非常道"、"道隐无名"和"道不可言,言而非也"并不吻合。创作论的重要篇章《神思》《体性》中见不着儒学的影子,却多次征引源于各家特别是庄学的思想材料。在《论说》篇评骘玄学"贵无"、"崇有"两派论辩的得失后称许说:"动极神源,其般若之绝境乎?"④各方面的思想材料在《文心》中未必是原封不动地移植,往往依论证的需要作出取舍和改造,刘勰是"六经注我"唯文论所用的。加上其身世与佛教的不解之缘和存世碑铭、佛学论著的佐证,刘勰思想的复杂性是不难发现的。

在玄学影响下刘勰在论文的《文心雕龙》和论政的《刘子》中均以范畴系列入论,在两个领域都有不同凡响的建树,予人们这样的启示:遵循"道者玄化为本,儒者德化为宗","二化为最"的导向,刘勰才取得学术思考水平的跃升和理论上的重大突破。

《文心雕龙》中盛赞孔子,标举"征圣""宗经",强调文学"德化"的功用,尽管在文学规律的探讨上兼取其他各家,尤其倚重老庄和玄学方面的理论资源,尚儒倾向毕竟明显。《刘子·九流》作出以杂家立场论政的宣言,指出"九流""俱会治道","道者玄化为本,儒者德化为宗;九流之中,二化为最"⑤。宗尚的主导方面和对各家的兼容并包在两书中都能得到充分印证。无须赘言。

"玄"是对"道"一种整体性特征的表述,精微奥妙,幽深难测,所以较少直接运用于某方面的理论话语中,然而它指向左右事物演化的内在机制和规律,尚玄引导学术思考的深入("抽象"化)。玄学最大特点就是运用范畴进行论辩,对古代学术发展,尤其是范畴的推广运用带来的理论水平提升发挥了重大作用。

---

① [梁]刘勰:《文心雕龙·原道》,张国庆、涂光社:《〈文心雕龙〉集校、集释、直译》,第12页。
② [梁]刘勰:《文心雕龙·征圣》,张国庆、涂光社:《〈文心雕龙〉集校、集释、直译》,第26页。
③ [梁]刘勰:《文心雕龙·宗经》,张国庆、涂光社:《〈文心雕龙〉集校、集释、直译》,第28页。
④ [梁]刘勰:《文心雕龙·论说》,张国庆、涂光社:《〈文心雕龙〉集校、集释、直译》,第349页。
⑤ [梁]刘勰:《刘子·九流》,林其锬、陈凤金:《刘子集校》,第303页。

《文心雕龙》体大思精，是文学自觉时代的经典理论，全面探讨文学现象的本质规律，系统地总结这一艺术门类的经验、规范。其范畴系列的运用也有更多经典意义。

《刘子》论政"用古以说当前"，讨论作者面对的乱局：国家分裂、战乱频繁、门阀世族奢靡无度、把持仕进，人才的察举任用上的种种积弊……杂取前说，唯取其中能适时用者阐发之，理论的系统缜密程度不如《文心》是自然的。不过，针对凸出的社会矛盾和施政弊端，深入剖析一些重大政治问题，比如首先以《清神》《防欲》《去情》论施政主体如何提升自我的思想素质和精神境界，确保治理的清正廉明；立《贵农》《爱民》的国本民本之论；有《审名》《鄙名》《知人》《荐贤》等篇讨论人才的察举任用；《文武》《兵术》《阅武》则论的是军国大计……既摘取前论精要以为己用，更多不乏新意的阐释；所用范畴系列往往是别开生面的组合，作鞭辟入里、豁人耳目的剖析。

那个时期确有一种相对开放包容、立新说多创意的学术风气，所以《文心》和《刘子》能根据各自论证的需要，在理论体系建构，尤其是范畴系列的组合和论证上都有创造性的发挥与建树（如《文心》"情""物""辞"创作三要素的组合，《刘子》首先以"清神""防欲""去情"论施政主体的思想精神修为。）

概言之，《文心雕龙》论文学，是文学进入"自觉时代"以后的经典性理论建树；《刘子》"用古说今"论政治，先秦到魏晋子书这方面早有丰厚积淀，直面的却是数百年乱局和政治积弊。两书不仅归属不同的意识形态领域，而且处于各自领域理论发展的不同阶段。六朝学术的时代精神是包容开放的，作为那个时代的思想理论大家，对两书撰述的思想宗尚和论证方法必然要作出相应调整。

撰就古代文学理论经典《文心雕龙》的刘勰是齐梁时的思想理论大家，他对玄学的思想方法持何种态度呢？

文论的长足进步不仅要有所处时代文学实践提供的雄厚基础，也离不开哲学思辨水平提升给予的支撑。文学从建安时期起进入"自觉时代"，在哲学史上魏晋南北朝则是思辨精神复归、玄学昌盛的时期。尽管"玄"并未成为一个文论范畴，但玄学思辨对于文学的理论思考与范畴的创设运用有很大的推动作用。陆机《文赋》的"课虚无以责有，叩寂寞而求音"中"有"与"无"以及"一"与"多"、"离"与"合"的对举中都能看出玄学的影响。不过，在理论建构和范畴创用上得益哲学思辨最大的还是刘勰的《文心雕龙》。

谈到玄学对《文心雕龙》影响，不外乎思想观念上和理论方法上两个方面。两者尽管不能截然分开，毕竟有所区别。我们先看思想观念方面。

儒家强调善美,道家追求真美,玄学以老庄思想为核心,其美学倾向崇尚"自然"是不足为奇的。夏侯玄说:"天地以自然运,圣人以自然为用。自然者,道也。"①王弼注《老子》二十五章"道法自然"一句说:

> 道不违自然,乃得其性,法自然也。法自然者,在方而法方,在圆而法圆,于自然无违也。②

在玄学里"自然"常指宇宙本体、世界的本源,总是包含着自在、本然的意义,即指万物本来的样子;与"自然"相对的"名教"则显然是人为的,人们为规范社会关系而设立的等级名分与教化。玄学中有主张"名教"因于"自然"、反映"自然","圣人以自然为用"的一派,即以"体用如一"、"本末不二"的观点来相容和统一"自然"与"名教",王弼、夏侯玄等就是如此。另一派则以正始时的阮籍、嵇康为代表,强调两者的矛盾对立不可调和,认为人为的"名教"只会摧残人的天性,破坏人与人之间和谐的自然关系,因此他们提倡"越名教而任自然",甚至公然"非汤武而薄周孔"。

刘勰的倾向显然在相容一方。《文心雕龙·原道》篇表述的就是"自然之道"与"炳耀仁孝"相容互补的指导思想。

"天地以自然运"和"自然者,道也"表明,"自然"体现着天地万物的本质和不以人们主观意志为转移的客观规律。所谓"道不违自然","在方而法方,在圆而法圆"就是要求人为的运作必须尊重事物发展演变的客观规律,顺应自然态势。刘勰注重文学创作规律的探讨和揭示,强调尊重规律、顺随写作自然体势的必要,均与此一脉相承,其《定势》篇所论就是很好的例子:

> 夫情致异区,文变殊术,莫不因情立体,即体成势也。势者,乘利而为制也。如机发矢直,涧曲湍回,自然之趣也。圆者规体,其势也自转;方者矩形,其势也自安;文章体势,如斯而已。是以模经为式者,自入典雅之懿;效《骚》命篇者,必归艳逸之华;综意浅切者,类乏酝藉;断辞辨约者,率乖繁缛:譬激水不漪,槁木无阴,自然之势也。③

刘勰以"势"论文虽然对先秦兵法有所借鉴,但《孙子·势》篇的有关部分只是说:"任势者,其战人也如转木石。木石之性,安则静,危则动;方则止,圆则行。

---

① [晋]张湛:《列子·仲尼注》引,第106页。
② [魏]王弼:《老子道德经注》,楼宇烈:《王弼集校释》,第65页。
③ [梁]刘勰:《文心雕龙·定势》,张国庆、涂光社:《〈文心雕龙〉集校、集释、直译》,第552页。

291

故善战人之势,如转圆石于千仞之山者,势也。"①刘勰反复强调的"自然之势"(按,在前的"自然之趣"的"趣"与"势"同义)以及"方者其势自安,圆者其势自转"之论则明显脱胎于玄学。《附会》篇有"扶阳而出条,顺阴而藏迹"②之语,也是顺其自然"乘利而为制"的原则在"附会"之术中的运用。

《原道》篇标举"自然之道",既说明了人为"五行之秀,实天地之心",有"为德也大"之"文"是天经地义、自然而然的③;又为全书规定了真实反映事物的本质特征,尊重艺术规律,顺应主客体因素自然变化的理论指导原则。

《明诗》篇的"人禀七情,应物斯感,感物吟志,莫非自然"④表明,文学创作的出现是一个自然而然的过程,人们的情感思维与"物"(外部环境和事物)的交感共鸣往往就是文学创作活动的前奏和条件。《体性》篇指出创作风格与作家个性是"沿隐以至显,因内而符外"的关系,刘勰说:"表里必符,岂非自然之恒资,才气之大略哉?"⑤是谓这种个性的外现、内外的统一是自然而然的。在艺术思维论中,刘勰要求顺应思维和艺术创造的客观规律:《神思》篇告诫作家"无务苦虑"、"不必劳情",力求使精神状态达于"虚静"⑥;《养气》篇则曰"故宜从容率情,优柔适会";⑦《隐秀》篇以为"胜篇""秀句""并思合而自逢,非研虑之所求也",只有"自然会妙"之文才能放出异彩⑧。

即使是人为的修辞手段,刘勰也认为是"法自然"的结果。他在《声律》篇说:"声律所始,本于人声者也。"⑨《丽辞》篇也说:"造化赋形,支体必双,神理为用,事不孤立。夫心生文辞,运裁百虑,高下相须,自然成对。"⑩提出了艺术手段师法"造化",接受"神理"启示的卓越见解:音律所本是人的自然声调,而"动植必两"启发人们运用对偶的修辞手段。

崇尚"自然"包含着对"真"的推崇。《征圣》篇把"情信而辞巧"奉为文章写作

---

① 《孙子·势》,袁啸波校点:《孙子》,第68页。
② [梁]刘勰:《文心雕龙·附会》,张国庆、涂光社:《〈文心雕龙〉集校、集释、直译》,第791页。
③ [梁]刘勰:《文心雕龙·原道》,张国庆、涂光社:《〈文心雕龙〉集校、集释、直译》,第1页。
④ [梁]刘勰:《文心雕龙·明诗》,张国庆、涂光社:《〈文心雕龙〉集校、集释、直译》,第95页。
⑤ [梁]刘勰:《文心雕龙·体性》,张国庆、涂光社:《〈文心雕龙〉集校、集释、直译》,第507页。
⑥ [梁]刘勰:《文心雕龙·神思》,张国庆、涂光社:《〈文心雕龙〉集校、集释、直译》,第483页。
⑦ [梁]刘勰:《文心雕龙·养气》,张国庆、涂光社:《〈文心雕龙〉集校、集释、直译》,第783页。
⑧ [梁]刘勰:《文心雕龙·隐秀》,张国庆、涂光社:《〈文心雕龙〉集校、集释、直译》,第746页。
⑨ [梁]刘勰:《文心雕龙·声律》,张国庆、涂光社:《〈文心雕龙〉集校、集释、直译》,第592页。
⑩ [梁]刘勰:《文心雕龙·丽辞》,张国庆、涂光社:《〈文心雕龙〉集校、集释、直译》,第633页。

的"金科玉牒"①。"宗经六义"中的"情深而不诡"、"事信而不诞"二义隐含着对"真"的要求。《情采》篇倡导"为情造文",摈斥"为文造情";指出:"真宰弗存,翩其反矣!""言与志反,文岂足征?"所谓"铅黛所以饰容,而盼倩生于淑姿,文采所以饰言,而辩丽本于情性"②,也说明天生丽质与情感个性的自然流露是艺术美的真髓所在。《物色》篇对"不加雕削,而曲写毫芥"③有所肯定,也是因其有忠实于客观物态的一面。刘勰论中"自然"之美,是与"本乎情性""清丽""切至"相联系的,实质上就是"真"所体现的美。

玄学家说:"自然者,道也。"刘勰强调顺乎自然也有尊重客观规律的意义。

尊重规律总是和探索规律联系在一起的,高水平的理性思辨对本质和规律的揭示也极其有利,《文心雕龙》在文学现象本质的认识和艺术规律的总结方面取得了中国古代文学理论史上莫与能比的巨大成就。比如,《神思》篇提出的"思理为妙,神与物游","意翻空而易奇,言征实而难巧","机敏故造次而成功,虑疑故愈久而致绩"④;《体性》篇的"情动而言形,理发而文见,盖沿隐以至显,因内而符外者也"⑤以及才、气、学、习四种因素对风格决定性的影响;《通变》篇的"名理有常,体必资于故实;通变无方,数必酌于新声","文律运周,日新其业;变则其久,通则不乏"⑥;《定势》篇的"情致异区,文变殊术,莫不因情立体,即体成势"⑦;《情采》篇的"文附质""质待文"⑧;《总术》篇的"若夫善弈之文,则术有恒数,按部整伍,以待情会;因时顺机,动不失正;数逢其极,机入其巧,则义味腾跃而生,辞气丛杂而至"⑨;《时序》篇的"文变染乎世情,兴废系乎时序"⑩;《物色》篇的"情以物迁,辞以情发"⑪;《知音》篇的"凡操千曲而后晓声,观千剑而后识器","缀文者情动

---

① [梁]刘勰:《文心雕龙·征圣》,张国庆、涂光社:《〈文心雕龙〉集校、集释、直译》,第24页。
② [梁]刘勰:《文心雕龙·情采》,张国庆、涂光社:《〈文心雕龙〉集校、集释、直译》,第570—573页。
③ [梁]刘勰:《文心雕龙·物色》,张国庆、涂光社:《〈文心雕龙〉集校、集释、直译》,第854页。
④ [梁]刘勰:《文心雕龙·神思》,张国庆、涂光社:《〈文心雕龙〉集校、集释、直译》,第479—486页。
⑤ [梁]刘勰:《文心雕龙·体性》,张国庆、涂光社:《〈文心雕龙〉集校、集释、直译》,第504页。
⑥ [梁]刘勰:《文心雕龙·通变》,张国庆、涂光社:《〈文心雕龙〉集校、集释、直译》,第531页、第542页。
⑦ [梁]刘勰:《文心雕龙·定势》,张国庆、涂光社:《〈文心雕龙〉集校、集释、直译》,第552页。
⑧ [梁]刘勰:《文心雕龙·情采》,张国庆、涂光社:《〈文心雕龙〉集校、集释、直译》,第570页。
⑨ [梁]刘勰:《文心雕龙·总术》,张国庆、涂光社:《〈文心雕龙〉集校、集释、直译》,第817页。
⑩ [梁]刘勰:《文心雕龙·时序》,张国庆、涂光社:《〈文心雕龙〉集校、集释、直译》,第839页。
⑪ [梁]刘勰:《文心雕龙·物色》,张国庆、涂光社:《〈文心雕龙〉集校、集释、直译》,第851页。

而辞发,观文者披文以入情"①;等等。涉及艺术思维创造的机制、言意的矛盾、风格与艺术个性的关系、继承与变革、艺术形式形成的递进层次、内容与形式的关系、时代政治和自然环境对创作的影响,以及经验对于鉴赏的意义,审美主体与创作主体间的信息传达、接受和心灵交往。这些规律的概括不仅表明刘勰登上了那个时代文学理论领域无人企及的高峰,而且对今人也有深刻的启迪,某些论断和原则甚至仍能指导今天的文学创作和欣赏。

《魏志·锺会传》的注中记载,王弼曾经指出"圣人""同于人者五情也",并且在答荀融难《大衍义》的信中强调"自然(感情)之不可革"。② 这就否定了一些汉儒性、情分离,性仁(善)情贪(恶)的说法,承认人的自然情感的合理性。不少魏晋士人以"自然"对抗"名教",以"循性而动,各附所安"③为行为和生活的准则。玄学不是禁欲寡情的,其理论思维本身也是多元的、开放的。因此,尊重个性,尊重人的自然情感是时代哲学思潮使然。

在《文心雕龙》中"圣人"也是有情的。《原道》篇有"夫子继圣……雕琢情性,组织辞令"之语④,《征圣》篇亦云:"夫子文章,可得而闻,则圣人之情,见乎文辞矣。"⑤更值得注意的是,"情"和"性"在《文心雕龙》的理论体系以及具体的理论组合中占有不可替代的重要地位。

刘勰在《序志》篇申明:《文心》的下半部全为"剖情析采"之论。由于"情"是文学内容的核心,也是文学活动的纽带和推动力,所以在讨论内容与形式关系的《情采》篇直接以"情"来代指文学内容。此外《诠赋》篇的"情以物兴"、"物以情观"⑥,《神思》篇的"登山则情满于山""神用象通,情变所孕"⑦,《体性》篇的"情动而言形"⑧,《通变》篇的"凭情以会通"⑨,《比兴》篇的"起情故兴体以立"⑩,

---

① [梁]刘勰:《文心雕龙·知音》,张国庆、涂光社:《〈文心雕龙〉集校、集释、直译》,第887－888页。
② [晋]陈寿:《三国志》,郑州:中州古籍出版社,1996年,第354页。
③ [晋]嵇康:《与山巨源绝交书》,《嵇康集注》,第117页。
④ [梁]刘勰:《文心雕龙·原道》,张国庆、涂光社:《〈文心雕龙〉集校、集释、直译》,第10页。
⑤ [梁]刘勰:《文心雕龙·征圣》,张国庆、涂光社:《〈文心雕龙〉集校、集释、直译》,第24页。
⑥ [梁]刘勰:《文心雕龙·诠赋》,张国庆、涂光社:《〈文心雕龙〉集校、集释、直译》,第156页。
⑦ [梁]刘勰:《文心雕龙·神思》,张国庆、涂光社:《〈文心雕龙〉集校、集释、直译》,第483页。
⑧ [梁]刘勰:《文心雕龙·体性》,张国庆、涂光社:《〈文心雕龙〉集校、集释、直译》,第504页。
⑨ [梁]刘勰:《文心雕龙·通变》,张国庆、涂光社:《〈文心雕龙〉集校、集释、直译》,第541页。
⑩ [梁]刘勰:《文心雕龙·比兴》,张国庆、涂光社:《〈文心雕龙〉集校、集释、直译》,第650页。

《总术》篇的"按部整伍,以待情会"①;《物色》篇的"情以物迁,辞以情发"②,……又不限于内容而指丰富、活跃的感情活动。

如果说陆机在《文赋》中所说的"诗缘情而绮靡"是"缘情"说的发端的话,它不过是针对诗歌这一种体裁而言的;在《文心》中的"情"则是针对整个文学活动说的,其理论意义自不可同日而语。足见只是到了刘勰这里,"缘情"说才得到了全面和有理论深度的阐扬。当然,这并不会降低陆机首倡"缘情"说的价值,而且陆机与刘勰有一个共同点,那就是他们都不强调"情"的善恶,像《明诗》篇所谓"人禀七情,应物斯感"的创作酝酿中,"七情"是并无高下之分的。

刘勰论中的"性"和"情"有时连用,有时互换入论,在这种场合,它们可以看作是相通或者近义的。比如"雕琢情性","并情性所铄,陶染所凝","吐纳英华,莫非情性"③,以及《情采》篇的"研味《孝》《老》,则知文质附乎性情","文采所以饰言,而辩丽本于情性",其"三曰情文,五性是也"④更是两者相通的例子。当然仔细比较,两者有时还是各有侧重的。"性"与天生的气质、禀性密不可分,即使是后天形成的,也是长期陶冶、习染之所成,可以说是相对稳定的主体因素(常指创作活动中作家的艺术个性)。而"情"则往往是实时即境产生、变化不定的,故有"文情之变深矣"⑤、"洞晓情变"⑥和"情以物迁"之论。因此,代指作品内容的时候,只宜用"情",强调作家创作个性的时候则理所当然地多用"性"。《文心雕龙》的风格论和内容形式关系论分别采用"体性"和"情采"是很严谨的抉择。

相当程度上独立于道德伦理的"情"和"性"得到肯定,文学艺术的风格论才能获得充分的发展。关于刘勰所论的"性"与道德伦理的分离,我们在讨论"才性"问题的时候再谈。

综上所述,《文心雕龙》中对"自然"和"真"美的追求,对文学现象的本质和规律的探索,对情感与个性价值的肯定,都是道家和玄学思想观念启迪和浸润的结果。

刘勰对老庄思想学说的认同也有迹可寻。《文心雕龙·诸子》称:

---

① [梁]刘勰:《文心雕龙·总术》,张国庆、涂光社:《〈文心雕龙〉集校、集释、直译》,第817页。
② [梁]刘勰:《文心雕龙·物色》,张国庆、涂光社:《〈文心雕龙〉集校、集释、直译》,第851页。
③ [梁]刘勰:《文心雕龙·体性》,张国庆、涂光社:《〈文心雕龙〉集校、集释、直译》,第504—506页。
④ [梁]刘勰:《文心雕龙·情采》,张国庆、涂光社:《〈文心雕龙〉集校、集释、直译》,第570页。
⑤ [梁]刘勰:《文心雕龙·隐秀》,张国庆、涂光社:《〈文心雕龙〉集校、集释、直译》,第737页。
⑥ [梁]刘勰:《文心雕龙·风骨》,张国庆、涂光社:《〈文心雕龙〉集校、集释、直译》,第522页。

……及伯阳识礼,而仲尼访问,爰序道德,以冠百氏。然则鬻(熊)惟文友,李实孔师,圣贤并世,而经子异流矣。①

虽说"李实孔师",但以孔子为"圣",李耳为"贤",表明孔子在学术思想史至高无上的地位非包括老子在内其他人可及,但对老子"爰序道德,以冠百氏"也是充分肯定的。说到战国诸子则有"庄周述道以翱翔"一语,赞许之意溢于言表。

1986年出版的拙著《文心十论·文心雕龙的文学思想》中有这样的述评:

《明诗》篇说:"及正始明道,诗杂仙心,何晏之徒,率多浮浅。……江左篇制,溺乎玄风,嗤笑徇务之志,崇盛亡机之谈;袁孙以下,虽各有雕采,而辞趣一揆,莫与争雄……"《时序》篇也说:"自中朝贵玄,江左称盛,因谈余气,流成文体,是以世极迍邅,而辞意夷泰,诗必柱下之旨归,赋乃漆园之义疏……"这当然只是针对创作的题材内容说的,刘勰对玄言诗赋的否定不存在疑义。就思想方法而言,刘勰是怎样估价玄学的呢?《论说》篇说:"迄至正始,务欲守文,何晏之徒,始盛玄论;于是聃周当路,与尼父争途矣。详观兰石之《才性》,仲宣之《去伐》,叔夜之辨声,太初之《本无》,辅嗣之"两例",平叔之"二论",并师心独见,锋颖精密,盖人伦之英也。……次及宋岱、郭象,锐思于几神之区;夷甫、裴頠,交辨于有无之域;并独步当时,流声后代。然滞有者全系于形用,贵无者专守于寂寥,徒锐偏解,莫诣正理;动极神源,其般若之绝境乎?"

出于对孔子和儒教的尊崇,刘勰未必以为"聃周当路,与尼父争途"无可非议,但对玄学家们在理论的独创性和"精密"却给予很高("人伦之英")的评价。他认为贵无与崇有的论争双方都存在偏颇,唯有佛学中所谓"般若"说才能达到最高境界,揭示本体论的真谛。从思辨的水平,即理论的精致程度上对这场论争提出了自己的看法。刘勰最推重的玄学家是王弼,认为阐释经典"若毛公之训《传》,安国之传《书》,郑君之释《礼》,王弼之解《易》:要约明畅,可以为式矣。"王弼居然与汉代经学大师取得同样地位,须知《文心》立论,在经典中对《易》尤为倚重。出现在齐梁的这些评述,应该说是公允而且有见识的。

《文心》是文学理论,看看刘勰对"论"如何解释:"原夫论之为体,所以辨正然否,穷于有数,追于无形,钻坚求通,钩深取极;乃百虑之筌蹄,万事之权衡也。"所谓"论"是为了明辨是非,概括现象——"穷于有数",探求事理及其

---

① [梁]刘勰:《文心雕龙·诸子》,张国庆、涂光社:《〈文心雕龙〉集校、集释、直译》,第325页。

规律——"追于无形";而"筌蹄"则是达到上述目的的工具和手段。这段话表明刘勰对事物本质规律的探求和方法论的重视。先秦两汉正宗的儒家思想没有面临刘勰所必须解决的一系列文学理论问题,也没有为《文心》论文提供先进的方法论,所以刘勰在涉及艺术规律的时候,自然而然地要转向老庄和玄学,利用时代在哲学方面取得的成果。

从《原道》篇和"情采"论的立论基础上看,王弼《老子二十五章注》云:"神不害自然也,物守自然,则神无所加,神无所加,则神不知为神。"可以看作刘勰"自然之道"与神之数相通的哲学依据。何劭《王弼传》记:"何晏以为圣人无喜怒哀乐,其论甚精,锺会等述之。弼与不同,以为圣人茂于人者,神明也;同于众人者,五情也。神明茂,故能体冲和以通无;五情同,故不能无哀乐以应物。"王弼"情同众人"的主张也为刘勰既征圣宗经又重情通物的文论扫清了障碍。《文心雕龙》的结构体制和方法论都有玄学的色彩;下篇"剖情析采"中吸收玄学成果之处更是俯拾皆是:比如《神思》篇之于玄学"静"与"动"、"言"与"意"、"神"与"象"论辨,《体性》篇之于魏晋的"才性"同异离合之辨,《风骨》篇、《情采》篇之于"神形"之辨和清谈品鉴人物的风气,《定势》篇与有关"一"、"多"对立统一关系的讨论,以及《原道》篇、《定势》篇、《声律》篇、《丽辞》篇、《物色》篇等从不同侧面对"自然"法则的阐发等等,都是很好的证明。

值得说明的是,刘勰对来自玄学方面的启示,往往也根据文学艺术的特殊性加以改造,而且以"钻坚求通,钩深取极"的执着求实和勇于开拓精神,加以充实和发展。比如《神思》篇的"意授于思,言授于意",增加了"思"(一般的情思)到"意"(包含艺术意趣构榍的"思")这样一层关系,更接近艺术思维过程的客观实际;《体性》篇将"才性"再分化为才、气、学、习四个方面,比较切实地阐明了风格形成的原因。《风骨》篇对品鉴人物的术语作了更多的改造,取其体现于形貌,又超越于形貌的内外统一的美及其强劲的艺术感动力量,却又将"风骨"与"情"、"理"密切联系起来,完成了理论的转移。[①]

于此略作补充的是,作为一部"以古论今"的政论,《刘子》的思辨水平与文论经典是有差距的。不过,论中虽未直接涉及玄学,也不难找到接受与推崇玄学思想方法的印记。

---

① 涂光社:《文心十论》,第33-36页。

《刘子·九流》是一篇以杂家立场论政的宣言,在一一述评道、儒、阴阳、名、法、墨、纵横、杂、农九家子学的理论建树以及各家"薄者"(末流)的偏谬之后指出:

> 观此九家之学,虽旨有深浅,辞有详略,倜儻形反,流分乖隔,然皆同其妙理,俱会治道,迹虽有殊,归趣无异。……
> 道者,玄化为本;儒者,德化为宗。九流之中,二化为最。夫道以无为化世,儒以六艺济俗。无为以清虚为心,六艺以礼教为训。①

"九流""俱会治道"之"杂"并非不分主次、轻重的包揽,而是应时政之需取用各家之优长,摒弃其"薄者"的悖谬,而且直言以"玄化为本"的道家和"德化为宗"的儒家统领众说。道列儒前表明:其书所持主导政治理念虽是道、儒并重,两相比较更倾向黄老些而已。而"玄化为本"一语其主导思想和方法论上的取法也显现无遗。

中国古代学术传统中具有一种可贵的宽容精神:各家各派间虽有论争辩驳,也常常在相互吸纳、借鉴中阐扬拓展自己的学说,所以能在恪守自己信仰的基础上兼容他家所长,并存于世。"三教合一"的现象就是这种学术精神的最好体现。

佛教创始于古印度,汉代传入中国,已见诸东汉明帝的史籍,今天仍有当时的文化遗存。外来宗教须克服"夷夏之大防"②,佛教传播也经历过坎坷和曲折,学者中不乏以儒诋佛者,一些帝王也曾有"灭佛"之举,但佛教和佛学传播的主流总体上还是成功的,佛学在吸收儒、道特别是玄学思想方法后才实现了中国化。

换言之,佛教得以在华夏流传的重要原因,就是它成功地实现了中国化。佛学对于孔教尤其是对玄学方法论的吸收帮助它突破了"夷夏之大防"。

四、《文心雕龙》中玄学理论范畴的移植

玄学中运用的理论范畴大都是古已有之的,但往往只是在玄学领域才得到广泛运用和充分阐扬,或者具有特殊意义的。也只有在玄学中才集中运用如此多的范畴进行理论组合。这正是它思辨性较强的原因所在。

在中国古代文学理论史上,《文心雕龙》首先运用一系列的范畴来组合理论,其中相当大的一部分范畴移用于玄学及与其相关的清谈和人物品鉴中。如"本

---

① [梁]刘勰:《刘子·九流》,林其锬、陈凤金:《刘子集校》,第303页。
② 陈寅恪:《论韩愈》,《中国现代学术经典·陈寅恪卷》,第711页。

末""才性""自然""名理""言""象""意"以及"风骨"之类。某些玄学范畴虽然没有直接入论,但它们的内涵及其对立统一的关系已体现在刘勰的表述之中了,如"有"与"无"、"动"与"静"、"常"与"变"、"一"与"多"就是这样。下面介绍《文心》中常见的几对范畴:

1. "本"与"末"

"本"者,基始也,本根也;可以引申为母体、本质、主干,乃至有原始依据的正确规范。"末"者,"本"所生发的枝叶也;可以引申为子嗣、表象、枝派。

王弼在《老子指略》中说:"《老子》一书,其几乎可一言而蔽之,噫!崇本息末而已矣。"又说:"见素抱朴以绝圣智,寡私欲以弃巧利,皆崇本息末之谓也。"①他在《老子注》五十二章云:"母,本也;子,末也。得本以知末,不舍本以逐末也。"②三十八章又指出:"守母以存其子,崇本以举其末,则形名俱有,而邪不生。"③王弼认为无为而治就是"以道治国,崇本息末",而"以正(政)治国"则是"立辟(法律)以攻末"④(五十七章)。

王弼提出了"本末不二"的思想,这与"崇本息末"和"崇本举末"的主张并不矛盾。在他看来,本末作为一对范畴,体现着主次、源流、本质与表象、母体与子息等关系。能够维系这种正常关系,就是"本末不二"。自然状态下本是末的依据,末是本的表现和延伸,有内在的一致性,故言"不二"。"崇本"则"末"自然"举",是"纲举目张"式的统一。倘若由于人为的原因而出现本末倒置或者末胜其本的现象:本的主导地位被取代,末却改变了从属的、派生的、非本质的特点,那就有"息末"的必要。"崇本息末"的治国思想是针对人为而言的,其目的在于恢复"本末不二"的正常状态。

在文学理论中,曹丕在《典论·论文》说过:"夫文本同而末异,盖奏议宜雅,书论宜理,铭诔尚实,诗赋欲丽。"⑤其"本"大约指文章的本质及写作运作的规律,而"末"则指体裁及其相应的语言风格。

刘勰扩大了以"本末"论文的范围,他推崇雅正和清丽之美,对汉魏六朝愈演愈烈的浮艳文风深恶痛绝。他在《序志》篇说,由于"去圣久远,文体解散,辞人爱

---

① [魏]王弼:《老子指略》,楼宇烈:《王弼集校释》,第196–198页。
② [魏]王弼:《老子道德经注》,楼宇烈:《王弼集校释》,第139页。
③ [魏]王弼:《老子道德经注》,楼宇烈:《王弼集校释》,第95页。
④ [魏]王弼:《老子道德经注》,楼宇烈:《王弼集校释》,第149页。
⑤ [魏]曹丕:《典论·论文》,郭绍虞:《中国历代文论选》(一),第158页。

奇,言贵浮诡,饰羽尚画,文绣鞶帨,离本弥甚,将遂讹滥"。① 于是以矫正时风为己任,开始撰结《文心雕龙》。《通变》篇也强调因为人们"竞今疏古"的缘故,整个文学史的发展趋势是"从质及讹,弥近弥淡"的。《诠赋》篇总结辞赋写的历史教训说:

> 原夫登高之旨,盖睹物兴情。情以物兴,故义必明雅;物以情观,故词必巧丽。丽词雅义,符采相胜,如组织之品朱紫,绘画之着玄黄,文虽新而有质,色虽糅而有本,此立赋之大体也。然逐末之俦,蔑弃其本,虽读千赋,愈惑体要;遂使繁华损枝,膏腴害骨,无贵风轨,莫益劝戒,此扬子所以追悔于雕虫,贻诮于雾縠者也。②

汉代辞赋写作大都极尽铺陈夸饰,思想内容则往往是"劝百讽一",背离了《诗经》以来的文学传统:"……而后之作者,采滥忽真,远弃风雅,近师辞赋;故体情之制日疏,逐文之篇愈盛。"③因此,《宗经》篇中指出:"励德建言,莫不师圣;而建言修辞,鲜克宗经。是以楚艳汉侈,流弊不还,正末归本,不其懿欤?"④他此处所谓"本",就是由儒家经典所体现的"情信辞巧"有益政治教化的文章写作模式,相对于形式而言则指坚实的内容(包括正大的思想、真挚充沛的感情);所谓"末"则是华丽的语言形式。刘勰认为"逐末弃本"是文学步入歧途的症结所在。

重视考察事物现象的"本""末",有助于把握本质、提纲挈领、分清主次。

刘勰以为内容是"本",形式是"末"。因此《情采》篇强调"述志为本"、"辩丽本于情性"。《镕裁》篇认为内容作为核心和主干应合乎雅正规范的体式,故曰:"立本有体",又解释篇名道:"规范本体谓之镕。"⑤《议对》篇讨论"驳议"这种文体的写作时提出:"文以辨洁为能,不以繁缛为巧;事以明核为美,不以深隐为奇:此纲领之大要也。"⑥随即批评违背正确规范的写法:

> 若不达政体,而舞笔弄文,支离构辞,穿凿会巧;空骋其华,固为事实所摈;设得其理,亦为游辞所埋矣。昔秦女嫁晋,从文衣之媵,晋人贵媵而贱女;楚珠鬻郑,为薰桂之椟,郑人买椟而还珠。若文浮于理,末胜其本,则秦女楚

---

① [梁]刘勰:《文心雕龙·序志》,张国庆、涂光社:《〈文心雕龙〉集校、集释、直译》,第922页。
② [梁]刘勰:《文心雕龙·诠赋》,张国庆、涂光社:《〈文心雕龙〉集校、集释、直译》,第156页。
③ [梁]刘勰:《文心雕龙·情采》,张国庆、涂光社:《〈文心雕龙〉集校、集释、直译》,第573页。
④ [梁]刘勰:《文心雕龙·宗经》,张国庆、涂光社:《〈文心雕龙〉集校、集释、直译》,第47页。
⑤ [梁]刘勰:《文心雕龙·镕裁》,张国庆、涂光社:《〈文心雕龙〉集校、集释、直译》,第582页。
⑥ [梁]刘勰:《文心雕龙·议对》,张国庆、涂光社:《〈文心雕龙〉集校、集释、直译》,第444页。

珠,复在兹矣。

有时候《文心》中的本与末又只在表述主次关系。《章句》篇曾说:"夫人之立言,因字而生句,积句而成章,积章而成篇。篇之彪炳,章无疵也;章之明靡,句无玷也;句之清英,字不妄也。振本而末从,知一而万毕矣。"①整体可以带动局部,主导方面的成功具有决定性的作用。

2. "才"与"性"

创作是作家提供的精神产品。文论重视作家的素质、个性和艺术才能极其自然。玄学有关才性的探讨对于《文心雕龙》作家论和风格论的构建是很有影响的。

"才性"这个论题很早就提出来了。人们的讨论主要围绕两个问题:其一是"性"指什么而言(对释"才"为才能基本上没有异议),其二是"才"与"性"之间究竟是什么关系。

《论语·阳货》说:"子曰:'性相近也,习相远也。'"②是谓人的天性是相近的,在后天因素("习")的影响下,才有了相去甚远的差别。这段话里孔子并没有说明这"性"究竟善还是恶,后来告子主"性无善恶"说,孟子主"性善"说,荀子主"性恶"说,仍然是就人的天性而言。孔、告、孟、荀所谓"性"都是从总体上去看人类之所以为人,看人类与禽兽的区别,而不是就具体的人个个不一的禀性而论的。似乎可以说先秦儒家的"性"论是人性的理论,而非性格的理论。无论主张是"善"是"恶",他们认为"人之初"的天性是人类所共同的,由于后天所受教育和社会环境的不同,人与人之间"善"与"恶"的差别才明显起来。这种差别不过是天性被保留、发展以及被改造的多少和程度的差异造成的。

早期的理论家总是从伦理道德的角度去看人性的。在汉代大一统的社会里儒家思想占据着独尊的地位,与道德相联系的"性"无疑比"才"更受重视。扬雄《法言·修身》提出:"有之性也,善恶混。修其善则为善人;修其恶则为恶人。"③王充《论衡·骨相篇》也说:"操行清浊,性也。"④在"察举""征辟"的选士制度中,尽管"孝廉"较重品性,"秀才"较重才能,两者略有区别,但总的说来才性相对协调,更看重品行一些的。

从汉魏之交开始,由于割据纷争的时代需要,性的内涵有所转移,而才的地位

---

① [梁]刘勰:《文心雕龙·章句》,张国庆、涂光社:《〈文心雕龙〉集校、集释、直译》,第614页。
② 《论语·阳货》,杨伯峻:《论语译注》,第181页。
③ [汉]扬雄:《法言·修身》,第7页。
④ [汉]王充:《论衡·骨相》,张宗祥:《论衡校注》,第59页。

则大大提高,才与性相分离的意识逐渐占据了主导地位。

曹操是重才不重德的,曾明令举拔"不仁不孝而有治国用兵之术"的人。刘劭的《人物志》把人才分为"圣人"、"兼材"、"偏材",又有十二流品之别,都是以才能划分的。在何晏、王弼、嵇康、向秀、郭象等玄学家论中,性与善恶无涉。何晏《论语集解》注"夫子之言性与天道不可得而闻也"一句说:"性者,人之所受以生也。"①嵇康的"循性而动"的性,也是这种自然天性。

刘勰在《体性》篇论证影响创作风格的作家个性时,并未夹杂道德的评价:

> 典雅者,熔式经诰,方轨儒门者也。远奥者,馥采典文,经理玄宗者也。精约者,核字省句,剖析毫厘者也。显附者,辞直义畅,切理厌心者也。繁缛者,博喻酿采,炜烨枝派者也。壮丽者,高论宏裁,卓烁异采者也。新奇者,摈古竞今,危侧趣诡者也。轻靡者,浮文弱植,缥缈附俗者也。②

虽然其中不无抑扬,但只是学术方向和审美情趣的差别,与善恶没有直接联系。随后所举"吐纳英华,莫非情性"的例子更能说明这一点:

> 是以贾生俊发,故文洁而体清;长卿傲诞,故理侈而辞溢;子云沉寂,故志隐而味深;子政简易,故趣昭而事博;孟坚雅懿,故裁密而思靡;平子淹通,故虑周而藻密;仲宣躁锐,故颖出而才果;公干气褊,故言壮而情骇;嗣宗俶傥,故响逸而调远;叔夜俊侠,故兴高而采烈;安仁轻敏,故锋发而韵流;士衡矜重,故情繁而辞隐。③

由于"各师成心""表里必符",作家个个不一的气质、性格导致文学风格的相应差别。《体性》篇业已阐明:风格的核心和内在依据是作家的艺术个性。

《议对》篇评论晋代的傅咸、应劭、陆机等人写作"议"这种文体时说:"亦各有美,风格存焉。"④《书记》篇介绍司马迁、东方朔、杨恽、扬雄书信的文学成就则云:"志气盘桓,各含殊采;并杼轴乎尺素,抑扬乎寸心。"⑤《才略》篇称赞:"张衡通赡,蔡邕精雅,文史彬彬,隔世相望:是则竹柏异心而同贞,金玉质殊而皆宝也";"嵇康师心以遣论,阮籍使气以命诗:殊声而合响,异翮而同飞"。刘勰认识到作家崭露才华和艺术个性的价值,赞赏风格的多样化,因此在该篇"赞"中又说:"才难然乎!

---

① [魏]何晏集解、黄侃义疏:《论语集解义疏》,第60页。
② [梁]刘勰:《文心雕龙·体性》,张国庆、涂光社:《〈文心雕龙〉集校、集释、直译》,第505页。
③ [梁]刘勰:《文心雕龙·体性》,张国庆、涂光社:《〈文心雕龙〉集校、集释、直译》,第506页。
④ [梁]刘勰:《文心雕龙·议对》,张国庆、涂光社:《〈文心雕龙〉集校、集释、直译》,第439页。
⑤ [梁]刘勰:《文心雕龙·书记》,张国庆、涂光社:《〈文心雕龙〉集校、集释、直译》,第455页。

性各异禀。一朝综文,千年凝锦。"①

难得的是刘勰对偏才也给予明确的肯定。比如《明诗》篇说:"兼善则子建、仲宣,偏美则太冲、公干。"②其"偏美"诚然不如"兼善"完备,仍有自己的独到之处。《书记》篇里的"至如陈遵占辞,百封各意;祢衡代书,亲疏得宜:斯又尺牍之偏才也"③亦为赞赏之词。《才略》篇中更不难找出"孔融气盛于为笔,祢衡思锐于为文,有偏美焉";"曹摅清靡于长篇,季鹰辨切于短韵:各其善也"④这样的评论。有个性才有自己的风格,有个性才是创造,有个性才成其为艺术。只有在玄学兴盛、理性解放的时代,古代文学的风格理论中才可能有如此明确和全面的表述。

《文心》所言"才性",与玄学相近,但也不乏独到处。比如认为"才"虽与后天的培养和习染相关,却不可忽略素质、禀赋的基础性作用。《体性》篇指出决定文学风格的四种因素是"才""气""学""习"。其中"才"与"气"两者主要受先天因素影响,相互间的关系也比较密切,故云:"才力居中,肇自血气";"才有天资,学慎始习"。于是要求"因性练才"⑤。"才"固然得有"天资",当"因性"而"练"就表明后天的学习锤炼不可少。故刘勰在《神思》篇提倡"酌理以富才"⑥;在《定势》篇指出只有"旧练之才"方能"执正驭奇";在《总术》篇亦云:"才之能通,必资晓术。"⑦可见后天的培养训练对于成"才"也非常重要。

3."一"与"多"

先秦哲学已经接触到一与多的问题。比如《老子》第二十二章的"圣人抱一为天下式"⑧和《荀子·王制》的"分均则不偏,势齐则不一,众齐则不使"⑨,其倡导的处世和治世之道都包含着"以一驭众(多)"的原则。

王弼在《周易略例·明象》中说:"夫少者,多之所贵也;寡者,众之所宗也。""夫众不能治众,治众者至寡者也;夫动不能制动,制天下之动者,贞夫一者也。故

---

① [梁]刘勰:《文心雕龙·才略》,张国庆、涂光社:《〈文心雕龙〉集校、集释、直译》,第871-877页。
② [梁]刘勰:《文心雕龙·明诗》,张国庆、涂光社:《〈文心雕龙〉集校、集释、直译》,第107页。
③ [梁]刘勰:《文心雕龙·书记》,张国庆、涂光社:《〈文心雕龙〉集校、集释、直译》,第455页。
④ [梁]刘勰:《文心雕龙·才略》,张国庆、涂光社:《〈文心雕龙〉集校、集释、直译》,第867、第873页。
⑤ [梁]刘勰:《文心雕龙·体性》,张国庆、涂光社:《〈文心雕龙〉集校、集释、直译》,第506-510页。
⑥ [梁]刘勰:《文心雕龙·神思》,张国庆、涂光社:《〈文心雕龙〉集校、集释、直译》,第479页。
⑦ [梁]刘勰:《文心雕龙·总术》,张国庆、涂光社:《〈文心雕龙〉集校、集释、直译》,第816页。
⑧ 《老子·二十二章》,陈鼓应:《老子注译及评介》,第154页。
⑨ 《荀子·王制》,[清]王先谦:《荀子集解》,第152页。

众之所以得咸存者,主必致一也;动之所以得咸运者。原必无二也。"①可以说把"以寡治众"(也即"以一制多")之理阐发得很充分,为封建君主专制提供了理论依据。他在《老子》四十二章注中说"万物万形,其归一也。何由致一?由无也。由无乃一,一可谓无。"②表明统驭天地万物的也只有"一",这"一"就是"无",就是本体。这些原则对于刘勰组合文学理论是很有帮助的。

《章句》篇"振本而末从,知一而万毕"③的"知一而万毕"化用庄子的"通于一而万事毕"④,"一"指"道",此处与"本"通;"万"则与"多"同。强调以"本"带"末",以"一"统"多"。不过最典型的例子在《附会》篇和《总术》篇。《附会》篇论作品整体的协调性,刘勰说:

> 凡大体文章,类多枝派。整派者依源,理枝者循干。是以附辞会意,务总纲领。驱万途于同归,贞百虑于一致;使众理虽繁,而无倒置之乖;群言虽多,而无棼丝之乱;……是以驷牡异力,而六辔如琴;并驾齐驱,而一毂统辐。驭文之法,有似于此。去留随心,修短在手,齐其步骤,总辔而已。⑤

"纲领"是"源"是"干",也是"本"和"一"。成功的作品都须确立一个制约"众理"和"群言"的核心和主体,由它来统领全局,而使杂多的因素殊途同归,组合成协调统一的整体。刘勰用驭车之术来比况写作,认为"总辔"的技巧就像使不同调的琴弦和谐一样,即使"驷牡异力"也能"齐其步骤"。《总术》篇的一段话可以与此相印证:

> 夫骥足虽骏,纆牵忌长。以万分一累,且废千里;况文体多术,共相弥纶,一物携二,莫不解体。所以列在一篇,备总情变;譬三十之辐,共成一毂,虽未足观,亦鄙夫之见也。⑥

在《定势》篇谈到作品表现方式的选择与组合时也指出:"渊乎文者,并总群势:奇正虽反,必兼解以俱通;刚柔虽殊,必随时而适用。若爱典而恶华,则兼通之

---

① [魏]王弼:《周易略例》,楼宇烈:《王弼集校释》,第591页。
② [魏]王弼:《老子道德经注》,楼宇烈:《王弼集校释》,第117页。
③ [梁]刘勰:《文心雕龙·章句》,张国庆、涂光社:《〈文心雕龙〉集校、集释、直译》,第614页。
④ 《庄子·天地》篇:"记曰:'通于一事而万事毕。'"成玄英疏:"一,道也。夫事从理生,理必包事,本能摄末,故知一万事毕。"
⑤ [梁]刘勰:《文心雕龙·附会》,张国庆、涂光社:《〈文心雕龙〉集校、集释、直译》,第791-795页。
⑥ [梁]刘勰:《文心雕龙·总术》,张国庆、涂光社:《〈文心雕龙〉集校、集释、直译》,第817页。

理偏。""若雅郑而共篇,则总一之势离。"①刘勰要求表现方式的风格要协调统一,主张"虽复契会相参,节文互杂,譬五色之锦,各以本采为地矣",或者"以正驭奇",在突出雅正、本色的风格基调的前提下"相互参杂"因时制宜,糅合成理想的表现方式。

《神思》篇说:"是以临篇缀虑,必有二患:理郁者苦贫,辞溺者伤乱。然则博见为馈贫之粮,贯一为拯乱之药;博而能一,亦有助乎心力矣。"②是谓思路不畅和文辞繁乱是文章构思必然碰到的两种毛病,刘勰开出的救治良方分别是"博见"(扩展知识见闻)和"贯一"(始终围绕着中心写作)。由博而约,说到底"博见"在创作中是为"贯一"服务的。"博而能一"是这个层面上一与多对立统一的理想境界。

《隐秀》篇说:"凡文集胜篇,不盈十一;篇章秀句,裁可百二:并思合而自逢,非研虑之所求也。"因为"秀也者,篇中之独拔者也","秀句"和一般句之间显然是"寡"与"众"的对立统一。仿佛与陆机《文赋》中的"立片言而居要,乃一篇之警策"和"石韫玉而山晖,水怀珠而川媚。彼榛楛之勿翦,亦蒙荣于集翠"③一脉相承。不过刘勰认为这种"秀句"是思维中的偶然所得:"言之秀矣,万虑一交;"是"才情之嘉会"的产物。④ 看来刘勰是从一与多的角度来理解思维创造(或者说灵感)机制的。

《总术》篇的"赞"指出:

> 文场笔苑,有术有门。务先大体,鉴必穷源。乘一总万,举要治繁。思无定契,理有恒存。⑤

刘勰提出了"乘一总万,举要治繁"的原则。此处"一"和"万"也与上面"知一而万毕"所言者略同。从"务先大体,鉴必穷源"和后面的"理有恒存"看,此处"一"就是"大体"、根源,就是恒常的"理";而"万"则指文章(包括"文"和"笔"在内)写作的各种方法、手段、技巧,以及纷繁的文思(故言"思无定契")。"乘一总万,举要治繁"是要求以本质的、主要的、合乎美的规律的东西,去统领、驾驭、制约、协调众多的方法、手段和繁复的文思。

---

① [梁]刘勰:《文心雕龙·定势》,张国庆、涂光社:《〈文心雕龙〉集校、集释、直译》,第553页。
② [梁]刘勰:《文心雕龙·神思》,张国庆、涂光社:《〈文心雕龙〉集校、集释、直译》,第487页。
③ [晋]陆机:《文赋》,郭绍虞:《中国历代文论选》(一),第172-173页。
④ [梁]刘勰:《文心雕龙·隐秀》,张国庆、涂光社:《〈文心雕龙〉集校、集释、直译》,第746-748页。
⑤ [梁]刘勰:《文心雕龙·总术》,张国庆、涂光社:《〈文心雕龙〉集校、集释、直译》,第818页。

韩康伯《周易·系辞注》引云："王弼曰：演天地之数，所赖者五十也。其用四十有九，则其一不用也。不用而用以之通，非数而数以之成，斯《易》之太极也。四十有九，数之极也。夫无不可以无明，必因于有，故常于有物之极，而必明其所由之宗也。"①王弼此处以一与多说明无与有的关系。《文心雕龙·序志》篇介绍全书的体系时最后说："……彰乎大《易》之数；其为文用，四十九篇而已。"②显然，在体系建构上又对王氏之论有所借鉴。

4."言""象""意"

有关"言意之辨"的讨论近年已经比较深入，但重新勾勒一下这个问题的发展轨迹还是有必要的。

《易·系辞上》云："子曰：'书不尽言，言不尽意。'然则圣人之意其不可见乎？子曰：'圣人立象以尽意，设卦以尽情伪，系辞焉以尽其言。'"③《庄子》更多次涉及这个问题：

> 世之所贵道者书也。书不过语，语有贵也；语之所贵者意也。意有所随，意之所随者，不可以言传也。而世因贵言传书。④

> 可以言论者，物之粗也；可以意致者，物之精也；言之所不能传，意之所不能察致者，不期精粗焉。⑤

> 筌者所以在鱼，得鱼而忘筌；蹄所以在兔，得兔而忘蹄；言所以在意，得意而忘言。⑥

一般人都认为这是"言意之辨"的两个源头。《周易·系辞》写成的时间大致是战国到西汉初，所引孔子的话有可能是假托的，《庄子》也经庄周门人纂集整理。究竟孰先孰后没有确证。从理论层次上推断，《庄》论更高，也许稍后。其实，古人很早就对言意的矛盾有所觉察了，《论语·阳货》记载：

> 子曰："予欲无言。"子贡曰："子如不言，则小子何述焉？"子曰："天何言哉？四时行焉，百物生焉，天何言哉？"⑦

---

① ［晋］韩康伯注、［唐］孔颖达疏：《周易注疏》，北京：中央编译出版社，2013年，第360页。
② ［梁］刘勰：《文心雕龙·序志》，张国庆、涂光社：《〈文心雕龙〉集校、集释、直译》，第926页。
③ 《周易·系辞上》，黄寿祺、张善文：《周易译注》，第526页。
④ 《庄子·天道》，曹础基：《庄子浅注》，第203页。
⑤ 《庄子·秋水》，曹础基：《庄子浅注》，第242页。
⑥ 《庄子·外物》，曹础基：《庄子浅注》，第419页。
⑦ 《论语·阳货》，杨伯峻：《论语译注》，第187页。

第三章　魏晋文论与《文心雕龙》的范畴建构

孔子显然意识到语言的局限或者"无言"的意义,至少认为自然万物的存在和运作蕴涵着丰富深刻的道理和无言的启示,也是难以用语言进行确切表述的。《老子》中的"道可道,非常道;名可名,非常名"①"知者不言,言者不知"②等名论中多少也涉及语言传达难能为力的领域和场合。

《周易·系辞》所论是针对解释卦象的文字而言的,因此除了"书不尽言,言不尽意"("典籍不能写尽言辞,言辞不能说尽想到的东西")而外,还提到了"立象以尽意"的问题。可是在《庄子》论中是在强调"道"的不可察致、不可传达时谈到言意的,所以未涉及象。庄子认为,语言文字是人为的符号,只是一种物质的粗迹,不能无碍无损地通达精妙的精神境界;而"意之所随者"和"言之所不能论,意之所不能察致者"指的就是至高无上涵容一切又不可名状的道。其《外物》指出的是:用语言进行交流,目的在于"意"的传达。对表达者来说力求"达意",对接受者来说旨在"得意"。语言只是媒介,只是工具,是次要的;由于言意之间存在矛盾,因而在达到目的以后应该摆脱其束缚。

玄学糅合了这两种角度立论的言意说,又有新的拓展。最有代表性的仍是王弼《周易略例》的一段话:

> 夫象者,出意者也。言者,明象者也。尽意莫若象,尽象莫若言。言生于象,故可寻言以观象。象生于意,故可寻象以观意。意以象尽,象以言著。故言者所以明象,得象而忘言。象者所以存意,得意而忘象。犹蹄者所以在兔,得兔而忘蹄;筌者所以在鱼,得鱼而忘筌。然则,言者象之蹄也,象者意之筌也。是故存言者,非得象者也。存象者,非得意者也。象生于意而存象焉,则所存者乃非其象也。言生于象而存言焉,则其所存者乃非其言也。然则忘象者乃得意者也,忘言者乃得象者也。得意在忘象,得象在忘言。故立象以尽意,而象可忘也。重画(指爻重画为卦)以尽情,而画可忘也。③

因为是阐释《周易》,所以"象"纳入其中,但思想方法和理论的渊源则出于《庄子》。其最明显的发展就是在强调"忘象"和"忘言"的同时,承认"尽意莫若象,尽象莫若言"。也就是说,对于"出意"和"明象"而言,象和言是必要的,甚至是不可取代的;充分地肯定了媒介和工具的作用。

刘勰接受了玄学言意之辨的理论成果,而且根据文学的特点和需要进行了改

---

① 《老子·一章》,陈鼓应:《老子注译及评介》,第53页。
② 《老子·五十六章》,陈鼓应:《老子注译及评介》,第280页。
③ [魏]王弼:《周易略例》,楼宇烈:《王弼集校释》,第609页。

造和发挥。归纳起来,大致有以下四个方面。

其一,充分肯定"言"的作用。

文学是语言的艺术。从《文心》有关文、辞、言、藻、采的论述中可以知道,刘勰认为状物达意"莫若言"的,因此充分肯定文学语言的表现和创造美的功能。比如"圣因文而明道","辞之所以能鼓天下者,乃道之文也"①;"圣人之情,见乎文辞矣","志足而言文,情信而辞巧,乃含章之玉牒,秉文之金科矣"②;"物沿耳目,而辞令管其枢机。枢机方通,则物无隐貌……"(《神思》);"万趣会文,不离辞情"③;"缀文者情动而辞发,观文者披文以入情"④;等等。在"下篇"的理论专题中也很重视语言形式美的探讨,所占比重最大,计有《声律》《章句》《丽辞》《比兴》《夸饰》《事类》《练字》《隐秀》《指瑕》等九篇;其余各个专题也多与文辞藻采有密切联系。刘勰在这方面的见解和理论成就我们在本书的其他部分已有介绍,此处不再赘述。

其二,刘勰提出了"意象"的概念。

六朝文论中已经逐渐涉及"象"的表现。陆机《文赋》就有"期穷形而尽相(象)"之语,挚虞《文章流别论》也以"假像尽辞,敷陈其志"⑤来说明赋这种文体的特点。然而,以"象"入论上明显受到玄学"言""意"之辨影响的还是刘勰。《神思》篇说:

> 陶钧文思,贵在虚静,疏瀹五藏,澡雪精神;积学以储宝,酌理以富才,研阅以穷照,驯致以怿(绎)辞;然后使玄解之宰,寻声律而定墨;独照之匠,窥意象而运斤。⑥

"意"与"象"在这里合而为一了,而前面的"寻声律而定墨"则无疑是论言(要求依美的规律结构作品的语言形式)的。刘勰也根据论文学的需要让"意象"为自己所用:由于文学作品不是《易传》,其文字(言)不是对卦象的说明,本身也要直接达"意"的,所以《周易·系辞》中"象"这个达"意"的中间层次在文学创作和欣赏中不再是必经的了。刘勰保留了"象",由于"象"与"意"都是"言"所表达,已在

---

① [梁]刘勰:《文心雕龙·原道》,张国庆、涂光社:《〈文心雕龙〉集校、集释、直译》,第12页。
② [梁]刘勰:《文心雕龙·征圣》,张国庆、涂光社:《〈文心雕龙〉集校、集释、直译》,第24页。
③ [梁]刘勰:《文心雕龙·镕裁》,张国庆、涂光社:《〈文心雕龙〉集校、集释、直译》,第586页。
④ [梁]刘勰:《文心雕龙·知音》,张国庆、涂光社:《〈文心雕龙〉集校、集释、直译》,第888页。
⑤ [晋]挚虞:《文章流别论》,郭绍虞:《中国历代文论选》(一),第190页。
⑥ [梁]刘勰:《文心雕龙·神思》,张国庆、涂光社:《〈文心雕龙〉集校、集释、直译》,第479页。

同一层次,于是将"意象"组合起来,作为加工文学语言的蓝图。对后来文学理论有重大影响的概念"意象"从此诞生。

刘勰保留"象"是物色描写长足进步的时代使然。在《明诗》《诠赋》《比兴》和《物色》等篇都谈到过模山范水、写物图貌风靡文坛的现象。尽管在《文心雕龙》中"意象"只出现过这么一次,刘勰也未能对它的内涵和特点作明确深入的阐述,然而发端的意义仍不宜低估。

其三,对创作中言意矛盾的新认识

刘勰虽然强调言辞表达为文章写作之"关键",但是也承认言不尽意的合理性,《神思》篇说:"至于思表纤旨,文外曲致,言所不追,笔故知止。……伊挚不能言鼎,轮扁不能语斤,其微矣乎!"①《序志》也直接提到"言不尽意,圣人所难"②,就是很好的例子。不过,在文学领域的言意之论上他还是有新见解的,《神思》篇指出:

> 方其搦翰,气倍辞前;暨乎篇成,半折心始。何则?意翻空而易奇,言征实而难巧。是以意授于思,言授于意,密则无际,疏则千里。③

在文学创作中,"意"是文学内容的思维存在形式,"言"指作品的语言存在形式。由于外部语言也参与思维,两者有同的一面。但是令理论家费解的是言意又有矛盾的一面,刘勰作出的解释是"意翻空而易奇,言征实而难巧",抓住艺术思维跳跃性强、富于变化的特点,指出语言"征实"(作为媒介它必须有确切的意蕴,其组合应符合语法规范)使它很难跟上思维的运作、尽善尽美地传达思维创造的微妙精巧之处。"意授于思,言授于意"更是对言意之辨的改造,在"意"之前增加了"思"这个新层次。"思"与"意"的差别可能是指一般的思想情志与能纳入作品付诸表现的艺术意趣、构想的差别。于是这"意"就不再是与抽象的"道"相联系、只能以"象"进行模糊传达的"意"了,完成了从哲学领域向文学领域的转移。"思"→"意"→"言"的递进过程更合乎文学创作思维活动的实际。

第三节 《文心雕龙》:缜密体系中各得其所的范畴系列

笔者曾作过如下的《文心雕龙》理论结构示意图:

---

① [梁]刘勰:《文心雕龙·神思》,张国庆、涂光社:《〈文心雕龙〉集校、集释、直译》,第490页。
② [梁]刘勰:《文心雕龙·序志》,张国庆、涂光社:《〈文心雕龙〉集校、集释、直译》,第927页。
③ [梁]刘勰:《文心雕龙·神思》,张国庆、涂光社:《〈文心雕龙〉集校、集释、直译》,第483页。

《文心雕龙》范畴考论 >>>

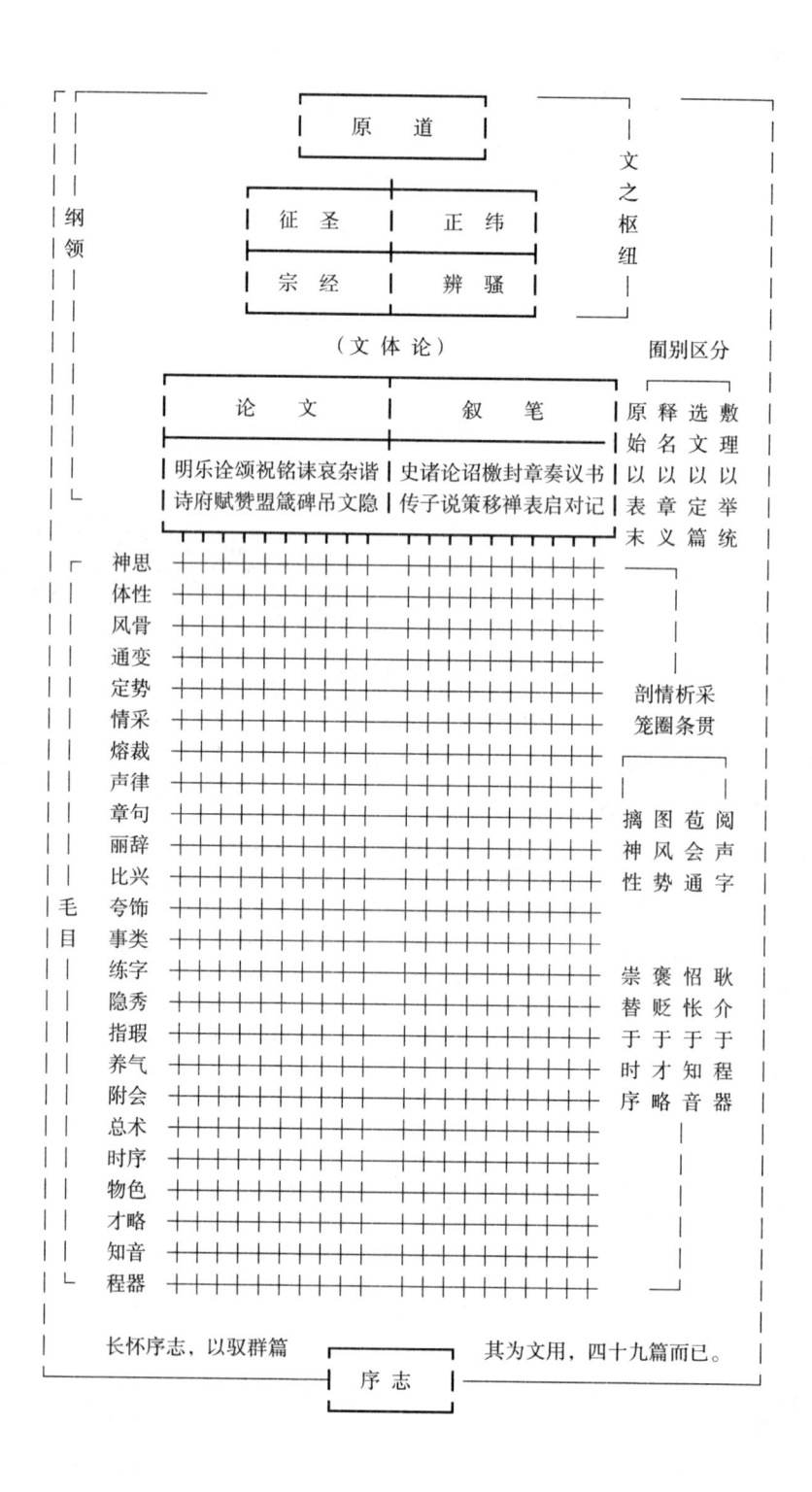

```
                    ┌─────────┐
                    │  原 道  │
                    └────┬────┘        ┐
         ┌─────────┬─────┴─────┐       │ 文
  ┐      │  征 圣  │   正 纬   │       │ 之
纲 │     ├─────────┼───────────┤       │ 枢
领 │     │  宗 经  │   辨 骚   │       │ 纽
  │      └─────────┴───────────┘       ┘
  │            （文体论）              囿别区分
  │      ┌─────────┬───────────┐  ┐原 释 选 敷
  │      │  论 文  │   叙 笔   │  │始 名 文 理
  │      ├─────────┼───────────┤  │以 以 以 以
  │      │明乐诠颂祝铭诔哀杂谐│史诸论诏檄封章奏议书│  │表 章 定 举
  │      │诗府赋赞盟箴碑吊文隐│传子说策移禅表启对记│  ┘末 义 篇 统
  ┘
  ┌   神思  ┼┼┼┼┼┼┼┼┼┼┼┼┼┼┼┼┼┼
  │   体性  ┼┼┼┼┼┼┼┼┼┼┼┼┼┼┼┼┼┼
  │   风骨  ┼┼┼┼┼┼┼┼┼┼┼┼┼┼┼┼┼┼
  │   通变  ┼┼┼┼┼┼┼┼┼┼┼┼┼┼┼┼┼┼
  │   定势  ┼┼┼┼┼┼┼┼┼┼┼┼┼┼┼┼┼┼  剖情析采
  │   情采  ┼┼┼┼┼┼┼┼┼┼┼┼┼┼┼┼┼┼  笼圈条贯
  │   熔裁  ┼┼┼┼┼┼┼┼┼┼┼┼┼┼┼┼┼┼
  │   声律  ┼┼┼┼┼┼┼┼┼┼┼┼┼┼┼┼┼┼
  │   章句  ┼┼┼┼┼┼┼┼┼┼┼┼┼┼┼┼┼┼  摘 图 苞 阅
  │   丽辞  ┼┼┼┼┼┼┼┼┼┼┼┼┼┼┼┼┼┼  神 风 会 声
  │   比兴  ┼┼┼┼┼┼┼┼┼┼┼┼┼┼┼┼┼┼  性 势 通 字
毛 │   夸饰  ┼┼┼┼┼┼┼┼┼┼┼┼┼┼┼┼┼┼
目 │   事类  ┼┼┼┼┼┼┼┼┼┼┼┼┼┼┼┼┼┼
  │   练字  ┼┼┼┼┼┼┼┼┼┼┼┼┼┼┼┼┼┼  崇 褒 怊 耿
  │   隐秀  ┼┼┼┼┼┼┼┼┼┼┼┼┼┼┼┼┼┼  替 贬 怅 介
  │   指瑕  ┼┼┼┼┼┼┼┼┼┼┼┼┼┼┼┼┼┼  于 于 于 于
  │   养气  ┼┼┼┼┼┼┼┼┼┼┼┼┼┼┼┼┼┼  时 才 知 程
  │   附会  ┼┼┼┼┼┼┼┼┼┼┼┼┼┼┼┼┼┼  序 略 音 器
  │   总术  ┼┼┼┼┼┼┼┼┼┼┼┼┼┼┼┼┼┼
  │   时序  ┼┼┼┼┼┼┼┼┼┼┼┼┼┼┼┼┼┼
  │   物色  ┼┼┼┼┼┼┼┼┼┼┼┼┼┼┼┼┼┼
  │   才略  ┼┼┼┼┼┼┼┼┼┼┼┼┼┼┼┼┼┼
  │   知音  ┼┼┼┼┼┼┼┼┼┼┼┼┼┼┼┼┼┼
  └   程器  ┼┼┼┼┼┼┼┼┼┼┼┼┼┼┼┼┼┼

长怀序志，以驭群篇            其为文用，四十九篇而已。
                ┌─────────┐
                │  序 志  │
                └─────────┘
```

310

第三章 魏晋文论与《文心雕龙》的范畴建构

此示意图首见于拙著《雕龙迁想》中①,林其锬先生在为《文心司南》②撰写的"绪论"时也将它录用,并随后加上说明:

> 《文心雕龙》全书的三个组成部分和全书绝大多数篇章都是由史与论(包括评)组合而成的。其中"文之枢纽"以论为主,"论文叙笔"是史的大宗,上半部二十五篇中五分之四属史,因为刘勰标举为"纲领",本图画作经线;下半部"剖情析采,笼圈条贯"的二十四篇中除《时序》篇以史为主,《通变》、《物色》、《才略》、《程器》四篇史论参半外,其余十九篇皆以论为主;刘勰称之"毛目",故画作纬线。所谓"纲领",不止是强调"文之枢纽"的指导作用,还有理清各文体的发展脉络,以文学现象作为立论基础的意义。"笼圈条贯"是打破体裁的界限,按问题分类进行理论组合;"剖情析采"是分别从内容和形式的剖析入手,探讨文章写作的得失成败,在总结经验教训的基础上概括出原则规律。论作为"毛目"须以史为依据,又验证于史。故知《文心雕龙》的理论结构大略是以史为纲,以论为目交织而成,是以史带论、多层次史论结合的论著。《序志》是序,介绍写作动机、全书宗旨、理论体系、思想方法等。

《文心雕龙》的"体大思精"与其范畴系列的富赡、严谨以及论证、运用的充分是分不开的。换言之,如此"体大思精"的理论,必然由体系缜密、思维精深的范畴系列建构。除了集大成地体现出汉魏六朝的艺术精神和理论进步之外,《文心雕龙》在中国古代文论范畴方面的贡献也是无与伦比的。刘勰是这一领域创设、运用范畴概念最多的理论家,建构古代体系缜密文学理论的同时,也全面系统地创设和规范了文论的范畴系列。中国古代文学理论批评运用的所有范畴概念几乎都能在其中找到自己的归属或者渊源和形成、演化的轨迹。近现代对《文心雕龙》理论意义的认识和开掘多是从范畴研究起步,由此拓展和深化的。对《文心》范畴系列的全面解读,也许是认识刘勰理论建树的最好方式。

《序志》篇是全书的序,介绍了以"文心雕龙"名书的原委和论文的宗旨及其理论框架、结构统序和立论的方法、原则。除许多专论皆以范畴题为篇名外,还能见到"文心"、"文章"、"性灵"和"剖析"、"折衷"等概念,以及"经"与"纬"、"纲领"与"毛目"、"道"与"器"的对应。可知刘勰正是由于范畴概念的创用,使全书弘深理论意义得到全面和精切的阐述。因此,由《序志》起步,并以为线索,可对刘

---

① 涂光社:《雕龙迁想》,沈阳:辽宁大学出版社,1995 年,第 232 页。
② 涂光社主编:《文心司南》,南京:江苏人民出版社,2004 年,第 12 页。

勰范畴概念创用方面的建树进行系统的梳理。

一、《序志》：申说论文宗旨、理论框架、论证原则方法所用范畴

《序志》先从为何以"文心雕龙"名书说起：

> 夫"文心"者，言为文之用心也。昔涓子《琴心》，王孙《巧心》，心哉美矣！故用之焉。古来文章，以雕缛成体，岂取驺奭之群言雕龙也？①

古人意识中，心是主思维的器官，是情性所本、智慧和创造力的渊薮。刘勰以"文心"给自己的著作取名，盛赞"心哉美矣"，指出人类具有"超出万物"的灵慧和美的创造力。联系到《原道》篇对人作为宇宙智慧集中体现的"天地之心"、"性灵所锺"给予的充分肯定，显示出一种人作为智慧生命能够睥睨万物的高度自信。"岂取驺奭之群言雕龙也"的反诘表明，文章之美何止是言辞雕饰之美！显然，其核心乃在人生命灵慧的美。在《情采》篇中，刘勰就曾以"圣贤书辞，总称文章，非采而何"的反问道出其文学观，他以圣贤的著述为代表透露其所谓"采"有明哲高尚的思致为依据。此处表白以"文心雕龙"名书的所以然，更可以说是美文文学观最集中、最精切同时也是最具包容性的表述。

章太炎对古代"文学"和"文章"的本义及其演变作过考辨；梁启超、陈独秀等学者提出，在中国古代，人们是以"美文"为文学的。郭绍虞的《中国文学批评史》讨论了古代文学观念的演进过程。一些研究者认为古代所谓文学指的是"杂文学"，或者指出《文心雕龙》论的是文章写作。

以美文为文学是否切中古人文学观念意识的核心？"美文"的意指在现代理论体系中是否具备成为一个艺术门类的基本要素？

将传统的文学观归结为以美文为文学，或者指出古人所谓"文章"类同今人所谓文学作品，应该说都有充分理由。因为古代的一些文体在今天属于论说文、应用文，不在文学艺术的范围内；不过，以"杂文学"的概念超越文体界限去概括古代的文章，却有一个无可回避的问题尚待解决："杂"于其中者都有相一致的文学艺术属性吗？笔者以为，现代学者所说的美文之美具有理念性，以"美文"作出的界定较"杂文学"更为恰切。以美文为文学的观念最简明地凸显了文学的两大特征：它是艺术，是一种美的创造；文学美的创造是用语言文字（古文论中用"文"或"辞""言"等指代）作为媒介的，这是文学与其他门类艺术的区别所在。

---

① ［梁］刘勰：《文心雕龙·序志》，张国庆、涂光社：《〈文心雕龙〉集校、集释、直译》，第920页。

第三章 魏晋文论与《文心雕龙》的范畴建构

美文文学观是否偏重形式,甚至只讲究辞藻之美呢?如果承认现代学者所谓美文之"美"具有理念性,这种误解自然就会消除。人们对美的认识是一个逐步拓展、逐步深化、境界逐步提升的过程。早期就指美文的文章来说人们偏重语言辞采不足为奇(比如战国出现"雕龙奭"这样的称呼,汉代评论家常以"丽文"指代诗赋文章)。然而文章之美本来就远不止辞藻富丽、形式华美,对它的理解和要求也并非一成不变。在汉魏六朝专指美文的"文章"大略同于今人所谓的文学作品。随着创作和理论批评的发展,人们会意识到一切愉悦耳目、触生情致、动人心魄、感荡性灵、发人思考的表述……都有可能成为构成文章之美的因素;更不用说那所有高境界之美皆然的精神属性。

刘勰是伟大的理论家,身处文学观念成熟的齐梁时期,他的著述用"文心雕龙"题名凸显的正是这样一种理念:美文是人慧美心灵的艺术创造,"文心"之美是文章之美的核心和内在依据。清人章学诚《文史通义·文德》中曾指出其非凡的历史意义:"古人论文,惟论文辞而已。自刘勰氏出,本陆机之说,而昌论'文心'。"①

接下来,刘勰倾吐了包括自己在内的士人投身著述的缘由:

> 夫宇宙绵邈,黎献纷杂,拔萃出类,智术而已。岁月飘忽,性灵不居,腾声飞实,制作而已。夫人肖貌天地,禀性五才,拟耳目于日月,方声气乎风雷,其超出万物,亦以灵矣。形同草木之脆,名逾金石之坚;是以君子处世,树德建言,岂好辩哉?不得已也。②

人生命短暂,时光从不停步。刘勰强调,唯"树德建言"拥有能"腾声飞实"的著作才能突破时空的局限,实现永恒的生命价值。"岂好辩哉,不得已也"暗示自己如同当年的孟子一样"不得已"著书立说,不能不以《文心雕龙》的撰写展示一己的才智和思想抱负,创造不朽的生命价值。《序志》末尾的"赞"中说:"文果载心,余心有寄。"③显然是对篇首"为文用心"、不得已"树德建言"之论的呼应,表白以论文学实现自己生命价值的心声。

先秦贤哲早有立德、立功、立言"三不朽"的名言,孟子的"岂好辩哉?不得已也"是不得不以雄辩的言论去弘扬王道理想、驳斥异端邪说的自白。在汉魏,司马迁和曹丕直接把著述与生命的永恒价值联系起来。司马迁在《太史公自序》中申

---

① [清]章学诚:《文史通义·文德》,第 55 页。
② [梁]刘勰:《文心雕龙·序志》,张国庆、涂光社:《〈文心雕龙〉集校、集释、直译》,第 920 页。
③ [梁]刘勰:《文心雕龙·序志》,张国庆、涂光社:《〈文心雕龙〉集校、集释、直译》,第 927 页。

述自己身受残害却以古代圣贤为榜样发愤为作,目的在于"成一家言","藏之名山,传之其人"。曹丕《典论·论文》说:"盖文章,经国之大业,不朽之盛事。年寿有时而尽,荣乐止乎其身,二者必至之常期,未若文章之无穷。"①他的《与吴质书》称赞写出《中论》的徐干"成一家之言",可以"不朽"②。刘勰承袭了这种意识和价值观,暗示自己如同当年的孟子一样"不得已",不能不以《文心雕龙》的撰写展示一己的才智和思想抱负,创造不朽的生命价值。

《程器》篇的"穷则独善以垂文"发展了孟子的"穷则独善其身"之说:如若身世困厄道路坎坷,无机会从政施展才智,就应凭借不堕凡俗的情灵从事写作。《杂文》言及"对问"的文体时说:"原夫兹文之设,乃发愤以表志:身挫凭乎道胜,时屯寄于情泰,莫不渊岳其心,麟凤其采……"③《诸子》也如此感慨:"嗟夫！身与时舛,志共道申,标心万古之上,而送怀千载之下。金石靡矣,声其销乎!"④贤能之士志趣高尚,在逆境中发愤著述会酝酿和催生出高品位的精神产品。

《序志》介绍了全书的理论体系和立论的思想方法:

> 盖《文心》之作也,本乎道,师乎圣,体乎以,酌乎纬,变乎骚:文之枢纽,亦云极矣。若乃论文叙笔,则囿别区分,原始以表末,释名以章义,选文以定篇,敷理以举统:上篇以上,纲领明矣。至于剖情析采,笼圈条贯,摛《神》《性》,图《风》《势》,苞《会》《通》,阅《声》《字》;崇替于《时序》,褒贬于《才略》,怊怅于《知音》,耿介于《程器》;长怀《序志》,以驭群篇:下篇以下,毛目显矣。位理定名,彰乎大《易》之数,其为文用,四十九篇而已。⑤

全书分上、下两部分。《原道》《征圣》《宗经》《正纬》《辨骚》五篇为"文之枢纽",连同二十篇"论文叙笔"构成"上篇",是立论的"纲领";而"剖情析采"的二十四个理论专题加上"以驭群篇"的《序志》合称"下篇",则属"毛目"。

纲举目张。"纲领"对于"毛目"具有统领作用,二者是主从关系。"枢纽"则指枢机、关键。

《文心雕龙》列最前的五篇《原道》《征圣》《宗经》《正纬》《辨骚》为全书提纲挈领意义的"文之枢纽"。从其篇次和范畴设置上可以看出作者探求文学生成之

---

① [魏]曹丕:《典论·论文》,郭绍虞:《中国历代文论选》(一),第158页。
② [魏]曹丕:《与吴质书》,郭绍虞:《中国历代文论选》(一),第165页。
③ [梁]刘勰:《文心雕龙·杂文》,张国庆、涂光社:《〈文心雕龙〉集校、集释、直译》,第265页。
④ [梁]刘勰:《文心雕龙·诸子》,张国庆、涂光社:《〈文心雕龙〉集校、集释、直译》,第337页。
⑤ [梁]刘勰:《文心雕龙·序志》,张国庆、涂光社:《〈文心雕龙〉集校、集释、直译》,第925页。

第三章 魏晋文论与《文心雕龙》的范畴建构

本源,继承发展之正途,宣示基本律则的立意:"本乎道,师乎圣,体乎经,酌乎纬,变乎骚",所用范畴组合有"经"与"纬"、"奇"与"正"的对应;《原道》"道沿圣以垂文,圣因文而明道"①之论中的"圣"、"道"、"文"是刘勰标树的创作三要素(主体、客体、媒介和作品)的楷范,表述的三者关系具有普遍的指导意义。论证文学现象产生的所以然及其功能、意义,解析文学活动的三要素;树立作家作品的楷模,总结历史发展的经验教训,概括出继承变革的原则。于是有三维组合的"道"("神理")、"人"("圣"、"性灵"、"情性")、"文"("经"、"言"、"辞")以及"德"、"自然"等范畴,以及"奇(变)"与"正(贞、雅)"、"华"与"实"的对应于其中。

《原道》的"道沿圣以垂文,圣因文而明道"简明地概括了"情"(主体)、"物"(客体)、"辞"(文辞媒介、作品)创作三要素之间的关系:"圣(人)"撰述经典,是作者的楷模,也是著述活动的核心环节;"道"是至理,为著述内容之极则,代指文辞所表述的事理;此处"文"指经典著述(即《情采》所谓"圣贤书辞"),是文章(作品)的范式。然而《文心》的要义毕竟在指导一般文章的写作而非儒典撰写,所以言及喻示"文"成于本然、合规律的"自然之道"②,总结出针对文章写作的金科玉律——"志足而言文,情信而辞巧"③;更有直言"文能宗经,体有六义":"一则情深而不诡,二则风清而不杂,三则事信而不诞,四则义直而不回,五则体约而不芜,六则文丽而不淫"④。

《原道》所原,是文学产生的所以然和伟大意义。"道"是本然和自然而然的,是本质、规律,它至高无上有精神本体方面的内涵。故刘勰首先强调"文之为德也大矣"(此所谓"德",是"道"所体现的具体功用),"夫玄黄色杂,方圆体分:日月迭璧,以垂丽天之象;山川焕绮,以铺理地之形,此盖道之文也。"指出天地万物自然呈现之美本来就是"道之文",而人"为五行之秀,实天地之心。心生而言立,言立而文明,自然之道也。"

不仅有"道之文",其后刘勰又说:"傍及万品,动植皆文:龙凤以藻绘呈瑞,虎豹以炳蔚凝姿;云霞雕色,有逾画工之妙;草木贲华,无待锦匠之奇。夫岂外饰,盖自然耳。至于林籁结响,调如竽瑟;泉石激韵,和若球锽:故形立则章成矣,声发则文生矣。夫以无识之物,郁然有彩,有心之器,其无文欤?"⑤

---

① [梁]刘勰:《文心雕龙·原道》,张国庆、涂光社:《〈文心雕龙〉集校、集释、直译》,第12页。
② [梁]刘勰:《文心雕龙·原道》,张国庆、涂光社:《〈文心雕龙〉集校、集释、直译》,第1页。
③ [梁]刘勰:《文心雕龙·征圣》,张国庆、涂光社:《〈文心雕龙〉集校、集释、直译》,第24页。
④ [梁]刘勰:《文心雕龙·宗经》,张国庆、涂光社:《〈文心雕龙〉集校、集释、直译》,第47页。
⑤ [梁]刘勰:《文心雕龙·原道》,张国庆、涂光社:《〈文心雕龙〉集校、集释、直译》,第11页。

可见此处所谓"文"是广义的,一切有美质的事物(包括有生命的动物植物和无生命的云霞泉石,乃至以"道"指称的至理)都有外现的与其美质相副称的美"文"。"文"可以是诉诸视觉的"形"、"象"和色彩,也可以由诉诸听觉的音响组合而成。而"天地之心"——万物灵秀所钟的人,无疑会有高于"郁然有彩"之"无识之物"的美文——"文章"。

其后既以"言之文也,天地之心哉"重申了以圣人著述为代表的"人文"特殊的价值和意义,又说包括"孔氏"("夫子")在内的"玄圣""素王"们"莫不原道心以敷章,研神理而设教"。刘勰认为,作为客体,"道"为"圣"欲发明弘扬之对象,是"理"之极致;而能够体"道"之"圣"(玄圣、素王)只是借助"文"(文辞、经典)去申述阐扬才使之得到传播、发挥功用的。故强调:"道沿圣以垂文,圣因文而明道";"《易》曰:'鼓天下之动者存乎辞。'辞之所以能鼓天下之动者,乃道之文也"。①

《文心》中"道"的范畴义值得一说。首篇《原道》所言可谓是刘勰论文思想宗尚的宣示。

该篇末段有"道沿圣以垂文,圣因文而明道"和"《易》曰:'鼓天下之动者存乎辞。'辞之所以能鼓天下之动者,乃道之文也"的表述,显然是对儒家文学主张的标举。因为儒家经学(尤其是《诗》学)集矢于社会道德伦理教化问题,合乎古代士人为文之心志——"鼓天下之动"担当崇高使命的需要。与随后《宗经》《征圣》两篇所论以及《序志》篇概述全书作意时倾吐对孔子崇拜相联系,刘勰论文极力推崇儒家的思想精神无可置疑。

然而,不可忽略该篇此前一段表述,人"为五行之秀,实天地之心。心生而言立,言立而文明,自然之道也。"接着又称:"傍及万品,动植皆文:龙凤以藻绘呈瑞,虎豹以炳蔚凝姿;云霞雕色,有逾画工之妙;草木贲华,无待锦匠之奇。夫岂外饰,盖自然耳。至于林籁结响,调如竽瑟;泉石激韵,和若球锽:故形立则章成矣,声发则文生矣。夫以无识之物,郁然有彩,有心之器,其无文欤?""自然之道"的渊源在道家而非儒门,此处"自然"是自然而然,合乎客观规律的意思。《文心》要探讨文学艺术表现规律,《原道》中不能不说"自然之道"。《文心》其他篇也用到"自然"(如《明诗》的"感物吟志,莫非自然",以及《体性》的"自然之恒姿"、《定势》的"自然之势"、《丽辞》的"自然成对"、《隐秀》的"自然会妙"等),皆不违自然而然的意旨。《文心》"剖情析采"一些重要专题(如《神思》《体性》)引述的思想材料

---

① [梁]刘勰:《文心雕龙·原道》,张国庆、涂光社:《〈文心雕龙〉集校、集释、直译》,第12页。

多出自老庄,少有儒学的印记。

《文心》其他一些篇中也屡论及"道",虽多不在如今所说的文学理论领域,但所谓"道"大抵皆指向诸家求索、阐发的至理:如《诸子》说:"诸子者,入道见志之书"、"伯阳识礼,而仲尼访问,爰序道德,以冠百氏。然则鬻惟文友,李实孔师,圣贤并世,而经子异流矣","庄周述道以翱翔"(老庄"道家"的称名,正因其"道"范畴的提出,为众所认同);"身与时舛,志共道申,标心于万古之上,而送怀于千载之下";"立德何隐,含道必授"①。《杂文》:"原夫兹文之设,乃发愤以表志。身挫凭乎道胜,时屯寄于情泰;莫不渊岳其心,麟凤其采"②;《才略》亦云:"诸子以道术取资"③;《情采》则称:"故立文之道,其理有三:……五色杂而成黼黻,五音比而成韶夏,五情发而为辞章,神理之数也。"④……

刘勰论文极力推崇儒道言之有据,但不宜做出将刘勰文学思想归于一家的结论,因为它不符合思想史的实际。古代学者很少拘守一家者,孔子还四处访学、求教老子呢,战国争鸣的百家就不无相互借鉴、吸收,《易》传中就吸纳了道家和阴阳家的学术思想。何况汉魏以降的学术有儒道互动、以"杂"求新的动向,六朝更有"三教合一"的趋势。

《征圣》之"征(徵)"是验证、取法的意思。刘勰在《序志》篇说:"自生人以来,未有如夫子者也。"⑤他认为圣人是人之中,自然也是著述者中最杰出的代表。刘勰强调文章作者所应取法和验证的,是如同孔子这样一些的先圣("玄圣""素王")的精神品格及其在著述方面的作为。"圣"者有对精妙之道的洞悉和述之于文重要意义("贵文")的明确认识,有对各类文章写作原则的正确把握:"文成规矩,思合符契:或简言以达旨,或博文以该情,或明理以立体,或隐义以藏用"⑥。文章作者的素质品格能够决定其写作的意义和功用的大小乃至成败。所以要为作家树立圣人精神情操陶冶的范式,反复强调"陶铸性情,功在上哲","圣人之情,见乎文辞","先王声教,布在方册;夫子风采,溢于格言",以为"征之周孔,文有师矣","征圣立言,则文其庶矣"。主体的精神境界提升,情感真挚、志气正大充盈,

---

① [梁]刘勰:《文心雕龙·诸子》,张国庆、涂光社:《〈文心雕龙〉集校、集释、直译》,第325-339页。
② [梁]刘勰:《文心雕龙·杂文》,张国庆、涂光社:《〈文心雕龙〉集校、集释、直译》,第265页。
③ [梁]刘勰:《文心雕龙·才略》,张国庆、涂光社:《〈文心雕龙〉集校、集释、直译》,第863页。
④ [梁]刘勰:《文心雕龙·情采》,张国庆、涂光社:《〈文心雕龙〉集校、集释、直译》,第570页。
⑤ [梁]刘勰:《文心雕龙·序志》,张国庆、涂光社:《〈文心雕龙〉集校、集释、直译》,第922页。
⑥ [梁]刘勰:《文心雕龙·征圣》,张国庆、涂光社:《〈文心雕龙〉集校、集释、直译》,第26页。

则能从事意义宏大、影响深远之美文的著述。故云:"精理为文,秀气成采","志足而言文,情信而辞巧,乃含章之玉牒,秉文之金科矣。"①

《宗经》之经,就是先秦儒家圣人撰述的经典著作,刘勰将其树为文章之楷模;"宗"是宗祖、效法、传承其统绪的意思。"宗经"首先有在体"道"的基础上镕铸文章内容的要求,如云:"经也者,恒久之至道,不刊之鸿教也。故象天地,效鬼神,参物序,制人纪,洞性灵之奥区,极文章之骨髓者也";主张"义既极乎性情,辞亦匠于文理"。刘勰指出五经有各自的特点:《易经》是"旨远辞文,言中事隐",《尚书》是言辞"昭灼",《诗经》是"摘风裁兴,藻辞谲喻,温柔在诵,故最附深衷",三《礼》"章条纤曲,执而后显,采掇片言,莫非宝也",《春秋》则"一字见义,详略成文,婉章志晦"。刘勰以为先秦儒典虽或古奥,但总的说是"根柢盘深,枝叶峻茂,辞约而旨丰,事近而喻远,是以往者虽旧,余味日新"。指出"论说辞序,则《易》统其首;诏策章奏,则《书》发其源;赋颂歌赞,则《诗》立其本;铭诔箴祝,则《礼》总其端;记传盟檄,则《春秋》为根:并穷高以树表,极远以启疆,所以百家腾跃,终入环内者也。"②认为经典的体裁、表述方式和文学风格不同,应该也可以分别成为各类文章写作的典范。

列前的三篇《原道》《征圣》《宗经》标树的是写作三要素的典范。经典之所以能够阐明和体现出"道"——至理,是因为圣人具备高尚的思想品格、纯正诚信的情感和超凡的睿智,才成就了"写天地之辉光,晓生民之耳目"的经典撰述。刘勰对文学社会功能和教化作用的强调无可置疑。当然,"宗经"、"征圣"并不是要求后来的作者只写类同经典的文章。所谓"宗经六义"是各类文章真、善、美的标准,三要素的理想境界:"情深而不诡"和"风清而不杂"必出于主体情思的纯正至诚,"事信而不诞"和"义直而不回"当由于客体("事"与义理)的真实正大,"体约而不芜"和"文丽而不淫"则是文章构结和语言形式方面美的原则。三要素的关系和作用也见于《文心》的文体论和创作论,《神思》篇有"神(神思)"、"物"、"辞(辞令)"的关系论。在《诠赋》和《物色》两篇为物、情(心)、辞(词、采、声)的并举:"情以物兴,故义必明雅;物以情观,故词必巧丽"③;"情以物迁,辞以情发";"写气图貌,既随物以宛转;属采附声,亦与心而徘徊"。《比兴》和《知音》中则是"拟容

---

① [梁]刘勰:《文心雕龙·征圣》,张国庆、涂光社:《〈文心雕龙〉集校、集释、直译》,第24-31页。
② [梁]刘勰:《文心雕龙·宗经》,张国庆、涂光社:《〈文心雕龙〉集校、集释、直译》,第38-47页。
③ [梁]刘勰:《文心雕龙·诠赋》,张国庆、涂光社:《〈文心雕龙〉集校、集释、直译》,第156页。

第三章 魏晋文论与《文心雕龙》的范畴建构

取心"①和"缀文者情动而辞发,观文者披文以入情"②。……不难体察到整个创作和欣赏活动中主体("圣"、"人"或"情"、"性"、"志"、"心")的一方总是能动的,是文学活动的纽带和核心环节。

"文之枢纽"后两篇是《正纬》和《辨骚》。刘勰认为,前人的成就登峰造极后,继起者必然谋求拓出新的天地,从以往这方面的得失成败中可以总结出文学创新求变的指导原则。

《正纬》之"正"是矫正的意思,所"正"者为纬书的荒诞不经之处。因为汉儒所著的那些本为阐释先秦儒经的纬书脱离了正轨,如篇中所说的四个方面:"经正纬奇";"纬多于经,神理更繁";以及伪托孔子之失实和"先纬后经,体乖织综"。皆是纬书之"伪"。不过指斥之余,刘勰仍辩证地指出,纬书对于文章写作不无可取:"事丰奇伟,辞富膏腴,无益经典,而有助文章"。③

《辨骚》是对屈原创作经验的总结和历史地位的评估,为文学创新求变树标立范。刘勰开篇即盛赞道:"自《风》《雅》寝声,莫或抽绪,奇文郁起,其《离骚》哉!"末尾的"赞"更对屈原推崇备至:"不有屈原,岂见《离骚》。惊采绝艳,壮志烟高。山川无极,情理实劳。金相玉式,艳溢锱毫。"④

该篇所"辨"首先是以往人们在屈原评价上的得失。继而指出,《离骚》这样的"奇文"所以能在《诗经》之后取得成功,是因为屈原能够"取镕经意,自铸伟辞"。"故能气往轹古,辞来切今,惊采绝艳,难以并能",诗人的"惊才风逸"得以展示,而有"金相玉式"的佳作传世,产生"枚贾追风以入丽,马扬沿波而得奇,其衣被词人,非一代也"的深远影响。刘勰认为楚辞的创作对各种层次的读者都有启示和借鉴作用:"才高者苑其鸿裁,中巧者猎其艳辞,吟讽者衔其山川,童蒙者拾其香草",而"酌奇而不失其贞(正),玩华而不坠其实"⑤是后人学习屈《骚》成功创变应遵循的原则。

如果说《原道》《征圣》《宗经》前三篇论证了文学现象产生的所以然和道(物)、圣(情)、文(辞)的关系,提出了"衔华佩实""情信辞巧"和"宗经六义"等金

---

① [梁]刘勰:《文心雕龙·比兴》,张国庆、涂光社:《〈文心雕龙〉集校、集释、直译》,第657页。
② [梁]刘勰:《文心雕龙·知音》,张国庆、涂光社:《〈文心雕龙〉集校、集释、直译》,第888页。
③ [梁]刘勰:《文心雕龙·正纬》,张国庆、涂光社:《〈文心雕龙〉集校、集释、直译》,第62-68页。
④ [梁]刘勰:《文心雕龙·辨骚》,张国庆、涂光社:《〈文心雕龙〉集校、集释、直译》,第73页、第86页。
⑤ [梁]刘勰:《文心雕龙·辨骚》,张国庆、涂光社:《〈文心雕龙〉集校、集释、直译》,第86页金

科玉律,是"正",是本源。那么后两篇《正纬》和《辨骚》就是有关"奇"(变异)的论述。文学内容(道、理、质、情、性、志)和形式(文、辞、言、采)的发展必然是有继承又有所变革的,在先秦经典之后,纬书之"奇"失实,弊端甚多,故须矫正之;而屈《骚》则是以"奇"求变成功的楷模。足见"文之枢纽"总的说也是"正""奇"之论的组合。

文学必须有新变才能不断发展。《正纬》《辨骚》分别以汉代的谶纬和楚辞(特别是《离骚》)作为典型,总结文学史上以"奇"求变的经验教训。《正纬》详论谶纬之"奇"流于迷信妄诞而步入歧途,尽管刘勰也说其"事丰奇伟,辞富膏腴""有助文章",主要方面仍在"正"其谬误。《辨骚》开篇称"自《风》《雅》寝声,莫或抽绪,奇文郁起,其《离骚》哉!固已轩翥《诗》人之后,奋飞辞家之前"。在述评汉代有关《离骚》楚辞与儒家经典四同四异的论争之后指出:"固知《楚辞》者,体宪于三代,而风杂于战国,乃《雅》《颂》之博徒,而词赋之英杰也",以为"虽取镕经意,亦自铸伟辞","故能气往轹古,辞来切今,惊采绝艳,难以(与)并能","其衣被词人,非一代也",称许屈《骚》"惊才风逸,壮采烟高"、"金相玉式,艳溢锱毫"。可谓极尽赞美。"文之枢纽"褒举以屈原《离骚》为代表的楚辞创作,称其在《诗经》之后再登文坛巅峰,是以"奇"求变取得成功的典范,要求后学"酌奇而不失其贞(正),玩华而不坠其实"。①

"上篇"的第二部分"论文叙笔"分论当时各种文体,思路为"原始以表末,释名以章义,选文以定篇,敷理以举统"②。"原始表末"述评每一文体生成流变的过程;"释名章义"诠释其称名之所由,彰显其名实和本质特征;"选文定篇"选择各时期有代表性的作品,评定其价值所在;"敷理举统"是把握该体发展演化的统序和得失成败之所然,从中提炼出指导该文体写作的原则规范。之所以成为"纲领"的组成部分,首先因为它是"毛目"立论的基石。其次,"剖情析采"所得的认识、原则和方法手段也服务于各类"文""笔"的写作。其中的范畴和概念组合比如"自然""雅俗""韵""味""风格""圆通"之类,有的用于表述文体的审美取向、尺度、写作规范,或用于对述作者各类文章的品评褒贬。

"下篇"的"剖情析采,笼圈条贯"是不同层面的创作经验总结、范式的归纳厘定,以及论证方法和原则的宣示。所谓"笼圈条贯"当是打破文体的限制,将以范

---

① [梁]刘勰:《文心雕龙·辨骚》,张国庆、涂光社:《〈文心雕龙〉集校、集释、直译》,第73-86页。
② [梁]刘勰:《文心雕龙·序志》,张国庆、涂光社:《〈文心雕龙〉集校、集释、直译》,第925页。

畴和概念组合名篇的论题归类,进行不同层面的专题论证;"剖情析采"宣示"剖析"为论证的基本方法。

声言"剖情析采",这四字即使不是石破天惊,确也难能可贵。表明刘勰的学术思考有进行剖析的自觉,中国古代理论思维常有欠缺的方面从而得到弥补。此即《文心雕龙》达于"体大思精"后人难以企及的重要原因。"笼圈条贯"则是按论证需要对各方面理论问题进行归纳,"笼圈"指打破文体界限的横向归类,"条贯"则为侧重历史沿革的纵向梳理。有此,各论题主旨分明,也在很大程度上规定了的语境,避免了范畴概念的误读和歧义的产生。

"下篇"所论前一类是"摘《神》《性》,图《风》《势》,苞《会》《通》,阅《声》《字》"概括的十九个专题,探讨创作活动的规律和艺术表现原则:《神思》论文学创作思维的特点,《体性》论作家的风格,《风骨》论文学的感动力量,《通变》论继承变革,《定势》论作品展示方式的择定,《情采》论内容形式的关系,《镕裁》论内容的规范与形式的剪裁,《声律》论语言的声韵音律,《章句》从字、句、章、篇论句式章法,《丽辞》论文辞的对偶,《比兴》论《诗经》借物寓意间接性传达的功用,《夸饰》论夸张修饰,《事类》论成辞和典故的使用,《练字》论遣词用字,《隐秀》论深厚隐微与卓拔挺秀两种文章之美,《指瑕》论作家行文中用事、比况和字词音义失当等各种文病,《养气》论写作的精神准备:生理、心理的调适,《附会》论文章的结构条理及其协调性、整体性,《总术》论"文"与"笔"的区别和掌握规律、驾驭技巧的意义。

后一类有五篇:"崇替于《时序》,褒贬于《才略》,怊怅于《知音》,耿介于《程器》"一类论述影响一般原则、规律和鉴赏批评的诸种因素。《时序》论时代社会政治对文学的影响,《物色》论自然环境和景物对文学的影响,《才略》论作家的才能、个性对创作的影响,《知音》论文学鉴赏,《程器》论作家的德才修为。

除此前对"文心雕龙"名书原委,以及全书理论的构成和立论的思想方法已作介绍外,《序志》后面一段文字再次申述了论证的方法原则:

> 有同乎旧谈者,非雷同也,势自不可异也;有异乎前论者,非苟异也,理自不可同也。同之与异,不屑古今,擘肌分理,唯务折衷。①

此所谓"势"是理路延伸的自然之势,"理"是本然之理,皆顺理成章地合乎其生成展示的逻辑;"自不可异"与"自不可同"以及"同之与异,不屑古今"的态度表

---

① [梁]刘勰:《文心雕龙·序志》,张国庆、涂光社:《〈文心雕龙〉集校、集释、直译》,第927页。

明,无论因袭前人还是一己创见,无论古今,也无论源出何家,取舍只凭求真求是的准绳:强调立论的严肃性和客观性。"擘肌分理"申明剖析是论证的基本方法;"唯务折衷"则谓不偏不倚唯求中正惬当,显现出对众说兼容并包、唯真理是从的胸怀。从此前他对魏晋文论的述评也可窥其"折衷"之一斑:

> 详观近代之论文者多矣:至如魏文述《典》,陈思序《书》,应玚《文论》,陆机《文赋》,仲洽《流别》,宏范《翰林》,各照隅隙,鲜观衢路;或臧否当时之才,或诠品前修之文,或泛举雅俗之旨,或撮题篇章之意。魏《典》密而不周,陈《书》辩而无当,应《论》华而疏略,陆《赋》巧而碎乱,《流别》精而少功,《翰林》浅而寡要。又君山、公干之徒,吉甫、士龙之辈,泛议文意,"往往间出"。并未能振叶以寻根,观澜而溯源。不述先哲之诰,无益后生之虑。①

刘勰概述文学"进入自觉时代"以来理论批评上的收获。评骘各家得失,既指出建树所在,更不宽贷其欠缺与偏颇。联系到他明言自己因"未足立家"而放弃注经,流露出在论文学上要弥补前人"振叶寻根,观澜索源"的不足,显然有一种在文学理论探究根源和本质规律方面超越前人的自信。

全书的论证中,刘勰均能兼容事物现象中不同乃至矛盾对立的因素,各取其正确合理的一面;克服偏颇,避免绝对化。《正纬》篇说纬书"无益经典而有助文章"②;《辨骚》篇中列论屈赋与儒经的同异,以为"取熔经旨,而自铸伟辞"是其成功之道,后人应"酌奇而不失其贞,玩华而不坠其实"③。《情采》篇引诸子语,仅取其合理或实指的一面以为用:"老子疾伪,故称'美言不信';而五千精妙,则非弃美矣。庄周云:'辩雕万物',谓藻饰也。韩非云'艳乎辩说',谓绮丽也。绮丽以艳说,藻饰以辩雕,文辞之变,于斯极矣。研味《孝》《老》,则知文质附乎性情;详览庄、韩,则见华实过乎淫侈。"④即如《神思》篇的"形在江海之上,心存魏阙之下"⑤、《体性》篇的"各师成心,其异如面"⑥以及《程器》篇的"穷则独善以垂文,达则奉时以骋绩"⑦等出之《庄》《孟》者,也因讨论文章的需要而有所改动,是典型

---

① [梁]刘勰:《文心雕龙·序志》,张国庆、涂光社:《〈文心雕龙〉集校、集释、直译》,第923页。
② [梁]刘勰:《文心雕龙·正纬》,张国庆、涂光社:《〈文心雕龙〉集校、集释、直译》,第67页。
③ [梁]刘勰:《文心雕龙·辨骚》,张国庆、涂光社:《〈文心雕龙〉集校、集释、直译》,第79页、第86页。
④ [梁]刘勰:《文心雕龙·情采》,张国庆、涂光社:《〈文心雕龙〉集校、集释、直译》,第570页。
⑤ [梁]刘勰:《文心雕龙·神思》,张国庆、涂光社:《〈文心雕龙〉集校、集释、直译》,第479页。
⑥ [梁]刘勰:《文心雕龙·体性》,张国庆、涂光社:《〈文心雕龙〉集校、集释、直译》,第504页。
⑦ [梁]刘勰:《文心雕龙·程器》,张国庆、涂光社:《〈文心雕龙〉集校、集释、直译》,第908页。

第三章 魏晋文论与《文心雕龙》的范畴建构

的"六经注我"式的征引。

明谓"不屑古今"对倡言"原道""征圣""宗经"的刘勰诚属不易,是肯定和接受思想学术新成果与时俱进的表现。"折衷"众论的他有时与"雷同一响"的评议唱反调!《才略》篇说:"魏文之才,洋洋清绮,旧谈抑之,谓去植千里。然子建思捷而才俊,诗丽而表逸。子桓虑详而力缓,故不竞于先鸣;而乐府清越,《典论》辨要,迭用短长,亦无懵焉。但俗情抑扬,雷同一响,遂令文帝以位尊减才,思王以势窘益价,未为笃论也。"①一反"旧谈""俗情"为曹丕鸣不平;正因为敢于"异于前论",才能全面比较曹丕曹植的文学个性与成就,作客观允当的评价。《知音》篇说人们常有"贵古贱今""崇己抑人""信伪迷真"的心理偏向,难免"知多偏好"的局限。要求鉴赏者由博而约,"阅乔岳以形培塿,酌沧波以喻畎浍",以"无私于轻重,不偏于憎爱"②的公允确保鉴赏的客观和准确。

刘勰还善作另一种"折衷":自觉地从不同乃至相反的角度考察文学现象,揭示各种因素的辩证关系。如《神思》说:"人之禀才,迟速异分;文之制体,大小殊功:相如含笔而腐毫,扬雄辍翰而惊梦,……虽有巨文,亦思之缓也;淮南崇朝而赋骚,枚皋应诏而成赋,……虽有短篇,亦思之速也。若夫骏发之士,心总要术,敏在虑前,应机立断;覃思之人,情饶歧路,鉴在疑后,研虑方定:机敏故造次而成功,虑疑故愈久而致绩。……是以临篇缀虑,必有二患:理郁者苦贫,辞溺者伤乱。然则博见为馈贫之粮,贯一为拯乱之药,博而能一,亦有助于心力矣。"③写作速度除受作品规模大小的影响外,也受作家思维方式、习惯的制约。创作主体思维有不同个性,无论"情饶歧路"的"覃思之人"还是"敏在虑前"的"骏发之士",往往各有用场、各有胜境。要求以"博见"加"贯一"(即"博而能一")来克服才疏学浅者无意义的"空迟"或"徒速"。他认识到作家运思快慢有差,却没有简单地以快为上,在追述和归纳文学史中有关事例的基础上作出切实的分析、论断。这对进一步探究灵感现象是颇具启示性的。《体性》从四个方面概括风格形成的因素,既有与先天素质密切关联的"才""气",也有纯属后天的"学""习";典雅、远奥、精约、显附、繁缛、壮丽、新奇、轻靡"八体"中"雅与奇反,奥与显殊,繁与约舛,壮与轻乖"表述了风格的对应性(值得注意的是它们未必是优与劣的对应);"习亦凝真,功沿渐靡"既肯定了后天改造主体素质的可能性,也强调了它的难度和渐进性。《风骨》篇标

---

① [梁]刘勰:《文心雕龙·才略》,张国庆、涂光社:《〈文心雕龙〉集校、集释、直译》,第871页。
② [梁]刘勰:《文心雕龙·知音》,张国庆、涂光社:《〈文心雕龙〉集校、集释、直译》,第884-887页。
③ [梁]刘勰:《文心雕龙·神思》,张国庆、涂光社:《〈文心雕龙〉集校、集释、直译》,第486页。

举文章风骨"翰飞戾天"清朗峻健的感动力,摈斥"瘠义肥辞""索莫乏气"的"繁采",但并未走向一概否定"采"美的极端,仍以"藻耀而高翔"(兼有风骨、藻采)为"文笔之鸣凤"——美文的最高境界。《通变》论证文学"参伍因革"的求变之道,指出"有常"的经验、规范的因袭与"无方"的创新变革两者的不可偏废与相辅相成:"参古定法,望今制奇"。……

"折衷"既是一种思想方法又是一种哲学态度,体现出求真求是和宽容兼取、客观公允的学术精神。自言"唯务折衷"再显刘勰在方法论上的自觉,其颇有辩证意味的思维方式在古代文论家中确实具有无人能及的先进性。

《序志》的"赞"是《序志》也是全书的结束语,著述者直吐心声,耐人寻味:"生也有涯,无涯惟智。逐物实难,凭性良易。傲岸泉石,咀嚼文义。文果载心,余心有寄。"①"逐物实难,凭性良易"是理论建构者的甘苦之言。"逐物"指追寻并力求准确表述、摹写"物"("物"即客观事物,对于本书而言就是文学现象)的本质、规律,由于务必客观和中肯,故称"实难"。相对而言,"凭性(任凭作者一己的情性)"自由挥洒地进行诗文写作则比较容易做到。"文果载心,余心有寄。"文辞是传达作品内蕴的媒介,著述是作者思想的载体。《文心雕龙》大抵是寄托深重的"发愤为作",刘勰生命智慧的结晶。他相信这部文论经典一定能够承载自己的思考与情志,传之久远,永葆其不朽的价值与活力生机。当然,这显然也是对篇首"为文用心"、不得已"树德建言"之语的呼应,表白以讨论文学实现自己生命价值的心声。

《序志》中论及"文心""性灵",运用了"经"与"纬"、"纲"与"目",以及"剖析""折衷"等范畴概念,全书立意、构结和思想方法得到全面和精切的阐述。两相对举的范畴有时出现较为分散,本篇的"体"与"用","经"与"纬","正"与"奇"即然,"道"与"器"更易被忽略,以下对此略作补充:

"上篇""下篇"的各个论题后,刘勰表白全书篇章构成的取法:"位理定名,彰乎大《易》之数,其为文用,四十九篇而已。"②是知《易》学范畴的对应也在篇章构成上。《易·系辞》上云:"形而上者谓之道,形而下者谓之器。"③《文心》首篇《原道》和第四十九篇《程器》的安排绝非无意的巧合。张国庆先生说:"在中国古代思想史中,'道'与'器'常对言,是一对重要范畴;形而上的'道'是本体,形而下的

---

① [梁]刘勰:《文心雕龙·序志》,张国庆、涂光社:《〈文心雕龙〉集校、集释、直译》,第927页。
② [梁]刘勰:《文心雕龙·序志》,张国庆、涂光社:《〈文心雕龙〉集校、集释、直译》,第925页。
③ 《周易·系辞上》,黄寿祺、张善文:《周易译注》,第526页。

'器'是作用;'道'主宰、贯穿'器','器'外显、呈现'道';'道''器'两分,体用一如。以分别含有'道'和'器'的《原道》《程器》开篇结尾,在对《文心》全书结构安排有着高度自觉意识的刘勰那里,显然不会是出于无心。"①"道"指向至上的思想精神宗旨,"器"是弘道君子应有的修为、作用。刘勰希望文士努力修为来促成情操的高尚、才干的卓越,为用世作好准备,所以《程器》中引有《易·系辞》下的"君子藏器,待时而动","赞"中亦称:"雕而不器,贞干谁则。"②

二、以范畴名篇的专论之一:针对文学基础性理论问题的论证

《文心》"下篇"中的专题论证大多以范畴名篇。一些专篇针对有普遍意义(即无论中外古今)的文学基础性理论问题(如文学艺术思维、风格和体式规范、内容和形式关系、作品的结构统序、鉴赏批评、继承变革原则)进行论证,揭示文学艺术创造机制和规律。另一些篇题民族特色鲜明:《声律》《章句》《丽辞》《练字》论证运用汉字写作的章法格律,汇总魏晋以来探讨语言形式美规律的收获;《风骨》《比兴》《隐秀》《物色》等则表述了民族文化特色鲜明的审美追求。两方面的理论表述都有核心范畴和系列概念的创设运用,有堪称经典的建树。以下遴选部分有代表性的专论分别述评之。

1. "神思"

"神思"的概念最早并非出现在文论中。③《文心雕龙·神思》篇论神奇的文学艺术思维,有了这样的归类,其中就有不同于其他艺术(如匠作、绘画)而专属文学领域的思维论证,如有"物沿耳目,而辞令管其枢机……关键将塞,则神有遁心"、"使玄解之宰,寻声律而定墨"和"刻镂声律"之论,以及"意翻空而易奇,言徵实而难巧。是以言意授于思,言授于意,密则无际,疏则千里"与"辞溺者伤乱"、"拙辞或孕于巧义"之类表述。

《神思》中"神"与"思"组合至少有这样两层意义:其一,文学创作是精神活动、思维的创造;其二,文学活动思维的神奇微妙。

从理论渊源上看,刘勰的"神思"之论深受老庄学说的影响,首先是以静驭动的"虚静"说。开篇即云:

---

① 张国庆、涂光社:《〈文心雕龙〉集校、集释、直译》,917页。
② [梁]刘勰:《文心雕龙·程器》,张国庆、涂光社:《〈文心雕龙〉集校、集释、直译》,第908页。
③ 如魏曹植《宝刀赋》有:"规圆景以定环,据神思而造象。"刘宋宗炳:《画山水序》有:"应会感神,超理得。……圣贤映于绝代,万趣融其神思。"

古人云:形在江海之上,心存魏阙之下。神思之谓也。文之思也,其神远矣。故寂然凝虑,思接千载;悄焉动容,视通万里。……思理为妙,神与物游。神居胸臆,而志气统其关键;物沿耳目,而辞令管其枢机。枢机方通,则物无隐貌,关键将塞,则神有遁心。①

刘勰以"形在江海之上,心存魏阙之下。神思之谓也。文之思也,其神远矣"开篇,化用《庄子》语汇,强调神奇的文学思维能够大大超越身观局限。"寂然凝虑,思接千载;悄焉动容,视通万里",表明文学思维能够由静("寂然""悄然")而动("思接""视通")地自由翱翔,"思接千载"实现的是在时间上的超越,"视通万里"则是在空间上的超越。

"思理为妙"在于能实现"神与物游"的主客体交往、融合。用到"游"的范畴。"神与物游"与《物色》篇的"写气图貌,既随物以宛转;属采附声,亦与心而徘徊"和"情以物迁"和"情往似赠,兴来如答"②之论有相通处。

"神居胸臆,而志气统其关键;物沿耳目,而辞令管其枢机。枢机方通,则物无隐貌,关键将塞,则神有遁心。"可以说是思维领域的文学创作三要素之论。"神思"是主体的一方,"物"是描写对象,"辞令"是语言媒介。"神思"受"志气"(意志、精神以及心理因素)的制约,意气委顿,精神、心理状态不佳,写作兴致和灵感就会消失。驾驭语言若得心应手,表达无障碍,描写对象的表现就能充分和惟妙惟肖。

紧接着刘勰用到"虚静"和"意象"的概念:

是以陶钧文思,贵在虚静,疏瀹五藏,澡雪精神;积学以储宝,酌理以富才,研阅以穷照,驯致以绎辞;然后使玄解之宰,寻声律以定墨;独照之匠,窥意象而运斤:此盖驭文之首术,谋篇之大端。③

"陶钧文思,贵在虚静,疏瀹五脏,澡雪精神",达于"虚静"则完成了创作的精神准备和心理调适,是闲静无扰、空灵自由、从容明敏的境界;"积学以储宝,酌理以富才,研阅以穷照,驯致以怿词"是写作必需的知识积累和阅历经验的理性把握、语言运用等方面的才能训练;"然后使玄解之宰,寻声律而定墨;独照之匠,窥意象而运斤",有了充分的精神营卫和心理准备之后,按照对事物有深刻理解和独

---

① [梁]刘勰:《文心雕龙·神思》,张国庆、涂光社:《〈文心雕龙〉集校、集释、直译》,第479页。
② [梁]刘勰:《文心雕龙·物色》,张国庆、涂光社:《〈文心雕龙〉集校、集释、直译》,第852—855页。
③ [梁]刘勰:《文心雕龙·神思》,张国庆、涂光社:《〈文心雕龙〉集校、集释、直译》,第479页。

特见地的艺术匠心所营构的意象去加工,遵循文学语言美的规律付诸表现。

该篇还有言意之辨方面的拓展:

> ……方其搦翰,气倍辞前;暨乎篇成,半折心始。何则?意翻空而易奇,言征实而难巧也。是以意授于思,言授于意,密则无际,疏则千里;或理在方寸,而求之域表,或义在咫尺,而思隔山河:是以秉心养术,无务苦虑,含章司契,不必劳情也。①

"意翻空而易奇,言征实而难巧"是刘勰对文学领域的"言不尽意"所作的简要解释:"意翻空"指创作思维中"意"的运作有易变幻的跳跃性,常有"言所不追"、难以确切表述的奇特意蕴。相比之下,用作人际交流媒介的语言有可以验证之"实"(即有具体、确指的语义和语音规范,否则无法进行交流),"言"(外部语言)组合常常跟不上"意"(内部语言)的跳跃、达于同样的奇妙境域,出现如陆机所说的"文不逮意"的现象。

言及"神思"的创造力,该篇后来补充说:"拙辞或孕于巧义,庸事或萌于新意。视布于麻,虽云未贵,杼轴献功,焕然乃珍。"②拙与巧的转换,平庸中生出新意,可谓为后世"点铁成金""以拙为巧""出奇崛于平淡"……之先河。"杼轴"喻"神思"运作如同织工巧手驾驭织机一样,能把看似平常的材料组织加工成精美的织物,创造出审美价值大幅度跃升的精神产品。"赞"中的"神用象通"亦谓"神思"功用发挥,则"意象"表现的障碍化解。

即使前文说过"关键将塞,神有遁心",其他篇也有"时有通塞"③的表述,但总的说来刘勰没有像陆机那样特别强调"应感之会(灵感),通塞之纪,来不可遏,去不可止"的时间性,却以为"神思"运作之缓速,人各有别,也受作品体制大小的影响:"骏发之士,心总要术,敏在虑前,应机立断;覃思之人,情饶歧路,鉴在疑后,研虑定政:机敏故造次而成功,虑疑故愈久而致绩。"④这对我们探讨思维创造的规律和灵感现象是有启发的:至今艺术思维论中对灵感的认识仍然是只限于重视来去无常、思维创造能力在瞬间实现飞跃的一类。如果我们认可"没有无灵感的艺术创造"这一论断,那么有没有过"鉴在疑后,研虑方定,愈久致绩"的佳作问世,以及来去与进程较为缓慢、出现较为分散的一类灵感现象存在呢?灵感的本质特征

---

① [梁]刘勰:《文心雕龙·神思》,张国庆、涂光社:《〈文心雕龙〉集校、集释、直译》,第483页。
② [梁]刘勰:《文心雕龙·神思》,张国庆、涂光社:《〈文心雕龙〉集校、集释、直译》,第490页。
③ [梁]刘勰:《文心雕龙·养气》,张国庆、涂光社:《〈文心雕龙〉集校、集释、直译》,第783页。
④ [梁]刘勰:《文心雕龙·神思》,张国庆、涂光社:《〈文心雕龙〉集校、集释、直译》,第486页。

究竟是什么呢？这些都发人思考。

"神思"的概念魏晋南北朝诗文中已能见到，其义大抵为高明神奇的思维能力，有的已与造艺相关联：曹植《宝刀赋》"规圆景以定环，攄神思而造像"中指宝刀造型的匠心；宗炳《画山水序》则是就山水绘画作中的运思和精神活动而言："神本亡端，栖形感类，理入影迹，诚能妙写，亦诚尽矣。于是闲居理气，拂觞鸣琴，披图幽对，坐究四荒，不违天励之丛，独应无人之野。峰岫峣嶷，云林深渺，圣贤映于绝代，万趣融其神思。余复何为哉？畅神而已，神之所畅，孰有先焉。"[1]萧子显《南齐书·文学传论》的"属文之道，事出神思，感召无象，变化无穷"[2]已明言在"属文之道"中，但毕竟不像刘勰将其作为论文学的专章。《文心》之"神思"，就是指文学活动中神奇的思维创造。

刘勰在其他篇还以"气""兴""会""机""数"等范畴概念入论，从不同角度（尤其是传统思维论中对灵感特点和规律的认识方面）对《神思》篇进行阐发和补充，笔者《文心雕龙的灵感论》一文中曾说：

> 《神思》篇"虚静"说意有未尽，刘勰又立《养气》篇。"养气"之"气"指作家的主观精神及其流转的精神活力。灵感既是一种精神现象，自然与"气"有不可割裂的联系。这种联系在先秦典籍中已有所论。《管子·内业》篇可为代表："抟气如神，万物备存。……思之，思之，又重思之；思之而不通，鬼神将通之。非鬼神之力也，精气之极也。""有神自在身，一来一往，莫之能思；失之必乱，得之必治。敬除其舍，精将自来。精想思之，宁念治之；严容畏敬，精将自定。""灵气在心，一来一逝，其细无内，其大无外。所以失之，以躁为害；心能执静，道将自定。"
>
> 《管子·心术》篇也有与第一段引文大致相同的论述，认为思维活动由于"精气之极"的作用，如获"鬼神之力"驱动一样豁然通达。后两段对"神"、"灵气"的功能及其来去无定的描述，也同灵感的特征不无吻合之处。……人可以"抟气如神"，创造"精气"存留的条件，这就肯定了人把握这种精神现象的某些主观能动作用。
>
> 刘勰在《养气》篇指出，良好的精神状态是创作活动得以顺利进行的条件，这种条件是通过作家的主观努力——"素气资养"来形成的。他说："心虑言辞，神之用也。率志委和，则理融而情畅；钻砺过分，则神疲气衰：此性情之

---

[1] [南朝宋]宗炳：《画山水序》，俞剑华：《中国历代画论大观》第一编，第45页。
[2] [梁]萧子显：《南齐书·文学传论》，北京：中华书局，1972年，第907页。

数也。"是谓思维活动与语言文辞的运用,皆受制于精神,或者说是精神活动的表现。"率志"就是顺从心志,亦即后文所谓"适分胸臆";"委和"指"精气"和畅。刘勰认为"率志委和"创作才有成效;勉为所难,精神过分疲劳,则思维的活力降低,这是人的思维和感情活动的规律。故《神思》篇曾云:"秉心养术,无务苦虑;含章司契,不必劳情。"

关于如何求得"率志委和",《养气》篇说得相当具体,即"清和其心,调畅其气,烦则即舍,勿使壅滞,意得则舒怀以命笔,理伏则投笔以卷怀",消除疲劳,"使刃发如新,腠理无滞"。如此,便可"从容率情,优柔适会"。所谓"会"即《隐秀》篇"思合而自逢"、"才情之嘉会",亦即灵感到来"万虑一交"之会。"养气"的目的,是使精神饱满,活力充溢,心境从容宁静。刘勰主张"无务苦虑"、"不必劳情",不是否认作家在创作中须为深入周密的思考出艰苦的劳动(《神思》肯定"研虑方定""愈久致绩"可予印证),而是要求作家遵循思维活动利钝通塞的客观规律,进行有效的艺术创造。

文学创作是精神方面的生产和创造。作家在生活实践中获得的感受和体验,要以艺术形象完美地表现出来,必须最充分地发挥思维的潜在力量。神完气足,心境从容宁静,作家才能具有异常敏锐的艺术洞察力和丰富而有创造的想像,才能得心应手地运用业已掌握的语言和技巧,去实现创作的意图。这种创造性的劳动,绝非"神疲气衰"的头脑可以胜任的。艺术产生于思维的最佳工作状态,刘勰明言出于"思有利钝,时有通塞"的考虑,才强调"养气"对于"吐纳文艺"的必要性。

刘勰对于文学创作思维的特殊性也有所认识。他说:"夫学业在勤,故有锥股自励;志于文者,则有申写郁滞,故宜从容率情,优柔适会。"不同的思维领域、不同的思维方式对于灵感的依赖程度是不一样的,创造性越大,对灵感的依赖越深。一般说来,"学业"重在认识,主要依靠知识的积累。文学是艺术,除了需要生活体验和"积学以储宝,酌理以富才,研阅以穷照,驯致以绎辞"的长期准备而外,创作的灵感也是不可或缺的,它在艺术思维中的地位更为突出。因此不主张"锥股自励",而宜"从容率情,优柔适会"。

刘勰所谓"养气",指的是营卫精神,并不与德行修养或诸子的"道"纠缠在一起。在对精神现象的探讨上,刘勰的立场比之孟子和后来的韩愈、苏辙、宋濂诸人要客观得多。他因此而能注意到"学业"与"文艺"在思维方式上的差别。甚至还论及"气"随年龄增长而有所变化。表明了刘勰立论的科学态度,这是孟、韩等人的"气"论所不及的。

……研究《文心雕龙》的著名学者纪昀、黄侃等早有主张,《神思》篇的"虚静"说须与《养气》篇互相参照。《养气》篇之"赞"所谓"水停以鉴,火静而朗。无扰文虑,郁此精爽",是对"虚静"形象的说明;而《神思》篇"疏瀹五脏,澡雪精神"、"无务苦虑"、"不必劳情"之类,显然又属"养气"的范围。从创作的精神准备而言,"养气"是手段,"虚静"是目的。作家因"虚静"而得"神思"。《养气》篇正是从这个方面"补《神思》篇之未备"(黄侃《文心雕龙札记》)的。

……

中国古代哲学和文学艺术理论领域并无"灵感"这个概念,《文心雕龙》的理论体系中也没有将灵感现象纳入一个专题来进行讨论。严格说,其神思篇只不过由于强调文学创作思维的神奇微妙而涉及灵感的一些特征。然而,这并不表明刘勰没有充分注意到补今人称之为"灵感"的特殊现象对创作活动的重要作用。《文心》多侧面地讨论了文学艺术创造中思维活动的规律,或许正因为如此,反倒避免了局限于对灵感来去无定止的突发性特征的认识,忽略对灵感现象的本质进行更全面的探讨。从《文心》有关"兴"、"会"、"机"、"数"的论述中,我们是可以得到这方面的启迪的。

古代文学艺术理论和批评中常见的"兴会",有时是指灵感现象而言。《文心雕龙》所用的"兴"与"会"还没有组合成一个词,是以各自独立的意义分别入论的。比如:"……斯乃旧章之懿绩,才情之嘉会也。""自然会妙,譬卉木之耀英华。"(以上《隐秀》)"按部整伍,以待情会。"(《总术》)"从容率情,优柔适会。"(《养气》)"触兴致情。"(《诠赋》)"四序纷回,而入兴贵闲。""情往似赠,兴来如答。"(以上《物色》)

所谓"会",大概指作家灵感来临时常有的那种体验:原未发生联系的感情和思维以至艺术才能方面的信息突然交汇一起,因而生出美妙的文思,此即刘勰所谓"思合而自逢"、"万虑一交"。古人常以"会"或者"风水相遭"的譬喻来表达这种似乎得之偶然的的契合。刘勰论"会"涉及的"情"、"才"都是主体方面的因素。与"会"相比较,"兴"则多由"物"触动,而在主客体的联系中互相激发而致:"触兴致情"与"情以物兴"、"睹物兴情"相通;作家对纷回的四时有感方得"入兴";"情往似赠,兴来如答"是针对"春日迟迟,秋风飒飒"的"物色"而言的。说"兴"是作家思维活动的一种"神与物游"的兴奋状态似不为过。实际上,刘勰分述的"兴"、"会"两方面的因素,往往在灵感产生之际同时具备。灵感同一般的思维活动一样,必然有客体因素作用于其中。后人合"兴会"为一词是有道理的,是对刘勰的进步。不过"兴"、"会"的所指是各有侧重的:"兴"偏于主客体("情"与"物"、"心"与"物"、"神"与"物")间的往复;"会"则侧重于主体方面,指作家临文获得的信息和隐储于头脑中的诸种信息瞬间凑合交汇一起。如果说从时间性上来考察,"兴"与"会"也有差别,"万虑一交"之"会"是突然和不可预期的;而"入兴"之"兴"则意味着作家的心理进入思维感情活跃、艺术意趣浓烈的状态,持续时间往往较"会"为长。比兴之"兴"与"入兴"之"兴"不是一回事,但刘勰在《比兴》篇以"起情"释"兴",也体现了"入兴"之"兴"的特点。

尽管灵感现象并不是只有一瞬间实现艺术构想的全面突破的这种方式,然而文思豁然通达,作者"敏在虑前,应机立断"的表现仍然是灵感现象经常显示的特点。《集韵》释"机"云:"机,会也。"从思维特点看,此所谓"机"正与"以待情会"、"才情之嘉会"、"优柔适会"之"会"有吻合之处,指一些导致文思畅通的因素突然齐集。《说文》曰:"主发谓之机。""机"在这方面的含义也同灵感的爆发和神妙莫测的特点相关。《管子·七法·为兵之数》曰:"机数无敌。"其注云:"机者,发内动外,为近成远,不疾而速,不行而至,见其为之,不知其所以为。有数存焉其间,故曰机数也。"军事上,"机"指迅发的,出人意表的运筹变化;刘勰所谓"机",指作家创作思维偶发的,也是神奇难测的高效工作状态。《总术》篇说:"若夫善弈之文,则术有恒数。按部整伍,以待情会;因时顺机,动不失正。数逢其极,机入其巧,则义味腾跃而生,辞气丛杂而至。"所谓"按部整伍,以待情会;因时顺机,动不失正",正是以军事指挥为喻,要求作家在灵感到来之前,做好创作的各种准备(当指精神的,以及《神思》篇列举的"积学以储宝"之类才、学、识方面的准备),顺应灵感爆发的突然性,做到在文思腾涌之际能投入高效的艺术创造。看来作家对待灵感现象的正确态度不是消极等待、无所作为,而是促使灵感爆发,并创造条件最大限度地发挥其功用。"动不失正"之"动"周振甫先生释为"每,往往",似欠妥帖。疑就与"虚静"相联系,取"静"而生"动"之义,"动"指思维活动的展开。《体性》篇有"情动而言形",《隐秀》篇有"心术之动远矣",《指瑕》篇有"虑动难圆",亦可印证。

《总术》篇用到的"机",是连同"数"这个概念一并提出来的。"数",近似于我们今天所谓规律,或者规律性变化。"数",可训术数;亦可训理、运命、情势,或多或少都与事物演变的势态及其规律相关。《文心雕龙》中,"数"常作趋势或者规律解,如:"铺观列代,而情变之数可监。"(《明诗》)"到至变而后通其数。"(《神思》)"可以数求,难以辞逐。"(《声律》)"……此性情之数也。"(《养气》)"……此缀思之恒数也。"(《附会》)

《明诗》、《声律》所言的"数"另有所指;《神思》、《养气》、《附会》所用"数"与《总术》相类,大抵指思维活动的变化规律。《总术》篇还说过:"是以执术驭篇,似善弈之穷数;弃术任心,如博塞之邀遇。"是谓作家应象高明棋手透彻掌握棋局变化一样,能以正确的方法驾驭文思;如果放弃驾驭手段,任随思维流荡,那作家就只能如赌徒一样碰运气了。

《总术》之"总",有全面把握义:"术"则既指创作的一般手段、技巧,也指驾驭文思的方法、能力。多种多样的"术",是从"圆鉴区域,大判条例"——考察总结创作实践各方面经验得来,体现艺术创造活动的特点,它的各种变化也受艺术思维与表现规律制约,故曰:"术有恒数。""恒数",恒常之理,亦即规律。循着"恒数"变化的思维活动以及与相应变化的驭文之"术",一旦达于明敏通达得心应手的极点,若干种情思突然相遭并巧妙地契合起来,实现了"才情嘉会",顿时新颖的内容、浓郁的意味、富于表现力的辞采和行文的气势腾涌于作家头脑,自然笔底意趣横生,写出锦绣文章。这就是:"若夫善弈之文,则术有恒数。按部整伍,以待情会;因时顺机,动不失正。数逢其极,机入其巧,则义味腾跃而生,辞气丛杂而至。视之则锦绘,听之则丝簧,味之则甘腴,佩之则芬芳:断章之功,于斯盛矣。"其"数逢其极,机入其巧"之时,就是灵感爆发之时。《总术》篇的"机"、"数"之论,确系相当集中的与灵感相关的论述。刘勰意在论"术",于此盛赞"断章之功",强调了作家以正确方法把握灵感的必要性和可能性。这一点连同"机"、"数"之论所表明的刘勰探索思维规律的认真态度,是十分可贵的。①

2."体性"

当代学者公认《体性》是《文心雕龙》的风格专论,这很有启发性。

刘勰对所移植的范畴概念都进行了改造,以适应文学理论的需要为我所用。《庄子·天地篇》中有"体性抱神"一语,成玄英疏:"悟真性而抱精淳。"②其"体性"是动宾结构,指以体认的方式感悟和整体把握浑朴本真的天性,与风格无关。《文心雕龙》的"体性"是名词的联合结构,其"性"大抵指作家的文学个性;"体"则指一篇作品的创作体制或一类作品的体式、规范,它也有相应的文学个性(艺术特

---

① 涂光社:《文心十论》,178-182页。
② [清]郭庆藩:《庄子集释》,第438页。

色)。换言之,刘勰此所谓"体"指作品的体式,就文体而言是一种体裁及其写作规范,就一篇作品而言是其形式的基本架构。"性"指作家特具的情性,这情性也是作品内容和艺术个性的核心。

《体性》开篇即云:

> 夫情动而言形,理发而文现,盖沿隐以至显,因内而符外者也。然才有庸俊,气有刚柔,学有浅深,习有雅郑,并情性所铄,陶染所凝,是以笔区云谲,文苑波诡者矣。故辞理庸俊,莫能翻其才;风趣刚柔,宁或改其气;事义浅深,未闻乖其学;体式雅郑,鲜有反其习:各师成心,其异如面。①

刘勰首先强调:"情动而言形,理发而文现,盖沿隐以至显,因内而符外者也。"点明了"性"和"体"相互间内与外、隐与显的对应关系与表里的一致性;"性"在先而"体"成于后,"性"是主导的一方等意蕴。

文论中"体"与"性"的组合相当精当,"体"的本义有主次和统序分明、是决定外显形态之架构的内涵,在艺术领域作为一类作品的规范或风格,是审美经验的结晶,有沿袭性和规范性;对于一个作品而言,则是创作的体制和形式的构想。而"性"是人生命精神的特征,是内在的、以天成之本性为基础的,常以生命的多样性和个别性为特点。"体性"代表了决定文学风格的两大因素:"性"与"体"是内与外、无形到有形、个体与集群的对应。

"性"与作家禀赋相关;"体"其规范非天造地设,是人们从积累的审美经验归纳出来的。刘勰指出,文学风格取决于四方面的因素:"才"(艺术才能)、"气"(气质个性)、"学"(学识修养)、"习"(对体式规范的接受、写作习惯的养成)。"性"大抵包括受先天决定性影响的"才"与"气"两方面因素,而"体"则是形成风格的后天因素"学"与"习"相关联。"各师成心,其异如面"几乎是西方理论家所谓"风格即人"的同义语,却更为精致:"各师成心"一语也出自《庄子》,原指人们各守成见、偏执一端自以为是的意思;在刘勰这里无贬义,"成心"有"内在的,已经养成和定型的情灵个性"的意蕴,遵从内在的"成心"创作,外在的"面孔"(风格)必然人各不同。

> 若总其归涂,则数穷八体:一曰典雅,二曰远奥,三曰精约,四曰显附,五曰繁缛,六曰壮丽,七曰新奇,八曰轻靡。典雅者,镕式经诰,方轨儒门者也。远奥者,复采典文,经理玄宗者也。精约者,核字省句,剖析毫厘者也。显附

---

① [梁]刘勰:《文心雕龙·体性》,张国庆、涂光社:《〈文心雕龙〉集校、集释、直译》,第504页。

者,辞直义畅,切理厌心者也。繁缛者,博喻酿采,炜烨枝派者也。壮丽者,高论宏裁,卓烁异采者也。新奇者,摈古竞今,危侧趣诡者也。轻靡者,浮文弱植,缥缈附俗者也。"①

《体性》篇列举了八类文章的风格,认为作家学识和摹习对象不同,形成的文风也就不同。而且指出:"雅与奇反,奥与显殊,繁与约舛,壮与轻乖"②。可以说刘勰发现了一种带规律性的现象:文学艺术风格的类型上往往两两对应:有典重雅正的就有奇特新异的,有深奥含蓄的就有浅显直露的,有繁博富丽的就有精省简约的,有壮丽雄劲的就有轻柔细腻的……值得注意的是,一种风格受到肯定,与其相反的另一种风格未必就不好。刘勰对"新奇""轻靡"颇有微词,针砭时弊的用意也很明显。诚然,这里的"八体"所用概念的指域并不能涵盖所有的文学风格,是早期风格论难免的缺陷。

刘勰接着指出:"八体屡迁,功以学成,才力居中,肇自血气;气以实志,志以定言,吐纳英华,莫非情性。"③从后天学、习辅佐的必要性说到天赋"才""气"的主导作用。随即列举贾谊、司马相如、扬雄、刘向、班固、张衡、王粲、刘桢、阮籍、嵇康、潘岳、陆机的例子,认为他们文章之"体"(风格)无一不是作家"性"(文学个性)的彰显。

作家依凭禀赋个性和对范式的学习能形成自己的基本风格,但也可以和应该学习借鉴其他各体,所以说"八体屡迁,功以学成","沿根讨叶,思转自圆。八体虽殊,会通合数,得其环中,则辐辏相成。""思转自圆"指不同场合、抒写不同内容,须采用相应风格之时运思的圆活会通。"会通合数"指合规律地"会通"其他风格,"环中"喻指一切围绕自己基本风格这个中心"为我所用","辐辏"指"通会"以为己用之"体"。刘勰肯定"性"作家艺术个性核心地位的同时也主张"兼通"。《定势》篇就曾说过:"若爱典而恶华,则兼通之理偏。"④

对于如何培养好的风格,刘勰说:"才有天资,学慎始习,斫梓染丝,功在初化,器成彩定,难可翻移。"强调风格培养要从初学写作的时候着手,若已习染成性、风格定型(如木器做成、丝已染色)后再求改变,那就困难了。于是提出"摹体以定习,因性以练才"的原则。"摹体定习"要求通过摹习规范体式养成良好的写作习

---

① [梁]刘勰:《文心雕龙·体性》,张国庆、涂光社:《〈文心雕龙〉集校、集释、直译》,第505页。
② [梁]刘勰:《文心雕龙·体性》,张国庆、涂光社:《〈文心雕龙〉集校、集释、直译》,第505页。
③ [梁]刘勰:《文心雕龙·体性》,张国庆、涂光社:《〈文心雕龙〉集校、集释、直译》,第506页。
④ [梁]刘勰:《文心雕龙·定势》,张国庆、涂光社:《〈文心雕龙〉集校、集释、直译》,第553页。

惯,因为所谓"体"是合规律的审美经验结晶;"因性练才"强调必须根据自己的禀赋和个性特点去发展才能,以形成独具优势的风格。此论颇具科学性,看来在风格的培养上得根据素质和条件的不同因势利导,扬长避短。

"才""气""学""习"虽大致按先天和后天分属"性"和"体"两类因素,它们之间仍是相互影响和密切联系的。"因性练才"表明,"性"固然是"练"的基础和依据,后天的"练"对"性"的形成和发展还是必要的。篇末的"赞"再次说:"习亦凝真,功沿渐靡。"①这"真"指基本素质("性")而言,足见刘勰确实认为后天的"学""习"可以对"才""气"进行陶染和改造。"功沿渐靡"强调这是一个长期浸染和渐进的过程,比较困难,也比较缓慢。显然这种认识基本合乎"性"的发展、改造和完善的实际。

在如何培养好的风格方面,刘勰说:"才有天资,学慎始习,斲梓染丝,功在初化,器成彩定,难可翻移。"强调风格培养要从最初学习写作的时候着手,若已习染成性、风格定型(就像木器做成、丝已染色)以后再求改变,那就很困难了。于是提出:"摹体以定习,因性以练才"的原则。②"摹体定习"是要求通过规范的学习养成良好的写作习惯,所"摹"之"体"指合乎传统规范的雅正体式,是合规律的审美经验的结晶;"因性练才"强调必须根据自己的天赋和个性特点去发展才能,以形成独具的优势和特有的风格。这个论断颇具科学性,看来在风格的培养上得根据素质和条件的不同因势利导、扬长避短。

一般说来,有成功经验的积累才有"体"的创设,才能形成可供摹习和沿袭的规范,而"性"是无常规的。不过,"体"实际上也是从"性"中得来的:"性"的丰富多样和创变使"体"的划分成为必要也有了可能,所以"性"的多样性是"体"的规范性的基础;"体"是对若干"性"的归纳和总结,一个"体"是一类"性"审美经验的结晶。文学发展的过程中常常是因"性"的丰富变化而导致"体"的产生和分化、变革,所以《神思》篇说:"情数诡杂,体变迁贸。"③反过来,"体"一经确立,又对"性"发挥一定的指导和规范作用。刘勰之所以强调学、习的必要,就是要求作家吸收和借助前人的经验,防止任"性"而生的新变无视规范、脱离正确的轨道。

因此可知"体"与"性"的关系是对立统一的,相互制约、相互转换又相互促进。在继承变革上它们各有侧重。

---

① [梁]刘勰:《文心雕龙·体性》,张国庆、涂光社:《〈文心雕龙〉集校、集释、直译》,第510页。
② [梁]刘勰:《文心雕龙·体性》,张国庆、涂光社:《〈文心雕龙〉集校、集释、直译》,第509－510页。
③ [梁]刘勰:《文心雕龙·神思》,张国庆、涂光社:《〈文心雕龙〉集校、集释、直译》,第490页。

本篇的启示还在于:风格虽可从"体"和"性"两个方面去定义,但其本质和核心都是艺术创作的个性。作为个人风格,是作家的艺术个性("性")的表现;作为流派、时代或者体裁、艺术门类……的风格,是某一集群("体")艺术特征的表现。如果取消了艺术家或者艺术门类、题材内容、表现方式、媒介、地域、时代、民族、流派等方面的个性,也就无所谓风格了。

范畴成功创用上更为典型的是《体性》,该篇之所以成为公认的风格论,主要因为其中强调了"体"(作品外显的体式、风貌)取决于"性"(蕴蓄于作品中的主体个性)即所谓"沿隐以至显,因内而符外","各师成心,其异如面"的意旨。《文心雕龙·议对》也用到"风格"一词,说应劭、傅咸、陆机的驳议各有优长,也不无缺憾,而后称:"亦各有美,风格存焉。"①其"风格"已与写作的个性关联,但显然远不如《体性》篇"才""气""学""习"之论对风格的特征阐发严谨充分。因为有的风格指的是集群的个性,即非针对某一作家、作品而言,而是指不同的文体和风格流派艺术个性,虽然《体性》中述评中的"八体"已有所及,但在如何展示、如何承传上尚欠周密,所以刘勰又以《定势》的"体势"之论,《通变》篇的"文体有常,体必资于故实"②之说在这些方面作了补充:

《定势》:"情致异区,文变殊术,莫不因情立体,即体成势也。"③既称"莫不","因情立体,即体成势"有普遍意义,是对文"势"形成过程所作的规律性概括。刘勰强调"文章体势"成于自然:"模经为式者,自入典雅之懿;效《骚》命篇者,必归艳逸之华……"④"体势"之"体"指文章体裁,有审美经验归纳、分类方面合规律的客观性,故云:"括囊杂体,功在铨别,宫商朱紫,随势各配:章、表、奏、议,则准的乎典雅;赋、颂、歌、诗,则羽仪乎清丽;……此循体而成势,随变而立功者也。"⑤概括出六大类文体语言风格的基本特点,以及"循体成势"的规则。

《通变》篇则指出:"设文之体有常,变文之数无方。……凡诗赋书记,名理相因,此有常之体也;……名理有常,体必资于故实。"⑥

"体"在《文心》现身一百八十馀次,多独立成词,指样式、范式和篇章基本架构的分类,也有少量的"体式""体制"和"体势""体气"等组合。此外,"体"字不

---

① [梁]刘勰:《文心雕龙·议对》,张国庆、涂光社:《〈文心雕龙〉集校、集释、直译》,第439页。
② [梁]刘勰:《文心雕龙·通变》,张国庆、涂光社:《〈文心雕龙〉集校、集释、直译》,第531页。
③ [梁]刘勰:《文心雕龙·定势》,张国庆、涂光社:《〈文心雕龙〉集校、集释、直译》,第552页。
④ [梁]刘勰:《文心雕龙·定势》,张国庆、涂光社:《〈文心雕龙〉集校、集释、直译》,第552页。
⑤ [梁]刘勰:《文心雕龙·定势》,张国庆、涂光社:《〈文心雕龙〉集校、集释、直译》,第553页。
⑥ [梁]刘勰:《文心雕龙·通变》,张国庆、涂光社:《〈文心雕龙〉集校、集释、直译》,第531页。

仅多义,也可用为动词,"体性"的组合首见于《庄子》,是体认自然天性之义,《文心雕龙》中也有用为动词者,如《序志》的"体乎经"和"宜体于要"①,《诠赋》的"体物写志"②,《情采》的"体情之制日疏"③,《物色》的"体物为妙"④,皆然。由于《体性》篇是最为充分的风格专论,篇中的"体"不会有歧义,刘勰所谓"体性""体制""体势"之"体"均有风格的规定性也无可置疑。

3."定势"

"势"是传统理论中典型的形象性概念。其意涵大抵从"由不平衡格局形成的力与运动态势"的原义生发,与事物的势态、动向、格局以及力的蓄蕴与展示密切相关。它蓄蕴或表现于动态形体,形成某种运动和力的趋向,其影响和控驭范围甚至超越于其形体之外。从不同层面去体会、在不同语境中解读,"势"的意涵不尽一致。文学在一定意义上可以说是时间的艺术,文学语言在时间的延续中展示、表达其艺术内涵,文章的"势"就是其展示过程(或言文学语言的流动)中形成的。

《定势》篇首先说:

> 夫情致异区,文变殊术,莫不因情立体,即体成势也。势者,乘利而为制也。如机发矢直,涧曲湍回,自然之趋也。圆者规体,其势也自转;方者矩形,其势也自安:文章体势如斯而已。⑤

"情致异区,文变殊术,莫不因情立体,即体成势也。"既称"莫不",就是说"因情立体,即体成势"具有普遍意义,是对文"势"形成过程所作的规律性概括。"体"根据"情"的特点和表现上的需要确立,"势"又与"体"的特征和规定相适应。"情"是文学内容的核心,"体"与"势"则属于形式范畴。"因情立体"是化无形为有形的阶段,因为内容毕竟只是贯注了作家"情志"的材料,"体"(体式)才是基本的形式架构,作品最终的艺术形式是由体式框架发展而来的,所以"体"的确立也意味着作品风格的定型。"即体成势",是从梗概的体式到选择决定文辞展示方式的阶段。"体"与"势"都有形象性,"体"是成形的基本架构,而"势"是文辞合乎艺

---

① [梁]刘勰:《文心雕龙·序志》,张国庆、涂光社:《〈文心雕龙〉集校、集释、直译》,第922页、第925页。
② [梁]刘勰:《文心雕龙·诠赋》,张国庆、涂光社:《〈文心雕龙〉集校、集释、直译》,第146页。
③ [梁]刘勰:《文心雕龙·情采》,张国庆、涂光社:《〈文心雕龙〉集校、集释、直译》,第573页。
④ [梁]刘勰:《文心雕龙·物色》,张国庆、涂光社:《〈文心雕龙〉集校、集释、直译》,第854页。
⑤ [梁]刘勰:《文心雕龙·定势》,张国庆、涂光社:《〈文心雕龙〉集校、集释、直译》,第552页。

术表现需要的动态展示,从"体"到"势"也可以说是化静为动的过程。

刘勰将兵法、音乐和书画艺术中的"势"和"体势"的概念移植于文学:"势者,乘利而为制也。……自然之趣也。圆者规体,其势也自转;方者矩形,其势也自安:文章体势如斯而已。……自然之势也。""势"是作品的展开态势和表现方式,能够形成有一定思维情感取向的驱动力,从而左右和影响(冲击和引导)欣赏者的接受和艺术再创造。刘勰强调"势"要顺应作品"情""体"之自然,因势利导、扬长避短。

周振甫先生很早就认为,"势"就是文体风格。① 笔者在《〈文心雕龙〉"定势"论浅说》一文中说:"《定势》篇的'势',是适应内容和创作体制需要,包含着动态美感和隽永韵味,并在作品中有展开过程的表现方式。"②由于力求兼顾全篇的"势"论,说来总觉略显生硬。

王元化先生指出:"我们把'体性'称为风格的主观因素,'体势'就可称为风格的客观因素。"③其说是敏锐而严谨的:《体性》篇所论指向确为风格形成的主观因素,《定势》篇中"体势"论的主旨也在风格形成的客观因素方面。值得注意的是,《体性》是全篇之论,"体势"却不然,元化先生未把《体性》《定势》两篇相提并论,仅作了"体性"与"体势"的对比。似乎透露出《定势》不止是"体势"论的意味。

"体"可以针对一个作家和一篇作品而言,也可指一类文章(比如同一体裁者)。《体性》篇的其"性"其"体"则与"才""气""学""习"相关,"各师成心"者当指一个作家之"性"及其作品之"体";然而《定势》篇所论"体"与《体性》的角度不同:

> 章、表、奏、议,则准的乎典雅;赋、颂、歌、诗,则羽仪乎清丽;符、檄、书、移,则楷式于明断;史、论、序、注,则师范于核要;箴、铭、碑、诔,则体制于弘深;连珠、七辞,则从事于巧艳。此循体而成势,随变而立功者也。④

这段话概括了六类二十二种文章体裁语言风格的基本特点,指出这合乎"循体成势,随变而立功"的规律。随即说"虽复契会相参,节文互杂,譬五色之锦,各以本采为地",既表明作家在"总一"的前提下可以对诸"势"掺杂为用,又强调"各以本采为地"——应该以各种文体本色的艺术表现作为文章语言风格的基调。

---

① 见周振甫:《定势(文心雕龙)选译》,《新闻业务》,1962年第4期。
② 载1982年《文学评论丛刊》第十三辑,后收入《文心十论》(春风文艺出版社,1986年)。
③ 王元化:《文心雕龙创作论》,第59页。
④ [梁]刘勰:《文心雕龙·定势》,张国庆、涂光社:《〈文心雕龙〉集校、集释、直译》,第553页。

"体势"之"体"指各类风格有客观标准(如上引"典雅""清丽""明断""核要""弘深""巧艳")的体裁。这也许是元化先生区分风格的主观因素、客观因素的原因之一吧。

"即体成势"表明,"体势"所以能指称风格的客观因素,主要因其"势"有文"体"的规定性。《通变》篇的"设文之体有常,通变之数无方"和"名理有常,体必资于故实"①就足以说明其原委:"体"是人所创设,由写作和鉴赏的经验中归纳总结得来,当人们意识到文辞写作有不同目的、不同内容,用于不同场合有不同阅读对象,须用不同方式和不同风格写作的时候,开始有了不同体式和相应风格的划分。其规范因为是审美经验的结晶,一般都因合乎一定的艺术规律而得以沿袭,通常都有指导、规范作家写作的功用。故得言其"有常"。这大概就是"体"为"风格的客观因素"之所由。

《定势》篇说"势者,乘利而为制也",又以"圆者规体,其势也自转,方者矩形,其势也自安",以及"机发矢直,涧曲湍回"为例,指出事物原有其"自然之势"。"自然"者自然而然也,在文"势"来说章展开(包括语流)自然态势也显示出自身的规律性和客观性。

元化先生在与"体性"的对照中称"体势"为"风格的客观因素"是有充分理由的。

尽管"体势"论是该篇的重要内容,《定势》却不止于"体势"论,释"势"更须兼及全篇提供的材料。《定势》所论无疑是讨论该篇之"势"的基本依据,但了解《文心》其他篇用"势"的言说也有助于全面理解刘勰所谓"势"的意旨。

如前所说,文"势"除有"体"风格上的规定以外,还受文学语言构结普遍规律的制约;作家"势"的择定,当有展示态势艺术效果上等方面的考虑。

在《定势》篇引文中,不同语境中"势"的意涵也是有区别的:刘桢激赏"辞已尽而势有余",陆云则有"尚势而不取悦泽"的自悔之词;刘勰在《定势》篇自己也出面强调"势实须泽"!这些"势"都非指风格而言。"辞已尽而势有余"的"势"只能是一种有艺术冲击力的文章态势,它能影响和左右读者情思;此语可联系《诠赋》篇的"写送文势"②,《附会》篇的"遗势郁湮,余风不畅"③,以及后人推崇有余味、余韵无穷和"文已尽而意有余"的意旨来理解。"尚势不取悦泽"则略有"风骨

---

① [梁]刘勰:《文心雕龙·通变》,张国庆、涂光社:《〈文心雕龙〉集校、集释、直译》,第531页。
② [梁]刘勰:《文心雕龙·诠赋》,张国庆、涂光社:《〈文心雕龙〉集校、集释、直译》,第149页。
③ [梁]刘勰:《文心雕龙·附会》,张国庆、涂光社:《〈文心雕龙〉集校、集释、直译》,第798页。

乏采"的意味。

《文心》其他篇中的"势"意涵更是多样:"延寿《灵光》,含飞动之势"①、"两汉以后,(子书)体势漫弱"②、"顺风以托势"③、"凡切韵之动,势若转圜"④、"因方以借巧,即势以会奇"⑤……它们都不是能用风格去解释的。

此外,刘勰在《定势》篇还将"势"的择定视作适应"情"和"体"表现需要的一种"术"。起始即有"情致异区,文变殊术,莫不因情立体,即体成势"。曾云:

……然渊乎文者,并总群势,奇正虽反,必兼解而俱通;刚柔虽殊,必随时而适用,若爱典而恶华,则兼通之理偏。似夏人争弓矢,执一不可独射也;若雅郑而共篇,则总一之势离,是楚人鬻矛誉盾,两难得而俱售也。⑥

主张根据文章各自的特点选择与其相适应的"势",是"文变殊术"之论。要求作家"并总群势",全面掌握不同风格的"势",甚至是"奇正"相反、"刚柔"悬殊者,以"随时适用"。又告诫同篇文章中表述风格必须协调统一:"若雅郑而共篇,则总一之势离"!

后来批评道:"自近代辞人,率好诡巧,原其为体,讹势所变,厌黩旧式,故穿凿取新;察其讹意,似难而实无他术。"末尾强调"秉兹情术,可无思耶?"⑦显然是将"势"(文章展示的风格和态势)的恰当择定和运用作为强化表现力的一种艺术手段。

《文心雕龙》其他篇中也有不少用到"势"的地方,比如《诠赋》说到赋结尾的写法时要求:"'乱'以理篇,写送文势。"⑧是谓结尾的"乱"总括全篇,可使其文辞的展示、运作形成一种对诵读者的思维情感有导向作用的势头。《附会》说:"若首唱荣华,而腾句憔悴,则遗势郁湮,余风不畅。"⑨要求文辞运作形成某种美的驱动力,或者具有"文已尽而势有余"的开放性态势。《奏启》篇也有:"术在纠恶,势必深峭。"⑩似乎可佐证"势"这方面意涵:文"势"多样,是具有力度和相应效果的文

---

① [梁]刘勰:《文心雕龙·诠赋》,张国庆、涂光社:《〈文心雕龙〉集校、集释、直译》,第152页。
② [梁]刘勰:《文心雕龙·诸子》,张国庆、涂光社:《〈文心雕龙〉集校、集释、直译》,第337页。
③ [梁]刘勰:《文心雕龙·论说》,张国庆、涂光社:《〈文心雕龙〉集校、集释、直译》,第356页。
④ [梁]刘勰:《文心雕龙·声律》,张国庆、涂光社:《〈文心雕龙〉集校、集释、直译》,第602页。
⑤ [梁]刘勰:《文心雕龙·物色》,张国庆、涂光社:《〈文心雕龙〉集校、集释、直译》,第855页。
⑥ [梁]刘勰:《文心雕龙·定势》,张国庆、涂光社:《〈文心雕龙〉集校、集释、直译》,第553页。
⑦ [梁]刘勰:《文心雕龙·定势》,张国庆、涂光社:《〈文心雕龙〉集校、集释、直译》,第557页。
⑧ [梁]刘勰:《文心雕龙·诠赋》,张国庆、涂光社:《〈文心雕龙〉集校、集释、直译》,第149页。
⑨ [梁]刘勰:《文心雕龙·附会》,张国庆、涂光社:《〈文心雕龙〉集校、集释、直译》,第798页。
⑩ [梁]刘勰:《文心雕龙·奏启》,张国庆、涂光社:《〈文心雕龙〉集校、集释、直译》,第425页。

>>> 第三章　魏晋文论与《文心雕龙》的范畴建构

辞展开态势,对"势"的正确选择可以和应该成为作家的一种艺术手段。

就《定势》全篇而言,"定势"之"势"仍然只能说是适应作品内容和创作体制需要,伴随文学语言的展开呈显的态势,它包含着动态美感和隽永韵味,且常因接受"体"的规定而有风格的属性。用于不同语境中其意涵有不同的侧重。

4."通变"

"通变"的概念出自《易传》。要求人们了解和把握事物运动变化规律,驾驭其发展变化。《易·系辞》上:"通变之谓事。……圣人有以天下之赜,而拟诸形容,象其物宜。是故谓之象,圣人有以天下之动,而观其会通,以行其典礼。"①《易·系辞》下云:"参伍以变,错综其数,通其变,遂成天下之文。""神农氏没,黄帝尧舜氏作,通其变,使民不倦。神而化之,使民宜之。《易》穷则变,变则通,通则久。"②"通"是通晓,也是通达。通晓是透彻的掌握,可以对"变"进行的理性把握。由"通"指导"变",则有无往不利的通达,能获得发展更新上恒久的生命力。

刘勰对"通变"的阐释也有合乎文论需要的选择和侧重,开篇率先指出文学承传变革中"有常之体"和"无方之数"的辩证关系:

> 夫设文之体有常,变文之数无方。何以明其然耶?凡诗赋书记,名理相因,此有常之体也;文辞气力,通变则久,此无方之数也。名理有常,体必资于故实;通变无方,数必酌于新声:故能骋无穷之路,饮不竭之源。然绠短者衔渴,足疲者辍途,非文理之数尽,乃通变之述疏耳。③

"有常"指"体"之"名理"(名称、规范)在历史演进中继承、沿袭的稳定性,它们是以往审美经验的结晶,故云:"体必资于故实"。"通变无方,数必酌于新声"表明,作家的通变原本"无方","数"("术数",即方法和原则规律)须在斟酌"新声"中了解,通变方向途径的把握得自对时代潮流和文学未来发展趋势的探究和认识。能够处理好"有常"与"无方"的辩证关系,则"能骋无穷之路,饮不竭之源",拥有无限发展前景和旺盛生机的"文辞气力"。

刘勰追溯了黄、唐、虞、夏、商、周、汉、魏、晋以来的文学演进历程,认为有"从质及讹"的趋势。他反对汉赋"夸张声貌"走向极端和普遍的因循模仿。指出:"斯斟酌质文之间,而櫽括乎雅俗之际,可与言通变矣。"

《通变》之"赞"作了经典性的表述:

---

① 《周易·系辞上》,黄寿祺、张善文:《周易译注》,第503-508页。
② 《周易·系辞下》,黄寿祺、张善文:《周易译注》,第533页。
③ [梁]刘勰:《文心雕龙·通变》,张国庆、涂光社:《〈文心雕龙〉集校、集释、直译》,第531页。

341

> 文律运周,日新其业。变则其久,通则不乏。趋时必果,乘机无怯。参古定法,望今制奇。①

"文律运周,日新其业"表明文学发展有回旋上升之势,是日新月异的。"变则其久,通则不乏"是谓文学的前途只属于新变,通晓规律则运筹裕如,能有层出不穷的创意和变革。"趋时必果,乘机无怯"鼓励作家顺应时代潮流、抓住机遇果敢地进行别开生面的艺术创造。"参古定法"可谓发展了孔子"温故知新"说,不但不否定而且要求借助于"故"("古"),参照以往的成功经验,确定写作的法则、规范;"望今制奇"指看准"当今"审美创造的新动向,写出超越以往的"新""奇"之作。

"望今制奇,参古定法"耐人寻味。"望今制奇"表明须了解文学艺术潮流、审美创造的新趋势,写出新意洋溢的"奇"文;"参古定法"则指参照过往经验制定法则。"法"既是"参古"而定,若"望今制奇"有成,未来也将是"参古定法"的依据。"望今制奇"对"参古定法"肯定是有所超越和突破的,所以此所谓"参古定法"之"法"在实际运用中只能是"活法"而非"死法"。

"望今制奇"和"趋时必果"强调的是新变时代性,"望"与"趋"显露出对当下审美创造发展趋势的思考,当然这种思考必然与理想的审美境界关联。

有的学者认为"通变"都指变革,"通"只是通达之意。笔者以为,"凭情以会通,负气以适变"以及"赞"中所言:"变则堪久,通则不乏",都表明其"通"更多是指通晓(演变之"数"——演变的规律)。作家要达到对变"数"的通晓,必然有对过往文学艺术实践及其演化的方式和途径的了解和思考,找出并掌握其规律。这种了解就有继承的因素在内,当然绝非只限于继承。"数"有规律方面的意涵,"必酌于新声"表明还必须加上对"新"趋势的思考,以求对新变规律的把握。《通变》篇还说到"斯斟酌乎质文之间,而櫽括乎雅俗之际,可与言通变矣"②,其中"斟酌"和"櫽括"正是古往今来文学现象及其变化趋势的思考。"参伍因革,通变之数"中的"因"难道离得开继承吗?

5."情采"

《情采》论文学内容与形式的关系问题,在学术界从来就是一种共识。需要强调的是:以"情"代指内容,以"采"代指形式有特殊的理论意义。

"情"作为文学抒写的对象、内容的核心,包含着首肯自然情感、灵慧之天性的

---

① [梁]刘勰:《文心雕龙·通变》,张国庆、涂光社:《〈文心雕龙〉集校、集释、直译》,第542页。
② [梁]刘勰:《文心雕龙·通变》,张国庆、涂光社:《〈文心雕龙〉集校、集释、直译》,第534页。

意蕴,是文学自觉时代精神的体现。"采"作为辞采有美文的意涵,既突出了文学以语言为媒介的特点,又反映了古人以美文为文学的观念。

古代文学理论批评中除了"文"与"质"、"华"与"实"以外,能够指代内容和形式的概念还有很多。内容方面有侧重主体因素的心、神、性、情、志、意等,侧重客体因素的有道、理、义、事、物等;形式方面的有文章、辞令、言、声、藻采、体势等。《情采》篇就交替使用了不少指代一致的概念:质、情、性、理、志、心等均指文学内容;而文、采、言、辞、音、藻之类则指作品的形式。当然,既以"情采"为题,说明在构成文学内容的诸多因素中"情"处于首要和核心的地位,而"采"则表明文学形式应当是有美的。

"情"一般指作家的情怀,即作家的情感及与情感相联系的思想精神、气质个性、心志意趣。"情"指代内容,突出了文学艺术以人的感情活动为核心、为动力、为主要表现对象的特征。文章内容的构成尽管包括"情"(主体因素)和"理"(客体因素)两方面,但"情"无疑是主导和统领一切的。与自然科学理论和抽象的哲学论著不同,文学作品虽然也以理服人,但主要靠的是以情动人。

"采"即辞采,指文学语言,强调它是美的文辞,于是凸显出古人文学观念的两个基本点:文学的媒介是语言文字;文学是艺术,有美的形式。换言之,具有美的语言形式是文学的根本特点。开篇的"圣贤书辞,总称文章,非采而何?"标举"圣贤书辞",表明其"采"并非华而不实,而是高尚思想意义的展现。《序志》标举"剖情析采"的论证思路,表明"情采"的组合在书中代指文学现象,在文学经典理论建构中占有特殊地位;与其申述以"文心雕龙"名书,称"岂取驺奭之群言雕龙也"相联系,均为传统美文文学观成熟的重要标志。

《情采》篇以生动的比况、精辟的论证准确地阐明了内容形式的关系:

> 水性虚而沦漪结,木体实而花萼振:文附质也。虎豹无文,则鞟同犬羊;犀兕有皮,而色资丹漆:质待文也。①

表明内容和形式两者密不可分、相互依存但有主有从。"文附质"、"质待文"可谓是经典性的概括:形式依从于内容,内容有待于形式表现。水的质性虚柔所以能结成层层沦漪,树木枝干质性坚实因而花冠挺拔。两个生动的譬喻不仅道明外在的形式取决和依附于本质和内容,而且告诉人们内容与形式是不容剥离的。后两个比喻说明内容有待形式去表现,但也有两层意蕴:虎豹皮毛的文采是它们

---

① [梁]刘勰:《文心雕龙·情采》,张国庆、涂光社:《〈文心雕龙〉集校、集释、直译》,第570页。

迥别于犬羊的优越资质的自然外现,而犀兕的皮革则须由人工的髹饰才能充分表现其美质。前者赞赏美质外现的自然天成,后者肯定了某些时候人为美的功用和使用的必要性。

《情采》篇还指出:

> 夫铅黛所以饰容,而盼倩生于淑姿;文采所以饰言,而辩丽本于情性。故情者,文之经;辞者,理之纬;经正而后纬成,理定而后辞畅:此立文之本源也。①

是谓文学美有不同层次,藻采之美(外在的文辞修饰之美)是低层次的,应当从属于内质;本色的、有坚实内在依据的、生气勃勃和灵动的美是起主导作用的高层次的美。犹如铅粉黛色可以打扮女人的容貌,而那动人心魄的美来自其天生丽质。刘勰以经纬交织况喻内容形式的先后、主次之分,又表明两者相辅相成不宜有所偏废。他以矫正柔靡繁缛的南朝文风为己任,倡导《诗经》"为情造文"的成功经验和优良传统,批判汉代辞赋家搜奇炫博繁文丽藻"为文造情"的本末倒置。尽管如此,其后在指出文章"述志为本","繁采寡情,味之必厌"的同时,又重申"言以文远"的古训,以为文采(或言好的艺术形式)对作品传播有极大帮助不可轻忽。

概言之,内容是形式生成和构结的依据,又仰赖形式去表现和传播。情采并茂两相副称——"文质彬彬"才合乎理想,得以传之久远。

本篇批评"体情之制日疏,逐文之篇愈盛"的时风,并有:"真宰弗存,翩其反矣";"夫以草木之微,依情待实;况乎文章,述志为本";"言与志反,文岂足征";"心术既形,英华乃赡"等语。其他篇也有宗旨类同的议论,如《风骨》说"风骨乏采,则鸷集翰林;采乏风骨,则雉窜文囿:唯藻耀而高翔,固文笔之鸣凤也"②;《章表》倡导"辞为心使"反对"情为文屈"③;《附会》认为"必以情志为神明,事义为骨髓,辞采为肌肤,宫商为声气"④;《原道》"雕琢情性,组织辞令"⑤并举,《镕裁》有

---

① [梁]刘勰:《文心雕龙·情采》,张国庆、涂光社:《〈文心雕龙〉集校、集释、直译》,第570页。
② [梁]刘勰:《文心雕龙·风骨》,张国庆、涂光社:《〈文心雕龙〉集校、集释、直译》,第521页。
③ [梁]刘勰:《文心雕龙·章表》,张国庆、涂光社:《〈文心雕龙〉集校、集释、直译》,第414页。
④ [梁]刘勰:《文心雕龙·附会》,张国庆、涂光社:《〈文心雕龙〉集校、集释、直译》,第798页。
⑤ [梁]刘勰:《文心雕龙·原道》,张国庆、涂光社:《〈文心雕龙〉集校、集释、直译》,第10页。

"万趣会文,不离辞情"①,《杂文》说"情见而采蔚"②,《诸子》称"气伟而采奇"③……都与《情采》所论相通,有兼及作家作品内外表里的共同点。

《情采》是内容形式的专论,选择"情"指代内容,"采"指代形式有重要的理论意义。篇中的"文""言""辞""美""辩丽"都指代形式,"质""性""理""真宰""心""志""实"都指代内容。以"情采"为题,强调的是文学内容及其表达以"情"为核心和动力;文学是艺术,语言形式是美的。《情采》开篇的"圣贤书辞,总称文章,非采而何?"特别标举"圣贤书辞",表明其"采"并非华而不实,而是高尚思想意义的展现。刘勰不仅以"情采"作为内容形式专论的篇名,在《序志》介绍全书理论体系的时候又说,"下篇"二十四个理论专题的讨论是"剖情析采"。可见运用"情采"这对范畴出于慎重的理论思考,是时代进步和文学理论建构的需要。"情"作为文学抒写的对象、内容的核心,包含着首肯自然情感、情灵个性的意蕴,是文学自觉时代精神的体现。"采"作为辞采有美文的意涵,既突出了文学以语言为媒介的特点,又反映了古人以美文为文学的观念。

古代文学理论批评中除了文与质、华与实以外,能够指代内容和形式的概念还有很多。内容方面有侧重主体因素的心、神、性、情、志、意等,侧重客体因素的有道、理、义、事、物等;形式方面的有文章、辞令、言、声、藻采、体势等。《情采》篇就交替使用了不少指代一致的概念:质、情、性、理、志、心等均指文学内容,而文、采、言、辞、音、藻之类则指作品的形式。当然,既以"情采"为题,说明在构成文学内容的诸多因素中"情"处于首要和核心的地位,而"采"则表明文学形式应当是有美的。

"情采"作为一对范畴出现,是文学自觉时代理论进步的产物。魏晋时期人们对个性的价值和自然情感的合理性给予了更充分的肯定,曹丕提出"文以气为主""诗赋欲丽"的看法,陆机作出"诗缘情而绮靡"的论断,都是这种进步的反映。"情"比"志"的意义宽泛:"志"可谓一种特殊的与实现某种理想目标相联系的"情"。而男女相悦和师生、朋友间的情谊,父慈母爱夫妻兄弟的情都属于"情",却未必与"志"相关。比起先秦两汉正统诗学只强调"言志"和文学的政教功能来,可以说是一次解放,对文学艺术表现的对象、创造美的功能意义也有了更全面和深刻的认识。

---

① [梁]刘勰:《文心雕龙·镕裁》,张国庆、涂光社:《〈文心雕龙〉集校、集释、直译》,第586页。
② [梁]刘勰:《文心雕龙·杂文》,张国庆、涂光社:《〈文心雕龙〉集校、集释、直译》,第264页。
③ [梁]刘勰:《文心雕龙·诸子》,张国庆、涂光社:《〈文心雕龙〉集校、集释、直译》,第335页。

6. "镕裁"

在《文心》中从"镕"和"裁"的原义引申，分别指文意的镕铸提炼和文辞的剪裁。故云：

> 情理设位，文采行乎其中。刚柔以立本，变通以趋时。立本有体，意或偏长；趋时无方，辞或繁杂，蹊要所司，职在镕裁，櫽括情理，矫揉文采也。规范本体谓之镕，剪截浮词谓之裁。①

"情理设位"指确立作品意蕴的主导和核心地位，"文采行乎其中"是谓辞采得以在"情理"廓定的范围和方向运作和驰骋。"镕"所概括的炼意，包括提升文章内质多方面的努力，此处强调"刚柔以立本""立本有体"表明，所谓"镕"包括接受前人的观念和经验、规范在内。当然，所谓"本"和"体"也不是千篇一律没有个性的：文章体式、风格的确立既有对前人经验规范的承传，会受时代潮流影响，也受作品内容规定性和作家创作个性的制约。或"刚"或"柔"，趣向虽然相反，却无高下优劣之分，它们是对应的，也可能会有互补、相济为用的场合。此处说"刚柔以立本"，显然意在肯定不同风格、个性对作品艺术内质的决定性作用。

"櫽括情理，矫揉文采也。规范本体谓之镕，剪截浮词谓之裁。"说得更明白。"规范本体谓之镕"和后面的"镕则纲领昭畅"依然在强调炼意对于浮辞剪裁的主从关系。无论"櫽括""矫揉"还是"规范""剪截"，好的文章大都是在正确原则指导下斟酌修改出来的！

"裁则芜秽不生，镕则纲领昭畅，譬绳墨之审分，斧斤之斲削矣。骈拇枝指，由侈于性；附赘悬疣，实侈于形。一意两出，义之骈枝也；同辞重出，文之疣赘也。"② 针对六朝的时风，刘勰以为意与辞"侈于性""侈于形"的现象尤其值得警惕。

其"三准"是对镕裁对象的主次关系和先后步骤的规定：

首先"设情位体"，强调对居主导地位的"情理"（立意）和风格、架构的率先确立，这是其后镕裁的依据。其次"酌事取类"，是根据立意和"体"之所本选取须说之"事"与可推可比之"类"。复次，"撮辞举要"提炼字句文辞，作最精妙的凸显要义的表述。

在"三准"的指导下"舒华布实，献替节文，绳墨以外，美材既斲"，其"首尾圆合，条贯统序"的效果也证明了"设情位体"的主导作用。

---

① [梁]刘勰：《文心雕龙·镕裁》，张国庆、涂光社：《〈文心雕龙〉集校、集释、直译》，第582页。
② [梁]刘勰：《文心雕龙·镕裁》，张国庆、涂光社：《〈文心雕龙〉集校、集释、直译》，第582页。

第三章 魏晋文论与《文心雕龙》的范畴建构

这里不但有炼字炼句的名言:"句有可削,足见其疏;字不得减,乃知其密。"也强调作家文学语言的不同个性:"精论要语,极略之体;游心窜句,极繁之体;谓繁与略,适分所好。""思赡者善敷,才核者善删;善删者字去而意留,善敷者辞殊而意显。"如果缺乏或者违背相应的专擅和才性,无论是繁是略都会导致谬误:"字删而意阙,则短乏而非核;辞敷而言重,则芜秽而非赡。"①

就这方面实践的经验教训而言,刘勰先说谢艾、王济的镕裁得法:"艾繁而不可删,济略而不可益。若二者,可谓练镕裁而晓繁略矣。"不过,刘勰批评的锋芒主要指向文辞过繁的倾向,于是陆机成为恰当的实例:

> 至如士衡才优,而缀辞尤繁;士龙思劣,而雅好清省。及云之论机,亟恨其多,而称清新相接,不以为病,盖崇友于耳。夫美锦制衣,修短有度,虽玩其采,不倍领袖,巧犹难繁,况在乎拙。而《文赋》以为"榛楛勿翦","庸音足曲",其识非不鉴,乃情苦芟繁也。②

在《文心雕龙》的其他地方也屡见对陆机这种缺陷的批评,比如《才略》篇说他"思能入巧而不制繁"③,《序志》说"陆《赋》巧而碎乱"④即然。显然,这也与刘勰不满"彩丽竞繁"的时代风尚有关。因此,本篇最后的"赞"中对纠"繁"有所侧重:"辞如川流,溢则泛滥","芟繁剪秽,弛于负担"。⑤

《镕裁》称:"规范本体谓之镕。"⑥其意旨也见用于他篇,如《风骨》的"镕铸经典之范"⑦以及《事类》所言"崔(骃)、班(固)、张(衡)、蔡(邕),遂捃摭经史,华实布濩,因书立功,皆后人之范式也"⑧均可为例。

7."附会"

由于《文心》所论之"文"泛指文章,《附会》所论为一篇作品中各种构成因素的组合统序。

《附会》论作品中各种构成因素的组合统序,几次诠释篇名,其意义和功用的规定都很明确:"何谓附会?谓总文理,统首尾,定与夺,合涯际,弥纶一篇,使杂而

---

① [梁]刘勰:《文心雕龙·镕裁》,张国庆、涂光社:《〈文心雕龙〉集校、集释、直译》,第585页。
② [梁]刘勰:《文心雕龙·镕裁》,张国庆、涂光社:《〈文心雕龙〉集校、集释、直译》,第586页。
③ [梁]刘勰:《文心雕龙·才略》,张国庆、涂光社:《〈文心雕龙〉集校、集释、直译》,第873页。
④ [梁]刘勰:《文心雕龙·序志》,张国庆、涂光社:《〈文心雕龙〉集校、集释、直译》,第923页。
⑤ [梁]刘勰:《文心雕龙·镕裁》,张国庆、涂光社:《〈文心雕龙〉集校、集释、直译》,第586页。
⑥ [梁]刘勰:《文心雕龙·镕裁》,张国庆、涂光社:《〈文心雕龙〉集校、集释、直译》,第582页。
⑦ [梁]刘勰:《文心雕龙·风骨》,张国庆、涂光社:《〈文心雕龙〉集校、集释、直译》,第522页。
⑧ [梁]刘勰:《文心雕龙·事类》,张国庆、涂光社:《〈文心雕龙〉集校、集释、直译》,第692页。

不越者也。"且有详切的描述和况喻:"凡大体文章,类多枝派;整派者依源,理枝者循干。是以附辞会义,务总纲领;驱万途于同归,贞百虑于一致;使众理虽繁,而无倒置之乖;群言虽多,而无棼丝之乱。扶阳而出条,顺阴而藏迹;首尾周密,表里一体:此附会之术也。"①"首尾周密,表里一体"表达了古代诗文写作的一个传统:重视篇章结构统序以及作品内蕴情思与外在形式的完整性和协调性。

篇中有段颇耐玩味的话:"夫才童学文,宜正体制:必以情志为神明,事义为骨髓,辞采为肌肤,宫商为声气。"②此为以人喻文,透露出古人的一种意识:视作品也是如人一样活物。诚然,人这样生命体的突出特征就是以"神明"(灵智慧心灵)为核心,各个构成因素组合上的有序性。

"附辞会义"表明既有"辞"(语言形式)方面的协调,也有"义"(义理内容)方面的整合。而"扶阳出条,顺阴藏迹"是"定与夺""整派理枝"因势利导,扬长避短的原则。分清主次,不因小失大,必要时牺牲次要和局部、偏狭之长,强化主体核心,维系文章之"体统"(系统性和整体性)。故云:"画者谨发而易貌,射者仪毫而失墙:锐精细巧,必疏体统。故宜诎寸以信尺;枉尺以直寻。弃偏善之巧,学具美之绩。"③

8."知音"

《礼记·乐记》有"审声以知音"④之语。古有俞伯牙鼓琴遇锺子期得知音的故事。"知音"原指乐曲鉴赏得其精妙而言,移用于文论,成为文学鉴赏概念。

不讨论文学接受的理论不是完整和高明的文学理论。文学创作毕竟以作品被读者接受为目的,文章写作的归宿是为让人们阅读欣赏。这是从事创作和批评的着眼点。《知音》篇旨在指导文学鉴赏,基本未涉及引发读者联想的审美再创造问题,所以是论鉴赏而非欣赏。"鉴"者镜也,鉴赏须力求公允客观反映照镜者的面貌一样,公允客观地认识和赏析作家作品的思想情致和艺术成就。与"鉴"有所区别,"欣"突出了审美愉悦,却未强调镜子似的客观反映,未限止欣赏者主观的取舍与发挥。

本篇从感慨知音难得发端。这是因为刘勰认为:人们对作品的读解常常被心理偏向误导,何况难免"知多偏好"的通病。

他列举了一些历史典故:秦始皇、汉武帝起先激赏韩非的《储说》、司马相如的《子虚赋》,仰慕其作者而发出"恨不同时"的感慨,可是韩非到了秦国则被囚禁,司马相如被汉武帝召至却不受重用;班固讥笑文章与自己在伯仲之间的傅毅"下

---

① [梁]刘勰:《文心雕龙·附会》,张国庆、涂光社:《〈文心雕龙〉集校、集释、直译》,第791页。
② [梁]刘勰:《文心雕龙·附会》,张国庆、涂光社:《〈文心雕龙〉集校、集释、直译》,第802页。
③ [梁]刘勰:《文心雕龙·附会》,张国庆、涂光社:《〈文心雕龙〉集校、集释、直译》,第791页。
④ 《礼记·乐记》,[汉]郑玄注、[唐]孔颖达疏:《礼记正义》,第1259页。

第三章 魏晋文论与《文心雕龙》的范畴建构

笔不能自休";曹植以个人好恶和对自己推崇与否决定褒贬;楼护只是能说会道,却妄议他不甚了解的文章写作,结果被人耻笑。于是刘勰概括出误导鉴赏的三种心理偏向:"贵古贱今""崇己抑人""信伪迷真"。《典论·论文》曾经说:"文人相轻,自古而然。……常人贵远贱近,向声背实,又患闇于己见,谓己为贤。"①刘勰显然承袭和发展了曹丕这方面的看法。他接着指出:

夫篇章杂沓,质文交加;知多偏好,人莫圆该。慷慨者逆声而击节,酝藉者见密而高蹈,浮慧者观绮而跃心,爱奇者闻诡而惊听。会己则嗟讽,异我则沮弃,各执一隅之解,欲拟万端之变:所谓"东向而望,不见西墙也"。②

这是在接受和欣赏活动中更普遍的现象。面对异彩纷呈、情趣风格和艺术成就不同的作品,读者"知多偏好"的缺陷无疑会成为正确理解和客观评价作品的障碍。本来,人们审美趣味有差别是很自然的,各有所好也无可厚非。然而作品的审美价值和认识价值有其客观性,其鉴赏和评价不能因人们存在心理偏向而失去平允的准绳。

"知音"的要义是获得对作品、作家的正确认识和深刻理解,此为文学鉴赏升堂入室的标志。不过,人们的观念、常规、经验、习俗,某种缺陷乃至某种爱好、专长,都可能造成对认识和判断的干扰。为救治鉴赏的偏向刘勰开出"药方":

凡操千曲而后晓声,观千剑而后识器;故圆照之匠,务先博观。阅乔岳以形培塿,酌沧波以喻畎浍,无私于轻重,无偏于憎爱,然后能平理若衡,照辞若镜矣。③

鉴赏者唯有大力开阔视野,积累丰富的审美经验和相关知识,才能提高自己的鉴赏力。"操千曲""观千剑"是"晓声""识器"的基础,"博观"是"圆照"的前提。由博而约,达于"阅乔岳以形培塿,酌沧波以喻畎浍"的境界,才能突破"知多偏好"和"一隅之解"的局限。刘勰强调"无私于轻重,不偏于憎爱"则是要求端正鉴赏态度,克服"贵古贱今""崇己抑人"的陋习和慕虚名"信伪迷真"的盲目性。如此,才能做到公允、客观和切当。

所谓"将阅文情,先标六观。"即认为文学作品的鉴赏要从位体、置辞、通变、奇正、事义、宫商六方面入手,"六观"是鉴赏的起步和着眼点,反映了当时对文学形式的一些要求,但只是由"文"入"情"的门径,而非"知音"的止步处。"六观"是以

---

① [魏]曹丕:《典论·论文》,郭绍虞:《中国历代文论选》(一),第158页。
② [梁]刘勰:《文心雕龙·知音》,张国庆、涂光社:《〈文心雕龙〉集校、集释、直译》,第886页。
③ [梁]刘勰:《文心雕龙·知音》,张国庆、涂光社:《〈文心雕龙〉集校、集释、直译》,第887页。

"阅文情"为目的的,不能以"六观"为据说刘勰的鉴赏论偏重形式。正如他随即指出的那样:

> 缀文者情动而辞发,观文者披文以入情。沿波讨源,虽幽必显。世远莫见其面,觇文辄见其心。岂成篇之足深,患识照之自浅耳。①

作家以文辞抒写心声,读者则是从文辞了解作品内容,进而得窥作家心灵。"世远莫见其面,觇文辄见其心"表明,文章是读者与作家心灵沟通的媒介,此语也体现了古代许多作家的愿望,尤其是身世坎坷发愤为作者的动机。司马迁曾把"述往事,思来者"联系起来,表达过要把倾注心血乃至付出生命代价撰结的著述"藏之名山,传之其人"的愿望。

"岂成篇之足深,患识照之自浅耳"以反诘告诫从事作品鉴赏的人,加强自我修养、端正态度的必要性,倘若有了"博观"的基础,提高了鉴赏能力,又能克服心理偏向,"识照"就不会浅薄,成为作家和作品的知音也就不再困难!

文学艺术活动中常见曲高和寡的现象,这是受文化层次以及审美趣味、经验积累等方面的不一致造成的。刘勰在谈到《阳春》《白雪》一类作品"深废浅售"的无奈之后提出"见异,唯知音耳"的见解,虽是就屈原"文质疏内,众不知余之异采"的感慨引申而来,也体现了艺术鉴赏的一个普遍原则和价值观。文学艺术的价值在于创造。所谓"异"就是唯其独具、区别于其他作家作品的个性和艺术境界,也就是其创意所在;"见异"就是发现、认识并欣赏这些与众不同之处和独特价值。能够"见异"才称得上是这一作家、这一作品(或者艺术风格、流派)真正的知音!

"唯深识鉴奥,必欢然内怿"是谓在文学鉴赏中能够获得巨大的审美愉悦。这也许包括刘勰自己——一个历代文学作品解读者切身的体验——其中有美感享受和情感上的共鸣、思想启示的获得、境界的提升,以及见识的丰富与深化……"书亦国华,玩绎方美"一语,更道出书籍(文章汇集处)和文字录存在传承和发扬光大国家、民族思想文化精华上的重要意义;告诫和激励人们要在品读玩味中去领略其中精妙、接受思想精神和美的陶染。

三、以范畴名篇的专论之二:文化特色尤为鲜明的论题

"下篇"另一些范畴名篇的专论民族文化特色鲜明。运用汉字的文化特色突出地表现在文学语言形式的规范上。《声律》《章句》《丽辞》之论最有代表性。

---

① [梁]刘勰:《文心雕龙·知音》,张国庆、涂光社:《〈文心雕龙〉集校、集释、直译》,第888页。

<<< 第三章 魏晋文论与《文心雕龙》的范畴建构

1."声律"

古人经过写作和鉴赏实践的长期积累,特别是东汉以还佛经翻译中梵文声韵启发,对汉语音韵声调节奏的特点逐步有了认识。魏李登《声类》、晋吕静《韵集》,即早期的音韵著述。

齐武帝永明间,诗文讲究声律成为时尚。《南齐书·陆厥传》云:"永明末盛为文章。吴兴沈约、陈郡谢朓、琅琊王融以气类相推毂。汝南周颙善识音韵,约等文皆用宫商,以平上去入为四声,以此制韵,不可增减,世呼为'永明体。'沈约《宋书·谢灵运传论》后又论宫商。"①总结出"八病":"平头、上尾、蜂腰、鹤膝、大韵、小韵、旁纽、正纽"。以"四声"说为独得之秘。《梁书》本传说他"撰《四声谱》,以为在昔词人累千载而不悟,而独得胸襟,穷其妙旨,自谓入神之作。"②持异议者除陆厥外钟嵘最有代表性,其《诗品》卷下序中说:

王元长(王融)创其首,谢朓、沈约扬其波。……于是士流景慕,务为精密,襞积细微,专相凌架,故使文多拘忌。伤其真美,余谓文制本须讽读,不可蹇碍,但令清浊通流,口吻调利,斯为足矣。至平上去入,则余病未能,蜂腰鹤膝,闾里已具。"③

生当其时刘勰在声律论上持何立场,有何建树呢?他出仕前撰就《文心》,其时沈约名位俱高是文坛领袖人物,故有拦车鬻书故事。有的研究者就此说刘勰为得沈约赏识提携,论声律不能不"枉道从人"。笔者则以为未必。

《声律》开篇云:

音律所始,本于人声者也。声含宫商;肇自血气,先王因之,以制乐歌。故知器写人声,声非学器者也。言语者,文章关键,神明枢机,吐纳律吕,唇吻而已。……响在彼弦,乃得克谐,声萌我心,更失和律,其何故哉?良由外听易为察,而内听难为聪也。故外听之易,弦以手定;内听之难,声与心纷:可以数求,难以辞逐。④

谓音律所本是人生命活动之自然。"乐歌"既有音乐元素,也有文学语言的元素。乐歌中语言声韵与乐律既有联系又有区别,"言语者文章关键,神明枢机"一

---

① [梁]沈约:《宋书·谢灵运传论》,第1779页。
② [唐]姚思廉:《梁书·沈约传》,北京:中华书局,1973年,第243页。
③ [梁]钟嵘:《诗品·序》,穆克宏、郭丹:《魏晋南北朝文论全编》,第233页。
④ [梁]刘勰:《文心雕龙·声律》,张国庆、涂光社:《〈文心雕龙〉集校、集释、直译》,第592页。

351

语与《神思》的"关键""枢机"之说呼应。

"器写人声,声非学器"表明丝竹管弦和钟、磬等演奏的乐曲完全依从人的天性和审美需求,而非以"人声"摹仿乐,凸显了艺术创造的主体性——美的类型、层次和艺术境界取决人的审美追求。出于唇吻的言语是文章"关键",所"吐纳"之"吕律",有别于乐曲旋律。"声与心纷"表明语言须传达的内在情志更复杂多样,要体察到位并合乎"律吕"付诸"唇吻"表现不易。"器"为人制作和利用,器乐音响旋律的复杂性远不如有声调变化的语音以及复杂语意参与的人"声"。当然,这也与乐律早在先秦已趋成熟定型,而南北朝诗文声律的探求所得仍存争议相关。

"响在彼弦,乃得克谐,声萌我心,更失和律,其故何哉",叩问音乐能够谐调,而诗文声律却难以和谐的所然。"谐"多用于乐论,"和"则多用于文论。"谐"与"和"的意蕴多交叉重合处。《说文》:"咊(和),相应也,从口,禾声。"《中庸》:"发而中节谓之和。"①"和"也有"谐""齐"之义。《书舜典》:"八音克谐"之谐即合洽、谐调。《玉篇》:"谐,合也。"《广雅·释诂四》:"谐,偶也。""谐"与"和"皆音乐和诗文声律美的理想境界。

刘勰以为声律"本于人声",却有"内听"与"外听"之别。"外听"指付诸器乐演奏的音响,"内听"指发自内在情思的语言音响。声韵上虽都以"谐""和"为美,但"内听之难,声与心纷:可以数求,难以辞逐",探求非常不易。在肯定宋齐时代声律论"以数求"上取得重大突破的同时,委婉地以"难以辞逐"透露出当时以文辞表述的声律规范(包括"四声八病"说)尚存不足。表明音律所本(其生成和被感知、体验)是人生命活动之自然。

> 凡声有飞沉,响有双叠,双声隔字而每舛,叠韵离句而必睽;沈则响发而断,飞则声扬不还:并辘轳交往,逆鳞相比。迕其际会,则往蹇来连,其为疾病,亦文家之吃也。夫吃文为患,生于好诡,逐新趣异,故喉唇纠纷,将欲解结,务在刚断。左碍而寻右,末滞而讨前,则声转于吻,玲玲如振玉;辞靡于耳,累累如贯珠矣。
>
> 是以声画妍蚩,寄在吟咏,滋味流于下句,气力穷于和韵。异音相从谓之和,同声相应谓之韵。韵气一定,故馀声易遣;和体抑扬,故遗响难契。属笔易巧,而选和至难;缀文难精,而作韵甚易,虽纤意曲变,非可缕言,然振其大纲,不出兹论。②

---

① 《礼记·中庸》,[汉]郑玄注、[唐]孔颖达疏:《礼记正义》,第1661页。
② [梁]刘勰:《文心雕龙·声律》,张国庆、涂光社:《〈文心雕龙〉集校、集释、直译》,第597页。

第三章 魏晋文论与《文心雕龙》的范畴建构

与沈约注意到"四声"的差异及其对音韵的影响一样,刘勰也说"声有飞沉",要求发挥文辞声调美的功用。然而又指出过犹不及,"沉则响发而断,飞则声扬不还",须遵循美的规律,做到"异音相从","并辘轳交往,逆鳞相比"。

指出"声有飞沉",语句中飞沉交错,平仄互相配合,在不断的对照与呼应中造就文学语言的谐和之美;因"响有双叠",且"双声隔字而每舛,叠韵离句而必睽",要不犯"隔字"、"离句"之病,合规律地运用双声、叠韵字扬长避短。"迕其际会,则往蹇来连,其为疾病,亦文家之吃也。夫吃文为患,生于好诡,逐新趣异"无疑使文学语言无法做到"和体抑扬",失却自然流畅。

"滋味流于下句,气力穷于和韵。异音相从谓之和,同声相应谓之韵"表明上下两句声韵蕴涵的美感耐人玩味,不同音响的抑扬对立统一形成和声,相同的声韵则能前后呼应。可知沈约、刘勰论声律都从一联或者上下两句诗着眼。

"和"非"同",而是由相互映照、衬托互补达到的协调与和谐。刘勰认为,音乐声响之"和"与语言声响之"和"有别也有同,可作类比。箫有定音的孔,故吹箫"无往不壹"总有"宫商大和";瑟靠演奏者"移柱"调适,所以有时会出现"乖贰"。纪昀评曰:"此又深入一层,言宫商虽和,又有自然、勉强之分。"

《声律》篇不言"四声""清浊",唯论"飞沉""抑扬"以及讲求"和""韵"之要义。呼应宋齐以来长足进步的声律说,鼓吹其对诗歌艺术表现的重要意义,出于严谨的理论思考,刘勰既不完全采用"四声八病"说的规范,也未超前地另制一套格律,而是提出有关拟定格律的思路和原则。

> 又《诗》人综韵,率多清切。《楚辞》辞楚,故讹韵实繁。及张华论韵,谓士衡多楚,《文赋》亦称取足不易,可谓衔灵均之声馀,失黄钟之正响也。凡切韵之动,势若转圜;讹音之作,甚于枘方;免乎枘方,则无大过矣。练才洞鉴,剖字钻响;疏识阔略,随音所遇,若长风之过籁,南郭之吹竽耳。古之佩玉,左宫右徵,以节其步,声不失序,音以律文,其可忽哉![1]

《辨骚》篇称楚辞"雅颂之博徒,词赋之英杰",屈《骚》"金相玉式,艳溢淄毫"、"惊采绝艳,难与并能",[2]对其艺术形式的赞美无以复加,被树立为文章创新求变的楷范。不过刘勰认为,语音方面楚之"讹韵"应服从归化、整合于"正响"的文学承传大势。所以对陆机的"多楚"颇有微词。

---

① [梁]刘勰:《文心雕龙·声律》,张国庆、涂光社:《〈文心雕龙〉集校、集释、直译》,第601页。
② [梁]刘勰:《文心雕龙·辨骚》,张国庆、涂光社:《〈文心雕龙〉集校、集释、直译》,第79页、第86页。

《诗经》是以"正响"(周王室直辖地域的"雅言"——近于后世所谓"官话"、"国语")的标准音录存的;"《楚辞》辞楚"表明楚辞所用是荆蛮的方音,故归于"讹韵"。刘勰既言统一的声律,自然以"正响"为准绳。若辨识校正"讹韵",则须具相应(了解"正""讹"差异所在)的才识。唯"练才洞鉴,剖字钻响"方能做到"声不失序,音以律文"。

刘勰认可沈约等提出"声病"说、拟定"人工声律"取得的进步,但也接受"自然声律"者的一些主张,其"音律所始,本于人声"与"迕其际会,则往蹇来连,其为疾病,亦文家之吃也。夫吃文为患,生于好诡,逐新趣异"之说以及认为"讹音之作,甚于枘方"皆含推崇自然之旨,与钟嵘批评永明体的主张使"文多拘忌,伤其真美"有失"自然英旨"暗合。

南朝诗歌格律的探究上有重大收获。范晔诸人特别是沈约等永明体的倡导者对此相当自信,将其心得归纳成声病之说,拟定可付诸实践的写作规范。这种声律学说的进步基本上得到刘勰的认可,然而永明体与沈约的声病说只能说方向正确,相应的律则虽接近成熟却尚存缺憾,仍须通过写作实践修正完善。文学史证明,到了唐代近体和古体格律才最后确立的。

2."章句"

汉代已有解析儒家经典"章句"之学,刘勰所谓"章句"则指文章写作由字而句、而章、而篇的组合建构,是文论的"章句"之学。

祖保泉先生《文心雕龙解说》引东汉王充《论衡·正说》语曰:"夫经之有篇也,犹(由)有章句。有章句也,犹(由)有文字也。文字有意以立句,句有数以连章,章有体以成篇,篇则章句之大者也。……故圣人作经,贤者作书,义穷理尽,文辞备足,则为篇矣。其立篇也,种类相从,科条相附。殊种异类,论说不足,更别为篇。意异则文殊,事改则篇更。"祖先生指出,"圣人作经,贤者作书,义穷理尽"的章句之学"那是指自汉代学者开始的对古书分章析句的一种注释体式。古人对以前流传下来的无句读、无章节的古书,为便于阅读,便加句读,分章节(段落),加注释,统名之曰'章句'。显然,这是就'解析经文'角度而说的'章句'。……尽管王充还在就'经'论'章句',但他从'立篇'着眼说话,既提出字(词)、句、章、篇是'章句'论所研究的范围,又提出'篇则章句之大者也',表明研究词、句、章问题,最终是为了'成篇'。显然,王充是从'写作'角度提出'章句'论的。"[①]

王充也从"写作"角度谈到"章句"。但《文心·章句》所论无涉"解析经文",

[①] 祖保泉:《文心雕龙解说》,合肥:安徽教育出版社,1993年,第661页。

是切合写作实际的由字而句、而章、而篇的组合建构,是文论而非解读经典的"章句"之学。篇中云:

> 夫人之立言,因字而生句,积句而成章,积章而成篇。篇之彪炳,章无疵也;章之明靡,句无玷也;句之清英,字不妄也。振本而末从,知一而万毕矣。①

"因字生句、积句成章、积章成篇"和"章之明靡,句无玷也;句之清英,字不妄也。振本而末从,知一而万毕"表述了字、句、章、篇回环顺序和本末相从的密切联系。"本"和"一"指全篇的主旨和总体构想而言,"末"和"万"则指在"本"与"一"的统驭下经"章"、"句"逐层派生的众多细节——"字"。"因字生句、积句成章、积章成篇"是"一"脉相承的组合顺序;"振本而末从"则"知一而万毕"——"篇之彪炳,章无疵也;章之明靡,句无玷也;句之清英,字不妄也"。"本"与"末"、"一"与"万(多)"范畴的对应,明示文章贯穿主旨表述语义的准则和递进层次:篇为章本,章为句本,句为字本;"一"为主旨,"万"众多之谓,指作充分表达的文字。

> 夫裁文匠笔,篇有小大;离章合句,调有缓急:随变适会,莫见定准。句司数字,待相接以为用;章总一义,须意穷而成体。其控引情理,送迎际会,譬舞容回环,而有缀兆之位;歌声靡曼,而有抗坠之节也。寻《诗》人拟喻,虽断章取义,然章句在篇,如茧之抽绪,原始要终,体必鳞次。启行之辞,逆萌中篇之意;绝笔之言,追媵前句之旨:故能外文绮交,内义脉注,跗萼相衔,首尾一体。若辞失其朋,则羁旅而无友;事乖其次,则飘寓而不安。是以搜句忌于颠倒,裁章贵于顺序,斯固情趣之指归,文笔之同致也。②

写作是艺术,文章表达方式和手法多样,所以紧接着刘勰指出文章须"随变适会",章句前后承接安排合乎情理掌控得宜"控引情理,送迎际会",文章篇幅有长有短,段落句子有分有合,声韵律调有缓有急,句中的字要互相关联,段落的意义要相对完整,所有这一切都无固定准绳,而要随文章的具体情况作出安排。文章依表达情理需要而承迎上下,有相应的位置和合适的节奏。段落句子要井然有序;前后文辞要起承照应,最终做到全篇"首尾一体"。其后又称:

> 若夫章句无常,而字数有条:四字密而不促,六字格而非缓,或变之以三五,盖应机之权节也。③

---

① [梁]刘勰:《文心雕龙·章句》,张国庆、涂光社:《〈文心雕龙〉集校、集释、直译》,第614页。
② [梁]刘勰:《文心雕龙·章句》,张国庆、涂光社:《〈文心雕龙〉集校、集释、直译》,第615页。
③ [梁]刘勰:《文心雕龙·章句》,张国庆、涂光社:《〈文心雕龙〉集校、集释、直译》,第616页。

"四字密而不促,六字格而非缓,或变之以三五,盖应机之权节"之论颇有见地,直击运用汉字的文学语句构成和节奏的要害。多四字句和六字句与文学运用汉字语言相关,更是那个时代开始流行的骈文的一个重要特点。更为可贵的是,刘勰指出不宜刻板地一律四、六,当不时应表达之需"变之以三、五",以奇字数句进行调节。

随后指出,在押韵上无论"两韵辄易",还是"百句不迁",作家各有所好,刘勰以为过犹不及,"曷若折之中和,庶保无咎"。

> 若夫笔句无常,而字有常数:四字密而不促,六字格而非缓,或变之以三五,盖应机之权节也。至于诗颂大体,以四言为正,唯"祈父""肇禋",以二言为句。寻二言肇于黄世,《竹弹》之谣是也;三言兴于虞时,"元首"之诗是也;四言广于夏年,"洛汭"之歌是也;五言见于周代,《行露》之章是也;六言七言,杂出《诗》《骚》;两体之篇,成于两汉:情数运周,随时代用矣。①

"章句无常,而字数有常"之所谓"常"指六朝诗文之常,也即中国古代文章艺术形式的发展趋于成熟、章句组合字数基本定型时期的常规。"四字密而不促,六字格而非缓,或变之以三五,盖应机之权节"之论颇有见地,四字句和六字句"有常"是骈文的特点;刘勰认为不能过于刻板,当不时应表达之需"变之以三、五",以奇字数句进行调节。随即又略述古代文学语句字数的演进历程:从《诗经》四言为主,直到"六言七言,杂出《诗》《骚》;两体之篇,成于两汉"语句字数渐次增加,不同字数的文句各有特色,随顺时代更替。

> 若乃改韵从调,所以节文辞气,贾谊枚乘,两韵辄易;刘歆桓谭,百句不迁:亦各有其志也。昔魏武论赋,嫌于积韵,而善于贸代。陆云亦称:"四言转句,以四句为佳。"观彼制韵,志同枚、贾。然两韵辄易,则声韵微躁,百句不迁,则唇吻告劳。妙才激扬,虽触思利贞,曷若折之中和,庶保无咎。②

在押韵上无论"两韵辄易",还是"百句不迁",作家各有所好,刘勰以为过犹不及,"曷若折之中和,庶保无咎"。

《章句》末尾的"赞"说"断章有检,积句不恒。理资配主,辞忌失朋。环情草调,宛转相腾。离合同异,以尽厥能"③很好地概括了诗文章句组合的艺术原则:"断章有检,积句不恒"说文辞有章法,语句组合没有一定。"理资配主,辞忌失

---

① [梁]刘勰:《文心雕龙·章句》,张国庆、涂光社:《〈文心雕龙〉集校、集释、直译》,第616页。
② [梁]刘勰:《文心雕龙·章句》,张国庆、涂光社:《〈文心雕龙〉集校、集释、直译》,第621页。
③ [梁]刘勰:《文心雕龙·章句》,张国庆、涂光社:《〈文心雕龙〉集校、集释、直译》,第625页。

朋"要求事理须配合主旨,词语搭配要得当。"环情草调,宛转相腾",透露出声调安排以宛转表达情感为中心。"离合同异,以尽厥能"强调通过"离"与"合"、"同"与"异"的互补和相反相成。

本篇的研讨有一点不应忽略:"因字而生句"中间还有成词的环节。在古代话语中词可能是单字,也可能是字(多为两字)的组合。辞章是由字而词、而句、而章(章节、段落)、而篇。清段玉裁《说文解字》云:"词与辞部之辞,其意迥别。……辞谓篇章也;词者,意内而言外也,从司言。此谓摹绘物状,及发声助语之文字也。积文字而为篇章,积词而为辞。""意内而言外"的"词"与今天语言学中所谓"词"大致相同。是语言结构中能独立运用的基本单位。

《章句》中的"字"等同于今所谓"字词"。"因字而生句"在现代话语表述中是"由字词组合而生成语句"。当今必须认识到的一点就是:"一字一音"、"象形为先",以表意为第一属性的汉字在词语章篇组合过程中其影响会贯穿始终,包括音响、节奏、语句组合方式,乃至章法结构诸多方面都会形成与众不同的特点。哪一个国家、民族会有这样的诗词歌赋,无论四声平仄、五七言律诗,还是四六骈文句式……都离不开运用以汉字作为记录符号的语言进行表述这一因素?

3."丽辞"

《说文通训定声》:"麗,假借为丽。《小尔雅·广言》:'麗,两也。'《周礼·夏官·校人》:'麗马一圉。'注:'麗,耦也。'"①刘勰说的"丽辞"即古代修辞中所谓"骈俪","俪"与《丽辞》之"丽"通同。也常称之骈偶或者对偶。

对偶指并行或上下文句中的字词对应(两句字数、节奏以及文字词性相同)。《文心雕龙》对偶的专论在《丽辞》篇。

古代诗文辞赋运用对偶相当普遍,尤其在律诗和骈文中。两马并驱为骈,成双人对为偶,对偶工整为骈文一大特色。骈文有四大特点:多用对偶得称"骈(体)文";因以四、六句式为主,唐以后有称"四六"者;其余为讲究用典和藻饰富丽。

《丽辞》开篇即云:

> 造化赋形,支体必双;神理为用,事不孤立。夫心生文辞,运裁百虑,高下相须,自然成对。唐虞之世,辞未极文,而皋陶赞云:"罪疑惟轻,功疑惟重。"益陈谟云:"满招损,谦受益。"岂营丽辞,率然对尔。……至于《诗》人偶章,大夫联辞,奇偶适变,不劳经营。自扬、马、张、蔡,崇盛丽辞,如宋画吴冶,刻

---

① 《周礼·夏官·校人》,[汉]郑玄注、[唐]贾公彦疏:《周礼注疏》,第860–861页。

形镂法,丽句与深采并流,偶意共逸韵俱发。至魏晋群才,析句弥密,联字合趣,剖毫析厘。然契机者入巧,浮假者无功。①

有的学者认为"造化赋形,支体必双""心生文辞,自然成对"虽有一定道理,却失之简率,不周延。其实刘勰所谓"造化赋形"之"形"是广义的(即不止人和动物),而"支体(即肢体)必双",乃以人和动物为喻:肢体有左有右,文辞也同样有左右匹配(即"赞"之"体植必两,辞动有配")；"心生文辞,自然成对"是说作者"运裁百虑"未特意营构就写出了俪辞。刘勰随即所举例证正为说明这一点:"皋陶赞云:'罪疑惟轻,功疑惟重。'益陈谟云:'满招损,谦受益。'岂营丽辞,率然对尔。"后面的《诗》人偶章,大夫联辞,奇偶适变,不劳经营"的"不劳经营"也含率性而成之意。刘勰开篇强调,受"造化赋形,支体必双"的启示,何况文辞早有上下(前后)照应、自然成对的例子,汉魏六朝文人推崇"丽辞"的辞章之美,在创作和欣赏中渐渐摸索出一些营构对偶句式的手法。说这种手法师法造化可以成立。清程杲《四六丛话序》作如是解读:"文之有偶,……要亦造化自然之文章,因时而显,有非人力所能为者。"②

对偶是这样一种艺术手段:以相同的词序和语法关系将两组词性、音节相同的词语组成互相对应的上下句文辞。

刘勰言及言、事、反、正四种对偶方式,并说:"言对为易,事对为难,反对为优,正对为劣。"周振甫《文心雕龙注释》称:"他用言事来分难易,因为引事作对要学问。这是就当时说的。到了后世,各种类书里都引事作对,那就谈不上事对为难了"；"不能以正对为劣。有时作者的命意用一个比喻不能表达时,要用一对比喻,那么正对才足以达难显之情,……这样的正对都不能称为劣。只有没有必要的辞意重复的正对,如'宣尼悲获麟,西狩泣孔丘',才是劣对。"③祖保泉《文心雕龙解说》:"'正对为劣'一语,不能看成是绝对的。请看,'无边落木萧萧下,不尽长江滚滚来','白日放歌须纵酒,青春结伴好还乡','落花人独立,微雨燕双飞','海内存知己,天涯若比邻'等等,都是'正对'(也都是'言对'),但又都是传诵的名句,我们应该实事求是地目为'优',而不能说它们为'劣'啊。"④

笔者认为,确实不宜把四种对偶的难易优劣绝对化,因为运用任何一种都会有或优、或劣、或平庸之别。然而必须看到,多数情况下"言对为易,事对为难,反

---

① [梁]刘勰:《文心雕龙·丽辞》,张国庆、涂光社:《〈文心雕龙〉集校、集释、直译》,第633页。
② [清]孙梅:《四六丛话》,上海:商务印书馆,1937年,第2页。
③ 周振甫:《文心雕龙注释》,北京:人民文学出版社,1981年,第390页。
④ 祖保泉:《文心雕龙解说》,第690页。

第三章　魏晋文论与《文心雕龙》的范畴建构

对为优,正对为劣"之说还是可以成立的。对偶的运用以能拓展内蕴、意境见长者为上。"事对"纳入的史事典故多,通常较"言对"为难。"反对"能从对立的两方面作意蕴和境界的开拓,能取得对比、反衬、互补以及对立统一等艺术效果,优于"正对"实属正常。《四六丛话》说得好:"言对为易,事对为难,反对为优,正对为劣,此用意之长也。"①

刘勰举例对"言对""事对"作了补充说明:"张华诗称:'游雁比翼翔,归鸿知接翻';刘琨诗言'宣尼悲获麟,西狩泣孔丘':若斯重出,即对句之骈枝也。是以言对为美,贵在精巧;事对所先,务在允当。若两言相配,而优劣不均,是骥在左骖,驽为右服也。"②避免一义"重出",称"言对"要力求精巧,"事对"首先要考虑是否用得允当,再就是对偶的两句要配伍得当,不可"优劣不均"。虽未及"反对""正对",但表明其前难易优劣之分较只是大抵如此,并不绝对!"言对"可以精巧为"贵","事对"若不允当就成败笔。两句失配,则无论哪一种对偶都是"劣"的。刘勰随后又说:

> 若夫事或孤立,莫与相偶,是夔之一足,趻踔而行也。若气无奇类,文乏异采,碌碌丽辞,则昏睡耳目。必使理圆事密,联璧其章,迭用奇偶,节以杂佩,乃其贵耳。③

刘勰以为表述单一事物会时显孤立,是缺乏对偶的缘故。若是没有"奇类"(单数字的句子)参与组合,辞章就缺乏新异的义采。于是提出"迭用奇偶"的原则,要求在章句组合中实现又一种对立统一的和谐——奇句与偶句的组合方式并行,以其上下文中形成的对应,打破"碌碌丽辞,昏睡耳目"的单调冗繁。于是会有合乎审美心理需要的新奇感,以及奇与偶映照互补的协调平衡感。

《丽辞》最后的"赞"说:"体植必两,辞动有配。左提右挈,精味兼载。"简明地概括了全篇要义。④

在俪辞专论中严斥"碌碌丽辞"难能可贵。表明刘勰"折衷"立论,能避免偏颇与绝对。指出俪辞有美,然过犹不及;对"气无奇类,文乏异采"的强调也体现了他恪守的一个美学原则:在艺术创造中追求对立统一的均衡和谐之美。讲究骈俪虽是六朝诗文的特点之一,但刘勰对文章全为俪句深不以为然。《文心雕龙》用骈文写成,即"迭用奇偶"作理论表述的成功典范。

---

① [清]孙梅:《四六丛话》,第474页。
② [梁]刘勰:《文心雕龙·丽辞》,张国庆、涂光社:《〈文心雕龙〉集校、集释、直译》,第640页。
③ [梁]刘勰:《文心雕龙·丽辞》,张国庆、涂光社:《〈文心雕龙〉集校、集释、直译》,第640页。
④ [梁]刘勰:《文心雕龙·丽辞》,张国庆、涂光社:《〈文心雕龙〉集校、集释、直译》,第642页。

六朝诗文在唐代曾遭"采丽竞繁,寄兴都绝"的批评;古文运动中有"骈四俪六,锦心绣口"的讥讽。文学史家(尤其是清代以前的学者)对骈文和骈俪句法的评价程度不同地受到影响,即令当今《文心雕龙》学界也在所难免。牟世金、陆侃如《文心雕龙译注》称:"骈文以对句为主,可说是雕章琢句的典型文体,总结这方面的经验,是意义不大的。"①对此,张国庆教授指出:"对偶是广泛运用于古今文学中的重要文学现象,有时甚至其功著甚伟(例如除骈文以外,近体诗中间两联亦都是用对偶的,而近体诗已兴盛了千余年,至今在全球的华人世界中仍然生机盎然),总结对偶修辞运用的经验,当然是非常有意义的。附带说,刘勰的时代,诗歌正向近体发展,对丽辞的强调与研究当也有促进近体诗成熟的一定功用。"②

4. "练字"

在古代文人心目中,遣词用字之美是文章之美的重要组成部分。《声律》《章句》《丽辞》对诗文声韵节奏篇章句法和的表述和论证原与汉字的运用密切相关。作为"象形为先"以表意为第一属性的汉字,自然还应有其表意功用方面专门的探讨。故第三十九又有《练字》的专篇。

《文心雕龙》中论"字"处不胜枚举。且常见它被与可其通同的"文"、"言"、"辞"、"词"替代。《练字》篇所论可一窥用"字"在修辞中的基础性地位。

汉字是硕果仅存的"象形"系统文字。刘勰开篇追溯文字的源起就指出:

文象列而结绳移,鸟迹明而书契作,斯乃言语之体貌,而文章之宅宇也。③

谓汉字是"言语"的外在形象,"文章"的寄身处。随即叙述了汉字曲折的演进历史,其中"追观汉作,翻成阻奥","读者非师传不能析其辞","三人弗识,则将成字妖"等语,是对文章写作中曾出现错误倾向的批判、抨击,强调用字应便于阅读和确切理解其意涵。其后说:

心既托声于言,言亦寄形于字;讽诵则绩在宫商,临文则能在字形矣。④

"心既托声于言,言亦寄形于字"是对思维——语言——文字相互关系的精辟阐述,比之汉代扬雄《法言》的"言,心声也;书,心画也。"⑤进了一步。表明人的思维借助语言进行,语言参与思维过程,也是思维情感传达的媒介,且可由文字这样

---

① 陆侃如、牟世金:《文心雕龙译注》,济南:齐鲁书社,2009年,第462页。
② 张国庆、涂光社:《〈文心雕龙〉集校、集释、直译》,第647页。
③ [梁]刘勰:《文心雕龙·练字》,张国庆、涂光社:《〈文心雕龙〉集校、集释、直译》,第710页。
④ [梁]刘勰:《文心雕龙·练字》,张国庆、涂光社:《〈文心雕龙〉集校、集释、直译》,第718页。
⑤ [汉]扬雄:《法言·问神》,第14页。

<<< 第三章　魏晋文论与《文心雕龙》的范畴建构

有形的符号代理,以及记录、储存。"讽诵则绩在宫商,临文则能在字形矣"从欣赏与创作的角度指出:诵读能领略诗文的声韵、意蕴之美,写作仰赖有形的文字进行艺术传达。这也是篇末"赞"称"声画昭精,墨采腾奋"的缘故。

有表意性的汉字早期常常就是一个词,古人话语中字、词多无差别。《练字》讨论的实际上就是词语的组合及其意蕴的提炼。刘勰要求:

> 是以缀字属,必须练择:一避诡异,二省联边,三权重出,四调单复。诡异者,字体瑰怪者也。曹摅诗称"岂不愿斯游,褊心恶呦呶。"两字诡异,大疵美篇,况用过此者,其可观乎!联边者,半字同文者也。状貌山川,古今咸用,施于常文,则龃龉为瑕,如不获免,可至三接,三接以外,其字林乎!重出者,同字相犯者也。《诗》《骚》适会,而近世忌同,若两字俱要,则宁在相犯。故善为文者,富于万籁,贫于一字,一字非少,相避为难也。单复者,字形肥瘠者也。瘠字累句,则纤疏而行劣;肥字积文,则黯黕而篇闇;善酌字者,参伍单复,磊落如珠矣。①

"诡异者,字体瑰怪者也。"文字若难以辨认,不可卒读,如何能传达语义?刘勰作此语针砭汉赋写作中常见的一种错误倾向。

"联边者,半字同文者也。"显然"联边者"即偏旁部首相同者,汉字的偏旁部首大都能作字义的归类,同一部首的字过多("三接"以上)联用,不仅限制了语义拓展,且难免单调乏味。

"重出者,同字相犯者也。"古人写文章一般都尽量不让字词重出,有显示博学之意。此处强调避免重复,为提高文字的传达效率,丰富意涵。不过刘勰又补充说:"若两字俱要,则宁在相犯。"作确切的传达是为文要义,不能因噎废食。

"单复者,字形肥瘠者也"的以下说:"善酌字者,参伍单复,则磊落如珠矣。"以为斟酌字的运用时要力求做到字形的单复交错。

无论是形还是音,皆以富于变化为上。象形为先的汉字的"形"具有表意性,单复肥瘠之变也能触发一定范围的联想、拓展语义。中国古代的文学与文字学(乃至书法艺术)存在让一些当代理论家难于理解和接受的微妙联系,有的造艺者甚至主张将字形乃至书法的意象带入文学欣赏之中。

汉字在词语构成、章法、语序等方面对文学表达上均能发挥的积极影响,这些《声律》《章句》《丽辞》等篇中已有充分论证。《练字》篇虽有所及,只能说是对汉

---

① [梁]刘勰:《文心雕龙·练字》,张国庆、涂光社:《〈文心雕龙〉集校、集释、直译》,第719－720页。

字表意造艺功用的一种补充。

刘师培论中古文学"明俪文律诗为诸夏所独有"①可知,其认识是在近代"禹域"与"外域"的文化有了充分比较后获得的。汉魏六朝时期也有在异域文化参照下实现自我认识提升的地方,受佛经翻译中梵文声韵启发,在汉语声韵规律的认识和总结上有了突破,所以《声律》尚能归纳这方面理论进步。显然,当时的中外参照远不及西学东渐的近代那样全面深入,文字功能上的比较缺失,所以《文心》中《练字》与《声律》《章句》《丽辞》的建树差距明显。

5."风骨"

汉魏六朝的人物品评重视其人的精神风貌,《风骨》篇的"风骨"就是从人物品鉴和画论中移植过来的。《宋书》对刘裕有"风骨不恒"和"风骨奇特"之评;刘峻注《世说》引《晋安帝纪》:"(王)羲之风骨清举也。"所以能合成一词,是因"风"与"骨"有一致的品评对象和相近的审美尺度,人物的"风骨"是包括形貌、风度、气质的综合评价,甚至隐含对其非凡才略抱负和前途的推断,而且是直接得自形象的观感。稍早于刘勰的谢赫已用"风骨"评论绘画了,但同人物品评一样也是用而不论。刘勰不仅是运用"风骨"论文学的第一人,也是古代唯一对它作全面剖析论证的理论家。

人物品评中的"风骨"得自一种观感。有"风骨"者器宇轩昂、丰采卓荦不群,显示出非凡的内质和精神风貌,有令观照者钦慕的吸引力和感召力。刘勰以"风骨"喻指诗文格调清峻不堕凡庸,感染力强劲。为此立《风骨》篇专论,其"风清骨峻"一语点出了"风骨"的特征和立论宗旨。

"风骨"是典型的形象性概念。自然状态下风和骨几乎毫不相干,能合成一个概念与古人对它们的感受、体验有关。

自然界的风无色无形却可感、有鼓动之力。先秦两汉时人们已经用它比譬诗歌(尤其是民歌)的社会功用了:官员搜集民间歌谣叫采风,《诗经》中有地方特色的风诗最多。《毛诗序》说:"风,风也;教也。风以动之,教以化之。……上以风化下,下以风刺上,主文而谲谏,言之者无罪,闻之者足以戒,故曰风。"如同唐孔颖达的解释:"风之所吹,无物不扇;化之所被,无往不沾,故取名焉。"②刘勰首先取其义增附于"风骨"的意涵,故开篇云:"《诗》总六义,风冠其首。斯乃化感之本源,志气之符契也。"③

---

① 刘师培:《中国中古文学史讲义》,第3页。
② [汉]毛亨传、[汉]郑玄笺、[唐]孔颖达疏:《毛诗正义》,北京:北京大学出版社,2000年,第6—15页。
③ [梁]刘勰:《文心雕龙·风骨》,张国庆、涂光社:《〈文心雕龙〉集校、集释、直译》,第518页。

第三章 魏晋文论与《文心雕龙》的范畴建构

两汉魏晋时风采、风姿、风神、风仪、风韵已用来品评人物了,虽是观瞻形貌举止得到的美感,却强调它源于一种高层次的、灵动的(智慧的、生动和富有韵味的)的精神性内涵。

骨本是在肌肤之内起支撑作用的骨骼,其架构决定着外在形体的状貌。至少从秦汉之际起,就有以骨相判断其人的命运前程和祸福吉凶的术士了。骨相由于与人的品貌、气质、才性相关,用于品评人物比用于文学评论更早一些,三国魏刘劭《人物志》中就有"骨植而柔者,谓之弘毅","强弱之植在于骨"和"骨质气清则休名生焉"①的说法。与附着其外的肌肤相比,骨骼是内在的、坚挺有力的,其组合是严谨有序的。文艺理论批评之所以移用"骨"正是要用这方面的特点和内涵去作比拟。

《风骨》篇说:

> 《诗》总六义,风冠其首,斯乃化感之本源,志气之符契也。是以怊怅述情,必始乎风;沉吟铺辞,莫先乎骨。故辞之待骨,如体之树骸;情之含风,犹形之包气。结言端直,则文骨成焉;意气峻爽,则文风清焉。若丰藻克赡,风骨不飞,则振采失鲜,负声无力。是以缀虑裁篇,务盈守气,刚健既实,辉光乃新,其为文用,譬征鸟之使翼也。故练于骨者,析辞必精;深乎风者,述情必显。捶字坚而难移,结响凝而不滞,此风骨之力也。若瘠义肥辞,繁杂失统,则无骨之征也;思不环周,牵课乏气,则无风之验也。②

"风骨"用于品鉴人物,是由形貌显现的一种精神内质。风采、风姿、风韵的美感具有一定的吸引力和感染力;骨相能显示人物的精神气质;移用文论以后依然有这方面的意蕴。然而,刘勰在《风骨》篇首先凸显的是《诗经》"风"诗的传统及其感化力量:"斯乃化感之本源,志气之符契也。"认为文章须有"风骨"才能鼓动社会、化育人心。

"风"与"情""气"关系密切:"深乎风者,述情必显","情之含风,犹形之包气","意气骏爽,则文风生焉","思不环周,索莫乏气,则无风之验也"……表明作家的情怀和精神意志是文章感染力生发之源。

"骨"与"辞"密不可分:"沉吟铺辞,莫先于骨","辞之待骨,如体之树骸","结言端直,则文骨成焉"……段玉裁注《说文》云:"辞者,说也,……犹理辜,谓文辞足以排能解纷也。""辞"的功能是说明事理,许多场合与"理"有同一性。文

---

① [魏]刘劭:《人物志》,郑州:中州古籍出版社,2007年,第35页、第43页、第155页。
② [梁]刘勰:《文心雕龙·风骨》,张国庆、涂光社:《〈文心雕龙〉集校、集释、直译》,第518页。

363

"骨"一方面要求内容正大,持之有故,言之成理;另一方面要求阐述上遣词精审、统序分明、逻辑严谨。故《风骨》篇说:"若瘠义肥辞,繁杂失统,则无骨之征也","练于骨者,析辞必精"。

篇中"风"指充实的感情内容产生的艺术感染力;"骨"指有坚实依据和严密逻辑,用洗练语言表达的"理"以及由此而来的说服力。文章要以理服人,更要以情动人。《文心》所论除抒写情怀者而外也包括说理的文章,有必要用"骨"强调"理"的侧面。"风骨"指诗文作用于社会人生的感染力和鼓动力。

与刘勰同时代的理论家钟嵘在《诗品序》中论说赋、比、兴的运用以后,要求"干之以风力,润之以丹采";又曾批评说:"……建安风力尽矣。"①似乎也可以作为能从感动力方面去解读"风"乃至"风骨"的一个旁证。

刘勰所谓"风骨",是对所有文章的要求和期盼,不是指某类文章、某个作家、流派和某一时代的风格(如后来所谓"汉魏风骨")。尽管用了"意气峻爽""骨劲气猛""文明以健""刚健既实,辉光乃新"诸多形容,也不宜把"风骨"限于阳刚一格。之所以强调其刚健峻猛为的是针砭柔弱绮靡的时风,而非将一切有别于阳刚的风格(如清新秀丽、自然冲淡、深沉静穆、轻灵温婉)排斥在"风骨"之外。从他标举"潘勖锡魏,思摹经典,群才韬笔,乃其骨髓峻也;相如赋仙,气号凌云,蔚为辞宗,乃其风力遒也"②也能证明这一点——司马相如《大人赋》令人飘飘欲仙的情致和潘勖《册魏公九锡文》引经据典的逻辑论证在风格无论如何也扯不到一块去,也不会成为有阳刚之美的代表作。

刘勰综述了建安时期曹丕、刘桢论文的"重气之旨",透露出"风骨"论与文"气"说的某种承袭、发展关系:

> 魏文称"文以气为主,气之清浊有体,不可力强而致。"故其论孔融,则云"体气高妙";论徐干,则云"时有齐气";论刘桢,则云"有逸气"。公干亦云:"孔氏卓卓,信含异气,笔墨之性,殆不可胜。"并重气之旨也。③

文章之"气"本于作家精神气质与艺术个性,它与"风骨"都可以说是作家健旺超拔的精神内质在作品中的显现。说孔融"体气高妙""信含异气",徐干"时有齐气"、刘桢"有逸气",都有鲜明个性,却难以将其一概统归阳刚一类。

《风骨》篇随即讨论了"风骨"和藻采的关系:

---

① [梁]钟嵘:《诗品·序》,穆克宏、郭丹:《魏晋南北朝文论全编》,第232页。
② [梁]刘勰:《文心雕龙·风骨》,张国庆、涂光社:《〈文心雕龙〉集校、集释、直译》,第518页。
③ [梁]刘勰:《文心雕龙·风骨》,张国庆、涂光社:《〈文心雕龙〉集校、集释、直译》,第521页。

>>> 第三章 魏晋文论与《文心雕龙》的范畴建构

　　夫翚翟备色,而翾翥百步,肌丰而力沉也;鹰隼乏采,而翰飞戾天,骨劲而气猛也。文章才力,有似于此。若风骨乏采,则鸷集翰林;采乏风骨,则雉窜文囿。唯藻耀而高翔,固文笔之鸣凤也。①

藻采是一种形式美,它鲜明、直观,也较为肤浅、需要内在依据支持。文章有"风骨",藻采可加强其表现力;文章无"风骨",藻采会成为累赘。缺少"风骨"的藻采是柔靡的,缺少文采的"风骨"是粗犷的。"风骨"藻采兼备才能像凤凰那样达于美的理想境界。尽管缺乏文采的"风骨"未达至境,但有"风骨"是作品精神品位高的标志,"风骨"之力是首先应当强化的文学感动力量的主干和核心。因此刘勰此前曾举"潘勖锡魏,思摹经典,群才韬笔,用其骨髓峻也;相如赋仙,气号凌云,蔚为辞宗,乃其风力遒也。"强调"兹术或违,无务繁采",即使做不到"风力遒""骨髓峻",也不可追求繁缛的藻采。

最后又有如何进行合乎规范的创变铸就文章风骨的论说:

　　若夫镕铸经典之范,翔集子史之术,洞晓情变,曲昭文体,然后能莩甲新义,雕画奇辞。昭体故意新而不乱,晓变故辞奇而不黩。若骨采未圆,风辞未练,而跨略旧规,驰骛新作,虽获巧意,危败亦多。……然文术多门,各适所好,明者弗授,学者弗师;于是习华随侈,流遁忘反。若能确乎正式,使文明以健,则风清骨峻,篇体光华。②

"风骨"的形成主要靠文章的内容("骨"之"理"兼指结构条理,有某些形式方面的因素)。刘勰虽作了"风"主情、"骨"主理的析论,但情中寓理,理中含情,在文章中"风"与"骨"实际是不可截然分离的。作家抒写的情中必然有理,俗话说"没有无缘无故的爱,也没有无缘无故的恨",动人的情一定合乎某种道理。表述自然科学的理另当别论,文学艺术中表达的理一般也含情其中,绝不会全是枯燥的逻辑推导与抽象演绎。

评价人物的时候,有"风骨"是高品位的气质、才性和精神风貌。刘勰要求作家熔铸作品的"风骨",无形中也把作品视同人一样有灵性的活物,认为应该如同有"风骨"的人物一样具有高于形质的精神之美,以强劲的艺术魅力感发和鼓动人心。"风骨"之美是灵动超迈的,也是明快劲健的。刘勰不满六朝文风的柔靡无力,才剖析论证文学感化力、鼓动力的由来,大声疾呼文章"风骨"不可缺少。千百

---

① [梁]刘勰:《文心雕龙·风骨》,张国庆、涂光社:《〈文心雕龙〉集校、集释、直译》,第521页。
② [梁]刘勰:《文心雕龙·风骨》,张国庆、涂光社:《〈文心雕龙〉集校、集释、直译》,第522页。

年来，拥有"风骨"的文艺作品一直能以卓拔的精神内质笑傲尘俗，为人推崇。

刘勰强调文章的"风骨"有强劲的精神层面的感动力。为适应论文的需要，根据"风"与"骨"的初始义及其特点，分别将它们与文学作品中的"情"和"理"相联系。刘勰说"怊怅述情，必始乎风"，"深乎风者，述情必显"，可见"风"是由充沛而清峻畅达的感情内容产生的艺术感染力。《风骨》篇又说："沉吟铺辞，莫先于骨"，"辞之待骨，如体之树骸"，"练于骨者，析辞必精"①，"辞"原有说理的意思，《文赋》中云："要辞达而理举"；《文心雕龙·才略》有"理赡而辞坚"②之说。《情采》亦云："情者文之经，辞者理之纬，经正而后纬成，理定而后辞畅。"③可知刘勰所谓"骨"是有坚实的依据和严密逻辑，用洗练的文辞表达思想性内容，及其拥有的刚健气势和不容置疑的说服力。

文学内容本来是以"情"为核心的，刘勰立《情采》篇论内容与形式的关系可以印证。《风骨》论"骨"强调"辞""理"有两个原因：一是《文心》所论之"文"包括许多说"理"的文体在内，文章既有说理为主的，也有侧重抒情的。其二，刘勰论"风"与"骨"虽各有侧重，其实二者是密不可分、相互支撑的。情中含理，理中寓情，任何作品的"情"不能没有需要人们理解和接受的"理"，古代说理的文章（阐述道理、议论是非）一般也不会与"情"（如忠忱或者好恶、怨愤等）绝缘。然而，与刘勰所论重"理"的议论文体比较，诗歌的创作批评对"情"尤为倚重，故钟嵘《诗品》中只说"风力""气"而不言"骨"；唐杨炯、陈子昂、殷璠论诗所用"风骨"皆凸显"情"而言不及"理"的。

《文心雕龙》问世以后，"风骨"一度是文学批评，尤其是诗歌评论中常用概念。稍晚于刘勰的钟嵘就分别以"风"和"骨"论诗，他的《诗品序》中提到"建安风力"，在释赋、比、兴之后亦云："干之以风力，润之以丹采。"《诗品》也单独用到"骨"，如有"骨气奇高""真骨凝霜，高风跨俗"之类。唐代杨炯称赞王勃的兄长"磊落词韵，铿锵风骨，皆九变之雄律"④；陈子昂《与东方左史虬修竹篇序》有云："汉魏风骨，晋宋莫传。"⑤其后，殷璠《河岳英灵集序》亦云："开元十五年后，声律风骨始备。"⑥当然，他们所用的"风骨"与刘勰所论"风骨"是有差别的，简言之：刘

---

① [梁]刘勰：《文心雕龙·风骨》，张国庆、涂光社：《〈文心雕龙〉集校、集释、直译》，第518页。
② [梁]刘勰：《文心雕龙·才略》，张国庆、涂光社：《〈文心雕龙〉集校、集释、直译》，第866页。
③ [梁]刘勰：《文心雕龙·情采》，张国庆、涂光社：《〈文心雕龙〉集校、集释、直译》，第570页。
④ [唐]杨炯：《王勃集·序》，长沙：岳麓书社，2001年，第159页。
⑤ [唐]陈子昂：《与东方左史虬修竹篇序》，郭绍虞：《中国历代文论选》（二），第170页。
⑥ [唐]殷璠：《河岳英灵集·序》，王克让：《河岳英灵集注》，成都：巴蜀书社，2006年，第1页。

<<< 第三章 魏晋文论与《文心雕龙》的范畴建构

勰泛论文章,其中有不少议论的文体,所以其"风"论主情,论"骨"则有对义理的强调;诗论中的"风骨"虽是情理兼容,但无疑更重"情"的。

6."比兴"

"比兴"是古代诗学中最为重要、民族文化特色最为鲜明的理论范畴。

"比兴"是传统《诗经》学中的概念,最早见于《周礼·春官·大师》:"大师……教六诗:曰风,曰赋,曰比,曰兴,曰雅,曰颂。"东汉郑玄注云:"赋之言铺,直铺陈今之政教善恶。比,见今之失,不敢斥言,取比类以言之;兴,见今之美,嫌于媚谀,取善事以劝喻之。"随即引司农郑众的解释作补充说:"比者,比方于物也;兴者,托事于物。"①

"比""兴"最早与"赋"都属《诗经》的表现和运用方法。"赋"是直陈式的展开,并非必定以"物"间接达义,即使写"物"也是直接铺叙,所展示的意蕴无须转换。"比"和"兴"则必须借助"物"的描绘进行间接的艺术表达。

儒家《诗》学中"比兴"有表现手法和美刺两重意义,与民族文化和心理特征紧密联系,体现古代文学实践理论的民族特色。自汉代起学者就屡有诠解,不过古代唯独《文心雕龙·比兴》是成篇的专论,其精要涵盖了"比兴"的渊源、意义、思维特征和艺术传达功能效果,对传统诗学作出了重大的理论贡献。

《比兴》开篇即云:

> 《诗》文弘奥,包韫六义,毛公述《传》,独标兴体,岂不以风通而赋同,比显而兴隐哉?故比者,附也;兴者,起也。附理者,切类以指事;起情者,依微以拟议。起情故兴体以立,附理故比例以生。比则蓄愤以斥言,兴则环譬以托讽:盖随时之义不一,故诗人之志有二也。②

《周礼》记有大师教"六诗"的古制,《诗大序》称之为《诗》之"六义"。《比兴》篇即以此发端。《周礼》"六诗"与《诗大序》"六义"中,风、赋、比、兴、雅、颂的排序相同,此为《诗》学早期的序列。唐孔颖达的"三体三用"和宋朱熹的"三经三纬"则明谓了一种共识:《诗经》中风雅颂是三体(三种样式或三个组成部分),赋、比、兴是三种表现方法。

吾师张震泽先生在《〈诗经〉赋比兴本义新探》中业已指出,此所谓"六义"即《诗》的"六用",是《诗经》的六种用法或者所派用场,都在对现成《诗经》篇章的歌

---

① 《周礼·春官·大师》,[汉]郑玄注、[唐]贾公彦疏:《周礼注疏》,第610页。
② [梁]刘勰:《文心雕龙·比兴》,张国庆、涂光社:《〈文心雕龙〉集校、集释、直译》,第650页。

咏、诵读中完成,其中"赋""比""兴"也同"风"(甚至"雅""颂")一样是"用"诗而非作诗之法。弄清这一点有助于理解刘勰"风通赋同"的论断。

自然的风无形而可感、偏于柔性,况喻诗歌的感动力和社会功能时仍含此种属性。"六义"风居首,凸显讽诵《风》诗的政治教化功用或胜于其余五"义"。《毛序》的"风者,风也。风以动之,教以化之"与"上以风化下,下以风刺上,主文而谲谏,言之者无罪,闻之者足以戒"表明,"风"委婉含蓄,是一种温婉的、无损上下关系的间接性表达。"化"是化育、感化,指得之于诗教的潜移默化。"主文"则雅驯有美不粗野,"谲谏"指能巧妙化解拒斥的劝谏。与此近似的是,"比"与"兴"都借助物象描绘进行间接委婉的艺术传达。较之《雅》《颂》,《风》诗更多地反映下层士民的情感和政治意愿,有"刺上""谲谏"之用,联系到郑玄对"比""兴"的解释可知,在肩负"美刺"的使命上"风"与借物间接达意的"比""兴"有通同之处。

《比兴》篇没有直接征引郑众、郑玄的诠释,其"附理""起情"之释是"比""兴"传达和表现上的特点,暗承郑众的理论视角;而"蓄愤斥言""托讽"之语显然所指与郑玄一样,同指政教功用。刘勰无疑也是从政教和表现手法两个方面去概括"比兴"意义的。"盖随时之义不一,《诗》人之志有二"的补充说明给人以启示:在诗歌欣赏评论中应根据时空(语境)的不同,分别从政治教化或者艺术表现两方面去理解诗人的"比兴"。

他随后所举"比"的实例只强调"附"与"切",而不像郑玄那样把"比"限于"刺",让"美"专属于"兴":"且何谓比?盖写物以附意,扬言以切事者也。故金锡以喻明德,珪璋以譬秀民,螟蛉以类教化,蜩螗以写号呼,浣衣以拟心忧,席卷以方志固:凡斯切象,皆比义也。"① 显然是对前论的补充和修正。

晋挚虞《文章流别论》说:"比者,喻类之言也;兴者,有感之辞也。"②与刘勰同时期的钟嵘在《诗品序》说:"故诗有三义焉:一曰兴,二曰比,三曰赋。文已尽而意有余,兴也;因物喻志,比也;直书其事,寓言写物,赋也。宏斯三义,酌而用之,干之以风力,润之以丹采,使味之者无极,闻之者动心,是诗之至也。若专用比兴,患在意深,意深则词踬。若但用赋体,患在意浮,意浮则文散。嬉成流移,文无止泊,有芜蔓之累矣。"③皆从表现手法及其效果方面解说。钟嵘的"三义"已针对一般诗歌创作而言,不限于《诗经》了。

---

① [梁]刘勰:《文心雕龙·比兴》,见张国庆、涂光社:《〈文心雕龙〉集校、集释、直译》,北京:中国社科文献出版社,2015年,第652页。
② [晋]挚虞:《文章流别论》,郭绍虞:《中国历代文论选》(一),第190页。
③ [梁]钟嵘:《诗品·序》,穆克宏、郭丹:《魏晋南北朝文论全编》,第230页。

第三章 魏晋文论与《文心雕龙》的范畴建构

汉以来的论者都注意到了"比"与"兴"的不同点。刘勰《比兴》篇的创意在于用"隐""显"、"大""小"以及"起情""附理"之释来区别"比兴":

> 观夫兴之托喻,婉而成章,称名也小,取类也大。《关雎》有别,故后妃方德;尸鸠贞一,故夫人象义。义取其贞,无从于夷禽;德贵其别,不嫌于鸷鸟:明而未融,故发注而后见也。且何谓比?盖写物以附意,扬言以切事者也。……炎汉虽盛,而辞人夸毗,讽刺道丧,故兴义消亡。于是赋颂先鸣,比体云构,纷纭杂遝,倍旧章矣。夫比之为义,取类不常:或喻于声,或方于貌,或拟于心,或譬于事。……若斯之类,辞赋所先,日用乎比,月忘乎兴,习小而弃大,所以文谢于周人也。①

"比""兴"在借"物"达意上有共同点,故有联成一词的时候,然而两者也有矛盾和对应的一面:刘勰先说其"隐""显"有别;继而说比是"附理""切类以指事","盖写物以附意,扬言以切事者也";对兴则言"起情"和"依微以拟义"以及"观夫兴之托喻,婉而成章,称名也小,取类也大";其后又批评汉代辞赋"比体云构""日用乎比,月忘乎兴,习小而弃大,所以文谢于周人也。"

"兴",原训起。以"起情"释"兴"切中肯綮,有重要价值。"起情"是诗人用兴的目的,也能体现文学艺术活动中人们的心理特征,合乎欣赏、接受的需要。理解"兴"的"起情"作用,甚至可与孔子的"兴、观、群、怨"说相联系。"起情"之释为"比兴"论和诗学中的"兴味""兴致""兴象""兴会"诸说提供了依据。宋人论"比兴"对刘勰的取法可以为例,李仲蒙从造艺的主客体关系上说:"索物以托情,谓之比,情附物也;触物以起情,谓之兴,物动情也。"朱熹则从展开方式上说:"比者,以彼物比此物也";"兴者,先言他物以引起所咏之词也"。李论精到,朱说简明,历来备受推崇,却不难从中见到刘勰"起情""附理"说的深刻影响。

"起情者,依微以拟议"的"拟议"语出《易·系辞》上:"拟之而后言,议之而后动。"韩康伯注:"拟议以动则尽变化之道也。"②说兴"依微拟议",指依"兴体"与喻指事物间的微妙关系安排意蕴,所得意象较"切类"、"附理"的"比"模糊性更大、指域更宽泛。"兴"有"起情"功用,有时指审美主体被"物"触发和启动的浓厚情致;诗人通过物象和外境的展示促使诗歌欣赏者的情感、心理和思维合乎审美接受的需要,指域模糊隐微的"兴"与随后抒写的内容常常只有微妙和模糊的联

---

① [梁]刘勰:《文心雕龙·比兴》,张国庆、涂光社:《〈文心雕龙〉集校、集释、直译》,第651—655页。
② [晋]韩康伯注、[唐]孔颖达疏:《周易注疏》,第355页。

系,故言"依微以拟议";"兴"也因此得称"隐"而与比的"显"有别。

间接模糊的传达充分蓄蕴和利用了意象的表现力,能提升造艺品位,加大欣赏者审美再创造的自由度,是文学艺术一些大师的作品达于至境的奥秘所在。

刘勰以为"比显兴隐",从说"炎汉虽盛,而辞人夸毗,《诗》刺道丧,故兴义销亡",到批评汉赋"日用乎比,月忘乎兴,习小而弃大"能够看出"兴隐"远远胜似"比显"。所谓"大""小",指蕴涵、境界的大小,也指艺术成就和价值的大小。表明在诗歌艺术传达上"起情"远较"附理"重要。刘勰青睐"隐"的文笔,《文心雕龙》就专立《隐秀》篇,激赏"以复意为工"有"文外重旨""深文隐蔚,余味曲包"的"隐",以为"隐之为体,义主文外,秘响傍通,伏采潜发,譬爻象之变互体,川渎之韫珠玉也"。

"比"之所以"小"在于它限于比况,只是一种修辞手法,"附理""切至"的贴切使"比"义浅显确切,喻指界限分明。"兴"则因"依微以拟议"指域模糊宽泛,"兴之托喻,婉而成章,称名也小,取类也大"。"比小兴大"当不止于意指范围的小大和"显""隐"之别,除艺术性的功用、价值外,也常指政治教化意义的"小"与"大"。

《比兴》篇之"赞"总结说:"诗人比兴,触物圆览。物虽胡越,合则肝胆。拟容取心,断辞必敢。"①

"物虽胡越,合则肝胆"是谓用作比兴之事物与其所喻指的事物即使风马牛不相及,只要两者的某种属性、特征吻合,就能作恰切的况喻,完美地进行间接的艺术传达。"拟容取心"指出,物象描绘形容的目的在于获取和展示其内在的丰富深厚的意蕴。写容貌要传神,描摹事物的外在形态宗旨在于表现其精神内涵。物象包蕴的"理"与"情"就是比兴所取之"心"。

"拟容取心"四字算得上《比兴》篇中最接近现代理论话语的概括。王元化先生《文心雕龙创作论》的《释〈比兴篇〉拟容取心说》指出:"《比兴篇》是刘勰探讨艺术形象问题的专论,其中'诗人比兴,拟容取心'一语,可以说是他对于艺术形象问题所提出的要旨和精髓。"②"这句话里面的'容''心'二字都属于艺术形象范畴,它们代表了同一艺术形象的两面:在外者为'容',在内者为'心'。"

"拟容取心"是有普遍意义的艺术原则。绘画、雕塑、音乐……一切造型艺术的追求和创造不都是通过广义的"拟容取心"去实现的吗?

7."隐秀"

《文心》今本《隐秀》篇有缺页。尽管如此,残文仍清晰地表述出为刘勰标举

---

① [梁]刘勰:《文心雕龙·比兴》,张国庆、涂光社:《〈文心雕龙〉集校、集释、直译》,第657页。
② 王元化:《文心雕龙创作论》,第136页。

的两种文学美的基本特点：

> ……是以文之英蕤，有秀有隐。隐也者，文外之重旨也。秀也者，篇中之独拔者也。隐以复意为工，秀以卓绝为巧：斯乃旧章之懿绩，才情之嘉会也。夫隐之为体，义主文外，秘响傍通，伏采潜发，譬爻象之变互体，川渎之韫珠玉也。故互体变爻，而化成四象；珠玉潜水，而澜表方圆。……
>
> 凡文集胜篇，不盈十一；篇章秀句，裁可百二：并思合而自逢，并研虑所课也。或有晦塞为深，虽奥非隐，雕削取巧，虽美非秀。故自然会妙，譬草木之耀英华；润色取美，譬缯帛之染朱绿。……
>
> 赞曰：深文隐蔚，余味曲包。辞生互体，有似变爻。言之秀矣，万虑一交。动心惊耳，逸响笙匏。①

"隐"是深婉含蓄之美，"秀"是卓拔于众的峻绝之美，两者有一定对应性。宋人张戒《岁寒堂诗话》所存《隐秀》篇佚文亦称："情在词外曰隐，状溢目前曰秀"②。

刘勰强调"隐"不是"晦塞为深"，"秀"也非"雕削取巧"。两者出自"才情之嘉会"，是"思合而自逢""万虑一交"的"自然会妙"，即生成于包括"才情""思虑"在内的各种有利思维创造的因素自然而然(合规律)地"交""会"的那一刻。

篇中的"隐"论凸显了温婉含蓄的传统美学追求和认识"言""意"关系的重要性，为后来这方面的理论发展奠下了基石。"隐"出自"才情嘉会"，是"言"功用的展示，更是一种境界。它不单要有"以少总多"的概括力，更要求有言外之意：即提供给观照者的不仅是语言本身的意蕴，还有由文章语义网络间接提示，或者触发读者联想所获得的旨趣和意象，故有"深文隐蔚，余味曲包"的审美效果。"隐"可以说是一种不露形迹的高层次蓄蕴，它与晦涩艰深是完全不同的，因此刘勰补充道："晦塞为深，虽奥非隐。"

要求传达出"文外之重旨"说明文学语言的语义网络可能传递超出文字语意的东西，"言"与"意"未必吻合；"义主文外"更把文字本身意蕴的价值放在次要地位，把间接拓展的义蕴作为文学创造的主要追求。

言意的矛盾对于创作并非只有不利的一面。《神思》篇曾说："拙辞或孕于巧义。"③有时朴拙的语言形式可能包孕精巧的意蕴。换言之，这也是一种"情在词

---

① [梁]刘勰：《文心雕龙·隐秀》，张国庆、涂光社：《〈文心雕龙〉集校、集释、直译》，第737－748页。
② [宋]张戒：《岁寒堂诗话》，丁福保：《历代诗话续编》，北京：中华书局，1983年，第456页。
③ [梁]刘勰：《文心雕龙·神思》，张国庆、涂光社：《〈文心雕龙〉集校、集释、直译》，第490页。

外"的表现。

"隐"出现较频繁,多为肯定之辞:《征圣》有:"四象精义以曲隐,五例微辞以婉晦,此隐义以藏用也。"①《宗经》说:"《易》惟谈天,入神致用。故《系》称旨远辞文,言中事隐。"②《体性》说:"子云沉寂,故志隐而味深","士衡矜重,故情繁而辞隐。"③《比兴》称"比显而兴隐"④故就效果言"比小兴大"。诚然,个别体裁、有特定功用的文章则不能或者不必"隐"的,如《檄移》说檄"植义扬辞,务在刚健,插羽以示迅,不可使辞缓;露板以宣众,不可使义隐。"⑤《诸子》之"赞"云:"立德何隐?含道必授。"⑥《情采》更批评"采滥辞诡"以致"言隐荣华"。

国人在艺术中往往偏爱包孕丰富的表达,推崇蕴涵深厚耐玩味的作品。品味《诗》和音乐时孔子赞叹余音绕梁的艺术效果,称许举一反三的类推、联想。刘勰之后的诗论不断出现重"象外象""味外味""味在酸咸之外",追求"言外之意""弦外之音""韵外之致"和"言有尽而意无穷"乃至"羚羊挂角,无迹可求"的主张,皆与刘勰以"隐"为上有相通之处。若说刘勰关于"隐"的论述为后世的意境说、神韵说拓宽了道路也是有理由的。

8."物色"

吟咏自然山水是中国古代诗文的重要内容,在世界上独树一帜。魏晋南北朝是山水诗文升堂入室的阶段,宋、齐时"模山范水"的诗文题材更成为大宗。生当其时,刘勰《物色》篇所作的理论总结意义可知。刘勰所用"物色"的概念,指相对于创作主体("心"、作家的"情思")的文学表现客体("物"和"物貌")。

《物色》篇首先从心物(创作主客体)关系的角度讨论了外境和景物对作家情感思维的影响,强调:"物色之动,心亦摇焉","物色相召,人谁获安"。《文心雕龙》其他地方也有"人禀七情,应物斯感"⑦,"情以物兴,物以情观"⑧和"神与物游"⑨等论。

---

① [梁]刘勰:《文心雕龙·征圣》,张国庆、涂光社:《〈文心雕龙〉集校、集释、直译》,第26页。
② [梁]刘勰:《文心雕龙·宗经》,张国庆、涂光社:《〈文心雕龙〉集校、集释、直译》,第42页。
③ [梁]刘勰:《文心雕龙·体性》,张国庆、涂光社:《〈文心雕龙〉集校、集释、直译》,第506－507页。
④ [梁]刘勰:《文心雕龙·比兴》,张国庆、涂光社:《〈文心雕龙〉集校、集释、直译》,第650页。
⑤ [梁]刘勰:《文心雕龙·檄移》,张国庆、涂光社:《〈文心雕龙〉集校、集释、直译》,第390页。
⑥ [梁]刘勰:《文心雕龙·诸子》,张国庆、涂光社:《〈文心雕龙〉集校、集释、直译》,第339页。
⑦ [梁]刘勰:《文心雕龙·明诗》,张国庆、涂光社:《〈文心雕龙〉集校、集释、直译》,第95页。
⑧ [梁]刘勰:《文心雕龙·诠赋》,张国庆、涂光社:《〈文心雕龙〉集校、集释、直译》,第156页。
⑨ [梁]刘勰:《文心雕龙·神思》,张国庆、涂光社:《〈文心雕龙〉集校、集释、直译》,第479页。

第三章 魏晋文论与《文心雕龙》的范畴建构

心物交融、天人感应在中国是一种从人与万物同构、天人合一理念衍生的传统审美意识。比如屈原《九章·抽思》有"悲夫秋风之动容"之句,宋玉《九辩》也以"悲哉秋之为气也"开篇。魏晋时期,应玚《报赵淑丽》诗云:"嗟我怀矣,感物伤心。"阮籍《咏怀》第十一有"远望令人悲,春气感我心",陆云《赠郑曼季》曰:"感物兴想,念我怀人。"《文赋》称:"遵四时以叹逝,瞻万物而思纷,悲落叶于劲秋,喜柔条于芳春。"①在南朝,萧子显《自序》说:"风动春潮,月明秋夜,早雁初莺,开花落叶,有来斯应,每不能已。"②钟嵘《诗品序》则说:"气之动物,物之感人,故摇荡性灵,形诸舞咏";"若乃春风春鸟,秋月秋蝉,夏云暑雨,冬月祁寒,斯四候之感诸诗者也。"③

刘勰作了精警的概括:"情以物迁,辞以情发。"其中的"情"(主体)、"物"(客体)、"辞"(语言媒介)有创作三要素之称。一般情况下,"情"指作家的感情以及与感情密切联系的思想、志趣、情操等主观方面的因素。"情以物迁"说明在创作的酝酿和构思过程中"情"随着"物"(外境或描写对象)的变化而变化。因此,"情以物迁"的过程是"情"在"物"的影响下不断改造不断丰富、升华的过程。如"赞"所说:"目既往还,心亦吐纳"。④作家"神与物游"⑤反复体察物象,同时构思活动在主客体的往复联系中不断深入,经酝酿提炼汰粗取精逐渐形成可以纳入作品的情致和艺术形象。因"物"而"迁"之后,"情"已兼有了"物"的因素,成为"辞发"的内在动力和依据。"情以物迁,辞以情发"表明,在"情""物""辞"三者的联系中,"情"是核心和纽带。本篇之"赞"中的"情往似赠,兴来如答"正说明它们彼此的往复中主体的"情"是能动的一方。

《物色》篇以"四序纷回,而入兴贵闲"⑥点明物色描绘中作家应有的精神状态和心理准备。关于"入兴贵闲"。刘永济先生指出,"'闲'者,《神思》篇所谓'虚静'也。"⑦正如《养气》篇所说:"水停以鉴,火静而朗,无扰文虑,郁此精爽。"⑧思维处于"闲"的状态,精神饱满活力充溢而又放松,心境空灵从容,既有利于作家摆脱主观的局限,接受客观世界美的陶染与理性启示;又不至于为其他繁杂的因素干扰左右,能以超然的艺术洞察力明敏而冷静地处理外来的信息和自己的感受。

---

① [晋]陆机:《文赋》,郭绍虞:《中国历代文论选》(一),第170页。
② [梁]萧子显:《自序》,穆克宏、郭丹:《魏晋南北朝文论全编》,第478页。
③ [梁]钟嵘:《诗品·序》,穆克宏、郭丹:《魏晋南北朝文论全编》,第229页。
④ [梁]刘勰:《文心雕龙·物色》,张国庆、涂光社:《〈文心雕龙〉集校、集释、直译》,第855页。
⑤ [梁]刘勰:《文心雕龙·神思》,张国庆、涂光社:《〈文心雕龙〉集校、集释、直译》,第479页。
⑥ [梁]刘勰:《文心雕龙·物色》,张国庆、涂光社:《〈文心雕龙〉集校、集释、直译》,第855页。
⑦ 刘永济:《文心雕龙校释》,北京:中华书局,1962年,第181页。
⑧ [梁]刘勰:《文心雕龙·养气》,张国庆、涂光社:《〈文心雕龙〉集校、集释、直译》,第784页。

刘勰又作了"写气图貌,既随物以宛转;属采附声,亦与心而徘徊"的名论,王元化先生指出:"气、貌、采、声四事,指的是自然的气象和形貌。写、图、属、附四字,则指的作家的模写与表现,……其意犹云:作家一旦进入创作的实践活动,在模写并表现自然的气象和形貌的时候,就以外境为材料,形成一种心物之间融汇交流的现象,一方面心既物以宛转,另方面物亦与心而徘徊。"①

随即刘勰追述了此前物色描写的发展过程。以《诗经》和楚辞为例概括具有典范意义的两种"物色"描写方式,宣示出有辩证意味的艺术原则或者说艺术表现上显示的带规律性的现象。他指出《诗经》的"以少总多"可以做到"情貌无遗",所举"'依依'尽杨柳之貌"等例子很有说服力,"依依"是唯垂柳所独具的风貌,又可能与人的一种柔性的情感(如眷恋不舍之情,千头万绪的绵长情思)发生联系。能营造特定的情感氛围,唤起读者的联想与共鸣。虽只用重叠的"依依"二字而未及其他细节,却不失形象的完整性,且意味全出。反过来,楚辞对"物貌""触类而长"的细密描叙即使"重沓舒状""字必鱼贯",也难做到面面俱到的"尽"。整体的把握,模糊宽泛的指域是"以少总多"之长。文学语言毕竟讲究艺术的概括力,以含蕴丰富为上,故言"析辞尚简"。

此处充分地肯定《诗经》的简约浑成当有某种针砭时尚的用意,但状物写景的简约与纤密不宜简单地断言孰优孰劣。其实两者各有所长,既适应不同风格的需要,也可相济为用。简约者常若挥毫写意,以精神气势见长,数笔勾勒点染便得概要,宜于表现雄浑美和朦胧美。纤密的写法委婉曲尽有如工笔,事物的声色状貌毫发皆见、可触可摸,给人清晰、具体贴切的感受,宜于表现精巧美和细腻美。兼用其长,作家更能将艺术形式中主与次、整体与局部的关系处置得当,而且虚实、隐显、详略等表现手段的运用得心应手。不宜有所偏废。因此刘勰也肯定屈《骚》的"触类而长"。应该看到"以少总多,情貌无遗"与"触类而长,物难尽貌"两者的辩证关系。

"《诗》《骚》所标,并据要害,故后进锐笔,莫与争锋"②是谓物色描写上的简约和繁复各由《诗》《骚》达于极致,后进不可争胜,只宜"因方借巧,即势会奇","参伍相变,因革为功"——借鉴成功的经验兼取前人之长走出新路,了解"物色尽而情有余"带来艺术创造上的无穷前景,亦可称为"晓会通"的后继者!

篇中有"自近代以来,文贵形似"的述评。此处"形似"之评并非简单地作正与误、肯定与否定的判断。纤密与繁冗有区别又可能发生联系。纤密之长在于可获得

---

① 王元化:《文心雕龙创作论》,第73页。
② [梁]刘勰:《文心雕龙·物色》,张国庆、涂光社:《〈文心雕龙〉集校、集释、直译》,第855页。

细节真实,此所谓"不加雕削,而曲写毫介"有分寸:"不加雕削"才能自然清新,镂金错彩则易流于繁缛造作。"巧"与"奇"可能得到出人意表的效果,走向极端则又入"讹诡"。这就是"贵形似"、求"细巧"的两面性。《附会》篇说:"锐精细巧,必疏体统",可知刘勰认为"细巧"只是局部问题。如果只注意细节描绘而忽略主次和艺术形式的协调统一,"细巧"就不足取。钟嵘在《诗品》中称许张协"巧构形似之言",评谢灵运则说"……故尚巧似,而逸荡过之,颇以繁富为累";评颜延之:"尚巧似,体裁绮密,情喻渊深,动无虚散,一句一字皆致意焉",却不免"终身"以"错采镂金"为病;评鲍照:"贵尚巧似,不避危仄,颇伤清雅之调。"①持论与刘勰有近似处。《物色》篇论及"近代""文贵形似"的特点,有条件地肯定了它的长处;此外反复标举《诗经》《离骚》的物色描写,从侧面证明刘勰推崇和全面肯定的并非"近代"的"形似"。

篇末说:

> 若乃山林皋壤,实文思之奥府。……然屈平所以能洞监《风》《骚》之情者,抑亦江山之助乎!②

山川景物不仅提供了无限丰富的文学描写对象,更能触动、陶冶人们的思想情怀,从而促进艺术创造的境界升华。《庄子·知北游》说:"山林欤!皋壤欤!使我欣欣然而乐欤!"③六朝更有这方面的自觉,《世说新语·言语》载:"顾长康从会稽还,人问山川之美。顾云:'千岩竞秀,万壑争流,草木蒙其上,若云兴霞蔚。'"又记"王子敬曰:'从山阴道上行,山川自相映发,使人应接不暇。若秋冬之际,尤难为怀。'"④袁山松《宜都记》云:"常闻峡中水疾,书记及口传悉以临惧相戒,曾无称有山川之美也,及余践跻此境,既自欣得此奇观,山水有灵,亦当惊知己于千古矣!"⑤刘勰更直言外在的自然景物是蕴藏文思最深厚的府库!

《物色》篇首次说出创作的成功可以得"江山之助"的妙语,此后它也不时见于文人们著述中,比如《新唐书·张说传》:"既谪岳州,而诗亦凄婉,人谓得江山之助。"⑥宋代的陆游更作过"江山之助"的专论。

---

① [梁]钟嵘:《诗品》,穆克宏、郭丹:《魏晋南北朝文论全编》,第241-251页。
② [梁]刘勰:《文心雕龙·物色》,张国庆、涂光社:《〈文心雕龙〉集校、集释、直译》,第855页。
③ 《庄子·知北游》,曹础基:《庄子浅注》,第340页。
④ [南朝宋]刘义庆:《世说新语·言语》,第142页、第145页。
⑤ [晋]袁山松:《宜都记》,[北魏]郦道元:《水经注》,杭州:杭州古籍出版社,2001年,第533页。
⑥ [宋]欧阳修、宋祁:《新唐书·张说传》,第4410页。

四、不见于篇名、用而未释的范畴概念

有许多范畴散见各篇未成为专题的篇名,未见诠释,似乎也不需要诠释,但屡有所见,且在各层面的理论话语中发挥着关键性的不可取代的重要作用。成对的如"文"与"质"、"奇"与"正"、"刚"与"柔"、"华"与"实"、"因"与"革"、"雅"与"俗"("郑")……独立或组合成词的概念有"自然"、"性灵"、"虚静"("闲")、"意象"、"滋味"、"和"、"心"、"志"、"气"、"韵"、"趣"、"悟"、"境"、"圆"("圆通")、"法"、"素"、"朴"、"拙"……

虽然它们的理论意义不如专篇论证阐发那么充分,却留下了进一步拓展提升的空间。散见《文心》各篇的许多范畴概念在后来的理论批评中被广为沿用,现摘要分别略作述评。

1. "自然"

"自然"范畴在古代美学中的地位和重要性众所周知。《原道》说"心生而言立,言立而文明,自然之道也",以为一切有美质的事物皆有美文,"动植皆文……夫岂外饰,盖自然耳"[1];《明诗》说:"感物吟志,莫非自然"[2];《体性》指出作家创作个性的外现就是风格,"岂非自然之恒资,才气之大略"[3];《定势》两次以运动的物态作比,强调要遵循"自然之趣""自然之势"[4];《丽辞》认为对仗的依据是"自然成对";《隐秀》以为隐秀之美的出于"自然会妙"。凡此种种,都贯穿着自然的宗旨:文学的产生、艺术规律是自然的、客观的;艺术风格、表现方式、手段,乃至出神入化的美妙创造,都从自然而然得来。标举自然的刘勰对事物客观属性和规律的尊重,以及对作家天成之灵慧和原创力的推崇,显然得益于老庄美学的滋养。

2. "中和"

刘勰对"中和"之美的推崇则深受传统乐论和重视声律的时代潮流影响,所以《乐府》盛赞"中和之响""和乐精妙"[5];《声律》称美"宫商大和""和体抑扬"[6];《章句》嫌一韵到底的单调乏味和两句一换韵的急促都有偏颇,要求"折之中和"。

---

[1] [梁]刘勰:《文心雕龙·原道》,张国庆、涂光社:《〈文心雕龙〉集校、集释、直译》,第1页。
[2] [梁]刘勰:《文心雕龙·明诗》,张国庆、涂光社:《〈文心雕龙〉集校、集释、直译》,第95页。
[3] [梁]刘勰:《文心雕龙·体性》,张国庆、涂光社:《〈文心雕龙〉集校、集释、直译》,第507页。
[4] [梁]刘勰:《文心雕龙·定势》,张国庆、涂光社:《〈文心雕龙〉集校、集释、直译》,第552页。
[5] [梁]刘勰:《文心雕龙·乐府》,张国庆、涂光社:《〈文心雕龙〉集校、集释、直译》,第119页、第126页。
[6] [梁]刘勰:《文心雕龙·声律》,张国庆、涂光社:《〈文心雕龙〉集校、集释、直译》,第597页、第601页。

对"和"的追求也扩大到篇章结构等方面,《附会》强调作品整体的协调,故以"如乐之和"的境界为高。其"献可替否,以裁厥中"①与《镕裁》篇的"举正于中"②都是以凸显文章的主体和核心理念为指针进行修改和材料取舍,说"长虞笔奏,世执刚中"是称许傅玄的按劾刚劲有节;《封禅》说班固取司马相如《封禅》文和扬雄《剧秦美新》之长,去两者所短,写出《典引》,可谓"能执厥中"③。《才略》中赞赏"潘岳敏给,辞自和畅,锺美于《西征》,贾馀于哀诔"④是言辞的和谐,《养气》的"率志委和"⑤则指精神安详、情志和顺。

3."性灵"

文论"性灵"的概念最早见于《文心雕龙》,五次现身其重要的论证中:"仰观吐曜,俯察含章,高卑定位,故两仪既生矣。惟人参之,性灵所钟,是谓三才,为五行之秀,实天地之心。"⑥"经也者,恒久之至道,不刊之鸿教也。故象天地,效鬼神,参物序,人纪,洞性灵之奥区,极文章之骨髓者也"与"性灵镕匠,文章奥府"⑦。"若乃综述性灵,敷写器象,镂心鸟迹之中,织辞鱼网之上,其为彪炳,缛采名矣。"⑧"岁月飘忽,性灵不居,腾声飞实,制作而已。……夫人肖貌天地,禀性五才,拟耳目于日月,方声气于风雷,其超出万物,亦以灵矣。"⑨可知"性灵"指自然赋予人的非凡灵慧、生命创造力以及本真的个性。《原道》说"性灵所钟"的人与天、地并称"三才",以"为五行之秀,实天地之心"标举其灵慧。《宗经》要求洞悉"性灵"之精微奥妙,陶冶之,使文章之"骨髓"(内容的精神性架构)达于极致。《情采》明言文章内容的核心、写作所要表达的就是"性灵"之美。《序志》指出,智慧的生命是短暂的,作家当以写作创造不朽的生命价值,而人之所以能够生动地描绘天地万物,正因为具有"超出万物"的智慧。

刘勰呼唤作家洞悉性灵、陶冶性灵、抒写性灵,其中有对人生的领悟,有对真性情、独到的奇思妙想及其艺术创造力的赞叹,生命短暂的感慨中更有对这种灵

---

① [梁]刘勰:《文心雕龙·附会》,张国庆、涂光社:《〈文心雕龙〉集校、集释、直译》,第791页。
② [梁]刘勰:《文心雕龙·镕裁》,张国庆、涂光社:《〈文心雕龙〉集校、集释、直译》,第586页。
③ [梁]刘勰:《文心雕龙·封禅》,张国庆、涂光社:《〈文心雕龙〉集校、集释、直译》,第401页。
④ [梁]刘勰:《文心雕龙·才略》,张国庆、涂光社:《〈文心雕龙〉集校、集释、直译》,第873页。
⑤ [梁]刘勰:《文心雕龙·养气》,张国庆、涂光社:《〈文心雕龙〉集校、集释、直译》,第780页。
⑥ [梁]刘勰:《文心雕龙·原道》,张国庆、涂光社:《〈文心雕龙〉集校、集释、直译》,第1页。
⑦ [梁]刘勰:《文心雕龙·宗经》,张国庆、涂光社:《〈文心雕龙〉集校、集释、直译》,第38页、第50页。
⑧ [梁]刘勰:《文心雕龙·情采》,张国庆、涂光社:《〈文心雕龙〉集校、集释、直译》,第570页。
⑨ [梁]刘勰:《文心雕龙·序志》,张国庆、涂光社:《〈文心雕龙〉集校、集释、直译》,第920页。

慧的珍惜之情。

与刘勰同时代而稍晚的钟嵘也用到"性灵"的概念。在《诗品上》中评"晋步兵阮籍诗"曰："其源出于《小雅》。无雕虫之巧。而《咏怀》之作，可以陶性灵，发幽思。言在耳目之内，情寄八荒之表。"①此为诗论中首见"性灵"处，常成为后世"性灵"派诗论所祖述。阮籍愤世嫉俗、放浪形迹不遵礼法。《咏怀诗》八十馀篇为世所推重，其中抒发幽深遥远的忧世情怀，故云"言在耳目之内，情寄八荒之表"，得列为上品。刘勰《明诗》亦称："阮旨遥深。"②钟嵘的"陶性灵"是与天性契合的心灵陶染，与刘勰的"性灵镕匠"略同。

刘、钟所谓"性灵"自然天成。刘勰凸显的是其"超出万物"的灵慧；钟嵘则含摆脱世俗观念、道德说教的束缚，只服从一己天性和心灵俗好、追求之意。

后来的"性灵"说虽不全为肯定推崇之论，其概念义基本未有大的出入。

4."雅俗（郑）"

《文心》中"雅"之用多于"俗""郑":《征圣》称"圣文之雅丽，固衔华而佩实者也"③;《明诗》云："四言正体，雅润为本"④;《诠赋》肯定"丽词雅义，符采相胜"⑤;《颂赞》说："风正四方谓之雅"⑥;《章表》也强调"表体多包，情伪屡迁，必雅义以扇其风"⑦。《体性》则有"习有雅郑""体式雅郑"⑧;《定势》亦言："若雅郑而共篇，则总一势离。"⑨对"俗"（"郑"）贬抑甚明，如："正音乖俗""俗听飞驰"⑩"俗皆爱奇"⑪。《谐隐》中有："谐之言皆也。辞浅会俗，皆悦笑也。"⑫难得的是此外用"俗"并非贬义。

有的概念在后来的理论批评中才受到重视，甚至衍生成新的范畴概念系列，或者发展成为一个流派、一个时代审美追求和文学风格的中心范畴，但大多在《文

---

① ［梁］钟嵘：《诗品》，穆克宏、郭丹：《魏晋南北朝文论全编》，第240页。
② ［梁］刘勰：《文心雕龙·明诗》，张国庆、涂光社：《〈文心雕龙〉集校、集释、直译》，第102页。
③ ［梁］刘勰：《文心雕龙·征圣》，张国庆、涂光社：《〈文心雕龙〉集校、集释、直译》，第24页。
④ ［梁］刘勰：《文心雕龙·明诗》，张国庆、涂光社：《〈文心雕龙〉集校、集释、直译》，第107页。
⑤ ［梁］刘勰：《文心雕龙·诠赋》，张国庆、涂光社：《〈文心雕龙〉集校、集释、直译》，第156页。
⑥ ［梁］刘勰：《文心雕龙·颂赞》，张国庆、涂光社：《〈文心雕龙〉集校、集释、直译》，第163页。
⑦ ［梁］刘勰：《文心雕龙·章表》，张国庆、涂光社：《〈文心雕龙〉集校、集释、直译》，第414页。
⑧ ［梁］刘勰：《文心雕龙·体性》，张国庆、涂光社：《〈文心雕龙〉集校、集释、直译》，第504页。
⑨ ［梁］刘勰：《文心雕龙·定势》，张国庆、涂光社：《〈文心雕龙〉集校、集释、直译》，第553页。
⑩ ［梁］刘勰：《文心雕龙·乐府》，张国庆、涂光社：《〈文心雕龙〉集校、集释、直译》，第120页、第130页。
⑪ ［梁］刘勰：《文心雕龙·史传》，张国庆、涂光社：《〈文心雕龙〉集校、集释、直译》，第312页。
⑫ ［梁］刘勰：《文心雕龙·谐隐》，张国庆、涂光社：《〈文心雕龙〉集校、集释、直译》，第281页。

心》中已见其端倪。下面介绍的"韵""味""趣"和"圆""境"即属此类。

5."韵"

"韵"原为音乐和语言(当然也与汉语的音响节奏相关)拥有的音响效果,有声音复合中生出的协调、和谐之美。

南北朝文学语言讲求形式美,音响美则是文学语言形式美的重要组成部分。《文心》对文章体裁作"有韵为文,无韵为笔"①的区分,以为有韵的"文"更富美感,更有文学性,是对这种时代潮流的间接认可。

《明诗》的"柏梁列韵"和"联句共韵"记录了汉武帝诏令群臣柏梁台联韵赋诗的雅事。评论作家则称赞西晋潘岳"锋发而韵流"②,以为孙楚、挚虞、成公绥"流韵绮靡"③,东晋袁宏的赋作"情韵不匮"④。

刘勰注重规律的探求,《声律》说:"气力穷于和韵,异音相从谓之和,同声相应谓之韵。韵气一定,故余声易遣;和体抑扬,故遗响难契。""《诗》人综韵,率多清切。楚辞辞楚,故讹韵实繁。及张华论韵,谓士衡多楚,《文赋》亦称,取足不易,可谓灵均之声馀,失黄钟之正响。凡切韵之动,势若转圜,讹音之作,甚于枘方;免乎枘方,无大过矣。"⑤《丽辞》也强调:对仗才能使"偶意共逸韵俱发"⑥。《文心》论及"韵"的地方很多,尤以《章句》的一段文字最为集中:

> 若改韵从调,所以节文辞气,贾谊枚乘,两韵辄易;刘歆桓谭,百句不迁:亦各其志也。昔魏武论赋,嫌于积韵,而善于贸代。陆云亦称"四言转句,以四句为佳"。观彼制韵,志同枚贾。然两韵辄易,则声韵微躁,百句不迁,则唇吻告劳;妙才激扬,虽触思利贞,曷若折之中和,庶保无咎。⑦

此为在句法中论押韵,历数两汉魏晋各家赋作中不同的取舍,最后指出"两韵辄易,则声韵微躁,百句不迁,则唇吻告劳",唯"折之中和,庶保无咎"。是刘勰对章句中音韵美的规律的总结。

由于直指文学语言的声响之美,后来有气韵、情韵、韵味、神韵的范畴概念出

---

① [梁]刘勰:《文心雕龙·总术》,张国庆、涂光社:《〈文心雕龙〉集校、集释、直译》,第813页。
② [梁]刘勰:《文心雕龙·体性》,张国庆、涂光社:《〈文心雕龙〉集校、集释、直译》,第507页。
③ [梁]刘勰:《文心雕龙·时序》,张国庆、涂光社:《〈文心雕龙〉集校、集释、直译》,第837页。
④ [梁]刘勰:《文心雕龙·诠赋》,张国庆、涂光社:《〈文心雕龙〉集校、集释、直译》,第152页。
⑤ [梁]刘勰:《文心雕龙·声律》,张国庆、涂光社:《〈文心雕龙〉集校、集释、直译》,第597－602页。
⑥ [梁]刘勰:《文心雕龙·丽辞》,张国庆、涂光社:《〈文心雕龙〉集校、集释、直译》,第633页。
⑦ [梁]刘勰:《文心雕龙·章句》,张国庆、涂光社:《〈文心雕龙〉集校、集释、直译》,第621页。

现不足为奇。

6."滋味"和"味"

从现有材料上看,刘勰是最早直言文学"滋味"的人,既不像稍早的陆机那样以"大羹之味"去况喻文学的美感和体验,也不像同时代的钟嵘只说五言诗是"众作之有滋味者"。《文心雕龙》以"味"论文的地方有十多处,且有品味、玩味之"味",涉及的层面也远非陆机、钟嵘可比。

"滋味"的"滋"可训多,无论指美食还是针对美文,"味"都有多样性。"滋味"显示出多样的或者由若干因素复合而成的美感。"味"多以含蓄隽永为上,所以刘勰论"味"常与"隐"相联系,赞赏"余味"和"遗味":如云:"子云沉寂,故志隐而味深"[①];"深文隐蔚,余味曲包"[②]。《宗经》则有"至根柢盘深,枝叶峻茂,辞约而旨丰,事近而喻远,是以往者虽旧,余味日新"[③];《史传》也说:"班固述汉,……其十志该富,赞序弘丽,儒雅彬彬,信有遗味。"[④]《物色》篇要求以简约的笔触描绘景物,传达出轻灵缥缈新颖脱俗的情味:"物色虽繁,而析辞尚简,使味飘飘而轻举,情晔晔而更新。"[⑤]

既是由若干因素综合而成的,也就应该依循"滋味"之美生成的机制,是有主次统序的复合体,故《附会》云:"若统绪失宗,辞味必乱",且以"道味相附,悬绪自接"为上[⑥]。《丽辞》论对偶说:"左提右挈,精味兼载。"[⑦]《声律》亦云:"滋味流于下句,气力穷于和韵。"[⑧]均是从文学语言音响美的组合上去说的。有前后左右的副衬、映带、平衡;也有上句与下句的相互对应、补充、拓展与协调。

食物滋味须经品尝才能生之于口,了然于心;文学艺术的"味"也得之于鉴赏。若为动用,"味"就指赏鉴的玩味、品味、体味而言了。动用的"味"常有"研味""讽味""可味"和"味之"这样的组合,如"研味《孝》《老》,则知文质附乎性情"[⑨]、"扬

---

① [梁]刘勰:《文心雕龙·体性》,张国庆、涂光社:《〈文心雕龙〉集校、集释、直译》,第506页。
② [梁]刘勰:《文心雕龙·隐秀》,张国庆、涂光社:《〈文心雕龙〉集校、集释、直译》,第748页。
③ [梁]刘勰:《文心雕龙·宗经》,张国庆、涂光社:《〈文心雕龙〉集校、集释、直译》,第46页。
④ [梁]刘勰:《文心雕龙·史传》,张国庆、涂光社:《〈文心雕龙〉集校、集释、直译》,第302页。
⑤ [梁]刘勰:《文心雕龙·物色》,张国庆、涂光社:《〈文心雕龙〉集校、集释、直译》,第855页。
⑥ [梁]刘勰:《文心雕龙·附会》,张国庆、涂光社:《〈文心雕龙〉集校、集释、直译》,第795页、第802页。
⑦ [梁]刘勰:《文心雕龙·丽辞》,张国庆、涂光社:《〈文心雕龙〉集校、集释、直译》,第642页。
⑧ [梁]刘勰:《文心雕龙·声律》,张国庆、涂光社:《〈文心雕龙〉集校、集释、直译》,第597页。
⑨ [梁]刘勰:《文心雕龙·情采》,张国庆、涂光社:《〈文心雕龙〉集校、集释、直译》,第570页。

雄讽味,亦言体同风雅"①;"张衡《怨》篇,清典可味"②;"繁采寡情,味之必厌"③。

《总术》的一段话则作品的滋味和品味之味两种"味"都用到了:"善弈之文则术有恒数,……数逢其极,机入其巧,则义味腾跃而生,辞气丛杂而至。视之则锦绘,听之则丝簧,味之者则甘腴,佩之则芬芳,断章之功,于斯盛矣。"④

7."趣"

"趣"者趋也,不仅能显示一种或多种的审美取向,且常指向新变。

刘勰批评玄言诗称"袁(宏)、孙(绰)以下,辞趣一揆"⑤,魏晋之颂作"至云杂以《风》《雅》,而不变旨趣,徒张虚论"⑥。

《丽辞》论对偶,故有"联字合趣""趣合而理殊"的见解。《练字》的"趣幽旨深"⑦引用的是曹植对司马相如、扬雄用字的评语;《体性》论风格有"风趣刚柔,宁或改其气";说"新奇者,摈古竞今,危侧趣诡",评刘向则称"子政简易,趣昭而事博"⑧。《章句》说:"搜句忌于颠倒,裁章贵于顺序,斯固情趣之指归,文笔之同致也。"⑨《镕裁》则云:"万趣会文,不离辞情。"⑩

说到"趣"的新、变,《章表》说"陈思之表,独冠群才:观其体赡而律调,辞清而志显;应物制巧,随变生趣;执辔有馀,故能缓急应节矣"⑪。《哀吊》称:"及潘岳继作,实锺其美。观其虑赡辞变,情洞悲苦,叙事如传,结言摹《诗》,促节四言,鲜有缓句,故能义直而文婉,体旧而趣新。"⑫

以后人们的话语中有"趣味"有"意趣""情趣"等组合。

8."巧"与"拙"

刘勰以为著述手法和用语有"巧"与"拙"之别:《指瑕》称"巧言易标,拙辞难

---

① [梁]刘勰:《文心雕龙·辨骚》,张国庆、涂光社:《〈文心雕龙〉集校、集释、直译》,第74页。
② [梁]刘勰:《文心雕龙·明诗》,张国庆、涂光社:《〈文心雕龙〉集校、集释、直译》,第99页。
③ [梁]刘勰:《文心雕龙·情采》,张国庆、涂光社:《〈文心雕龙〉集校、集释、直译》,第575页。
④ [梁]刘勰:《文心雕龙·总术》,张国庆、涂光社:《〈文心雕龙〉集校、集释、直译》,第817页。
⑤ [梁]刘勰:《文心雕龙·明诗》,张国庆、涂光社:《〈文心雕龙〉集校、集释、直译》,第104页。
⑥ [梁]刘勰:《文心雕龙·颂赞》,张国庆、涂光社:《〈文心雕龙〉集校、集释、直译》,第168页。
⑦ [梁]刘勰:《文心雕龙·练字》,张国庆、涂光社:《〈文心雕龙〉集校、集释、直译》,第710页。
⑧ [梁]刘勰:《文心雕龙·体性》,张国庆、涂光社:《〈文心雕龙〉集校、集释、直译》,第504-506页。
⑨ [梁]刘勰:《文心雕龙·章句》,张国庆、涂光社:《〈文心雕龙〉集校、集释、直译》,第616页。
⑩ [梁]刘勰:《文心雕龙·镕裁》,张国庆、涂光社:《〈文心雕龙〉集校、集释、直译》,第586页。
⑪ [梁]刘勰:《文心雕龙·章表》,张国庆、涂光社:《〈文心雕龙〉集校、集释、直译》,第410页。
⑫ [梁]刘勰:《文心雕龙·哀吊》,张国庆、涂光社:《〈文心雕龙〉集校、集释、直译》,第242页。

隐"①,《诸子》说"公孙之'白马''孤犊',辞巧理拙……"②《镕裁》以为写作中的炼意和剪裁应繁略得宜,尤以"芟繁剪秽"为要,指出:"美锦制衣,修短有度,虽玩其采,不倍领袖,巧犹难繁,况在乎拙。"《附会》论文章各构成部分的整合,强调整体的协调性和有序性,其中说:

> 故善附者异旨如肝胆,拙会者同音如胡越。……昔张汤拟奏而再却,虞松草表而屡谴,并事理之不明,而词旨失调也。及倪宽更草,锺会易字,而汉武叹奇,晋武称善者,乃理得而事明,心敏而辞当也。以此而观,则知附会巧拙,相去远矣。③

以上引文中,"巧"的灵慧和"拙"的愚钝两相对应,褒扬贬抑、取舍分明。《文心》中唯《神思》篇的"拙辞或孕于巧义,庸事或萌于新意"句例外,其"拙"不仅无贬义,而且是以"拙"为"巧"、"拙"中见"巧"的高明。《老子》中有"大巧若拙,大辩若讷"之语,以为与"机巧"相反,"朴拙"是"自然"的一种表征。宋代江西诗派甚至提出"宁拙毋巧"的主张。

刘勰用"巧"的地方很多,基本上是肯定的;当然,也批评过犹不及的对"巧"的醉心追逐。

肯定的有:《征圣》所引《礼记·表记》的"情信辞巧",要求为文做到"情欲信,辞欲巧"。《辨骚》说:"《远游》《天问》,瑰诡而惠巧。"④《诠赋》中说:"至于草区禽族,庶品杂类,收触兴致情,因变取会,拟诸形容,则言务纤密,象其物宜,则理贵侧附:斯又小制之区畛,奇巧之机要也","景纯奇巧,缛理有馀";并有"情以物兴,故义必明雅;物以情观,故词必巧丽"的归纳。《颂赞》:"原夫颂惟典懿,辞必清铄,敷写似赋,而不入华侈之区,敬慎如铭,而异乎规诫之域。揄扬以发藻,汪洋以树义,虽纤巧曲致,与情而变。"⑤《封禅》说:"(班固)《典引》所叙,雅有懿采;历鉴前作,能执厥中;其致义会文,斐然馀巧。"⑥《诔碑》称"潘岳构意,专师孝山,巧于序悲,易入新切";说蔡邕碑文"清词转而不穷,巧义出而卓立;察其为才,自然全

---

① [梁]刘勰:《文心雕龙·指瑕》,张国庆、涂光社:《〈文心雕龙〉集校、集释、直译》,第762页。
② [梁]刘勰:《文心雕龙·诸子》,张国庆、涂光社:《〈文心雕龙〉集校、集释、直译》,第331页。
③ [梁]刘勰:《文心雕龙·附会》,张国庆、涂光社:《〈文心雕龙〉集校、集释、直译》,第797页。
④ [梁]刘勰:《文心雕龙·辨骚》,张国庆、涂光社:《〈文心雕龙〉集校、集释、直译》,第79页。
⑤ [梁]刘勰:《文心雕龙·颂赞》,张国庆、涂光社:《〈文心雕龙〉集校、集释、直译》,第171页。
⑥ [梁]刘勰:《文心雕龙·封禅》,张国庆、涂光社:《〈文心雕龙〉集校、集释、直译》,第401页。

矣。"①《哀吊》云："陆机之吊魏武，序巧而文繁。"②《诸子》称赞："慎到析密理之巧。"③《论说》称战国辩士"从横参谋，长短角势，转丸骋其巧辞，飞钳伏其精术"；"邹阳之说吴梁，喻巧而理至"④。《章表》说："陈思之表……应物制巧，随变生趣。"⑤《谐隐》中以为"东方曼倩，尤巧辞述"⑥，《书记》称陆机《与吴王表》"情周而巧"。《序志》评晋的文论著述说："陆《赋》巧而碎乱，……《流别》精而少巧。"⑦

"巧"常指机灵的表现手段和语言技巧。《神思》说："意翻空而易奇，言征实而难巧也。"⑧《定势》说："连珠七辞，则从事于巧艳"，"然密会者以意新得巧"⑨。《声律》就声韵的掌握而言："属笔易巧，选和至难。"⑩《章句》论句中"夫""之""而""于""以"这些助词的功用称："……据事似闲，在用实切。巧者回运，弥缝文体，将令数句之外，得一字之助欤？"⑪《隐秀》说："秀以卓绝为巧。"⑫《丽辞》以为对偶"贵在精巧""契机者入巧"。⑬《才略》说："王褒构采，以密巧为致，附声测貌，泠然可观。"⑭陆机"思能入巧而不制繁"。《总术》说："博塞之文，借巧傥来，虽前驱有功，而后援难继。"⑮强调把握灵感到来时机的重要："数逢其极，机入其巧，则义味腾跃而生，辞气丛杂而至。"《物色》论景物描写，赞许"巧言切状"，指出"《诗》《骚》所标，并据要害，故后进锐笔，怯于争锋，莫不因方以借巧，即势以会奇。"⑯

---

① [梁]刘勰：《文心雕龙·诔碑》，张国庆、涂光社：《〈文心雕龙〉集校、集释、直译》，第221页、第229页。
② [梁]刘勰：《文心雕龙·哀吊》，张国庆、涂光社：《〈文心雕龙〉集校、集释、直译》，第249页。
③ [梁]刘勰：《文心雕龙·诸子》，张国庆、涂光社：《〈文心雕龙〉集校、集释、直译》，第335页。
④ [梁]刘勰：《文心雕龙·论说》，张国庆、涂光社：《〈文心雕龙〉集校、集释、直译》，第356页、第359页。
⑤ [梁]刘勰：《文心雕龙·章表》，张国庆、涂光社：《〈文心雕龙〉集校、集释、直译》，第410页。
⑥ [梁]刘勰：《文心雕龙·谐隐》，张国庆、涂光社：《〈文心雕龙〉集校、集释、直译》，第285页。
⑦ [梁]刘勰：《文心雕龙·序志》，张国庆、涂光社：《〈文心雕龙〉集校、集释、直译》，第923页。
⑧ [梁]刘勰：《文心雕龙·神思》，张国庆、涂光社：《〈文心雕龙〉集校、集释、直译》，第483页。
⑨ [梁]刘勰：《文心雕龙·定势》，张国庆、涂光社：《〈文心雕龙〉集校、集释、直译》，第553页、第557页。
⑩ [梁]刘勰：《文心雕龙·声律》，张国庆、涂光社：《〈文心雕龙〉集校、集释、直译》，第597页。
⑪ [梁]刘勰：《文心雕龙·章句》，张国庆、涂光社：《〈文心雕龙〉集校、集释、直译》，第623页。
⑫ [梁]刘勰：《文心雕龙·隐秀》，张国庆、涂光社：《〈文心雕龙〉集校、集释、直译》，第737页。
⑬ [梁]刘勰：《文心雕龙·丽辞》，张国庆、涂光社：《〈文心雕龙〉集校、集释、直译》，第640页、第633页。
⑭ [梁]刘勰：《文心雕龙·才略》，张国庆、涂光社：《〈文心雕龙〉集校、集释、直译》，第866页。
⑮ [梁]刘勰：《文心雕龙·总术》，张国庆、涂光社：《〈文心雕龙〉集校、集释、直译》，第817页。
⑯ [梁]刘勰：《文心雕龙·物色》，张国庆、涂光社：《〈文心雕龙〉集校、集释、直译》，第855页。

"巧"可出"新"达"奇",然亦得适应文章表现的需要。刘勰对不当用"巧"的批评也很多,有的十分严厉:

《明诗》说建安诗人:"慷慨以任气,磊落以使才;造怀指事,不求纤细之巧……"①《谐隐》说到谜语有云:"高贵乡公,博举品物,虽有小巧,用乖远大"②;《檄移》说檄文之作:"必事昭而理辨,气盛而辞断,此其要也,若曲趣密巧,无所取才矣。"③《议对》说朝臣议政之文:"文以洁辨为能,不以繁缛为巧;事以明核为美,不以环隐为奇:此纲领之大要也。若不达政体,而舞笔弄文,支离构辞,穿凿会巧,空骋其华,固为事实所摈。"④

《体性》论风格,"赞"中有一褒一贬:"雅丽黼黻,淫巧朱紫。"⑤《风骨》称:"若骨采未圆,风辞未练,而跨略旧规,驰骛新作,虽获巧意,危败亦多。"⑥《定势》指出:"自近代辞人,率好诡巧,原其为体,讹势所变,厌黩旧式,故穿凿取新。"⑦《隐秀》明言:"雕削取巧,虽美非秀。"⑧《附会》论文章全篇的协调统一,强调"锐精细巧,必疏体统",要求"弃偏善之巧,学具美之绩"⑨。

过犹不及,不能穿凿为之,也绝不因"淫巧""诡巧""小巧""细巧""偏善之巧"而失大体。

9."圆"和"境""悟"

刘勰佛学修养深厚,《文心》用了佛学中常见的"圆""境""悟""般若"之类概念,除"圆"而外,范畴义多未完成向文论的转移。

《明诗》有"圆通""圆备",《知音》有"圆照""圆该";《论说》《对问》《熔裁》都有"圆合";《比兴》有"圆览",《隐秀》有"圆鉴"。"圆"是周延和完美无缺的,故《风骨》批评"骨采未圆"的妄为,《指瑕》发出"虑动难圆"的感慨,《杂文》以"事圆而音泽"⑩为上,《丽辞》说"必使理圆而事密"⑪……

---

① [梁]刘勰:《文心雕龙·明诗》,张国庆、涂光社:《〈文心雕龙〉集校、集释、直译》,第102页。
② [梁]刘勰:《文心雕龙·谐隐》,张国庆、涂光社:《〈文心雕龙〉集校、集释、直译》,第285页。
③ [梁]刘勰:《文心雕龙·檄移》,张国庆、涂光社:《〈文心雕龙〉集校、集释、直译》,第390页。
④ [梁]刘勰:《文心雕龙·议对》,张国庆、涂光社:《〈文心雕龙〉集校、集释、直译》,第444页。
⑤ [梁]刘勰:《文心雕龙·体性》,张国庆、涂光社:《〈文心雕龙〉集校、集释、直译》,第510页。
⑥ [梁]刘勰:《文心雕龙·风骨》,张国庆、涂光社:《〈文心雕龙〉集校、集释、直译》,第522页。
⑦ [梁]刘勰:《文心雕龙·定势》,张国庆、涂光社:《〈文心雕龙〉集校、集释、直译》,第557页。
⑧ [梁]刘勰:《文心雕龙·隐秀》,张国庆、涂光社:《〈文心雕龙〉集校、集释、直译》,第746页。
⑨ [梁]刘勰:《文心雕龙·附会》,张国庆、涂光社:《〈文心雕龙〉集校、集释、直译》,第791页。
⑩ [梁]刘勰:《文心雕龙·杂文》,张国庆、涂光社:《〈文心雕龙〉集校、集释、直译》,第269页。
⑪ [梁]刘勰:《文心雕龙·丽辞》,张国庆、涂光社:《〈文心雕龙〉集校、集释、直译》,第640页。

<<< 第三章 魏晋文论与《文心雕龙》的范畴建构

除《隐秀》存疑的补文之外,"境"在《文心》只两次见到:《诠赋》的"与诗画境"①是说赋从《诗经》的"六义"之一发展成与风、雅、颂区界分明的独立文体。《论说》的"动极神源,其般若之绝境乎!"②是谓玄学"崇有"与"贵无"论辩的层次远不及佛学"般若"的至境。此"绝境"指至上的绝妙境界,虽非针对文学艺术,也是精神之至境。创作也是精神产品的生产,审美创造有领域的区别和层次高下之分,"境"和"境界"移用于文论也属自然,但完成移植是在佛学影响更为深广的隋唐以后。

"悟"就指理解,并未凸显体认、理解的豁然跃升。《明诗》有云:"子贡悟琢磨之句。"③《练字》称对"避诡异""省联边""权重出""调单复"四条用字原则,"若值而莫悟,则非精解"④。《指瑕》说"匹"是两两匹配的意思,而"车马小义,而历代莫悟"⑤。

刘勰佛学修养深厚。《文心》作意虽不在弘扬佛法,述评中也会偶有流露,未尝寻觅不到佛学思维和语汇的蛛丝马迹,有佛学概念"圆""境""般若"的出现即然。

10. 其他一些概念

"闲",指人的一种闲散放达情态,在某些语境中则与《神思》篇"虚静"相通,指有助思维创造的从容闲适的精神状态。《才略》中说到东晋时代,对"庾元规之表奏,靡密于闲畅,亦笔端之良工"给予赞许,而对袁宏、孙绰以及"殷仲文之孤兴,谢叔源之闲情,并解散辞体,缥缈浮音:虽滔滔风流,而大浇文意"⑥则是严厉批评。《章句》:"据事似闲,在用实切"则指文句中"惟""盖""故""之""而""于""以"和"乎""哉""矣"之类虚词的运用看似无关紧要,却实实在在有助于文章语气伸张和语意转折。《养气》要求作者"从容率情,优柔适会","常弄闲于才锋,贾馀于文勇"⑦,《杂文》说"思闲可赡"⑧,《物色》称"四序纷回,而入兴贵闲"⑨,其中的"闲"则皆与"虚静"通同。

"法",在《文心》多指法度、律则和法家的名法之法,是其现身文论之前的原

---

① [梁]刘勰:《文心雕龙·诠赋》,张国庆、涂光社:《〈文心雕龙〉集校、集释、直译》,第146页。
② [梁]刘勰:《文心雕龙·论说》,张国庆、涂光社:《〈文心雕龙〉集校、集释、直译》,第349页。
③ [梁]刘勰:《文心雕龙·明诗》,张国庆、涂光社:《〈文心雕龙〉集校、集释、直译》,第97页。
④ [梁]刘勰:《文心雕龙·练字》,张国庆、涂光社:《〈文心雕龙〉集校、集释、直译》,第720页。
⑤ [梁]刘勰:《文心雕龙·指瑕》,张国庆、涂光社:《〈文心雕龙〉集校、集释、直译》,第769页。
⑥ [梁]刘勰:《文心雕龙·才略》,张国庆、涂光社:《〈文心雕龙〉集校、集释、直译》,第874页。
⑦ [梁]刘勰:《文心雕龙·养气》,张国庆、涂光社:《〈文心雕龙〉集校、集释、直译》,第783-784页。
⑧ [梁]刘勰:《文心雕龙·杂文》,张国庆、涂光社:《〈文心雕龙〉集校、集释、直译》,第269页。
⑨ [梁]刘勰:《文心雕龙·物色》,张国庆、涂光社:《〈文心雕龙〉集校、集释、直译》,第855页。

义:如《书记》的"有律令之法""法律驭民"①,《封禅》的"法家辞气"②与《奏议》的"法家少文""总法家之式"③……等等。移用于文论,哪怕指的是语言文字使用的规则,也可见其"法"产生的经过和理当遵从的所以然。《声律》说:"古之教歌,先揆以法,使疾呼中宫,徐呼中徵。"④《丽辞》称:"《诗》人偶章,大夫联辞,奇偶适变,不劳经营。自扬、马、张、蔡,崇盛丽辞,如宋画吴冶,刻形镂法,丽句与深采并流,偶意共逸韵俱发。"⑤《练字》云:"汉初草律,明著厥法,太史学童,教试六体;又吏民上书,字谬则劾。"⑥更有理论价值的是指写作的方法手段,尤其是基本的原则、规范。《定势》的"效奇之法,必颠倒文句,上字而抑下,中辞而出外,回互不常,则新色耳"⑦,揭露的是追新逐异者的常用手段。《附会》说:"驷牡异力,而六辔如琴,驭文之法,有似于此:去留随心,修短在手,齐其步骤,总辔而已。"⑧是以执辔驾驭车马的方法,比喻对文章各种构成元素整合的灵活控驭,以利于作主次分明协调有序的展示。《通变》的"参古定法",强调参照自古以来文章写作的得失成败制定的基础性法则、规范。

后来的"有法""无法"之论,当然用的是这种后起的文论范畴义。

"素":源出于老庄,指人的心性气质本色,纯朴如初,无染于世俗。《文心》之用,基本维系其本义。《养气》有"岂圣王之素心""素气资养"⑨,《程器》称"固宜蓄素以弸中"⑩;《书记》则有"全任质素"⑪。《议对》亦赞"辞气质素"⑫。

"调"亦源于音乐,有音调以及调节两种意义。

《原道》的"调如竽瑟",《书记》的"黄钟调起"和《乐府》的"吹籥之调"皆指乐曲音调,其"宰割辞调"是说"魏之三祖"对乐府诗体的改造,故称"虽三调之正声,实韶夏之遗曲";说曹植、陆机的乐府诗虽有佳篇,因未由伶人配乐而"俗称乖调"。

---

① [梁]刘勰:《文心雕龙·书记》,张国庆、涂光社:《〈文心雕龙〉集校、集释、直译》,第463页。
② [梁]刘勰:《文心雕龙·封禅》,张国庆、涂光社:《〈文心雕龙〉集校、集释、直译》,第398页。
③ [梁]刘勰:《文心雕龙·奏启》,张国庆、涂光社:《〈文心雕龙〉集校、集释、直译》,第425页。
④ [梁]刘勰:《文心雕龙·声律》,张国庆、涂光社:《〈文心雕龙〉集校、集释、直译》,第592页。
⑤ [梁]刘勰:《文心雕龙·丽辞》,张国庆、涂光社:《〈文心雕龙〉集校、集释、直译》,第633页。
⑥ [梁]刘勰:《文心雕龙·练字》,张国庆、涂光社:《〈文心雕龙〉集校、集释、直译》,第710页。
⑦ [梁]刘勰:《文心雕龙·定势》,张国庆、涂光社:《〈文心雕龙〉集校、集释、直译》,第557页。
⑧ [梁]刘勰:《文心雕龙·附会》,张国庆、涂光社:《〈文心雕龙〉集校、集释、直译》,第795页。
⑨ [梁]刘勰:《文心雕龙·养气》,张国庆、涂光社:《〈文心雕龙〉集校、集释、直译》,第783-784页。
⑩ [梁]刘勰:《文心雕龙·程器》,张国庆、涂光社:《〈文心雕龙〉集校、集释、直译》,第908页。
⑪ [梁]刘勰:《文心雕龙·书记》,张国庆、涂光社:《〈文心雕龙〉集校、集释、直译》,第469页。
⑫ [梁]刘勰:《文心雕龙·议对》,张国庆、涂光社:《〈文心雕龙〉集校、集释、直译》,第446页。

《明诗》的"五言流调"谓五言诗体是四言的流变。《章句》的"调有缓急""改韵从调""环情草调"则针对文学语言声响。《附会》的"旨切而调缓"之"调"已逾越乐曲范围,为文辞音响节奏;《体性》的"响逸而调远"则指风格的超迈。

音、义有为调节、调和之"调"者。如《乐府》的"瞽师务调其器""杜夔调律"①,《诔碑》的"辞靡律调"②,《章表》的"体赡而辞调"③,《附会》的"词旨之失调"④,《声律》的"操琴不调""调锺唇吻""颇似调瑟"⑤,《练字》的"四调单复"⑥,《总术》的"调锺未易"⑦,以及《养气》的"调畅其气"⑧。

"格"的意义也不一。《章句》的"六字格而非缓"⑨的"格"指句式稍长。《祝盟》的"神之来格"⑩之"格"是来、至之意,以"正"亦可解。《征圣》的"夫子风采,溢于格言。"⑪所谓"格言"指可以为人法则的话语。

"风格"的概念两次现身,《夸饰》的"虽诗书雅言,风格(俗)训世,事必宜广,文亦过焉"⑫的"风格"侧重道德风范方面。《议对》所云值得一说:"晋代能议,则傅咸为宗。然仲瑗博古,而铨贯有序;长虞识治,而属辞枝繁;及陆机断议,亦有锋颖,而腴辞弗剪,颇累文骨:亦各有美,风格存焉。"⑬其"风格"指晋代四位文臣所作之"议"各自的特点,虽非其人文风总的概括,却已是在这种文体风采格调的写作而言,已与现代理论中的"风格"近似。只不过刘勰和其后相当长一段时期的理论家还未把"风格"的概念提升到与其所用"体性"通同的高度,也无"体性"字面所显示的风格"因内(性)符外(体)"的特点。

另外,《文心》中虽有"格"有"调",却还未合成"格调"的概念。

---

① [梁]刘勰:《文心雕龙·乐府》,张国庆、涂光社:《〈文心雕龙〉集校、集释、直译》,第126页。
② [梁]刘勰:《文心雕龙·诔碑》,张国庆、涂光社:《〈文心雕龙〉集校、集释、直译》,第221页。
③ [梁]刘勰:《文心雕龙·章表》,张国庆、涂光社:《〈文心雕龙〉集校、集释、直译》,第410页。
④ [梁]刘勰:《文心雕龙·附会》,张国庆、涂光社:《〈文心雕龙〉集校、集释、直译》,第797页。
⑤ [梁]刘勰:《文心雕龙·声律》,张国庆、涂光社:《〈文心雕龙〉集校、集释、直译》,第592-601页。
⑥ [梁]刘勰:《文心雕龙·练字》,张国庆、涂光社:《〈文心雕龙〉集校、集释、直译》,第719页。
⑦ [梁]刘勰:《文心雕龙·总术》,张国庆、涂光社:《〈文心雕龙〉集校、集释、直译》,第816页。
⑧ [梁]刘勰:《文心雕龙·养气》,张国庆、涂光社:《〈文心雕龙〉集校、集释、直译》,第783页。
⑨ [梁]刘勰:《文心雕龙·章句》,张国庆、涂光社:《〈文心雕龙〉集校、集释、直译》,第616页。
⑩ [梁]刘勰:《文心雕龙·祝盟》,张国庆、涂光社:《〈文心雕龙〉集校、集释、直译》,第196页。
⑪ [梁]刘勰:《文心雕龙·征圣》,张国庆、涂光社:《〈文心雕龙〉集校、集释、直译》,第24页。
⑫ [梁]刘勰:《文心雕龙·夸饰》,张国庆、涂光社:《〈文心雕龙〉集校、集释、直译》,第668页。
⑬ [梁]刘勰:《文心雕龙·议对》,张国庆、涂光社:《〈文心雕龙〉集校、集释、直译》,第439页。

五、《文心雕龙》范畴概念创用的卓越成就和历史地位

中国古代文学有彪炳千古的艺术成就,多方面的审美创造皆独树一帜,体大思精的文论经典《文心雕龙》范畴创设运用上的卓越建树也是古今莫比的。

如果说西方的艺术论擅长作逻辑严密的剖析,中国传统的理论则习惯以浑融的方式进行把握,范畴概念的意蕴也多有模糊成分,像"天""道""气"这样一些古代常用的元范畴,即使在哲学中也见不到确切的界定,在不同场合意蕴常有差别。这种"不求甚解"的把握方式在需要高度抽象和逻辑规定的表述中显得含混、有所欠缺,然而在认知对象具有突出的浑融性之时,传统的模糊的把握方式往往显示出某种优势。

与自然科学的理论不同,高度抽象的理论语言未必在每一个场合都能很好地概括文学艺术现象。因为艺术现象本身就存在模糊的涵蕴,作用于审美创造的主客观因素极其复杂多变且常有模糊成分,有时只宜用浑融、综合的把握方式。比如文学的意象、美的境界,以至创作主体、艺术思维的构成……其本身就是多种因素的有机结合,对其把握不宜排斥模糊的方式。

"不舍象"的汉字组合的概念和话语既长于模糊把握,也可作精切解析(现代汉语能够对西方逻辑表述的话语进行准确的翻译就是很好的证明)。汉字大都是独立词(多为名词),一字多义。概念组合以两字为常。两字组合中名词可动用,语序相对自由,相互间有时无须添加"的""地""得"之类表明语法关系文字。在理论表述中运用一字或两字概念简约而灵便,在特定的语境中也能作精微与确切的表达。

汉民族语言的特点在古代理论表述中也有显现。《文心雕龙》所用概念组合的话语不仅意涵凝练、浑成,而且以局部代指整体,多字同为一义代换入论的现象较一字多义多用者更为常见。如《情采》篇中指文学内容者就有"情""质""性情"("情性")"理""志""思""心"("宰""心术"),指形式的有"文""采""辞"("辞章")"言""华""音""藻"。之所以用"情采"名篇,只为凸显"情"在文学内容中的核心地位,而"采"与"文""华"一样,有文学形式美的指向。

可贵的是,理论话语中有所通同的概念若须区分其义,刘勰仍可"笼圈条贯"廓定语境,令所论做到精微、贴切。如"性情"常连成一词,指心理、情怀、性格;分开使用,"性"与"情"都有代指内容之时。但两者分别侧重先天和后天,有时用场明显不同:《文心》有《体性》篇和《情采》篇,"体性"之"性"(天赋的气质个性)与"体"有多层面的对应,如内与外、"无方"与"有常"、个性与体式规范;"情采"之"情"一般在主客体相互作用(触生、感发)中生成,随着对象和时空的变化而变化。两篇"因性练才""情以物迁"的论断中"性""情"是不能互代的。故知指即时的情感和具体作品的内容用"情"为宜,指相对稳定的作家禀赋和个性时则以"性"为妥。

不少范畴概念是沿用以往的,像"道""气""情志""比兴""神思"等,某些成对的组合则首见于《文心》,如"情采""隐秀"即然,很可能是第一次用于文论的概念还有"意象""镕裁""附会"等。有些概念颇具形象性,如"风骨"和"势";有的常用而不论,如"气""滋味""肌理""才性""性灵";有的则成为专题讨论的中心,如"神思""体性""风骨""势""通变""情采""比兴"和"隐秀"。值得注意的是,《文心》基本不给概念定义,即使一些专题(如"神思""体性""风骨""定势""比兴")中对它们的意义和特点作多层面的介绍和描述,也谈不上是对概念内涵的逻辑界定,多数情况下仍只能从它们出现的语境中去体会其含义。

根据文论建构的需要,刘勰既有对源于其他领域范畴和概念组合(如"道器""自然""经纬""枢纽""奇正""通变""体性")的移植和改造,也有对前人曾用概念(如"性灵""神思""风骨")意涵不同侧面的强调,以及全新范畴概念(如"定势""情采""镕裁""附会""隐秀""物色")的创设,在理论建构和思考表述方面充分发挥了汉字成词造语的优长。

有些范畴虽在文论中是新面孔却并非刘勰首创,比如他从人物品评和画论中移植了"风骨",从兵法、书法理论中移植了"势""奇正"和"体",从玄学论辩中借用了"言""象""意"和"本末""才性",从《易传》中借用了"道器""通变",从老庄哲学中借用了"自然""虚静""游""真""体性"……当然,在《文心》中这些范畴概念意涵一般都有所改造以适应文学理论的需要,在为人们认同的情况下为我所用,也合乎约定俗成的传统。

体系缜密的理论仰赖统序严谨的范畴系列的论证支撑、建构。刘勰在《序志》篇介绍《文心雕龙》理论的构成时已经明示。

"上篇""文之枢纽"的篇次安排和论说中有"经"与"纬""正"与"奇"的对应。《原道》篇"道沿圣以垂文,圣因文而明道"的"圣""道""文"是指代文学创作三要素——主体(著述者)、客体(抒写和表现的对象)、媒介(言辞和著述)之楷范的组合;"本乎《道》,师乎《圣》,体乎《经》,酌乎《纬》,变乎《骚》"对前五篇宗旨的概括至为精准。"论文叙笔"表述的文体论原则中,"原始以表末"展示各文体的源流,"释名以彰义,选文以定篇"说明称名之所然,评定各体代表作的成就;"敷理以举统"揭示其生成流变的内在依据("理"),及其规范与统序。其中有"本"与"末"、"名"与"实"、"正"与"变"的思考,还用到"自然""性灵"等范畴概念。

389

"下篇""剖情析采,笼圈条贯"中运用的范畴系列更值得关注。

"剖析"常是古人思考和论著的短板,《序志》中却被刘勰标举为自己探究文学现象的基本思路和手段,由解剖分析现象生成演化的因素、机制入手,揭示其本质和运作规律。"情采"是刘勰创用且受其青睐的组合。"情"是文学内容的核心,也是创作的动力;"采"即辞采,不仅表明文章有形式美,也凸显文学区别于其他艺术之处——以言辞为媒介和载体。刘勰的《情采》篇就是内容与形式关系的专论。此处也申明剖析"情采"为全书理论探讨的切入点。

"笼圈"是指破除文体的壁垒对文学现象及其理论问题所作横向归类;"条贯"是纵向的,指发展演变的脉络。"笼圈条贯"与"经纬"的概念有某些近似处,但只有纵横交错的互补之义,没有"经正纬从"那样对本末和主次的强调。

刘勰随即罗列"下篇"各个文学艺术基础理论专题:"摘《神》《性》,图《风》《势》,苞《会》《通》,阅《声》《字》;崇替于《时序》,褒贬于《才略》,怊怅于《知音》,耿介于《程器》。"这些以概念命名的"剖情析采"篇章中,范畴概念组合而成的精论妙语俯拾皆是。

之后,《序志》还交代了全书立论的原则立场:

> 有同乎旧谈者,非雷同也,势自不可异也;有异乎前论者,非苟异也,理自不可同也。同之与异,不屑古今;擘肌分理,唯务折衷。①

遵循"势理"——事理逻辑延展的自然趋势,有不违其本然的严谨;"不屑古今"对于倡言"宗经""征圣"的刘勰十分难得,所持的是与时俱进、唯真理是从的理念。"擘肌分理"可谓"剖析"的同义语,"唯务折衷"更是对各家学说主张、不同思想观念的包容和兼取并用,"折衷"并非无原则的调和,而是酌取各家正确、恰切的理论思考和优长以为己用。

以范畴名篇的专题论证,其范畴多为刘勰首创;创设的依据、理论意义和应用范围,篇中皆有充分表述,往往最富创意,也最能显现"思精"的特点。用作篇题的范畴所论,大抵为文学艺术基本的理论(如文学艺术思维论、风格论、内容形式关系论、继承变革论、作品的结构论和鉴赏论等),以及中国文化特色鲜明(如古人一些独特的审美取向、运用汉字形成的诗文章法格律等)的问题。

散见《文心》各篇的范畴概念不胜枚举,它们在不同层面的理论组合中发挥关键作用,可谓各得其所,在各自理论组合中也发挥不可或缺的作用。恰恰是这类

---

① [梁]刘勰:《文心雕龙·序志》,张国庆、涂光社:《〈文心雕龙〉集校、集释、直译》,第927页。

范畴概念在随后的理论批评中广泛运用,理论内涵得到更充分的阐扬,有的成为一些艺术流派理论主张的中心范畴。

刘勰大大改变了传统理论的建构模式,运用范畴概念系列"剖情析采",进行严谨的逻辑论证,成就了无愧"虑周""思精"和"包举洪纤"之誉的经典性理论建树。他是古代移植、创用范畴概念建树最多的文学理论家。古代文学批评史上出现的所有范畴概念几乎都能在《文心雕龙》中找到渊源,或者能寻觅到它们生成、演化的一段历史印记。

刘勰之后,古代的文学评论在范畴概念方面有论少用多的趋势,进入了以中心范畴论为主导的阶段。中心范畴论与各个时代的文学思潮、流派或作家个人的艺术追求和创作实践紧密相关,居于核心地位的范畴(及其所属系列概念)理论组合的美学含蕴、功用和艺术境界不断有新的拓展。比如"风骨""气"(风雅)"比兴""(滋)味""(自然)平淡""兴趣""气象""性灵""神韵""肌理""义法""境界"等,都曾被标举,乃至形成自己的概念系列,引导某一时期文学思潮、流派的创作和理论批评的实践。

在文学发展的历史长河中,范畴系列的重建、更迭显现着审美意识的更新和艺术追求演变的轨迹。有渐趋深入的对思维创造和艺术规律的探究,也有对艺术功能和社会作用的考察;有传承与变革(有常与无方,守成与时尚),雅与俗,自然与人为,入世与出世(尚功利与尚超逸),强调共性、楷范与推崇个性……以及主体与客体对应、往复交融的矛盾运动,有对立统一,也有互相转换。

文学实践和理论批评的发展一般合乎其时代潮流,在不同样式、各具个性的审美追求中的开拓、提升,有对前论的印证、辨析和再阐发,有对固陋、谬误倾向的抨击,更有新潮审美取向的宣示。各个时期,不同样式、不同流派的审美追求都有居其思想理论主导地位的中心范畴,引领和推动造艺的演进。概念系列的衍生体现艺术实践的新收获,于是也有对基本范畴义的补正、深化、开拓、提升。

从魏晋之交起文学进入自觉时代,在艺术创造中的新发现、新建树、遇到的新问题需要用新的理论去进行评议、阐释、回答和引导。音乐、书法、绘画等其他艺术门类实践和理论批评的进步,在"三教合一"学术融通与哲学思辨精神的回归推动下理论思维水平的提高,都为文论经典问世(尤其是其范畴概念的体系化建构)创造了条件。《文心雕龙》确实是文学"自觉时代"的产物,但不能不承认,大思想家和理论家刘勰在范畴概念创用上的卓越贡献不仅当时无人可比,就是整个文艺理论史上的后继者也望尘莫及。

最后说说古代文学理论著述特别是《文心雕龙》范畴创用的当代意义。

与中国古代文论比较,西方文论一般不涉媒介(语言文字表述)的功用,其主流对社会政治的关切相对淡化,凸显的常是人张扬的个性情感、自由的精神以及未知领域的求索……在近代,浪漫主义和现实主义的对举被中国的理论家认同和移植,现当代更有"解构主义""空间理论""传播符号学"以及"后现代主义""后结构主义"等潮流,其特点常在取材和表达方式的标新立异方面。

中国现代文学大抵已是白话(语言通俗化了的)文学,这方面与运用拼音文字的外国文学类似,诗歌不再依古代诗词歌赋的体式和格律章法创作(一些有国学修养者虽仍有所作,亦非主流)。当代更出现所谓"后通俗化"动向。可见西方文艺理论对中国现当代文学的实践、评论确有重要影响和一定的积极意义。

中国古代文学有极其辉煌的艺术成就,其理论思考、美学追求均有不少独到之境。古代文论范畴尽管与西方理论范畴存在种种差异,但其艺术精神和理论思考方面特有的文化价值不容忽略。

"约定俗成"虽然对范畴义缺少严格的逻辑规定,但因此也带来一定的开放性,留有从不同层面或概念组合拓展意蕴的空间。因此,古代文论经典《文心雕龙》创设运用的范畴概念和话语组合得以广泛沿袭、衍生,令许多民族文化特征鲜明的文学思想、精神追求、审美取向与理论建构模式(如"自然""言志""意象""体势""风骨""性灵""情韵""滋味""趣""境"等范畴,以及"思理为妙,神与物游""文附质,质待文""变则其久,通则不乏。望今制奇,参古定法""既随物以宛转,亦与心而徘徊""剖情析采""擘肌分理,唯务折衷"等论)葆有独到而又无止境的拓展、更新、提升空间,在悠久的历史承传中不断丰富、开拓和升华。

尽管今天的研究并不谋求将古代范畴生硬地移植于现代文学评论,但其表述的理论思考确能引领当今作家进行既有优秀的文化传承,又能在新的文学样式中作别开生面的艺术创造。与西方各种时髦的"主义"相比,古代的范畴论更具恒长的理论导向意义。处于改革开放,中外文化沟通、融合日益强化,中华民族文化有复兴之势的时代,古代文论范畴研究的创获正是当今文艺学发展进步所需的重要资源。

参考文献

一、涂光社范畴论专著

1.《文心十论》,沈阳:春风文艺出版社出版,1986年。

2.《势与中国艺术》,北京:中国人民大学出版社,1990年。

3.《雕龙迁想》,沈阳:辽宁大学出版社,1995年。

4.《原创在气》,南昌:百花洲文艺出版社,2001年。

5.《因动成势》,南昌:百花洲文艺出版社,2001年。

6.《中国美学范畴发生论》,北京:人民教育出版社,1999年。

7.《庄子范畴心解》,北京:中国社会科学出版社,2003年。

8.《中国古代文论范畴生成史》,沈阳:辽海出版社,2012年。

二、主要参考书目

1. 王元化:《文心雕龙创作论》,上海:上海古籍出版社,1979年。

2. 郭绍虞:《中国文学批评史》,上海:上海古籍出版社,1979年。

3. 罗根泽:《中国文学批评史》,上海:古典文学出版社,1957年。

4. 唐长孺:《魏晋南北朝史论丛》,北京:商务印书馆,2010年。

5. 宗白华:《艺境》,北京:北京大学出版社,1986年。

6. 王运熙、顾易生主编:《中国文学批评通史》(七卷本),上海:上海古籍出版社,1996年。

7. 张伯伟:《钟嵘诗品研究》,南京:南京大学出版社,1993年。

8. 张伯伟:《中国古代文学批评方法研究》,北京:中华书局:2002年。

9. 汪涌豪:《范畴论》,上海:复旦大学出版社,1999年。

10. 蔡锺翔:《美在自然》,南昌:百花洲文艺出版社,2001年。

11. 袁济喜:《兴:艺术生命的激活》,南昌:百花洲文艺出版社,2001年。

12. 胡建次:《归趣难求》,南昌:百花洲文艺出版社,2005年。

13. 刘文忠:《正变、通变、新变》,南昌:百花洲文艺出版社,2005年。

14. 周德波:《"意"范畴发生论》,沈阳:辽海出版社,2013年。

15. 成复旺主编:《中国美学范畴辞典》,北京:中国人民大学出版社,1995年。

16. 赵则诚、张连弟、毕万忱主编:《中国古代文学理论辞典》,长春:吉林文史出版社,1985年。

17. 罗宗强:《隋唐五代思想史》,上海:上海古籍出版社,1986年。

18. 罗宗强:《明代后期士人心态研究》,天津:南开大学出版社,2006年。

19. 罗宗强:《明代文学思想史》,北京:中华书局,2013年。

20. 曹础基:《庄子浅注》,北京:中华书局,1982年。

21. 方勇:《庄子诠评》,成都:巴蜀书社,1998年。

22. 杨明:《文赋诗品译注》,上海:上海古籍出版社,1999年。

23. 王英志:《性灵派研究》,沈阳:辽宁大学出版社,2001年。

24. 钟林斌:《公安派研究》,沈阳:辽宁大学出版社,2001年。

25. 张国庆、涂光社:《文心雕龙集校、集释、直译》,北京:中国社会科学出版社,2015年。